[झारखंड एकेडमिक काउंसिल, राँची की इण्टरमीडिएट एव सी० बी० एस० ई० परीक्षा के 'दर्शनशास्त्र' के पाठ्यक्रम पर आधारित]

तर्कशास्त्र एवं वैज्ञानिक पद्धति

[LOGIC AND SCIENTIFIC METHOD]

केदारनाथ तिवारी

पूर्व विश्वविद्यालय प्राचार्य तथा अध्यक्ष

दर्शनशास्त्र विभाग, भागलपुर विश्वविद्यालय

(भागलपुर)

मोतीलाल बनारसीदास

दिल्ली • मुम्बई • चेन्नई • कोलकाता

बंगलौर • वाराणसी • पुणे • पटना

पुनर्मुद्रण : दिल्ली, २००८, २०१३
प्रथम संस्करण : दिल्ली, २००६

ISBN: 978-81-208-3092-9 (सजिल्द)
ISBN: 978-81-208-3065-3 (अजिल्द)

मोतीलाल बनारसीदास

४१ यू ए बंगलो रोड, जवाहर नगर दिल्ली ११० ००७
८ महालक्ष्मी चैम्बर, २२ भूलाभाई देसाई रोड, मुम्बई ४०० ०२६
२३६ नाइंथ मेन III ब्लाक, जयनगर, बंगलौर, ५६० ०११
सनाज प्लाजा, १३०२ बाजीराव रोड, पुणे ४११ ००२
२०३ रॉयपेट्टा हाई रोड, मैलापुर, चेन्नई ६०० ००४
८ केमेक स्ट्रीट, कोलकाता ७०० ०१७
अशोक राजपथ, पटना ८०० ००४
चौक, वाराणसी २२१ ००१

आर.पी. जैन के द्वारा एन ए बी प्रिंटिंग यूनिट,
ए-४४ नारायणा, फेज-१, नई दिल्ली-११० ०२८ में मुद्रित
एवं जे.पी. जैन के द्वारा मोतीलाल बनारसीदास,
४१ यू.ए., बंगलो रोड, जवाहर नगर, दिल्ली-११० ००७, के लिए प्रकाशित

प्राक्कथन

पुस्तक पूर्णतः झारखंड एकेडमिक काउंसिल, राँची राज्य की इन्टीरमीडिएट परीक्षा के 'दर्शनशास्त्र' विषय के नवीन पाठ्यक्रम पर आधारित है। यह नवीन पाठ्यक्रम विद्यार्थियों के लिए महत्त्वपूर्ण तथा उपयोगी है, चूँकि इसके द्वारा कुछ ऐसे विषयों से उन्हें परिचित कराने की चेष्टा की गई है जो परम्परा से हटकर हैं और जिनमें आधुनिकता तथा वैज्ञानिकता के पुट हैं। पर ऐसे पाठ्यक्रम के साथ एक कठिनाई यह है कि इसमें सम्मिलित सभी विषयों का एक जगह एक ही पुस्तक में समावेश मिलना कठिन है। शायद अब तक तो ऐसी पुस्तक का सर्वथा अभाव ही है। मेसर्स मोतीलाल बनारसीदास की पटना शाखा के प्रबन्धक श्री कमलाशंकर सिंह सदैव विद्यार्थियों की ऐसी कठिनाइयों को दूर करने में तत्पर रहते हैं और अपने इसी प्रकार के स्वभाव के चलते उन्होंने कई बार मुझसे ऐसी पुस्तक लिखने का आग्रह किया। ईमानदारी से कहूँ तो मैं यह पुस्तक लिखने को कतइ तैयार नहीं था। पर उनके आग्रह के चलते अन्त में मुझे ऐसा करना पड़ा। अब पुस्तक विद्यार्थियों के सामने है। आशा है यह उनकी आवश्यकता को पूरा करेगी।

पुस्तक प्रथम संस्करण में है, इसलिए अशुद्धियाँ होंगी। पाठक उनके लिए क्षमा करेंगे। यदि उन्होंने पुस्तक को सहृदयता से अपनाया और दूसरा संस्करण निकालने की आवश्यकता पड़ी, तो मैं इन अशुद्धियों को अवश्य दूर कर दूँगा। इस बीच यदि किसी पक्ष से पुस्तक में सुधार के लिए कुछ सुझाव मिले, तो मैं उनका भी स्वागत करूँगा और उनके आलोक में आवश्यक सुधार कर ही द्वितीय संस्करण निकालने के लिए पहल करूँगा।

जैसा मैंने ऊपर कहा है, पुस्तक को सामने लाने का सारा श्रेय श्री कमला शंकर सिंह जी को जाता है। अतः मैं उन्हें हृदय से धन्यवाद देता हूँ।

केदारनाथ तिवारी

शान्ति सदन,
बूढ़ानाथ रोड, भागलपुर – 1
जून, 2005

COURSES OF STUDY OF JHARKHAND ACEDEMIC COUNCIL, RANCHI

PHILOSOPHY

First Year (Class – XI)

UNITWISE WEIGHTAGE

Units	*Marks*
Scientific Method	
1. Methods of Natural and Social Sciences	10
2. Observation and Experiment	10
3. Science and Hypothesis	10
4. Mill's Methods of Experimental Inquiry	10
5. Nyaya Theory of Knowledge (General Survey)	
Logic	
6. The nature and subject matter of logic	06
7. Terms between Propositions Relation between Propositions	15
8. Categorical Syllogism	10
9. Symbolic Logic	06
10. Buddhist Formal Logic	13

Unit 1 : Method of Natural and Social Sciences **20 Pds**

Value of Science, Nature and aim of Scientific Methods : Difference between Scientific induction and Induction by simple enumeration, Difference between methods of Natural Sciences and Social Sciences.

Unit 2 : Observation and Experiment **20 Pds**

Their Differences; Fallacies of observation.

Unit 3 : Science and Hypothesis **25 Pds**

The place of hypothesis in scientific methods. Formulation of relevant hypothesis. Formal conditions of valid hypothesis. Hypothesis and crucial experiments.

Unit 4 : Mill's Methods of Experimental Inquiry **25 Pds**

The method of agreement;
The methods of difference;
The joint method of agreement and difference;
The method of concomitant variation;
The method of residue

Unit 5 : Nyaya Theory of Knowledge **30 Pds**

(General Survey)

Unit 6 : The Nature and Scope of Logic **14 Pds**

What is Logic ? Use and application of Logic. Difference between Truth and Validity.

Unit 7 : Terms and Propositions **30 Pds**

Definition of Term; Denotation and Connotation of Terms. Definitions of Proposition and traditional classification of Propositions, Distribution of Terms.

Relation between Propositions **12 Pds**

Traditional Square of Propositions

Unit 8 : Categorical Syllogism **24 Pds**

Its definition : Rules of valid Syllogism and Fallacies.

Unit 9 : Symbolic Logic **14 Pds**

Value of using symbols in Logic, Basic Truth-tables.

Unit 10 : Buddhist Formal Logic **26 Pds**

* * *

विषय-सूची

भाग – I

तर्कशास्त्र
(LOGIC)

भाग – II

वैज्ञानिक पद्धति
(SCIENTIFIC METHOD)

अध्याय *पृ० सं०*

* * *

भाग – I

(Part – I)

तर्कशास्त्र

(LOGIC)

अध्याय–1

तर्कशास्त्र : परिभाषा, अध्ययन-क्षेत्र, उपयोगिता आदि
(LOGIC : DEFINITION, SCOPE, UTILITY ETC.)

---

(1) विषय-प्रवेश

प्रत्यक्ष तथा परोक्ष ज्ञान — ज्ञान मनुष्य-जीवन की निधि है। जीवन-यापन के ही अपने क्रम में मनुष्य अपनी बाल्यावस्था से लेकर आगे तक सदैव ज्ञान की प्राप्ति करता चला जाता है। नित्य के उसके सामान्य अनुभव भी उसकी ज्ञान-बुद्धि में सहायक होते हैं तथा और अधिक ज्ञान के लिए वह तरह-तरह के शास्त्र, विज्ञान आदि का अध्ययन करता है। मनुष्य जितने प्रकार के ज्ञान अनेकों साधनों से प्राप्त करता है उन्हें एक वृहत् दृष्टि से दो भागों में बाँटा जा सकता है–(1) प्रत्यक्ष ज्ञान (Immediate knowledge) तथा (2) परोक्ष ज्ञान (Mediate knowledge)। प्रत्यक्ष ज्ञान से तात्पर्य वैसे ज्ञान से है जो मनुष्य अपने आन्तरिक अथवा बाह्य ज्ञानेन्द्रियों के द्वारा साक्षात् रूप से प्राप्त करता है। जैसे, संसार की अनेकों वस्तुओं को देखकर या उनकी आवाज सुनकर या उनका गंध अथवा स्वाद लेकर हम इस बात का ज्ञान प्राप्त करते हैं कि कोई वस्तु नारंगी है, कोई गुलाब है, कोई घंटी है आदि। परन्तु हमारा समस्त ज्ञान प्रत्यक्ष ही नहीं होता। यदि ज्ञान को प्रत्यक्ष ज्ञान तक ही सीमित रखा जाए तो मनुष्य के ज्ञान की परिधि बहुत ही छोटी हो जाएगी। हमारे ज्ञान का एक बहुत बड़ा भाग परोक्ष ज्ञान का होता है। परोक्ष ज्ञान प्रत्यक्ष रूप से प्राप्त ज्ञान तो नहीं है, परन्तु प्रत्यक्ष ज्ञान के ही आधार पर बुद्धि की कुछ खास क्रिया की सहायता से यह ज्ञान प्राप्त किया जाता है। कहा जा सकता है कि प्रत्यक्ष के आधार पर बुद्धि की क्रिया की सहायता से अप्रत्यक्ष के सम्बन्ध में जो ज्ञान हम प्राप्त करते हैं वह परोक्ष ज्ञान है।

अनुमान — बुद्धि की जो क्रिया प्रत्यक्ष से अप्रत्यक्ष का ज्ञान प्राप्त कराने में सहायक होती है उसे आम तौर पर हम अनुमान (Inference) या तर्क (Reasoning) की क्रिया कहते हैं। उदाहरण के लिए प्रत्यक्ष रूप से कहीं से निकलते हुए धुआँ का ज्ञान हमें होता है। उसके आधार पर अनुमान की क्रिया के द्वारा हम यह परोक्ष ज्ञान प्राप्त करते हैं कि जहाँ से धुआँ निकल रहा है वहाँ आग है। उसी प्रकार सुबह उठने पर जब प्रत्यक्ष रूप से हम यह देखते हैं कि छत भींगी हुई है, बाहर सब जगह पानी जमा है, तो अनुमान की क्रिया के द्वारा हम यह परोक्ष ज्ञान प्राप्त करते हैं कि रात में वर्षा हुई है।

अब यद्यपि यह बात सत्य है कि हमारे विकसित ज्ञान में प्रत्यक्ष ज्ञान से कहीं अधिक परोक्ष ज्ञान का ही अंश है, तथापि यदि प्रत्यक्ष ज्ञान से परोक्ष ज्ञान पर जाने के कुछ निश्चित नियम नहीं हो तो फिर किसी प्रत्यक्ष ज्ञान के आधार पर कोई परोक्ष ज्ञान प्राप्त कर लिया जा सकता है और उस स्थिति में तथाकथित परोक्ष ज्ञान वास्तविक अर्थ में ज्ञान रह ही नहीं जाएगा। दूसरे शब्दों में हम कह सकते हैं कि अनुमान की क्रिया के कुछ निश्चित नियम होने चाहिए ताकि एक खास प्रत्यक्ष से एक खास परोक्ष ज्ञान ही हम प्राप्त कर सकें, अन्यथा हमारे परोक्ष ज्ञान का वास्तव में कोई मूल्य नहीं रह जाएगा। इससे यह सिद्ध होता है कि अनुमान की क्रिया शुद्ध (correct) तथा अशुद्ध (incorrect) दोनों ही प्रकार की हो सकती है। इन क्रियाओं में भेद करने के लिए हमारे पास कुछ नियम, कुछ सिद्धान्त होने आवश्यक हैं, अन्यथा

हमारा परोक्ष ज्ञान हमारे जीवन में सहायक न होकर बाधक हो जाएगा। शुद्ध अनुमान के नियमों का सहारा लेकर ही यदि हम प्रत्यक्ष ज्ञान से परोक्ष ज्ञान पर जाएँ, तो वह परोक्ष ज्ञान सचमुच जीवन को उन्नत बनाने में हमारे लिए सहायक होगा।

तर्कशास्त्र का विषय परोक्ष ज्ञान अथवा अनुमान है— तर्कशास्त्र को वास्तव में शुद्ध अनुमान के इन्हीं नियमों और सिद्धान्तों से सम्बन्ध है जिनका पालन कर हम सत्य परोक्ष ज्ञान की प्राप्ति कर सकें। तर्कशास्त्र शुद्ध तथा अशुद्ध अनुमान में भेद करने के तरीकों को हमारे सामने रखते हुए सही ढंग से अनुमान और तर्क करने के नियमों का निरूपण करता है। इस प्रकार तर्कशास्त्र का सम्बन्ध हमारे परोक्ष ज्ञान से है, जिसका विकसित ज्ञान के क्षेत्र में बहुत बड़ा अंश है। वैज्ञानिक ज्ञान प्रत्यक्ष ज्ञान पर आधारित अवश्य होता है, परन्तु उसका ज्यों-ज्यों विकास होता है, परोक्ष ज्ञान का अंश उसमें बढ़ता जाता है। दूसरे शब्दों में वैज्ञानिक ज्ञान के विकास में अनुमान एक बहुत ही महत्त्वपूर्ण सहायक क्रिया है। परन्तु यदि यह अनुमान सही रास्ते पर न हो, तो फिर ज्ञान का विकास होने के बजाय ह्रास होगा तथा वह जीवन के लिए घातक सिद्ध होगा। और सही अनुमान के तरीकों को हमारे सामने रखना ही तर्कशास्त्र का मुख्य काम है। इन बातों से हमें यह आभास मिल जाता है कि तर्कशास्त्र सचमुच क्या करता है, किस तरह के विषय से सम्बन्ध रखता है और हमें सचमुच क्या सिखलाता है। इस सम्बन्ध में और अधिक स्पष्ट तथा सुनिश्चित ज्ञान के लिए हम नीचे तर्कशास्त्र के स्वरूप तथा उसकी विषय-वस्तु का एक विवेचन प्रस्तुत करते हैं। यों तो पूर्ण रूप से तर्कशास्त्र के विषय तथा स्वरूप का ज्ञान हमें तब होगा जब सचमुच हम उसके क्षेत्र में आने वाले विषयों का अध्ययन खुद कर लेंगे।

(2) तर्कशास्त्र क्या है ?

यों तो तर्कशास्त्र की अनेकों परिभाषाएँ दी गई हैं (जिनमें से कुछ का विवेचन हम आगे करेंगे), लेकिन यदि उसकी वास्तविक विषय वस्तु का ध्यान हम रखें, जिसका एक संकेत ऊपर हमने किया है, तो उसकी एक समुचित परिभाषा निम्नलिखित रूप में हम प्रस्तुत कर सकते हैं :—

तर्कशास्त्र एक विज्ञान है जो वैध अनुमान के नियमों तथा कुछ सहायक क्रियाओं का अध्ययन सत्य ज्ञान की प्राप्ति के ध्येय से करता है। *(Logic is a science which studies the principles of valid reasoning and certain other subsidiary processes with a view to attain true knowledge.)*

इस परिभाषा को तोड़ने से इससे तीन मुख्य बातें हमें मिलती हैं:—

(i) तर्कशास्त्र एक विज्ञान है।

(ii) तर्कशास्त्र वैध अनुमान के नियमों तथा कुछ सहायक क्रियाओं का अध्ययन करता है।

(iii) सत्य ज्ञान की प्राप्ति तर्कशास्त्र का लक्ष्य है।

(i) तर्कशास्त्र एक विज्ञान है— विज्ञान एक ऐसा व्यवस्थित ज्ञान है जो एक निश्चित विषय-वस्तु से सम्बन्धित रहता है (Science is systematic knowledge concerned which a specific subject matter)। इस प्रकार विज्ञान के दो प्रमुख लक्षण हैं— (क) इसकी एक निश्चित विषय-वस्तु होती है तथा (ख) उस विषय-वस्तु का अध्ययन वह एक व्यवस्थित रूप (Systematic form) में करता है। इन दोनों ही पहलुओं में विज्ञान अन्य प्रकार के साधारण या लोकप्रिय ज्ञान (Ordinary or Popular knowledge) से भिन्न है।

साधारण ज्ञान की कोई निश्चित विषय-वस्तु नहीं होती, सभी प्रकार की बातें इसमें सम्मिलित रहती हैं। फिर साधारण ज्ञान में विषय-वस्तु का अध्ययन एक निश्चित पद्धति के द्वारा व्यवस्थित रूप में न होकर जैसे-तैसे, छिट-फुट रूप में होता है। परन्तु प्रत्येक विज्ञान की अपनी-अपनी एक विशिष्ट विषय-वस्तु होती है। संसार की हर तरह की बात को एक ही साथ लेकर कोई विज्ञान नहीं चलता। ज्ञान के विशाल क्षेत्र में से एक विशिष्ट भाग वह अपने अध्ययन के लिए चुन लेता है तथा उसी का अध्ययन एक निश्चित पद्धति को अपनाकर व्यवस्थित रूप में वह करता है। तर्कशास्त्र इन दोनों ही अर्थों में विज्ञान है — उसकी एक निश्चित विषय-वस्तु है तथा उस विषय-वस्तु का अध्ययन वह एक व्यवस्थित रूप में करता है। अनुमान तथा उसकी कुछ सहायक क्रियाएँ तर्कशास्त्र के अध्ययन की निश्चित विषय-वस्तु है तथा इनसे सम्बन्धित सिद्धान्तों, नियमों आदि का अध्ययन एक व्यवस्थित रूप में वह करता है।

(ii) तर्कशास्त्र वैध अनुमान के नियमों तथा कुछ सहायक क्रियाओं का अध्ययन करता है — हमने ऊपर देखा है कि अनुमान तथा उसकी कुछ सहायक क्रियाएँ तर्कशास्त्र की निश्चित विषय-वस्तु हैं। अब तर्कशास्त्र अनुमान का अध्ययन इस अर्थ में करता है कि वह हमें उन तरीकों, सिद्धान्तों तथा नियमों से अवगत कराता है जिनका अनुसरण कर ही हम सही ढंग से अनुमान कर सकते हैं। अनुमान आमतौर पर प्रत्यक्ष से अप्रत्यक्ष पर जाने की क्रिया है, परन्तु किसी प्रत्यक्ष से किसी अप्रत्यक्ष पर चला जाना ज्ञान की यथार्थता की दृष्टि से अनुमान नहीं कहा जा सकता। अनुमान को सत्य ज्ञान की प्राप्ति के माध्यम के रूप में अनुमान होने के लिए प्रत्यक्ष से अप्रत्यक्ष पर जाने के कुछ वैध तरीकों का पालन करना होगा। तर्कशास्त्र सचमुच अनुमान के इन्हीं वैध तरीकों का अध्ययन करता है। दूसरे शब्दों में यह कह सकते हैं कि तर्कशास्त्र वैध ढंग से अनुमान करने के नियमों तथा सिद्धान्तों का एक व्यवस्थित अध्ययन हमारे सामने प्रस्तुत करता है ताकि उनका पालन कर हम सही ढंग से अनुमान की क्रिया सम्पन्न कर सकें तथा अवैध अनुमानों को पहचान कर उन्हें त्याग सकें।

अनुमान ही तर्कशास्त्र का मूल विषय है, परन्तु इसके अध्ययन को और भी अधिक स्पष्ट, वैज्ञानिक तथा कारगर बनाने के लिए तर्कशास्त्र परिभाषा, विभाजन वर्गीकरण आदि जैसी कुछ सहायक क्रियाओं से भी सम्बन्धित नियमों आदि का अध्ययन करता है, ताकि हम सही ढंग से किसी पद को परिभाषित कर उसका अर्थ स्पष्ट कर सकें, सही ढंग से किसी जाति का उसकी उपजातियों में विभाजन कर सकें आदि। ये क्रियाएँ निश्चित रूप से अनुमान की क्रिया में सहायक होती हैं, यह हम आगे देखेंगे।

(iii) सत्य-ज्ञान की प्राप्ति तर्कशास्त्र का लक्ष्य है — तर्कशास्त्र उपर्युक्त विषयों का अध्ययन निरुद्देश्य नहीं करता, बल्कि एक निश्चित व्यावहारिक लक्ष्य को ध्यान में रखकर ऐसा करता है। यह व्यावहारिक लक्ष्य है सत्य ज्ञान की प्राप्ति। और इसी अर्थ में विज्ञान होते हुए भी तर्कशास्त्र कला (Art) भी है। वह अनुमान तथा उसकी सहायक क्रियाओं से सम्बन्धित नियमों का अध्यान इस ध्येय से करता है कि उनका पालन कर हम सही ढंग से अनुमान की क्रिया सम्पन्न कर सकें तथा उसके माध्यम से सत्य ज्ञान की प्राप्ति कर सकें। इसलिए तर्कशास्त्र का एक व्यावहारिक पक्ष भी है, उसका अध्ययन सिर्फ सैद्धान्तिक नहीं है।

तर्कशास्त्र के स्वरूप के उपर्युक्त विवेचन से ही यह स्पष्ट हो जाता है कि तर्कशास्त्र विज्ञान और कला दोनों है। विज्ञान और कला में भेद साधारणतः इस आधार पर किया जाता है कि जहाँ विज्ञान सैद्धान्तिक है, वहाँ कला व्यावहारिक है, जहाँ विज्ञान ज्ञानात्मक है, वहाँ कला

क्रियात्मक है। विज्ञान ज्ञान देता है, कला करना सिखलाती है। हमने देखा कि तर्कशास्त्र में दोनों ही गुण हैं। वह हमें अनुमान सम्बन्धी सिद्धान्तों का व्यवस्थित ज्ञान भी देता है तथा यह ज्ञान इस ध्येय से देता है कि कैसे उसका व्यावहारिक जीवन में प्रयोग कर हम सही ढंग से अनुमान कर सकते हैं तथा उसके सहारे सत्य ज्ञान की प्राप्ति कर सकते हैं। इस प्रकार तर्कशास्त्र सैद्धान्तिक एवं व्यावहारिक दोनों है और इसलिए विज्ञान तथा कला दोनों है।

इतना ही नहीं, कहा जाता है कि तर्कशास्त्र सभी विज्ञानों का विज्ञान है तथा सभी कलाओं की कला है (Logic is the science of all sciences and art of all arts.)। और ठीक से विचार करने पर हम देख सकते हैं कि यह कथन यथार्थ ही है, इसमें कोई अतिशयोक्ति नहीं है। तर्कशास्त्र सभी विज्ञानों का विज्ञान इस अर्थ में नहीं है कि वह सभी वैज्ञानिक विषयों का अध्ययन करता है या सभी विज्ञान उसी से निकले हैं, बल्कि इस अर्थ में कि वह सभी विज्ञानों के मूल में है, सभी विज्ञानों का मूलाधार है। सभी विज्ञान अनुमान का सहारा लेते है। बिना अनुमान का सहारा लिये सिर्फ प्रत्यक्ष के आधार पर विज्ञानों का उतना विकास संभव ही नहीं है जितना सचमुच हो पाया है। विज्ञान सचमुच प्रत्यक्ष अनुभव के आधार पर अपने अध्ययन के लिए कच्चा माल (raw material) प्राप्त करता है। उन्हें लेकर उनपर विचार-विमर्श कर, वैध तर्क और अनुमान का सहारा लेकर ही विज्ञान क्रमशः अधिक-से-अधिकतर सामान्य वाक्यों की वैज्ञानिक नियमों के रूप में स्थापना करने में समर्थ हो पाता है। और विज्ञानों को वैध अनुमान अथवा तर्क करने की विधि तर्कशास्त्र से ही प्राप्त होती है। इसीलिए तर्कशास्त्र सभी विज्ञानों का मूल आधार है और इसलिए सभी विज्ञानों का विज्ञान है।

फिर वह सभी कलाओं की कला भी है, चूँकि आखिर कोई भी कला क्यों न हो, सही अर्थ में कला होने के लिए उसे युक्तिसंगत और तर्कसंगत होना ही पड़ेगा। विचारविहीन और युक्तिविहीन कला किसी काम की कला नहीं हो सकती। एक विवेकशील व्यक्ति जीवन का हर व्यवहार एक तर्कसंगत ढंग से सम्पन्न करना चाहता है और ऐसा ही व्यक्ति सचमुच कलानिपुण या व्यवहारकुशल समझा जाता है। अविवेकी व्यवहार मानवोनुकूल व्यवहार नहीं कहा जा सकता। और इस अर्थ में तर्कशास्त्र प्रत्येक कला के मूल मे भी है। इतना ही नहीं, प्रत्येक सच्ची कला आखिर सत्यता की ही प्राप्ति को अपना लक्ष्य बनाये रखती है और तर्कशास्त्र का भी मूल लक्ष्य यही है। इसलिए तर्कशास्त्र सभी कलाओं की कला है, अर्थात् यह एक ऐसी कला है जिसे यदि कोई कला अपने मूलाधार रूप में लेकर न चले तो फिर वह युक्तिविहीन और तर्कविहीन होकर कलाविहीन हो जायेगी और कला रह ही नहीं जायेगी।

(3) तर्कशास्त्र का अध्ययन-क्षेत्र *(Scope or Subject Matter of Logic)*

युक्ति, तर्कवाक्य तथा पद का अध्ययन— तर्कशास्त्र की परिभाषा अथवा उसके स्वरूप-विवेचन से ही यह स्पष्ट हो जाता है कि उसके अध्ययन-क्षेत्र के अन्तर्गत कौन-कौन से विषय आते हैं। हमने देखा है कि तर्कशास्त्र का मूल विषय है अनुमान, परन्तु अनुमान युक्तियों (arguments) के माध्यम से होता है तथा युक्तियाँ वाक्यों द्वारा बनी होती हैं जिन्हें तार्किक भाषा में खास तौर पर तर्कवाक्य या प्रतिज्ञाप्ति (proposition) कहा जाता है (सचमुच तर्कवाक्य क्या है, इसका विवेचन हम आगे करेंगे) फिर ये तर्क वाक्य मूलतः पदों (terms) के द्वारा बने होते हैं। इसीलिए मौलिक तौर पर अनुमान का अध्ययन करने वाला शास्त्र होते हुए भी अनुमान के स्वरूप को अधिक स्पष्ट करने के लिए तर्कशास्त्र पदों एवं तर्कवाक्यों के अध्ययन को भी अपने अध्ययन क्षेत्र में सम्मिलित करता है।

उत्तर : (a) पदों, (b) वर्तमान, (c) चार, (d) अर्थ, (e) पूर्ण वस्तुवाचकता, (f) विधेय, (g) उद्येश्य, (h) कोई पद नहीं, (i) उपाश्रय, (j) विपरीतता।

18. *Answer the following questions by selecting the correct alternative out of the given ones in the brackets :*
निम्नलिखित प्रश्नों के उत्तर कोष्ठकों में दिए गए विकल्पों में से सही विकल्प चुनकर दीजिए :

(a) हेत्वाश्रित तर्कवाक्य का वह अंश जिसमें शर्त निहित रहती है, क्या कहलाता है ? (पूर्ववर्ती, अनुवर्त्ती, सहवर्ती)

(b) एकव्यापी (singular) तर्कवाक्य का उद्देश्य पद कैसा होता है ? (जातिबोधक, व्यक्तिबोधक, दोनों में से कुछ भी नहीं)

(c) जिन वाक्यों में 'पूर्णतया' (absolutely), 'अनिवार्यतः' (necessily), 'सर्वदा' (always) आदि शब्द हों और वाक्य निषेधात्मक हों उनका तार्किक रूपान्तरण क्या होगा ? (E, O, A, I).

(d) 'Ram is not my servant' में कौन सा पद व्याप्त है ? ('Ram', 'my servant', दोनों, कोई नहीं)

(e) अंशव्यापी भावात्मक (particular affirmative) तर्कवाक्य अपने किस पद को व्याप्त करते हैं ? (उद्येश्य को, विधेय को, दोनों को, किसी को नहीं)

(f) 'A' का अनुविपरीत क्या होता है ? ('I', 'E', 'O', कुछ भी नहीं)

(g) 'I' का विपरीत क्या होता है ? ('A', 'E', 'O', कुछ भी नहीं)

(h) 'E' का व्याघाती क्या होता है ? ('A', 'I', 'O', कुछ भी नहीं)

उत्तर : (a) पूर्ववर्त्ती, (b) व्यक्तिबोधक, (c) 'O', (d) दोनों, (e) किसी को नहीं, (f) कुछ भी नहीं, (g) कुछ भी नहीं, (h) 'I'।

19. *Which of the following statements are true and which false ? :—*
निम्नलिखित कथनों में से कौन सत्य हैं और कौन असत्य ? :–

(a) All propositions are sentences, but all sentences are not propositions.
सभी तर्कवाक्य वाक्य है, पर सभी वाक्य तर्कवाक्य नहीं है।

(b) 'Ram is not wise' is a particular negative proposition.
'Ram is not wise' एक अंशव्यापी निषेधात्मक तर्कवाक्य है।

(c) When a term is used in its entire connotation, it is said to be distributed.
जब किसी पद का व्यवहार उसकी पूर्ण गुणवाचकता में होता है तो उसे व्याप्त कहते हैं।

(d) Both the terms of a particular affirmative proposition are undistributed.
किसी भी अंशव्यापी भावात्मक तर्कवाक्य के दोनों पद अव्याप्त रहते हैं।

(e) The sub-altern of 'O' is 'I'.
'I' का उपाश्रित 'O' होता है।

(f) The contrary of 'No Indian is honest' is 'All Indians are honest'.
'No Indian is honest' का विपरीत 'All Indians are honest' होता है।

उत्तर : (a) सत्य, (b) असत्य, (c) असत्य, (d) सत्य, (e) असत्य, (f) सत्य।

अध्याय – 4

1. *What is a syllogism ? Explain its structure with the help of example.*
न्याय क्या है ? उदाहरण की सहायता से इसकी बनावट की व्याख्या कीजिए।

2. *What do you mean by the figure and mood of a syllogismi ? Explain with examples.*
किसी भी न्याय के आकार (आकृति) तथा योग से आप क्या समझते हैं ? उदाहरणों द्वारा व्याख्या कीजिए।

3. *Prove the following :*
निम्नलिखित को सिद्ध कीजिए :
   (a) If both the premises of a syllogism are particular, no conclusion can be drawn.
   यदि किसी न्याय के दोनों ही आधारवाक्य अंशव्यापी हो, तो कोई भी निष्कर्ष सम्भव नहीं होगा।
   (b) 'IE' is not valid in any figure.
   'IE' से किसी भी आकार में निष्कर्ष सम्भव नहीं होगा।
   (c) 'EI' is valid in every figure.
   'EI' प्रत्येक आकार में वैध है।
   (d) 'A' can be a conclusion only in the first figure.
   'A' निष्कर्ष सिर्फ प्रथम आकार में ही सम्भव है।
   (e) If the middle term is distributed in both the premises, the conclusion cannot be universal.
   यदि मध्यवर्ती पद दोनों ही आधारवाक्यों में व्याप्त हो, तो निष्कर्ष पूर्णव्यापी नहीं हो सकता।
   (f) If the conclusion is universal, the middle term can be distributed but once.
   यदि निष्कर्ष पूर्णव्यापी हो तो मध्यवर्ती पद सिर्फ एक ही बार व्याप्त हो सकता है।

4. *Explain and illustrate the following :*
निम्नलिखित की सोदाहरण व्याख्या कीजिए :
   (a) Fallacy of four terms (चतुष्पद दोष)
   (b) Fallacy of undistributed middle (अव्याप्त मध्यवर्ती पद दोष)
   (c) Fallacy of Illicit Major (अनुचित वृहत् पद दोष)
   (d) Fallacy of Illicit Minor (अनुचित लघुपद दोष)

5. *Construct valid syllogisms in each figure (wherever possible) to prove the conclusion 'Some men are rich'. 'Some men are rich'.*
निष्कर्ष प्रमाणित करने के लिए प्रत्येक आकार में (जहाँ कहीं भी सम्भव हो) वैध न्यायों का निर्माण कीजिए।

6. *Determine the syllogism that distributes only one term and that twice.*
उस न्याय को निधारित कीजिए जिसमें एक ही पद व्याप्त हो और दो बार।

7. *Determine the figure and mood of the syllogism whose major term is distributed in the major premise but undistributed in the conclusion.*
उस न्याय के आकार एवं योग का निर्धारण कीजिए जिसका वृहत् पद वृहत् आधार वाक्य में व्याप्त है पर निष्कर्ष में अव्याप्त।

8. *Determine the syllogism which distributes two terms, each only once.*
वैसे न्याय को निर्धारित कीजिए जिसमें दो पद व्याप्त हो, पर दोनों एक-एक ही बार।

9. *Test the following :*
निम्नलिखित की जाँच कीजिए :

(a) My hand touches the table; the table touches the groud; therefore, my hand touches the ground.
(b) This syllogism must be valid, because like all valid syllogisms it has three terms.
(c) I must get the concession, because I am a student and only students get concession.
(d) All men are not laborious; John is laborious; therefore John is not a man.
(e) No minerals are plants, No plants are animals, Therefore, no minerals are animals.

उत्तर-संकेत : ऊपर जाँच के लिए जितने भी उदाहरण दिए गए हैं वे सभी शुद्ध निरपेक्ष न्याय (pure categorical syllogism) के उदाहरण हैं। इन उदाहरणों की जाँच करने का अर्थ है यह देखना कि इनमें से कौन वैध है और कौन अवैध। जो अवैध है उसमें न्याय के किसी-न-किसी नियम का उल्लंघन अवश्य हुआ होगा और इसलिए वह किसी-न-किसी तार्किक दोष से ग्रसित होगा – जैसे, चतुष्पद दोष, अव्याप्त मध्यवर्ती पद दोष आदि। अवैध न्याय क्यों अवैध है तथा किस दोष से ग्रसित है, यह बतलाना ही उसकी जाँच करना है। जो वैध है उसके बारे में यह बतला देना कि वह कैसे वैध है यानी, किसी दोष से ग्रसित नहीं है, उसकी जाँच करना है।

वस्तुनिष्ठ प्रश्न (उत्तरसहित)

10. *Fill up the blanks in the following by selecting the correct alternative out of the given ones in the brackets :—*
कोष्ठकों में दिए विकल्पों में से सही विकल्प चुनकर निम्नलिखित में रिक्त स्थानो की पूर्ति कीजिए :–

(a) प्रत्येक न्याय में सिर्फ .... पद होते हैं। (दो, तीन, चार)
(b) न्याय में प्रत्येक पद .... बार आता है। (एक, दो, तीन)
(c) यदि किसी न्याय में दोनों आधारवाक्य निषेधात्मक हो तो निष्कर्ष .... होगा। (अंशव्यापी, निषेधात्मक, कुछ नहीं)
(d) जब किसी न्याय में मध्यवर्ती पद वृहत आधारवाक्य में विधेय के स्थान पर तथा लघु आधारवाक्य में उद्येश्य के स्थान पर हो तो न्याय .... आकार में होगा। (प्रथम, द्वितीय, तृतीय, चतुर्थ)
(e) किसी न्याय का आकार उसके आधार वाक्यों में .... पद के स्थान पर निर्भर करता है। (वृहत् पद, लघु पद, मध्यवर्ती पद)

(f) न्याय के ········ वैध योग होते हैं। (चौसठ, उन्नीस, सोलह)

(g) किसी न्याय में 'A' निष्कर्ष सिर्फ ········ आकार में होता है।
(प्रथम, द्वितीय, तृतीय, चतुर्थ)

(h) ········ तृतीय आकार का एक सही योग है।
(Darii, Disamis, Bramantip, Dimaris)

उत्तर : (a) तीन, (b) दो, (c) कुछ नहीं, (d) चतुर्थ, (e) मध्यवर्त्ती, (f) उन्नीस, (g) प्रथम, (h) Disamis।

11. *Answer the following questions by choosing the correct alternative out of the given ones in the brackets :—*

कोष्ठकों में दिए विकल्पों में से सही विकल्प चुनकर निम्नलिखित प्रश्नों के उत्तर दीजिए :–

(a) किसी न्याय में कुल मिलाकर कितने तर्कवाक्य होते हैं ? (दो, तीन, चार)

(b) किसी न्याय में पदों की संख्या कितनी होती है ? (दो, तीन, चार)

(c) यदि किसी न्याय में दोनों ही आधारवाक्य अंशव्यापी हो तो निष्कर्ष क्या होगा ?
(अंशव्यापी, पूर्णवयापी, कुछ नहीं)

(d) CELARENT किस आकार का योग है ? (प्रथम, द्वितीय, तृतीय, चतुर्थ)

(e) मध्यवर्ती पद का स्थान न्याय के किन वाक्यों में होता है ?
(वृहत् आधारवाक्य तथा निष्कर्ष, लघु आधार वाक्य तथा निष्कर्ष, वृहत् आधार वाक्य तथा लघु आधारवाक्य)

उत्तर : (a) तीन, (b) तीन, (c) कुछ नहीं, (d) प्रथम, (e) वृहत तथा लघु आधारवाक्य।

12. *Which of the following statements are true and which false ?*

निम्नलिखित कथनों में से कौन सत्य तथा कौन असत्य है ?

(a) यदि किसी न्याय का निष्कर्ष निषेधात्मक (negative) होगा तो वृहत् पद अपने आधारवाक्य में अवश्य व्याप्त होगा।

(b) दो निषेधात्मक आधारवाक्यों से निषेधात्मक निष्कर्ष निकलता है।

(c) 'Bramantip' तृतीय आकार का वैध योग है।

(d) किसी भी न्याय में मध्यवर्ती पद यदि दोनों ही आधार-वाक्यों में विधेय के स्थान पर रहता है तो न्याय द्वितीय आकार का होता है।

(e) यदि किसी न्याय का निष्कर्ष पूर्णव्यापी हो, तो मध्यवर्ती पद आधार-वाक्यों में दोनों ही बार व्याप्त होगा।

उत्तर : (a) सत्य, (b) असत्य, (c) असत्य, (d) सत्य, (e) असत्य।

13. *Which conclusion out of the given set in each case is the correct conclusion drawn out of the given premises in that case ?*

प्रत्येक स्थिति में दिए हुए आधारवाक्यों से उसी स्थिति में दिए निष्कर्षों के समूह में से कौन-सा निष्कर्ष निकालना सही होगा ?

(a) आधारवाक्य (premises)—

All philosophers are wise.

All wise are happy.

निष्कर्ष-समूह (set of conclusions)—

(i) All happy are philosophers.
(ii) Some happy are philosophers.
(iii) Some happy are not philosophers.
(iv) इनमें से कोई नहीं।

(b) आधारवाक्य (premises)—
Some uneducated are not fools.
All uneducated are men.
निष्कर्ष-समूह (set of conclusions)—
(i) No man is fool.
(ii) Some men are fools.
(iii) Some men are not fools.
(iv) इनमें से कोई नहीं।

(c) आधारवाक्य (premises)—
Some Indians are rich.
No rich person is happy.
निष्कर्ष-समूह (set of conclusions)—
(i) No happy person is Indian.
(ii) Some happy persons are not Indians.
(iii) Some happy persons are Indians.
(iv) इनमें से कोई नहीं।

उत्तर : (a)—(ii), (b)—(iii), (c)—(iv)।

अध्याय – 5

1. *What is Symbolic Logic ? How does it differ from the traditional Deductive Logic ?*
प्रतीकात्मक तर्कशास्त्र क्या है ? परम्परागत निगमनात्मक तर्कशास्त्र से यह किस प्रकार भिन्न है ?
2. *Distinguish between a truth-functional and a non-truth-functional proposition and draw out the truth-tables for conjunction and implication.*
सत्यता-फलित तथा न-सत्यता-फलित प्रतिज्ञप्तियों (कथनों) में भेद कीजिए तथा संयोजन एवं आपादन के लिए सत्यता-सारणियाँ बनाइए।
3. *What is Implication ? Explain the paradox of implication.*
आपादान क्या है ? आपादान के विरोधाभास की व्याख्या कीजिए।
4. *If '$\wedge$' be the symbol of the exclusive use of the connective 'or', then construct the truth-table for 'p $\wedge$q'.*
यदि '$\wedge$' 'या' सम्बन्ध के व्यावर्तक प्रयोग का प्रतीक हो तो 'p$\wedge$q' के लिए सत्यत-सारणी का निर्माण कीजिए।
5. *If 'p v q' is true for any vlaue of 'q', what can be said about the truth-value of 'p' ?*
यदि 'q' का सत्यता-मूल्य कुछ भी होने से 'pvq' सत्य ही होता है, तो 'p' के सत्यता-मूल्य के सम्बन्ध में क्या कहा जा सकता है ?

उत्तर : यदि 'q' के सत्य या असत्य कुछ भी होने से 'pvq' सत्य ही होात है, तो इसका मतलब है कि 'p' सत्य है चूँकि यदि 'p' असत्य होगा, तो फिर उस स्थिति में जिसमें 'q' असत्य होता है, 'pvq' का सत्यता-मूल्य असत्य हो जाएगा। पर दिया हुआ है कि 'q' चाहे असत्य भी हो तो 'pvq' सत्य ही होता है, इसका स्पष्ट अर्थ है कि 'p' का सत्यता-मूल्य सत्त्य है।

6. *If 'p.q' is false for any vlaue of 'q' then what can be said about the truth-value of 'p' ?*

यदि 'q' का सत्यता-मूल्य कुछ भी होने से 'p.q' असत्य होता है, तो 'p' के सत्यता-मूल्य के सम्बन्ध में क्या कहा जा सकता है ?

7. *If 'p ≡ q' is true, what will be the true-value of 'p v ~ q' ?*

उत्तर : 'p ≡ q' कब सत्य होता है–जब p तथा q दोनों सत्य हों या p तथा q दोनों असत्य हों। अब जब p तथा q दोनों सत्य होंगे तो 'pv~q' में p तथा q के स्थान पर 'T' सत्यता-मूल्य रखने पर 'pv~q' = Tv~T = TvF = T हो जाएगा। फिर जब p तथा q दोनों असत्य होंगे तो 'pv~q' में p तथा q दोनों के स्थान पर 'F' सत्यता-मूल्य बैठा देने पर 'pv~q' = Fv~F = FvT = T। यानी यह स्पष्ट होता है कि 'p ≡ q' के सत्य होने से 'pv~q' सत्य होगा।

8. *If A and B are true stements, and C and D are false statements, find out the truth-values of the following compound statements :*

यदि A तथा B सत्य कथन हो तथा C तथा D असत्य, तो निम्नलिखित मिश्रकथनों के सत्यता-मूल्य निकालिए :

(a) ~ (A v B), (b) ~ A v ~ B, (c) ~ (A.B),

(d) ~ A. ~ B, (e) ~ (C v D) (f) ~ C v ~ D,

(g) ~ (C.D), (h) ~ C. ~ D. (i) (A.C) v (B.D)

(j) [Cv (A.D)] v ~ [(CvA). (CvD)]

(k) ~ (~ [~ (A.~C). ~ A). ~ C]

हल :– सत्यतामूल्य प्रतिस्थापित करने पर दिया हुआ मिश्रकथन :

~ [~ {~ (T. ~ F) . ~ T}. ~ F]

= ~ [~ {~ (T.T) . F}.T]

= ~ [~ {~ T.F}.T]

= ~ [~ (F. F). T]

= ~ [~ F. T]

= ~ [T. T]

= ~ T = F. यानी दिया हुआ मिश्र कथन असत्य है।

(1) [Cv (A.D)]. ~ [(F v T) v (F v F)]

हल :– = [F v (T. F)]. ~ (F v T) v (F v F)]

= [F v F]. ~ (T v F]

= F. ~ T

= F. F = F, यानी दिया हुआ मिश्र कथन असत्य है।

(m) (A ⊃ B) ⊃ (~ A ⊃ ~ B)

(n) (A ⊃ B) ⊃ (~ B ⊃ ~ A)

हल :– $(T \supset T) \supset (\sim T \supset \sim T)$

$= T \supset (F \supset F)$

$= T \supset T = T$, यानी दिया हुआ कथन सत्य है।

(o) $(C \supset D) \supset (\sim C \supset \sim D)$

(p) $(B \supset A) \supset [(A \supset \sim C) \supset (\sim C \supset B)]$

(q) $(B \equiv \sim A) \equiv (C \equiv D)$

9. *If A and B are true, X and Y are false, and the truth values of P and Q are not known, can you find out the truth-values of the following ? If yes, what ? If not, why not ?*

यदि A तथा B सत्य हों, X तथा Y असत्य तथा P और Q के सत्यता-मूल्य ज्ञात नहीं हो तो क्या आप निम्नलिखित के सत्यता-मूल्य निकाल सकते हैं ? यदि हाँ तो सत्यता-मूल्य क्या होगा और यदि नहीं तो क्यों ?

(a) $A \vee P$ (b) $P \vee \sim P$ (c) $Q . \sim Q$,

(d) $\sim (P . Q) \vee P$, (e) $\sim B.P$ (f) $P \vee \sim (\sim A \vee X)$

हल :– $P \vee \sim (\sim T \vee F)$

$= P \vee \sim (F \vee F)$

$= P \vee \sim F$

$= P \vee T = T$, चूँकि 'P' का सत्यता-मूल्य नहीं भी दिये होने के बावजूद यह स्पष्ट है कि वैकल्पिक कथन का एक विकल्प T (सत्य) होने से P चाहे कुछ भी हो–सत्य या असत्य–कथन $(P \vee T)$ सत्य ही होगा।

(g) $P. [\sim (P \vee Q) \vee \sim P]$

हल :– यहाँ स्पष्ट है कि P यदि असत्य होगा, तब तो पूरा कथन निश्चित रूप से असत्य हो जाएगा। अब यदि P सत्य हो तो Q चाहे कुछ भी हो स्थिति निम्नलिखित होगी :

$T. [\sim (T \vee Q) \sim T]$

$= T . [\sim T \vee \sim T]$

$= T . [F \vee F] = T. F = F$

इस तरह किसी भी हालत में दिया हुआ कथन असत्य होगा।

(h) $\sim [P \vee (B . Y)] \vee [(P \vee B)(. (P \vee Y)]$

(i) $\sim [\sim P \vee (\sim Q \vee X)] \vee \sim [\sim (P \vee Q) \vee (\sim P \vee X)]$

(j) $P \supset A$

(k) $X \supset Q$

(l) $(Q \supset Q) \supset (A \supset X)$

(m) $(P \supset X) \supset (X \supset P)$

(n) $X \supset (Q \supset X)$

(o) $(P \supset P) \supset X$

हल : ज्ञात है कि X असत्य है इसलिए यदि $(P \supset P)$ सत्य होगा तो कथन असत्य हो जाएगा और $P \supset P$ असत्य होगा तो कथन सत्य हो जाएगा। पर P का सत्यता-मूल्य दिया हुआ नहीं है। अतः यदि 'P' को सत्य माना जाए तो $P \supset P$ सत्य होगा और 'P' को असत्य माना जाए, तो भी $P \supset P$ सत्य होगा। अतः $P \supset P$ किसी हालत में सत्य ही होगा। इसलिए पूर्ण कथन–$T \supset F$, यानी 'F' (असत्य) होगा।

अध्याय – 6

(क) Nyaya Theory of Knowledge

1. *Distinguish between Prama and Aprama. What are the different sources of Prama according to Gautama ? Explain briefly.*

प्रमा तथा अप्रमा में भेद कीजिए। गौतम के अनुसार प्रमा के विभिन्न साधन क्या हैं ? संक्षेप में व्याख्या कीजिए।

2. *What is Pratyaksha ? Explain and illustrate its different forms.*

प्रत्यक्ष क्या है ? इसके विभिन्न भेदों की सोदाहरण व्याख्या कीजिए।

3. *What is Anumana ? Explain and illustrate its different forms ?*

अनुमान क्या है ? इसके भेदों की सोदाहरण व्याख्या कीजिए।

4. *Analyse the constituents of Anumana and compare them with those of Western syllogism.*

अनुमान के विभिन्न घटकों (अंगों) का विश्लेषण कीजिए तथा पाश्चात्य 'न्याय' के घटकों के साथ उनकी तुलना कीजिए।

5. *Bring out a comparison between the Western syllogism and Gautam's five-membered syllogism.*

पाश्चात्य न्याय तथा गौतम के पंचावयव न्याय की तुलना कीजिए।

6. *What is Upamana ? Explain with example.*

उपमा क्या है ? सोदाहरण व्याख्या कीजिए।

7. *What is Shabda ? Explain and illustrate its different forms.*

शब्द क्या है ? इसके विभिन्न भेदों की सोदाहरण व्याख्या कीजिए।

(ख) Buddhist Logic

8. *What is inference (anumana) according to Buddhist Logic ? Is it a form of judgement ?*

बौद्ध तर्कशास्त्र के अनुसार अनुमान क्या है ? क्या यह निर्णय का ही एक रूप है ?

9. *Explain the nature of inference according to Buddhist logic. What are its constituents ?*

बौद्ध तर्कशास्त्र के अनुसार अनुमान के स्वरूप की व्याख्या कीजिए। इसमें कौन-कौन से घटक होते हैं ?

10. *How do Buddhists distinguish between Svarthanumana and Pararthanumana ? Explain with the help of example.*

बौद्ध (विचारक) स्वार्थानुमान तथा परार्थानुमान में किस प्रकार भेद करते हैं ? उदाहरणों की सहायता से समझाइए।

11. *What is the nature and structure of a syllogism in Buddhist logic ? Compare the Bauddha syllogism with the Western syllogism as well as with the Panchavayava Nyaya of Gautam.*

बौद्ध तर्कशास्त्र में न्याय का स्वरूप तथा उसकी बनावट क्या है ? बौद्ध न्याय की तुलना पाश्चात्य न्याय तथा गौतम के पंचावयव न्याय के साथ कीजिए।

12. *Explain the three characteristics of Hetu (Middle Term) according to Buddha logic. What forms of inference are possible in the light of these three characteristics ? Elucidate.*
बौद्ध तर्कशास्त्र के अनुसार हेतु के तीन लक्षणों की व्याख्या कीजिए। इन तीनों लक्षणों के आलोक में अनुमान के कौन-कौन से आकार सम्भव है ? स्पष्ट कीजिए।

13. *What do Buddhists mean by taking Vyapti as Avinabhava ? Explain and examine in this connection their conception of Vyapti as based on identity and causation.*
व्याप्ति को अविनाभाव के रूप में लेने का बौद्धों का क्या तात्पर्य है ? इस सिलसिले में तादात्म्य पर आधारित तथा कारणता पर आधारित व्याप्ति की जो उनकी अवधारणा है उसकी व्याख्या तथा परीक्षा कीजिए।

14. *For how many figures and moods (if any) of Aristotation conception is there scope in the Buddhist theory of infernece ? Explain.*
अरस्तू की अवधारणा वाले कितने आकारों तथा योगों के लिए बौद्ध अनुमान-सिद्धान्त में स्थान है (यदि किसी एक के लिए भी स्थान है तो) ? व्याख्या कर बतलाइए।

अध्याय – 7

1. *Explain the importance of science in the modern age.*
आधुनिक काल में विज्ञान के महत्त्व पर प्रकाश डालिए।

2. *What is the value of science for human life ? Explain.*
मनुष्य जीवन के लिए विज्ञान का क्या महत्त्व (मूल्य) है ? व्याख्या कीजिए।

3. *What is scientific method ? Explain it nature and importance.*
वैज्ञानिक पद्धति क्या है। इसके स्वरूप तथा महत्त्व की व्याख्या कीजिए।

4. *What are the chief characteristics of scientific method ? In what important respects does it differ from other methods of establishing true propositions ?*
वैज्ञानिक पद्धति की प्रमुख विशेषताएँ क्या है ? सत्य प्रतिज्ञप्ति स्थापित करने की अन्य पद्धतियों से किन महत्त्वपूर्ण रूपों में यह भिन्न है ?

5. *Distinguish between scientific induction and induction by simple enumeration. Does the latter depend simply on the enumeration of a few instances ? Discuss.*
वैज्ञानिक आगमन तथा केवलगणनाश्रित आगमन में भेद कीजिए। क्या केवलगणनाश्रित आगमन सिर्फ कुछ उदाहरणों की गिनती पर आधारित है ? विवेचन कीजिए।

6. *'Every generalisation involves both analogy and enumeration.' Explain the importance of this statement in respect of scientific generalisations.*
'प्रत्येक सामान्यीकरण में सादृश्यानुमान तथा परिगणना दोनों सम्मिलित होते हैं।' वैज्ञानिक सामान्यीकरणों के सन्दर्भ में इस कथन के महत्त्व पर प्रकाश डालिए।

7. *Do you think that what is called scientific induction differs sharply from induction by simple enumeration ? Give reasons for your answer.*
क्या आप समझते हैं कि तथाकथित वैज्ञानिक आगमन तथा केवलगणनाश्रित आगमन में बहुत तीक्ष्ण भेद है ? अपने उत्तर के लिए कारण दीजिए।

8. *Is there any basic difference between the method of natural science and that of social science ? Discuss.*
क्या प्रकृति विज्ञान तथा समाज विज्ञान की पद्धतियों में कोई मौलिक अन्तर है ? विवेचन कीजिए।

9. *What, if any, is the difference between the method of natural science and that of social science ? Explain and discuss.*
प्रकृतिविज्ञान की पद्धति तथा समाजविज्ञान की पद्धति में क्या भेद है, यदि कोई है तो ? व्याख्या तथा विवेचना कीजिए।

अध्याय – 8

1. *What is observation ? What is experiment ? Explain clearly the relation between the two.*
निरीक्षण क्या है ? प्रयोग क्या है ? दोनों के बीच सम्भन्ध की स्पष्ट व्याख्या कीजिए।

2. *Explain the nature of observation and experiment. What are the advantages of experiment over obsrvation ? Explain.*
निरीक्षण तथा प्रयोग के स्वरूप की व्याख्या कीजिए। निरीक्षण की अपेक्षा प्रयोग की कौन-कौन सी सुविधाएँ हैं ? व्याख्या कीजिए।

3. *Distinguish between observation and experiment and discuss the relative advantages of one over the other.*
निरीक्षण तथा प्रयोग में भेद कीजिए तथा एक की तुलना में दूसरे की सुविधाओं की विवेचना कीजिए।

4. *'Observation and experiment differ in degree, not in kind' ? Elucidate.*
'निरीक्षण तथा प्रयोग में मात्रा की भिन्नता है, प्रकार की नहीं।' स्पष्ट कीजिए।

5. *What is observation ? What are the advantages of observation over experiment ? Discuss.*
निरीक्षण क्या है ? प्रयोग की तुलना में निरीक्षण की क्या सुविधाएँ हैं ? विवेचना कीजिए।

6. *Explain with examples the fallacies connectd with observation.*
निरीक्षण सम्बन्धी दोषों की सोदाहरण व्याख्या कीजिए।

7. *What are the two kinds of non-observation ? Explain with examples.*
अनिरीक्षण के दो भेद कौन से हैं ? सोदाहरण व्याख्या कीजिए।

वस्तुनिष्ठ प्रश्न (उत्तरसहित)

8. *Answer th following questions by choosing the correct alternative out of the given ones in each case :*
प्रत्येक स्थिति में दिए हुए विकल्पों में से सही विकल्प चुनकर निम्नलिखित प्रश्नों के उत्तर दीजिए :

(a) *'In experiment we interrogate nature'. Who said this ?*
'प्रयोग में हम प्रकृति से सवाल पूछते हैं।' यह किसका कथन है ?

(i) Mill (ii) Bacon
(iii) Bain (v) None of the above

(b) *In which of the following conditions do we commit the fallacy of mal-observation ?*

निम्नलिखित में से किस स्थिति में हम गलत निरीक्षण का दोष करते हैं ?

(i) When we leave out observing some essential facts.
जब हम कुछ आवश्यक तथ्यों का निरीक्षण छोड़ देते हैं।

(ii) When we use instruments in observation.
जब हम निरीक्षण में यंत्रों का प्रयोग करते हैं।

(iii) When we interpret the data of our observation wrongly.
जब हम निरीक्षण में प्राप्त प्रदत्तों का गलत अर्थ लगाते हैं।

(iv) In none of the above conditions.
उपर्युक्त में से किसी स्थिति में नहीं।

(c) *In which of the following conditions do we commit the fallacy of non-observation ?*

निम्नलिखित में से किस स्थिति में हम अनिरीक्षण का दोष करते हैं ?

(i) When we leave out observing some essential facts.
(ii) When we use instruments in observation.
(iii) When we interpret our observation wrongly.
(iv) In none of the above conditions.

9. *Choose the correct alternative in each case out of the given ones to complete the incomplete sentence in that case :*

प्रत्येक स्थिति में दिए हुए विकल्पों में से सही विकल्प चुनकर अपूर्ण वाक्य को पूर्ण कीजिए :

(a) Observation is

(i) perception, (ii) regulated perception, (iii) random perception, (iv) none of the above

निरीक्षण :

(i) प्रत्यक्षीकरण है, (ii) व्यवस्थापित प्रत्यक्षीकरण है,
(iii) दिशाहीन प्रत्यक्षीकरण है, (iv) उपर्युक्त में से कुछ भी नहीं है।

(b) Experiment is :

(i) perception, (ii) regulated perception, (iii) observation with instruments, (iv) observation under artificial conditions.

प्रयोग :

(i) प्रत्यक्षीकरण है, (ii) व्यवस्थापित प्रत्यक्षीकरण है; (iii) यंत्रों की सहायता से निरीक्षण है, (iv) कृत्रिम परिस्थितियों के अन्तर्गत किया जाने वाला निरीक्षण है।

10. *Which statement in each of the following sets is true ?*

निम्नलिखित समूहों में से प्रत्येक में कौन-सा कथन सत्य है ?

(a) (i) Observation and Experiment differ is kind.
निरीक्षण तथा प्रयोग में प्रकार-भेद हैं।

(ii) Observation ane Experiment differ in degree.
निरीक्षण तथा प्रयोग में मात्रा-भेद हैं।

(iii) Observation and Experiment do not differ at all.
निरीक्षण तथा प्रयोग में कोई भेद नहीं है।

(iv) Observation and Experiment are opposed to each other.
निरीक्षण तथा प्रयोग एक दूसरे के विरोधी हैं।

(b) (i) Experiment is done in natural conditions.
प्रयोग प्राकृतिक परिस्थितियों में किया जाता है।

(ii) Experiment is done under artificial conditions.
प्रयोग कृत्रिम परिस्थितियों में किया जाता है।

(iii) Experiment is done under both natural and artificial conditions.
प्रयोग प्राकृतिक तथा कृत्रिम दोनों परिस्थितियों में किया जाता है।

(iv) None of the above statements is true.
उपर्युक्त में से कोई कथन सत्य नहीं है।

(c) (i) The use of instruments is never made in observation.
निरीक्षण में यंत्रों का प्रयोग कभी नहीं किया जाता।

(ii) The use of instruments is essential in experiment.
प्रयोग में यंत्रों का उपयोग अनिवार्य है।

(iii) The use of instruments is essential in observation.
निरीक्षण में यंत्रों का उपयोग अनिवार्य है।

(iv) None of the above statements is true.
उपर्युक्त कथनों में से कोई सत्य नहीं है।

(d) 'People with grey eyes are cunning.'
'भूरी आँखों वाले लोग धूर्त होते हैं।'

(i) The above statement suffers from the fallacy of mal-observation.
उपर्युक्त कथन में गलत निरीक्षण का दोष है।

(ii) The above statement suffers from the fallacy of non-observation of instances.
उपर्युक्त कथन में उदाहरणों के अनिरीक्षण का दोष है।

(iii) The above statement suffers from the fallacy of the non-observation of essential circumstances.
उपर्युक्त कथन में आवश्यक परिस्थितियों के अनिरीक्षण का दोष है।

(iv) None of the above statements is true.
उपर्युक्त में से कोई कथन सत्य नहीं है।

(e) 'The earth is static and the sun moves'.
'पृथ्वी स्थिर है तथा सूर्य चलता है।'

(i) The above statement suffers from the fallacy of mal-observation.
उपर्युक्त कथन में गलत निरीक्षण का दोष है।

(ii) The above statement suffers from the fallacy of non-observation.
उपर्युक्त कथन में अनिरीक्षण का दोष है।

(iii) There is no fallacy of observation in the above statement.
उपर्युक्त कथन में निरीक्षण सम्बन्धी कोई दोष नहीं है।

(iv) None of the above statements is true.
उपर्युक्त में से कोई कथन सत्य नहीं है।

उत्तर :–

(8) (a)–(ii), (b)–(iii), (c)–(i)
(9) (a)–(ii), (b)–(iv)
(10) (a)–(ii), (b)–(ii), (c)–(iv), (d)–(ii), (e)–(i)

अध्याय – 9

1. *What is a Hypothesis ? What role does it play in scientific method ? Explain.*
प्राक्कल्पना क्या है ? वैज्ञानिक पद्धति में इसकी क्या भूमिका है ? व्याख्या कीजिए।
2. *What is meant by a 'relevant' hypothesis ? How is such a hypothesis formed ?*
'प्रासंगिक' प्राक्कल्पना से क्या तात्पर्य है। इस प्रकार की प्राक्कल्पना का निर्माण कैसे होता है ?
3. *Explain the necessary conditions of a scientific hypothesis.*
वैज्ञानिक प्राक्कल्पना की अनिवार्य शर्तों की व्याख्या कीजिए।
4. *What are the conditions which a scientific hypothesis must fulfill ? Explain.*
किसी वैज्ञानिक प्राक्कल्पना को किन शर्तों की पूर्ति करना आवश्यक है ? व्याख्या कीजिए।
5. *What is mean by the 'simplicity' of a hypothesis ? In what way does it make a hypothesis scientifically more adequate ?*
किसी प्राक्कअपना की 'सरलता' से क्या समझा जाता है ? किस प्रकार यह किसी प्राक्कल्पना को वैज्ञानिक दृष्टि से अधिक उपयुक्त बनाती है ?
6. *How is a hypothesis deductively developed and verified ? Explain with examples.*
किसी प्राक्कल्पना का गिनमनात्मक विकास तथा सत्यापन कैसे किया जाता है ? सोदाहरण व्याख्या कीजिए।
7. *How is a hypothesis confirmed ? Explain.*
किसी प्राक्कल्पना को संपुष्ट कैसे किया जाता है ? व्याख्या कीजिए।
8. *What is a crucial experiment ? How is it related with the question of the verification of a hypothesis ?*
'निर्णायक प्रयोग' क्या है ? किसी प्राक्कल्पना के सत्यापन की समस्या से यह किस प्रकार सम्बन्धित है ?
9. *Can there be crucial experiments in science ? Discuss.*
क्या विज्ञान में निर्णायक प्रयोग हो सकते हैं ? विवेचना कीजिए।

वस्तुनिष्ठ प्रश्न (उत्तरसहित)

10. *Choose the correct alternative out of the given ones in each case to complete the incomplete sentence in that case :*
प्रत्येक स्थिति में दिए हुए अपूर्ण वाक्य को पूर्ण करने के लिए उस स्थिति में दिए गए विकल्पों में से सही विकल्प चुनिए :

(a) A hypothesis is :
(i) a free flight of mind, (ii) a discovery,
(iii) a provisional supposition to explain a problematic event,
(iv) any supposition.
प्राक्कल्पना :
(i) एक स्वतंत्र मानसिक उड़ान है, (ii) अनुसंधान है,
(iii) किसी समस्यात्मक घटना की व्याख्या के लिए तब तक किया गया एक अटकल है,
(iv) कोई अटकल है।

(b) The experiment which decides in a definite way which of the several hypotheses explaining an event is true is called.
(i) absolute experiment, (ii) specific experiment,
(iii) crucial experiment, (iv) real experiment

(c) A hypothesis is scientifically valuable, if it is
(i) opposed to the established scientific law,
(ii) opposed to a religious conviction,
(iii) in complete agreement with a religious conviction,
(iv) verifiable.
कोई प्राक्कल्पना वैज्ञानिक रूप से महत्त्वपूर्ण तब होती है जब वह
(i) स्थापित वैज्ञानिक नियम के विरुद्ध हो,
(ii) किसी धार्मिक विश्वास के विरुद्ध हो,
(iii) किसी धार्मिक विश्वास के साथ उसका पूर्ण मेल हो,
(iv) सत्यापनीय हो।

(d) A hypothesis is verified :
(i) only directly, (ii) only indirectly,
(iii) both directly and indirectly, (iv) neither directly nor indirectly
कोई प्राक्कल्पना सत्यापित होती है :
(i) सिर्फ प्रत्यक्ष रूप में, (ii) सिर्फ अप्रत्यक्ष रूप में,
(iii) प्रत्यक्ष तथा अप्रत्यक्ष दोनों रूपों में,
(iv) न तो प्रत्यक्ष रूप में और न अप्रत्यक्ष रूप में।

(e) Indirect verification of a hypothesis involves
(i) only deduction, (ii) only induction,
(iii) deduction and induction both,
(iv) neither deduction nor induction.

प्राक्कल्पना के अप्रत्यक्ष सत्यापन में सम्मिलित हैं

(i) सिर्फ निगमन, (ii) सिर्फ आगमन,

(iii) निगमन तथा आगमन दोनों, (iv) न तो निगमन और न आगमन।

11. *What is essential for a hypothesis to become a scientific law ?*
किसी भी प्राक्कल्पना के वैज्ञानिक नियम होने के लिए क्या आवश्यक है ?

(i) its modification (इसमें सुधार),

(ii) its comparison with other scientific laws (अन्य वैज्ञानिक नियमों के साथ इसकी तुलना),

(iii) its verification (इसका सत्यापन), (iv) None of the above (उपर्युक्त में से कुछ भी नहीं)।

12. *Which of the following statements are true and which false ?*
निम्नलिखित कथनों में से कौन सत्य तथा कौन असत्य है ?

(a) Scientifically, a false hypothesis is of no value.
वैज्ञानिक दृष्टि से एक असत्य प्राक्कल्पना बिलकुल महत्त्वहीन है।

(b) A scientific hypothesis must be verifiable.
वैज्ञानिक प्राक्कल्पना को अवश्य ही सत्यापनीय होना चाहिए।

(c) A hypothesis can only be directly verified.
किसी प्राक्कल्पना को सिर्फ प्रत्यक्ष रीति से ही सत्यापित किया जा सकता है।

(d) A scientifically valuable hypothesis must go against the established truths.
वैज्ञानिक दृष्टि से महत्त्वपूर्ण प्राक्कल्पना को अवश्य ही स्थापित सत्यों के विरुद्ध जाना चाहिए।

उत्तर :–

10. (a) –(iii), (b)–(iii), (c)–(iv), (d)–(iii), (e)–(iii)
11. (iii)
12. (a) असत्य, (b) सत्य, (c) असत्य, (d) असत्य।

अध्याय – 10

1. *What are Mill's five experimental methods ? For what exact purpose Mill enunciated and explained them ?*
मिल की पाँच प्रायोगिक विधियाँ क्या हैं ? ठीक-ठीक किस उद्येश्य की पूर्ति के लिए मिल ने इनकी उद्घोषणा तथा व्याख्या की ?

2. *Explain and examine Mill's method of agreement. Why does he take it as a method of discovery only, and not of proof ?*
मिल की अन्वय-विधि की व्याख्या तथा परीक्षा कीजिए। मिल क्यों इस विधि को सिर्फ अनुसंधान की विधि के रूप में लेते हैं, प्रमाण की विधि के रूप में नहीं ?

3. *Explain Mill's method of difference and point out its merits and demerits. Why is it called the method of proof ?*

मिल की व्यतिरेक-विधि की व्याख्या कीजिए तथा इसके गुण-दोषों को बतलाइए। इसे प्रमाण-विधि क्यों कहा जाता है ?

4. *Explain Mill's Joint method of agreement and difference. Is it really a combination of the methods of agreement and difference ? Discuss.*
मिल की अन्वय-व्यतिरेक विधि की व्याख्या कीजिए। क्या यह सचमुच अन्वय तथा व्यतिरेक विधियों का संयुक्त रूप है ? विवेचन कीजिए।

5. *Explain and illustrate the method of residues.*
अवशिष्ट-विधि की सोदाहरण व्याख्या कीजिए।

6. *Explain and examine the method of concomitant variation. Is there anything special about this method ? Explain.*
सहचारी परिवर्तन-विधि की व्याख्या एवं परीक्षा कीजिए। क्या इस विधि की अपनी कुछ विशिष्टता है ? व्याख्या कीजिए।

वस्तुनिष्ठ प्रश्न (उत्तरसहित)

7. *Answer each of the following questions by choosing the correct alterantive out of the given ones in each case :*
प्रत्येक स्थिति में दिए हुए विकल्पों में से सही विकल्प चुनकर निम्नलिखित प्रश्नों के उत्तर दीजिए :

(a) How many methods are there according to Mill for establishing causal relation ?
मिल के अनुसार कारण – कार्य सम्बन्ध स्थापित करने की कितनी विधियाँ हैं ?
(i) Two (दो), (ii) Three (तीन), (iii) Four (चार), (iv) Five (पाँच)।

(b) Which of the following methods requires two and only two instances to establish a causal relation ? :
निम्नलिखित में से किस विधि को कारण-कार्य सम्बन्ध स्थापित करने के लिए दो और सिर्फ दो उदाहरणों की आवश्यकता पड़ती है :
(i) The method of concomitant variation,
(ii) The method of agreement,
(iii) The method of difference,
(iv) The joint method of agreement and difference

(c) Which of the following is true of the method of difference ?
निम्नलिखित में से कौन-सी बात व्यतिरेक विधि के लिए सत्य है ?
(i) It is a method of proof.
यह प्रमाण विधि है।
(ii) It is a method of discovery.
यह अनुसंधान विधि है।
(iii) It is both a method of proof and method of discovery.
यह प्रमाण तथा अनुसंधान विधि दोनों है।
(iv) It is neither a method of discovery nor a method of proof.
यह न तो अनुसंधान विधि है और न प्रमाण विधि।

जाती है। संक्षेप में इन बातों को हम निम्नलिखित रूप में देख सकते हैं :—

'मनुष्य' पद

वस्तुवाचकता		*गुणवाचकता*
सारी मानव जाति	⟶	पशुता + विवेकशीलता
वस्तुवाचकता में ह्रास		गुणवाचकता में वृद्धि
सभी विद्वान् मनुष्य	⟶	पशुता + विवेकशीलता + विद्वता

(ग) **गुणवाचकता में वृद्धि तो वस्तुवाचकता में ह्रास**— *यदि किसी पद की गुणवाचकता में वृद्धि होती है तो उसकी वस्तुवाचकता में ह्रास होता है।* 'मनुष्य' पद की गुणवाचकता है पशुता + विवेकशीलता और उसकी वस्तुवाचकता है समस्त मनुष्य जाति। अब यदि उसकी गुणवाचकता में एक और गुण 'ईमानदारी' जोड़कर हम उसमें वृद्धि कर दें तो हम स्पष्ट देख सकते हैं कि वस्तुवाचकता में ह्रास हो जाएगा, यानी, समस्त मानव जाति से घटकर वह सिर्फ सभी ईमानदार मनुष्य तक सीमित रह जाएगी। इस प्रकार यह स्पष्ट हो जाता है कि गुणवाचकता में वृद्धि होने से वस्तुवाचकता में ह्रास हो जाता है। संक्षेप में इन बातों को हम निम्नलिखित रूप में देख सकते हैं :—

'मनुष्य' पद

गुणवाचकता		**वस्तुवाचकता**
पशुता + विवेकशीलता	⟶	सभी मनुष्य
गुणवाचकता में वृद्धि		वस्तुवाचकता में ह्रास
पशुता + विवेकशीलता + ईमानदारी	⟶	सभी ईमानदार मनुष्य

(घ) **गुणवाचकता में ह्रास तो वस्तुवाचकता में वृद्धि**— *यदि किसी पद की गुणवाचकता में ह्रास होता है तो उसकी वस्तुवाचकता में वृद्धि होती है।* हम देख सकते हैं कि 'मनुष्य' पद की गुणवाचकता को यदि पशुता + विवेकशीलता से घटाकर हम सिर्फ पशुता कर दें तो उसकी वस्तु वाचकता सभी मनुष्य या सारी मानव जाति से बढ़कर सभी पशु या समस्त पशु जाति हो जाएगी। और इस प्रकार यह स्पष्ट हो जाता है कि गुणवाचकता में ह्रास होने से वस्तुवाचकता में वृद्धि हो जाती है। संक्षेप में इन बातों को हम निम्नलिखित रूप में देख सकते हैं :—

'मनुष्य' पद

गुणवाचकता		*वस्तुवाचकता*
पशुता + विवेकशीलता	⟶	सभी मनुष्य
गुणवाचकता में ह्रास		वस्तुवाचकता में वृद्धि
पशुता	⟶	सभी पशु

उपर्युक्त सारे विवेचन से यह स्पष्ट हो जाता है कि 'मनुष्य' पद की वस्तुवाचकता एवं गुणवाचकता विपरीत समानुपाती रूप में घटती-बढ़ती है, यानी, एक घटती है तो दूसरी बढ़ती है और एक बढ़ती है तो दूसरी घटती है। परन्तु यहाँ यह नहीं समझना चाहिए कि वस्तुवाचकता तथा गुणवाचकता का उपर्युक्त सम्बन्ध सिर्फ 'मनुष्य' पद के लिए ही लागू है। 'मनुष्य' पद तो बातों को समझने के लिए एक उदाहरण के रूप में रखा गया है। वास्तव में जो बात 'मनुष्य' पद के सम्बन्ध में सत्य है वह वैसे किसी भी पद के सम्बन्ध में सत्य है। यानी, यह बात किसी

भी पद के सम्बन्ध में सत्य है कि उसकी वस्तुवाचकता में वृद्धि के साथ उसकी गुणवाचकता में ह्रास होता है तथा उसकी गुणवाचकता में वृद्धि के साथ उसकी वस्तुवाचकता में ह्रास होता है। उसी प्रकार फिर उसकी वस्तुवाचकता में ह्रास होने से उसकी गुणवाचकता में वृद्धि होती है तथा उसकी गुणवाचकता में ह्रास होने से उसकी वस्तुवाचकता में वृद्धि होती है। और इसे ही वस्तुवाचकता तथा गुणवाचकता के बीच विपरीत वैषम्य सम्बन्ध की संज्ञा दी जाती है।

(5) विपरीत-वैषम्य सम्बन्ध की कुछ तथाकथित कमजोरियाँ

यद्यपि ऊपर की व्याख्या के आधार पर वस्तुवाचकता तथा गुणवाचकता के बीच विपरीत वैषम्य सम्बन्ध बड़ा निस्सन्देह मालूम पड़ता है तथापि इस सम्बन्ध की सार्वभौम वैधता एवं सत्यता पर सन्देह किए जाते हैं तथा इस नियम की कुछ कमजोरियाँ भी उपस्थित की जाती है। हमें इन सन्देहों एवं कमजोरियों को इस दृष्टि से देखना पड़ेगा कि कहाँ तक वे यथार्थ हैं।

(क) सबसे पहला सन्देह उपर्युक्त सम्बन्ध के बारे में यह उपस्थित किया जाता है कि वस्तुओं सम्बन्धी हमारे ज्ञान में वृद्धि के साथ किसी पद की वस्तुवाचकता तो बढ़ जाती है, परन्तु उसके अनुरूप गुणवाचकता में ह्रास कहाँ होता है ? उदाहरण के लिए यह कहा जा सकता है कि अमेरिका के अनुसंधान के साथ 'महादेश' पद की वस्तुवाचकता में तो वृद्धि हो गई परन्तु उसकी गुणवाचकता में कहाँ कोई ह्रास हुआ ? उसी प्रकार जनसंख्या वृद्धि सम्बन्धी हमारा नित्य प्रति का ज्ञान हमें यह बतलाता है कि 'मनुष्य' पद की वस्तुवाचकता रोज बढ़ रही है, परन्तु उसके साथ उस पद की गुणवाचकता में कहाँ कोई समानुपाती ह्रास हो रहा है ? 'मनुष्य' पद की गुणवाचकता तो वही है, यद्यपि उसकी वस्तुवाचकता में बराबर वृद्धि हो रही है।

परन्तु हम देख सकते हैं कि उपर्युक्त प्रकार का विचार पदों की वस्तुवाचकता सम्बन्धी एक गलत धारणा पर आधारित है और इसलिए यह विपरीत-वैषम्य सम्बन्ध के प्रति किसी वास्तविक अपवाद का द्योतक नहीं है। किसी पद की वस्तुवाचकता को उस पद से सम्बन्धित वस्तुओं की संख्या में वृद्धि या ह्रास विषयक हमारे ज्ञान से कोई मतलब नहीं है। किसी पद की वस्तुवाचकता के अन्दर सिर्फ वे ही वस्तुएँ नहीं आती जो वर्तमान समय में मौजूद है, बल्कि समान गुण वाली वे समस्त वस्तुएँ उसकी वस्तुवाचकता के अन्तर्गत आती है जो चाहे भूतकाल में हो चुकी हैं या भविष्य काल में अभी आने वाली है। 'मनुष्य' पद की वस्तुवाचकता के अन्तर्गत सिर्फ वे ही मनुष्य नहीं आते जो अभी संसार में विद्यमान है, बल्कि भूत तथा भविष्य के भी सारे मनुष्य उसके अन्तर्गत चले आते हैं। इस प्रकार जनसंख्या वृद्धि सम्बन्धी उपर्युक्त दलील देकर विपरीत वैषम्य सम्बन्ध के प्रति सन्देह प्रकट करना एक गलतफहमी का द्योतक है, इससे वास्तव में इस सम्बन्ध की सार्वभौम सत्यता का खंडन नहीं होता।

(ख) दूसरा सन्देह यह कहकर व्यक्त किया जाता है, और बहुत हद तक इसमें यथार्थता भी हैं, कि किसी पद की वस्तुवाचकता या गुणवाचकता को बढ़ाने-घटाने की बात ही करना एक भ्रम अथवा भूल का शिकार होना है। किसी पद की जो वस्तुवाचकता है वह वही रहेगी उसे बढ़ाया-घटाया नहीं जा सकता। ज्योंही हम किसी पद की वस्तुवाचकता को बढ़ाने या घटाने की बात करते हैं, त्योंही वास्तव में हम उस पद को ही बदलकर एक दूसरा पद सामने ला देते हैं। और इसलिए ऐसा कहना कि किसी पद की वस्तुवाचकता में वृद्धि कर देने से उसकी गुणवाचकता में ह्रास हो जाता है सारी बात को एक भ्रमपूर्ण रूप में उपस्थित करना है। उदाहरण के लिए, कहा जाता है कि यदि 'मनुष्य' पद की वस्तुवाचकता बढ़ाकर हम समस्त पशु जाति कर दें तो उसकी गुणवाचकता घटकर सिर्फ पशुता रह जाती है। परन्तु वास्तव

में 'मनुष्य' पद की वस्तुवाचकता बढ़ाकर समस्त पशु जाति करने का कोई अर्थ ही नहीं है। समस्त पशु जाति तो 'पशु' पद की वस्तुवाचकता है, वह 'मनुष्य' पद की बढ़ी हुई वस्तुवाचकता नहीं है। इसलिए 'मनुष्य' पद की वस्तुवाचकता बढ़ाकर उसकी गुणवाचकता में ह्रास प्रदर्शित करना बातों को गलत ढंग से उपस्थित करना है। किसी पद की वस्तुवाचकता बढ़ाने-घटाने का यदि कोई अर्थ है तो वह है उस पद को ही बदल देना। और ऐसा होने से फिर मूल पद की गुणवाचकता में ह्रास या वृद्धि होने का कोई प्रश्न ही नहीं उठता। यही बात गुणवाचकता के सम्बन्ध में भी कही जा सकती है। किसी पद की गुणवाचकता में वृद्धि या ह्रास कर देने के बाद उस पद की गुणवाचकता वह रह ही नहीं जाती, और इसीलिए तदनुरूप उसकी वस्तुवाचकता में समानुपाती ह्रास या वृद्धि की सारी बात ही भ्रमपूर्ण है।

जैसा ऊपर कहा गया है, इस सन्देह में तथ्य है। सचमुच विपरीत-वैषम्य सम्बन्ध को जिस रूप में उपस्थित किया जाता है, वह भ्रमोत्पादक है। कहना यह चाहिए कि जाति की वस्तुवाचकता उपजाति की वस्तुवाचकता से बड़ी होती है, परन्तु जाति की गुणवाचकता उपजाति की गुणवाचकता से कम होती है। दूसरे शब्दों में कहना यह चाहिए कि एक ही जाति-उपजाति के क्रम में अधिक वस्तुवाचकता कम गुणवाचकता का द्योतक है, और उसी प्रकार कम वस्तुवाचकता अधिक गुणवाचकता का द्योतक है। फिर अधिक गुणवाचकता कम वस्तुवाचकता का द्योतक है तथा कम गुणवाचकता अधिक वस्तुवाचकता का द्योतक है। जाति तथा उपजाति से सचमुच क्या समझा जाता है, इसकी व्याख्या आगे होगी। यहाँ सिर्फ इतना जान लेना पर्याप्त है कि जब दो पदों में ऐसा सम्बन्ध होता है कि एक की वस्तुवाचकता दूसरी की वस्तुवाचकता के अन्दर समाहित हो जाती है तो बड़ी वस्तुवाचकता वाले पद को जाति तथा छोटी वस्तुवाचकता वाले पद को उपजाति कहते हैं। उदाहरण के लिए 'पशु' पद जाति है तथा उसकी तुलना में 'मनुष्य' पद उपजाति।

(ग) एक तीसरा भी आक्षेप विपरीत-वैषम्य सम्बन्ध के विषय में यह कहकर उपस्थित किया जाता है कि इस सम्बन्ध में कोई गाणितिक (Mathematical) निश्चितता नहीं है। आक्षेप लाने वाले कहते हैं कि इस सम्बन्ध के प्रतिपादन में कहा तो यह जाता है कि जब किसी पद की वस्तुवाचकता बढ़ती है तो उसकी गुणवाचकता घटती है और वैसे ही जब गुणवाचकता बढ़ती है तो वस्तुवाचकता घटती है, परन्तु यह घटना-बढ़ना किस निश्चित अनुपात में होता है, यह नहीं बतलाया जाता। हम पाते हैं कि कभी-कभी तो किसी पद की वस्तुवाचकता या गुणवाचकता में थोड़ी भी वृद्धि या ह्रास करने पर उसके अनुरूप उसकी गुणवाचकता या वस्तुवाचकता में बहुत बड़ा ह्रास या वृद्धि हो जाती है, परन्तु कभी-कभी ऐसा नहीं भी होता। तो हम यह कैसे समझें कि वस्तुवाचकता में कितने वृद्धि-ह्रास का असर गुणवाचकता पर कितना पड़ता है ? उदाहरण के लिए हम देख सकते हैं कि गुणवाचकता के पक्ष में एक ही वृद्धि करने से कभी तो बहुत अधिक और कभी बहुत कम ह्रास वस्तुवाचकता के पक्ष में हो जाता है। यदि हम 'मनुष्य'पद की गुणवाचकता पशुत्व + विवेकशीलता में एक और गुण अंधापन जोड़ दें तो 'मनुष्य' पद की वस्तुवाचकता सभी मनुष्यों से घटकर सिर्फ अन्धे मनुष्यों तक रह जाती है जिनकी संख्या बहुत ही कम है। परन्तु एक ही गुण यदि कालापन हम जोड़ दें तो 'मनुष्य' पद की वस्तुवाचकता घटकर काले मनुष्यों तक सीमित होती है जिनकी संख्या अंधे मनुष्यों की तुलना में बहुत अधिक है। इस प्रकार उपर्युक्त विपरीत-वैषम्य सम्बन्ध हमें वस्तुवाचकता-गुणवाचकता के परस्पर वृद्धि-ह्रास का कोई निश्चित ज्ञान नहीं देता।

परन्तु वास्तव में उपर्युक्त कठिनाई विपरीत-वैषम्य सम्बन्ध की कोई कमजोरी नहीं बतलाती। यह सम्बन्ध कभी यह दावा ही नहीं करता कि वस्तुवाचकता-गुणवाचकता का परस्पर वृद्धि-ह्रास किसी निश्चित गणितक अनुपात में होता है। तो फिर ऐसे किसी आक्षेप की यहाँ क्या प्रासंगिकता हो सकती है ? यह सम्बन्ध तो सिर्फ एक सामान्य रूप में लिया जाने वाला सम्बन्ध है जिसके पीछे गणित का कोई निश्चित अनुपात निर्धारित नहीं किया जा सकता।

(6) पदों का वर्गीकरण *(Classiciation of Terms)*

विभिन्न दृष्टिकोणों से पदों के विभिन्न प्रकार के वर्गीकरण किए गए हैं। कम-से-कम नौ विभिन्न दृष्टिकोणों को अपनाकर तर्कशास्त्रियों ने नौ प्रकार के वर्गीकरण पदों के किए हैं। ये वर्गीकरण निम्नलिखित हैं :—

(क) एकार्थक (Univocal) तथा अनेकार्थक (Equivocal);
(ख) सरल (Simple) तथा जटिल (Composite);
(ग) व्यक्तिवाचक (Singular) तथा जातिवाचक (General);
(घ) समूहवाचक (Collective) तथा असमूहवाचक (Non-Collective);
(ङ) निश्चित (Definite) तथा अनिश्चित (Indefinite);
(च) वस्तुवाचक (Concrete) तथा भाववाचक (Abstract);
(छ) भावात्मक (Positive), अभावात्मक (Negative) तथा विरहात्मक (Privative);
(ज) निरपेक्ष (Absolute) तथा सापेक्ष (Relative);
(झ) गुणवाचक (Connotative) तथा अगुणवाचक (Non-Connotative)।

अब हम एक-एक कर इन वर्गीकरणों की व्याख्या करें।

(क) एकार्थक तथा अनेकार्थक पद

तर्कशास्त्रियों ने पदों का एक प्रकार का वर्गीकरण इस आधार पर किया है कि कुछ पदों का सदैव एक ही अर्थ होता है तथा कुछ के एक से अधिक अर्थ होते हैं। उदाहरण के लिए 'मनुष्य', 'हाथी', 'कुर्सी', 'मेज' आदि ऐसे पद हैं जिनका प्रत्येक स्थिति में सिर्फ एक ही निश्चित अर्थ होता है, परन्तु 'सैन्धव', 'कर', 'कनक', 'नाग', इत्यादि कुछ ऐसे पद हैं जिनके एक से अधिक अर्थ होते हैं। 'सैन्धव' का अर्थ कभी नमक और कभी घोड़ा होता है। उसी प्रकार 'कर' का अर्थ हाथ तथा मालगुजारी दोनों होता है। फिर 'कनक'का अर्थ सोना भी होता है और धतूरा भी। उसी प्रकार 'नाग'का अर्थ सर्प भी होता है तथा हाथी भी। पहले प्रकार के पदों को, यानी सिर्फ एक अर्थ वाले पदों को, एकार्थक तथा दूसरे प्रकार के पदों को, यानी एक से अधिक अर्थवाले पदों को, अनेकार्थक पद कहते हैं।

परन्तु पदों का उपर्युक्त प्रकार का वर्गीकरण सर्वथा भ्रमपूर्ण है। यह वर्गीकरण वास्तव में पद का नहीं, बल्कि शब्द का है। हमने पद और शब्द का भेद करते हुए देखा है कि एक पद का एक निश्चित अर्थ ही होता है, भले एक शब्द के कई अर्थ हो सकते हैं। पदों का व्यवहार तर्क वाक्यों में होता है जिनके द्वारा अनुमानों का निर्माण होता है। अब यदि पद अनेकार्थक होने लगे तो अनुमान करना ही असम्भव हो जाएगा, चूँकि कुछ दिए हुए तर्क-वाक्यों से जिनमें इस प्रकार के पद हैं हम क्या निष्कर्ष निकालेंगे यह कभी तबतक निश्चित ही नहीं किया जा सकता जबतक हम यह नहीं मान लें कि उस अनुमान के सिलसिले में व्यवहृत किसी पद का प्रत्येक तर्क-वाक्य में एक ही निश्चित अर्थ है। विचार के मौलिक नियमों

(Fundamental laws of thought) में से तादात्म्य नियम (Law of Identity) वस्तुतः हमें यही बतलाता है। इसलिए पदों के अनेक अर्थ होने का कोई सवाल ही पैदा नहीं होता। किसी शब्द के अनेकों अर्थ हो सकते हैं और किसी शब्द के जितने अर्थ होंगे वस्तुतः उतने अलग-अलग पद उससे सम्बन्धित हो जाएँगे। इसलिए यथार्थ दृष्टि से पदों का उपर्युक्त प्रकार का वर्गीकरण ठीक नहीं है, यद्यपि आजकल अधिकांश तर्कशास्त्री इस प्रकार का वर्गीकरण करते हैं।

(ख) सरल तथा जटिल पद

पदों का यह वर्गीकरण उनकी बनावट की दृष्टि से है। जब कोई पद एक ही शब्द से बना होता है तो उसे सरल और जब वह एक से अधिक शब्दों से बना होता है तो उसे जटिल पद कहते हैं। उदाहरण के लिए, 'पुस्तक', 'महल', 'विश्व-विद्यालय', 'मनुष्य', इत्यादि सरलपद हैं, चूँकि ये सभी एक-एक शब्द से बने हैं, तथा 'यह मनुष्य', 'वह लड़का', 'मोहन का पिता' आदि जटिल पद हैं, चूँकि इनकी बनावट में एक से अधिक शब्दों का हाथ है।

(ग) व्यक्तिवाचक तथा जातिवाचक पद

यह वगीर्करण इस दृष्टि से किया गया है कि किसी पद से कितनी वस्तुओं का बोध होता है – एक का या अनेक का। जब किसी पद से सिर्फ एक ही वस्तु का बोध होता है तो उसे व्यक्तिवाचक या व्यक्तिबोधक पद कहते हैं तथा जब किसी पद से अनेकों ऐसी वस्तुओं का बोध होता है जो आपस में कुछ सार गुणों में एक-दूसरे से मिलते-जुलते हैं तथा एक साथ मिलकर एक जाति (class) का निर्माण करते हैं, तो ऐसे पद को जातिवाचक या जाति-बोधक पद कहते हैं। उदाहरण के लिए, 'पटना', 'मोहन', 'एक आदमी', 'वह आदमी', 'विश्व का सबसे ऊँचा पर्वत', 'गंगा नदी' इत्यादि सभी व्यक्ति-वाचक पद है चूँकि इन सबों से एक-एक वस्तु का ही बोध होता है, परन्तु 'आदमी', 'शहर', 'पर्वत', 'नदी' इत्यादि जातिवाचक पद है चूँकि इनसे किसी एक वस्तु का नहीं बल्कि एक जाति के अन्दर आने वाली सारी वस्तुओं का बोध होता है जो अनेकों हैं तथा जिनमें आपस में कुछ सार गुणों (Essential qualities) में मेल है। 'आदमी' पद से पूरी मनुष्य जाति के अन्दर आनेवाले सभी मनुष्यों का बोध होता है जो आपस में दो सार गुणों – पशुता तथा विवेकशीलता – में मिलते-जुलते हैं तथा परस्पर मिलकर आदमी या मनुष्य की एक जाति (class) का निर्माण करते हैं। ऐसी ही बात 'नदी', 'शहर' आदि पदों के साथ भी है। इसीलिए ये सभी पद जातिवाचक हैं। परन्तु 'मोहन', 'एक आदमी', और 'वह आदमी' पदों से सिर्फ एक मनुष्य का बोध होता है। उसी प्रकार 'विश्व का सबसे ऊँचा पर्वत' से सिर्फ एक पहाड़ हिमालय का बोध होता है तताा 'गंगा नदी'से एक ही निश्चित नदी का बोध होता है। इसीलिए ये सारे पद व्यक्तिवाचक पद कहे जाते हैं।

व्यक्तिवाचक पदों को तर्कशास्त्री दो वर्गों में बाँटते हैं – (क) अर्थपूर्ण व्यक्तिवाचक पद (Significant singular terms) तथा अर्थहीन व्यक्तिवाचक पद (Insignificant singular terms)। 'विश्व का सबसे ऊँचा पर्वत', 'संसार की सबसे बड़ी नदी', 'कादम्बिनी के रचयिता', 'वह व्यक्ति जो कल शाम में मुझसे चौराहे पर मिला था' इत्यादि पद अर्थपूर्ण व्यक्तिवाचक पद के उदाहरण हैं तथा 'राम', 'श्याम' आदि अर्थविहीन व्यक्तिवाचक पदों के उदाहरण हैं। व्यक्तिवाचक पदों के बीच उपर्युक्त प्रकार के भेद का आधार सचमुच यह है कि यद्यपि उपर्युक्त दोनों ही प्रकार के पद एक-एक विशिष्ट वस्तु का ही बोध कराते हैं, तथापि पहले प्रकार के व्यक्तिवाचक पद किसी विशिष्ट वस्तु का बोध अपने एक विशिष्ट अर्थ के

चलते कराते हैं; उनमें व्यवहृत शब्दों को मिलाकर एक निश्चित अर्थ निकलता है जिसके चलते वे किसी विशिष्ट वस्तु का बोध कराते हैं; उनके द्वारा व्यक्त अर्थ को समझकर हम यह समझते हैं कि किन विशिष्ट वस्तुओं का बोध वे कराते हैं। परन्तु दूसरे प्रकार के व्यक्तिवाचक पदों का, यानी 'पटना', 'राम' आदि पदों का कोई अर्थ नहीं है और यदि है भी तो अपने अर्थों के चलते वे अपनी-अपनी विशिष्ट वस्तुओं का बोध नहीं कराते, बल्कि सिर्फ इसलिए कराते हैं कि उन विशिष्ट वस्तुओं के वे विशिष्ट नाम दे दिए गए हैं। यही कारण है कि पहले प्रकार के व्यक्तिवाचक पदों को अर्थपूर्ण (Significant) व्यक्तिवाचक पद तथा दूसरे प्रकार के व्यक्तिवाचक पदों को अर्थविहीन (Insignificant) व्यक्तिवाचक पद कहते हैं। सभी व्यक्तिवाचक नाम (Proper names) अर्थविहीन व्यक्तिवाचक पद होते हैं।

(घ) समूहवाचक तथा असमूहवाचक पद

कुछ पद ऐसे होते हैं जो अनेकों वस्तुओं के एक समूह (collection) का बोध कराते हैं, परन्तु उस समूह के अन्दर आनेवाली एक-एक वस्तु का नहीं। उदाहरण के लिए 'जंगल' पद वृक्षों के एक समूह का बोध कराता है, परन्तु एक-एक वृक्ष का नहीं। उसी प्रकार 'पुस्तकालय' पद अनेकों पुस्तकों के एक समूह का बोध कराता है परन्तु एक-एक पुस्तक का नहीं। फिर 'सेना' पद सिपाहियों के एक समूह का बोध कराता है, परन्तु एक-एक सिपाही का नहीं। ऐसे ही पदों को हम समूहवाचक पद कहते है। फिर वैसे पद भी हैं जो या तो समूह का बोध कराते ही नहीं या कराते भी हैं तो ऐसे समूह का जिसके अन्दर आनेवाली एक-एक वस्तु का भी ये बोध करा देते हैं। 'राम', 'एक आदमी' इत्यादि ऐसे पद हैं जिनसे किसी समूह का बोध होता ही नहीं और 'मनुष्य', 'बिल्ली', 'पुस्तक' आदि ऐसे पद हैं जिनसे क्रमशः मनुष्यों, बिल्लियों, पुस्तकों आदि के समूह का तो बोध होता है, परन्तु फिर इन पदों से इन समूहों के अन्दर सम्मिलित एक-एक मनुष्य, या एक-एक बिल्ली, या एक-एक पुस्तक का भी बोध होता है। इन दोनों ही प्रकार के पदों को हम असमूहवाचक पद कहते हैं। इस प्रकार हम कह सकते हैं कि समूहवाचक पद वैसे पद है जिनसे वस्तुओं के सिर्फ समूह का बोध होता है, उन समूहों के अन्दर आनेवाली विशिष्ट वस्तुओं का नहीं, तथा वैसे सारे पद जो समूहवाचक नहीं है, असमूहवाचक है।

अब यहाँ पर ध्यान देने योग्य बात यह है कि समूहवाचक तथा असमूहवाचक दोनों ही प्रकार के पद व्यक्तिवाचक तथा जातिवाचक दोनों हो सकते हैं। उदाहरण के लिए जहाँ 'भागलपुर विश्वविद्यालय पुस्तकालय', 'भारतीय वायु सेना', 'दुमका का जंगल' इत्यादि पद व्यक्तिवाचक समूहवाचक पद (Singular collective terms) हैं वहाँ 'पुस्तकालय', 'वायु सेना या सेना' 'जंगल' इत्यादि पद जातिवाचक समूहवाचक पद (general collective terms) हैं। उसी प्रकार 'राम', 'वह आदमी', 'पटना विश्वविद्यालय के वर्तमान कुलपति' इत्यादि पद व्यक्तिवाचक असमूहवाचक पद (Singular Non-Collective terms) हैं, परन्तु 'आदमी', 'पटना विश्वविद्यालय के कुलपति', 'पुस्तक' इत्यादि पद जातिवाचक असमूहवाचक पद (General Non-Collective terms) हैं। जातिवाचक असमूहवाचक पदों को व्यष्टिवाचक पद (Distributive terms) भी कह सकते हैं, चूँकि ये पद ऐसे पद हैं जो एक जाति का तो बोध कराते ही हैं साथ-ही-साथ उस जाति या समूह के अन्दर आने वाली एक-एक वस्तु का अलग-अलग (distributively) बोध भी कराते हैं। 'आदमी' कहने से आदमी-जाति तथा अलग-अलग एक-एक आदमी दोनों का बोध होता है। इसलिए ऐसे पदों को

समूहवाचक या समष्टिवाचक पदों (Collective terms) की तुलना में, जिनसे सिर्फ समूह का बोध होता है, व्यष्टिवाचक पद (Distributive terms) भी कहते हैं। इसलिए पदों के इस वर्गीकरण के अन्दर हमें निम्नलिखित भेदों-उपभेदों के सम्बन्ध में स्पष्ट होना चाहिए :—

(क) समूहवाचक या समष्टिवाचक (Collective)
  (1) व्यक्तिवाचक समूहवाचक (Singular Collective)
  (2) जातिवाचक समूहवाचक (General Collective)

(ख) असमूहवाचक (Non-Collective)
  (1) व्यक्तिवाचक असमूहवाचक (Singular Non-Collective)
  (2) जातिवाचक असमूहवाचक या व्यष्टिवाचक (General Non-Collective or Distributive)

(ङ) निश्चित तथा अनिश्चित पद

पदों का एक वर्गीकरण इस दृष्टि से भी किया जाता है कि उनसे किसी वस्तु का बिलकुल निश्चित रूप से बोध होता है या सिर्फ एक अनिश्चित रूप में। जैसे, हम यदि कहते हैं 'वह आदमी', तो हम निश्चित रूप से एक विशिष्ट आदमी को बतला रहे हैं, परन्तु यदि हम कहते हैं 'कोई आदमी' या 'एक आदमी' तो बिल्कुल निश्चित रूप में एक विशिष्ट व्यक्ति को हम नहीं बतला रहे हैं, बल्कि एक अनिश्चित रूप में किसी एक व्यक्ति को बतला रहे हैं। तो किसी पद के द्वारा यदि बिल्कुल एक निश्चित रूप में हम किसी वस्तु या व्यक्ति का बोध करा रहे हों, तो वैसे पद को निश्चित पद कहते हैं। जैसे–'वह आदमी', 'यह लड़का', 'गंगा नदी', 'राम', 'कलकत्ता' इत्यादि पद निश्चित पद हैं। फिर किसी पद के द्वारा यदि बिलकुल एक अनिश्चित रूप में किसी वस्तु या व्यक्ति का बोध हो, तो उसे हम अनिश्चित पद कहते हैं। जैसे – 'कोई आदमी', 'एक आदमी', 'कोई नदी', 'प्राचार्य', 'महाविद्यालय' आदि पद अनिश्चित पद हैं।

(च) वस्तुवाचक तथा भाववाचक पद

वस्तुवाचक वे पद हैं जिनसे मूर्त्त वस्तुओं का बोध होता है, यानी ऐसी वस्तुओं का बोध होता है जिनका अस्तित्व होता है तथा जिनमें कुछ गुण भी निहित होते हैं। इसके विपरीत भाववाचक पद मूर्त्त वस्तुओं का बोध न कराकर अमूर्त्त गुणों का बोध कराते हैं जिन गुणों का अपने-आप कोई अस्तित्व नहीं होता, अस्तित्व के लिए उन्हें मूर्त्त वस्तुओं पर निर्भर करना पड़ता है। उदाहरण के लिए, 'मनुष्य', 'जहाज', 'मेढ़क', 'मेज' इत्यादि वस्तुवाचक पद है चूँकि इन सबों से कुछ गुणों से युक्त मूर्त्त अस्तित्वपूर्ण वस्तुओं का बोध होता है। परन्तु 'बुढ़ापा', 'ईमानदारी', 'लाली', 'अंधापन' 'सच्चाई' इत्यादि पद मात्र अमूर्त्त गुणों के बोधक है और इसलिए ये भाववाचक पदों के उदाहरण हैं।

यहाँ एक बात का ध्यान रखना होगा और वह यह कि यद्यपि बुढ़ापा, ईमानदारी आदि भाववाचक संज्ञाएँ भाववाचक पद (Abstract terms) कहलाती हैं, तथापि इनके अनुरूप विशेषण (Adjectives), जैसे – 'बूढ़ा', 'ईमानदार' आदि भाववाचक पद न होकर वस्तुवाचक पद (Concrete terms) होते हैं, चूँकि इनसे सिर्फ अमूर्त्त गुणों का बोध न होकर गुणयुक्त वस्तुओं का बोध होता है। 'बूढ़ा' पद से बूढ़ा आदमी या जानवर बोधित होता है, 'ईमानदार' कहने से ईमानदार व्यक्ति का बोध होता है। उसी प्रकार 'लाल' कहने से लाल वस्तु का बोध होता है। इसीलिए इस बात को बिलकुल सिद्धान्त-रूप में याद रखना चाहिए कि विशेषण सदैव वस्तुवाचक होते हैं (Adjectives are always concrete)।

भाववाचक पद व्यक्तिवाचक (Singular) या जातिवाचक (General) दोनों हो सकते हैं। वैसे भाववाचक पद जिससे सिर्फ एक ही गुण का बोध हो व्यक्तिवाचक भाववाचक पद (Singular abstract terms) कहे जाते हैं तथा वैसे भाववाचक पद जिनसे एक से अधिक गुणों का बोध होता हो, अर्थात् गुणों की एक जाति का ही बोध होता हो, जातिवाचक भाववाचक पद (General abstract terms) कहे जाते हैं। उदाहरण के लिए उजलापन, लाली, ईमानदारी आदि भाववाचक पद व्यक्तिवाचक (Singular) है चूँकि इनमें से प्रत्येक के द्वारा एक-एक ही निश्चित गुण का बोध होता है। परन्तु रंग, गुण आदि भाववाचक पद जातिवाचक (General) हैं चूँकि 'रंग' से उजलापन, लाली आदि सभी रंगों का बोध होता है, तथा 'गुण' से सच्चाई, ईमानदारी, बुद्धिमानी इत्यादि अनेकों गुणों का बोध होता है।

हमने ऊपर बिल्कुल एक साधारण तथा निर्विवाद ढंग से भाववाचक पदों को व्यक्तिवाचक तथा जातिवाचक से विभक्त कर दिया है, परन्तु यह प्रश्न सचमुच विवादग्रस्त है कि भाववाचक पद व्यक्तिबोधक होते हैं या जातिबोधक (Whether Abstract terms are Singular or General)। कुछ तर्कशास्त्री ऐसा मानते हैं (जिनमें Jevons का नाम प्रमुख रूप से लिया जा सकता है) कि सभी भाववाचक पद व्यक्तिवाचक ही होते हैं, चूँकि ठीक से सोचने पर उनमें से प्रत्येक के द्वारा सिर्फ एक ही गुण का बोध होता है। उदाहरण के लिए यदि भाववाचक पद 'लाली' को हम लें तो हम देख सकते हैं कि यह एक ही रंग का बोधक है जो भले ही अलग-अलग मात्रा में अलग-अलग वस्तुओं में पाया जाय। कपड़े की लाली, खून की लाली, पान-कत्थे-चूने से उत्पन्न लाली इत्यादि अलग-अलग लाली के उदाहरण नहीं हैं, बल्कि एक ही लाली के अलग-अलग उदाहरण हैं, उन सबों में मूलतः एक ही लाली मौजूद है और जो भेद उनमें मालूम पड़ता है वह सिर्फ मात्रा (Degree) का भेद है, प्रकार (Kind) का नहीं। यही बात अन्य भाववाचक पदों के सम्बन्ध में भी कही जा सकती है। इसलिए सचमुच सभी भाववाचक पद व्यक्तिवाचक या व्यक्तिबोधक है।

फिर कुछ दूसरे तर्कशास्त्री मानते हैं कि सभी भाववाचक पद जातिवाचक हैं चूँकि उनमें से प्रत्येक के द्वारा सिर्फ एक नहीं बल्कि अनेकों गुणों का बोध होता है। 'उजलापन' कहने से या 'लाली' कहने से सिर्फ एक उजलापन या एक लाली का बोध नहीं होता, बल्कि अनेकों उजलापनों और अनेकों लालियों का बोध होता है जो विभिन्न वस्तुओं में विभिन्न रूपों में पाए जाते हैं। दूध में पाया जानेवाला उजलापन वही नहीं है जो कपड़े में पाया जानेवाला उजलापन है। सभी उजलापन भिन्न-भिन्न हैं। इसीलिए भाववाचक पद जातिवाचक होते हैं।

एक तीसरा भी मत इस सम्बन्ध में है, जिसे प्रायः मशहूर तर्कशास्त्री *केन्स (Keynes)* के नाम के साथ सम्बद्ध किया जाता है। यह मत यह कहता है कि भाववाचक पदों के सम्बन्ध में यह विवाद ही उठाना कि वे व्यक्तिबोधक हैं या जातिबोधक, बेकार और निरर्थक हैं। वस्तुवाचक तथा भाववाचक का भेद पदों को एक दृष्टि से ध्यान में रखकर किया जाता है। उसी प्रकार व्यक्तिबोधक तथा जातिबोधक का भेद पदों को एक दूसरी खास दृष्टि से ध्यान में रखकर किया जाता है। तो फिर दोनों दृष्टियों को बरबस एक साथ मिश्रित कर यह द्वन्द्व पैदा करना कि भाववाचक पद व्यक्तिवाचक हैं या जातिवाचक, बहुत समीचीन कार्य नहीं है।

इस विवाद के सम्बन्ध में एक चौथे प्रकार का मत भी है और वह *मिल (Mill)* का है। मिल का कहना है कि भाववाचक पद व्यक्तिबोधक तथा जातिबोधक दोनों ही होते हैं। कुछ भाववाचक पद व्यक्तिवाचक तथा कुछ जातिवाचक है। और लगता है कि यही मत ठीक है

चूँकि यह दो विरोधी मतों के बीच समन्वय लाता है। ऐसा भी लगता है कि यह वही मत है जिसकी चर्चा एक सामान्य रूप से विवाद से अलग रहकर हमने की है। परन्तु मिल के मत को ठीक से देखने पर यह पता चलेगा कि यह मत हमारे सामान्य मत से भिन्न है। मिल का कहना है कि 'रंग', 'गुण', 'पुण्य' इत्यादि जैसे भाववाचक पद तो जातिवाचक है ही, चूँकि उनके अन्तर्गत स्पष्ट रूप से एक से अधिक प्रकार के रंग या गुण या पुण्य सम्मिलित हैं, परन्तु 'उजलापन', 'लाली' आदि जैसे भाववाचक पद भी जातिवाचक ही हैं, चूँकि ये भी अनेकों उजलापनों, लालियों आदि का बोध कराते हैं, भले ही इन अनेकों उजलापनों, लालियों आदि में सिर्फ मात्रा का ही भेद हो और प्रकार-भेद न हो। इस प्रकार मिलके अनुसार वैसे सभी भाववाचक पद जो प्रकार-भेद के आधार पर अनेकों गुणों का बोध कराते हैं जातिवाचक कहे जाएँगे तथा सिर्फ वैसे ही भाववाचक पद व्यक्तिवाचक कहे जाएँगे जो निर्द्वन्द्व रूप से सिर्फ एक ही गुण का बोध कराते हों – जैसे, 'दूध का उजलापन', 'खून की लाली', इत्यादि पद। इस प्रकार हम देख सकते हैं कि मिल का मत वही मत नहीं है जिसके आधार पर ऊपर हमने एक सामान्य ढंग से व्यक्तिवाचक भाववाचक तथा जातिवाचक भाववाचक पदों का भेद कर दिया है।

परन्तु उपर्युक्त चारों में से कोई भी मत सामान्य तर्कशास्त्रियों को मान्य नहीं है। सभी मत दोषपूर्ण समझे जाते हैं। प्रथम मत में दोष यह है कि उसने अपना ध्यान सिर्फ 'उजलापन' और 'लाली' जैसे भाववाचक पदों तक ही सीमित रखा और 'रंग', 'गुण' आदि जैसे भाववाचक पदों को नहीं देखा जो स्पष्ट रूप से एक से अधिक गुणों का बोध कराते हैं। दूसरे मत का दोष यह है कि उसने यह महसूस नहीं किया कि मात्रा-भेद होने से गुण-भेद नहीं हो जाता। जब गुण वही है तो चाहे किसी भी मात्रा में कितने भी उदाहरणों में मौजूद हो वह एक ही गुण रहता है। और इसलिए मात्राभेद के आधार पर भाववाचक पदों को जातिवाचक कहना भूल है। तीसरा मत तो स्पष्टतः दोषपूर्ण है चूँकि एक बहुत ही छिछली आड़ लेकर वह एक वास्तविक तार्किक प्रश्न से जान बचाने की चेष्टा करता है। वस्तुवाचक-भाववाचक भेद निश्चित ही पदों का एक खास दृष्टि से भेद है और व्यक्तिवाचक-जातिवाचक एक दूसरी खास दृष्टि से। परन्तु इसका मतलब यह नहीं है कि दोनों दृष्टियों से सम्बद्ध कोई सम्मिलित प्रश्न नहीं उठ सकता। जिस प्रकार एक दृष्टि से मनुष्यों का काले-गोरे में वर्गीकरण हो सकता है तथा दूसरी दृष्टि से बुद्धिमान-बुद्धिहीन में, परन्तु फिर भी यह प्रश्न उठाना कोई बिल्कुल गलत और बेकार नहीं है कि काले लोग बुद्धिमान होते हैं या बुद्धिहीन, उसी प्रकार भाववाचक पदों के सम्बन्ध में यह प्रश्न उठाना कि वे व्यक्तिवाचक है या जातिवाचक कोई गलत और बेकार प्रश्न नहीं है। मिल ने सर्वमान्य मत तक पहुँचने की चेष्टा की परन्तु वे भी अपनी गलती के कारण इससे दूर ही रह गये। यह तो उन्होंने ठीक ही महसूस किया कि 'रंग', 'गुण' इत्यादि जैसे भाववाचक पद जातिवाचक हैं, परन्तु 'उजलापन', 'लाली' जैसे पदों को भी मात्रा-भेद के आधार पर जातिवाचक बनाकर उन्होंने भूल की। सर्वमान्य मत यह है कि जो भाववाचक पद प्रकार-भेद (Difference in kind) के आधार पर एक से अधिक प्रकार के गुणों का बोध कराते हैं वे जातिवाचक हैं तथा जो ऐसे गुण का बोध कराते हैं जिनके अलग-अलग उदाहरणों में सिर्फ मात्रा-भेद (Difference in degree) है प्रकार-भेद नहीं उन्हें व्यक्तिवाचक समझा जाएगा।

(छ) भावात्मक, अभावात्मक तथा विरहात्मक पद

जिस पद से किसी वस्तु या गुण की उपस्थिति या भाव (presence) का बोध हो उसे भावात्मक (positive) पद कहते हैं, जिस पद से किसी वस्तु या गुण की अनुपस्थिति या अभाव

(absence) का बोध हो उसे अभावात्मक (negative) पद कहते हैं तथा जिसे पद से किसी वस्तु या गुण के वर्तमान अभाव (present absence) का बोध होता हो परन्तु भविष्य में उस अभाव की पूर्ति की भी सम्भावना हो, उसे विरहात्मक (privative) पद कहते हैं। उदाहरण के लिए, 'मनुष्य', 'आनन्द', 'रंग', 'उजलापन', 'दुःख' इत्यादि सारे पद भावात्मक पद है चूँकि इनमें से प्रत्येक के द्वारा किसी न किसी वस्तु या गुण की उपस्थिति का बोध होता है, यानी, इनके बोलने या लिखने से ही कुछ इस तरह का अर्थ निकलता है कि इनकी उपस्थिति है, ये हैं। परन्तु इनके विपरीत 'अमानव', 'अनाथ', 'निःस्वार्थ', 'निरवयव' इत्यादि ऐसे पद हैं जिनके बोलने या ल्खिने से तुरंत किसी न किसी वस्तु या गुण का अभाव जाहिर होता है अर्थात् यह जाहिर होता है कि कुछ नहीं है। जैसे 'अमानव' से मानव के अभाव, 'अनाथ' से नाथ या मालिक के अभाव, 'निःस्वार्थ' से स्वार्थ के अभाव, 'अनन्त' से अन्त के अभाव का बोध होता है। इसलिए ये सारे पद अभावात्मक है। फिर 'अन्धा', 'लँगड़ा', 'बहरा', 'कमजोर', 'गरीब' इत्यादि ऐसे पद हैं जिनसे वर्तमान समय में किसी वस्तु या गुण का अभाव जाहिर होता है, परन्तु साथ ही साथ ऐसी सम्भावना की भी ध्वनि इन पदों से निकलती है कि भविष्य में उन अभावों की पूर्ति हो जाय। इसलिए ये पद विरहात्मक है।

ऊपर उदाहरणों के द्वारा भावात्मक, अभावात्मक तथा विरहात्मक पदों के स्वरूप को स्पष्ट किये जाने के बावजूद इनके सम्बन्ध में कुछ विशिष्ट बातों पर ध्यान देना जरूरी है, अन्यथा इन्हें ठीक-ठीक पहचानने में कठिनाई एवं सन्देह का सामना करना पड़ सकता है। सबसे पहली बात ध्यान देने योग्य यह है कि यद्यपि अभावात्मक पदों के पहले अक्सर 'अ', 'अन्', 'निः', 'निर्' (अंग्रेजी में 'un', 'non', 'not', 'dis', 'in') इत्यादि उपसर्ग या पीछे 'हीन', 'विहीन' इत्यादि प्रत्यय लगे होते हैं तथापि यह आवश्यक नहीं है कि जिन पदों के साथ ये नहीं लगे हों वे अभावात्मक नहीं ही होंगे या जिनके साथ लगे हों वे निश्चित रूप से अभावात्मक होंगे ही। पदों को भावात्मक या अभावात्मक निश्चित करते वक्त हमें उनके आकार या रूप पर बहुत निर्भर नहीं करना चाहिए। ऐसा करते वक्त हमें उनके अर्थ पर ध्यान देकर यह देखना चाहिए कि उनसे भाव या अभाव का बोध हो रहा है। उदाहरण के लिए 'लंगड़ापन', 'बहरापन', 'सन्देह', 'कमजोरी' आदि ऐसे पद हैं जिनमें से किसी के भी पहले या पीछे ऐसे उपसर्ग या प्रत्यय नहीं लगे हैं जो उनके अभावात्मक रूप का संकेत करें परन्तु फिर भी इनमें से प्रत्येक अभावात्मक पद है, चूँकि प्रत्येक के द्वारा किसी न किसी चीज का अभाव व्यक्त हो रहा है। 'लंगड़ापन' से पैरों के अभाव, 'बहरापन' से सुनने की शक्ति के अभाव, 'सन्देह' से विश्वास के अभाव तथा 'कमजोरी' से बल के अभाव का बोध हो रहा है। उसी प्रकार अंग्रेजी के पद 'Doubt', 'Foreign', 'Darkness', 'Idleness', 'Allien' इत्यादि आकार में भावात्मक लगते हुए भी वास्तव में अभावात्मक पद हैं, चूँकि इनमें से प्रत्येक के द्वारा किसी न किसी चीज के अभाव का बोध हो रहा है। फिर हिन्दी के 'अप्रिय', 'अनमोल', 'अज्ञानी' जैसे पद तथा अंग्रेजी के 'unpleasant', 'unwise', 'Invaluable' आदि जैसे पद प्रत्यक्ष स्वरूप में अभावात्मक लगते हुए भी भावात्मक हैं, चूँकि इनमें से प्रत्येक का अर्थ कुछ ऐसा है कि उससे किसी-न-किसी चीज के भाव का बोध हो रहा है। 'अप्रिय' से दुखद के भाव का बोध, 'अनमोल' से बहुमूल्यता के भाव का बोध तथा 'अज्ञानी' से मूर्खता के भाव का बोध हो रहा है। इसलिए ये सारे पद भावात्मक है।

फिर दूसरी एक बात अभावात्मक तथा विरहात्मक पदों के सम्बन्ध में ध्यान देने योग्य

है। हमने देखा है कि 'अंधा', 'बहरा' इत्यादि जैसे पद जिनसे वर्तमान अभाव जाहिर होता है परन्तु भविष्य में जिस अभाव की पूर्ति की भी सम्भावना है, विरहात्मक पद कहे जाते हैं। परन्तु इन विशेषणों से बनी जितनी भी भाववाचक संज्ञाएँ होगी, जैसे – 'अंधापन', 'लंगड़ापन', 'बहरापन' इत्यादि, वे अभावात्मक पदों के अन्तर्गत आयेंगी, विरहात्मक पदों के अन्दर नहीं। इन पदों से कुछ गुणों के स्थायी अभाव का बोध होता है, यद्यपि ये गुण जब किसी व्यक्ति में होंगे तो उसके अन्दर इनसे सम्बन्धित अभाव अस्थायी हो सकता है जिसकी पूर्ति भविष्य में हो सकती है। इसीलिए जो भी विशेषण विरहात्मक पद होंगे, उनसे बनी भाववाचक संज्ञाएँ (Abstract Nouns) अभावात्मक पद होंगी।

(ज) निरपेक्ष तथा सापेक्ष पद

पदों का यह वर्गीकरण इस बात को ध्यान में रखकर किया जाता है कि कुछ पद ऐसे होते हैं जिनका अर्थ अपने-आप में स्पष्ट होता है, उन्हें अपने अर्थ को स्पष्ट करने के लिए किसी दूसरे पद की अपेक्षा नहीं होती, परन्तु कुछ पद ऐसे होते हैं जिनका कोई अर्थ तबतक नहीं है जबतक कुछ दूसरे पदों के साथ उन्हें सम्बन्धित नहीं किया जाए, यानी उनके साथ सम्बद्ध कर उन्हें नहीं देखा जाए। उदाहरण के लिए, वृक्ष पौधा, फूल, फल आदि ऐसे पद हैं जिनके सुनने से ही उनका अर्थ अपने-आप तुरंत व्यक्त हो जाता है। परन्तु यदि कोई कहे 'पिता', 'शिष्य'आदि तो तुरंत ही सवाल उठेगा – किसका पिता ?, किसका शिष्य ? यानी ये पद ऐसे पद हैं जिनका अपने-आप में कोई अर्थ नहीं होता। बिना किसी पुत्र से सम्बन्धित हुए कोई पिता नहीं होता। उसी प्रकार बिना किसी गुरु से सम्बन्धित हुए कोई शिष्य नहीं होता। इस प्रकार के पदों को अपने अर्थ की अभिव्यक्ति के लिए दूसरे पदों की अपेक्षा रहती है। तर्कशास्त्र में उन पदों को जिनका अर्थ अपने-आप व्यक्त हो जाता है यानी जिन्हें अपने अर्थ को व्यक्त करने के लिए दूसरे पदों की अपेक्षा रही रहती निरपेक्ष पद कहा जाता है तथा उन पदों की जिन्हें अपने अर्थ को व्यक्त करने के लिए दूसरे पदों की अपेक्षा करनी पड़ती है सापेक्ष पद कहा जाता है।

एक अर्थ में सभी पद सापेक्ष होते हैं चूँकि एक अर्थ में किसी भी पद का अर्थ बिना दूसरे पदों से उसे सम्बन्धित किए नहीं निकलता। उदाहरण के लिए 'वृक्ष' पद का अर्थ हम तबतक नहीं समझते जब तक 'मनुष्य', 'जानवर' इत्यादि अनेकों पदों से उसे सम्बन्धित कर हम यह नहीं समझें कि यह पद इन पदों से भिन्न है। परन्तु यहाँ तर्कशास्त्र में उपर्युक्त अर्थ में पदों की सापेक्षता का अर्थ हम नहीं लगाते। यहाँ वैसे ही पद सापेक्ष हैं जिनका बिना दूसरे पदों से सम्बद्ध हुए कोई अर्थ ही नहीं है। जैसे – पिता, पुत्र, पति, पत्नि, गुरु, शिष्य, बड़ा, छोटा इत्यादि पद।

(झ) गुणवाचक तथा अगुणवाचक पद

ऊपर पदों के दो पहलू बतलाए गए हैं –– वस्तु-वाचकता तथा गुणवाचकता। परन्तु प्रत्येक पद में ये दोनों पहलू आवश्यक रूप मे विद्यमान नहीं होते। कुछ पदों में वस्तुवाचकता तथा गुणवाचकता दोनों होती हैं, परन्तु कुछ पदो में या तो सिर्फ वस्तुवाचकता होती है या सिर्फ गुणवाचकता। पहले प्रकार के पदों को गुणवाचक (Connotative) तथा दूसरे प्रकार के पदों को अगुणवाचक (Non-Connotative) पद कहते हैं। उदाहरण के लिए, 'मनुष्य', 'सोना', 'उजला' इत्यादि पद गुणवाचक हैं, चूँकि इनमें से प्रत्येक को वस्तुवाचकता भी है तथा गुणवाचकता भी, यानी, इनमें से प्रत्येक कुछ वस्तुओं का बोध कराते हैं तथा उन सार एवं

सामान्य गुणों का भी जो इन बोधित वस्तुओं में है। परन्तु 'मनुष्यता', 'उजलापन' इत्यादि पद अगुणवाचक पद है चूँकि इन पदों की कोई वस्तुवाचकता नहीं है, इनमें सिर्फ गुणवाचकता है, यानी ये सिर्फ कुछ सामान्य गुणों का बोध कराते हैं। उसी प्रकार 'राम', 'श्याम' इत्यादि पद, जो व्यक्तिबोधक नाम (proper names) हैं, अगुणवाचक हैं चूँकि इनमें सिर्फ वस्तुवाचकता है यानी ये सिर्फ किसी विशिष्ट व्यक्ति का बोध कराते हैं, इनमें कोई गुणवाचकता नहीं है। (वास्तव में यह प्रश्न कि, व्यक्तिबोधक नामों में सिर्फ वस्तुवाचकता ही होती है या गुणवाचकता भी, विवादास्पद है जिसकी चर्चा हम आगे करेंगे, परन्तु मान्य मत यही है कि इन पदों में गुणवाचकता नहीं होती।)

'गुणवाचक' (Connotative) तथा 'अगुणवाचक' (Non-connotative) नाम धोखे में डालने वाले हैं चूँकि नामों से ऐसा लगता है मानो गुणवाचक पद गुणवाचकता वाले पद होते हैं तथा अगुणवाचक पद वे होते हैं जिनमें गुणवाचकता नहीं होती है। परन्तु हमने ऊपर देखा कि ऐसी बात नहीं है और इसलिए इन नामों से धोखे में नहीं पड़ना चाहिए। गुणवाचक पदों में वस्तुवाचकता तथा गुणवाचकता दोनों (Denotation and Connotation) होती है, अगुणवाचक पदों में या तो सिर्फ वस्तुवाचकता या सिर्फ गुणवाचकता (Denotation or Connotation) होती है।

क्या व्यक्तिबोधक नाम गुणवाचक होते हैं ? *(Are Proper Names Connotative ?)*

ऊपर हमने कहा है कि यह प्रश्न कि व्यक्तिबोधक नामों (proper names) में सिर्फ वस्तुवाचकता होती है या गुणवाचकता भी, यानी ये पद गुणवाचक होते हैं या अगुणवाचक, विवादास्पद है। अब हम इसी प्रश्न का विवेचन नीचे करेंगे और देखने की चेष्टा करेंगे कि व्यक्तिबोधक नाम गुणवाचक होते हैं या नहीं। (whether proper names are connotative or not)।

उपर्युक्त प्रश्न पर *मिल (Mill)* का मत है कि वस्तुबोधक नाम (proper names) गुणवाचक नहीं होते चूँकि उनमें गुणवाचकता (Connotation) नहीं होती, सिर्फ वस्तुवाचकता होती है। मिल के मत में व्यक्तिबोधक नाम निरर्थक प्रतीक मात्र (unmeaning marks) होते हैं जिनके साथ कोई खास गुण सम्बद्ध नहीं होते। किसी का नाम मोहन या यदु इसलिए नहीं दिया जाता कि इन नामों के साथ कुछ खास गुण सम्बद्ध है और ये गुण उस व्यक्ति में पाए जाते हैं जिसका वह खास नाम दिया जाता है। नाम तो आकस्मिक होते हैं जिनकी कोई सार्थकता नहीं होती। वे सिर्फ किसी व्यक्ति या वस्तु को अन्य व्यक्तियों या वस्तुओं से अलग करने के लिए मात्र आकस्मिक प्रतीक का काम करते हैं। और कोई सार्थकता उनकी नहीं होती।

यहाँ कोई यह कह सकता है कि व्यक्तिबोधक नामों में भी सार्थकता होती है और कोई खास नाम किसी व्यक्ति या वस्तु को इसलिए दिया जाता है चूँकि उसमें उस नाम की सार्थकता के अनुरूप गुण होते हैं। उदाहरणस्वरूप यहाँ 'सोनपुर' या 'डार्टमाउथ' (Dartmouth) जैसे नगरों का नाम रखते हुए यह कहा जा सकता है कि इन नगरों के उक्त नाम इन खास गुणों के कारण दिए गए हैं कि उनमें से पहला (सोनपुर) सोन नदी के किनारे बसा हुआ है और दूसरा डार्ट नदी के मुख पर बसा हुआ है। परन्तु *मिल (Mill)* का उत्तर इस सम्बन्ध में यह होगा कि यदि ऐसा हुआ भी हो तो भी यह सिद्ध नहीं होता कि इन व्यक्तिबोधक नामों में कोई सार्थकता है, चूँकि यदि ऐसा होता तब तो आज यदि किसी कारण सोन या डार्ट नदी के मुख पर बालू भर जाए और ये नदियाँ सूख जाएँ तो इन नगरों का नाम बदल जाएगा।

परन्तु ऐसा होना क्या सम्भव है ? कदापि नहीं। इसी से यह सिद्ध हो जाता है कि सोनपुर या डार्टमाउथ नामों में कोई सार्थकता नहीं है। किसी को कोई नाम देने के पीछे कुछ कारण हो सकते हैं, परन्तु एक बार जब वह नाम दे दिया जाता है, तो फिर एक आकस्मिक प्रतीक के अलावा वह कुछ नहीं रह जाता। इस प्रकार *मिल* के अनुसार व्यक्तिबोधक नाम अगुणवाचक ही होते हैं।

जेवन्स (Jevons) का मत मिल के मत के विरुद्ध है। वे कहते हैं कि व्यक्तिबोधक नाम गुणवाचक होते हैं, चूँकि प्रत्येक व्यक्तिबोधक नाम में कुछ सार्थकता छिपी रहती है, कुछ गुण निहित होते हैं। यदि ऐसा नहीं होता तो फिर किसी व्यक्ति के नाम को सुनते ही हम कैसे समझ लेते हैं कि अमुक व्यक्ति के सम्बन्ध में ही कुछ कहा जा रहा है ? किसी खास नाम को सुनते ही कुछ खास गुणों से सम्पन्न व्यक्ति का चित्र हमारे सामने आ जाता है। इसलिए नामो के साथ गुण तो सम्बद्ध होते ही हैं। यदि किसी व्यक्ति का नाम 'मोहन' है तो उसका नाम सुनते ही हमारे मन में एक चित्र उभर आता है कि अमुक-अमुक गुणों वाला व्यक्ति। यदि व्यक्तिबोधक नामों के साथ गुण सम्बद्ध नहीं होते, तो फिर ऐसा कैसे होता ? यदि किसी व्यक्ति के नाम के साथ कुछ गुण सम्बद्ध नहीं होते तो फिर जब उस व्यक्ति के साथ कभी हम मिलते तो कैसे पहचानते कि यही अमुक नाम वाला व्यक्ति है ?

मिल के मत की आलोचना करते हुए तथा और आगे अपने मत को स्पष्ट करते हुए जेवन्स कहते हैं कि *मिल* के अनुसार 'डार्टमाउथ' नाम में कोई सार्थकता इसलिए नहीं है चूँकि यदि डार्ट नदी किसी कारण सूख भी जाए तो भी डार्टमाउथ शहर का नाम वही रह जाएगा। परन्तु मिल यह भूल जाते हैं कि उपर्युक्त स्थिति में भी 'डार्टमाउथ' नाम के साथ यह गुण सम्बद्ध रह ही जाएगा कि यह शहर कभी डार्ट नामक नदी के मुख पर बसा हुआ था। इस नाम की सार्थकता बराबर रह जाएगी। और इसलिए यह कैसे कहा जा सकता है कि व्यक्तिबोधक नाम मात्र निरर्थक प्रतीक हैं ? 'मोहन', 'श्याम' इत्यादि नामों से और किसी गुण का यदि बोध नहीं भी होता है, तो कम से कम इतना तो बोध होता ही है कि इस नाम वाला कोई मनुष्य है जो भारतीय है, हिन्दू है, पुरुष है, आदि। तो फिर हम यह कैसे कह सकते हैं कि व्यक्तिबोधक नामों के साथ कोई गुण सम्बद्ध नहीं होते ?

इस सम्बन्ध में एक मत *डा० पी० के० राय (Dr. P. K. Roy)* का भी है और वह यह है कि व्यक्तिबोधक नामों की गुणवाचकता का प्रश्न एक मनोवैज्ञानिक प्रश्न है जिसका आकारिक तर्कशास्त्र (Formal Logic) से कोई सम्बन्ध नहीं मालूम पड़ता। किसी व्यक्तिबोधक नाम के साथ कोई गुण सम्बद्ध है या नहीं यह एक मनोवैज्ञानिक प्रश्न इसलिए है चूँकि इसका उत्तर उस व्यक्ति के सम्बन्ध में हमारे व्यक्तिगत ज्ञान पर निर्भर करता है। जब कोई नाम पहले-पहल किसी व्यक्ति या वस्तु को दिया जाता है तो उसके साथ कोई गुण सम्बद्ध नहीं होते, परन्तु जैसे-जैसे उस व्यक्ति या वस्तु के सम्बन्ध में हमारी व्यक्तिगत जानकारी बढ़ती जाती है वैसे-वैसे उसके नाम के साथ कुछ गुण सम्बद्ध होते जाते हैं। अर्थात् पी० के० राय के अनुसार प्रारम्भ में कोई भी व्यक्तिबोधक नाम गुणवाचक नहीं होता, परन्तु पीछे चलकर यह कुछ गुणों से सम्बद्ध हो जाता है और इसलिए गुणवाचक हो जाता है।

कार्वेथ रीड (Carveth Read) इन सभी मतों में से उसी मत को उचित मानते हैं जो यह कहता है कि व्यक्तिबोधक नाम गुणवाचक नहीं होते। इस मत के औचित्य को स्थापित करने के लिए वे दो कारण देते हैं – (1) व्यक्तिबोधक नामों में यदि कोई सार्थकता होती भी

है, या यों कहें कि व्यक्तिबोधक नाम यदि कुछ सार्थकता हासिल कर भी लेते हैं, तो यह सार्थकता मात्र स्थानीय (local) तथा आकस्मिक (accidental) होती है जिसकी तार्किक दृष्टि से कोई महत्ता नहीं हो सकती और जिसे गुणवाचकता (Connotation) की संज्ञा नहीं दी जा सकती। (2) व्यक्तिबोधक नामों के साथ गुणों के सम्बद्ध होने की बात को यदि सत्य मान भी लिया जाए तो ये गुण इतने अधिक होते हैं या एक दृष्टि से इस प्रकार अनन्त होते हैं कि इन नामों के सम्बन्ध में यह निर्धारित करना असम्भव है कि किन गुणों को उसकी वस्तुवाचकता की संज्ञा दी जाय। अतः यही मत उचित प्रतीत होता है कि व्यक्तिबोधक नामों में गुणवाचकता नहीं होती।

ऊपर हमने व्यक्तिबोधक नामों के गुणवाचक या अगुणवाचक होने के प्रश्न पर विभिन्न मतों की चर्चा की। एक निष्पक्ष दृष्टि से देखने पर ऐसा प्रतीत होता है कि इनमें से *मिल* का ही मत उचित है और उसके लिए *कार्वेथ रीड* ने जो दो कारण दिये हैं उनमें से पहले कारण को मूल और महत्त्वपूर्ण कारण के रूप में लिया जा सकता है। Carveth Read के द्वारा दिया गया दूसरा कारण उलझन (confusion) पैदा करने वाला है। उपर्युक्त प्रश्न के सम्बन्ध में स्पष्ट बात यह है कि व्यक्तिबोधक नामों के साथ कुछ गुण आकस्मिक (accidental) तथा सांयोगिक (contingent) रूप में सम्बद्ध हो जा सकते हैं, परन्तु आकस्मिक और सांयोगिक गुणों को हम गुणवाचकता (connotation) नहीं कहते। गुणवाचकता तो उस सारगुण का नाम है जो किसी पद के अर्थ में ही समाहित (implied) रहता है, उसके साथ अनिवार्य (necessary) तथा अविच्छेद (inseperable) रूप में सम्बद्ध रहता है। किसी भी व्यक्तिबोधक नाम के साथ ऐसा कोई सारगुण सम्बद्ध नहीं होता। इसीलिए व्यक्तिबोधक नामों में गुणवाचकता होती है, ऐसा नहीं कहा जा सकता। जेवन्स अपनी दलील देते हुए यह कहते हैं कि 'Tom' नाम से कम-से-कम यह तो बोध होता है कि वह नाम किसी व्यक्ति का है जो पुरुष है और अंग्रेज है। परन्तु वे भूल जाते हैं कि 'Tom' नाम से ऐसा बोध होना कोई आवश्यक नहीं है। यह नाम किसी कुत्ते या बिल्ली का भी हो सकता है। इसमें तार्किक दृष्टि से कोई असंभावना नहीं है। यदि व्यक्तिबोधक नामो के साथ कुछ निश्चित अर्थ और गुण सम्बद्ध होते और वे मात्र निरर्थक प्रतीक नहीं होते तो एक अन्धे का नाम 'नयनसुख', एक भिखारी का नाम 'कुबेर' तथा एक हलवाहे का नाम 'वकील' नहीं होता। इन सारी बातों से यही सिद्ध होता है कि व्यक्तिबोधक नामों में कोई गुणवाचकता नहीं होती और इसलिए वे अगुणवाचक (Non-connotative) होते हैं।

कौन से पद गुणवाचक होते हैं और कौन अगुणवाचक ?

गुणवाचक तथा अगुणवाचक पदों को पहचानने में यथासंभव कम अनिश्चितता तथा संदेह का सामना पाठकों को करना पड़े, इसके लिए नीचे कुछ निश्चित रूप से हम सीमांकन कर देते हैं कि कौन-कौन से पद गुणवाचक होते हैं और कौन-कौन से अगुणवाचक :—

(क) गुणवाचक पद

(1) सभी जातिवाचक पद (General terms) गुणवाचक होते हैं। जैसे – मनुष्य, वृक्ष, हाथी, रंग इत्यादि।

(2) सभी अर्थपूर्ण व्यक्तिवाचक पद (Significant singular terms) गुणवाचक होते हैं। जैसे – 'विश्व का सर्वोच्च पर्वत', 'संसार का सबसे बड़ा शहर', 'भागलपुर विश्वविद्यालय के वर्तमान कुलपति' आदि।

(3) व्यक्तिवाचक समूहवाचक पद (Singular collective terms) भी गुणवाचक होते हैं (इसका अर्थ यह नहीं है कि जातिवाचक समूहवाचक पद गुणवाचक नहीं होते, वे तो होते ही हैं)। जैसे – 'भारतीय सेना', 'भागलपुर विश्वविद्यालय पुस्तकालय' आदि।

(ख) अगुणवाचक पद

(1) व्यक्तिवाचक भाववाचक पद (Singular abstract terms) अगुणवाचक होते हैं। जैसे – 'सच्चाई', 'ईमानदारी' आदि।

(2) व्यक्तिवाचक नाम (proper names) अगुणवाचक होते हैं। जैसे – 'राम', 'श्याम', 'हिमालय' आदि।

(7) पदों में विरोध *(Opposition in Terms)*

जब दो पद ऐसे होते हैं कि उनमें से प्रत्येक को एक ही समय एक ही वस्तु के लिए सत्य नहीं माना जा सकता, तो दोनों में परस्पर विरोधी (opposition) माना जाता है तथा दोनों को विरोधी पद (opposite terms) कहा जाता है। उदाहरण के लिए 'लाल' तथा 'काला' पद परस्पर विरोधी हैं, चूँकि दोनों में से प्रत्येक एक ही समय में एक ही वस्तु के लिए सत्य नहीं हो सकता। कोई वस्तु एक ही साथ लाल और काला दोनों नहीं कही जा सकती। उसी प्रकार 'सत्य' तथा 'असत्य' परस्पर विरोधी पद है चूँकि एक ही बात एक ही समय में सत्य और असत्य दोनों नहीं कही जा सकती।

पदों में विरोध दो प्रकार के होते हैं–(1) विपरीत विरोध (contrary opposition) तथा (2) व्याघाती विरोध (contradictory opposition)। दो पदों में विपरीत विरोध तब होता है जब एक की सत्यता निश्चित रूप से दूसरे की असत्यता को बतलाती है, परन्तु एक की असत्यता निश्चित रूप से दूसरे की सत्यता नहीं बतलाती। उदाहरण के लिए 'लाल' तथा 'काला' पदों में विपरीत विरोध है, चूँकि यदि किसी वस्तु के सम्बन्ध में यह सत्य है कि वह लाल है, तो फिर यह निश्चित रूप से असत्य होगा कि वह काली है, परन्तु यदि यह असत्य है कि वह लाल है (अर्थात् वह लाल नहीं है), तो यह निश्चित रूप से नहीं कहा जा सकता कि वह काली है, वह 'काली' के अलावा किसी अन्य रंग की भी हो सकती है। उसी प्रकार यदि कोई वस्तु काली है, तो यह निश्चित रूप से कहा जा सकता है कि वह लाल नहीं है (यानी एक की सत्यता दूसरे की असत्यता बतलाती है), परन्तु यदि वह काली नहीं है, तो निश्चित रूप से यह नहीं कहा जा सकता कि वह लाल ही है (यानी एक की असत्यता दूसरे की सत्यता नहीं बतलाती)। इस प्रकार विपरीत विरोध मे पूर्ण विरोध नहीं होता, सिर्फ भिन्नता के अर्थ में विरोध होता है, यानी, एक पद दूसरे पद से भिन्न होता है। दोनों में विरोध इस प्रकार का नहीं होता कि दोनों के बीच कोई तीसरा विकल्प नहीं हो। दोनों एक साथ सत्य तो नहीं हो सकते, परन्तु एक साथ असत्य हो सकते हैं। जैसे, कोई वस्तु लाल और काली दोनों एक ही समय में एक ही साथ नहीं हो सकती, परन्तु ऐसा हो सकता है कि वह दोनों में से कुछ भी नहीं हो, दोनों से भिन्न एक तीसरे ही रंग की हो। जिन पदों में विपरीत विरोध होता है, उन्हें विपरीत पद (contrary terms) कहते हैं।

दो पदों में व्याघाती विरोध तब होता है जब एक की सत्यता निहिचत रूप से दूसरे की असत्यता तथा एक की असत्यता निश्चित रूप से दूसरे की सत्यता बतलाती है। उदाहरण के लिए 'लाल' तथा 'अलाल' (Non-red) पदों में व्याघाती विरोध है, चूँकि यदि कोई वस्तु लाल है तो फिर निश्चित रूप से वह अलाल नहीं है और उसी प्रकार यदि वह अलाल है,

तो फिर निश्चित रूप से लाल नहीं है। अर्थात् एक की सत्यता दूसरे की असत्यता बतलाती है। परन्तु इतना ही नहीं। एक की असत्यता दूसरे की सत्यता भी निश्चित रूप से बतलाती है। यदि कोई वस्तु लाल नहीं है, तो वह निश्चित रूप से अलाल है, तथा यदि वह अलाल नहीं है, तो निश्चित रूप से लाल है। इस प्रकार व्याघाती विरोध में विरोध पूर्ण होता है। दोनों पदों में विरोध इस प्रकार का होता है कि दोनों के बीच किसी तीसरे विकल्प की कल्पना नहीं की जा सकती। किसी वस्तु के लिए एक ही समय में किसी एक को सत्य और दूसरे को असत्य होना ही पड़ेगा। जिन पदों में व्याघाती विरोध होता है, उन्हें व्याघाती पद (contradictory terms) कहते हैं। ये पद परस्पर बहिष्कारक (mutually exclusive) होते हैं।

विपरीत तथा व्याघाती पदों के उपर्युक्त स्वरूपों के आधार पर उनमें निम्नलिखित भेद किए जा सकते हैं :—

(1) दोनों में एक की सत्यता दूसरे की असत्यता बतलाती है, परन्तु जहाँ विपरीत पदों में एक की असत्यता निश्चित रूप से दूसरे की सत्यता नहीं बतलाती, वहाँ व्याघाती पदों में एक की असत्यता निश्चित रूप से दूसरे की सत्यता बतलाती है।

(2) विपरीत पदों के बीच एक तीसरे विकल्प की भी सम्भावना होती है (जैसे, लाल तथा काला दोनों असत्य हो जा सकते हैं तथा एक तीसरा ही विकल्प 'उजला' सत्य हो सकता है), परन्तु व्याघाती पदों के बीच ऐसी कोई सम्भावना नहीं होती (जैसे, लाल और अलाल के बीच कोई तीसरी संभावना नहीं है, दोनों में से एक को सत्य तथा एक को असत्य होना ही पड़ेगा)।

(3) विपरीत पद एक साथ असत्य हो सकते हैं, परन्तु व्याघाती पद एक साथ असत्य नहीं हो सकते।

(4) व्याघाती पद मिलकर विश्व की सारी सम्भावनाओं को समाप्त कर देते हैं, परन्तु विपरीत पद ऐसा नहीं कर पाते।

□

अध्याय–3

तर्कवाक्य (प्रतिज्ञप्ति)

(PROPOSITION)

विषय-प्रवेश

पहले कहा गया है कि अनुमान (जो तर्कशास्त्र का मूल विषय है) की न्यूनतम इकाई पद है और पदों के योग से तर्कवाक्य बनते हैं, जिनके माध्यम से अनुमान की क्रिया सम्पन्न होती है। इसलिए पद के स्वरूपादि के अध्ययन के बाद तर्कवाक्य के भी स्वरूपादि का अध्ययन आवश्यक है। वर्तमान अध्याय में ऐसा ही एक अध्ययन हम प्रस्तुत करेंगे।

(1) तर्कवाक्य का स्वरूप-विश्लेषण *(Analysis of the Nature and Structure of a Proposition)*

तर्कवाक्य का स्वरूप — तर्कवाक्य साधारण वाक्यों से बिलकुल भिन्न तो नहीं हैं, फिर भी उनका अपना एक विशिष्ट स्वरूप हैं, जो प्रत्येक साधारण वाक्य का नहीं है। इसलिए यह समझना आवश्यक है कि आखिर तर्कवाक्य है क्या। तर्कवाक्य के स्वरूप को समझने के लिए पहले निर्णय (judgement) को समझना आवश्यक है। दो अवधारणाओं (concepts) या प्रत्ययों (ideas) के बीच जो मानसिक स्तर पर एक सम्बन्ध स्थापित किया जाता है, उसे निर्णय कहा जाता है। जैसे – 'गुलाब' तथा 'लाली' के प्रत्यय हमारे मन में है। जब इन दोनों में एक सम्बन्ध स्थापित कर मानसिक स्तर पर हम यह सोचते हैं कि 'गुलाब लाल है' तो यही निर्णय है। और, जब इसी निर्णय को मानसिक स्तर से उतारकर हम भाषा में अभिव्यक्त कर देते हैं तो वह तर्कवाक्य (proposition) कहलाता है। इस प्रकार कहा जा सकता है कि तर्कवाक्य भाषा में अभिव्यक्त निर्णय (Judgement expressed in language) है। परन्तु इस बात का यदि और आगे हम विश्लेषण करें तो तर्कवाक्य की और अधिक स्पष्ट तथा कारगर परिभाषा हमें मिलेगी और उसके स्वरूप का और उन्नत ज्ञान हमें होगा।

हमने देखा है कि निर्णय दो प्रत्ययों या अवधारणाओं के बीच के सम्बन्ध को कहते हैं। इसलिए तर्कवाक्य की परिभाषा करते हुए हम कह सकते हैं कि वह दो प्रत्ययों के बीच के सम्बन्ध की अभिव्यक्ति है। परन्तु प्रत्यय ही जब भाषा में अभिव्यक्त होकर मानसिक स्तर से अभिव्यक्त स्तर पर उतर जाते हैं तो पद कहलाने लगते हैं। दूसरे शब्दों में अवधारणाओं (Concepts or ideas) के ही अभिव्यक्त रूप को पद कहते हैं। इसलिए हम कह सकते हैं कि तर्कवाक्य दो पदों के बीच के सम्बन्ध की अभिव्यक्ति (A statement of the relation between two terms) है। इन दो पदों में से एक को उद्देश्य तथा दूसरे को विधेय कहा जाता है तथा इन दोनों को परस्पर सम्बन्धित करने वाला जो शब्द होता है, उसे संयोजक (Copula) कहा जाता है। अब इसी परिभाषा के आधार पर तर्कवाक्य की बनावट का विश्लेषण हम कर सकते हैं।

तर्कवाक्य की बनावट — ऊपर के विश्लेषण से स्पष्ट है कि प्रत्येक तर्कवाक्य के निर्माण में तीन अंश (constituents) सम्मिलित होते हैं – उद्देश्य (subject), विधेय (predicate) तथा संयोजक (copula)। उद्देश्य वह है, जिसके विषय में तर्कवाक्य में कुछ कहा जाता है।

विधेय वह है, जो उद्देश्य के विषय में कुछ कहता है। तथा संयोजक वह है, जो दोनों को, यानी उद्देश्य तथा विधेय को, संयुक्त करता है। उदाहरण के लिए 'मनुष्य मरणशील है' एक तर्कवाक्य है, चूँकि 'मनुष्य' तथा 'मरणशील' दो पदों के बीच सम्बन्ध की यह अभिव्यक्ति करता है। इसमें 'मनुष्य' पद उद्देश्य हैं, चूँकि इसी के विषय में तर्कवाक्य में कुछ कहा जाता है। 'मरणशील' पद विधेय है, चूँकि जो कुछ मनुष्य के विषय में कहा जाता है वह यही है। और 'है' शब्द संयोजक है, चूँकि इसी के द्वारा 'मनुष्य' तथा 'मरणशील' पद परस्पर सम्बन्धित किए गए हैं। उसी प्रकार 'राम मनुष्य है' (Ram is a man), 'मनुष्य अमर नहीं है' (Men are not immortal), आप बुद्धिमान नहीं है' (You are not wise) इत्यादि सभी तर्कवाक्य है।

संयोजक का स्वरूप — तर्कवाक्यों में व्यवहृत संयोजक का स्वरूप कुछ विवादास्पद है। हम देख सकते हैं कि ऊपर के सारे तर्कवाक्यों में हमने संयोजक का व्यवहार वर्तमान काल में किया है तथा उसका प्रयोग भावात्मक ('नहीं' के बिना) तथा अभावात्मक ('नहीं' के साथ) दोनों रूपों में हुआ है। वस्तुतः विवाद इन्हीं दो बिन्दुओं पर है। स्पष्ट रूप में, विवाद का प्रथम विषय यह है कि क्या संयोजक को हमेशा वर्तमाल काल का ही होना आवश्यक है या यह किसी काल में हो सकता है। और दूसरा यह है कि क्या संयोजक भावात्मक एवं अभावात्मक दोनों ही रूपों में हो सकता है या इसे सदैव भावात्मक रूप में ही आना चाहिए। दोनों को हम एक-एक कर देखें।

पहले विवाद के सम्बन्ध में कुछ तार्किकों (जिनमें मिल का नाम लिया जा सकता है) का मत यह है कि चूँकि हमारे विचार सभी कालों से सम्बन्धित होते हैं, इसलिए संयोजक को किसी एक ही काल का होने के पीछे कोई तुक नहीं है। अलग-अलग कालों से सम्बन्धित हमारे विचारों को तर्कवाक्यों के माध्यम से व्यक्त करने के लिए संयोजक को भी यथोपयुक्त अलग-अलग कालों में होना चाहिए। लेकिन मिल के इस मत के विरुद्ध *हैमिल्टन, फाउलर, मैन्सेल* आदि कुछ विचारक यह मत व्यक्त करते हैं कि चूँकि संयोजक का काम सिर्फ दो पदों के बीच सम्बन्ध व्यक्त करना है, इसलिए वह काल की परिधि से ऊपर है। उद्देश्य और विधेय के बीच जिस प्रकार के सम्बन्ध की अभिव्यक्ति तर्कवाक्य करता है, उसे काल के परिवर्तनों से कोई मतलब नहीं है। संयोजक को इसलिए हमेशा वर्तमान काल में ही होना चाहिए और विचारों के साथ काल की विविधता का जो प्रश्न है, उसे विधेय में संयुक्त कर व्यक्त करना चाहिए। उदाहरण के लिए 'राम दशरथ के पुत्र थे' वाक्य में जो भूतकाल की क्रिया है, उसे तर्कवाक्य में विधेय के साथ संयुक्त कर इस प्रकार व्यक्त करेंगे – 'राम एक व्यक्ति हैं, जो दशरथ के पुत्र थे' (Ram is a person who was the son of Dashrath)। इसमें हम देख सकते हैं कि संयोजक वर्तमान काल में ही है और दिये हुए वाक्य के काल-सम्बन्धी अर्थ को भी विधेय के साथ मिलाकर व्यक्त किया गया है। उसी प्रकार 'वह कल कलकत्ता जाएगा' वाक्य को तर्कवाक्य के रूप में इस प्रकार व्यक्त करेंगे – 'वह एक व्यक्ति है, जो कल कलकत्ता जाएगा' (He is a person who will go to Calcutta tomorrow)। वस्तुतः हैमिल्टन आदि का यही मत सर्वमान्य मत है और *मिल* के मत को अधिकांश तर्कशास्त्री स्वीकार नहीं करते।

दूसरे विवाद के सम्बन्ध में कुछ लोगों का तो मत है कि संयोजक भावात्मक अथवा अभावात्मक में से किसी भी रूप का हो सकता है, परन्तु कुछ लोग कहते हैं कि जिस प्रकार संयोजक के लिए यह जरूरी है कि उसे सदैव वर्तमान काल का ही होना चाहिए, उसी प्रकार यह भी होना चाहिए कि वह हमेशा भावात्मक ही हो और अभावात्मक चिह्न ('नहीं') विधेय

के साथ संयुक्त कर दिया जाय। उदाहरण के लिए, इनके अनुसार 'मनुष्य पूर्ण नहीं है' (Man is not perfect) वाक्य को, जिसमें संयोजक के साथ अभावात्मकता का चिह्न लगा हुआ है, बदलकर इस प्रकार कर दिया जाना चाहिए – 'मनुष्य अपूर्ण (या नहीं-पूर्ण) है' (Man is not-perfect)। ऐसा करने से वाक्य का मूल अभावात्मक अर्थ भी रह जाता है तथा संयोजक भावात्मक रह जाता है। परन्तु अधिकांश विचारक इस मत के पक्ष में न होकर पहले मत के पक्ष में है, यानी इस मत के पक्ष में हैं कि संयोजक भावात्मक अथवा अभावात्मक कुछ भी हो सकता है। उनका कहना है कि भावात्मक तथा अभावात्मक वाक्यों का भेद इतना मौलिक है कि निषेध-चिह्न को सिर्फ इधर-से-उधर कर देने से कोई अन्तर नहीं पड़ता। और इसलिए निषेध-चिह्न को संयोजक से हटाकर विधेय के साथ कर देना एक व्यर्थ का प्रयास है। संयोजक को भावात्मक तथा अभावात्मक दोनों ही रूपों का मान लेने से कोई हर्ज नहीं है। और यही मत सचमुच सर्बमान्य है।

ऊपर के सारे विश्लेषण का अर्थ यह हुआ कि (1) संयोजक सदैव वर्तमान काल का ही होगा तथा (2) वह भावात्मक अथवा अभावात्मक कुछ भी हो सकता है। परन्तु एक बात और यहाँ स्पष्ट कर देना आवश्यक है और वह यह है कि वर्तमान काल में भी रहकर सभी प्रकार की क्रियाएँ संयोजक का काम नहीं कर सकती। उदाहरण के लिए अंग्रेजी के वाक्य 'He eats a mango' में 'eats' क्रिया वर्तमान काल में ही है और 'He' तथा 'mango' पदों को सम्बन्धित भी कर रही है, परन्तु फिर भी तार्किक अर्थ में इसे संयोजक के रूप में नहीं लिया जाएगा। तर्क-वाक्य के रूप में इसे निम्नलिखित प्रकार से परिवर्तित करना होगा – 'He is a person who eats a mango'। और अब यहाँ 'is' को संयोजक के रूप में लिया जाएगा। इसलिए संयोजक के सम्बन्ध में यह याद रखना होगा कि अंग्रेजी की क्रिया 'to be' का वर्तमानकालिक रूप ही सिर्फ संयोजक के रूप में व्यवहृत हो सकता है, अन्य क्रियाओं का नहीं। अतः अंग्रेजी के तर्कवाक्यों में 'am', 'am not', 'is', 'is not', 'are', 'are not', 'are' तथा 'are not' ही सिर्फ संयोजक हो सकते हैं तथा हिन्दी के तर्कवाक्यों में 'हूँ', 'नहीं हूँ', 'है', 'नहीं है', 'हैं', 'नहीं हैं', 'हो', 'नहीं हो' ही सिर्फ संयोजक हो सकते हैं।

तर्कवाक्य (*Proposition*) तथा वाक्य (*Sentence*) — अबतक के सारे विश्लेषणों से यह स्पष्ट हो जाना चाहिए कि तर्कवाक्य का अपना एक विशिष्ट स्वरूप होता है, जिसमें एक उद्देश्य, एक विधेय तथा एक संयोजक का होना आवश्यक है। इन तीनों का क्रम भी निश्चित है। अंग्रेजी में व्यक्त तर्कवाक्यों में यह क्रम उद्देश्य-संयोजक-विधेय (Subject-Copula-Predicate) रूप का होता है तथा हिन्दी में व्यक्त तर्कवाक्यों में यह क्रम उद्देश्य-विधेय-संयोजक (Subject-Predicate-Copula) रूप का होता है। यह भी स्पष्ट है कि भूतकाल तथा भविष्यत्काल में दिये गये वाक्य अबतक तर्कवाक्य का रूप धारण नहीं कर सकते जबतक ऊपर बतलाए ढंग से वर्तमानकालिक संयोजक उनमें प्रदान नहीं किया जाए। फिर व्याकरण के प्रश्नवाचक (interrogative), आज्ञासूचक (imperative), विस्मयादि-बोधक (exclamatory) आदि वाक्य तर्कवाक्य नहीं कहे जा सकते, चूँकि इनमें से किसी में उपर्युक्त क्रम में निश्चित रूप से एक उद्देश्य, एक विधेय तथा एक संयोजक नहीं होता। व्याकरण के जो वाक्य तर्कवाक्यों के सबसे निकट आते हैं, वे हैं — सूचनात्मक या विवरणात्मक या अभिकथनात्मक (assertive) वाक्य, यानी वे वाक्य जिनके द्वारा किसी तथ्य के सम्बन्ध में कुछ सूचना दी जाती है या कुछ विवरण प्रस्तुत किया जाता है। ऐसे वाक्यों को भी तर्कवाक्य का ठीक-ठीक रूप देने के लिए कभी-कभी थोड़ा रूपान्तरित करना पड़ता है।

व्याकरण के वाक्यों के साथ इन तुलनाओं और विभेदों के द्वारा तर्कवाक्यों के सम्बन्ध में एक और महत्त्वपूर्ण बात सामने आती है और वह यह है कि उनके साथ सदैव सत्यता-असत्यता का एक प्रश्न लगा रहता है, यानी प्रत्येक तर्कवाक्य के साथ यह बात लगी रहती है कि वह सत्य है या असत्य। प्रत्येक तर्कवाक्य चूँकि अपने विधेय में उद्देश्य के विषय में कुछ भावात्मक या अभावात्मक रूप से कहता है, इसलिए वह सूचनात्मक (informative) या विवरणात्मक (descriptive) हो जाता है और सूचनाओं तथा विवरणों के साथ यह प्रश्न लगा रहता है कि वे सत्य हैं या असत्य। इस प्रकार प्रत्येक तर्कवाक्य निश्चित रूप से या तो सत्य या असत्य होता है। दूसरे प्रकार के वाक्यों, जैसे प्रश्नसूचक, आज्ञासूचक, विस्मयादिबोधक आदि के सम्बन्ध में सत्यता-असत्यता का कोई प्रश्न नहीं उठता, वे न तो सत्य होते हैं और न असत्य।

तर्कवाक्य के स्वरूप तथा उसकी बनावट के उपर्युक्त विश्लेषण के आधार पर अब हम यह स्पष्ट रूप से देख सकते हैं कि व्याकरण के हमारे साधारण वाक्य, जिन्हें हम अंग्रेजी में (sentence) कहते हैं, तथा तर्कशास्त्र के तर्कवाक्यों (propositions) में क्या भेद है। इतना तो स्पष्ट ही है कि तर्कवाक्य वाक्यों (sentences) से बिल्कुल मौलिक रूप में भिन्न नहीं है। वे भी वाक्य ही हैं, कुछ विशिष्ट प्रकार के वाक्य हैं। इससे एक भेद तो स्पष्टतः यह सामनें आता है कि :—

(क) सभी तर्कवाक्य वाक्य ही हैं, यद्यपि सभी वाक्य तर्कवाक्य नहीं है (All propositions are sentences, but all sentences are not propositions)। वाक्यों को तर्क वाक्य बनने के लिए कुछ शर्तों की पूर्ति करना आवश्यक है। वास्तव में कुछ आगे चलकर हम बहुत सारे ऐसे नियमों और तरीकों की व्याख्या करेंगे, जिनके द्वारा उन व्याकरण के वाक्यों को, जो तर्कवाक्य के रूप में नहीं हैं, ऐसे वाक्यों (यानी तर्कवाक्यों) के रूप में परिवर्तित किया जाता है।

फिर कुछ अन्य भेद साधारण वाक्यों तथा तर्कवाक्यों में निम्नलिखित हैं :—

(ख) बनावट की दृष्टि से वाक्य कई रूप के हो सकते हैं, परन्तु तर्कवाक्य की एक निश्चित बनावट ही होती है, जिसकी चर्चा ऊपर की जा चुकी है।

(ग) कम-से-कम दो अंगों (constituents) के होने से भी वाक्य निर्मित हो जाता है (जैसे 'वह है', 'वहाँ जाओ' इत्यादि वाक्य है), परन्तु तर्कवाक्य में तीन अंगों का होना आवश्यक है – उद्देश्य, विधेय तथा संयोजक और सिर्फ तीन ही अंग इसमें होते हैं। उससे अधिक भी नहीं। वाक्यों में कई अंग भी हो सकते हैं, जैसे – कर्त्ता, क्रिया, कर्म, पूरक आदि।

(घ) वाक्य अभिकथनात्मक अथवा विवरणात्मक (assertive), प्रश्नवाचक (interrogative), इच्छाबोधक (optative) इत्यादि कई तरह के हो सकते हैं, परन्तु तर्कवाक्य का रूप हमेशा अभिकथनात्मक ही होता है। इसका मतलब यह नहीं है कि तर्कवाक्यों के भेद या प्रकार नहीं होते, परन्तु वे भेद दूसरी दृष्टियों से किये जाते हैं। उनकी चर्चा आगे होगी।

(ङ) तर्कवाक्यों को सत्य या असत्य होना आवश्यक है, परन्तु वाक्यों के लिए यह आवश्यक नहीं। उनके लिए जो आवश्यक है, वह यह है कि वे सार्थक (meanginful) हों।

(2) तर्कवाक्यों के भेद (*Kinds of Propositions*)

जिस प्रकार विभिन्न दृष्टिकोणों से पदों के कई प्रकार के वर्गीकरण किए जाते हैं, उसी

प्रकार अलग-अलग दृष्टियों से तर्कवाक्यों के भी अलग-अलग प्रकार के भेद किये जाते हैं। विभिन्न दृष्टियों के आधार पर किये गये तर्कवाक्यों के विभिन्न वर्गीकरण हम नीचे देखेंगे।

(क) सम्बन्ध की दृष्टि से तर्कवाक्यों के भेद *(Classification of Propositions according to relation)*—सम्बन्ध की दृष्टि से तर्कवाक्यों के दो भेद किये जाते हैं :—

(1) निरपेक्ष (Categorial) तथा (2) सापेक्ष (Conditional)।

(1) निरपेक्ष तर्कवाक्य *(Categorial)*—निरपेक्ष तर्कवाक्य वैसे तर्कवाक्य को कहा जाता है, जिसके द्वारा दो पदों के बीच एक निःशर्त सम्बन्ध व्यक्त किया जाता है, यानी, ऐसा सम्बन्ध व्यक्त किया जाता है जो किसी शर्त पर निर्भर नहीं करता है। उदाहरण के लिए 'राम बुद्धिमान् है' (Ram is wise) तर्कवाक्य में व्यक्त 'राम' तथा 'बुद्धिमान्' पदों के बीच का सम्बन्ध किसी शर्त पर निर्भर नहीं करता, वह निःशर्त है। इसलिए इस तर्कवाक्य को निरपेक्ष तर्कवाक्य कहेंगे। उसी प्रकार 'यह मेज गोल है' (This table is round), 'विद्यार्थी मेहनती होते हैं' (Students are laborious) आदि तर्कवाक्य भी निरपेक्ष तर्कवाक्य हैं, चूँकि इनमें जो उद्देश्य तथा विधेय के बीच सम्बन्ध व्यक्त किया गया है वह निःशर्त है।

(2) सापेक्ष तर्कवाक्य *(Conditional)*—सापेक्ष तर्कवाक्य वैसे तर्कवाक्य को कहा जाता है, जिसके द्वारा दो पदों के बीच एक शर्तपूर्ण सम्बन्ध व्यक्त किया जाता है। उदाहरण के लिए 'यदि सूर्य है, तो प्रकाश है' (If there is sun, there is light) एक सापेक्ष तर्कवाक्य है, चूँकि इसके द्वारा व्यक्त 'सूर्य' एवं 'प्रकाश' पदों के बीच का सम्बन्ध शर्तपूर्ण है। शर्त यह है कि यदि सूर्य होगा, तब प्रकाश होगा, यानी प्रकाश का होना सूर्य के होने की शर्त के साथ बँधा हुआ है। वस्तुतः 'यदि...तो' अथवा 'जब...तब' (If...then) आकार के सारे तर्कवाक्य सापेक्ष होते हैं। उसी प्रकार 'या तो ... या' अथवा सिर्फ 'या' अथवा 'अथवा' ('Either...or' अथवा सिर्फ 'Or') आकार के भी सारे तर्कवाक्य सापेक्ष होते हैं। उदाहरण के लिए 'राम या तो चालाक है या सरल' (Ram is either clever or simple), 'यदु किरानी या शिक्षक है' (Jadu is a clerk or a teacher) इत्यादि तर्कवाक्य भी सापेक्ष हैं। इन तर्कवाक्यों की सापेक्षता 'यदि ... तो' आकारवाले तर्कवाक्यों की तरह बहुत स्पष्ट नहीं है, परन्तु फिर भी ये सापेक्ष हैं, चूँकि शर्त उनमें निहित है। वस्तुतः 'या तो ... या' आकार के सारे तर्कवाक्य 'If...then' आकार के तर्कवाक्यों के रूप में परिवर्तित किए जा सकते हैं और ऐसा करने से उनके अन्दर निहित शर्त स्पष्ट हो जाती है। उदाहरण के लिए 'राम या तो चालाक है या सरल' तर्कवाक्य के 'यदि...तो' आकारवाले तर्कवाक्य में निम्नलिखित दो रूप हो जाएँगे :—

(1) यदि राम सरल नहीं है, तो वह चालाक है (If Ram is not simple, he is clever)।

(2) यदि राम चालाक नहीं है, तो वह सरल है (If Ram is not clever, he is simple)।

ऐसा कर देने से 'या तो...या' आकारवाले तर्कवाक्य में निहित शर्त स्पष्ट हो जाती है। और यह रूपान्तर कोई बनावटी या जबरदस्ती किया गया रूपान्तर नहीं है। 'या तो ...या' आकारवाले तर्कवाक्यों का अर्थ ही ऐसा है कि 'यदि...तो' आकारवाले वाक्यों में रूपान्तर के द्वारा उसका स्पष्टीकरण हो जाता है।

सापेक्ष तर्कवाक्य के दो भेद – हेत्वाश्रित तथा वैकल्पिक—ऊपर हमने देखा कि सापेक्ष तर्कवाक्य 'यदि...तो' आकार के तथा 'या तो...या' आकार के होते हैं। इनमें 'यदि...तो'

आकारवाले सापेक्ष तर्कवाक्यों को हेत्वाश्रित (hypothetical) तथा 'या तो...या'' आकारवाले तर्कवाक्यों को वैकल्पिक (disjunctive) तर्कवाक्य कहते हैं। फिर हेत्वाश्रित तर्कवाक्य के उस अंश को, जिसमें शर्त निहित रहती है, पूर्ववर्ती (antecedent) तथा उस अंश को जो उक्त शर्त पर निर्भर करता है अनुवर्ती (consequent) कहते हैं। उदाहरण के लिए 'यदि सूर्य है, तो प्रकाश है' तर्कवाक्य में 'सूर्य है' पूर्ववर्ती है तथा 'प्रकाश है' अनुवर्ती है। वैकल्पिक तर्कवाक्य के दोनों ही अंशों को विकल्प (alternative) कहा जाता है। उदाहरण के लिए 'राम या तो चालाक या सरल है' तर्कवाक्य में 'चालाक' तथा 'सरल' दोनों को ही विकल्प कहते हैं। यहाँ एक बात यह भी ध्यान देने लायक है कि वैकल्पिक तर्कवाक्य के दोनों विकल्पों का क्रम बदल दिया जा सकता है। ऐसा करने से मूल वैकल्पिक तर्कवाक्य में कोई वास्तविक परिवर्तन नहीं होता। परन्तु किसी भी हेत्वाश्रित तर्कवाक्य के पूर्ववर्ती तथा अनुवर्ती का क्रम नहीं बदला जा सकता। ऐसा करने से मूल हेत्वाश्रित तर्कवाक्य बिल्कुल बदलकर एक दूसरा हेत्वाश्रित तर्कवाक्य बन जाता है। उदाहरण के लिए यदि 'राम या तो चालाक है या सरल' तर्कवाक्य के बदले हम कहें कि 'राम या तो सरल है या चालाक' तो इसमें कोई हर्ज नहीं है; दोनों वैकल्पिक वाक्य मूलतः एक ही हैं। परन्तु यदि हम 'यदि सूर्य है, तो प्रकाश है' के बदले यह कहें कि 'यदि प्रकाश है, तो सूर्य है' तो यहाँ ये दोनों हेत्वाश्रित वाक्य बिल्कुल दो हैं, जिनके बिल्कुल दो अलग-अलग अर्थ हैं।

वैकल्पिक का हेत्वाश्रित में रूपान्तरण—हेत्वाश्रित तथा वैकल्पिक तर्कवाक्यों से सम्बन्धित जानकारी की एक प्रमुख बात यह है कि वैकल्पिक तर्कवाक्यों का जो रूपान्तरण हेत्वाश्रित तर्कवाक्यों के रूप में होता है, वह संख्या में कभी दो और कभी चार होता है। अर्थात् यों कहा जाए कि वैकल्पिक तर्कवाक्य के अनुरूप कभी दो और कभी चार हेत्वाश्रित तर्कवाक्य होते हैं। ऊपर हमने वैकल्पिक के जिस उदाहरण का रूपान्तर हेत्वाश्रित में किया है, उसमें हमने देखा है कि एक वैकल्पिक के अनुरूप दो ही हेत्वाश्रित दिए गए हैं। परन्तु कहीं-कहीं एक वैकल्पिक के अनुरूप चार हेत्वाश्रित भी हो सकते हैं। अब प्रश्न है कि यह हम कैसे समझेंगे कि कहाँ वैकल्पिक का रूपान्तर दो हेत्वाश्रितों में और कहाँ चार में होगा। इसके लिए साधारण नियम यह है कि जहाँ दिए हुए वैकल्पिक के दोनों विकल्प परस्पर-विरोधी पद (contrary terms) हों, वहाँ उसका रूपान्तरण दो ही हेत्वाश्रितों में होगा, यानी प्रत्येक विकल्प को बारी-बारी से असत्य मानकर दूसरे को सत्य मानना होगा। परन्तु जहाँ विकल्प परस्पर व्याघाती पद (contradictory terms) हों, वहाँ एक वैकल्पिक के अनुरूप चार हेत्वाश्रित होंगे, यानी प्रत्येक विकल्प को बारी-बारी से असत्य मानकर दूसरे को सत्य माना जा सकता है तथा फिर प्रत्येक को बारी-बारी से सत्य मानकर दूसरे को असत्य भी माना जा सकता है। (विरोधी तथा व्याघाती पदों का भेद हम पदवाले अध्याय में पढ़ चुके हैं।) उदाहरण के लिए, जैसा कि हम पहले भी देख चुके हैं, 'राम या तो चालाक है या सरल' तर्कवाक्य में 'चालाक' तथा 'सरल' विकल्प परस्पर-विरोधी (contrary) पद हैं, व्याघाती (contradictory) नहीं। इसीलिए इसके अनुरूप निम्नलिखित दो ही हेत्वाश्रित ऊपर बनाए गए हैं:—

(1) यदि राम सरल नहीं है, तो चालाक है।

(2) यदि राम चालाक नहीं है, तो सरल है।

यहाँ पर हम देख सकते हैं कि 'सरल' तथा 'चालाक' दोनों विकल्पों में से प्रत्येक को बारी-बारी से असत्य मानकर दूसरे को सत्य माना गया है। यदि हम प्रत्येक को सत्य मानकर

दूसरे को असत्य भी मान सकते तो निम्नलिखित दो और हेत्वाश्रित होते :—

(1) यदि राम चालाक है, तो सरल नहीं है।

(2) यदि राम सरल है, तो चालाक नहीं है।

परन्तु ऐसा हम यहाँ नहीं कर सकते। ऐसा हम तब कर सकते हैं जब विकल्प परस्पर व्याघातक हों। जैसे – यदि वैकल्पिक वाक्य 'राम या तो ईमानदार है या बेईमान' (Ram is either honest or dishonest) हो तो फिर इसके अनुरूप निम्नलिखित चार हेत्वाश्रित होंगे : —

(1) यदि राम ईमानदार नहीं है, तो बेईमान है।

(If Ram is not honest, he is dishonest.)

(2) यदि राम बेईमान नहीं है, तो ईमानदार है।

(If Ram is not dishonest, he is honest.)

(3) यदि राम ईमानदार है, तो बेईमान नहीं है।

(If Ram is honest, he is not dishonest.)

(4) यदि राम बेईमान है, तो ईमानदार नहीं है।

(If Ram is dishonest, he is not honest.)

यहाँ पर चार हेत्वाश्रित इसीलिए सम्भव हो पाए हैं, चूँकि एक विकल्प को असत्य मानकर, दूसरे को सत्य मानना तथा एक को सत्य मानकर दूसरे को असत्य मानना दोनों ही वैध है।

अन्त में सम्बन्ध के अनुसार तर्कवाक्यों के वर्गीकरण को संक्षेप में हम निम्नलिखित रूप में दिखला सकते हैं : —

तर्कवाक्य (Proposition)

- निरपेक्ष (Categorial)
- सापेक्ष (Conditional)
  - हेत्वाश्रित (Hypothetical)
  - वैकल्पिक (Disjunctive)

गुण की दृष्टि से तर्कवाक्यों के भेद *(Classification of Propositions According to Quality)*

गुण की दृष्टि से तर्कवाक्यों के दो भेद होते हैं – भावात्मक (Affirmative) तथा अभावात्मक (Negative)। भावात्मक को स्वीकारात्मक तथा अभावात्मक को निषेधात्मक भी कह सकते हैं।

भावात्मक — भावात्मक तर्कवाक्य वैसे तर्कवाक्य को कहा जाता है, जिसमें उद्देश्य तथा विधेय के बीच स्वीकारात्मक सम्बन्ध होता है। अर्थात् यों कहा जाय कि जिस तर्कवाक्य में उद्देश्य विधेय को स्वीकार करता है, उसे भावात्मक तर्कवाक्य कहते हैं। उदाहरण के लिए – 'राम मनुष्य है' (Ram is a man), 'फूल लाल है' (The flower is red) इत्यादि भावात्मक

है, चूँकि इनमें से प्रत्येक में उद्देश्य तथा विधेय के बीच स्वीकारात्मक सम्बन्ध है अर्थात् इनमें से प्रत्येक में उद्देश्य विधेय को स्वीकार करता है।

अभावात्मक या निषेधात्मक— परन्तु 'फूल लाल नहीं है' (The flower is not red) 'राम अच्छा आदमी नहीं है' (Ram is not a good man) आदि भावात्मक तर्कवाक्य न होकर अभावात्मक तर्कवाक्य है, चूँकि इनमें से प्रत्येक में उद्देश्य विधेय को स्वीकार करने के बदले अस्वीकार करता है अथवा इनमें से प्रत्येक में उद्देश्य के लिए विधेय का निषेध किया गया है। इस प्रकार वैसे तर्कवाक्य, जिनमें उद्देश्य विधेय को अस्वीकार करता है अथवा जिनमें उद्देश्य के लिए विधेय का निषेध किया जाता है, अभावात्मक या निषोधात्मक तर्कवाक्य कहे जाते हैं।

बनावट की दृष्टि से देखा जाय तो सामान्यतः यह कहा जा सकता है कि भावात्मक तर्कवाक्य वह है, जिसमे संयोजक के साथ निषेध प्रतीक नहीं लगा रहता है तथा अभावात्मक वह है, जिसमें संयोजक के साथ निषेध-प्रतीक लगा रहता है। परन्तु कुछ अभावात्मक वाक्यों में निषेध-चिह्न संयोजक के साथ न जुटकर उद्देश्य के साथ ही लगा रहता है। जैसे अंग्रेजी के अभावात्मक तर्कवाक्य 'No man is perfect' में निषेध-चिह्न उद्देश्य-पद 'Man' के साथ ही लगा हुआ है।

परिमाण की दृष्टि से तर्कवाक्यों के भेद *(Classification of propositions according to quantity)*—परिणाम की दृष्टि से भी तर्कवाक्यों के दो भेद होते हैं–पूर्णव्यापी (universal) तथा अंशव्यापी (particular)। जिस तर्कवाक्य में उद्देश्य-पद का व्यवहार उसकी सम्पूर्ण वस्तुवाचकता (full denotation) में होता है, उसे पूर्णव्यापी तथा जिस तर्कवाक्य में उद्देश्य-पद का व्यवहार उसकी आंशिक वस्तुवाचकता (partial denotation) में होता है, उसे अंशव्यापी (particular) तर्कवाक्य कहते हैं। उदाहरण के लिए – 'सभी मनुष्य पशु हैं' (All men are animals) तर्कवाक्य में उद्देश्य-पद 'मनुष्य' का व्यवहार उसकी पूर्ण वस्तुवाचकता में हुआ है, जिसका पता उसके पहले लगे परिमाणावाचक विशेषण 'सभी' (All) के द्वारा लग जाता है। इसलिए यह पूर्णव्यापी तर्कवाक्य है। परन्तु फिर 'कुछ मनुष्य विद्वान् हैं' में 'मनुष्य' पद का व्यवहार उसकी आंशिक वस्तुवाचकता में ही हुआ है, जिसका पता हमें उसके पूर्व लगे परिमाणवाचक विशेषण 'कुछ' से लग जाता है। इसलिए यह अंशव्यापी तर्कवाक्य है।

पूर्णव्यापी तथा अंशव्यापी तर्कवाक्यों में से प्रत्येक भावात्मक अथवा अभावात्मक कुछ भी हो सकता है। इसलिए गुण तथा परिमाण दोनों से सम्बन्धित दृष्टिकोणों को यदि मिला दिया जाए तो तर्कवाक्यों के निम्नलिखित चार भेद हो जाएँगे :—

(1) पूर्णव्यापी भावात्मक (Univeral Affirmative),
(2) पूर्णव्यापी अभावात्मक (Universal Negative),
(3) अंशव्यापी भावात्मक (Particular Affirmative),
(4) अंशव्यापी अभावात्मक (Particular Negative)।

संक्षिप्तता के लिए पूर्णव्यापी भावात्मक तर्कवाक्यों को 'A', पूर्णव्यापी अभावात्मक तर्कवाक्यों को 'E', अंशव्यापी भावात्मक तर्कवाक्यों को 'I' तथा अंशव्यापी अभावात्मक

तर्कवाक्यों को 'O' प्रतीकों के द्वारा व्यक्त किया जाता है। प्रत्येक का उदाहरण नीचे दिया जाता है :—

(1) पूर्णव्यापी भावात्मक ('A')—
सभी मनुष्य मरणशील हैं (All men are mortal)।

(2) पूर्णव्यापी अभावात्मक ('E')—
कोई आदमी देवता नहीं है (No man is god)।

(3) अंशव्यापी भावात्मक ('I')—
कुछ मनुष्य बुद्धिमान हैं (Some men are wise)।

(4) अंशव्यापी अभावात्मक ('O')—
कुछ मनुष्य बुद्धिमान् नहीं हैं (Some men are not wise)।

'A', 'E', 'I' तथा 'O' तर्कवाक्यों के उदाहरणों को सांकेतिक रूप में निम्नलिखित रूप में व्यक्त किया जा सकता है :—

'A'—सभी उ वि हैं (All S is P);
'E'—कोई उ वि नहीं है (No S is P);
'I'—कुछ उ वि हैं (Some is P);
'O'—कुछ उ वि नहीं हैं (Some S is not P)।

इन संकेतों में 'उ' (S) किसी भी उद्देश्य (Subject) का तथा 'वि' (P) 'किसी भी विधेय (predicate) का द्योतक है।

तर्कवाक्यों का A, E, I तथा O मे किया गया उपर्युक्त विभाजन सचमुच बहुत ही महत्त्वपूर्ण है। एक दृष्टि से कह सकते हैं कि तर्कशास्त्र में निरपेक्ष तर्कवाक्यों के सिर्फ ये चार ही रूप वास्तविक तर्कवाक्यों के रूप में माने जाते हैं। निरपेक्ष (categorial) रूप के सभी वाक्यों को तर्कवाक्य होने के लिए अपने अर्थ के अनुसार इन्हीं चारों में से किसी एक के रूप में परिवर्तित होना ही है, अन्यथा उन्हें तर्कवाक्य की संज्ञा नहीं मिलेगी। ऐसे परिवर्तनों या रूपान्तरणों के लिए कुछ निश्चित नियम है, जिनकी चर्चा हम आगे करेंगे।

एकव्यापी, हेत्वाश्रित तथा बैकल्पिक तर्कवाक्यों के गुण तथा परिमाण का निरूपण
(Determination of the Quality & Quantity of Singular, Hypothetical and Disjunctive Propositions)

एकव्यापी तर्कवाक्य का परिमाण—वैसा तर्कवाक्य जिसका उद्देश्य-पद कोई व्यक्तिवाचक पद (singular term) होता है एकव्यापी तर्कवाक्य (singular proposition) कहलाता है। उदाहरण के लिए – 'मोहन ईमानदार है' (Mohan is honest), 'एक धातु ठोस नहीं है' (One metal is not solid) आदि वाक्य एकव्यापी तर्कवाक्य हैं। स्पष्टतः इन तर्कवाक्यों के गुण का निरूपण कोई कठिन और संदेहयुक्त कार्य नहीं है। कठिनाई है इनके परिणाम को निश्चित करने में। परिमाण के आधार पर हमने तर्कवाक्यों का पूर्णव्यापी तथा अंशव्यापी में भेद किया है, परन्तु जो परिभाषाएँ हमने इनकी ऊपर दी है उनके आधार पर एकव्यापी तर्कवाक्य न तो पूर्णव्यापी कहे जा सकते और न अंशव्यापी। परन्तु इन्हें इन वर्गीकरणों के अन्तर्गत लाना ही होगा ताकि इनके सम्बन्ध में यह निश्चित किया जा सके कि A, E, I तथा O में से इन्हें किसके अन्तर्गत रखा जाएगा। हमने ऊपर कहा है कि किसी भी निरपेक्ष तर्कवाक्य

को इन चारों में से किसी न किसी एक के रूप में आना ही है। इसीलिए एकव्यापी तर्कवाक्यों के परिमाण का निश्चयीकरण आवश्यक है।

इस सम्बन्ध में तर्कशास्त्रियों ने यह निश्चित किया है कि जिस एकव्यापी तर्कवाक्य का व्यक्तिवाचक उद्देश्य पद एक निश्चित पद (definite term) होगा उसे पूर्णव्यापी तथा जिसका उद्देश्य पद एक अनिश्चित पद (indefinite term) होगा उसे अंशव्यापी समझा जाएगा। उदाहरण के लिए दिए गए दो उदाहरणों में से पहला पूर्णव्यापी तथा दूसरा अंशव्यापी है। फिर चूँकि पहला भावात्मक है इसलिए वह 'A' हुआ तथा दूसरा चूँकि अभावात्मक है, इसलिए वह अंशव्यापी अभावात्मक यानी 'O' हुआ। उसी प्रकार 'राम बुद्धिमान नहीं है' 'E' है तथा 'एक आदमी उपस्थित है' (One man is present) 'I' है।

हेत्वाश्रित तर्कवाक्यों के गुण — हेत्वाश्रित तर्कवाक्यों के गुण तथा परिमाण दोनों के सम्बन्ध में ही कठिनाई है। इनके गुण के सम्भन्ध में तो वस्तुतः तर्कशास्त्रियों के बीच विवाद भी है। कुछ के अनुसार सभी हेत्वाश्रित तर्कवाक्य भावात्मक ही होते हैं चूँकि उनमें से प्रत्येक एक ही काम करता है और वह है पूर्ववर्ती तथा अनुवर्ती के बीच निर्भरता का सम्बन्ध बतलाना। परन्तु अधिकांश तर्कशास्त्री इस मत को नहीं मानते। उनके अनुसार हेत्वाश्रित तर्कवाक्यों का गुण उनके अनुवर्ती (consequent) के गुण पर निर्भर करता है। उदाहरण के लिए – 'यदि वर्षा नहीं होगी, तो मैं जाऊँगा' (If there is no rain, I shall go) भावात्मक है, लेकिन 'यदि वर्षा होगी, तो मैं नहीं जाऊँगा' (If there is rain, I shall not go out) अभावात्मक है। और यही मत सर्वमान्य है।

परिमाण — हेत्वाश्रित तर्कवाक्यों के परिमाण के सम्बन्ध में मान्य मत यह है कि उनका परिमाण उनके पूर्ववर्ती (antecedent) के परिमाण पर निर्भर करता है। उदाहरण के लिए – 'सभी स्थितियों में यदि सूर्य है, तो प्रकाश है' (In all cases, if there is Sun, there is light) पूर्णव्यापी है, परन्तु 'कुछ स्थितियों में यदि वर्षा अच्छी होती है, तो फसल अच्छी होती है' (In some cases, if there is good rain, the crops are good) अंशव्यापी है। वैसी स्थितियों में जहाँ पूर्ववर्ती का परिमाण स्पष्ट और निश्चित नहीं होता, हेत्वाश्रित तर्कवाक्य पूर्णव्यापी ही माना जाता है। जैसे – 'यदि सूर्य है, तो प्रकाश है' (If there is Sun, there is light) पूर्णव्यापी है।

वैकल्पिक तर्कवाक्यों के गुण-परिमाण — अब हम वैकल्पिक तर्कवाक्यों के गुण एवं परिमाण को देखें। वस्तुतः वैकल्पिक तर्कवाक्यों के सम्बन्ध में गुण-भेद का प्रश्न उठता ही नहीं; वे सभी भावात्मक ही होते हैं और जो अभावात्मक लगते हैं वे वस्तुतः वैकल्पिक हैं ही नहीं। जैसे 'अ न तो ब है और न स' (A is neither B nor C) एक अभावात्मक वैकल्पिक की तरह लगता है, परन्तु वस्तुतः यह वैकल्पिक है ही नहीं। परिमाण की दृष्टि से वैकल्पिक तर्कवाक्य पूर्णव्यापी तथा अंशव्यापी दोनों हो सकता है, परन्तु एक अंशव्यापी वैकल्पिक तर्कवाक्य वस्तुतः बेकार होता है चूँकि इसमें वैकल्पिकता की जो एक वृत्ति (disjunctive force) होती है वही समाप्त हो जाती है। जैसे 'कुछ स्थितियों में अ या तो ब है या स' (In some cases, A is either B or C) एक अंशव्यापी वैकल्पिक का उदाहरण है, परन्तु इसमें सचमुच पूरी वैकल्पिक वृत्ति रह ही नहीं गई है। इसीलिए जब तक वैकल्पिक तर्कवाक्य को खास तौर पर अंशव्यापी बना नहीं दिया गया हो, उसे पूर्णव्यापी ही समझा जाएगा।

(3) वाक्यों का तर्कवाक्यों में रूपान्तरण (*Transformation of Sentences into Logical Forms of Propositions*)

इसके पूर्व वाक्य (sentence) तथा तर्कवाक्य (proposition) में भेद करते हुए हमने देखा है कि हमारी साधारण भाषा का प्रत्येक वाक्य तर्कवाक्य नहीं होता। तर्कवाक्य का एक निश्चित रूप एवं आकार होता है। इसमें एक उद्देश्य होता है, एक विधेय होता है तथा दोनों को परस्पर सम्बन्धित करनेवाला एक संयोजक होता है। इन तीनों का एक निश्चित क्रम भी होता है। फिर संयोजक अंग्रेजी की 'to be' क्रिया का वर्तमान काल का रूप ही होता है और उसके साथ निषेध का चिह्न रह भी सकता है, नहीं भी रह सकता है। इन सारी शर्तों को ध्यान में रखकर ही वाक्यों को तर्कवाक्यों के रूप में हमें परिवर्तित करना होगा।

साधारण भाषा के हमारे वाक्यों को तर्कवाक्यों में रूपान्तरित करने का यहाँ सीधा अर्थ है उन्हें 'A', 'E', 'I' तथा 'O' में से किसी एक के आकार में परिवर्तित करना। यह परिवर्तन निराधार और मनमाना नहीं होता, बल्कि दिए हुए वाक्य के अर्थ पर आधारित होता है। दिए हुए वाक्यों के अर्थ को ध्यान में रखते हुए कुछ निश्चित नियम ऐसे परिवर्तनों के लिए निर्धारित किए गए हैं जिनका निरूपण हम नीचे करेंगे। इन नियमों के मूल में यही तथ्य निहित है कि दिए हुए वाक्य के मूल अर्थ को ज्यों के त्यों रखते हुए उसे 'A', 'E', 'I' तथा 'O' में से यथोपयुक्त किसी एक के रूप में कैसे परिवर्तित किया जाए। वैसे तो सचमुच साधारण भाषा में पाये जाने वाले अनेकों प्रकार के वाक्यों में से प्रत्येक को तार्किक रूप में परिवर्तित करने के नियमों को निरूपित करना सम्भव नहीं है। कुछ खास-खास प्रकार के वाक्यों का ही जो कुछ न कुछ विशिष्टता रखते हैं तथा कुछ निश्चित आकार प्रदर्शित करते हैं तार्किक आकारों में परिवर्तन किया जा सकता है। नीचे हम रूपान्तरण के कुछ प्रमुख नियमों की व्याख्या करेंगे।

नियम 1. हमने ऊपर कहा है कि प्रत्येक तर्कवाक्य में संयोजक अवश्य होना चाहिए। फिर यह हम जानते हैं कि हमारे साधारण वाक्यों में संयोजक हमेशा मौजूद नहीं रहता। इसलिए सबसे पहला, सबसे अधिक सामान्य तथा सबसे अधिक प्रमुख नियम वाक्यों को तर्कवाक्यों में परिवर्तित करने के सम्बन्ध में यह है कि किसी भी दिए हुए वाक्य में यदि संयोजक नहीं हो तो हम उसमें उपयुक्त स्थान पर एक संयोजक प्रदान कर देंगे। उदाहरण के लिए मान लिया जाए हमारे समक्ष दिया हुआ वाक्य है 'All intelligent students pass the examinations', जिसको हमें तर्कवाक्य में परिवर्तित करना है। यहाँ हम स्पष्ट देखते हैं कि इस वाक्य में संयोजक नहीं है। इसलिए इसे तार्किक रूप में परिवर्तित करने के लिए हमारा सबसे पहला काम होगा इसमें संयोजक प्रदान करना। संयोजक देने के बाद इसका रूप इस प्रकार का हो जाएगा – "All intelligent students / are / such who pass the examination." संयोजक दे देने से ही प्रत्येक वाक्य समुचित तार्किक रूप में आ जाता है, ऐसी बात नहीं है। कभी-कभी संयोजक प्रदान करने के बाद भी वाक्य तार्किक रूप में तब तक नहीं आता है जब तक कुछ अन्य नियमों को भी उसपर लागू कर उसे 'A', 'E', 'I' तथा 'O' में से किसी एक के आकार में नहीं ला दिया जाए। यहाँ उपर्युक्त उदाहरण संयोग से इस प्रकार का है कि सिर्फ संयोजक प्रदान कर देने से ही 'All S is P' अर्थात् 'A' आकार में आ जाता है, इसलिए इसमें और कुछ करने की आवश्यकता नहीं है। 'Intelligent students' इसमें उद्देश्य है, 'Such who pass the examination' विधेय है, तथा 'are'

संयोजक है। यदि हमारे सामने दिया हुआ वाक्य रहे 'Any man can do this' तो यहाँ संयोजक प्रदान करने के बाद इसका रूप होगा 'Any man / is / such who can do this.' परन्तु हम देख सकते हैं कि अभी भी यह 'A', 'E', 'I' तथा 'O' में से किसी के भी आकार में नहीं है। इसपर अभी एक और नियम लागू करना होगा, जिसकी चर्चा हम नीचे करेंगे। उस नियम के लागू करने के बाद यह 'A' आकार में आयेगा जो इसका समुचित तार्किक रूप होगा। वस्तुतः वर्तमान नियम एक ऐसा सर्वव्यापक नियम है जिसका उपयोग आगे आने वाले किसी भी नियम के प्रयोग के पहले करना ही होगा।

निषेधात्मक वाक्यों (Negative sentences) में संयोजक प्रदान करते वक्त हमें इस बात का ध्यान रखना होगा कि निषेध का चिह्न ('नहीं') संयोजक के साथ ही रहे। यदि ऐसा नहीं किया जाता है तो दिए हुए वाक्य के निषेधात्मक होने के बावजूद जिस तर्कवाक्य में इसका रूपान्तरण होगा उसे भावात्मक ही समझा जाएगा। किसी भी तर्कवाक्य को निषोधात्मक तभी समझा जाता है जब निषेध-चिह्न संयोजक के साथ लगो रहे। सिर्फ 'E' तर्कवाक्य में निषेध-चिह्न संयोजक के साथ न रहकर उद्देश्य के साथ लगा रहता है, जैसा उसके आकार 'No S is P' से ही स्पष्ट है। परन्तु फिर यह बात हिन्दी में दिए गए 'E' वाक्य के लिए सत्य नहीं है। वहाँ निषेध-प्रतीक संयोजक के साथ ही लगा रहता है। जैसे 'कोई मनुष्य पूर्ण नहीं है' एक 'E' तर्कवाक्य है और उसमे 'नहीं' चिह्न संयोजक 'है' के साथ ही लगा हुआ है। यदि हमारे सामने तार्किक रूपान्तरण के लिए 'Fools do not succeed' वाक्य दिया हुआ हो, जो निषेधात्मक है, और हम इसमें संयोजक प्रदान कर इसे इस रूप में परिवर्तित कर दें 'Fools / are / such who do not succed' तो यह उचित रूपान्तरण नहीं हुआ। इसे तर्कशास्त्र में भावात्मक वाक्य ही समझा जायेगा चूँकि इसका संयोजक भावात्मक है। निषेध-चिह्न को संयोजक के साथ रखते हुए जब दिए हुए वाक्य का निम्नलिखित रूपान्तरण होगा तब उसे उचित रूप समझा जायेगा — 'Fools / are not / such who succeed'। अब इस वाक्य को तर्कशास्त्र की दृष्टि से अभावात्मक समझा जाएगा, चूँकि इसका संयोजक अभावात्मक है।

ऊपर यह तो बतलाया गया कि वाक्यों को तार्किक रूप में परिवर्तित करते वक्त यदि उनमें संयोजक नहीं हो तो प्रदान करना होगा। परन्तु एक समस्या यह हो सकती है कि संयोजक वाक्य में कैसे और किस स्थान पर जोड़ा जाय। साधारणतः तो ऐसा करना विद्यार्थी के अपने भाषा-सम्बन्धी ज्ञान पर निर्भर करता है, परन्तु फिर भी एक सामान्य निर्देश के रूप में यह संकेत कर दिया जा सकता है कि किसी भी वाक्य में यदि संयोजक नहीं हो तो उसकी अपनी दी हुई क्रिया के ठीक पहले 'is such who' (या 'am such who' या 'are such who' जो व्याकरण की दृष्टि से उचित हो तो उसे देना चाहिए।) जोड़ देना चाहिए तथा शेष वाक्य को ज्यों के त्यों छोड़ देना चाहिए। ऊपर के उदाहरणों से मिलाकर इस बात को स्पष्ट कर लेना चाहिए। हिन्दी के वाक्यों में उसी प्रकार क्रिया के ठीक पहले 'ऐसा है कि', 'ऐसे हैं कि' अथवा 'ऐसा हूँ कि' में से जो उपयुक्त हो उसे जोड़ देना चाहिए।

नियम 2. कभी-कभी कविता आदि के प्रभाव में आकर किसी-किसी वाक्य को उद्देश्य-विधेय के क्रम का बिना ध्यान रखे इस प्रकार उपस्थित किया जाता है कि उसका विधेय ही पहले चला आता है और उद्देश्य बाद में। ऐसे वाक्यों को तार्किक रूप में परिवर्तित करते समय पहले उनके क्रम को ठीक कर देना चाहिए और तब उसके बाद और जिस नियम को

लागू करना आवश्यक हो उसे लागू करना चाहिए। उदाहरण के लिए 'Bleesed are the poor.' वाक्य में हम देख सकते हैं कि पहले विधेय ही रख दिया गया है। इसलिए इसे तार्किक रूप देते वक्त पहले हमें इसे इस प्रकार कर देना चाहिए– 'The poor are blessed.'। संयोजक इसमें है ही, इसलिए उसके सम्बन्ध में विचार करने की आवश्यकता नहीं है। इसे 'A', 'E', 'I', 'O' में से किसी एक आकार में लाने के लिए और कुछ नियम को लागू करना होगा जिसे हम नीचे के नियमों को पढ़ने के बाद जानेंगे। परन्तु उसे लागू करने के पहले क्रम को ठीक कर देना पड़ेगा। ऊपर की ही तरह 'Great was the uproar' को बदलकर 'The uproar was great' कर देना होगा तथा फिर संयोजक देकर इसे निम्नलिखित रूप का बना देना होगा — 'The uproar is/such/which was great.'।

नियम 3. कभी-कभी कोई वाक्य इस रूप में दिया रह सकता है कि उद्देश्य के एक अंश को विधेय का अंश समझ लेने की भूल हो जा सकती है। वाक्य को तार्किक रूप देते वक्त इसे भी ठीक कर लेना होगा। इसके लिए भाषा का ज्ञान तथा व्याकरण का ज्ञान आवश्यक है। उदाहरण के लिए 'All is not well that ends well' में 'That ends well' इस प्रकार जोड़ा गया है मानो वह विधेय का अंश हो, परन्तु वास्तव में वह उद्देश्य का अंश है। वाक्य का उचित रूप होना चाहिए — 'All that ends well is not well'.। उसी प्रकार 'All are not friends who profess to be so.' का उचित रूप होगा — All who profess to be friends are not so.'। सचमुच यह अभी भी दिए हुए वाक्य का उचित तार्किक रूप हुआ नहीं। इसमें नीचे बतलाए जाने वाले एक और नियम को लागू करना होगा और तब इसका उचित तार्किक रूप 'O' में निम्नलिखित रूप मे आयेगा। — 'Some who profess to be friends / are not / so.'।

नोट — अब तक बतलाए गए ये तीन नियम वाक्यो के तार्किक रूपान्तरण के ऐसे सामान्य नियम है जिनका ध्यान हमें नीचे के किसी भी नियम को लागू करने के पूर्व रखना होगा।

नियम 4. वैसे सभी वाक्यों का जिनका प्रारम्भ 'All' (सब या सभी), 'Any' (कोई), 'Every' (हरेक), 'Each' (प्रत्येक) में से किसी शब्द से होता है तथा जो निषेधात्मक नहीं है तार्किक रूपान्तरण 'A' में अथवा 'All S is P' आकार में होता है। उदाहरण के लिए :—

(1) Every man is mortal (हरेक आदमी मरणशील है) का तार्किक रूपान्तरण होगा – All men / are / mortal. (सभी आदमी मरणशील है) – 'A'।

(2) Any man can do this (कोई भी व्यक्ति इसे कर सकता है) का तार्किक रूपान्तरण होगा — All men / are / such who can do this. (सभी व्यक्ति ऐसे हैं जो इसे कर सकते हैं) – 'A'।

(3) Each sentence will be read (प्रत्येक वाक्य पढ़ा जाएगा) का तार्किक रूपान्तरण होगा – All sentences / are / such which will be read. (सभी वाक्य ऐसे हैं जिन्हें पढ़ा जाएगा) — 'A'।

(4) All things will perish some day (सभी वस्तुएँ किसी दिन विनष्ट हो जाएगी) का तार्किक रूपान्तरण होगा – All things / are / such which will perish some day. (सभी वस्तुएँ ऐसी है जो किसी दिन विनष्ट हो जाएगी) – 'A'।

उपर्युक्त तार्किक रूपान्तरणों में हम देख सकते हैं कि जिन वाक्यों में संयोजक पहले से नहीं था उनमें वर्तमान नियम के लागू करने के साथ-साथ संयोजक भी जोड़ा गया है।

नियम 5. वैसे सभी वाक्यों का जिनका प्रारम्भ 'All', 'Any', 'Every', 'Each' से ही होता है परन्तु वाक्य निषेधात्मक होते हैं, तार्किक रूपान्तरण 'O' में अथवा 'Some S is not P' आकार में होता है ('E' में नहीं)। उदाहरणार्थ –

(1) All that glitters is not gold (सभी जो चमकता है, सोना नहीं है) का तार्किक रूपान्तरण होगा – Some things that glitter / are not / gold. (कुछ चमकीले पदार्थ सोना नहीं है) – 'O'।

(2) Any man cannot become a doctor. (कोई आदमी डाक्टर नहीं हो सकता) का तार्किक रूपान्तरण होगा – Some men / are not / such who can become doctors. (कुछ आदमी ऐसे नहीं हैं जो डाक्टर हो सकते हैं) – 'O'।

(3) Every student will not be able to pass this examination. (हरेक विद्यार्थी इस परीक्षा में उत्तीर्ण नहीं हो सकेगा) का तार्किक रूपान्तरण होगा – Some students / are not / such who will be able to pass this examination. (कुछ विद्यार्थी ऐसे नहीं हैं जो इस परीक्षा में उत्तीर्ण होंगे) – 'O'।

(4) Each worker was not absent. (प्रत्येक श्रमिक अनुपस्थित नहीं था) का तार्किक रूपान्तरण होगा – Some workers / are not / such who were absent. (कुछ श्रमिक एसे नहीं हैं जो अनुपस्थित थे) – 'O'।

नियम 6. जिन वाक्यों में 'Absolutely' (पूर्णतया), 'Necessarily' (अनिवार्यतः), 'Certainly' (निश्चित रूप से), 'Always' (सदा सर्वदा) या इसी प्रकार के अर्थ रखने वाले अन्य शब्द हों उनका रूपान्तरण उस स्थिति में 'A' में अर्थात् 'All S is P' आकार में होता है जब दिया हुआ वाक्य भावात्मक रहता है तथा उस स्थिति में 'O' में अर्थात् 'Some S is not P' आकार में होता है जब दिया हुआ वाक्य अभावात्मक होता है। उदाहरणार्थ—

(क) Superstitions are obsolutely baseless. (अंधविश्वास पूर्णतया निराधार होते हैं) का तार्किक रूपान्तरण होगा— All superstitions / are / baseless. (सभी अन्धविश्वास निराधार होते हैं) – 'A'।

(ख) Indians are necessarily humble (भारतीय अनिवार्यतः विनम्र होते हैं) का तार्किक रूपान्तरण होगा – All Indias / are / humble. (सभी भारतीय विनम्र होते हैं) – 'A'।

(ग) Men are not necessarily honest (मनुष्य अनिवार्यतः ईमानदार नहीं होते) का तार्किक रूपान्तरण होगा – Some men / are not / honest (कुछ मनुष्य ईमानदार नहीं होते हैं) – 'O'।

(घ) Students are not always disciplined (विद्यार्थी सदैव अनुशासित नहीं होते) का तार्किक रूपान्तरण होगा – Some students / are not / disciplined (कुछ विद्यार्थी अनुशासित नहीं होते हैं) – 'O'।

(ङ) Reding is certainly beneficial (पढ़ना निश्चित रूप से लाभकारी होता है) का तार्किक रूपान्तरण होगा – All cases of reading / are / beneficial (सभी स्थितियों में पढ़ना लाभकारी है) – 'A'।

नियम 7. जिन वाक्यों में 'Never' (कभी नहीं), 'Not a single' (एक भी नहीं), 'In no case' (किसी हालत में नहीं), 'None' (कोई नहीं) या इसी प्रकार के अर्थवाले

शब्द रहें और वाक्य में इनके अलावे निषेध का अन्य कोई चिह्न न हो तो उनका तार्किक रूपान्तरण 'E' में अर्थात् 'No S is P' आकार में होता है। उदाहरणार्थ :—

(1) Girls never misbehave (लड़कियाँ कभी भी अभद्र व्यवहार नहीं करती) का तार्किक रूपान्तरण होगा – No girl / is / such who misbehaves. (कोई भी लड़की ऐसी नहीं है जो अभद्र व्यवहार करती है) – 'E'।

(2) Not a single boy was absent (एक भी लड़का अनुपस्थित नहीं था) का तार्किक रूपान्तरण होगा – No boy / is / such who was absent (कोई भी लड़का ऐसा नहीं है जो अनुपस्थित था) – 'E'।

(3) In no case Indians are aggressive (किसी भी हालत में भारतीय आक्रामक नहीं होते) का तार्किक रूपान्तरण होगा – No Indian / is / aggressive (कोई भी भारतीय आक्रामक नहीं है) – 'E'।

परन्तु इस बात का ध्यान रखना चाहिए कि यदि उपर्युक्त शब्दों के अलावे भी कोई अन्य निषेधसूचक शब्द वाक्य में रहे तो वाक्य का तार्किक रूपान्तरण 'E' में न होकर 'A' में हो जाएगा। उदाहरण के लिए 'Not a single man was not agressive' का तार्किक रूपान्तरण होगा – 'All men / are / such who were aggressive' — 'A'। उसी प्रकार Children are never not acting' का तार्किक रूपान्तरण होगा 'All children / are / acting.' — 'A'। यह बात अलग है कि इस प्रकार के वाक्यों का व्यवहार शायद ही होता है परन्तु इनकी सम्भावना से बिलकुल इनकार भी नहीं किया जा सकता।

नियम 8. जिन वाक्यों का प्रारम्भ 'Most' (अधिकांश), 'A few' (कुछ) 'Certain' (कतिपय), 'Many' (बहुत), 'Almost all' (करीब-करीब सब), 'All but one or two' (एक या दो के अलावे सब), 'Several' (अनेक), 'Ninety nine percent' or '99%' (निन्यानबे प्रतिशत या 99%) या इसी प्रकार के अर्थ रखने वाले अन्य किसी शब्द से हो तो उसका तार्किक रूपान्तरण उस स्थिति में 'I' में अर्थात् 'Some S is P' आकार में होता है जब दिया हुआ वाक्य भावात्मक होता है और उस स्थिति में 'O' में अर्थात् 'Some S is not P' आकार में होता है जब दिया हुआ वाक्य अभावात्मक होता है। तर्कशास्त्र में 'कुछ' परिमाणवाचक विशेषण का व्यवहार 'कम से कम एक' के अर्थ में होता है और इसलिए जब तक 'सब' नहीं कहा जाए तब तक संख्या या परिमाण चाहे कितना भी अधिक क्यों न हो उसके द्वारा 'कुछ' ही बोधित होगा। यही कारण है कि 'Most', 'Almost all', '99%' वाले वाक्यों का भी रूपान्तरण अंशव्यापी तर्कवाक्यों के रूप में ही होता है। उदाहरणार्थ :—

(क) Most of the people were present (अधिकांश लोग उपस्थित थे) का तार्किक रूपान्तरण होगा – Some people / are / such who were present (कुछ लोग ऐसे हैं जो उपस्थित थे) – 'I'।

(ख) All but one did not come (एक के अलावे सभी नहीं आये) का तार्किक रूपान्तरण होगा – Some / are not / such who came (कुछ ऐसे नहीं है जो आये – 'O'।

(2) Most of the people did not turn up. (अधिकांश लोग उपस्थित नहीं हुए) का तार्किक रूपान्तरण होगा – Some people / are not / such who turned up. (कुछ लोग ऐसे नहीं हैं जो उपस्थित हुए) – 'O'।

(3) A few students could solve the problem. (कुछ विद्यार्थी समस्या का समाधान कर सके) का तार्किक रूपान्तरण होगा – Some students / are / such who could solve the problem (कुछ विद्यार्थी ऐसे हैं जो समस्या का समाधान कर सके) – 'I'।

(4) Many members will not attend the meeting (बहुत से सदस्य बैठक में सम्मिलित नहीं होंगे) का तार्किक रूपान्तरण होगा – Some members / are not / such who will attend the meeting. (कुछ सदस्य ऐसे नहीं हैं जो बैठक में सम्मिलित होंगे) – 'O'।.

(5) Almost all mangoes were ripe (करीब-करीब सभी आम पके थे) का तार्किक रूपान्तरण होगा – Some mangoes / are / such which were ripe. (कुछ आम ऐसे हैं जो पके थे) – 'I'।

(6) Several people died in the earthquake. (भूकम्प में अनेकों लोग मर गये) का तार्किक रूपान्तरण होगा – Some people / are / such who died in the earthquake. (कुछ लोग ऐसे हैं जो भूकम्प में मर गये) – 'I'।

(7) Nintynine percent students failed (निन्यानबे प्रतिशत विद्यार्थी अनुत्तीर्ण हो गये) का तार्किक रूपान्तरण होगा – Some students / are / such who failed (कुछ विद्यार्थी ऐसे हैं जो अनुत्तीर्ण हो गए) – 'I'।

नियम 9. जिन वाक्यों में 'Mostly' (अधिकांशतः) 'Generally' (साधारणतः), 'Frequently' (बहुधा), 'Often' (प्रायः), 'Perhaps' (शायद), 'Nearly always' (करीब-करीब सदैव), 'Sometimes' (कभी-कभी) में से कोई या इसी प्रकार का अर्थ रखने वाला अन्य कोई शब्द हो, उनका तार्किक रूपान्तरण उस स्थिति में 'I' में अर्थात् 'Some S is P' आकार में होगा जब दिया हुआ वाक्य भावात्मक होगा और उस स्थिति में 'O' में अर्थात् 'Some S is not P' आकार में होगा जब दिया हुआ वाक्य निषेधात्मक होगा। उदाहरणार्थ : —

(1) Students are mostly disciplined (विद्यार्थी अधिकांशतः अनुशासित होते हैं) का तार्किक रूपान्तरण होगा – Some students / are / disciplined (कुछ विद्यार्थी अनुशासित होते हैं) – 'I'।

(2) White cats with blue eyes are generally deaf (नीली आँखों वाली उजली बिल्लियाँ साधारणतः बहरी होती हैं) का तार्किक रूपान्तरण होगा – Some white cats with blue eyes / are / deaf (कुछ नीली आँखों वाली उजली बिल्लियाँ बहरी होती हैं) – 'I'।

(3) Good persons are often not happy (अच्छे लोग प्रायः सुखी नहीं होते) का तार्किक रूपान्तरण होगा – Some good persons / are not / happy (कुछ अच्छे लोग सुखी नहीं हैं) – 'O'।

(4) Men sometimes do not work (लोग कभी-कभी काम नहीं करते) का तार्किक रूपान्तरण होगा – Some men / are not / such who work (कुछ लोग ऐसे नहीं हैं जो काम करते हैं) – 'O'।

(5) Indians nearly always are kind (भारतीय करीब-करीब हमेशा दयालु होते हैं) का तार्किक रूपान्तरण होगा – Some Indians / are / kind (कुछ भारतीय दयालु हैं) – 'I'।

(6) 'कुत्ते अक्सर विश्वासी होते हैं' का तार्किक रूपान्तरण होगा – 'कुछ कुत्ते विश्वासी हैं' – 'I'।

नियम 10. जिन वाक्यों में 'Few', 'Hardly', 'Scarcely' तथा 'Seldom' में से कोई शब्द हो उनका तार्किक रूपान्तरण उस स्थिति में 'O' में अथवा 'Some S is not P' आकार में होगा जब दिया हुआ वाक्य भावात्मक होगा और उस स्थिति में 'I' में होगा जब दिया हुआ वाक्य अभावात्मक होगा। उपर्युक्त शब्दों के अर्थ के साथ निषेधात्मकता का एक भाव छिपा रहता है। इसीलिए दिए हुए वाक्य के भावात्मक होने पर तार्किक रूप अभावात्मक यानी 'O' हो जाता है और दिए हुए वाक्य के अभावात्मक होने पर तार्किक रूप भावात्मक अथवा 'I' होता है। इन शब्दों के अनुरूप उपयुक्त हिन्दी शब्द क्या होंगे, यह बतलाना कठिन है। और यदि किसी तरह इनका हिन्दी रूपान्तरण कर भी दिया जाय तो यह कहना संदेहात्मक है कि अनुरूप हिन्दी शब्दों में भी वही अभावात्मकता का अर्थ छिपा रहता है जो अंग्रेजी शब्दों में है। 'Few' का अर्थ 'शायद ही कुछ' या 'कुछ नहीं' लगाया जा सकता है। 'Hardly' का अर्थ 'मुश्किल से ही', 'Seldom' का अर्थ 'शायद ही' तथा 'Scarcely' का अर्थ 'बहुत कम' या 'कठिनता से' लगाया जा सकता है। अब हम रूपान्तरण के कुछ वास्तविक उदाहरणों को देखें :—

(1) Few men are honest (शायद ही कुछ लोग ईमानदार हैं) का तार्किक रूपान्तरण होगा – Some men / are not / honest (कुछ लोग ईमानदार नहीं हैं) – 'O' ।

(2) Few people do not care for their children (शायद ही कुछ लोग अपने बच्चों की चिन्ता नहीं करते) का तार्किक रूपान्तरण होगा – Some people are such who care for their children (कुछ लोग ऐसे हैं जो अपने बच्चों की चिन्ता करते हैं) – 'I' ।

(3) Election promises are seldom fulfilled (चुनावों में किए गए वायदे शायद ही पूरे किए जाते हैं) का तार्किक रूपान्तरण होगा – Some election promises / are not / fulfilled (चुनावों में किए गए कुछ वायदे पूरे नहीं होते हैं) – 'O' ।

(4) Buddhists hardly believe in God (बौद्ध लोग मुश्किल से ही ईश्वर में विश्वास करते हैं) का तार्किक रूपान्तरण होगा–Some Budhists / are not / such who believe in God (कुछ बौद्ध लोग ऐसे नहीं हैं जो ईश्वर में विश्वास करते हैं) — 'O' ।

(5) Birds scarcely do not sing (पक्षी बहुत कम ही नहीं गाते या बहुत कम ही पक्षी नहीं गाते) का तार्किक रूपान्तरण होगा – Some birds / are / such which sing (कुछ पक्षी ऐसे हैं जो गाते हैं) – 'I' ।

नियम 11. जिन वाक्यों में 'Only' (सिर्फ या केवल), 'None but' (और कोई नहीं बल्कि), 'Alone' (अकेले), 'No one else but' (और कोई नहीं बल्कि) इत्यादि जैसे शब्दों में से कोई रहे उनका तार्किक रूपान्तरण तीन भिन्न-भिन्न तरीकों से होता है।

(1) 'A' में रूपान्तरण — पहला तरीका है इन वाक्यों को 'A' तर्कवाक्य में बदलकर उनका रूपान्तरण करना। परन्तु इसका मतलब यह नहीं है कि इस प्रकार के किसी दिए हुए वाक्य को हम सीधे 'A' में बदल दें। उदाहरण के लिए 'Only students are intelligent' को 'A' में बदलने का अर्थ यह नहीं है कि हम इसे 'All students are intelligent' — 'A' में बदल दें। ऐसा रूपान्तरण मूल वाक्य के अर्थ को बदल डालता है। यह कहना कि सिर्फ विद्यार्थी ही तेज होते हैं यह कहने के बराबर कदापि नहीं है कि सभी विद्यार्थी तेज होते हैं। ऐसा कहने का वास्तविक अर्थ है कि जो भी तेज हैं वे विद्यार्थी हैं अथवा सभी तेज (लोग) विद्यार्थी हैं। इसलिए जिन वाक्यों में 'सिर्फ' (only) आदि शब्द लगे रहें उनका 'A' में तार्किक

रूपान्तरण करने का तरीका यह है कि उनके उद्देश्य एवं विधेय का परस्पर स्थानान्तरण कर दिया जाए और प्रारम्भ में (Only आदि हटाकर) 'All' (सभी) जोड़ दिया जाए। इस प्रकार 'Only students are intelligent' का समुचित तार्किक रूप होगा 'All intelligent (persons) / are / students — 'A'। उसी प्रकार 'None but the brave deserve the fair' का तार्किक रूपान्तरण होगा – 'All such who deserve the fair / are/ brave.' — 'A'।

'Only' इत्यादि वाले उन वाक्यों का तार्किक रूपान्तरण करने में, जिनमें संयोजक नहीं हो, अच्छा यह होगा कि प्रथम स्तर में संयोजक प्रदान किया जाए और दूसरे स्तर में उद्देश्य-विधेय का स्थानान्तरण कर 'All' शब्द जोड़ा जाए। एक ही साथ दोनों काम करने पर उलझन पैदा हो सकती है और भूल की सम्भावना हो सकती है। पहले संयोजक प्रदान कर देने से उद्देश्य तथा विधेय बिलकुल स्पष्ट हो जाते हैं और तब बड़े-बड़े वाक्यों की स्थिति में भी उनका स्थानान्तरण करने में कोई कठिनाई नहीं होती। उदाहरण के लिए – 'None but the brave deserve the fair' का ही रूपान्तरण करने में पहले हमें इस प्रकार सिर्फ संयोजक प्रदान कर देना चाहिए–None but the brave / are / such who deserve the fair. अब यह स्पष्ट हो गया कि 'The brave' उद्देश्य है तथा 'Such who deserve the fair' विधेय है। और इसलिए इनका स्थानान्तरण कर अब तार्किक रूपान्तरण करने में कोई कठिनाई नहीं है। अन्तिम रूप में तार्किक रूपान्तरण हो जाएगा – 'All such who deserve the fair / are / the brave' – 'A'।

(2) 'E' में रूपान्तरण— दूसरा तरीका है इन वाक्यों को 'E' तर्कवाक्य में बदल कर उनका रूपान्तरण करना। 'E' में उन्हें परिवर्तित करने का नियम निम्नलिखित है–दिए हुए वाक्य के उद्देश्य का व्याघाती (contradictory) पद उद्देश्य रूप में लिया जाता है, 'only' आदि शब्द को हटा दिया जाता है तथा प्रारम्भ में 'No' जोड़ दिया जाता है। उदाहरण के लिए 'Virtuous alone are happy' [सिर्फ (या अकेले) पुण्यात्मा ही सुखी होते हैं] का 'E' में तार्किक रूपान्तरण इस प्रकार होगा – 'No non-virtuous / are / happy' (कोई भी अपुण्यात्मा सुखी नहीं होता है)। उसी प्रकार 'None but the brave deserve the fair' का तार्किक रूपान्तरण होगा – 'No non-brave / is/ such who deserves the fair' — 'E'।

(3) 'I' में रूपान्तरण— 'Only' इत्यादि से युक्त वाक्यों के तार्किक रूपान्तरण का एक तरीका है उन्हें 'I' में बदलना। यह रूपान्तरण सबसे आसान है, परन्तु साधारणतः तर्कशास्त्री इस रूपान्तरण को संतोषजनक नहीं मानते। ऐसे वाक्यों के 'A' वाले रूपान्तरण को ही सबसे अधिक पूर्ण तथा संतोषप्रद माना जाता है और उसके बाद 'E' वाले रूपान्तरण को संतोषप्रद माना जाता है। 'I' वाले रूपान्तरण को सबसे कम संतोषप्रद माना जाता है। 'I' वाले रूपान्तरण को सबसे कम संतोषप्रद इसलिए माना जाता है चूँकि दिए हुए वाक्य का ठीक-ठीक अर्थ इस रूप में समाहित नहीं हो पाता। इसीलिए 'Only' आदि से सम्बन्धित किसी भी वाक्य का रूपान्तरण सिर्फ 'I' में करके नहीं छोड़ना चाहिए। या तो तीनों ही आकारों में बनाना चाहिए या यदि सिर्फ एक में बनाना हो तो 'A' में बनाना चाहिए।

इन वाक्यों को 'I' में रूपान्तरित करने का तरीका है दिए हुए वाक्य के आगे सिर्फ 'Some' जोड़ देना और यदि संयोजक नहीं हो तो संयोजक दे देना। उदाहरण के लिए 'Only the brave can fight' का 'I' में तार्किक रूपान्तरण होगा – 'Some brave / are / such who can fight'. । 'Brave alone deserve the credit' का रूपान्तरण होगा – 'Some brave / are / such who deserve the credit'. ।

एक ही उदाहरण का तीनों रूपों मे तार्किक रूपान्तरण समझने के लिए हम 'Only Matriculates are college students' (सिर्फ मैट्रिक पास व्यक्ति ही कॉलेज के विद्यार्थी हैं) वाक्य को लें और उसका A, E तथा I में रूपान्तरण कर देखें। यह निम्नलिखित रूपों में होगा –

A — All college students are / Matriculates.
(सभी कॉलेज के विद्यार्थी मैट्रिक पास व्यक्ति हैं।)

E — No non-Matriculates / are / college students.
(कोई भी अमैट्रिक पास व्यक्ति कॉलेज का विद्यार्थी नहीं है।)

I — Some Matriculates / are / college students.
(कुछ मैट्रिक पास व्यक्ति कॉलेज के विद्यार्थी हैं।)

नियम 12. वैसे वाक्यों का तार्किक रूपान्तरण जिनमें 'Except' (अलावे, सिवाय, छोड़कर) या इसी अर्थ में 'But' शब्द का व्यवहार हुआ हो इस बात पर निर्भर करता है कि 'Except' के तुरंत बाद वाला पद निश्चित पद है या अनिश्चित पद। यदि वह पद निश्चित पद (Definite term) हो तब तो दिए हुए वाक्य का तार्किक रूपान्तरण पूर्णव्यापी तर्कवाक्य (Universal proposition) में होगा तथा यदि वह पद अनिश्चित पद हो तब उसका रूपान्तरण एक अंशव्यापी तर्कवाक्य (Particular proposition) के रूप में होगा। उदाहरणार्थ :—

(1) All metals except mercury are solid (पारा के अलावे सभी धातु ठोस हैं) का तार्किक रूपान्तरण 'A' अथवा पूर्णव्यापी भावात्मक में होगा, चूँकि दिया हुआ वाक्य भावात्मक है तथा 'except' के तुरंत बाद वाला पद (mercury) एक निश्चित पद है। यह रूपान्तरण निम्नलिखित होगा – All metals except mercury / are / solid — 'A' । (वस्तुतः यह वाक्य पहले से ही तार्किक आकार में है, इसीलिए इसमें कोई परिवर्तन नहीं हुआ।)

(2) All metals except one are solid (एक के अलावे सभी धातु ठोस हैं) का तार्किक रूपान्तरण होगा – Some metals / are / solid (कुछ धातु ठोस हैं) – 'I' । यहाँ चूँकि 'except' के तुरंत बाद आनेवाला 'one' पद एक निश्चित पद है इसलिए दिए हुए वाक्य का रूपान्तरण अंशव्यापी तर्कवाक्य में होगा और चूँकि दिया हुआ वाक्य भावात्मक है, इसलिए वह अंशव्यापी भावात्मक यानी 'I' में होगा, जैसा कि किया गया है। (यहाँ पर एक बात ध्यान रखना चाहिए कि 'I' में रूपान्तरण करते वक्त 'except one' अंश हटा लिया गया है, परन्तु ऊपर 'A' में रूपान्तरण करते वक्त 'except' सम्बन्धी अंश, यानी, 'except mercury' ज्यों की त्यों छोड़ दिया गया है। इसका कारण यह है कि दूसरे यानी 'I' वाले रूपान्तरण में 'except one' का अर्थ 'Some' में समाहित हो जाता है, परन्तु 'except mercury' का अर्थ 'All' में समाहित नहीं होता। वहाँ भी यदि इस अंश को उड़ाकर हम 'All metals are solid' तार्किक रूप बना दें तो दिए हुए वाक्य का अर्थ ही बदल जाएगा, जो नहीं होना चाहिए।)

(3) All students but Ram passed (राम को छोड़कर सभी विद्यार्थी उत्तीर्ण हो गए) का तार्किक रूपान्तरण होगा – All students but Ram / are / such who passed (राम को छोड़कर सभी विद्यार्थी ऐसे हैं जो उत्तीर्ण हो गए) – 'A' ।

(4) All students except two passed (दो के अलावे सभी विद्यार्थी उत्तीर्ण हो गए)

का तार्किक रूपान्तरण होगा — Some students / are / such who passed (कुछ विद्यार्थी ऐसे हैं जो उत्तीर्ण हो गए) – 'I' ।

नियम 13. वैसे वाक्यों के तार्किक रूपान्तरण में जिनके उद्देश्य में एक व्यक्तिवाचक पद (singular terms) होता है हमारा मार्गदर्शन इस बात से होता है कि वह व्यक्तिवाचक पद निश्चित पद है या अनिश्चित पद। यदि वह पद निश्चित पद है तब तो उपर्युक्त प्रकार के वाक्य का रूपान्तर पूर्णव्यापी तर्कवाक्य के रूप में होगा और यदि वह पद अनिश्चित पद है तब उसका रूपान्तरण एक अंशव्यापी तर्कवाक्य के रूप में होगा।

परन्तु इस नियम के प्रयोग में सतर्कता बरतने की आवश्यकता है। उपर्युक्त रूप में नियम का प्रतिपादन किसी-किसी के लिए भ्रामक सिद्ध हो सकता है। उदाहरण के लिए मान लिया जाए कि 'Ram Killed Ravan' वाक्य तार्किक रूपान्तरण के लिए हमारे सामने हैं। यहाँ पर व्यक्तिवाचक उद्देश्य-पद 'Ram' एक निश्चित पद है। इसलिए हमारे निश्चय के अनुसार इस वाक्य का रूपान्तरण एक पूर्णव्यापी तर्कवाक्य के रूप में होगा। और चूँकि यह वाक्य भावात्मक है, इसलिए इसका रूपान्तरण पूर्णव्यापी भावात्मक यानी 'A' में होगा। 'A' का आकार होता 'All S is P'। तो क्या दिए हुए वाक्य का तार्किक रूप हो जाएगा–All Rams are such who killed Ravan ? कदापि नहीं। ऐसा करना मूर्खतापूर्ण होगा। यहाँ हमें पहले बतलाए गए एकव्यापी तर्कवाक्य (singular proposition) के परिमाण-निर्धारण वाली बात से मार्गदर्शन प्राप्त करना चाहिए। हमने कहा है कि जिस एकव्यापी तर्कवाक्य का उद्देश्य-पद एक निश्चित व्यक्तिवाचक पद होता है उसे पूर्णव्यापी माना जाता है तथा जिसका उद्देश्य-पद एक अनिश्चित व्यक्तिवाचक पद होता है उसे अंशव्यापी माना जाता है। उस नियम के अनुसार 'Ram Killed Ravan' अपने वर्तमान रूप में ही 'A' है। यहाँ रूपान्तरण का अर्थ सिर्फ इतना कि दिए हुए वाक्य में संयोजक प्रदान कर हम उसे एक समुचित तर्कवाक्य का रूप प्रदान कर दें जो निम्नलिखित होगा – 'Ram / is / such who killed Ravan' — 'A'। यदि हमारा दिया हुआ वाक्य हो 'Ram is ill' तो इसके तार्किक रूपान्तरण में कुछ नहीं करना है। यह तार्किक रूप में है ही और एक 'A' तर्कवाक्य है। उसी प्रकार 'Mohan is not rich' एक 'E' तर्कवाक्य है यद्यपि यह अपने साधारण 'No S is P' आकार में नहीं है।

वैसे एकव्यापी वाक्यों के रूपान्तरण में जिनका उद्देश्य-पद अनिश्चित व्यक्तिवाचक पद हो अंशव्यापी बनाने के लिए प्रारम्भ में 'Some' भी जोड़ दिया जा सकता है। ऐसा करने से उनका आकार भी स्पष्ट हो जाता है और उनके अर्थ में भी कोई अन्तर नहीं पड़ता। जैसे 'One metal is solid' का तार्किक रूपान्तरण हम इस रूप में कर सकते हैं – 'Some metal / is solid' — 'I', 'One man went there' का तार्किक रूपान्तरण होगा – 'Some man is such who went there, – 'I' ।

कुछ अन्य उदाहरण निम्नलिखित हैं :—

(1) Iron is solid (लोहा ठोस है) के रूपान्तरण में कुछ भी नहीं करना है। यह 'A' तर्कवाक्य है।

(2) The earth moves round the Sun (पृथ्वी सूर्य के चारों तरफ घूमती है) का तार्किक रूपान्तरण होगा – The earth is such which moves round the sun (पृथ्वी ऐसी है जो सूर्य के चारों ओर घूमती है)–'A' ।

(3) Mercury is not solid — तार्किक रूप में है और 'E' तर्कवाक्य है।

(4) One man did not turn up का तार्किक रूपान्तरण होगा — Some man is not such who turned up. – 'O'।

नियम 14. तर्कवाक्य के स्वरूप की चर्चा करते वक्त हमने कहा था कि प्रश्नवाचक (Interrogative), विस्मयादि बोधक (Exclamatory) आदि वाक्य तर्कवाक्य नहीं होते, चूँकि उनका न तो आकार ही ऐसा होता है जैसा तर्कवाक्य का होना चाहिए और न उनके सम्बन्ध में सत्यता-असत्यता का कोई प्रश्न उठता है। सिर्फ सूचनात्मक या अभिकथनात्मक वाक्य (Assertive sentences) ही तर्कवाक्य होते हैं। परन्तु कुछ प्रश्नवाचक वाक्य भी इस प्रकार के होते हैं कि उनका सिर्फ आकार प्रश्नवाचक का होता है, परन्तु छिपे रूप में वे अभिकथनात्मक वाक्य ही होते हैं। उदाहरण के लिए 'Am I your servant ?' (क्या मैं अपना नौकर हूँ ?) वाक्य स्पष्टतः तो प्रश्नवाचक है, परन्तु वास्तव में इस वाक्य के द्वारा कहने वाला यह कहना चाहता है कि 'मैं आपका नौकर नहीं हँ', जो एक अभिकथनात्मक वाक्य है। इसलिए कुछ प्रश्नवाचक वाक्य भी तर्कवाक्यों में रूपान्तरित किए जा सकते हैं, यद्यपि सभी नहीं।

इनके सम्बन्ध में नियम बस इतना ही है कि किसी भी दिए हुए प्रश्नवाचक वाक्य को जो प्रत्यक्ष उत्तर मालूम पड़े वही उसका तार्किक रूप होता है। हाँ, इस बात का ध्यान रखना चाहिए कि जो वाक्य उत्तर-स्वरूप मिले उसमें यदि संयोजक नहीं हो तो संयोजक प्रदान कर देना चाहिए। उदाहरणार्थ :—

(क) Am I your servant ? (क्या मैं आपका नौकर हूँ ?) का तार्किक रूपान्तरण होगा — I / am not / your servant (मैं आपका नौकर नहीं हूँ) – 'E'।

(ख) Am I not your father ? (क्या मैं तुम्हारा पिता नहीं हूँ ?) का तार्किक रूप होगा – I / am / your father (मैं तुम्हारा पिता हूँ) – 'A'।

(ग) Who cannot do it ? (इसे कौन नहीं कर सकता है ?) का तार्किक रूप होगा – All / are / such who can do it (सभी कोई ऐसे हैं जो इसे कर सकते हैं) – 'A'। ('Who cannot do it ?' का प्रत्यक्ष उत्तर होगा – 'Every body can do it' और इसमें संयोजक देकर इसका तार्किक रूपान्तर करने पर हो जाएगा — All are such who can do it.)

पर ऊपर के नियम का यह अर्थ नहीं लगा लेना चाहिए कि 'What is your name ?' का तार्किक रूप हो जाएगा 'My name is Ram', चूँकि यह दिए हुए वाक्य का उत्तर है। हमें याद रखना चाहिए कि तार्किक रूपान्तरण का मूलभूत नियम यह है कि रूपान्तरण ऐसा हो कि मूल वाक्य के मूल अर्थ को वह पअने अन्दर बनाए रखे। ऊपर के वाक्यों में उनके उत्तर इसीलिए तार्किक रूपान्तरण माने जा सके चूँकि वे रूपान्तरण मूल वाक्यों के आन्तरिक अर्थ का प्रतिनिधित्व करते हैं। परन्तु यहाँ वैसी बात नहीं। यहाँ तो उत्तर स्वरूप एक दूसरा वाक्य ही चला आता है जो मूल वाक्य से बिलकुल भिन्न है। वस्तुतः इस प्रकार के प्रश्नवाचक वाक्य का रूपान्तरण हो ही नहीं सकता।

इस प्रकार साधारण वाक्यों के तर्कवाक्यों में परिवर्तन के सम्बन्ध में हमने कुछ नियमों को देखा। परन्तु यहाँ यह याद रखना चाहिए कि इन नियमों का संग्रह एक ऐसा संग्रह नहीं है जिसके द्वारा या जिसका सहारा लेकर हम किसी भी वाक्य का रूपान्तरण कर दे सकते हैं। वस्तुतः इन नियमों का कोई ऐसा संग्रह उपस्थित किया ही नहीं जा सकता जिसके अन्दर साधारण भाषा के सभी प्रकार के वाक्यों का तार्किक रूपान्तरण सम्भव हो। एक मार्गदर्शन के रूप में कुछ नियमों का निरूपण किया गया है। पर वाक्यों के तार्किक रूपान्तरण में हमारा

वास्तविक निदेशक या मार्गदर्शक भाषा सम्बन्धी हमारा साधारण ज्ञान ही हो सकता है जिसके द्वारा हम समझ सकते हैं कि दिए हुए वाक्य का वास्तविक अर्थ क्या है। अर्थ के आधार पर ही वाक्यों का तार्किक रूपान्तरण होता है। सभी नियमों के पीछे मूल बात यही है कि दिए हुए वाक्य का अपना मूल अर्थ भी नहीं बदले तथा उसका रूपान्तरण 'A', 'E', 'I' और 'O' आधारों में से किसी एक में हो जाय। जो वाक्य उपर्युक्त नियमों की परिधि में नहीं आ पाते उनके सम्बन्ध में यही करना होगा कि उनके अर्थ को समझकर हम उन्हें 'A', 'E', 'I' और 'O' में से कोई रूप दें। उदाहरण के लिए यदि 'Men are rational' वाक्य हमें तार्किक रूपान्तरण के लिए दे दिया जाए तो यह स्पष्टतः ऊपर के किसी नियम के अन्तर्गत नह आता और सिर्फ इसके आकार को देखकर बिना अर्थ को समझे हम नहीं कर सकते कि इसका रूपान्तरण हमें एक पूर्णव्यापी तर्कवाक्य के रूप में करना चाहिए या अंशव्यापी तर्कवाक्य के रूप में। परन्तु यदि इसके अर्थ पर हम ध्यान दें तो हम देख सकते हैं कि यहाँ विधेय में जो बात कही जाती है वह सभी मनुष्यों पर लागू है और इसलिए इसका रूपान्तरण 'A' में होगा – 'All men / are / rational'। परन्तु इसी आकार का एक दूसरा वाक्य 'Indians are poor' यदि हमारे सामने हो तो इसका रूपान्तरण हमें 'I' में करना होगा – 'Some Indians / are / poor'। बहुत स्थितियों में तो दिए हुए वाक्य पर किसी नियम के लागू होते रहने के बावजूद भी यदि उसका तार्किक रूपान्तरण हम उस नियम के आधार पर कर दें तो वहाँ भूल हो जाएगी। चूँकि वाक्य का वास्तविक अर्थ कुछ ऐसा है कि आकार की दृष्टि से किसी खास नियम के लागू होते हुए भी उसके अर्थ की दृष्टि से हमें उस नियम को लागू नहीं करना चाहिए। उदाहरण के लिए नियम यह बतलाया है कि यदि किसी वाक्य के पहले 'All' हो और वाक्य अभावात्मक हों तो उसका तार्किक रूपान्तरण 'O' में होगा। और प्रायः सभी स्थितियों में ऐसा करना ठीक भी होता है। परन्तु 'Not all the riches of the earth can satisfy you' वाक्य को लिया जाए। हम देख सकते हैं कि इस वाक्य में 'All' है तथा यह वाक्य अभावात्मक है। इसलिए नियमतः इसका तार्किक रूप होना चाहिए – 'Some riches of the earth / are not / such which can satisfy you' — 'O'। परन्तु ऐसा तार्किक रूप उपर्युक्त वाक्य का बनाना गलत होगा। इस वाक्य का आन्तरिक अर्थ एक पूर्णव्यापी अभावात्मक ('E') वाक्य का है, अर्थात् यह है कि संसार का कोई भी धन (सब धन मिलकर भी) आपको सन्तोष नहीं दे सकता। इसलिए इस वाक्य का यथार्थ तार्किक रूप होगा–'No riches of the earth are such which can satisfy you — 'E'। यह उदाहरण यह दिखलाता है कि वाक्यों के तार्किक रूपान्तरण में हमारा वास्तविक सहायक वाक्यों के वास्तविक अर्थ के प्रति हमारी समझदारी है।

(4) पदों की व्याप्ति *(Distrubiton of Terms)*

पदों की व्याप्ति क्या है? — हमने देखा है कि 'पद' वैसे शब्द या शब्द-समूह का नाम है जिसका व्यवहार किसी तर्कवाक्य के उद्देश्य या विधेय के रूप में हो सकता है। अब किसी भी पद का किसी तर्कवाक्य में उद्देश्य या विधेय के रूप में प्रयोग दो प्रकार से हो सकता है — (1) अपनी पूर्ण वस्तुवाचकता में (In its entire denotation) या (2) अपनी आंशिक वस्तुवाचकता में (In its partial denotation)। तो *जब किसी पद का व्यवहार किसी तर्कवाक्य में अपनी पूर्ण वस्तुवाचकता में होता है तो उसे व्याप्त (Distributed) कहा जाता है और जब उसका व्यवहार सिर्फ अपनी आंशिक वस्तुवाचकता में होता है तब उसे*

अव्याप्त (undistributed) कहा जाता है। इस प्रकार किसी भी पद की व्याप्ति का अर्थ है उसका अपनी पूर्ण वस्तुवाचकता में किसी तर्कवाक्य में व्यवहृत होना। उदाहरण के लिए 'सभी मनुष्य मरणशील हैं' (All men are mortal) तर्कवाक्य में उद्देश्य पद 'मनुष्य' (Men) का व्यवहार अपनी पूरी वस्तुवाचकता में हुआ है। इसलिए यह पद यहाँ व्याप्त है। हम जानते हैं कि किसी भी पद की वस्तुवाचकता से उन सारी वस्तुओं को समझा जाता है जिनका वह पद बोध कराता है। 'मनुष्य' पद से सभी मनुष्यों का बोध होता है और उपर्युक्त तर्कवाक्य में 'मनुष्य' पद का व्यवहार सभी मनुष्यों के लिए हुआ है जैसा कि उसके पहले लगे परिणामवाचक विशेषण 'सभी' से स्पष्ट है। अतः यहाँ पर इस पद का व्यवहार अपनी पूर्ण वस्तुवाचकता में हुआ है और इसलिए यहाँ यह पद व्याप्त है। लेकिन फिर 'कुछ मनुष्य ईमानदार हैं' (Some men are honest) तर्कवाक्य में इसी 'मनुष्य' पद का व्यवहार अपनी पूर्ण वस्तुवाचकता में नहीं हुआ है जैसा उसके पूर्व लगे परिणामवाचक विशेषण 'कुछ' से स्पष्ट है। यहाँ उसका व्यवहार अपनी आंशिक वस्तुवाचकता में यानी अपनी वस्तुवाचकता के एक अंश मात्र के लिए हुआ है। इसलिए वह पद यहाँ अव्याप्त है।

वाक्यों के तर्कवाक्यों में रूपान्तरण सम्बन्धी नियमों को पढ़ने के बाद अब यह स्पष्ट हो गया है कि तर्कशास्त्र में मुख्यतः चार ही प्रकार के तर्कवाक्य हैं— 'A' 'E' 'I' तथा 'O'। इसलिए अब हमें यह निर्धारित करना चाहिए कि इन तर्कवाक्यों के उद्देश्य तथा विधेय पदों में कौन व्याप्त तथा कौन अव्याप्त होता है। हम जानते हैं कि 'A' तर्कवाक्य एक पूर्णव्यापी भावात्मक तर्कवाक्य है जिसका आकार है 'सभी उ वि हैं' (All S is P), जिसमें 'उ' (S) उद्देश्य (Subject) का द्योतक है तथा 'वि' (P) विधेय (Predicate) का द्योतक है। इस तर्कवाक्य के आकार से ही यह स्पष्ट है कि इसका उद्देश्य व्याप्त होता है। उद्देश्य-पद के पहले लगे 'सभी' (All) शब्द से ही यह स्पष्ट है। लेकिन देखने की बात यह है कि विधेय-पद की क्या स्थिति होती है। वह व्याप्त होता है या अव्याप्त ? यह निम्नलिखित विवेचन से स्पष्ट होगा :—

जब हम कहते हैं कि सभी उद्देश्य विधेय हैं (All S is P) तो सचमुच इससे हमारा क्या तात्पर्य होता है ? स्पष्टतः तात्पर्य है कि उद्देश्य-पद का सम्पूर्ण क्षेत्र विधेय के अन्दर समाहित (included) है। और यही कारण है कि उद्देश्य-पद व्याप्त है। अब यदि उपर्युक्त आकार के तात्पर्य में यह भी निहित हो कि विधेय-पद का भी सम्पूर्ण क्षेत्र उद्देश्य में समाहित है तब तो विधेय-पद भी व्याप्त समझा जाएगा। उपर्युक्त आकार का स्पष्ट तात्पर्य यह कदापि नहीं प्रतीत होता। 'सभी उ वि हैं' से इतना ही स्पष्ट है कि उद्देश्य-पद का सम्पूर्ण क्षेत्र विधेय के अन्तर्गत समाहित है, यह स्पष्ट नहीं है कि विधेय-पद के सम्बन्ध में भी ऐसा ही है। कभी-कभी कुछ विशिष्ट उदाहरणों में ऐसा हो भी सकता है। जैसे 'सभी मनुष्य विवेकशील हैं' (All men are rational) या 'सभी त्रिभुज तीन भुजाओं से घिरे हैं' (All triangles are threesided) में उद्देश्य तथा विधेय पद समान व्यप्ति वाले हैं और इसलिए ऐसा कहा जा सकता है कि दोनों ही एक दूसरे में पूर्णतः समाहित हैं। यहाँ पर 'सभी उ वि हैं' (All S is P) का अर्थ मालूम पड़ता है 'सभी उ सभी वि हैं' (All S is all P)। परन्तु यह बात सभी 'A' तर्कवाक्यों के लिए सत्य नहीं हैं। 'सभी मनुष्य मरणशील हैं' (All men are mortal) तर्कवाक्य में स्पष्टतः विधेय-पद का क्षेत्र उद्देश्य-पद की तुलना में बहुत विस्तृत है चूँकि मरणशील प्राणियों का क्षेत्र मनुष्य तक ही सीमित नहीं है। इसलिए यहाँ यद्यपि उद्देश्य-पद का क्षेत्र विधेय में पूर्णतः समाहित है, परन्तु विधेय-पद का क्षेत्र उद्देश्य के परे भी है।

इसलिए यहाँ 'सभी उ वि हैं' (All S is P)। आकार का स्पष्टतः अर्थ है 'सभी उ कुछ वि हैं' (All S is some P)। वृत्तों का सहारा लेकर 'All S is P' आकार के उपर्युक्त दो अर्थों को निम्नलिखित रूप में व्यक्त किया जाता है :—

All S is all P

All S is some P.

परन्तु जब तक विधेय में भी 'सभी' (all) जोड़कर 'सभी वि' (All P) के रूप में उसका परिमाणीकरण नहीं कर दिया जाता तबतक सिर्फ 'All S is P' आकार से स्पष्टतः यही व्यक्त होता है कि 'S' का सम्पूर्ण क्षेत्र 'P' के क्षेत्र में समाहित है, जब कि 'P' के क्षेत्र के सम्बन्ध में कुछ स्पष्ट नहीं है। आम तौर पर यही लगता है कि 'P' का क्षेत्र 'S' के क्षेत्र के परे भी है, अतः उसका प्रयोग पूरी वस्तुवाचकता में 'All S is P' आकार वाले तर्कवाक्य में नहीं हुआ है। इसीलिए 'A' तर्कवाक्य के सम्बन्ध में मान्य नियम यही है कि इसका उद्देश्य-पद व्याप्त होता है तथा विधेय-पद अव्याप्त है।

'E' तर्कवाक्य का आकार होता है 'कोई उ वि नहीं है' (No S is P), जिसका स्पष्ट अर्थ है कि उद्देश्य-पद का सम्पूर्ण क्षेत्र विधेय के क्षेत्र से बहिष्कृत (neglected) है, उसका कोई भी अंश या सदस्य विधेय का अंश या सदस्य नहीं है। इसीलिए बहिष्कार ही नही, परन्तु बहिष्कार उद्देश्य के सम्बन्ध में पूर्ण है। वह पूर्णतः विधेय के क्षेत्र से बहिष्कृत है। इसका अर्थ हुआ कि उसका व्यवहार यहाँ अपनी पूर्ण वस्तुवाचकता में हुआ है। परन्तु थोड़े ही विवेचन से यह भी स्पष्ट हो जाएगा कि विधेय-पद का भी व्यवहार यहाँ स्पष्टतः अपनी पूर्ण वस्तुवाचकता में हुआ है और इसलिए वह भी व्याप्त है। उद्देश्य का संपूर्ण क्षेत्र सचमुच तभी विधेय के क्षेत्र से बहिष्कृत हो सकता है जब विधेय का भी कोई अंश या सदस्य उद्देश्य के क्षेत्र की सीमा में न हो अर्थात् वह भी (विधेय भी) पूर्णतः उद्देश्य के क्षेत्र से बहिष्कृत हो। और इसका अर्थ यह है कि विधेय-पद भी 'E' तर्कवाक्य में अपनी पूर्ण वस्तुवाचकता में व्यवहृत होता है। वृत्त के रूप में 'No S is P' आकार को निम्नलिखित रूप में व्यक्त किया जा सकता है जिससे यह स्पष्ट हो जाता है कि यहाँ उद्देश्य तथा विधेय दोनों ही पद अपनी पूरी वस्तुवाचकता के लिए व्यवहृत होते हैं और इसलिए व्याप्त होते हैं :—

No S is P

'I' तर्कवाक्य का आकार होता है 'कुछ उ वि हैं' (Some S is P), जिससे यह स्पष्ट है कि इसका उद्देश्य-पद अव्याप्त रहता है। लेकिन हमें देखना पड़ेगा कि विधेय-पद की क्या स्थिति है। 'यों तो कुछ उ वि हैं' (Some S is P) का अर्थ हो सकता है या तो 'कुछ उ सभी वि हैं' (Some S is all P) या 'कुछ उ कुछ वि हैं' (Some S is some P)। परन्तु जब तक विधेय पद के साथ 'सभी' (All) स्पष्टतः दिया हुआ नहीं है तब तक 'कुछ' उ वि हैं' (Some S is P) आकार का साधारण अर्थ यही मालूम पड़ता है कि उद्देश्य का कुछ अंश विधेय के

अन्दर समाहित है, लेकिन उन्हीं में विधेय समाप्त नहीं हो जाता; विधेय उनके परे भी है। और इसका अर्थ है कि उपर्युक्त आकार वाले तर्कवाक्य में विधेय-पद अपनी पूरी वस्तुवाचकता में, अपने पूरे क्षेत्र के लिए नहीं प्रयुक्त होता है। इसीलिए 'I' तर्कवाक्य के सम्बन्ध में निश्चित यही मालूम पड़ता है कि उसका न तो उद्देश्य और न विधेय पद ही व्याप्त होता है। 'I' तर्कवाक्य को निम्नलिखित वृत्तों के द्वारा अभिव्यक्त किया जा सकता है जिनसे यह स्पष्ट होगा कि जबतक 'Some S is P' में 'P' का व्यवहार स्पष्ट रूप में 'All P' के अर्थ में नहीं किया जाय, तबतक इसमें 'S' तथा 'P' दोनों ही अपने आंशिक क्षेत्र के लिए ही प्रयुक्त होते हैं :—

Some S is all P

Some S is some P
(रँगा हुआ अंश जो S तथा P के बीच उभयनिष्ठ है उपर्युक्त वाक्य का क्षेत्र है)

'O' तर्कवाक्य का आकार होता है 'कुछ उ वि नहीं हैं' (Some S is not P), जिससे फिर यह स्पष्ट है कि इसका उद्देश्य-पद अव्याप्त रहता है। अब हमें इसके विधेय-पद को देखना चाहिए। हम देखते हैं कि 'कुछ उ वि नहीं हैं' (Some S is not P) का स्पष्ट अर्थ है कि 'कुछ उ' यानी उद्देश्य का कुछ अंश विधेय के पूरे क्षेत्र से बहिष्कृत हैं। 'कुछ उ' (Some S) के 'वि' (P) के क्षेत्र से बहिष्करण का कोई अर्थ ही नहीं है यदि वह बहिष्करण 'P' के पूरे क्षेत्र से नहीं हो। और इसी का अर्थ है कि 'P' अपने पूरे क्षेत्र से नहीं हो। और इसी का अर्थ है कि 'P' अपने पूरे क्षेत्र के लिए यानी अपनी पूरी वस्तुवाचकता के लिए व्यवहृत हुआ है। अतः यह व्याप्त है। इस प्रकार 'O' तर्कवाक्य का उद्देश्य-पद अव्याप्त तथा विधेय-पद व्याप्त रहता है। वृत्तों के द्वारा 'O' तर्कवाक्य की अभिव्यक्ति दो रूपों में हो सकती है जिन दोनों से ही यह स्पष्ट है कि 'O' का उद्देश्य अव्याप्त तथा विधेय व्याप्त रहता है :—

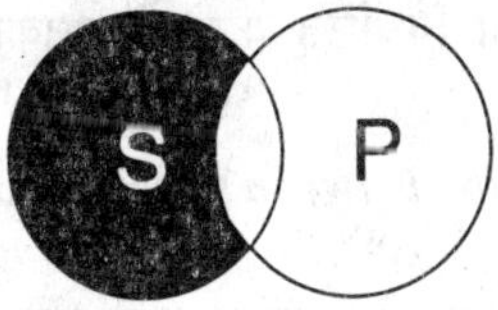

Some S is not any P
('S' का रँगा हुआ अंश जो 'Some S' के द्वारा बोधित होता है सम्पूर्ण 'P' के बाहर है)

Some S is not any P.
(यहाँ भी 'S' का रँगा हुआ अंश जो 'Some S' के द्वारा बोधित होता है, 'P' के बाहर है)

इस प्रकार 'A' 'E' 'I' 'O' तर्कवाक्यो में पदों की व्याप्ति के सम्बन्ध में हम निम्नलिखित निष्कर्ष प्राप्त करते हैं :—

(क) 'A' तर्कवाक्य का उद्देहय-पद (S) व्याप्त रहता है तथा विधेय-पद (P) अव्याप्त रहता है।

(ख) 'E' तर्कवाक्य के उद्देश्य (S) तथा विधेय (P) दोनों ही पद व्याप्त रहते हैं।

(ग) 'I' तर्कवाक्य का न तो उद्देश्य-पद (S) व्याप्त रहता है और न विधेय-पद (P)।

(घ) 'O' तर्कवाक्य का उद्देश्य-पद (S) अव्याप्त रहता है, परन्तु विधेय-पद (P) व्याप्त रहता है।

और भी संक्षेप में पदों की व्याप्ति के सम्बन्ध में अपने उपर्युक्त निष्कर्ष को हम निम्नलिखित रूप में व्यक्त कर सकते हैं :—

(क) पूर्णव्यापी तर्कवाक्यों (Universal Propositions) में उद्देश्य-पद (Subject-term) व्याप्त रहता है।

(ख) अभावात्मक (Negative) तर्कवाक्यों में विधेय-पद (Predicate-term) व्याप्त रहता है।

चूँकि 'A' तर्कवाक्य पूर्णव्यापी है, परन्तु अभावात्मक नहीं, इसीलिए इसका उद्देश्य-पद व्याप्त रहता है, परन्तु विधेय-पद नहीं। चूँकि 'E' तर्कवाक्य पूर्णव्यापी तथा अभावात्मक दोनों है, इसीलिए इसका उद्देश्य-पद भी व्याप्त रहता है तथा विधेय-पद भी। फिर चूँकि 'I' तर्कवाक्य न तो पूर्णव्यापी है और न अभावात्मक, इषलिए इसका न तो उद्देहय-पद व्याप्त रहता है और न विधेय-पद। और चूँकि 'O' तर्कवाक्य पूर्णव्यापी नहीं है, परन्तु अभावात्मक है, इसलिए इसका उद्देश्य-पद तो अव्याप्त रहता है, परन्तु विधेय-पद व्याप्त।

किस तर्कवाक्य में कौन सा पद व्याप्त रहता है, इसे याद रखने के लिए एक सहायक सूत्र है 'ASEBINOP', जिनका प्रत्येक अक्षर एक प्रतीक (Symbol) है। इसमें दो-दो अक्षरों को एक साथ मिलाकर अर्थ निकाला जाता है। इसके अर्थ की व्याख्या निम्नलिखित है :—

AS — का अर्थ है कि 'A' अपने S को यानी Subject (उद्देश्य) को व्याप्त करता है।

EB — का अर्थ है कि 'E' B को अर्थात् Both (दोनों) को (उद्देश्य तथा विधेय दोनों को) व्याप्त करता है।

IN — का अर्थ है कि 'I' N को अर्थात् None को (किसी को भी नहीं) व्याप्त करता है।

OP — का अर्थ है कि 'O' अपने P को यानी Predicate (विधेय) को व्याप्त करता है।

इस सूत्र के सहारे पदों की व्याप्ति सम्बन्धी उपर्युक्त बातों को याद रखना बहुत ही आवश्यक है, चूँकि हम देखेंगे कि अनुमानों की वैधता-अवैधता निर्धारित करने में इनका बहुत ही महत्वपूर्ण हाथ रहता है।

(5) निरपेक्ष प्रतिज्ञप्तियों के परस्पर सम्बन्ध *(Relation between Categorical Propositions)*

यदि हम एक ही उद्देश्य विधेय वाले मानक आकार की उपर्युक्त चारों प्रतिज्ञप्तियों को लें, तो हम उनमें परस्पर कुछ निश्चित प्रकार के सम्बन्ध देख सकते हैं। पारम्परिक तर्कशास्त्र में ऐसी प्रतिज्ञप्तियों के बीच सम्बन्ध को, जिनके उद्देश्य-विधेय एक हों तथा जिनमें सिर्फ गुण का, या सिर्फ परिमाण का या गुण और परिमाण दोनों का अन्तर हो, 'प्रतिज्ञप्तियों के बीच विरोध' (opposition of propositions) की संज्ञा दी गयी है। पर वास्तव में इन प्रतिज्ञप्तियों में विरोध न होकर कुछ विशेष प्रकार के ऐसे सम्बन्ध दिख पड़ते हैं कि एक की सत्यता-असत्यता के आधार पर दूसरी की सत्यता-असत्यता के विषय में हम कुछ निश्चित निष्कर्ष निकाल सकते हैं। नीचे इन बातों को हम देखेंगे।

'A' तथा 'E' के बीच के सम्बन्ध को विपरीतता सम्बन्ध (Relation of Contraiety) की संज्ञा दी गई है, 'I' तथा 'O' के सम्बन्ध का अनुविपरीतता (Relation of subcontrariety) की संज्ञा दी गयी है, 'A-O' तथा 'E–I' के बीच सम्बन्धों को व्याघात सम्बन्ध (Relation of contraction) की संज्ञा दी गई है तथा 'A-I' एवं 'E-O' के बीच सम्बन्धों को उपाश्रय-सम्बन्ध (Relation of Sub-alternation) कहा गया है।

दो पूर्णव्यापी प्रतिज्ञप्तियाँ जिनके उद्देश्य विधेय एक ही हों और जिनमें सिर्फ गुण का अन्तर हो परस्पर विपरीत (contraries) कही जाती है और उनके सम्बन्ध को विपरीतता का सम्बन्ध कहा जाता है। जैसे ऊपर कहा गया है 'A' तथा 'E' प्रतिज्ञप्तियों के बीच यह सम्बन्ध होता है। उदाहरण के लिए 'सभी राजनीतिज्ञ झूठे हैं' (A) तथा 'कोई राजनीतिज्ञ झूठा नहीं है' (E) के बीच यह सम्बन्ध होगा। इस सम्बन्ध की विशेषता यह होती है कि यदि सम्बन्धित प्रतिज्ञप्तियों में से कोई एक सत्य हो तो दूसरी असत्य होगी, पर एक यदि असत्य होगी, तो दूसरे की सत्यता-असत्यता के सम्बन्ध में निश्चित रूप से कुछ नहीं कहा जा सकता। एक-दूसरे प्रकार से इस सम्बन्ध को यह कहकर भी व्यक्त किया जाता है कि विपरीत प्रतिज्ञप्तियाँ साथ-साथ सत्य नहीं हो सकती, यद्यपि साथ-साथ असत्य हो सकती है।

अनुविपरीता-सम्बन्ध एक ही उद्देश्य-विधेय वाले ऐसी अंशव्यापी प्रतिज्ञप्तियों के बीच होता है जिनमें सिर्फ गुण का अन्तर हो। अर्थात् यह सम्बन्ध 'I' तथा 'O' के बीच होता है। इस सम्बन्ध की विशेषता यह है कि दोनों प्रतिज्ञप्तियाँ एक साथ सत्य हो सकती है, पर साथ-साथ असत्य नहीं। दूसरे शब्दों में, एक के असत्य होने से दूसरी आवश्यक रूप से सत्य होती है, पर एक की सत्यता के आधार पर दूसरी की सत्यता-असत्यता के सम्बन्ध में निश्चित रूप से कुछ नहीं कहा जा सकता। उदाहरणस्वरूप, 'कुछ व्यापारी बेईमान हैं' (I) तथा 'कुछ व्यापारी बेईमान नहीं है' (O) प्रतिज्ञप्तियों में यह सम्बन्ध होगा। हम देख सकते हैं कि ये दोनों प्रतिज्ञप्तियाँ एक ही साथ असत्य नहीं हो सकती, यद्यपि एक साथ सत्य हो सकती है।

व्याघात सम्बन्ध एक ही उद्देश्य-विधेय वाली दो ऐसी प्रतिज्ञप्तियों के बीच होता है जिनमें गुण तथा परिमाण दोनों का अन्तर होता है। अर्थात् यह सम्बन्ध 'A' तथा 'O' प्रतिज्ञप्तियों के बीच एवं 'E' तथा 'I' प्रतिज्ञप्तियों के बीच होता है। उदाहरणस्वरूप, एक तरफ 'सभी गूंगे बहरे हैं' (A) तथा 'कुछ गूंगे बहरे नहीं हैं' (O) के बीच और दूसरी तरफ 'कोई भी भारतीय अनपढ़ नहीं है' (E) तथा 'कुछ भारतीय अनपढ़ हैं' (I) के बीच यह सम्बन्ध है। इस सम्बन्ध की विशेषता यह है कि सम्बन्धित प्रतिज्ञप्तियों में से एक के सत्य होने पर दूसरी असत्य तथा एक के असत्य होने से दूसरी सत्य होती है। जैसे, हम देख सकते हैं कि यदि 'सभी गूंगे बहरे हैं' (A) सत्य है तो यह कहना कि 'कुछ गूंगे बहरे नहीं है' (O) अवश्य असत्य होगा। उसी प्रकार यदि कहना सत्य है कि 'कुछ गूंगे बहरे नहीं हैं' (O) तो यह अवश्य असत्य होगा कि 'सभी गूंगे बहरे हैं' (A)। फिर यदि यह असत्य है कि 'सभी गंगे बहरे हैं' (A), तो यह कहना अवश्य सत्य होगा कि 'कुछ गूंगे बहरे नहीं है'। (O) तो यह कहना अवश्य सत्य होगा कि 'सभी गूंगे बहरे हैं' (A)। इस प्रकार का सम्बन्ध 'E' तथा 'I' प्रतिज्ञप्तियों के उपर्युक्त उदाहरणों के बीच भी दिखलाया जा सकता है।

उपाश्रय सम्बन्ध एक ही उद्देश्य-विधेय वाली दो ऐसी प्रतिज्ञप्तियों में होता है जिनमें सिर्फ परिमाण का अन्तर होता है। अर्थात् यह सम्बन्ध 'A' तथा 'I' प्रतिज्ञप्तियों के बीच और 'E' तथा 'O' प्रतिज्ञप्तियों के बीच होता है। इस सम्बन्ध की विशेषता यह है कि पूर्णव्यापी प्रतिज्ञप्ति के सत्य होने पर सम्बन्धित अंशव्यापी प्रतिज्ञप्ति अवश्य सत्य होती है (जैसे 'A' के सत्य होने पर 'I' तथा 'E' के सत्य होने पर 'O' प्रतिज्ञप्ति अवश्य सत्य होती है), पर अंशव्यापी के सत्य होने पर सम्बन्धित पूर्णव्यापी के सम्बन्ध में (जैसे 'I' के सत्य होने पर 'A' के सम्बन्ध

में या 'O' के सत्य होने पर 'E' के सम्बन्ध में) निश्चित रूप से यह नहीं कहा जा सकता कि वह सत्य है या असत्य। फिर पूर्णव्यापी के असत्य होने पर सम्बन्धित अंशव्यापी के सम्बन्ध में निश्चित रूप से नहीं कहा जा सकता कि वह सत्य है या असत्य यद्यपि अंशव्यापी के असत्य होने पर सम्बन्धित पूर्णव्यापी निश्चित रूप से असत्य होता है, यानी 'I' के असत्य होने पर 'A' जरूर असत्य होगा और 'O' के असत्य होने पर 'E' जरूर असत्य होगा। यदि उदाहरणों के रूप में उपाश्रय सम्बन्ध को देखना चाहें तो यह सम्बन्ध 'सभी सरकारी कर्मचारी बेईमान हैं' (A) तथा 'कुछ सरकारी कर्मचारी बेईमान हैं' (I) के बीच तथा फिर 'कोई सरकारी कर्मचारी बेईमान नहीं है' (E) तथा 'कुछ सरकारी कर्मचारी बेईमान नहीं हैं' (O) के बीच होता है।

इस सम्बन्ध की एक और विशेषता इस रूप में देखी जा सकती है कि 'प्रतिज्ञप्तियों के विरोध' (opposition of propositions) शीर्षक से जो सम्बन्धित प्रतिज्ञप्तियों के बीच परस्पर एक विरोध की अपेक्षा हम करते हैं वह कुछ हद तक विपरीत, अनुविपरीत तथा व्याघाती प्रतिज्ञप्तियों में तो देखी भी जा सकती हैं, पर उपाश्रय सम्बन्ध से बंधी प्रतिज्ञप्तियों में कोई विरोध शायद ही देखने को मिलता है। उनमें तो एक प्रकार से एक जबरदस्त मेल इस अर्थ में है कि पूर्णव्यापी की सत्यता से अंशव्यापी की सत्यता अनिवार्यतः निकलती है (यद्यपि आधुनिक तर्कशास्त्र की दृष्टि में ऐसा नहीं हैं) और अंशव्यापी की असत्यता से सम्बन्धित पूर्णव्यापी की असत्यता भी निश्चित रूप में देखी जा सकती है। इस दृष्टि से उपाश्रय सम्बन्ध में बंधी प्रतिज्ञप्तियों का सम्बन्ध विशेषकर यह है कि पूर्णव्यापी प्रतिज्ञप्ति सम्बन्धित अंशव्यापी प्रतिज्ञप्ति को (जैसे, 'A' 'I' को तथा 'E' 'O' को) आपदित करती है (Implies), उस निगमनात्मक अनुमान का एक अच्छा नमूना है, जिसे पारस्परिक तर्कशास्त्र में साक्षात् अनुमान (Immediate inference) की संज्ञा दी जाती है।

वास्तव में तो 'प्रतिज्ञप्तियों के विरोध' के अन्तर्गत बंधी सभी प्रतिज्ञप्तियों के परस्पर सम्बन्ध तथाकथित साक्षात् अनुमान का अच्छा नमूना पेश करते हैं। इन सम्बन्धों को अलग से संक्षेप में हम इस प्रकार रख सकते हैं :—

(1) विपरीत-सम्बन्ध— यदि A सत्य हैं, तो 'E' असत्य और यदि 'E' सत्य है तो 'A' असत्य, पर यदि 'A' असत्य है तो 'E' की सत्यता-असत्यता अनिश्चित और यदि 'E' असत्य है तो 'A' की सत्यता-असत्यता अनिश्चित।

(2) अनुविपरीतता-सम्बन्ध— यदि 'I' सत्य है तो 'O' की सत्यता-असत्यता अनिश्चित है और यदि 'O' सत्य है तो 'I' की सत्यता-असत्यता अनिश्चित है, पर यदि 'I' असत्य हैं, तो 'O' निश्चित रूप से सत्य है और यदि 'O' असत्य है तो 'I' निश्चित रूप में सत्य है।

(3) व्याघात सम्बन्ध— यदि 'A' सत्य है, तो 'O' निश्चित रूप से असत्य और यदि 'E' सत्य है तो 'I' निश्चित रूप से असत्य। उसी प्रकार यदि 'O' सत्य है तो 'A' निश्चित रूप से असत्य और यदि 'I' सत्य है तो निश्चित रूप में असत्य।

फिर यदि 'A' असत्य है, तो 'O' निश्चित रूप से सत्य तथा यदि 'E' असत्य है तो 'I' निश्चित रूप से सत्य। उसी प्रकार यदि 'O' असत्य है तो 'A' निश्चित रूप से सत्य है तथा यदि 'I' असत्य है तो 'E' निश्चित रूप से सत्य है।

(4) उपाश्रय सम्बन्ध— यदि 'A' सत्य है, तो 'I' सत्य और यदि 'E' सत्य तो 'O' सत्य, पर यदि 'I' सत्य है, तो 'A' की सत्यता के सम्बन्ध में निश्चित कुछ नहीं कहा जा सकता और यदि 'O' सत्य है तो 'E' की सत्यता के सम्बन्ध में निश्चित रूप से कुछ नहीं कहा जा सकता।

फिर यदि 'A' असत्य है तो 'I' के सम्बन्ध में निश्चित रूप से कुछ नहीं कहा जा सकता और यदि 'E' असत्य है तो 'O' के सम्बन्ध में निश्चित रूप से कुछ नहीं कहा जा सकता, पर यदि 'I' असत्य है तो 'A' निश्चित रूप से असत्य और यदि 'O' असत्य है, तो 'E' निश्चित रूप से असत्य।

एक समेकित रूप में हम निम्नलिखित रूप में यह देख सकते हैं कि चारों मानक प्रतिज्ञप्तियों में से किसी एक की सत्यता-असत्यता के आधार पर हम अन्य तीन की सत्यता-असत्यता के विषय में क्या अनुमान कर सकते हैं :—

(क) जब 'A' सत्य है तो
'E' असत्य है
'I' सत्य है
'O' असत्य है

(ख) जब 'E' सत्य है, तो
'A' असत्य है
'I' असत्य है
'O' सत्य है

(ख) जब 'I' सत्य है, तो
'A' अनिश्चित
'E' असत्य
'O' अनिश्चित

(घ) जब 'O' सत्य है, तो
'A' असत्य है
'E' अनिश्चित
'I' अनिश्चित

(ङ) जब 'A" असत्य है, तो
'E' अनिश्चित
'I' अनिश्चित
'O' सत्य है

(च) जब 'E' असत्य है, तो
'A' अनिश्चित
'I' सत्य
'O' अनिश्चित

(छ) जब 'I' सत्य है, तो
'A' असत्य
'E' सत्य
'O' सत्य

(ज) जब 'O' असत्य है, तो
'A' सत्य
'E' असत्य
'I' सत्य

किन-किन प्रतिज्ञप्तियों के बीच उपर्युक्त चारों प्रकार के सम्बन्धों (या विरोधों) में से कौन-सा सम्बन्ध है इसे एक वर्ग के चित्र के सहारे भी दर्शाने की चेष्टा की गई है। इस वर्ग को 'विरोध-वर्ग' (Square of Opposition) की संज्ञा दी गई हैं। इसे हम नीचे चित्रित करते है :—

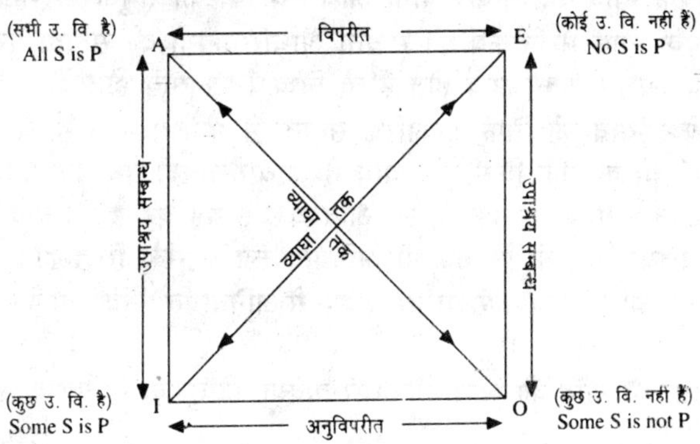

□

अध्याय – 4

न्याय

(SYLLOGISM)

(1) न्याय क्या है ? – स्वरूप तथा लक्षण (*What is Syllogism ? – Nature and Characteristics*)

हमने पहले कहा है कि निगमनात्मक अनुमान के दो भेद होते हैं–साक्षात् तथा मध्याश्रित। न्याय मध्याश्रित अनुमान का ही एक विशिष्ट रूप है। साक्षात् अनुमान के विरुद्ध मध्याश्रित अनुमान में आधार वाक्यों की संख्या एक से अधिक होती है। जिस मध्याश्रित अनुमान में आधार वाक्यों की संख्या निश्चित रूप से दो होती है और निष्कर्ष दोनों के संयुक्त आधार पर प्राप्त किया जाता है उसी मध्याश्रित अनुमान को न्याय कहा जाता है। इस प्रकार न्याय की परिभाषा के रूप में हम कह सकते हैं कि यह मध्याश्रित निगमनात्मक अनुमान का वह रूप है जिसमें निष्कर्ष दो आधार-वाक्यों का संयुक्त परिणाम होता है। उदाहरण के लिए :—

'सभी मनुष्य विचारशील हैं।
मोहन एक मनुष्य है,
∴ मोहन विचारशील है।'

एक न्याय है चूँकि इसमें आधार-वाक्यों की संख्या दो है तथा निष्कर्ष 'मोहन विचारशील है' दोनों आधार-वाक्यों – 'सभी मनुष्य विचारशील हैं' तथा 'मोहन एक मनुष्य है' का संयुक्त परिणाम है अथवा यो कहें कि दोनों के संयुक्त आधार पर निकाला गया है। इसी प्रकार निगमनात्मक अनुमान का कोई भी उदाहरण जिसमें दो आधार-वाक्यों के संयुक्त आधार पर कोई निष्कर्ष निकाला गया हो न्याय कहलाता है।

न्याय के उपर्युक्त स्वरूप के आधार पर उसके कुछ स्पष्ट लक्षण निम्नलिखित रूप में निर्धारित किए जा सकते हैं :—

(क) प्रत्येक न्याय में तीन तर्कवाक्य सम्मिलित होते हैं – दो आधार-वाक्य तथा एक निष्कर्ष।

(ख) प्रत्येक न्याय का निष्कर्ष दोनों आधार-वाक्यों का संयुक्त परिणाम होता है।

(ग) प्रत्येक न्याय में निष्कर्ष की सत्यता आधार-वाक्यों की सत्यता पर निर्भर करती है, अर्थात् यदि आधार-वाक्य सत्य होते हैं तो निष्कर्ष भी सत्य होता है।

(घ) प्रत्येक न्याय को सिर्फ आकारिक सत्यता से मतलब होता है, वास्तविक सत्यता से नहीं। अर्थात् यों कहें कि किसी भी न्याय में आधार-वाक्यों तथा निष्कर्ष का वास्तविक दृष्टि से सत्य होना आवश्यक नहीं है, जो आवश्यक है वह यह है कि यदि आधार-वाक्यों को सत्य मान लिया जाए तो निष्कर्ष भी अनिवार्य रूप से सत्य सिद्ध हो।

(ङ) प्रत्येक न्याय का निष्कर्ष आधार-वाक्यों से अनिवार्यतः निकलता है (Necessarily follows)।

(च) किसी भी न्याय का निष्कर्ष आधार-वाक्यों की तुलना में अधिक सामान्य नहीं हो सकता।

(2) न्याय के प्रकार (*Kinds of Syllogism*)

सर्वप्रथम न्याय के दो भेद किए जा सकते हैं – (1) शुद्ध (Pure) तथा (2) मिश्रित (Mixed)। जिस न्याय में सम्बन्ध की दृष्टि से (According to Relation) सभी तर्कवाक्य (यानी दोनों आधार-वाक्य तथा निष्कर्ष भी) एक ही श्रेणी के होते हैं (यानी सभी या तो निरपेक्ष होते हैं, या सभी हेत्वाश्रित या सभी वैकल्पिक) उसे शुद्ध न्याय कहा जाता है तथा जिसमें तीनों तर्कवाक्य इस दृष्टि से अलग-अलग प्रकार के होते हैं उसे मिश्रित न्याय कहा जाता है। शुद्ध न्याय के फिर तीन भेद होते हैं – (1) शुद्ध निरपेक्ष न्याय (Pure categorical syllogism), (2) शुद्ध हेत्वाश्रित न्याय (Pure hypothetical syllogism) तथा (3) शुद्ध वैकल्पिक न्याय (Pure disjunctive syllogism)। जिस न्याय में तीनों ही तर्कवाक्य निरपेक्ष होते हैं उसे शुद्ध निरपेक्ष, जिसमें तीनों हेत्वाश्रित होते हैं उसे शुद्ध हेत्वाश्रित तथा जिसमें तीनों वैकल्पिक होते हैं उसे शुद्ध वैकल्पिक न्याय कहा जाता है। फिर मिश्रित न्याय के भी तीन भेद होते हैं – (1) हेत्वाश्रित-निरपेक्ष न्याय (Hypothetical-categorical syllogism), (2) वैकल्पिक-निरपेक्ष न्याय (Disjunctive-Categorical Syllogism) तथा द्विविधा (Dilemma)। इनकी बनावट आदि की चर्चा हम बाद में करेंगे। यहाँ हमारा सम्बन्ध सिर्फ शुद्ध निरपेक्ष न्याय के साथ होगा। इसलिए हम सर्वप्रथम उसी की बनावट आदि की चर्चा करेंगे।

(3) शुद्ध निरपेक्ष न्याय की बनावट (*Structure of Pure Categorical Syllogism*)

हमने देखा कि न्याय में तीन तर्कवाक्य सम्मिलित होते हैं – दो आधारवाक्य तथा एक निष्कर्ष। हम जानते हैं कि प्रत्येक तर्कवाक्य में दो पद होते हैं – एक उद्देश्य तथा दूसरा विधेय। इसलिए स्वभावतः किसी भी न्याय में छः पद होंगे। परन्तु न्याय का गठन कुछ इस प्रकार का होता है कि उसमें वस्तुतः तीन ही पद होतें हैं और इनमें से प्रत्येक पद दो-दो बार आता है। ऊपर जो न्याय का उदाहरण हमने लिया है उसे ही फिर से लें :—

सभी मनुष्य विचारशील हैं।
मोहन मनुष्य है।
∴ मोहन विचारशील है।

इसमें हम देख सकते हैं कि निम्नलिखित तीन ही पद हैं जिनमें से प्रत्येक दो-दो बार आया है – 'मनुष्य', 'विचारशील' तथा 'मोहन'। 'मनुष्य' पद प्रथम तथा द्वितीय तर्कवाक्यों में है, 'विचारशील' पद प्रथम तथा तृतीय तर्कवाक्यों में है तथा 'मोहन' पद द्वितीय तथा तृतीय तर्कवाक्यों में आया है। दूसरे शब्दों में कह सकते हैं कि 'मनुष्य' पद सिर्फ दोनों आधारवाक्यों में है, 'विचारशील' पद एक बार एक आधार-वाक्य में तथा एक बार निष्कर्ष में आया है और 'मोहन' पद भी एक बार एक आधार-वाक्य में तथा एक बार निष्कर्ष में आया है।

वृहत्, लघु तथा मध्यवर्ती पद— न्याय के इन तीनों पदों के अलग-अलग नाम हैं। निष्कर्ष के विधेय को वृहत् पद (Major term) तथा उद्देश्य को लघु पद (Minor term) कहा जाता है और वह पद जो सिर्फ दोनों आधार-वाक्यों में ही आता है मध्यवर्ती पद (Middle term) कहलाता है। ऊपर के उदाहरण में 'विचारशील' वृहत् पद है, 'मोहन' लघु पद है तथा 'मनुष्य' मध्यवर्ती पद है।

वृहत् आधार-वाक्य, लघु आधार-वाक्य तथा निष्कर्ष— ऊपर हमने देखा है कि प्रत्येक पद

न्याय में दो-दो बार आता है – वृहत् पद निष्कर्ष में तथा एक आधार-वाक्य में, लघु पद भी निष्कर्ष में तथा एक आधार-वाक्य में तथा मध्यवर्ती पद दोनों आधार-वाक्यों में। अब वह आधार-वाक्य जिसमें वृहत् पद रहता है वृहत् आधार-वाक्य (Major premise) कहलाता है तथा जिसमें लघु पद रहता है लघु आधार-वाक्य (Minor premise) कहलाता है। और इस हिसाब से न्याय का बचा हुआ वह तर्कवाक्य जिसमें वृहत् तथा लघु पद दोनों रहते हैं और मध्यवर्ती पद नहीं रहता है, निष्कर्ष (Conclusion) कहलाता है। ऊपर के उदाहरण में 'सभी मनुष्य विचारशील हैं' वृहत् आधार-वाक्य हैं, 'मोहन मनुष्य है' लघु आधार-वाक्य है तथा 'मोहन विचारशील है' निष्कर्ष है।

वाक्यों का क्रम — प्रत्येक वैसे न्याय में जो उचित तार्किक आकार में होता है, आधार-वाक्य तथा निष्कर्ष का निम्नलिखित निश्चित क्रम होता है – पहले वृहत् आधार-वाक्य, उसके बाद लघु आधार-वाक्य और उसके बाद अन्त में निष्कर्ष। जिस न्याय में तीनों तर्कवाक्य इस क्रम में नहीं होंगे उसे उचित तार्किक आकार का न्याय नहीं समझा जाएगा और ऊपर बतलाए गए पदों तथा तर्कवाक्यों की पहचान के आधार पर उसके तर्कवाक्यों के क्रम को ठीक करना पड़ेगा। उदाहरण के लिए, 'राम मेधावी है चूँकि राम भारतीय है और सभी भारतीय मेधावी हैं।' एक न्याय है, परन्तु यह उचित तार्किक आकार में नहीं है। इसे उचित तार्किक आकार में लाने के लिए इसके तर्कवाक्यों को निम्नलिखित क्रम में रखना पड़ेगा :–

सभी भारतीय मेधावी हैं – वृहत् आधार-वाक्य
राम भारतीय है – लघु आधार-वाक्य
∴ राम मेधावी है – निष्कर्ष।

उपर्युक्त विश्लेषण के आधार पर न्याय की बनावट के सम्बन्ध में हम निम्नांकित मुख्य बातों को ध्यान में रख सकते हैं :—

(1) प्रत्येक न्याय में तीन आधार-वाक्य होते हैं।

(2) प्रत्येक न्याय में तीन पद होते हैं, जिनमें से प्रत्येक दो-दो बार आता है।

(3) न्याय के निष्कर्ष का विधेय वृहत् पद (Major term), उद्देश्य लघु पद (Minor term) कहलाता है तथा, वह पद जो निष्कर्ष में नहीं रहता, बल्कि सिर्फ दोनों आधार-वाक्यों में रहता है मध्यवर्ती पद (Middle term) कहलाता है।

(4) न्याय का वह आधार-वाक्य जिसमें वृहत् पद रहता है वृहत् आधार-वाक्य (Major premise) कहलाता है, वह जिसमें लघु पद रहता है लघु आधार-वाक्य (Minor premise) कहलाता है और शेष एक तर्कवाक्य जिसमें ये दोनों ही पद मौजूद रहते हैं निष्कर्ष कहलाता है।

(5) एक उचित तार्किक आकार में दिए न्याय के तर्कवाक्यों का क्रम निम्नलिखित रहता है – पहले वृहत् आधार-वाक्य, तब लघु आधार-वाक्य और तब अन्त में निष्कर्ष।

नोट : *न्याय में मध्यवर्तीपद का स्थान (The role of Middle term in a Sylllogism)*

न्याय के मध्यवर्ती पद का स्थान सचमुच बड़ा महत्त्वपूर्ण है। ऐसा इसके नाम से ही स्पष्ट है, यह वृहत् पद तथा लघु पद के बीच मध्यस्थ का कार्य करता है। दोनों के बीच मध्यस्थ का कार्य करने का अर्थ यह है कि यही वह माध्यम है जिसके द्वारा वृहत् तथा लघु पद परस्पर सम्बन्धित किए जाते हैं। न्याय का निष्कर्ष लघु तथा वृहत् पदों के बीच सम्बन्ध की ही अभिव्यक्ति होता है। परन्तु लघु पद तथा वृहत् पद के बीच यह सम्बन्ध कैसे स्थापित होता है ? स्पष्टतः

मध्यवर्ती पद की मध्यस्थता के द्वारा। हमने देखा है कि मध्यवर्ती पद सिर्फ आधार वाक्यों में होता है, निष्कर्ष में नहीं। आधार वाक्यों में होने का मतलब यह है कि एक बार वृहत् आधार वाक्य में यह वृहत् पद के साथ सम्बन्धित होता है, फिर लघु आधार वाक्य में लघु पद के साथ सम्बन्धित होता है। अब चूँकि एक ही मध्यवर्ती पद के साथ वृहत् तथा लघु आधार वाक्यों में वृहत् तथा लघु पद सम्बन्धित होते हैं, इसीलिए निष्कर्ष में वे परस्पर सम्बन्धित हो पाते हैं। इस प्रकार मध्यवर्ती पद वृहत् तथा लघु पदों के परस्पर सम्बन्धित होने के लिए मार्ग प्रशस्त करता है और न्याय के निष्कर्ष को सम्भव बनाता है।

(4) न्याय के साधारण नियम (*General Rules of Syllogism*)

हम कई स्थानों पर पहले यह कह चुके हैं कि तर्कशास्त्र का मूल विषय है अनुमान और अभी कुछ समय से अनुमान सम्बन्धी चर्चाएँ भी हम कर रहे हैं। परन्तु अनुमान आखिर किस अर्थ में तर्कशास्त्र का विषय है ? सिर्फ अनुमान का स्वरूप तथा उसके भेद आदि को बतला देना तर्कशात्र का काम नहीं है। फिर तर्कशास्त्र का यह भी काम नहीं है कि वह अनुमान और तर्क करना सिखलावे। हमने प्रथम अध्याय में ही देखा है कि तर्कशास्त्र का कार्य सृजनात्मक (creative) न होकर शुद्धात्मक (corrective) है। अतः तर्कशास्त्र का मुख्य कार्य है हमें यह बतलाना कि हमारे अनुमान किन-किन स्थितियों में ठीक होते हैं तथा किन-किन स्थितियों में गलत या अवैध। इसके लिए तर्कशास्त्र हमें अनुमान सम्बन्धी कुछ नियम बतलाता है जिनका पालन कर ही हम सही या वैध अनुमान कर सकते हैं और जिनका उल्लंघन करने से अनुमान में दोष उत्पन्न हो जाता है। न्यायिक अनुमान (Syllogistic interence) के अपने कुछ नियम हैं जिनका पालन कर ही हम न्याय के द्वारा वैध ढंग से अनुमान कर सकते है। न्याय एक निगमनात्मक अनुमान है। गिनमनात्मक अनुमान के अपने कुछ सिद्धान्त हैं जिनमें से प्रमुख को समय-समय पर हमने देखा है। उदाहरणार्थ, निगमनात्मक अनुमान का एक प्रमुख सिद्धान्त है कि इसके निष्कर्ष को आधार वाक्यों की तुलना में अधिक सामान्य (more general) नहीं होना चाहिए। अब यह देखने के लिए कि हमारा न्यायिक अनुमान इस सामान्य सिद्धान्त के विरुद्ध नहीं जाय, हमें कुछ नियमों का पालन करना पड़ेगा। इसी प्रकार अन्य भी कई बातें हैं जिनका ध्यान रखकर यह आवश्यक हो जाता है कि न्यायिक अनुमान के कुछ नियम निर्धारित किए जाएँ ताकि ऐसे अनुमान गें अवैधता नहीं आ सके। इन नियमों का यदि हम उल्लंघन करेंगे तो हमारा न्याय दोषपूर्ण हो जाएगा। नीचे हम इन नियमों तथा उनके उल्लंघन से उत्पन्न दोषों की चर्चा करते हैं :—

नियम 1.

प्रत्येक न्याय में तीन और सिर्फ तीन ही तर्कवाक्य होने चाहिए (Every syllogism must have three and only three propositions)।

इस नियम की कुछ विशेष व्याख्या की आवश्यकता नहीं है, चूँकि यह तो न्याय की परिभाषा ही है कि उसमें तीन तर्कवाक्य होते हैं – दो आधार-वाक्य तथा एक निष्कर्ष। सिर्फ इसी बात पर जोर देने के लिए कि न्याय में तीन वाक्य होते हैं, न अधिक और न कम, इसे एक बार फिर से नियम के रूप में रखा गया है।

नियम 2.

प्रत्येक न्याय में तीन और सिर्फ तीन ही पद होने चाहिए (Every syllogism must have three and only three terms.)

इस नियम में भी कुछ विशेष बात नहीं है। यह तो हमने न्याय की बनावट के सिलसिले में ही देखा है कि न्याय में तीन ही पद होते हैं। फिर भी एक अर्थ में यह नियम महत्त्वपूर्ण है, चूँकि कभी-कभी ऐसा होता है कि आम तौर पर हमें किसी अनुमान में तीन ही पद मालूम पड़ते हैं, परन्तु वास्तव में वहाँ चार पद होते हैं और जिसे हम न्याय का एक उचित उदाहरण समझे बैठे होते हैं वह वास्तव में दोषपूर्ण होता है। ऐसी ही स्थितियों से सतर्क कराने के सिलसिले में इस नियम का महत्त्व है। उदाहरण के लिए हम अनुमान के निम्नलिखित उदाहरण को लें :—

The table touches the ground.

My hand touches the table.

∴ My hand touches the ground.

देखने में पहली दृष्टि में यह अनुमान उचित न्याय का ही उदाहरण मालूम पड़ता है जिसमें तीन तर्कवाक्य तो स्पष्टतः हैं ही, तीन ही पद भी मालूम पड़ते हैं। परन्तु तर्कवाक्यों को तार्किक रूप में लाकर थोड़ी सी सावधानी के साथ देखने पर हम देख सकते हैं कि इस अनुमान में चार पद हैं। तार्किक रूप में लाने पर वाक्यों के निम्नलिखित रूप होंगे :—

1 2

The table / is / such which touches the ground – A

3 4

My hand / is / such which touches the table – A

∴ My hand is such which touches the ground – A

अब हम स्पष्टतः देख सकते हैं कि इस अनुमान में निम्नलिखित चार पद हैं – 'The table', 'Such which touches the ground', 'My hand', 'Such which touches the table'। पहले हमें तीन ही पद सरसरे दिखलाई पड़ते थे चूँकि 'The table' तथा 'Such which touches the table' में हम भेद नहीं करते थे। परन्तु ये दोनों सचमुच दो पद हैं, एक नहीं। वस्तुतः इस अनुमान में मध्यवर्ती पद का अभाव है। ऐसा कोई पद ही नहीं है जो वृहत् तथा लघु दोनों आधार वाक्यों में उभयनिष्ट रूप में मौजूद हो। इसलिए यह अनुमान दोषपूर्ण है और यहीं वर्तमान नियम की महत्ता समझ में आती है।

कुछ उदाहरण ऐसे मिलेंगे जिनमें गिनती करने पर तो तीन ही पद मिलेंगे और सावधानी बरतने पर भी गिनती की दृष्टि से ऊपर की तरह स्पष्टतः चार पद कभी भी नहीं मिलेंगे। फिर भी अनुमान में चार पद होते हैं और अनुमान एक अनुचित न्याय का उदाहरण सिद्ध होता है। यहाँ चार पद इसलिए हो जाते हैं कि गिनती की दृष्टि से एक ही लगने वाला पद दो अलग-अलग तर्कवाक्यों में वस्तुतः दो भिन्न-भिन्न अर्थों में प्रयुक्त हुआ रहता है। हम निम्नलिखित उदाहरण को लें :—

All Masters of Art are learned men.

This thief is a master of his art.

∴ This thief is a learned man.

इस उदाहरण में प्रकट स्तर पर गिनती के लिए ठीक तीन पद हैं – 'Master of Art', 'Learned men' तथा 'this thief'। परन्तु वास्तव में यहाँ चार पद हैं और चार पदों का

होना यहाँ 'Master of Art' की द्वयार्थकता में निहित है। पहले आधार-वाक्य में इसका अर्थ है 'एम० ए० की उपाधि प्राप्त' और दूसरे आधार-वाक्य में इसका अर्थ है 'अपनी कला में प्रवीण'। और इस प्रकार प्रकट रूप में एक ही पद के वृहत् तथा लघु दोनों आधार-वाक्यों में होते हुए भी यहाँ भी वास्तव में कोई मध्यवर्ती पद नहीं है। और इस प्रकार यह भी एक अनुचित न्याय का उदाहरण है।

चतुष्पद दोष तथा अनेकार्थक दोष— ऊपर के उदाहरणों में नियम-उल्लंघन के कारण जो दोष होता है उसे ***चतुष्पद दोष*** (Fallacy of four terms) का नाम दिया जाता है। दूसरे प्रकार के उदाहरण में, जहाँ एक शब्द के दो अर्थों में प्रयुक्त होने के कारण चार पद हो गए हैं, जो दोष उत्पन्न होता है उसे पहले प्रकार के उदाहरणों से भिन्न करने के लिए एक विशिष्ट नाम दिया जाता है और वह है ***अनेकार्थक दोष*** (Fallacy of Equivocation)। इसलिए जिस अनुमान में पहले उदाहरण की तरह स्पष्टतः चार पद होंगे उसके दोषको बतलाने के लिए हमलोग 'चतुष्पद दोष' (Fallacy of four terms) का प्रयोग करेंगे तथा जहाँ दूसरे उदाहरण की तरह द्वयार्थकता वाली बात होगी वहाँ दोष को बतलाने के लिए 'द्वयर्थक दोष' (Fallacy of Equivocation) का प्रयोग करेंगे।

बल्कि जिसे हमने 'द्वयर्थक दोष' की संज्ञा दी है उसके भी तीन अलग-अलग स्थितियों में तीन अलग-अलग विशिष्ट नाम हो जाते हैं, अथवा सीधे यों कहें कि, उसके तीन भेद हैं। हमने ऊपर जो उदाहरण लिया है उसमें मध्यवर्ती पद के स्थान पर रहने वाला पद दो बार दो अलग-अलग अर्थों में प्रयुक्त हुआ है। ऐसा भी हो सकता है कि किसी अनुमान में वृहत पद के स्थान पर रहने वाले पद के साथ ऐसी बात हो। दोष तो तीनों ही स्थितियों में उत्पन्न होता है, परन्तु अलग-अलग स्थितियों में दोष के लिए अलग नाम दिए जा सकते हैं। मध्यपर्ती पद के सम्बन्ध में यदि ऐसा दोष होता है तो उसे द्वयर्थक मध्यवर्ती पद दोष (Fallacy of Ambiguous Middle) कहा जाता है। उसी प्रकार वृहत् पद तथा लघु पद से सम्बन्धित ऐसे दोष को क्रमशः द्वयर्थक वृहत पद दोष (Fallacy of Ambiguous Major) तथा द्वयर्थक लघु पद दोष (Fallacy of Ambiguous Minor) कहा जाता है। पहले का उदाहरण तो ऊपर है ही, शेष दो के उदाहरण नीचे दिए जाते हैं :—

(क) द्वयर्थक वृहत् पद (Ambiguous Major)—

No courageous creature is **such which flies.**

All eagles are courageous creatures.

∴ No eagle is **such which flies.**

वृहत् आधार-वाक्य में 'Such which flies' का अर्थ है 'जो भागता है' और निष्कर्ष में उसका अर्थ है 'जो उड़ता है'।

(ख) द्वयर्थक लघु पद (Ambiguous Minor)—

No man is made of paper.

All **pages** are men.

∴ No **pages** are made of paper.

लघु आधार-वाक्य में 'page' का अर्थ है 'दास' और निष्कर्ष में उसका अर्थ है 'पृष्ठ'। चतुष्पद दोष या द्वयर्थक दोष के अनेक उदाहरण लिए जा सकते हैं, परन्तु अभी बातों

को स्पष्ट करने के लिए ऊपर के उदाहरण काफी हैं। आगे चलकर इन दोषों के अन्य अनेक उदाहरण हम प्रस्तुत करेंगे।

नियम 3.

किसी भी न्याय के मध्यवर्ती पद को कम-से-कम एक बार अवश्य व्याप्त होना चाहिए। (The middle term of a syllogism must be distributed at least once.)

किसी भी न्याय में मध्यवर्ती पद का क्या स्थान अथवा कार्य होता है, यह हमने देखा है। स्पष्टतः इसका कार्य है वृहत् तथा लघु पदों को आपस में सम्बन्धित करना ताकि एक निष्कर्ष सम्भव हो सके। पहले यह वृहत् आधार-वाक्य में वृहत् पद के साथ सम्बन्धित होता है, फिर लघु आधार-वाक्य में लघु पद के साथ और तब इन्हीं सम्बन्धों के आधार पर वृहत् तथा लघु पद निष्कर्ष में सम्बन्धित होते हैं। परन्तु अब सोचा जाय कि क्या वृहत् पद तथा लघु पद का मध्यवर्ती पद के साथ किसी भी प्रकार सम्बन्धित होना उन दोनों के परस्पर सम्बन्धित होने के लिए यथार्थ अवसर प्रदान कर सकता है ? मांन लिया जाए कि वृहत् पद मध्यवर्ती पद की वस्तुवाचकता के एक अंश के साथ सम्बन्धित होता है तथा लघु पद उसकी वस्तुवाचकता के एक दूसरे अंश के साथ। तो क्या इस स्थिति में मध्यवर्ती पद की मध्यस्थता से सचमुच वृहत् तथा लघु पदों के परस्पर सम्बन्धित होने के लिए यथार्थ अवसर प्रस्तुत होता है ? स्पष्टतः नहीं। मध्यवर्ती पद इन दोनों को आपस में तभी सम्बन्धित कर सकता है जब उसके किसी एक ही अंश के साथ उभयनिष्ठ रूप में वृहत तथा लघु दोनों पद सम्बन्धित हों और ऐसा निश्चित तथा निस्सन्देह रूप में तभी सम्भव है जब मध्यवर्ती पद कम से कम एक आधार-वाक्य में अपनी सम्पूर्ण वस्तुवाचकता में लिया गया हो। ऐसा होने से यह होगा कि वृहत् तथा लघु पदों में से कम-से-कम एक मध्यवर्ती पद की सम्पूर्ण वस्तुवाचकता के साथ सम्बन्धित हो जाएगा और तब दूसरा यदि उसके एक अंश के साथ भी सम्बन्धित होता है, तो फिर दोनों के बीच परस्पर सम्बन्ध के लिए समुचित अवसर तैयार हो जाता है। इसलिए मध्यवर्ती पद को कम-से-कम एक आधार-वाक्य में अपनी पूर्ण वस्तुवाचकता में व्यवहृत होना चाहिए और इसी का अर्थ है कि मध्यवर्ती पद को कम-से-कम एक बार अवश्य व्याप्त होना चाहिए।

अव्याप्त मध्यवर्ती पद का दोष—यदि हम इस नियम का उल्लंघन करते हैं तो न्याय में जो दोष उत्पन्न होता है उसे अव्याप्त मध्यवर्ती पद का दोष (Fallacy of undistributed middle) कहते हैं। निम्नलिखित न्याय में इस दोष का उदाहरण देखा जा सकता है :—

All logic students are **intelligent** — 'A'
Ram is **intelligent** — 'A'
∴ Ram is a logic student — 'A'.

यहाँ पर हम देख सकते हैं कि 'intelligent' पद मध्यवर्ती पद है जो दोनों ही आधार-वाक्यों में 'A' का विधेय होने से अव्याप्त रह जाता है। और इसलिए इस न्याय में अव्याप्त मध्यवर्ती पद का दोष है। इस दोष के कुछ अन्य उदाहरण निम्नलिखित हैं :—

(क) सभी विद्यार्थी मनुष्य हैं — 'A'
कुछ मनुष्य ईमानदार हैं — 'I'
∴ कुछ ईमानदार विद्यार्थी हैं — 'I'

(ख) All men are mortal — 'A'
All animals are mortal — 'A'
∴ All animals are men — 'A'

(ग) Your father is **a man** — 'A'
I am **a man** — 'A'
∴ I am your father — 'A'.

नियम 4.

कोई भी वैसा पद जो आधार-वाक्यों में व्याप्त नहीं है निष्कर्ष में व्याप्त नहीं किया जाना चाहिए (No term which is undistributed in the premise is to be distributed in the conclusion.)

स्पष्टतः इस नियम का सम्बन्ध वृहत् तथा लघु पदों से है चूँकि ये ही दोनों ऐसे पद हैं जो आधार-वाक्यों में भी रहते हैं और निष्कर्ष में भी इसलिए नियम का स्पष्ट मतलब है कि यदि वृहत् पद अथवा लघु पद अपने आधार-वाक्य में व्याप्त नहीं हो तो उसे निछष्कर्ष में भी व्याप्त नहीं किया जाना चाहिए। इस नियम का औचित्य तब समझा जा सकता है जब इस बात पर ध्यान दिया जाए कि न्याय निगमनात्मक अनुमान का एक भेद है जिसमें निष्कर्ष को आधार वाक्यों की तुलना में अधिक सामान्य नहीं होना चाहिए। हम जानते हैं कि किसी भी पद को व्याप्त करने का अर्थ है उसका प्रयोग अपनी पूर्ण वस्तुवाचकता के लिए करना। और इसलिए यदि कोई पद आधार-वाक्य में व्याप्त नहीं है परन्तु निष्कर्ष में व्याप्त हो जाता है तो इसका मतलब है कि निष्कर्ष आधार-वाक्यों से अधिक व्यापक तथा अधिक सामान्य हो जाता है जो निगमनात्मक अनुमान के मौलिक सिद्धान्त के विरुद्ध है। इसीलिए वृहत् अथवा लघु पद में से कोई यदि अपने आधार-वाक्य में अव्याप्त है तो निष्कर्ष में उसे व्याप्त नहीं किया जाना चाहिए।

अनुचित प्रक्रिया का दोष, अनुचित वृहत् पद तथा अनुचित लघु पद — यदि हम इस नियम का उल्लंघन करते हैं तो हमारा न्याय दोष से ग्रसित हो जाता है जिसका नाम अनुचित प्रक्रिया का दोष (Fallacy of Illicit Process) दिया जाता है। यदि इस दोष का सम्बन्ध वृहत् पद के साथ होता है तो खास तौर पर इसे अनुचित वृहत् पद का दोष (Fallacy of Illicit Major) कहा जाता है तथा यदि इसका सम्बन्ध लघु पद के साथ होता है तो इसे अनुचित लघु पद का दोष (Fallacy of Illicit Minor) कहा जाता है।

अनुचित वृहत् पद (Illicit Major) का उदाहरण :—

All Hindus are **religious** — 'A'
No Persian is Hindu — 'E'
∴ No Persian is **religious** — 'E'

इस न्याय में हम स्पष्ट रूप से देख सकते हैं कि वृहत् पद 'religious' 'E' तर्कवाक्य का विधेय होने के कारण निष्कर्ष में व्याप्त है जबकि वृहत् आधार-वाक्य में 'A' तर्कवाक्य का विधेय होने के कारण वह अव्याप्त है। इसलिए इस न्याय में अनुचित वृहत् पद का दोष है। इस बात का स्पष्ट ध्यान रखा जाना चाहिए कि अनुचित वृहत् पद का दोष तभी और सिर्फ तभी होता है जब वृहत् पद निष्कर्ष में व्याप्त हो और वृहत् आधारवाक्य में अव्याप्त, उस स्थिति में नहीं जब वह वृहत् आधार-वाक्य में व्याप्त हो और निष्कर्ष में अव्याप्त।

अनुचित लघु पद (Illicit Minor) का उदाहरण—

No man is God — 'E'
All men are **animals** — 'A'
∴ No **animal** is God — 'E'

इस न्याय में हम देख सकते हैं कि लघु पद 'animal' निष्कर्ष में 'E' तर्क-वाक्य के उद्देश्य होने के कारण व्याप्त है जब कि लघु आधार-वाक्य में 'A' तर्क-वाक्य के विधेय होने के कारण वह अव्याप्त है। इसलिए यहाँ अनुचित लघु पद का दोष हो जाता है। यहाँ भी इस बात का ध्यान रखा जाना चाहिए कि अनुचित लघु प्रद का दोष तभी और सिर्फ तभी होता है जब लघु पद निष्कर्ष में व्याप्त हो और लघु आधार-वाक्य में अव्याप्त, उस स्थिति में नहीं जब वह लघु आधार-वाक्य में व्याप्त हो और निष्कर्ष में अव्याप्त।

अनुचित वृहत् पद के कुछ अन्य उदाहरण :—

(क) सभी नम्र लोग **ईमानदार** होते हैं — 'A'
राम नम्र नहीं है — 'E'
∴ राम **ईमानदार** नहीं है — 'E'

(ख) All graduates are **eligible** — 'A'
He is not a graduate — 'E' — 'E'
∴ He is not **eligible** — 'E'.

अनुचित लघु पद के कुछ अन्य उदाहरण :—

(क) सभी विद्वान मरणशील हैं — 'A'
सभी विद्वान पढ़े-लिखे हैं — 'A'
∴ सभी पढ़े-लिखे मरणशील हैं — 'A'.

(ख) All Indians are poor — 'A'
Some **men** are not Indians — 'O'
∴ No **man** is poor — 'E'.

नियम 5.

दो निषेधात्मक आधार-वाक्यों से कोई निष्कर्ष नहीं निकाला जा सकता (From two negative premises no conclusion can be drawn.)।

इस नियम का स्पष्ट मतलब है कि यदि दोनों ही आधार-वाक्य निषेधात्मक हों तो फिर कोई भी निष्कर्ष सम्भव नहीं हो सकता। अर्थात् किसी भी न्यायिक अनुमान में कम-से-कम एक आधार-वाक्य का भावात्मक होना आवश्यक है। इसका कारण यह है कि निषेधात्मक वाक्यों में उद्देश्य और विधेय का सम्बन्ध भावात्मक न होकर अभावात्मक होता है, जिसका अर्थ है कि उद्देश्य विधेय का बहिष्कार करता है। अब यदि दोनों ही आधार-वाक्य निषेधात्मक हों तो इसका मतलब होगा कि मध्यवर्ती पद का वृहत् तथा लघु दोनों पदों के साथ बहिष्करण (negation or exclusion) का सम्बन्ध है। और जब दोनों ही मध्यवर्ती पद का बहिष्कार करते हैं या दोनों को ही मध्यवर्ती पद बहिष्कृत करता है तो फिर इन दोनों के आपस में सम्बन्धित होने के लिए अवसर कहाँ आ पाता है ? और जब ये दोनों सम्बन्धित ही नहीं होंगे तो निष्कर्ष सम्भव होगा कहाँ से ? इसीलिए दोनों आधार-वाक्यों के निषेधात्मक होने से कोई निष्कर्ष सम्भव नहीं हो पाता।

निषेधात्मक आधार वाक्यों का दोष—यदि दो निषेधात्मक वाक्यों को आधार बनाकर कोई

निष्कर्ष निकाला जाता है तो ऐसा अनुमान दोषपूर्ण हो जाता है। जिस दोष से अनुमान ग्रसित होता है उसका नाम निषेधात्मक आधार-वाक्यों का दोष (Fallacy of Negative Premises) दिया जाता है। इस दोष के उदाहरण के रूप में निम्नलिखित अनुमान को लिया जा सकता है :—

No man is perfect — 'E'
No man is god — 'E'
∴ No god is perfect — 'E'

यहाँ हम देखते हैं कि दो निषेधात्मक आधार-वाक्यों को लेकर निष्कर्ष निकाला गया है, इसलिए यहाँ उपर्युक्त दोष है।

नियम 6.

यदि किसी न्याय का एक आधार-वाक्य निषेधात्मक हो तो निष्कर्ष भी अवश्य ही निषेधात्मक होगा (If one of the premises of a syllogism be negative, the conclusion must be negative)।

इस नियम का विलोम भी सत्य है, यानी, यह भी सत्य है कि यदि किसी न्याय का निष्कर्ष निषेधात्मक हो तो उसका एक आधार-वाक्य अवश्य ही निषेधात्मक होगा (If the conclusion of a syllogism be negative, one of its premises must be negative.)।

यदि किसी न्याय का एक आधार-वाक्य निषेधात्मक है तो इसका अर्थ है कि मध्यवर्ती पद का उस वाक्य के अन्य पद (वृहत् या लघु पद) के साथ भावात्मक सम्बन्ध नहीं है चूँकि निषेधात्मक तर्क वाक्यों में उद्देश्य विधेय का बहिष्कार करता है। फिर एक आधार-वाक्य के निषेधात्मक होने से दूसरा जरूर भावात्मक होगा और उसमें मध्यवर्ती पद का अन्य पद (वृहत् या लघु पद) के साथ भावात्मक सम्बन्ध होगा। इस प्रकार उस न्याय में जिसमें एक आधार-वाक्य भावात्मक तथा दूसरा निषेधात्मक हो स्थिति यह हो जाती है कि एक में मध्यवर्ती पद का वृहत् या लघु पद के साथ भावात्मक सम्बन्ध होता है तथा दूसरे में अभावात्मक। इससे सामान्यतः जो निष्कर्ष आसानी से निकाला जा सकता है वह यह है कि लघु तथा वृहत् पदों के बीच भी किसी भावात्मक सम्बन्ध का अभाव है। और इसका मतलब है कि निष्कर्ष निषोधात्मक है। अतः यह सिद्ध होता है कि किसी न्याय में यदि एक आधार-वाक्य निषेधात्मक हो तो निष्कर्ष भी निषेधात्मक होगा।

इस नियम के विलोम की सत्यता भी आसानी से सिद्ध हो जाती है। यदि निष्कर्ष निषेधात्मक है तो इसका मतलब है कि लघु तथा वृहत् पदों में कोई भावात्मक सम्बन्ध नहीं है और यह उसी स्थिति में हो सकता है जब आधार-वाक्यों में से भी किसी एक में वृहत् या लघु पद को मध्यवर्ती पद के साथ भावात्मक सम्बन्ध न हो। और इसका मतलब है कि निष्कर्ष निषेधात्मक तभी होगा जब एक आधार-वाक्य भी निषेधात्मक हो।

नियम 7.

यदि किसी न्याय के दोनों आधार-वाक्य भावात्मक हों तो निष्कर्ष भी अवश्य ही भावात्मक होगा (If both the premises of a syllogism are affirmative, the conclusion must be affirmative.)।

इस नियम का भी विलोम सत्य है। अर्थात् यह सत्य है कि यदि किसी न्याय का निष्कर्ष भावात्मक होगा तो उसके दोनों आधार-वाक्य भी अवश्य ही भावात्मक होंगे (If the conclusion of a syllogism is affirmative, both its premises must be affirmative)।

अब तक के विवेचनों से यह स्पष्ट है कि न्याय के दोनों ही आधार-वाक्यों के भावात्मक

होने का अर्थ होगा मध्यवर्ती पद का वृहत् तथा लघु दोनों पदों के साथ एक भावात्मक सम्बन्ध में बंधा होना। और इसका मतलब है कि वृहत् तथा लघु पदों में भी आपस में भावात्मक सम्बन्ध होगा, यानी, निष्कर्ष भावात्मक होगा। इस तरह यह सिद्ध हो जाता है कि किसी न्याय के यदि दोनों आधार-वाक्य भावात्मक हों तो निष्कर्ष भी भावात्मक होगा।

इसके विलोम की सत्यता निम्नलिखित प्रकार से सिद्ध हो जाती है। यदि निष्कर्ष के भावात्मक होने पर दोनों आधार-वाक्य भावात्मक नहीं है, तो दूसरी क्या संभावनाएँ हो सकती हैं? या तो यह हो सकता है कि दोनों ही आधार-वाक्य निषेधात्मक हों या यह हो सकता है कि एक भावात्मक हो और दूसरा निषेधात्मक परन्तु दोनों में से किसी भी स्थिति में निष्कर्ष भावात्मक नहीं होगा। पहली स्थिति में कोई निष्कर्ष होगा ही नहीं और दूसरी स्थिति में निष्कर्ष निषेधात्मक होगा। इसका अर्थ है कि निष्कर्ष के भावात्मक होने पर दोनों आधार-वाक्य भावात्मक ही होंगे।

नियम 8.

यदि किसी न्याय के दोनों ही आधार-वाक्य अंशव्यापी हों तो कोई निष्कर्ष नहीं निकाला जा सकता (If both the premises of a syllogism are particular, no con-clusion can be drawn)।

हम जानते हैं कि अंशव्यापी तर्कवाक्य दो ही होते हैं— 'I' तथा 'O'। अब यदि किसी न्याय के दोनों आधार-वाक्य अंशव्यापी हैं तो या तो दोनों ही 'I' होंगे, या दोनों 'O' होंगे या एक 'I' होगा और दूसरा 'O'। और इस प्रकार आधार-वाक्यों के चार सम्भव समूह हो सकते हैं— II, IO, OI तथा OO। अब हम इन समूहों को एक-एक कर लें और देखे कि इनमें से किसी से कोई निष्कर्ष वैध रूप में सम्भव हो पाता है या नहीं।

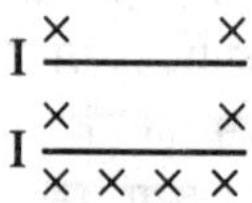

पहले समूह में दोनों ही तर्कवाक्य 'I' हैं जिनका कोई भी पद व्याप्त नहीं होता। इसलिए यदि इस समूह से कोई भी निष्कर्ष हम निकालेंगे तो अव्याप्त मध्यवर्ती पद का दोष हो जाएगा। इसका मतलब है कि II से वैध रूप में कोई निष्कर्ष नहीं निकाला जा सकता।

(a)

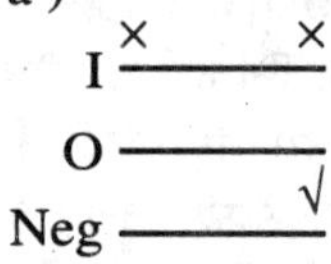

(b)

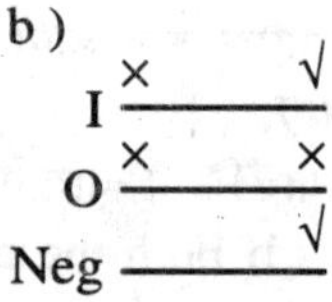

दूसरे तथा तीसरे समूहों में एक तर्कवाक्य निषेधात्मक है, इसलिए यदि कोई निष्कर्ष सम्भव होगा तो वह अवश्य ही निषेधात्मक होगा। निषेधात्मक तर्कवाक्यों के विधेय व्याप्त होते हैं। इसलिए निष्कर्ष में विधेय यानी वृहत् पद व्याप्त हो जाएगा। अब अनुचित वृहत् पद के दोष से बचने के लिए हमें वृहत् पद को वृहत् आधार-वाक्य में भी व्याप्त करना होगा। यदि वृहत् आधार-वाक्य 'I' है, जैसा कि दूसरे समूह में है, तब तो चूँकि 'I' का कोई पद व्याप्त नहीं होता, इसलिए वृहत् पद वृहत् आधार-वाक्य में अव्याप्त रह जाएगा और अनुचित वृहत् पद का दोष हो जाएगा। यदि वृहत् आधार-वाक्य 'O' हो, जैसा तीसरे समूह में हैं, तो हो सकता है कि वृहत् पद उसमें व्याप्त हो चूँकि 'O' का विधेय व्याप्त रहता है, परन्तु तब इस स्थिति में मध्यवर्ती पद किसी भी आधार-वाक्य में व्याप्त नहीं हो सकेगा और न्याय में अव्याप्त मध्यवर्ती पद का दोष हो जाएगा। इस प्रकार दूसरे तथा तीसरे समूहों में निष्कर्ष निकालने पर कोई-न-कोई दोष हो ही जाता है; अतः इनसे भी वैध तरीके से कोई निष्कर्ष नहीं निकलेगा।

और चौथे समूह स यानी OO से तो कोई निष्कर्ष स्पष्टतः ही नहीं निकलेगा चूँकि ये दोनों ही निषेधात्मक है और दो निषेधात्मक आधार-वाक्यों से कोई निष्कर्ष नहीं निकलता।

इस प्रकार यह सिद्ध हो जाता है कि यदि दोनों ही आधार वाक्य अंशव्यापी हों तो कोई वैध निष्कर्ष नहीं निकाला जा सकेगा।

नियम 9.

यदि किसी न्याय के दोनों आधार-वाक्यों में से एक अंशव्यापी हो तो निष्कर्ष भी अंशव्यापी होगा (If one of the premises of a syllogism is particular, the conclusion must be particular)।

परन्तु इस नियम का विलोम सत्य नहीं है। अर्थात् यह सत्य नहीं है कि यदि किसी न्याय का निष्कर्ष अंशव्यापी है तो उसका एक आधारवाक्य अवश्य ही अंशव्यापी होगा। दो पूर्णव्यापी आधार-वाक्यों से भी अंशव्यापी निष्कर्ष निकाल जा सकता है। निगमनात्मक अनुमान में अधिक सामान्य से कम सामान्य पर जाने में कोई हर्ज नहीं है।

नियम की वैधता निम्नलिखित रूप में प्रमाणित की जा सकती है :—

यदि एक आधार-वाक्य अंशव्यापी हो तो दूसरा अवश्य ही पूर्णव्यापी होगा चूँकि नियम 8 में प्रमाणित किया जा चुका है कि दो अंशव्यापी आधार-वाक्यों से कोई निष्कर्ष नहीं निकाला जा सकता है। अब यदि एक आधार-वाक्य पूर्ण व्यापी हो तथा दूसरा अंशव्यापी तो वे परस्पर निम्नलिखित आठ प्रकार से समूहित हो सकते OA, AO, IA, AI, EI, IE, EO तथा OE। अब हम प्रत्येक समूह के सम्बन्ध में देखें कि उससे कैसा निष्कर्ष सम्भव होगा।

स्पष्टतः अन्तिम दो समूहों से कोई निष्कर्ष सम्भव नहीं है चूँकि इनमें दोनों ही आधार-वाक्य निषेधात्मक हैं। इसलिए हम सिर्फ प्रथम 6 समूहों की ही परीक्षा करेंगे।

A I तथा I A में चूँकि दोनों ही आधार-वाक्य भावात्मक हैं, इसलिए निष्कर्ष अवश्य ही भावात्मक होगा। भावात्मक निष्कर्ष 'A' अथवा 'I' होगा।

(a)

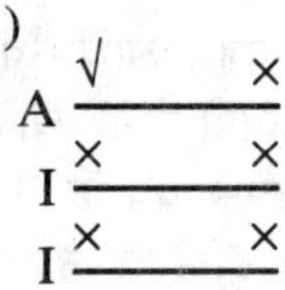

यदि निष्कर्ष 'A' है तो इसका उद्देश्य, यानी, लघु पद व्याप्त होगा। अब अनुचित लघु पद के दोष से बचने के लिए यह आवश्यक है कि लघु पद लघु आधार-वाक्य में भी व्याप्त हो। परन्तु आधार-वाक्यों में तो एक ही पद व्याप्त है — 'A' का उद्देश्य जिसे मध्यवर्ती पद होना चाहिए अन्यथा न्याय में अव्याप्त मध्यवर्ती पद का दोष हो जाएगा। इसलिए 'A' को निष्कर्ष रूप में लेने से न्याय में अनुचित लघु पद का दोष हो जाता है और यदि उससे बचने की चेष्टा करते हैं तो अव्याप्त मध्यवर्ती पद का। अतः निष्कर्ष 'A' नहीं लिया जा सकता। इसका अर्थ है कि वह 'I' होगा जो अंश-व्यापी है। अतः यह सिद्ध हो जाता है कि प्रथम दो समूहों से यदि कोई निष्कर्ष सम्भव है तो वह अंशव्यापी हैं।

(b)

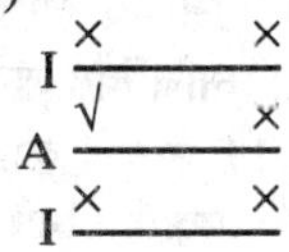

AO तथा OA में एक आधार-वाक्य निषेधात्मक है, इसलिए निष्कर्ष अवश्य ही निषेधात्मक होगा। निषेधात्मक निष्कर्ष 'E' अथवा 'O' होगा। यदि निष्कर्ष 'E' हो तो इसमें लघु तथा वृहत् दोनों ही पद व्याप्त हो जाएँगे। अब अनुचित प्रक्रिया के दोष से बचने के लिए आवश्यक है कि ये दोनों पद अपने-अपने आधार-वाक्य में भी व्याप्त हो। फिर अव्याप्त मध्यवर्ती पद का दोष नहीं हो इसका भी ध्यान रखना होगा। अतः आधार-वाक्यों में कुल

(a)

A √ ×

O × √

O × ×

तीन पद व्याप्त हों तभी दोषों से बचने की सम्भावना है, परन्तु हम देख सकते हैं कि आधार-वाक्यों में सिर्फ दो ही पद व्याप्त हैं – एक 'A' का उद्देश्य तथा दूसरा 'O' का विधेय। अतः 'E' निष्कर्ष लेने से कोई न कोई दोष हो ही जाएगा। इसलिए निष्कर्ष 'E' न होकर 'O' होगा जो अंशव्यापी है।

(b)

O × √

A √ ×

O × √

E I तथा I E में चूँकि एक आधार-वाक्य निषेधात्मक है इसलिए यदि कोई निष्कर्ष वैध रूप से सम्भव होगा तो वह निषेधात्मक ही होगा। निषेधात्मक निष्कर्ष 'E' या 'O' होगा। यदि निष्कर्ष 'E' हो तो इसमें लघु तथा वृहत् दोनों पद व्याप्त हो जाएँगे। दोषों से बचने के लिए इन पदों को अपने-अपने आधार-वाक्यों में भी व्याप्त होना चाहिए। परन्तु एक आधार-वाक्य 'I' है जिसका कोई पद व्याप्त नहीं होता और इसलिए दोनों पदों में से एक न एक आधार-वाक्य में अव्याप्त रह ही जाएगा जब कि निष्कर्ष में दोनों व्याप्त हैं। और इस प्रकार 'E' निष्कर्ष होने से अनुचित वृहत् पद या अनुचित लघु पद का दोष हो ही जाएगा। इसलिए निष्कर्ष 'E' नहीं होकर 'O' होगा, जो अंशव्यापी है।

इस प्रकार यह सिद्ध हो जाता है कि एक आधार-वाक्य के अंशव्यापी होने से निष्कर्ष भी अंशव्यापी होगा।

नियम 10.

यदि किसी न्याय का वृहत् आधार-वाक्य अंशव्यापी हो तथा लघु आधार-वाक्य निषेधात्मक, तो कोई निष्कर्ष सम्भव नहीं होगा। (No Conclusion can be drawn from a particular major and a negative minor premise.)।

वृहत् आधार-वाक्य के अंशव्यापी होने का अर्थ होगा कि लघु आधार-वाक्य अवश्य ही पूर्णव्यापी होगा, चूँकि दो अंशव्यापी आधार-वाक्यों से कोई निष्कर्ष नहीं निकलता। फिर लघु आधार-वाक्य के निषेधात्मक होने का अर्थ होगा कि वृहत् आधार-वाक्य अवश्य ही भावात्मक होगा चूँकि दो निषेधात्मक आधार-वाक्यों से भी कोई निष्कर्ष नहीं निकलता। इस प्रकार यह स्पष्ट हो जाता है कि दी हुई स्थिति में वृहत् आधार-वाक्य पूर्णव्यापी निषेधात्मक अर्थात् 'E' होगा। इसलिए हमें अब यही सिद्ध करना है कि I E से कोई निष्कर्ष सम्भव नहीं होगा। और यह निम्नलिखित तरीके से सिद्ध किया जा सकता है।

I E से यदि कोई भी निष्कर्ष निकलेगा तो वह निषेधात्मक होगा, चूँकि एक आधार-वाक्य निषेधात्मक है। निषेधात्मक निष्कर्ष होने से उसमें विधेय यानी वृहत् पद व्याप्त हो जाएगा। परन्तु वृहत् पद वृहत् आधार-वाक्य के 'I' होने के कारण उसमें अव्याप्त है। इसलिए यदि हम I E से कोई भी निष्कर्ष निकालते हैं तो अनुचित वृहत् पद का दोष हो जाएगा। और इसीलिए I E से वैध ढंग से कोई निष्कर्ष सम्भव नहीं है।

(a)

I × ×

E √ ×

Neg √

(5) न्याय का आकार *(Figure of Syllogism)*

न्याय की बनावट का विश्लेषण करते वक्त ही स्पष्ट हो चुका है कि मध्यवर्ती पद दोनों ही आधार-वाक्यों में एक-एक बार आता है। अब चूँकि प्रत्येक आधार-वाक्य में दो पद होते हैं – उद्देश्य तथा विधेय, इसलिए मध्यवर्ती पद इन दोनों में से कोई स्थान ले सकता है। दोनों आधार-वाक्यों को मिलाकर मध्यवर्ती पद के स्थान के सम्बन्ध में निम्नलिखित चार सम्भावनाएँ

हो सकती हैं :—

(क) वह वृहत् आधार-वाक्य में उद्देश्य के स्थान पर तथा लघु आधार-वाक्य में विधेय के स्थान पर हो सकता है।

(ख) वह दोनों ही आधार-वाक्यों में विधेय के स्थान पर हो सकता है।

(ग) वह दोनों ही आधार-वाक्यों में उद्देश्य के स्थान पर हो सकता है।

(घ) वह वृहत् आधार-वाक्य में विधेय तथा लघु आधार-वाक्य में उद्देश्य के स्थान पर हो सकता है।

अब किसी भी न्याय के दोनों आधार-वाक्यों में मध्यवर्ती पद का स्थान कहाँ-कहाँ है, इसी पर उस न्याय का आकार निर्भर करता है। दूसरे शब्दों में, किसी न्याय के आकार से उसका वह रूप या आकार (form) समझा जाता है जो उसे इस दृष्टि से प्राप्त होता है कि उपर्युक्त चारों सम्भावनाओं में से किसी एक के अनुरूप दोनों आधार-वाक्यों में मध्यवर्ती पद का स्थान कहाँ-कहाँ है। चार सम्भावनाओं के अनुरूप न्याय के चार आकार हो जाते हैं जिनमें से किसी एक में कोई दिया हुआ न्याय अवश्य ही होगा। इन चारों आकारों के नाम हैं–प्रथम आकार (First figure), द्वितीय आकार (Second figure), तृतीय आकार (Third figure) तथा चतुर्थ आकार (Fourth figure)। इन आकारों का निर्धारण निम्नलिखित रूपों में होता है :—

प्रथम आकार

किसी भी न्याय को प्रथम आकार में तब समझा जाता है जब मध्यवर्ती पद वृहत् आधार-वाक्य में उद्देश्य के स्थान पर तथा लघु आधार-वाक्य में विधेय के स्थान पर रहता है। उदाहरणार्थ निम्नांकित न्याय प्रथम आकार में है :—

सभी मनुष्य मरणशील हैं।
राम मनुष्य है।
∴ राम मरणशील है।

हम देख सकते हैं कि यहाँ मध्यवर्ती पद 'मनुष्य' वृहत् आधार-वाक्य में उद्देश्य तथा लघु आधार-वाक्य में विधेय के स्थान पर है।

यदि मध्यवर्ती पद के लिए 'M' संकेत का व्यवहार किया जाए तथा दोनों आधार-वाक्यों को दो समानान्तर रेखाओं के द्वारा व्यक्त किया जाए तो सांकेतिक रूप में प्रथम आकार का निम्नलिखित प्रारूप होगा :—

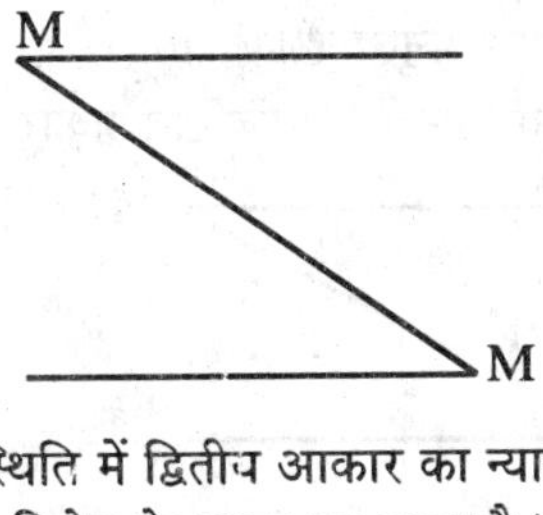

द्वितीय आकार

किसी भी न्याय को उस स्थिति में द्वितीय आकार का न्याय समझा जाता है जब मध्यवर्ती पद दोनों ही आधार-वाक्यों में विधेय के स्थान पर रहता है। उदाहरण के लिए निम्नलिखित न्याय द्वितीय आकार में है :—

कोई मनुष्य पूर्ण नहीं है।
सभी देवता पूर्ण हैं।
∴ कोई देवता मनुष्य नहीं है।

हम देखते हैं कि यहाँ मध्यवर्ती पद 'पूर्ण' दोनों ही आधार-वाक्यों में विधेय के स्थान पर है।

ऊपर की तरह ही यदि एक सांकेतिक रूप में द्वितीय आकार के प्रारूप को व्यक्त करना चाहें तो वह इस प्रकार का होगा :—

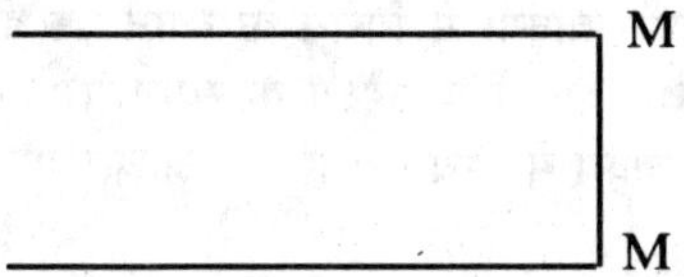

तृतीय आकार

कोई भी न्याय तब तृतीय आकार में समझा जाता है जब मध्यवर्ती पद उसके दोनों ही आधार-वाक्यों में उद्देश्य के स्थान पर रहे। यथा निम्नांकित न्याय तृतीय आकार में है :—

सभी मनुष्य विवेकशील हैं।
कुछ मनुष्य बुद्धिमान् हैं।
∴ कुछ बुद्धिमान् विवेकशील हैं।

इस न्याय में स्पष्टतः मध्यवर्ती पद 'मनुष्य' दोनों आधार-वाक्यों में उद्देश्य के स्थान पर है।

तृतीय आकार का सांकेतिक प्रारूप निम्नलिखित प्रकार का होगा :—

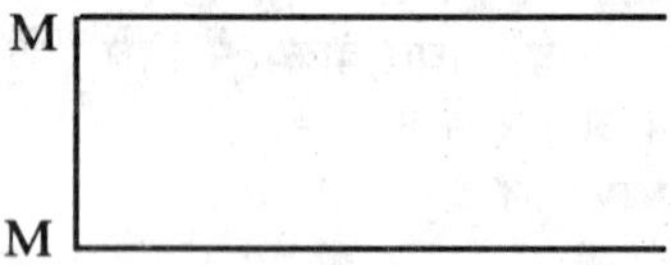

चतुर्थ आकार

जब किसी न्याय में मध्यवर्ती पद वृहत् आधार-वाक्य में विधेय के स्थान पर तथा लघु आधार-वाक्य में उद्देश्य के स्थान पर रहता है तो वह न्याय चतुर्थ आकार में होता है। जैसे निम्नांकित न्याय चतुर्थ आकार में है :—

सभी मनुष्य मरणशील हैं।
सभी मरणशील जीवधारी हैं।
∴ कुछ जीवधारी मनुष्य हैं।

चतुर्थ आकार का सांकेतिक प्रारूप निम्नलिखित प्रकार का होगा : —

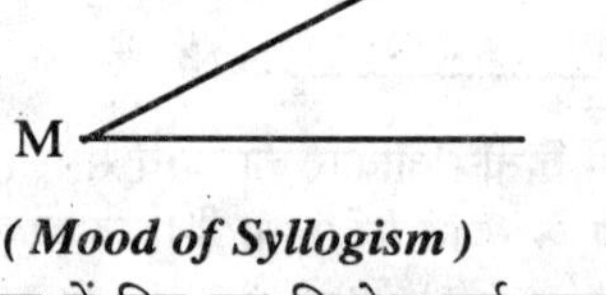

(6) न्याय का योग *(Mood of Syllogism)*

उचित तार्किक रूप में दिए गए निरपेक्ष तर्क वाक्य (Categorical propositions) सिर्फ चार ही प्रकार के होते हैं – 'A', 'E', 'I' तथा 'O'। परन्तु न्याय के तीन तर्क वाक्यों के रूप में इन चारों में से किसी तीन को लेकर उन्हें कई प्रकार से समूहित किया जा सकता

है। उदाहरण के लिए किसी न्याय में वृहत् आधार-वाक्य 'A' हो सकता है, लघु आधार-वाक्य 'E' हो सकता है तथा निष्कर्ष 'O' हो सकता है। फिर दूसरे न्याय में वृहत् आधार-वाक्य 'I' हो सकता है, लघु आधार-वाक्य 'A' हो सकता है तथा निष्कर्ष 'I' हेा सकता है। और इसी प्रकार 'A', 'E', 'I' तथा 'O' के अनेक समूह सोचे जा सकते हैं जो विभिन्न न्यायों के आधार-वाक्यों तथा निष्कर्षों के रूप में हमारे सामने आ सकते हैं। न्याय के योग को वस्तुतः इसी बात से सम्बन्ध है कि 'A', 'E', 'I' तथा 'O' रूप के तर्क वाक्यों के न्याय के आधार-वाक्यों तथा निष्कर्ष के रूप में कितने समूह बन सकते हैं। अतः न्याय के योग से हम किसी न्याय का वह आकार समझते हैं जो उसे विभिन्न गुण एवं परिमाण वाले तर्कवाक्यों के उनके आधार-वाक्यों एवं निष्कर्ष के रूप में समूहित होने के परिणाम स्वरूप मिलता है। उदाहरण के लिए ऐसे न्याय का योग जिसका वृहत् आधार-वाक्य 'A' है, लघु आधार-वाक्य 'E' है तथा निष्कर्ष 'O' है, वैसे न्याय के योग से भिन्न है जिसका वृहत् आधार-वाक्य 'E' है, लघु आधार-वाक्य 'A' है तथा निष्कर्ष 'O' है।

अब हम देखे कि न्यायों के कितने सम्भव योग हो सकते हैं। गुण तथा परिमाण के आधार पर तर्क वाक्यों के चार भेद हैं–'A', 'E', 'I' तथा 'O'। फिर प्रत्येक न्याय में तीन तर्क वाक्य सम्मिलित होते हैं। चूँकि चार तर्क वाक्यों को तीन-तीन के समूह में $4^3 = 4 \times 4 \times 4 = 64$ विभिन्न तरीकों से मिलाया जा सकता है, इसलिए न्यायों के 64 सम्भव योग हो सकते हैं जो निम्नलिखित हैं :—

AAA	EAA	IAA	OAA
AAE	EAE	IAE	OAE
AAI	EAI	IAI	OAI
AAO	EAO	IAO	OAO
AEA	EEA	IEA	OEA
AEE	EEE	IEE	OEE
AEI	EEI	IEI	OEI
AEO	EEO	IEO	OEO
AIA	EIA	IIA	OIA
AIE	EIE	IIE	OIE
AII	EII	III	OII
AIO	EIO	IIO	OIO
AOA	EOA	IOA	OOA
AOE	EOE	IOE	OOE
AOI	EOI	IOI	OOI
AOO	EOO	IOO	OOO

परन्तु फिर न्याय के चार आकार होते हैं और प्रत्येक आकार में उपर्युक्त 64 योग हो सकते हैं। इस तरह चारों आकारों में कुल मिलाकर $64 \times 4 = 256$ योग होंगे।

लेकिन अनावश्यक जटिलताओं को टालने के लिए हम इस बात पर ध्यान दे सकते हैं कि किसी भी न्याय में निष्कर्ष का गुण या परिमाण तो आधार-वाक्यों के गुण-परिमाण की ही आवश्यक उपज है। हमने देखा है कि दिए हुए आधार-वाक्यों से वैध रूप में निष्कर्ष निकालने

के लिए न्याय के कुछ निश्चित नियम हैं। उन नियमों के अनुसार बहुत उदाहरणों में तो A, E, I, O तर्कवाक्यों के एक खास समूह को आधार-वाक्यों के रूप में लेकर हम कोई निष्कर्ष प्राप्त नहीं कर सकेंगे और बहुत उदाहरणों में कुछ खास गुण एवं परिमाण वाले निष्कर्ष ही निकाल पाएँगे। इस प्रकार निष्कर्ष के गुण-परिमाण का निर्धारण तो पूर्णतः आधार-वाक्यों के गुण-परिमाण के द्वारा ही होता है। अतः बुद्धिमानी और सुविधा दोनों का तकाजा है कि सिर्फ आधार-वाक्यों के समूहों का ध्यान रखकर ही हम न्याय के योगों का निर्धारण करें। आधार-वाक्यों की संख्या तो दो ही है, इसलिए प्रत्येक आकार में सिर्फ $4^2 = 4 \times 4 = 16$ योग ही होंगे जो निम्नलिखित हैं :—

AA	EA	IA	OA
AE	EE	IE	OE
AI	EI	II	OI
AO	EO	IO	OO

इस प्रकार चारों आकारों में $16 \times 4 = 64$ योग होंगे। इनमें से सभी योगों से वैध निष्कर्ष प्राप्त नहीं होते। हम आगे देखेंगे कि सिर्फ 19 ही योग ऐसे सिद्ध होते हैं जिससे वैध रूप से निष्कर्ष निकाले जा सकते हैं और इसलिए इन्हीं 19 को वैध योगों (Valid moods) के रूप में स्वीकार कियाा जाता है।

(7) वैध योगों का निर्धारण ***(Determination of Valid Moods)***

हमने ऊपर कहा है कि सभी सम्भव योगों से वैध निष्कर्ष प्राप्त नहीं होते। वर्तमान सन्दर्भ में हम इसी बात की परीक्षा करेंगे कि कौन-कौन से योग, अर्थात् आधार-वाक्यों के कौन-कौन से समूह, वैध निष्कर्ष प्रदान करते हैं और कौन-कौन से नहीं। इसी आधार पर हम विभिन्न आकारों में वैध योगों (Valid moods) की संख्या निर्धारित करेंगे।

हमने देखा है कि सिर्फ आधार-वाक्यों को ध्यान में रखकर प्रत्येक आकार में 16 योग होते हैं— AA, AE, AI, AO, EA, EE, EI, EO, IA, IE, II, IO, OA, OE, OI तथा OO। अब हम प्रत्येक आकार के सम्बन्ध में देखें कि इनमें से किन योगो से वैध रूप में निष्कर्ष प्राप्त किए जा सकते हैं और वे निष्कर्ष क्या हो सकते हैं।

उपर्युक्त योगों में से कुछ को तो पहली ही नजर में बहिष्कृत कर दिया जा सकता है। उदाहरणार्थ EE, EO, OE तथा OO से किसी भी आकार में वैध निष्कर्ष प्राप्त नहीं हो सकते चूँकि इनमें दोनों ही आधार-वाक्य निषेधात्मक है। उसी प्रकार II, IO तथा OI से भी वैध निष्कर्ष प्राप्त नहीं हो सकते चूँकि इनमें दोनों ही आधार-वाक्य अंशव्यापी हैं। फिर IE से भी कोई निष्कर्ष प्राप्त नहीं हो सकता चूँकि इसमें वृहत् आधार-वाक्य अंशव्यापी तथा लघु आधार-वाक्य निषेधात्मक है (देखिए 'नयाय के साधारण नियम' का नियम 10)। इसलिए अब हमारे सामने सिर्फ आठ ही योग बच जाते हैं जिनकी परीक्षा हमें विभिन्न आकारों में करनी है। ये हैं – AA, AI, AE, AO, EA, EI, IA तथा OA। अब हम प्रत्येक को अलग-अलग आकारों में देखें।

(क) प्रथम आकार के वैध योग *(Valid Moods of the first figure)*—यहाँ सर्वप्रथम हमें यह याद रखना चाहिए कि मध्यवर्ती पद वृहत् आधार-वाक्य में उद्देश्य की जगह तथा लघु आधार-वाक्य में विधेय को जगह पर रहेगा। इसे ध्यान में रखते हुए अब हम उपर्युक्त आठों योगों की स्थिति देखें।

(1) AA — यहाँ चूँकि दोनों ही आधार-वाक्य भावात्मक हैं इसलिए इनसे प्राप्त कोई भी निष्कर्ष अवश्य ही भावात्मक होगा – 'A' अथवा 'I'। यदि हम 'A' को निष्कर्ष रूप में लेते हैं तो लघु पद इसमें व्याप्त हो जाता है जो लघु आधार-वाक्य में भी 'A' का उद्देश्य होने के कारण व्याप्त है। इस प्रकार यहाँ अनुचित लघु पद का कोई दोष नहीं होता। अनुचित वृहत् पद के दोष का कोई सवाल ही पैदा नहीं होता, चूँकि वह निष्कर्ष में व्याप्त नहीं है। मध्यवर्ती पद के अव्याप्त रहने का भी दोष यहाँ नहीं है चूँकि वृहत् आधार-वाक्य में 'A' का उद्देश्य होने के कारण वह व्याप्त है। इस प्रकार AA के निष्कर्ष के रूप में यदि 'A' को लेते हैं तो कोई दोष पैदा नहीं होता। इसलिए निष्कर्ष को भी सम्मिलित करते हुए AAA को प्रथम आकार के एक वैध योग के रूप में लिया जा सकता है। AA के निष्कर्ष के रूप में I को लेना कोई अर्थ नहीं रखता चूँकि जब एक अधिक सामान्य तर्कवाक्य 'A' बिना किसी दोष के निष्कर्ष रूप में मिल सकता है तो फिर एक कम सामान्य तर्क-वाक्य 'I' को हम निष्कर्ष रूप में क्यों लें ?

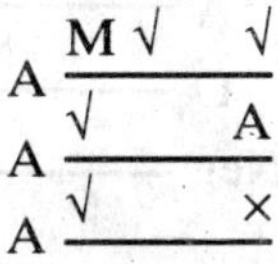

नोट — याद रखने की दृष्टि से AAA योग को एक तकनीकी (technical) नाम दिया जाता है–'Barbara' (बार्बरा)। इस नाम में सिर्फ Vowels सार्थक है तथा Consonants का कोई अर्थ नहीं है। Vowels की भी सार्थकता यहाँ इस रूप में समझी जानी चाहिए कि तीन 'a' क्रमशः तीन तर्क-वाक्यों के द्योतक है जो न्याय में रहते हैं। पहला 'a' यह बतलाता है कि इस योग में वृहत् आधार-वाक्य 'A' है, दूसरा 'a' लघु आधार-वाक्य का द्योतक है जो भी 'A' है। तथा तीसरा 'a' निष्कर्ष का, जो भी 'A' है। आगे भी योगों के जो ऐसे ही तकनीकी नाम दिए जाएँगे उनमें प्रयुक्त Vowels की सार्थकता इसी रूप में समझनी होगी। Vowels जिस क्रम में होंगे वही क्रम वृहत् आधार-वाक्य, लघु आधार-वाक्य तथा निष्कर्ष का होगा। उदाहरणार्थ आगे वाले वैध योग का नाम होगा 'Darii'। इसका मतलब होगा कि इस योग में वृहत् आधार-वाक्य 'A' है, लघु आधार-वाक्य 'I' है तथा निष्कर्ष 'I' है।

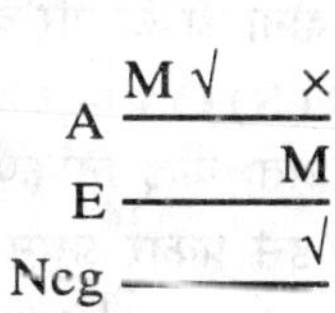

(2) AE — इस योग से कोई वैध निष्कर्ष प्राप्त नहीं किया जा सकता चूँकि यदि कोई निष्कर्ष इससे हम निकालेंगे तो वह निषेधात्मक होगा जिसमें विधेय, यानी, वृहत् पद व्याप्त होगा। लेकिन नृहत् पद वृहत् आधार-वाक्य में 'A' के विधेय होने के कारण अव्याप्त है। अतः कोई निष्कर्ष निकालने से अनुचित वृहत् पद का दोष हो जाएगा।

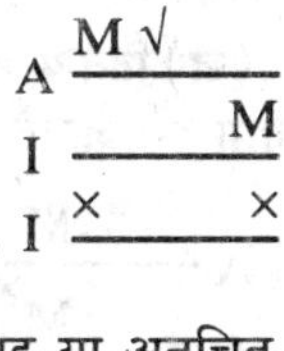

(3) AI — इस योग में हम पाते हैं कि दोनों ही आधार-वाक्य भावात्मक है, इसलिए यदि कोई निष्कर्ष होगा तो वह भावात्मक ही होगा। फिर चूँकि एक आधार-वाक्य अंशव्यापी है, इसलिए निष्कर्ष अंशव्यापी होगा। अतः निष्कर्ष अंशव्यापी भावात्मक अर्थात् 'I' होगा। 'I' का कोई भी पद व्याप्त नहीं होता, इसलिए अनुचित वृहत् पद या अनुचित लघु पद के दोष होने का कोई प्रश्न नहीं है। अव्याप्त मध्यवर्ती पद का भी दोष नहीं हो सकता चूँकि वृहत् आधार-वाक्य A है और मध्यवर्ती पद उसमें उद्देश्य के स्थान पर है। इस प्रकार AI से 'I' निष्कर्ष निकालने पर कोई दोष नहीं होता। अतः AII, जिसे तकनीकी तौर पर 'Darii' कहा जाता है, प्रथम आकार का एक वैध योग है।

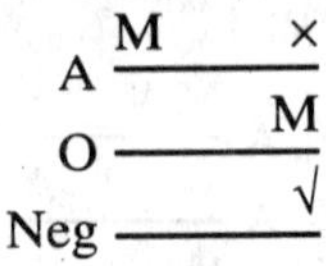

(4) AO—इस योग से प्रथम आकार में कोई वैध निष्कर्ष प्राप्त नहीं हो सकता चूँकि यदि कोई निष्कर्ष होगा तो वह निषेधात्मक होगा (एक आधार-वाक्य निषेधात्मक है) जिसमें विधेय यानी वृहत् पद व्याप्त होगा जो वृहत् आधार-वाक्य में 'A' के विधेय होने के कारण अव्याप्त है। अतः कोई निष्कर्ष निकालने पर अनुचित वृहत् पद का दोष हो जाएगा।

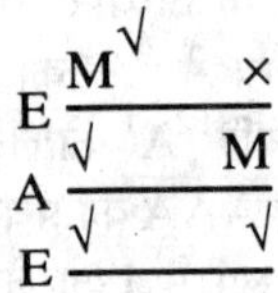

(5) EA—यहाँ चूँकि एक आधार-वाक्य निषेधात्मक है, इसलिए निष्कर्ष निषेधात्मक ही होगा। वह 'E' अथवा 'O' होगा। अब यदि 'E' को निष्कर्ष रूप में लिया जाता है तो लघु तथा वृहत् दोनों ही पद निष्कर्ष में व्याप्त हो जाते हैं। परन्तु इससे कोई दोष उत्पन्न नहीं होता, चूँकि दोनों ही अपने-अपने आधार-वाक्यों में व्याप्त है। अतः EAE, जिसका तकनीकी नाम है 'Celarent' (सेलारेन्ट), प्रथम आकार का एक वैध योग है।

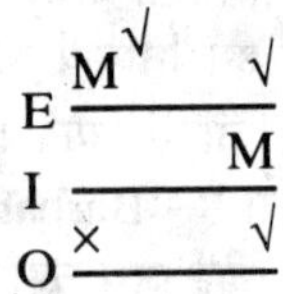

(6) EI—चूँकि एक आधार-वाक्य निषेधात्मक है तथा दूसरा अंशव्यापी इसलिए निष्कर्ष अंशव्यापी निषेधात्मक, यानी, 'O' होगा। 'O' का विधेय व्याप्त रहता है। इसका मतलब है कि निष्कर्ष में वृहत् पद व्याप्त है। परंतु इससे कोई दोष उत्पन्न नहीं होता, चूँकि वृहत् आधार-वाक्य के 'E' होने के कारण वृहत् पद वहाँ भी व्याप्त है। अनुचित लघु पद के दोष का सवाल ही पैदा होता तथा मध्यवर्ती पद भी वृहत् आधार-वाक्य में व्याप्त है ही इसलिए अव्याप्त मध्यवर्ती पद दोष भी यहाँ नहीं होगा। अतः EIO, जिसका तकनीकी नाम है 'Ferio' (फेरिओ), प्रथम आकार का एक वैध योग है।

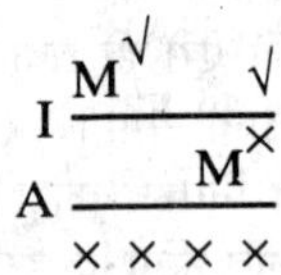

(7) IA—इससे कोई निष्कर्ष सम्भव नहीं है चूँकि मध्यवर्ती पद दोनों ही आधार-वाक्यों में अव्याप्त रह जाता है।

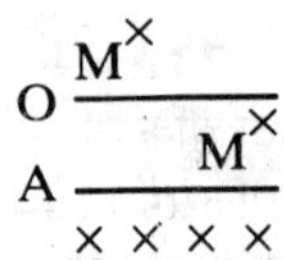

(8) OA—यहाँ भी मध्यवर्ती पद दोनों में अव्याप्त रह जाता है। अतः कोई निष्कर्ष सम्भव नहीं है।

इस प्रकार प्रथम आकार में चार वैध योग हुए—Barbara (AAA), Celarant (EAE), Darii (AII) तथा Ferio (EIO)।

(ख) द्वितीय आकार के वैध योग (*Valid moods of the second figure*)—इस आकार में जैसा हम जानते हैं, मध्यवर्तीपद दोनों ही आधार-वाक्यों में विधेय के स्थान पर रहता है। अब हम आठो योगों में से प्रत्येक को लेकर देखें कि किससे-किससे वैध रूप से निष्कर्ष प्राप्त हो सकता है।

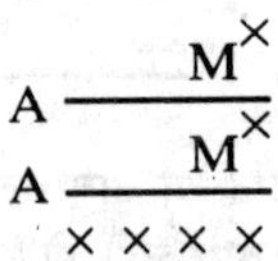

(1) AA—इस योग से तो स्पष्ट ही द्वितीय आकार में कोई वैध निष्कर्ष प्राप्त नहीं हो सकता चूँकि दोनों ही आधार वाक्यों के 'A' होने के कारण मध्यवर्ती पद दोनों में अव्याप्त रह जाता है।

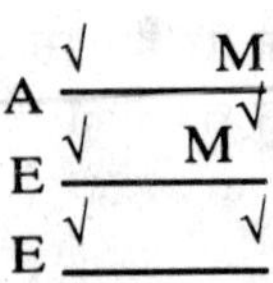

(2) AE—चूँकि एक आधार-वाक्य निषेधात्मक है, इसलिए निष्कर्ष निषेधात्मक होगा। अब यदि इसे हम 'E' लें तो इसमें वृहत् तथा लघु दोनों पद व्याप्त हो जाते हैं। परन्तु फिर भी कोई दोष न्याय

में नहीं उत्पन्न होता, चूँकि ये दोनों ही पद अपने-अपने आधार-वाक्यों में भी व्याप्त हैं। मध्यवर्ती पद भी एक बार लघु आधार-वाक्य में व्याप्त हो जाता है। अतः AE से वैध रूप से 'E' निष्कर्ष निकाला जा सकता है। इसका मतलब है कि AEE द्वितीय आकार का एक वैध योग है। इसका तकनीकी नाम है 'Camestres' (कामेस्ट्रेस)।

(3) AI — इस योग में स्पष्टतः मध्यवर्ती पद दोनों आधार-वाक्यों में अव्याप्त है। इसलिए कोई वैध निष्कर्ष सम्भव नहीं है।

A ——— M×
I ——— M×
× × × ×

(4) AO — चूँकि यहाँ एक आधार-वाक्य अंशव्यापी तथा निषेधात्मक है, इसलिए निष्कर्ष अंशव्यापी निषेधात्मक अर्थात् 'O' होगा। निष्कर्ष में वृहत् पद व्याप्त हो जाता है, परन्तु वह वृहत् आधार-वाक्य में भी व्याप्त है। इसलिए कोई दोष उत्पन्न नहीं होता। मध्यवर्ती पद भी लघु आधार-वाक्य में व्याप्त है 'O' का विधेय होने के कारण। अतः AOO, जिसका तकनीकी नाम है 'Baroco' (बारोको), द्वितीय आकार का एक वैध योग है।

A √ ——— M
O ——— M√
O √ ——— √

E √ ——— M√
A √ ——— M
E √ ——— √

(5) EA — एक आधार-वाक्य निषेधात्मक है, इसलिए निष्कर्ष निषेधात्मक होगा। यदि निष्कर्ष को 'E' लिया जाए तो वृहत् तथा लघु दोनों ही पद इसमें व्याप्त हो जाते हैं। परन्तु ये दोनों अपने-अपने आधार-वाक्यों में भी व्याप्त हैं, इसलिए कोई दोष पैदा नहीं होता। मध्यवर्ती पद भी एक बार वृहत् आधार-वाक्य में व्याप्त है। इसलिए EAE, अर्थात् Cesare (सेसारे), द्वितीय आकार का एक वैध योग है।

(6) EI — चूँकि एक आधार-वाक्य निषेधात्मक है तथा एक अंशवयापी इसलिए निष्कर्ष निषेधात्मक अर्थात् 'O' होगा। निष्कर्ष 'O' होने से वृहत् पद उसमें व्याप्त हो जाता है। परन्तु इससे कोई दोष उत्पन्न नहीं होता, चूँकि यह पद वृहत् आधार-वाक्य में भी व्याप्त हैं। फिर मध्यवर्ती पद भी वृहत् आधार-वाक्य में व्याप्त है। अनुचित लघु पद के दोष का कोई सवाल ही पैदा नहीं होता। अतः EIO, जिसका तकनीकी नाम है Festino (फेस्टिनो), द्वितीय आकार का एक वैध योग है।

E √ ——— M√
I ——— M
O × ——— √

I √ ——— M×
A ——— M×
× × × ×

(7) IA — इसमें चूँकि मध्यवर्ती पद एक बार भी व्याप्त नहीं है, इसलिए कोई निष्कर्ष नहीं होगा।

(8) OA — यहाँ मध्यवर्ती पद तो एक बार वृहत् आधार-वाक्य में व्याप्त है, परन्तु फिर भी वैध रूप से निष्कर्ष नहीं निकल सकेगा। कारण यह है कि एक आधार-वाक्य के निषेधात्मक होने से निष्कर्ष निषेधात्मक होगा और उसमें विधेय, यानी, वृहत् पद व्याप्त हो जाएगा जो वृहत् आधार-वाक्य में 'O' का उद्देश्य होने के कारण अव्याप्त है। इस प्रकार निष्कर्ष निकालने से अनुचित वृहत् पद का दोष हो जाएगा।

O × ——— M√
A ——— M
Neg ——— √

इस प्रकार द्वितीय आकार में भी चार वैध योग हुए — Baroco (AOO), Festino (EIO), Camestres (AEE) तथा Cesare (EAE)।

(ग) तृतीय आकार के वैध योग *(Valid moods of the third figure)*—तृतीय आकार में यह ध्यान में रखते हुए कि मध्यवर्ती पद का स्थान दोनों ही आधार-वाक्यों में उद्देश्य में रहता है हम आठों योगों की स्थिति देखे।

(1) AA—यहाँ चूँकि दोनों ही आधार-वाक्य भावात्मक हैं इसलिए कोई भी सम्भव निष्कर्ष भावात्मक ही होगा – 'A' अथवा 'I'। परन्तु निष्कर्ष को 'A' लेने से अनुचित लघु पद का दोष हो जाएगा। 'I' को निष्कर्ष के रूप में लेने से कोई दोष नहीं होता। इस स्थिति में अनुचित लघु अथवा वृहत् पद का दोष होने का सवाल ही नहीं है और मध्यवर्ती पद तो दोनों आधार-वाक्यों में व्याप्त है। अतः AAI, जिसे 'Darapti' (डाराप्टी) नाम दिया जाता है, तृतीय आकार का एक वैध योग है।

A M√ ———
A M√ ———
I ——— ×

(2) AE—इस योग से कोई वैध निष्कर्ष यहाँ सम्भव नहीं है चूँकि यदि कोई निष्कर्ष होगा तो वह निषेधात्मक होगा जिसका विधेय यानी वृहत् पद व्याप्त होगा जो वृहत् आधार-वाक्य में 'A' के विधेय होने के कारण अव्याप्त है। अतः निष्कर्ष निकालने की चेष्टा में अनुचित वृहत् पद का दोष हो जाएगा।

A M ——— ×
E M ———
Neg. ——— ×

(3) AI—इसमें चूँकि दोनों आधार-वाक्य भावात्मक हैं इसलिए निष्कर्ष भावात्मक होगा। फिर चूँकि एक आधार-वाक्य अंशव्यापी है इसलिए निष्कर्ष अंशव्यापी होगा। अतः निष्कर्ष अंशव्यापी भावात्मक अर्थात् 'I' होगा। 'I' निष्कर्ष लेने से अनुचित वृहत् या लघु पद के दोष होने का प्रश्न ही नहीं है। मध्यवर्ती पद एक बार वृहत् आधार-वाक्य में व्याप्त है ही। इसलिए 'I' को निष्कर्ष रूप में लेने से यहाँ कोई दोष पैदा नहीं होता। अतः AII, जिसे Datisi (डाटीसी) नाम दिया जाता है, तृतीय आकार का एक वैध योग है।

A M√ ——— ×
I M ———
I × ——— ×

(4) AO—इस योग से तृतीय आकार में कोई वैध निष्कर्ष नहीं हो सकता चूँकि यदि कोई निष्कर्ष होगा तो वह O होगा और उसका विधेय यानी वृहत् पद व्याप्त हो जाएगा जो वृहत् आधार-वाक्य में अव्याप्त है – 'A' का विधेय होने के कारण।

A M ——— ×
O M ———
Neg ——— √

(5) EA—चूँकि एक आधार-वाक्य निषेधात्मक है, इसलिए निष्कर्ष निषेधात्मक होगा। अब यदि इस निषेधात्मक निष्कर्ष को 'E' रखा जाए तो न्याय में अनुचित लघु पद का दोष हो जाएगा। इसलिए निष्कर्ष को 'O' लेना पड़ेगा। और 'O' निष्कर्ष लेने से कोई दोष भी नहीं होता। इस प्रकार EAO, जिसे 'Felapton' (फेलाप्टोन) नाम दिया जाता है, तृतीय आकार का एक वैध योग है।

E M√ ——— √
A M√ ———
O × ——— √

(6) EI—यहाँ यदि कोई निष्कर्ष होगा तो वह अंशव्यापी होगा चूँकि एक आधार-वाक्य अंशव्यापी है और निषेधात्मक भी होगा चूँकि एक आधार-वाक्य निषेधात्मक भी है। अतः निष्कर्ष 'O' होगा। निष्कर्ष 'O' होने से वृहत् पद व्याप्त हो जाएगा। परन्तु वृहत् पद वृहत् आधार-वाक्य में भी व्याप्त है। अतः दोष नहीं होता। अन्य

E M√ ——— √
I M ———
O × ——— √

कोई दोष भी उत्पन्न नहीं होता। अतः EIO, जिसे तकनीकी रूप में 'Ferison' (फेरीसोन) की संज्ञा दी जाती है, तृतीय आकार का एक वैध योग है।

(7) IA— चूँकि दोनों आधार-वाक्य भावात्मक है और एक अंशव्यापी है, इसलिए कोई भी निष्कर्ष अंशव्यापी भावात्मक अर्थात् 'I' होगा। 'I' निष्कर्ष होने से किसी दोष की कोई सम्भावना वर्तमान स्थिति में नहीं रहती चूँकि अनुचित वृहत् अथवा लघु पद का प्रश्न ही नहीं रहता और मध्यवर्ती पद एक बार लघु आधार-वाक्य में व्याप्त है ही। अतः IAI, यानी, 'Disamis' (डीसामीस) तृतीय आकार का एक वैध योग सिद्ध होता है।

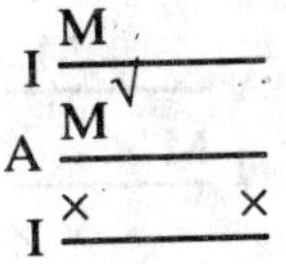

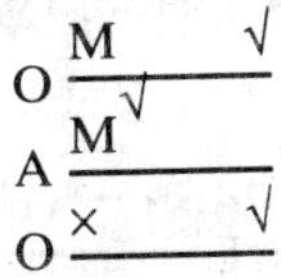

(8) OA— यदि कोई निष्कर्ष होगा तो वह 'O' होगा। इस प्रकार निष्कर्ष में वृहत् पद व्याप्त हो जाएगा। परन्तु इससे कोई दोष उत्पन्न नहीं होता चूँकि वृहत् पद वृहत् आधार वाक्य में भी 'O' का विधेय होने के कारण व्याप्त है। मध्यवर्ती पद एक बार लघु आधार-वाक्य में व्याप्त है ही। अतः OAO यानी, 'Bocardo' (बोकार्डो) तृतीय आकार का एक वैध योग सिद्ध होता है।

इस प्रकार तृतीय आकार में कुल मिलाकर छः वैध योग हुए— Darapti (AAI), Datisi (AII), Disiamis (IAI) Felapton (EAO), Bocardo (OAO) तथा Ferison (EIO)।

(घ) चतुर्थ आधार के वैध योग (*Valid moods of the fourth figure*)— चतुर्थ आकार में मध्यवर्ती पद वृहत् आधार-वाक्य में विधेय तथा लघु आधार-वाक्य में उद्देश्य के स्थान पर रहता है। इसी बात को ध्यान में रखकर हमें उपर्युक्त आठों योगों की स्थिति को इस आकार में देखना पड़ेगा।

(1) AA— यदि कोई निष्कर्ष होगा तो वह भावात्मक होगा – 'A' अथवा 'I'। 'A' निष्कर्ष नहीं हो सकता चूँकि उस स्थिति में निष्कर्ष में लघु पद व्याप्त हो जाएगा जो लघु आधार-वाक्य में व्याप्त नहीं है। फलतः अनुचित लघु पद का दोष हो जाएगा। 'I' को निष्कर्ष रूप में लेने से कोई दोष उत्पन्न नहीं होता। अनुचित वृहत् अथवा लघु पद का तो सवाल ही नहीं है और मध्यवर्ती पद भी एक बार लघु आधार-वाक्य में व्याप्त है। अतः 'I' निष्कर्ष लिया जा सकता है। और इस प्रकार AAI, जिसे 'Bramantip' (ब्रामान्टीप) नाम दिया जाता है, चतुर्थ आकार का वैध योग सिद्ध होता है।

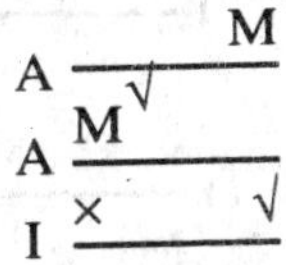

(2) AE— यहाँ यदि कोई निष्कर्ष होगा तो वह अवश्य ही निषेधात्मक होगा। निषेधात्मक निष्कर्ष के रूप में 'E' को भी लेने पर कोई दोष नहीं होता। वृहत् तथा लघु पद निष्कर्ष में व्याप्त अवश्य हो जाते हैं परन्तु उससे कोई हर्ज नहीं होता चूँकि ये अपने-अपने आधार-वाक्यों में भी व्याप्त हैं। मध्यवर्ती पद एक बार लघु आधार-वाक्य में व्याप्त है ही। अतः AEE, जिसे 'Camenes' (कामेनेस) नाम दिया जाता है, चतुर्थ आकार का एक वैध योग है।

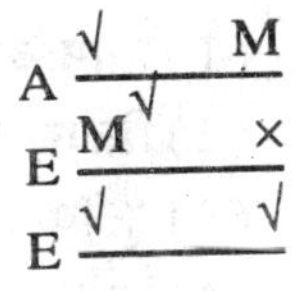

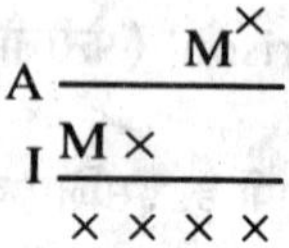

(3) AI — स्पष्टतः इससे कोई वैध निष्कर्ष नहीं प्राप्त किया जा सकता चूँकि मध्यवर्ती पद दोनों ही आधार-वाक्यों में अव्याप्त रह जाता है।

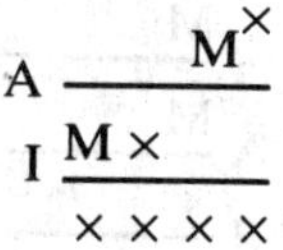

(4) AO — इसमें भी मध्यवर्ती पद दोनों आधार-वाक्यों में अव्याप्त रह जाता है। अतः कोई वैध निष्कर्ष सम्भव नहीं है।

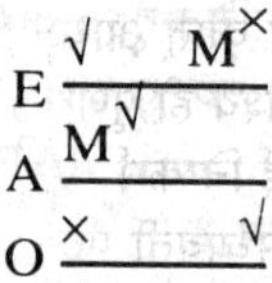

(5) EA — एक आधार-वाक्य निषेधात्मक है इसलिए निष्कर्ष निषेधात्मक होगा – E अथवा O। 'E' निष्कर्ष नहीं लिया जा सकता चूँकि वैसा करने से अनुचित लघु पद का दोष हो जाता है। अतः निष्कर्ष 'O' होगा। और 'O' को निष्कर्ष रूप में लेने से कोई दोष भी उत्पन्न नहीं होता। इसीलिए EAO, यानी, Fesapo (फेसापो) को चतुर्थ आकार के वैध योग के रूप में लिया जा सकता है।

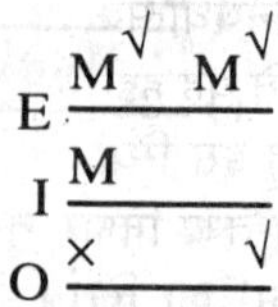

(6) EI — यहाँ एक आधार-वाक्य अंशव्यापी है और एक निषेधात्मक, इसलिए निष्कर्ष अंशव्यापी निषेधात्मक, यानी, 'O' होगा। निष्कर्ष 'O' होने से वृहत् पद निष्कर्ष में व्याप्त हो जाता है, परन्तु वह वृहत् आधार-वाक्य में भी व्याप्त है। अतः कोई दोष नहीं होता। मध्यवर्ती पद भी वृहत् आधार-वाक्य में व्याप्त है ही। इसलिए EIO, यानी, Fresison (फ्रेसीसोन) चतुर्थ आकार का वैध योग है।

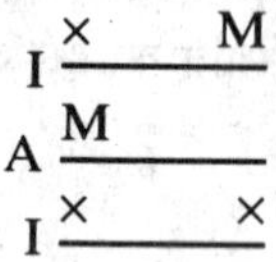

(7) IA — यहाँ निष्कर्ष अंशव्यापी भावात्मक यानी 'I' होगा। I निष्कर्ष होने से अनुचित वृहत् अथवा लघु पद का दोष हो ही नहीं सकता। मध्यवर्ती पद भी लघु आधार-वाक्य में व्याप्त है। अतः कोई दोष नहीं होता इसलिए IAI, यानी, 'Dimaris' (डीमारीस) चतुर्थ आकार का वैध योग है।

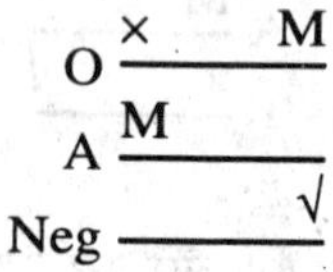

(8) OA — यहाँ यदि कोई निष्कर्ष होगा तो वह अंशव्यापी निषेधात्मक अर्थात् 'O' होगा जिसमें वृहत् पद व्याप्त हो जाएगा। परन्तु यह वृहत् आधार-वाक्य का। 'O' उद्देश्य होने के कारण अव्याप्त है। अतः निष्कर्ष निकालने से अनुचित वृहत् पद का दोष हो जाएगा।

इस प्रकार चतुर्थ आकार में निम्नलिखित पाँच वैध योग हुए — Barmantip (AAI), Camenes (AEE), Dimaris (IAI), Fesapo (EAO) तथा Fresison (EIO)।

चारों आकारों में सब मिलाकर इस प्रकार निम्नलिखित 19 वैध योग हुए :—

(1) प्रथम आकार — Barbara, Celarent, Darii, Ferio.

(2) द्वितीय आकार — Baroco, Festino, Camestres, Cesare.

(3) तृतीय आकार — Darapti, Datisi, Disamis, Felapton, Bocardo, Fersion.

(4) चतुर्थ आकार — Bramantip, Camenes, Dimaris, Fesapo, Frsison.

(8) आकारों से सम्बन्धित न्याय के कुछ विशिष्ट नियम (*Special syllogistic rules of different figures*)

(क) प्रथम आकार के खास नियम (*Special rules of the first figure*)—

(1) वृहत् आधार-वाक्य को अवश्य पूर्णव्यापी होना चाहिए (*The major premise must be universal*)— यदि वृहत् आधार-वाक्य पूर्णव्यापी नहीं होगा, तो अंशव्यापी होगा। फिर जब वृहत् आधार-वाक्य अंशव्यापी होगा, तो लघु आधार-वाक्य अवश्य ही पूर्णव्यापी होगा, चूँकि दो अंशव्यापी आधार-वाक्यों से कोई निष्कर्ष नहीं निकलता। अब हम जानते हैं कि प्रथम आकार में मध्यवर्ती पद वृहत् आधार-वाक्य में उद्देश्य तथा लघु आधार-वाक्य में विधेय के स्थान पर रहात है। चूँकि वृहत् आधार-वाक्य अंशव्यापी है, इसलिए मध्यवर्ती पद वहाँ अव्याप्त रह जाएगा। अव्याप्त मध्यवर्ती पद के दोष से बचने के लिए उसे लघु आधार-वाक्य में व्याप्त करना होगा। इसलिए लघु आधार-वाक्य को निषेधात्मक होना पड़ेगा, चूँकि निषेधात्मक तर्कवाक्यों के ही विधेय व्याप्त होते हैं। अब स्थिति यह हुई कि वृहत् आधार-वाक्य अंशव्यापी तथा लघु आधार-वाक्य निषेधात्मक हो गया। परन्तु इस स्थिति में स्पष्टतः कोई वैध निष्कर्ष नहीं निकाला जा सकता, चूँकि एक अंशव्यापी वृहत् तथा निषेधात्मक लघु आधार-वाक्य से कोई निष्कर्ष नहीं निकलता ('न्याय के साधारण नियम' का नियम 10)। अतः हम देखते हैं कि वृहत् आधार-वाक्य को प्रथम आकार में अंशव्यापी ले लेने पर हम कुछ ऐसी स्थिति में फँस जाते हैं कि कोई वैध निष्कर्ष ही सम्भव नहीं हो पाता। इसका मतलब है कि वह अंशव्यापी न होकर पूर्णव्यापी होगा।

M × Part
Neg M √
No Conc. (Rule 10)

(2) लघु आधार-वाक्य को अवश्य ही भावात्मक होना चाहिए (*The minor premise must be affirmative*)— यदि लघु आधार-वाक्य भावात्मक नहीं होगा, तो निषेधात्मक होगा और तब वृहत् आधार-वाक्य अवश्य ही भावात्मक होगा। एक आधार-वाक्य निषेधात्मक होने से निष्कर्ष निषेधात्मक होगा जिसमें वृहत् पद व्याप्त हो जाएगा। परन्तु वृहत् पद वृहत् आधार-वाक्य में भावात्मक तर्कवाक्य ('A' या 'I') का विधेय होने के कारण अव्याप्त है। इसलिए हम देख सकते हैं कि लघु आधार-वाक्य को निषेधात्मक लेने पर स्थिति यह हो जाती है कि न्याय में अनुचित वृहत् पद का दोष हो जाता है। इसका मतलब है कि लघु आधार-वाक्य को निषेधात्मक न होकर भावात्मक होना चाहिए।

M Affirm. ×
Neg M
Neg √

(ख) द्वितीय आकार के खास नियम (*Special rules of the second figure*)—

(1) वृहत आधार-वाक्य को अवश्य ही पूर्णव्यापी होना चाहिए (*The major premise must be universal*)— यदि वृहत् आधार-वाक्य पूर्णव्यापी नहीं होगा तो अंशव्यापी होगा—('I' अथवा 'O')। इस स्थिति में वृहत पद वृहत् आधार-वाक्य में अव्याप्त रह जाएगा, चूँकि द्वितीय आकार में वृहत् पद वृहत् आधार-वाक्य में उद्देश्य के स्थान पर रहता है। अतः अनुचित वृहत् पद के दोष से बचने के लिए वृहत् पद को निष्कर्ष में भी व्याप्त नहीं होना होगा। और ऐसा होने

× Part ×M
\+ Affirm.
Affirm. ×M
× Affirm. ×

के लिए निष्कर्ष को भावात्मक होना पड़ेगा, चूँकि भावात्मक तर्कवाक्यों के ही विधेय व्याप्त नहीं होते। और निष्कर्ष तभी भावात्मक हो सकता है जब दोनों आधार-वाक्य भावात्मक हों। परन्तु दोनों आधार-वाक्यों के भावात्मक होने पर मध्यवर्ती पद एक बार भी व्याप्त नहीं हो पाएगा, चूँकि वह दोनों ही आधार-वाक्यों में विधेय के स्थान पर है। और इस प्रकार हम देखते हैं कि वृहत् आधार-वाक्य को अंशव्यापी लेने पर न्याय में अव्याप्त मध्यवर्ती पद का दोष हो जाता है। इसका मतलब है कि उसे पूर्णव्यापी होना चाहिए।

(2) एक आधारवाक्य को अवश्य ही निषेधात्मक होना चाहिए *(One of the premises must be negative)*— यदि एक आधार-वाक्य निषेधात्मक नहीं होगा तो दोनों भावात्मक हो जाएँगे और उस स्थिति में मध्यवर्ती पद दोनों ही आधार-वाक्यों में अव्याप्त रह जाएँगा चूँकि भावात्मक तर्कवाक्यों के विधेय व्याप्त नहीं होते और द्वितीय आकार में मध्यवर्ती पद दोनों ही आधार-वाक्यों में विधेय के स्थान पर रहता है। अतः अव्याप्त मध्यवर्ती पद का दोष नहीं हो, इसके लिए एक आधार-वाक्य को निषेधात्मक होना जरूरी है।

	Affirm.	M ×
	Affirm.	M ×
	No Concl.	

(ग) तृतीय आकार के खास नियम *(Special rules of the third figure)*—

(1) लघु आधार वाक्य को अवश्य ही भावात्मक होना चाहिए *(The minor premise must be affirmative)*— यदि लघु आधार-वाक्य भावात्मक नहीं होगा तो निषेधात्मक होगा और तब वृहत् आधार-वाक्य भावात्मक हो जाएगा तथा निष्कर्ष निषेधात्मक। निष्कर्ष निषेधात्मक होने से उसमें वृहत् पद व्याप्त हो जाएगा। परन्तु वृहत् पद वृहत् आधार-वाक्य में व्याप्त नहीं है चूँकि यह पद वहाँ विधेय के स्थान पर है और भावात्मक तर्कवाक्यों के विधेय व्याप्त नहीं होते। अतः हम देखते हैं कि लघु आधार-वाक्य को निषेधात्मक लेने पर हम ऐसी स्थिति में पहुँच जाते हैं जहाँ अनुचित वृहत् पद का दोष हो जाता है। अतः लघु आधार-वाक्य निषेधात्मक न होकर भावात्मक होगा।

M	Affirm.	×
M	Neg	
	Neg	√

(2) निष्कर्ष को अवश्य ही अंशव्यापी होना चाहिए *(The conclusion must be particular)*— यदि निष्कर्ष अंशव्यापी नहीं होगा तो अवश्य ही पूर्णव्यापी होगा – 'A' अथवा 'E'। यदि वह 'A' होगा तो दोनों आधार-वाक्य भी अवश्य ही 'A' होंगे। फिर निष्कर्ष

(1)			(2) a			(2) b		
A	M		A	M		E	M	
A	M	×	E	M	√	A	M	×
A	√		E	√	√	E	√	√

के 'A' होने से लघु पद उसमें व्याप्त हो जाएगा जो लघु आधार-वाक्य में 'A' के विधेय होने के कारण अव्याप्त है। अतः 'A' निष्कर्ष होने से अनुचित लघु पद का दोष हो जाएगा। यदि निष्कर्ष 'E' होगा तो उसमें वृहत् तथा लघु दोनों पद व्याप्त हो जाएँगे जिन्हें आधार-वाक्यों में भी व्याप्त होना चाहिए। आधार-वाक्यों में से एक को 'A' तथा दूसरे को 'E' होना पड़ेगा

और इस प्रकार उनमें तीन पद व्याप्त होंगे। परन्तु इनमें से दो तो मध्यवर्ती पद ही होंगे चूँकि दोनों आधार-वाक्यों में उद्देश्य के स्थान पर रहने के कारण वह दोनों में व्याप्त होगा। अतः इस स्थिति में अनुचित लघु पद या अनुचित वृहत् पद के दोषों में से कोई एक हो जाएगा। इस प्रकार निष्कर्ष पूर्णव्यापी लेने से दोनों ही स्थितियो में न्याय दोषपूर्ण हो जाता है। इसका मतलब है कि निष्कर्ष अंशव्यापी होगा।

(घ) चतुर्थ आकार के खास नियम *(Special rules of the fourth figure)*—

(1) यदि वृहत् आधार-वाक्य भावात्मक हो तो लघु आधार-वाक्य अवश्य ही पूर्णव्यापी होगा *(If the major premise be affirmative the minor must be universal.)* —चतुर्थ आकार में मध्यवर्ती पद वृहत् आधारवाक्य में विधेय के स्थान पर रहता है। अतः यदि वृहत् आधार-वाक्य भावात्मक है तो मध्यवर्ती पद उसमें अव्याप्त रह जाता है। इसलिए अब उसे लघु आधार-वाक्य में अवश्य ही व्याप्त होना चाहिए। लघु आधार-वाक्य में मध्यवर्ती पद चतुर्थ आकार में उद्देश्य में रहता है और उद्देश्य सिर्फ पूर्णव्यापी तर्कवाक्यों का ही व्याप्त होता है, इसलिए लघु आधार-वाक्य को अवश्य ही पूर्णव्यापी होना चाहिए, अन्यथा अव्याप्त मध्यवर्ती पद का दोष हो जाएगा।

Affirm	× M	Major Premise
√ M	univ.	Minor Premise

(2) यदि लघु आधार-वाक्य भावात्मक हो, तो निष्कर्ष अवश्य ही अंशव्यापी होगा *(If the minor premise be affirmative, the conclusion must be particular)*—लघु आधार-वाक्य के भावात्मक होने का अर्थ है कि लघु पद उसमें अव्याप्त है, चूँकि चतुर्थ आकार में लघु पद लघु आधार-वाक्य का विधेय होता है। इसलिए लघु पद को निष्कर्ष में भी व्याप्त नहीं होना चाहिए जो तभी हो सकता है जब निष्कर्ष अंशव्यापी हो। अंशव्यापी तर्कवाक्य ही अपने उद्देश्य को व्याप्त नहीं करते।

M	Affirm	×	Major Premise
×	Part		Concl.

(3) यदि कोई भी आधार-वाक्य निषेधात्मक हो, तो वृहत् आधार-वाक्य अवश्य ही पूर्णव्यापी होगा *(If either premise be negative, the major premise must be universal.)*—किसी भी एक आधार-वाक्य के निषेधात्मक होने से दूसरा अवश्य ही भावात्मक होगा और

(1)

√	Neg. univ.	×
M	Affirm	
	Neg.	√

(2)

√	Affirm univ.	M
M	Neg.	
	Neg.	√

निष्कर्ष निषेधात्मक होगा। निष्कर्ष निषेधात्मक होने से उसमें वृहत् पद व्याप्त हो जाएगा। इसलिए इसे वृहत् आधार-वाक्य में भी व्याप्त होना चाहिए। वृहत् आधार-वाक्य में वृहत् पद चतुर्थ आकार में उद्देश्य की जगह पर रहता है और उद्देश्य सिर्फ पूर्णव्यापी तर्कवाक्यों के ही व्याप्त होते हैं। इसलिए किसी भी आधार-वाक्य के निषेधात्मक होने से वृहत् आधार-वाक्य को पूर्णव्यापी होना पड़ेगा।

(9) न्यायिक अनुमान-सम्बन्धी कुछ उप-नियम *(Certain sub-rules regarding syllogistic inference)*

(1) यदि किसी न्याय का निष्कर्ष पूर्णव्यापी हो, तो मध्यवर्ती पद आधार-वाक्यों में एक ही बार व्याप्त हो सकता है *(If the conclusion of a syllogism be universal, its middle term can be distributed only once in the premises)*— पूर्णव्यापी निष्कर्ष 'A' अथवा 'E' होगा। यदि निष्कर्ष 'A' है तो दोनों आधार-वाक्य भी 'A' होंगे जिनमें दोनों को मिलाकर दो पद व्याप्त होंगे। इनमें से एक पद को अवश्य ही लघु पद होना चाहिए चूँकि निष्कर्ष के 'A' होने से लघु पद उसमें व्याप्त हो जाता है और इसलिए यदि वह अपने आधार-वाक्य में भी व्याप्त नहीं होगा, तो अनुचित लघु पद का दोष हो जाएगा। इस प्रकार स्पष्टतः मध्यवर्ती पद को आधार-वाक्यों में एक ही बार व्याप्त होने का मौका मिलेगा।

A √ ______
A √ ______
A √ ______

फिर यदि निष्कर्ष 'E' है तो आधार-वाक्यों में से एक 'A' और दूसरा 'E' होगा और इस प्रकार आधार-वाक्यों में कुल मिलाकर तीन पद व्याप्त होंगे। इन तीनों पदों में से दो को तो वृहत् तथा लघु पद होना पड़ेगा, चूँकि निष्कर्ष के 'E' होने से दोनों ही उसमें व्याप्त है और इसलिए यदि वे आधार वाक्यो में भी व्याप्त नहीं होते तो न्याय में अनुचित प्रक्रिया का दोष हो जाएगा। और इस प्रकार स्पष्टतः मध्यवर्ती पद को फिर एक ही बार व्याप्त होने का मौका मिमता है।

A/E √ ______
√ √
A/E √ ______ √
√
E √ ______ √

इस प्रकार यह प्रमाणित हो जाता है कि किसी भी न्याय में निष्कर्ष के पूर्णव्यापी होने पर मध्यवर्ती पद एक ही बार व्याप्त हो सकता है।

(2) यदि किसी न्याय में मध्यवर्ती पद दोनों ही आधार-वाक्यो में व्याप्त हो तो फिर निष्कर्ष पूर्णव्यापी नहीं हो सकता *(If in a Syllogism the middle term is distributed in both the premises, the conclusion cannot be universal)*— यदि निष्कर्ष पूर्णव्यापी होगा, तो वह 'A' अथवा 'E' होगा। यदि निष्कर्ष 'A' होगा तो दोनों आधार-वाक्यों को भी 'A' होना पड़ेगा तथा निष्कर्ष में लघु पद व्याप्त हो जाएगा। अब हम देखते हैं कि आधार-वाक्यों में दो पद (दोनों में एक-एक) व्याप्त हैं और यदि मध्यवर्ती पद दोनों आधार-वाक्यों में व्याप्त है (जैसा कि दिया हुआ है) तो ये दोनों व्याप्त पद मध्यवर्ती पद ही होंगे। इसका मतलब है कि लघु पद लघु आधार-वाक्य में अव्याप्त रह जाता है जब कि वह निष्कर्ष में व्याप्त है। इस प्रकार निष्कर्ष 'A' लेने से अनुचित लघु पद का दोष हो जाता है।

यदि निष्कर्ष 'E' हो तो एक आधार-वाक्य को 'A' तथा दूसरे को 'E' होना पड़ेगा और निष्कर्ष में वृहत् तथा लघु दोनों पद व्याप्त हो जाएँगे। आधार-वाक्यों में तीन पद व्याप्त हैं, जिनमें से दो यदि मध्यवर्ती पद ही हों (जैसा दिया हुआ है) तो इसका मतलब होगा कि वृहत् तथा लघु पदों में से कोई एक ही आधार-वाक्य में व्याप्त होगा, जबकि निष्कर्ष में दोनों ही व्याप्त है। इस प्रकार 'E' को निष्कर्ष रूप में लेने पर न्याय में या तो अनुचित वृहत् पद या अनुचित लघु पद का दोष हो जाएगा।

अतः यह सिद्ध हो जाता है कि मध्यवर्ती पद यदि दोनों आधार-वाक्यों में व्याप्त हो तो निष्कर्ष न तो 'A' और न 'E' हो सकता है अर्थात् पूर्णव्यापी नहीं हो सकता।

(3) यदि किसी न्याय में लघु आधार-वाक्य निषेधात्मक हो तो मध्यवर्ती पद एक ही बार व्याप्त हो सकता है *(If the minor premise of a syllogism be negative, the middle term can be distributed but once.)*— लघु आधार-वाक्य के निषेधात्मक होने से वृहत् आधार-वाक्य अवश्य ही भावात्मक होगा तथा निष्कर्ष निषेधात्मक होगा। निष्कर्ष के निषेधात्मक होने से वृहत् पद उसमें व्याप्त होगा और इसलिए उसे वृहत् आधार-वाक्य में भी व्याप्त होना पड़ेगा। वृहत् आधार-वाक्य भावात्मक है, इसलिए अधिक-से-अधिक उसमें एक ही पद व्याप्त होगा जो वृहत् पद होगा। इस प्रकार मध्यवर्ती पद को अब सिर्फ लघु आधार-वाक्य में ही व्याप्त होने का मौका रह जाता है। अतः यह सिद्ध हो जाता है कि यदि लघु आधार-वाक्य निषेधात्मक होगा, तो मध्यवर्ती पद एक ही बार व्याप्त हो सकता है।

		×
√	Affirm	M
	Neg	
	Neg	√

(4) यदि किसी न्याय का वृहत् पद अपने आधार-वाक्य में विधेय के स्थान पर हो, तो लघु आधार-वाक्य अवश्य ही भावात्मक होगा *(If the major term of a syllogism be the predicate of its premise, the minor premise must be affirmative)*— यदि वृहत् पद अपने आधार-वाक्य में विधेय के स्थान पर होगा, तो वह या तो व्याप्त होगा या अव्याप्त। यदि वह व्याप्त होगा तो इसका मतलब होगा कि वृहत् आधार-वाक्य अवश्य ही निषेधात्मक है, चूँकि निषेधात्मक वाक्य ही अपने विधेय को व्याप्त करते हैं। अतः लघु आधार-वाक्य अवश्य ही भावात्मक होगा, चूँकि दो निषेधात्मक आधार-वाक्यों से कोई निष्कर्ष नहीं निकल सकता। फिर यदि वह अव्याप्त होगा तो उसे निष्कर्ष में भी व्याप्त नहीं होना चाहिए। और इसके लिए आवश्यक है कि निष्कर्ष निषेधात्मक न होकर भावात्मक हो। परन्तु भावात्मक निष्कर्ष तभी हो सकता है जब दोनों आधार-वाक्य भावात्मक हों। और इसका अर्थ है कि लघु आधार-वाक्य भी भावात्मक होगा।

इस प्रकार यह सिद्ध हो जाता है कि यदि वृहत् पद अपने आधार-वाक्य में विधेय के स्थान पर होगा, तो लघु आधार-वाक्य अवश्य ही भावात्मक होगा।

(5) यदि किसी न्याय का एक आधार-वाक्य 'O' हो तो मध्यवर्ती पद दोनों ही आधार-वाक्यों में एक ही स्थान पर होगा *(If either premise of a syllogism be 'O', the middle term must occupy the same position in both the premises)*— यदि किसी न्याय का एक आधार-वाक्य 'O' हो, तो दूसरा अवश्य ही 'A' होगा और निष्कर्ष 'O' होगा। निष्कर्ष 'O' होने से वृहत् पद उसमें व्याप्त हो जाएगा। इसलिए वृहत् पद को वृहत् आधार-वाक्य में व्याप्त होना चाहिए। यदि वृहत् आधार-वाक्य 'A' है तो वृहत् पद को उसमें उद्देश्य के स्थान पर होना चाहिए और तब स्पष्टतः मध्यवर्ती पद विधेय के स्थान पर होगा। अब चूँकि मध्यवर्ती पद इसमें अव्याप्त रह जाता है इसलिए इसे लघु आधार-वाक्य में अवश्य ही व्याप्त होना चाहिए। लघु आधार-वाक्य 'O' है जिसका विधेय व्याप्त रहता है। अतः मध्यवर्ती पद लघु आधार-वाक्य में भी विधेय के स्थान पर रहेगा। और इस प्रकार हम देखते हैं कि लघु आधार-वाक्य के 'O' होने पर मध्यवर्ती पद दोनों ही आधार-वाक्यों में एक ही स्थान पर (विधेय में) रहता है।

अब यदि वृहत् आधार-वाक्य 'O' हो तो लघु आधार-वाक्य A होगा। चूँकि वृहत् पद को वृहत् आधार-वाक्य में व्याप्त रहना है, इसलिए वह विधेय में होगा। और इस प्रकार मध्यवर्ती पद उसमें उद्देश्य के स्थान पर रहेगा और अव्याप्त रह जाएगा। इसलिए उसे लघु आधार-

वाक्य में अवश्य ही व्याप्त होना चाहिए। इसका मतलब है कि लघु आधार-वाक्य में भी उसे उद्देश्य के स्थान पर ही रहना पड़ेगा, चूँकि 'A' का उद्देश्य ही व्याप्त रहता है। इस प्रकार फिर मध्यवर्ती पद का स्थान दोनों ही आधार-वाक्यों में एक ही (उद्देश्य) रहता है।

इस प्रकार यह सिद्ध हो जाता है कि यदि दोनों आधार वाक्यों में से कोई भी 'O' हो तो मध्यवर्ती पद दोनों आधार-वाक्यों में एक ही स्थान पर रहेगा।

(6) यदि किसी न्याय का लघु आधार-वाक्य निषेधात्मक हो तो वृहत् आधार-वाक्य अवश्य ही पूर्णव्यापी होगा (*If the minor premise fo a syllogism is negative, the major must be universal, or, A negative minor premise in a syllogism necessitates a universal major*)—यदि लघु आधार-वाक्य निषेधात्मक हो तो वृहत् आधार-वाक्य अवश्य ही भावात्मक होगा तथा निष्कर्ष निषेधात्मक। निष्कर्ष निषेधात्मक होने से वृहत् पद उसमें व्याप्त हो जाएगा। इसलिए इसे वृहत् आधार-वाक्य में भी व्याप्त होना चाहिए। वृहत् आधारवाक्य भावात्मक है। अब यदि इस भावात्मक आधारवाक्य को हम 'I' ले लें तो इसमें कोई पद व्याप्त नहीं होगा। इसका मतलब है कि वृहत् आधार-वाक्य 'A' होगा, जो पूर्णव्यापी हैं।

√ Affirm A
univ
Neg
Neg √

इस प्रकार यह सिद्ध हो जाता है कि लघु आधार-वाक्य के निषेधात्मक होने पर वृहत् आधार-वाक्य अवश्य ही पूर्णव्यापी होगा।

(7) यदि किसी न्याय का निष्कर्ष 'A' हो तो वह अवश्य ही प्रथम आकार में होगा (*If the conclusion of a syllogsim be 'A' it must be in the first figure, or, 'A' can be proved as a conclusion only in the first figure*)—निष्कर्ष 'A' होने से उसमें लघु पद व्याप्त हो जाएगा। इसलिए उसे लघु आधार-वाक्य में भी व्याप्त होना चाहिए। निष्कर्ष 'A' होने के कारण दोनों ही आधार-वाक्य 'A' होंगे। 'A' का सिर्फ उद्देश्य व्याप्त रहता है इसलिए लघु पद लघु आधार-वाक्य में अवश्य ही उद्देश्य के स्थान पर होगा। इसका मतलब है कि मध्यवर्ती पद लघु आधार-वाक्य में विधेय के स्थान पर होगा और अव्याप्त रह जाएगा। इसलिए इसे वृहत् आधार-वाक्य में अवश्य ही व्याप्त होना चाहिए। वृहत् आधार-वाक्य भी 'A' है जिसका उद्देश्य व्याप्त रहता है। इसलिए मध्यवर्ती पद वृहत् आधार-वाक्य में उद्देश्य के स्थान पर रहेगा। इस प्रकार निष्कर्ष 'A' होने पर मध्यवर्ती पद का स्थान वृहत् आधार-वाक्य में उद्देश्य तथा लघु आधार-वाक्य में विधेय में होना जरूरी है जो प्रथम आकार में ही होता है। इसलिए यह सिद्ध हो जाता है कि यदि किसी न्याय का निष्कर्ष 'A' होगा तो वह प्रथम आकार में ही होगा।

A M√ ——
A √ M× ——
A √ ——

(8) प्रथम आकार के किसी भी न्याय . 'O' आधार-वाक्य नहीं हो सकता (*'O' cannot be a premise in a syllogism of the first figure*)—यदि 'O' आधार-वाक्य होगा, तो वह या तो वृहत् आधार-वाक्य होगा या लघु आधार-वाक्य। यदि 'O' वृहत् आधार-वाक्य होगा, तो 'A' लघु आधार वाक्य हो जाएगा। अब चूँकि प्रथम आकार में मध्यवर्ती पद वृहत् आधार-वाक्य में उद्देश्य तथा लघु आधार-वाक्य में विधेय के स्थान पर रहता है, इसलिए उपर्युक्त स्थिति में वह दोनों ही आधार-वाक्यों में अव्याप्त रह जाएगा और न्याय में दोष हो जाएगा।

O M√ ——
A M× ——
× × × ×

फिर यदि 'O' लघु आधार-वाक्य होगा तो वृहत् आधार-वाक्य 'A' होगा और निष्कर्ष 'O' हो जाएगा जिसमें वृहत् पद वृहत् आधार-वाक्य में 'A' के विधेय होने के कारण अव्याप्त है। इस प्रकार न्याय में अनुचित वृहत् पद का दोष उत्पन्न हो जाता है।

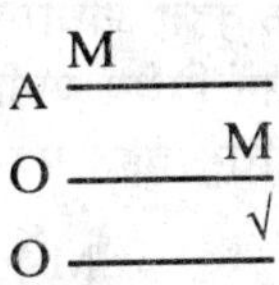

इस प्रकार हम देखते हैं कि प्रथम आकार में 'O' को वृहत् या लघु किसी आधार-वाक्य के रूप में लेने पर न्याय दोषपूर्ण हो जाता है। इसका मतलब है कि 'O' प्रथम आकार में कोई आधार-वाक्य नहीं हो सकता।

(9) द्वितीय आकार के अलावे अन्य किसी आकार में 'O' लघु आधार-वाक्य नहीं हो सकता *('O' cannot be a minor premise in any figure other than the second one)*— प्रथम आकार में 'O' लघु आधार-वाक्य नहीं हो सकता चूँकि जैसा अभी तुरंत ऊपर वाले प्रमाण में दिखलाया गया है, न्याय में अनुचित वृहत् पद का दोष हो जाता है।

तृतीय आकार में इसलिए नहीं हो सकता चूँकि यहाँ 'O' को लघु आधार-वाक्य के रूप में लेने पर वृहत् आधार-वाक्य को 'A' लेना पड़ेगा और निष्कर्ष 'O' हो जाएगा जिसमें वृहत् पद व्याप्त हो जाएगा जब कि वह वृहत् आधार-वाक्य में 'A' के विधेय होने के कारण (उद्देश्य में तो तृतीय आकार में मध्यवर्ती पद रहता है) अव्याप्त रह जाता है। कहने का अर्थ यह हुआ कि तृतीय आकार में 'O' को लघु आधार-वाक्य के रूप में लेने पर न्याय में अनुचित वृहत् पद का दोष हो जाएगा।

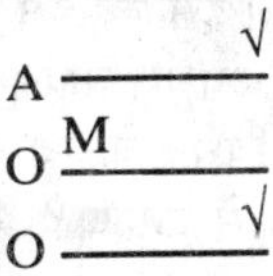

चतुर्थ आकार में 'O' लघु आधार-वाक्य इसलिए नहीं होगा। चूँकि यदि ऐसा होगा तो वृहत् आधार-वाक्य 'A' होगा और मध्यवर्ती पद दोनों ही आधार-वाक्यों में अव्याप्त रह जाएगा। इसका कारण यह है कि 'A' का उद्देश्य व्याप्त रहता है और वृहत् आधार-वाक्य में चतुर्थ आकार में मध्यवर्ती पद विधेय के स्थान पर रहता है और 'O' का विधेय व्याप्त रहता है और जब कि लघु आधार-वाक्य में मध्यवर्ती पद उद्देश्य के स्थान पर है। इस प्रकार इस स्थिति में न्याय में अव्याप्त मध्यवर्ती पद का दोष हो जाएगा।

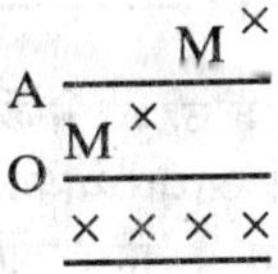

द्वितीय आकार में 'O' लघु आधार-वाक्य हो सकता है, चूँकि ऐसा होने से न्याय में कोई दोष उत्पन्न नहीं होता। कारण यह है कि 'O' के लघु आधार-वाक्य होने से मध्यवर्ती पद तो उसमें व्याप्त हो जाएगा। फिर वृहत् आधार-वाक्य 'A' होगा और निष्कर्ष 'O'। निष्कर्ष 'O' होने से वृहत् पद उसमें व्याप्त होगा, परन्तु वह वृहत् आधार-वाक्य में भी व्याप्त है–'A' का उद्देश्य होने के कारण। अतः कोई दोष नहीं होता।

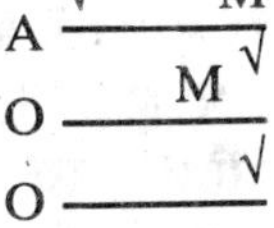

इस प्रकार यह प्रमाणित हो जाता है कि 'O' द्वितीय आकार में लघु आधार-वाक्य हो सकता है, अन्य किसी आकार में नहीं।

(10) चतुर्थ आकार में 'O' कोई आधार-वाक्य नहीं हो सकता ***('O' cannot be a premise in the fourth figure)***— यदि 'O' आधार-वाक्य होगा तो या तो वृहत् आधार-वाक्य या लघु। यदि वह वृहत् आधार वाक्य होगा तो मध्यवर्ती पद उसमें व्याप्त होगा, परन्तु वृहत् पद अव्याप्त रहेगा। लेकिन वृहत् पद निष्कर्ष में व्याप्त हो जाएगा

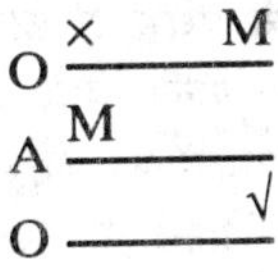

चूँकि वृहत् आधार-वाक्य के 'O' होने से लघु आधार-वाक्य 'A' होगा और निष्कर्ष 'O' होगा जिसमें विधेय यानी वृहत् पद व्याप्त हो जाएगा। अतः 'O' को वृहत् आधार-वाक्य लेने से अनुचित वृहत् पद का दोष हो जाता है।

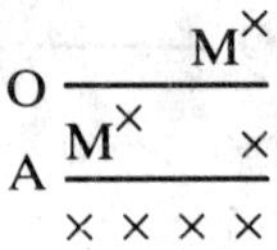

यदि 'O' लघु आधार-वाक्य होगा तो वृहत् आधार-वाक्य 'A' होगा। फलतः मध्यवर्ती पद दोनों आधार-वाक्यों में अव्याप्त रह जाएगा और न्याय में अव्याप्त मध्यवर्ती पद का दोष हो जाएगा।

इसलिए 'O' चतुर्थ आकार में कोई आधार-वाक्य नहीं हो सकता।

(11) सिर्फ तृतीय आकार में ही 'O' वृहत् आधार-वाक्य हो सकता है *('O' can be a major premise only in the third figure)*— 'O' को वृहत् आधार-वाक्य के रूप में लेने पर वैधता का तकाजा यदि यही हो कि न्याय तृतीय आकार और सिर्फ तृतीय आकार में ही होगा, तो यह प्रमाणित हो जाता है कि 'O' सिर्फ तृतीय आकार में ही वृहत् आधार-वाक्य हो सकता है। और यह हम निम्नलिखित रूप में देख सकते हैं।

'O' यदि वृहत् आधार-वाक्य होगा तो लघु आधार-वाक्य अवश्य ही 'A' होगा और निष्कर्ष 'O' होगा। निष्कर्ष 'O' होने से वृहत् पद उसमें व्याप्त हो जाएगा। इसलिए इसे वृहत्

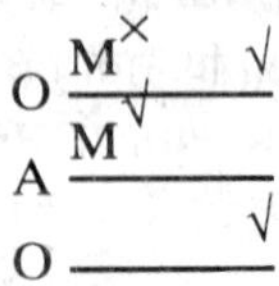

आधार-वाक्य में भी व्याप्त होना चाहिए। वृहत् आधार-वाक्य 'O' है जिसमें वृहत् पद तभी व्याप्त होगा जब वह विधेय के स्थान पर होगा। फलतः मध्यवर्ती पद वृहत् आधार-वाक्य में उद्देश्य के स्थान पर होगा और अव्याप्त रह जाएगा इसलिए अब इसे लघु आधार-वाक्य में अवश्य व्याप्त होना चाहिए। लघु आधार-वाक्य 'A' है जिसके उद्देश्य में ही रहकर मध्यवर्ती पद व्याप्त हो सकता है। इस प्रकार हम देखते हैं कि वृहत् आधार-वाक्य को यदि 'O' लेकर हम वैध ढंग से आगे बढ़ते हैं तो बरबस एक ऐसी स्थिति में पहुँच जाते हैं जो तृतीय आकार की स्थिति है। इससे यह सिद्ध हो जाता है कि 'O' वृहत् वाक्य सिर्फ तृतीय आकार में हो सकता है।

(10) दी हुई शर्तों के आधार पर न्यायों का निर्धारण *(Determination of syllogisms on the basis of certain given conditions)*

(1) उस न्याय का निर्धारण करना जिसमें एक ही पद व्याप्त है और वह भी एक ही बार *(To determine the syllogism in which only one term is distributed and that only once)*— स्पष्ट है कि जब न्याय में एक ही पद व्याप्त है तो वह मध्यवर्त्ती पद ही होगा। अतः निष्कर्ष में कोई पद व्याप्त नहीं होगा और इसलिए निष्कर्ष 'I' होगा। निष्कर्ष के 'I' होने से दोनों आधार-वाक्य या तो 'A' होंगे या एक 'A' और दूसरा 'I'। परन्तु दोनों 'A' नहीं हो सकते चूँकि दिया हुआ है कि एक ही पद व्याप्त है और एक ही बार। दोनों 'A' लेने से इस शर्त का उल्लंघन हो जाएगा। इसलिए स्पष्ट है कि एक आधार-वाक्य 'A' तथा दूसरा 'I' होगा। और इस प्रकार न्याय AII अथवा IAI योग का होगा। AII योग वाला न्याय प्रथम आकार में 'Darii' है तथा तृतीय आकार में 'Datisi' है। दोनों में से कोई भी योग बाला न्याय दी हुई शर्त के अनुसार सम्भव है चूँकि दोनों मे ही वृहत् आधार-वाक्य में मध्यवर्ती पद उद्देश्य के स्थान पर रहता है और वृहत् आधार-वाक्य के 'A' होने के कारण वह व्याप्त है। IAI योग वाला न्याय तृतीय आकार में 'Disamis' है तथा चतुर्थ आकार में 'Dimaris' है। और यहाँ भी दोनों में से कोई भी न्याय दी हुई शर्त के अनुसार सम्भव

है चूँकि दोनों में लघु आधार-वाक्य में मध्यवर्ती पद उद्देश्य के स्थान पर रहता है तथा लघु आधार-वाक्य के 'A' होने के कारण व्याप्त है।

इस प्रकार दी हुई शर्त के अनुसार 'Darii', 'Datisi', 'Disamis' तथा 'Dimaris' में से कोई भी न्याय सम्भव है।

(2) उस न्याय का निर्धारण करना जिसमें एक ही पद व्याप्त है, लेकिन दो बार *(To determine the syllogism in which only one term is distributed and that twice)*— स्पष्ट है कि जब न्याय में एक ही पद व्याप्त है, भले ही दो ही बार क्यों न हो, तो वह मध्यवर्ती पद ही होगा। इसका मतलब है कि वृहत् तथा लघु पदों में से कोई व्याप्त नहीं है। इसलिए निष्कर्ष 'I' होगा। निष्कर्ष के 'I' होने से या तो दोनों आधार-वाक्य 'A' होंगे या एक 'A' होगा और दूसरा 'I'। दूसरे विकल्प की सम्भावना इस बात से कट जाती है कि उसके अन्तर्गत सिर्फ एक ही पद एक बार व्याप्त है–'A' का उद्देश्य, जब कि दिया हुआ है कि न्याय में एक पद व्याप्त है लेकिन दो बार। अतः यह सिद्ध हो जाता है कि दोनों आधार-वाक्य 'A' ही होंगे। फिर 'A' का उद्देश्य व्याप्त होता है इसलिए यह भी निश्चित है कि मध्यवर्ती पद दोनों आधार-वाक्यों में उद्देश्य के ही स्थान पर होगा, चूँकि उसी स्थिति में मध्यवर्ती पद न्याय में दो बार व्याप्त हो सकेगा। इस प्रकार यह निर्धारित हो गया कि न्याय तृतीय आकार में होगा, उसके दोनों आधार-वाक्य 'A' होंगे तथा निष्कर्ष 'I' होगा। इसका स्पष्ट मतलब है कि न्याय 'Darapti' योग में होगा।

A M× ×
A M√ ×
I × ×

(3) उस न्याय का निर्धारण करना जिसमें दो पद व्याप्त हैं और दोनों एक-एक बार *(To determine the syllogism in which two terms are distributed each only once)*— जब दो पद व्याप्त है, तो एक तो स्पष्ट ही मध्यवर्ती पद होगा और दूसरा वृहत् या लघु पद में से कोई हो सकता है। परन्तु इस बात से कि दोनों पद एक-एक बार ही व्याप्त है यह स्पष्ट है कि वृहत् या लघु पद में से जो भी व्याप्त है वह सिर्फ आधार-वाक्य में ही व्याप्त है, निष्कर्ष में नहीं। और इस प्रकार यह निश्चित हो जाता है कि निष्कर्ष 'I' होगा। आधारवाक्य या तो दोनों 'A' होगे या एक 'A' और दूसरा 'I'। परन्तु दूसरे विकल्प की सम्भावना इस बात से कट जाती है कि इसके अन्तर्गत एक ही पद व्याप्त हो पाता है, जब कि दिया हुआ है कि न्याय में दो पद व्याप्त है। इसलिए यह निश्चित हो जाता है कि न्याय के दोनों आधार-वाक्य 'A' होंगे तथा निष्कर्ष 'I' होगा अर्थात् न्याय का योग होगा AAI। इस प्रकार का योग तृतीय आकार में 'Darapti' तथा चतुर्थ आकार में 'Bramantip' है। परन्तु न्याय की दी हुई शर्त से यह स्पष्ट हो जाता है कि वर्तमान न्याय तृतीय आकार में नहीं होगा चूँकि तृतीय आकार में उद्देश्य में दोनों ही आधार-वाक्यो में मध्यवर्ती पद ही रहता है और दोनों आधार-वाक्यों के 'A' होने के कारण दोनों में यही व्याप्त हो जाएगा, जब कि दिया हुआ है कि न्याय में दो पद व्याप्त है–दोनों एक-एक बार। इसलिए वर्तमान न्याय चतुर्थ आकार के 'Bramantip' योग में ही होगा। ऐसा होने से दी हुई शर्त की पूर्ति हो जाएगी। AAI योग वाला न्याय दी हुई शर्त के अनुसार प्रथम आकार में भी सम्भव हो सकता है जिसे 'Barbari' नाम दे सकते हैं।

Either

A M√
A M√
I × ×

or

A M√
A √ M
I × ×

(4) उस न्याय का निर्धारण करना जिसमें दो पद व्याप्त हैं और दोनों दो-दो बार *(To determine the syllogism in which two terms are distributed and each twice)*—स्पष्ट ही दो व्याप्त पदों में से एक मध्यवर्ती पद होगा और एक या तो लघु या वृहत् पद। हमें तय करना होगा कि मध्यवर्ती पद के अलावे जो पद व्याप्त हैं वह वृहत् है या लघु या कोई भी हो सकता है। यदि यह पद लघु पद होगा तो वह निष्कर्ष तथा लघु आधार-वाक्य दोनों में व्याप्त होगा। निष्कर्ष में लघु पद तभी व्याप्त हो सकता है जब निष्कर्ष 'A' हो अथवा 'E'। यदि निष्कर्ष 'A' होगा तो दोनों आधार-वाक्य भी 'A' होंगे और इस स्थिति में पूरे न्याय में तीन ही पद व्याप्त होंगे, जबकि दिया हुआ है कि चार पद व्याप्त हैं (दो पद दो-दो बार)। इसलिए निष्कर्ष 'A' नहीं हो सकता। यदि निष्कर्ष 'E' होगा तो उसमें लघु तथा वृहत् दोनों व्याप्त हो जाएँगे, जो भी दी हुई शर्त के विरुद्ध है। दोनों में से किसी एक को ही व्याप्त होना है। अतः यही स्पष्ट हो जाता है कि व्याप्त पद लघु पद नहीं है। तब वह वृहत् पद होगा और निष्कर्ष तथा वृहत् आधार-वाक्य दोनों में व्याप्त होगा। निष्कर्ष में सिर्फ वृहत् पद तभी व्याप्त होगा जब निष्कर्ष 'O' होगा। निष्कर्ष 'O' होने के लिए एक आधार-वाक्य को भावात्मक तथा दूसरे को अभावात्मक होना होगा। इस शर्त की पूर्ति कई प्रकार से हो सकती है परन्तु दी हुई शर्त के अन्तर्गत भावात्मक आधार-वाक्य को 'A' तथा अभावात्मक को 'E' होना पड़ेगा, तभी पूरे न्याय में कुल मिलाकर चार पद व्याप्त हो सकेंगे। और उनमें भी 'E' को वृहत् आधार-वाक्य होना पड़ेगा, चूँकि वृहत् आधार-वाक्य में वृहत् पद तथा मध्यवर्ती पद दोनों को व्याप्त होना है–वृहत् पद को इसलिए चूँकि वह निष्कर्ष में व्याप्त है और मध्यवर्ती पद को इसलिए चूँकि उसे दोनों आधार-वाक्यों में एक-एक बार व्याप्त होना है। इस प्रकार यह निश्चित हो गया कि दी हुई शर्त के अन्तर्गत जो न्याय होगा उसका वृहत् आधार-वाक्य 'E' लघु आधार-वाक्य 'A' तथा निष्कर्ष 'O' होगा। यानी न्याय या तो तृतीय आकार के 'Felapton' योग में होगा या चतुर्थ आकार के 'Fesapo' योग में होगा। दोनों ही योगों में दी हुई शर्त की पूर्ति हो जाती है।

(1) Felapton

E M√ ——— √

E M√ ———

O ——— √

(2) Fesapo

E √ ——— M√

A M√ ———

O ——— √

(5) उस न्याय का निर्धारण करना जिसका वृहत् आधार-वाक्य भावात्मक है, वृहत् पद वृहत् आधार-वाक्य तथा निष्कर्ष दोनों में व्याप्त है तथा लघु पद अपने आधार-वाक्य तथा निष्कर्ष दोनों में अव्याप्त है *(To determine the syllogism in which the major premise is affirmative, the major term is distributed in both the major premise and the conclusion and the minor term is undistributed both in the premise and the conclusion)*—वृहत् आधार-वाक्य भावात्मक है और वृहत् पद उसमें व्याप्त है, इससे दो बातें तय हो जाती हैं—(1) वृहत् आधार-वाक्य 'A' है तथा (2) वृहत् पद उसमें उद्देश्य के स्थान पर है आर इस प्रकार मध्यवर्ती पद विधेय के स्थान पर है। फिर वृहत् पद निष्कर्ष में भी व्याप्त है जब कि लघु पद नहीं, इससे यह स्पष्ट है कि निष्कर्ष 'O' होगा। और जब वृहत् आधार-वाक्य 'A' तथा निष्कर्ष 'O' है तो यह भी निश्चित है कि लघु आधार-वाक्य 'O' है और फिर चूँकि लघु पद को इसमें भी व्याप्त नहीं होना है, इसलिए उसे उद्देश्य के स्थान पर रहना होगा। फलतः मध्यवर्ती पद लघु आधार-वाक्य में भी विधेय के स्थान पर

A × ——— M

O × ——— M√

O × ——— √

होगा। इस प्रकार न्याय द्वितीय आकार में होगा जिसका वृहत् आधार-वाक्य 'A', लघु आधार-वाक्य 'O' तथा निष्कर्ष 'O' होगा। द्वितीय आकार में इस तरह का न्याय 'Baroco' योग में होगा।

(6) उस न्याय का निर्धारण करना जिसका वृहत् पद वृहत् आधार-वाक्य में व्याप्त है परन्तु निष्कर्ष में अव्याप्त *(To determine the syllogism whose major term is distributed in the major premise but undistributed in the conclusion)*— निष्कर्ष में वृहत् पद को अव्याप्त रखने के लिए निष्कर्ष को भावात्मक लेना पड़ेगा–'A' अथवा 'I', निष्कर्ष के 'A' होने से लघु पद उसमें व्याप्त हो जाएगा और उसे लघु आधार-वाक्य में भी व्याप्त होना चाहिए। फिर निष्कर्ष के 'A' होने से दोनों ही आधार-वाक्यों को 'A' होना पड़ेगा। लघु आधार-वाक्य में लघु पद के व्याप्त होने से मध्यवर्ती पद अव्याप्त रह जाएगा और उसे वृहत् आधार-वाक्य में अवश्य ही व्याप्त करना होगा। परन्तु वृहत् आधार-वाक्य में एक ही पद व्याप्त है और वह यदि मध्यवर्ती पद होगा तो वृहत् पद उसमें अव्याप्त रह जाएगा, जो दी हुई शर्त के विरुद्ध है। अतः 'A' निष्कर्ष नहीं हो सकता। तब निष्कर्ष 'I' होगा और आधार-वाक्य या तो दोनों 'A' होंगे या एक 'A' और दूसरा 'I'। परन्तु दूसरे विकल्प की

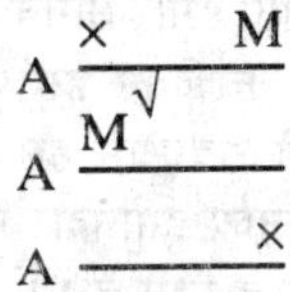

सम्भावना इस बात से कट जाती है कि दी हुई शर्त का पालन करने के लिए आधार-वाक्यों में कम-से-कम दो पद व्याप्त होना चाहिए–एक वृहत् पद तथा दूसरा मध्यवर्ती पद। अतः दोनों आधार-पायय 'A' ही होंगे और निष्कर्ष 'I'। फिर यह न्याय चतुर्थ आकार में होगा, यह इस बात से निश्चित हो जाता है कि वृहत् पद को वृहत् आधार-वाक्य 'A' में व्याप्त होने के लिए उद्देश्य के स्थान पर रहना होगा; फलतः मध्यवर्ती पद विधेय में होगा। फिर चूँकि मध्यवर्ती पद इसमें अव्याप्त रह जाता है, इसलिए लघु आधार-वाक्य में व्याप्त होने के लिए उसे उद्देश्य में रहना होगा चूँकि यह आधार-वाक्य भी 'A' है। अतः मध्यवर्ती पद वृहत् आधार-वाक्य में विधेय तथा लघु आधार-वाक्य में उद्देश्य के स्थान पर होगा जो चतुर्थ आकार का रूप है। इसलिए न्याय चतुर्थ आकार के 'Bramantip' योग में होगा।

(11) दिए हुए निष्कर्ष के आधार पर न्याय का निर्माण *(Construction of syllogism on the basis of a given conclusion)*

किसी निष्कर्ष को सामने रखकर उसे प्रमाणित करने वाले सभी सम्भव न्यायों की रचना करने को यदि हमें कहा जाए तो प्रथम दृष्टि में यह कार्य बहुत कठिन प्रतीत हो सकता है। कारण यह है कि हमें यह लग सकता है कि सिर्फ निष्कर्ष के दिए रहने से पूरे न्याय की रचना कैसे की जा सकती है। परन्तु बातों का थोड़ा विश्लेषण करने पर यह स्पष्ट हो जाएगा कि सिर्फ मध्यवर्ती पद को छोड़कर सब कुछ निष्कर्ष में ही दिया हुआ है और निष्कर्ष में दिए रहने पर न्याय का निर्माण बड़ी आसानी से किया जा सकता है।

जो भी दिया हुआ निष्कर्ष होगा वह अवश्य ही या तो 'A', 'E', 'I' तथा 'O' में से किसी एक आकार का वाक्य होगा या तार्किक रूपान्तरण के द्वारा हम उसे इनमें से किसी एक आकार में ला दे सकते हैं। फिर हम जानते हैं कि वैध योगों की संख्या सिर्फ 19 है। इसका मतलब है कि वैध रूप में हम सिर्फ 19 रूप के न्यायों की ही रचना कर सकते हैं जिनमें किसी का निष्कर्ष 'A', कुछ का 'E', कुछ का 'I' तथा कुछ का 'O' है। हमारे दिए हुए निष्कर्ष का 'A', 'E', 'I', 'O' में से जो भी रूप होगा, उसी रूप के निष्कर्ष वाले सभी योगों को

हम 19 वैध योगों में से निकाल लेंगे। जो उनकी संख्या होगी उतने ही वैध न्याय उस निष्कर्ष के साथ बनेंगे। योगों को निकाल लेने के बाद न्याय के आधार-वाक्यो के गुण-परिमाण निश्चित हो जाएँगे तथा जिन आकारों के वे योग होंगे उनके आधार पर मध्यवर्ती पद के स्थान भी उनमें निश्चित हो जाएँगे। और जब मध्यवर्त्ती पद के स्थान निश्चित हो जाएँगे तो स्वभावतः वृहत् तथा लघु पदों के स्थान भी आधार-वाक्यों में निश्चित हो जाएँगे। फिर वृहत् तथा लघु पद क्या है, यह तो निष्कर्ष से मालूम ही है–विधेय वृहत् पद तथा उद्देश्य लघु पद। तो इस प्रकार हम देखें तो सिर्फ निष्कर्ष के दिए रहने से ही सब कुछ तो हमें मालूम ही है, सिर्फ यह मालूम नहीं है कि मध्यवर्ती पद क्या है, यद्यपि इसके भी स्थान मालूम हैं। तो इस प्रकार सिर्फ एक उपयुक्त मध्यवर्ती पद यदि हम अपनी तरफ से जोड़ दें तो न्याय का निर्माण हो जाएगा।

एक उदाहरण लेकर सारी बातों को हम समझें तो अधिक उपयोगी होगा। मान लिया जाए हमारे सामने निष्कर्ष रूप में 'सभी मनुष्य ईमानदार नहीं है' (All men are not honest) वाक्य देकर इसे प्रमाणित करने वाले सभी सम्भव न्यायों की रचना करने को कहा जाता है। तो सर्वप्रथम हम दिए हुए वाक्य को तार्किक रूप दे देंगे। उसका तार्किक रूप होगा–'कुछ मनुष्य ईमानदार नहीं है' (Some men are not honest) — 'O'। अब हम 'O' निष्कर्ष वाले सभी वैध योगों को समक्ष रखें चूँकि जितनी उनकी संख्या होगी सिर्फ उतने ही वैध न्याय दिए हुए निष्कर्ष के साथ बन पाएँगे। वे निम्नलिखित हैं :—

प्रथम आकार — Ferio.

द्वितीय आकार — Baroco, Festino.

तृतीय आकार — Felapton, Bocardo, Ferison.

चतुर्थ आकार — Fesapo, Fresison.

इनमें समक्ष रख लेने पर अब यह निश्चित हो जाता है कि दिए हुए निष्कर्ष के साथ सिर्फ आठ ही न्याय सम्भव है–एक प्रथम आकार में, दो द्वितीय आकार में, तीन तृतीय आकार में तथा दो चतुर्थ आकार में। किसमें वृहत् आधार-वाक्य क्या होगा, लघु आधार-वाक्य क्या होगा, यह भी स्पष्ट हो जाता है तथा आकारों के अनुरूप मध्यवर्ती पद का स्थान भी निश्चित हो जाता है। उदाहरण के लिएं 'O' निष्कर्ष वाला प्रथम आकार का वैध न्याय ऐसा होगा जिसका वृहत् आधार-वाक्य 'E' होगा तथा लघु आधार-वाक्य 'I'। मध्यवर्ती पद का स्थान वृहत् आधार-वाक्य में उद्देश्य तथा लघु आधार-वाक्य में विधेय में होगा। फिर दिये हुए निष्कर्ष के अनुसार 'मनुष्य' (man) लघु पद है तथा 'ईमानदार' (honest) वृहत् पद है। सिर्फ मध्यवर्ती पद क्या है, यह नहीं मालूम है। जो कुछ ज्ञात है उसके आधार पर प्रथम आकार के Ferio योग में निम्नलिखित न्याय होगा :—

कोई भी ……. ईमानदार नहीं है – 'E'
कुछ मनुष्य ……. हैं – 'I'
∴ कुछ मनुष्य ईमानदार नहीं हैं – 'O'

No …… is honest — 'E'
Some men are …… — 'I'
∴ Some men are not honest — 'O'

हम देख सकते हैं कि यहाँ ऐसी कोई चीज नहीं है जो दी हुई न हो। मध्यवर्ती पद नहीं

दिया हुआ है। इसलिए उसके दोनों स्थान रिक्त हैं। किसी उपयुक्त मध्यवर्ती पद के द्वारा रिक्त स्थानों के भर देने पर न्याय का रूप पूर्ण हो जाएगा और वह निम्नलिखित होगा :—

कोई भी झूठा ईमानदार नहीं है – 'E'
कुछ मनुष्य झूठे है – 'I'
∴ कुछ मनुष्य ईमानदार नहीं हैं – 'O'

No **liar** is honest — 'E'
Some men are **liars** — 'I'
∴ Some men ar not honest — 'O'

इसी विधि से प्रत्येक आकार में दिए हुए निष्कर्ष के साथ हम उपयुक्त न्यायों का निर्माण कर सकते हैं :—

द्वितीय आकार–

(1) Baroco —
All honest are **noble** — 'A'
Some men ar not **noble** — 'O'
∴ Some men are not honest — 'O'

(2) Festino —
No honest is a **liar** — 'E'
Some men are **liars** — 'I'
∴ Some men are not honest — 'O'

तृतीय आकार —

(1) Felapton —
No **liar** is honest — 'E'
All **liars** are men — 'A'
∴ Some men are not honest — 'O'

(2) Bocardo —
Some **liars** are not honest — 'O'
All **liars** are men — 'A'
∴ Some men are not honest — 'O'

(3) Ferison —
No **liar** is honest — 'E'
Some **liars** are men — 'I'
∴ Some men are not honest — 'O'

चतुर्थ आकार —

(1) Fesapo —
No honest is a **liar** — 'E'

All **liars** are men — 'A'

∴ Some men are not honest — 'O'

(2) Fresison —

No honest is a **liar** — 'E'

Some **liars** are men — 'I'

∴ Some men are not honest — 'O'

और फिर इसी विधि के द्वारा किसी भी दिए हुए निष्कर्ष के साथ वैध न्यायों का निर्माण किया जा सकता है।

□

अध्याय – 5

प्रतीकात्मक तर्कशास्त्र
(SYMBOLIC LOGIC)

(1) प्रतीकात्मक तर्कशास्त्र – स्वरूप एवं विषय-क्षेत्र

हमने प्रारम्भ में ही देखा है कि तर्कशास्त्र का मुख्य कार्य वैध तथा अवैध युक्तियों में भेद करने की विधि बतलाना तथा वैध युक्तियों के निर्माण सम्बन्धी नियम एवं सिद्धान्त हमारे समक्ष प्रस्तुत करना है। हमने यह भी देखा है कि युक्तियाँ दो प्रकार की होती है – निगमनात्मक तथा आगमनात्मक और वैधता-अवैधता मुख्यतः निगमनात्मक युक्तियों का ही लक्षण हैं। दूसरे शब्दों में, सही अर्थ में वैध-अवैध गिनमनात्मक युक्तियाँ ही होती है। आगमनात्मक युक्तियाँ अच्छी-बुरी सबल-निर्बल आदि हो सकती है, पर वैध-अवैध नहीं। प्रतीकात्मक तर्कशास्त्र का सम्बन्ध निगमनात्मक युक्तियों से होता है, इसलिए कह सकते हैं कि प्रतीकात्मक तर्कशास्त्र निगमन तर्कशास्त्र ही है। इसलिए मूलतः जो स्वरूप निगमन तर्कशास्त्र का है, वही प्रतीकात्मक तर्कशास्त्र का भी है। हम जानते हैं कि निगमन अथवा निगमनात्मक अनुमान में निष्कर्ष आधार-कथनों से अनिवार्यतः निकलता है, इसलिए उसके निष्कर्ष में निश्चित सत्यता होती है। जब आधार-कथनों के सत्य होने पर निष्कर्ष भी अनिवार्यतः सत्य होता है, यानी, जब आधार-कथन निष्कर्ष को आपादित करते हैं, तो निगमनात्मक युक्ति वैध मानी जाती है, अन्यथा अवैध। फिर निगमनात्मक युक्तियाँ मूलतः आकारिक (formal) होती है, यानी उन्हें सिर्फ आकार से मतलब होता है, विषय-वस्तु से नहीं। एक विशेष आकार की कोई युक्ति यदि निगमन के नियमों के अनुसार वैध सिद्ध होती है तो फिर उस आकार की सारी युक्तियाँ वैध सिद्ध होती है, चाहे उनकी विषय-वस्तु कुछ भी हो। उसी प्रकार एक निश्चित आकार में दी गई युक्ति यदि अवैध सिद्ध होती हैं, तो उस आकार में ढली सारी युक्तियाँ अवैध सिद्ध होती है। प्रतीकातमक तर्कशास्त्र जिस प्रकार के अनुमानों या युक्तियों से सम्बन्ध रखता है, उनके भी ये ही सारे लक्षण होते हैं, चूँकि प्रतीकात्मक तर्कशास्त्र का सम्बन्ध निगमनात्मक युक्तियों की ही वैधता-अवैधता के प्रश्न के साथ है।

प्रश्न उठता है कि जब ऐसा है तब प्रतीकात्मक तर्कशास्त्र पारम्परिक निगमन तर्कशास्त्र से किस प्रकार भिन्न है, इसकी विशेषता क्या है ? उत्तर है कि जहाँ तक विषय-वस्तु का सवाल है, दोनों में कोई मौलिक अन्तर नहीं है, अन्तर है तो विषय-वस्तु के अध्ययन के तकनीक में। अन्य आधुनिक विज्ञानों की तरह प्रतीकात्मक तर्कशास्त्र की अपनी एक तकनीकी भाषा है (जिसे कृत्रिम भाषा भी कह सकते हैं) जिसके माध्यम से ही यह युक्तियों की वैधता-अवैधता के प्रश्न तथा उससे सम्बन्धित सारे नियमों एवं सिद्धान्तों का अध्ययन करता है। इस तकनीकी भाषा में अनेकों प्रकार के प्रतीक (symbols) हैं जिनके प्रयोग से बड़ी-बड़ी युक्तियों का भी मूल तार्किक आकार हमारे समक्ष इस प्रकार स्पष्ट तथा पारदर्शक रूप में रख दिया जाता है कि उनके कथनों के बीच के परस्पर सम्बन्ध हमें साफ दिखलाई पड़ने लगते हैं तथा वैधता-अवैधता आसानी से निर्धारित कर ली जाती है। इसका प्रभाव यह हुआ है कि जहाँ अरस्तू का पारम्परिक निगमन तर्कशास्त्र कुछ छोटी तथा सरल युक्तियों की वैधता-अवैधता से अपना

सम्बन्ध रख पाया है, वहाँ प्रतीकात्मक तर्कशास्त्र बहुत बड़ी-बड़ी तथा जटिल युक्तियों की वैधता-अवैधता के प्रश्न के साथ भी निबटने की क्षमता रखता है। इस प्रकार प्रतीकों के प्रयोग द्वारा प्रतीकात्मक तर्कशास्त्र युक्तियों की विषय-वस्तु से उनके मूल आकार को अलग कर लेता है तथा अधिक प्रभावकारी ढंग से उनकी वैधता-अवैधता को निर्धारित करता है।

प्रतीकों के प्रयोग का एक दूसरा पक्ष भी है। हमारी साधारण भाषा अस्पष्टता तथा अनिश्चितता से भरी हुई है जिसके चलते उसमें बहुत सारी युक्तियों का स्वरूप हमारे सामने स्पष्ट ही नहीं हो पाता और हम उनकी वैधता-अवैधता जाँचने में विफल रह जाते हैं। प्रतीकों के प्रयोग का दूसरा पक्ष भाषा की इसी अस्पष्टता तथा अनिश्चितता को दूर करने से सम्बन्धित है। प्रतीकात्मक तर्कशास्त्र प्रयोग किए गए प्रतीकों को निश्चित अर्थ प्रदान करता है और उनके माध्यम से साधारण भाषा में दी गई युक्तियों का प्रतीकीकरण कर उन्हें सुनिश्चित, सरल तथा सुग्राहय बनाता है।

प्रतीक के प्रयोग से उत्पन्न निश्चितता, सरलता तथा सुग्राहयता का सबसे अच्छा उदाहरण गणित में मिलता है। यदि गणित प्रतीकों के स्थान पर साधारण भाषा का ही प्रयोग करता रह जाता, तो आज जो विकास उसका हुआ है उसकी कल्पना भी हम नहीं कर पाते। जिन अनेकों जटिल सूत्रों (formulae) से गणित में हम करीब-करीब यांत्रिक गति से निबटते रहते हैं उन्हें यदि साधारण भाषा के माध्यम से हमें करना हो तो अत्यधिक मानसिक चेष्टा के बावजूद हम जितना गणित में करते हैं उसका एक छोटा अंश भी नहीं कर पाते। एक साधारण उदाहरण लेकर उपर्युक्त बातों की सत्यता को हम परख सकते हैं। एक तरफ हम गणित के इस सूत्र को रखें – '$(a+b)(a-b) = a^2 - b^2$' तथा दूसरी तरफ इसी बात को साधारण भाषा के माध्यम से व्यक्त करें – 'दो संख्याओं के योग तथा अन्तर का गुणनफल उनके वर्ग के अन्तर के बराबर होता है'। अब हम देख सकते हैं कि जो मनुष्य थोड़ा भी गणित के प्रतीकों से परिचित है वह पहले को तुरंत समझ जाएगा तथा आगे बढ़ने के क्रम में यथास्थान उसे लागू भी कर लेगा, परन्तु दूसरे को समझाने के लिए एक मानसिक चेष्टा की आवश्यकता पड़ेगी तथा अन्य अवसरों पर इसे लागू करना आसान काम नहीं होगा। और यदि इससे जटिल उदाहरण रखा जाए तब तो शायद मानसिक चेष्टा के बावजूद उसे समझना कठिन होगा। उसी प्रकार प्रतीकात्मक तर्कशास्त्र में डी मॉर्गन सिद्धान्त (De Morgan's theory) नामक एक सिद्धान्त (दो भागों में) है जिसे साधारण भाषा में इस प्रकार व्यक्त किया जा सकता है – (i) दो कथनों के संयोजन (conjunction) का निषेध (Negation) उनके निषेधों के वियोजन (Disjunction) के साथ तार्किक रूप से तुल्य (Logically equivalent) होता है तथा (ii) दो कथनों के वियोजन का निषेध उनके निषेधों के संयोजन के साथ तार्किक रूप से तुल्य होता है। हम देख सकते हैं कि इन्हें समझने के लिए कितनी मानसिक चेष्टा की आवश्यकता है, परन्तु जब हम प्रतीकात्मक तर्कशास्त्र के प्रतीकों के साथ परिचित हो जाएँगे तो देखेंगे कि इन्हें इनके निम्नलिखित रूपों में समझना तथा उपयुक्त अवसरों पर उन्हें लागू कर युक्तियों की वैधता-अवैधता की समस्या से निबटना कितना आसान है :—

(i) $\sim(p.q) \equiv \sim p v \sim q$, (ii) $\sim(pvq) \equiv \sim p. \sim q$

हमारी युक्तियाँ भी जब तक साधारण भाषा में रहती है तब तक उस भाषा के जटिल स्वरूप तथा उसकी अस्पष्टता और अनिश्चितता के चलते उनका स्पष्ट स्वरूप हमारे सामने नहीं आ पाता और हम आसानी से निश्चित नहीं कर पाते कि वे वैध हैं या अवैध। प्रतीकात्मक

तर्कशास्त्र प्रतीकों का प्रयोग कर इस कठिनाई को दूर करता है तथा युक्तियों का स्वरूप कुछ इस प्रकार पारदर्शी बना देता है कि अक्सर बिना अधिक मानसिक चेष्टा के एक यान्त्रिक रूप में हम उनकी वैधता-अवैधता निर्धारित कर लेते हैं। इस प्रकार प्रतीकात्मक तर्कशास्त्र के सही स्वरूप को पहचान लेने के बाद यह विडम्बना ही लग सकती है कि जहाँ हम समझते हैं कि तर्कशास्त्र हमारी विचार-शक्ति को विकसित करने का विज्ञान है, इसमें सोचने-विचारने की गहन क्रिया सम्पन्न होती है, वहाँ वास्तविकता यह है कि तर्कशास्त्र ने कुछ ऐसे तकनीक विकसित कर लिए हैं कि उनकी सहायता से तर्क सम्बन्धी अनेकों कार्यों को हम करीब-करीब यांत्रिक रूप में बिना किसी मानसिक चेष्टा के सम्पन्न कर लेते हैं। इस सम्बन्ध में ह्वाइटहेड *(A. N. Whitehead)*, जिनका प्रतीकात्मक तर्कशास्त्र के विकास में बहुत महत्त्वपूर्ण योगदान है, का यह कथन उद्धरणीय है – "*...... by the aid of symbolism, we can make transitions in reasoning almost mechanically by the eye, which otheriwse would call into play the higher faculties of the brain.*" । यहाँ इस बात पर भी ध्यान देना चाहिए कि प्रतीकात्मक तर्कशास्त्र सिर्फ युक्तियों का प्रतीकीकरण कर उन्हें स्पष्ट और पारदर्शी नहीं बना देता, बल्कि वैध अनुमान या युक्तियों से सम्बन्धित जितने नियम सिद्धान्त हैं उन्हें प्रतीकात्मक रूप में ही रखता है, जैसे उपर्युक्त डी. मॉर्गन सिद्धान्त, जिनको समझना और लागू करना भी उतना ही आसान है, चूँकि उन्हें लागू करने की क्रिया भी करीब-करीब यान्त्रिक रूप में ही सम्पन्न हो जाती है।

संकेतो तथा प्रतीकों का प्रयोग आवश्यकतानुसार अरस्तू के पारम्परिक तर्कशास्त्र में भी है (जैसे S, P, M आदि) और इसलिए एक अर्थ में कहा जा सकता है कि पारम्परिक निगमन तर्कशास्त्र तथा आधुनिक प्रतीकात्मक तर्कशास्त्र में प्रतीकों के प्रयोग से सम्बन्धित भेद सिर्फ मात्रा-भेद (Difference in Degree) है, प्रकार-भेद (Difference in kind) नहीं। ऐसा कहना सर्वथा गलत नहीं है परन्तु समझने की बात यह है कि यह मात्रा-भेद ही इतना जबरदस्त है कि दोनों के बीच कोई तुलना ही नहीं रह जाती और प्रतीकात्मक तर्कशास्त्र बिल्कुल एक नवीन बौद्धिक अनुशासन के रूप में हमारे समक्ष प्रकट होता है – इसका स्वरूप बिल्कुल गणितिक (mathematical) नजर आने लगता है। यही कारण है कि उसे गाणितिक तर्कशास्त्र (mathematical logic) की भी संज्ञा दी जाती है। प्रतीकों का प्रयोग जिस रूप में तथा जिस मात्रा में प्रतीकात्मक तर्कशास्त्र में होता है उसका एक अंश भी अरस्तू के तर्कशास्त्र में नहीं होता और यही कारण है कि दोनों का मूल विषय एक होते हुए भी प्रतीकात्मक तर्कशास्त्र का क्षेत्र अरस्तू के तर्कशास्त्र की तुलना में बहुत ही अधिक विकसित तथा विस्तृत है।

प्रतीकात्मक तर्कशास्त्र का एक दूसरा पक्ष भी है और अपने इस पक्ष में तो वह सचमुच गणित ही है, या प्रसिद्ध तर्कशास्त्री और गणितशास्त्री वर्ट्रेन्ड रसेल के साथ यों कहें कि, समस्त गणित उसके इस पक्ष वाले रूप में रूपान्तरित किया जा सकता है। ऊपर जो रूपरेखा हमने प्रतीकात्मक तर्कशास्त्र की खींची है, वह उसके व्यावहारिक पक्ष का है जिसमें वह हमें कुछ ऐसे तकनीक प्रदान करता है जिनकी सहायता से व्यावहारिक स्तर पर हम विभिन्न प्रकार की युक्तियों की वैधता-अवैधता निर्धारित करते हैं। इन तकनीकों में वैध अनुमान के अनेकों नियम तथा उनके पीछे निहित अनेकों सिद्धान्त भी हैं जिन्हें तर्कशास्त्र हमारे सामने हमारे व्यावहारिक प्रयोग के लिए प्रस्तुत करता है। परन्तु उसके अलावा प्रतीकात्मक तर्कशास्त्र का एक शुद्ध सैद्धान्तिक पहलू भी है जिसमें रेखागणित की तरह कुछ परिभाषाओं, पूर्वमान्यताओं, आकारिक अनुमान के एक-दो प्राथमिक नियमों आदि से वह प्रारम्भ करता है तथा उन्हें ही

आधार बनाकर अनुमान के अन्य नियमों तथा सिद्धान्तों को एक-एक कर क्रमबद्ध निगमनात्मक रूप में व्युतपन्न (Deduce) करता है। इस प्रकार इन सबों को व्यवस्थित कर वह एक निगमनात्मक तंत्र (Deductive system) का निर्माण करता है जो बिल्कुल संगत तथा पूर्ण होता है। तंत्र की संगति तथा पूर्णता सचमुच सिद्ध की जाती है। इस निगमनात्मक तंत्र को प्रतीकात्मक तर्कशास्त्र में तर्कगणित तंत्र (logistic system) की संज्ञा दी जाती है। अपने इस रूप में तर्कशास्त्र एक शुद्ध आकारिक विज्ञान (formal science) के रूप में उभरकर हमारे सामने आता है।

हमें खेद है कि पुस्तक का रूप परिचयात्मक होने के कारण हम वर्तमान अध्याय में प्रतीकात्मक तर्कशास्त्र के इस पक्ष की चर्चा नहीं कर पाएँगे। व्यावहारिक पक्ष के भी कुछ प्रारम्भिक तकनीकों, नियमों आदि की चर्चा तक ही हम अपने को यहाँ सीमित रखेंगे।

(2) सत्यता-फलित कथन तथा उनके सत्यता-मूल्य (*Truth-functional Statements and their Truth-values*)

यह तो हम समझ ही चुके हैं कि प्रतीकात्मक तर्कशास्त्र का मुख्य सम्बन्ध निगमनात्मक युक्तियों की वैधता-अवैधता की जाँच से है। यहाँ हम युक्तियों की वैधता-अवैधता की जाँच की उस विधि से अपना सम्बन्ध रखेंगे जिसे सत्यता-सारिणी विधि (Truth-table method) का नाम दिया जाता है। पर इस विधि का प्रयोग कुछ विशेष प्रकार की युक्तियों के सम्बन्ध में ही किया जाता है, जिन युक्तियों के निर्माण में वैसे कथनों का हाथ होता है जिन्हें हम सत्यता-फलित कथन कहते हैं। इसलिए पहले हम इन्हीं कथनों के स्वरूप, उनके प्रतीकीकरण की विधि, उनकी सत्यता-असत्यता के निर्धारण के तरीके आदि की चर्चा करेंगे।

एक दृष्टि से कथनों के हम दो भेद कर सकते है :—

(i) सरल (simple) तथा (ii) मिश्र (compound)। सरल कथन वे कथन है जिनके अन्दर घटक (Constituent) रूप में अन्य कोई कथन न हो। जैसे, 'गुलाब लाल है', 'राम बीमार है', आदि। मिश्र कथन वैसे कथन हैं जिनके अन्दर घटक रूप में अन्य कथन हों। जैसे, 'गुलाब लाल है तथा गेंदा पीला है'। 'उसका विश्वास है कि राम बाहर चला गया है' आदि। किसी कथन के किसी अंश को उसका घटक नहीं कहते, जिसे घटक कहते हैं उसे खुद पूरा एक कथन होना चाहिए। जैसे, 'वह जानता है कि उसे कोई नहीं हरा सकेगा' में 'नहीं हरा सकेगा' पूरे कथन का एक अंश है, पर उसका घटक (कथन) नहीं है। घटक कथन है 'उसे कोई नहीं हरा सकेगा', जो खुद एक पूरा कथन है। मिश्र कथन के घटक साधारणतः सरल कथन होते हैं, पर खुद मिश्र कथन किसी बड़े मिश्र कथन का घटक हो सकता है।

फिर एक दृष्टि से मिश्र कथनों को दो वर्गों में विभाजित किया जा सकता है — सत्यता-फलित (Truth-functional) तथा न-सत्यता-फलित (Non-truth-functional)। इस भेद को समझने के पहले हमें सत्यता-मूल्य (truth-value) की अवधारणा से अवगत हो लेना पड़ेगा। हम जो किसी कथन को 'सत्य' या 'असत्य' नामक दो तार्किक मूल्यों में से कोई एक प्रदान करते हैं, वही उस कथन का सत्यता-मूल्य है। दूसरे शब्दों में, किसी भी कथन का सत्य या असत्य होना उसका सत्यता-मूल्य कहलाता है। इस तरह किसी कथन का सत्यता-मूल्य होता है 'सत्य' तथा किसी का 'असत्य'।

अब वैसा मिश्र कथन सत्यता-फलित कहलाता है जिसका सत्यता-मूल्य उसके घटक-कथनों के सत्यता-मूल्यों द्वारा निर्धारित होता है या यों कहें कि जिसका सत्यता मूल्य घटक कथनों

के सत्यता-मूल्यों पर निर्भर करता है। उदाहरण के लिए 'गुलाब लाल है तथा गेंदा पीला है' मिश्र कथन का सत्यता-मूल्य 'सत्य' तभी होगा जब इसके दोनों घटक कथनों का सत्यता-मूल्य भी 'सत्य' ही हो, उनमें से एक भी कथन यदि असत्य होगा तो पूरा मिश्र कथन असत्य हो जाएगा। इस प्रकार यह मिश्र कथन सत्यता-फलित मिश्र कथन है। पर दूसरी ओर 'सोहन कहता है कि राम कहीं चला गया' एक सत्यता-फलित मिश्र कथन नहीं है, चूँकि इसका सत्यता-मूल्य इसके घटक कथनों पर निर्भर नहीं करता। राम सचमुच कहीं चला गया हो या नहीं, यानी 'राम कहीं चला गया' कथन सचमुच सत्य हो या असत्य, इस बात का पूरे कथन की सत्यता-असत्यता पर कोई असर नहीं पड़ता। राम सचमुच कहीं नहीं भी गया हो फिर भी यह पूरा कथन कि 'सोहन कहता है कि राम कहीं चला गया' सत्य हो सकता है, यदि सचमुच सोहन ऐसा कहता है। उसी प्रकार राम सचमुच कहीं चला भी गया हो, तो भी पूरा कथन असत्य हो सकता है, यदि सोहन सचमुच ऐसा नहीं कहता है कि राम कहीं चला गया। इस प्रकार पूरे मिश्र कथन का सत्यता-मूल्य उसके घटक-कथन 'राम कहीं चला गया' के सत्यता-मूल्य पर निर्भर नहीं करता। इसलिए यह कथन न-सत्यता-फलित मिश्र कथन है। नीचे हमारा सम्बन्ध सिर्फ सत्यता-फलित मिश्रकथनों से होगा चूँकि उन्हीं से निर्मित युक्तियों की वैधता-अवैधता के प्रश्न से हम आगे सम्बन्धित होंगे।

यहाँ और आगे बढ़ने से पहले सत्यता-फलन (Truth-function) की अवधारणा को थोड़ा स्पष्ट कर लेना होगा। प्रत्येक सत्यता-फलित मिश्र कथन अपने घटक कथनों का सत्यता-फलन कहलाता है। ऐसा इसलिए चूँकि उसका सत्यता-मूल्य उसके घटक कथनों के ही सत्यता-मूल्यों का फल (Function) है। 'फलन' की धारणा सचमुच गणित से ली गई है। उदाहरण के लिए गणित में 'b = 2a + 3' में 'b' को 'a' का फलन कहा जाता है चूँकि 'b' का मूल्य क्या होगा यह पूर्णतः 'a' के पूल्य पर निर्भर करता है। यदि 'a' का मूल्य '2' है तो 'b' का मूल्य '7' होगा, यदि 'a' का मूल्य '3' है तो 'b' का मूल्य 9 (nine) होगा, आदि। यहाँ तर्कशास्त्र में इसी के अनुरूप हम सत्यता-मूल्य तथा सत्यता-फलन की अवधारणा लाते हैं। जिस मिश्र कथन का सत्यता-मूल्य उसके घटक-कथनों के सत्यता-मूल्यों पर निर्भर करता है उसे उसके घटक कथनों का सत्यता-फलन कहा जाता है तथा घटकों को उस मिश्र कथन का सत्यता-फलनक घटक (Truth-functional constituent) कहा जाता है।

जिन शब्दों या शब्द समूहों के द्वारा घटक कथनों को संयुक्त कर मिश्र कथन बनाए जाते हैं उन्हें सम्बन्धक (connective) कहा जाता है तथा जिनके द्वारा सत्यता-फलित कथन बनाए जाते हैं उन्हें 'सत्यता-फलनक सम्बन्धक' (Truth-functional connective) कहा जाता है। 'और' (and), 'नहीं' (Not), 'या' (or), 'यदि ... तो' (if ... then), 'यदि और सिर्फ यदि' (if and only if) तथा इनके अनुरूप अन्य सम्बन्धक सत्यता-फलनक सम्बन्धक हैं। आकारिक तर्कशास्त्र के दृष्टिकोण से ये सम्बन्धक ही सत्यता-फलनक कथनों की रीढ़ होते हैं, चूँकि ये ही मूलतः उनके आकार निर्धारित करते हैं।

साधारण भाषा में इन सम्बन्धकों का प्रयोग हमेशा एक ही प्रकार से और एक ही अर्थ में नहीं होता। आगे कुछ के सम्बन्ध में हम देखेंगे कि उनका प्रयोग अक्सर कई अर्थों में होता है परन्तु प्रतीकात्मक तर्कशास्त्र चूँकि एक शुद्ध आकारिक विज्ञान है जो वैध आकारिक अनुमानों के सम्बन्ध में कुछ निश्चित नियम निर्धारित करता है इसलिए उसके लिए यह आवश्यक हो जाता है कि इन शब्दों के प्रयोग सम्बन्धी अनिश्चितताओं को दूर कर उनके प्रयोग के सम्बन्ध

में कुछ निश्चित नियम निर्धारित कर लें। ऐसा करने में उसे कुछ हद तक एक मनमानेपन तथा कृत्रिमता का सहारा लेना पड़ता है, चूँकि साधारण भाषा में किए गए हर प्रकार के प्रयोग को किसी भी नियम के अन्तर्गत सम्मिलित करना सम्भव नहीं है। प्रतीकात्मक तर्कशास्त्र इन सम्बन्धकों के लिए कुछ विशेष-विशेष प्रतीक रख देता है तथा उन्हें एक निश्चित रूप में परिभाषित कर देता है। ***इस दृष्टि से सम्पूर्ण प्रतीकात्मक तर्कशास्त्र को कृत्रिम भाषा के एक खेल (game) के रूप में लिया जा सकता है जिसके (अन्य खेलों की तरह) अपने कुछ निश्चित नियम हैं। और जैसे किसी भी खेल को खेलने के लिए उसके विशिष्ट नियमों से परिचित होना आवश्यक है वैसे ही प्रतीकात्मक तर्कशास्त्र के भाषा सम्बन्धी खेल को खेलने के लिए उसके विशिष्ट नियमों से परिचित होना आवश्यक है।*** परन्तु फिर भी ऐसा नहीं है कि भाषा सम्बन्धी अपने खेल के नियम प्रतीकात्मक तर्कशास्त्र कुछ इस मनमाने ढंग से बनाता है कि उसे इन सम्बन्धकों के साधारण भाषा में किए जाने वाले प्रयोगों से कोई मतलब ही नहीं है। वास्तविकता तो यह है कि साधारण भाषा में इन सम्बन्धकों के किए जाने वाले अनेकों प्रयोगों के आधार पर ही वह उनके विषय में कोई नियम बनाता है। हाँ, इन नियमों के निर्माण में वह इस विशिष्ट दृष्टिकोण से संचालित अवश्य होता है कि इस सम्बन्धों द्वारा बनी सत्यता-फलित प्रतिज्ञप्तियाँ किन-किन परिस्थितियों में सत्य तथा किन-किन में असत्य होती है। ऐसा करने में भरसक वह इन सम्बन्धकों के सर्वाधिक सामान्य तथा विस्तृत प्रयोग पर अपने नियमों को आधारित करता है।

हमने ऊपर कहा है कि प्रतीकात्मक तर्कशास्त्र सम्बन्धकों का प्रयोग उनके प्राकृतिक रूप में नहीं करके कुछ प्रतीकों के रूप में करता है। वे प्रतीक निम्नलिखित हैं :—

(i) 'और' (And) का प्रतीक है '.' (Dot)

(ii) 'या' (Or) का प्रतिक है 'v' (wedge या vel)

(iii) 'नहीं' (Not) का प्रतीक है '~' (curl)

(iv) 'यदि ...... तो' (If ... then) का प्रतीक है– '⊃' (Horseshoe)

(v) 'यदि और सिर्फ यदि' (If and only if) का प्रतीक है '≡' (Three bars)

दाहिनी तरफ कोष्ठकों में प्रतीकों के नाम दिए गए हैं। प्रत्येक को उसके विशिष्ट नाम से पढ़ सकते हैं या फिर जिस सम्बन्धक का वह प्रतीक है उस रूप में भी उसे पढ़ सकते हैं। जैसे 'p.q' को हम 'p dot (डॉट) q' के रूप में पढ़ सकते हैं या फिर 'p और q' के रूप में। '~p' को 'curl (कर्ल) p' के रूप में या फिर 'not-p' या 'नहीं-p' के रूप में पढ़ सकते हैं। उसी प्रकार 'pvq' को 'p vel q' या 'p wedge q' या 'p or q' या 'p या q' के रूप में पढ़ सकते हैं। 'p ⊃ q' को 'p horseshoe q' या 'if p then q' (यदि p तो q) के रूप में पढ़ सकते हैं। 'p ⊃ q' को एक अन्य रूप में भी पढ़ा जाता है और वह है 'p implies q' (p q को आपादित करता है)। 'p ≡ q' को 'p three bars q' के रूप में या 'q if and only if p' (q यदि और सिर्फ यदि p) के रूप में पढ़ा जा सकता है। 'p ≡ q' को एक अन्य रूप में भी पढ़ा जाता है और वह है 'p is equivalent to q' (p q के तुल्य है)।

इन प्रतीकों के वैकल्पिक प्रतीक भी हैं जिनका प्रयोग कुछ अन्य पुस्तकों में होता है। जैसे 'और' के लिए कुछ पुस्तकों में '&' का प्रयोग मिलेगा, 'नहीं' के लिए '–' प्रतीक का, 'यदि

... तो' के लिए' '→' प्रतीक का तथा 'यदि और सिर्फ यदि' के लिए '↔' प्रतीक का। परन्तु हम यहाँ इस पुस्तक में पहले दिए गए पाँचों प्रतीकों का ही प्रयोग करेंगे।

(क) **संयोजक कथन** — 'और' सम्बन्धक के द्वारा बने सत्यता-फलित कथन को संयोजक कथन (conjunctive statement) या संयोजन (conjunction) कहते हैं तथा उसके घटकों को संयुक्त (conjunct)। यदि सरल घटक कथनों को 'p', 'q', 'r' आदि प्रतीकों के माध्यम से व्यक्त किया जाए तो दो घटकों से बने संयोजक कथन को 'p. q' प्रतीक द्वारा व्यक्त कर सकते हैं। p. q. r आदि को प्रतिज्ञप्ति-परिवर्ती या कथन-परिवर्ती (propositional variable or statement variable) कहा जाता है, चूँकि इनके स्थान पर हम कोई भी कथन प्रतिस्थापित कर दें, संयोजन की विषय-वस्तु में परिवर्तन होगा किन्तु उसके आकार में कोई परिवर्तन नहीं होगा। प्रतिज्ञप्ति परिवर्तियों के प्रयोग से इस प्रकार हम सत्यता-फलित प्रतिज्ञप्तियों के आकार स्पष्ट कर सकते हैं। 'p.q' किन्हीं दो घटकों से बने संयोजक कथन का आकार हमारे सामने स्पष्ट करता है। इसलिए इसे हम संयोजक कथन-आकार (conjunctive statement form) तथा 'p' एवं 'q' के स्थान पर निश्चित कथनों को प्रतिस्थापित कर देने पर जो संयोजक कथन बनता है उसे उसका प्रतिस्थापित दृष्टान्त (substitution instance) कह सकते हैं। जैसे यदि 'p' के स्थान पर हम 'राम बीमार है' कथन प्रतिस्थापित कर दें और 'q' के स्थान पर 'उसका भाई दवा लाने के लिए गया है' तो 'राम बीमार है और उसका भाई दवा लाने गया है' सत्यता-फलित कथन 'p.q' का प्रतिस्थापित दृष्टान्त है। ऐसे ही अन्य सम्बन्धकों से बने सत्यता-फलित कथनों के आकार भी इन प्रतिज्ञप्ति-परिवर्तियों के माध्यम से हम व्यक्त कर सकते हैं तथा यहाँ भी प्रतिज्ञप्ति आकार तथा उसके किसी प्रतिस्थापित दृष्टान्त में भेद कर सकते हैं। आगे चलकर प्रतिज्ञप्ति या कथन आकार (statement form) तथा कथन (statement) में भेद को स्पष्ट करने के सिलसिले में हम कथन-आकार तथा उसके किसी प्रतिस्थापित दृष्टान्त के भेद को और स्पष्ट करने की चेष्टा करेंगे।

सत्यता-मूल्य की दृष्टि से, यानी इस दृष्टि से कि संयोजन कब सत्य होगा और कब असत्य, प्रतीकात्मक तर्कशास्त्र निम्नलिखित नियम स्थापित करता है – ***संयोजन तभी और सिर्फ तभी सत्य होता है जब इसके दोनों संयुक्त सत्य हों, अन्यथा वह असत्य होता है।*** किसी भी संयोजन 'p.q' के संयुक्तों के सत्या-मूल्यों की सभी सम्भावनाएँ निम्नलिखि होंगी :—

(i) p तथा q दोनों सत्य हैं।

(ii) p सत्य है तथा q असत्य।

(iii) p असत्य है तथा q सत्य।

(iv) p तथा q दोनों असत्य हैं।

इनमें से सिर्फ पहली स्थिति में संयोजन 'p. q' सत्य होगा, अन्य तीनों स्थितियों में असत्य।

'और' सम्बन्धक अथवा '.' प्रतीक के सम्बन्ध में उपर्युक्त नियम को एक संक्षिप्त तथा स्पष्ट रूप में हम एक सारणी के माध्यम से व्यक्त कर सकते हैं, जिसे सत्यता-सारणी (Truth-table) कहते हैं। यह सत्यता-सारणी नीचे दी जाती है। इस सारणी में 'T' 'true' अथवा 'सत्य' का प्रतीक होगा तथा 'F' 'false' यानी 'असत्य' का। आगे की सभी सत्यता-सारणियों में भी 'T' तथा 'F' से इन्हीं अर्थों का बोध होगा।

'p.q' की सत्यता-सारणी :—

p	q	p.q
T	T	T
T	F	F
F	T	F
F	F	F

चूँकि '.' प्रतीक द्वारा बनी किसी भी संयोजक प्रतिज्ञप्ति का सत्यता-मूल्य ठीक उसी प्रकार निर्धारित होगा जिस प्रकार ऊपर की सारणी में 'p.q' का हुआ है, इसलिए कह सकते हैं कि यह सत्यता-सारणी '.' प्रतीक को परिभाषित करती है।

यहाँ हम देख सकते हैं कि यद्यपि साधारण भाषा में 'और' सम्बन्धक के कई प्रकार के प्रयोग हो सकते हैं तथापि उसके द्वारा संयुक्त कथनों की सत्यता-असत्यता से सम्बन्धित दृष्टिकोण के आधार पर जो निश्चित नियम ऊपर उसके प्रयोग के सम्बन्ध में निर्धारित किया गया है उसमें कोई बहुत कृत्रिमता नहीं है। साधारण भाषा में जब भी 'और' का प्रयोग दो प्रतिज्ञप्तियों को जोड़ने के लिए होता है तो उसके पीछे एक सामान्य अर्थ यह अवश्य ही छिपा रहता है कि बोलने वाला या लिखनेवाला दोनों ही प्रतिज्ञप्तियों की सत्यता का समर्थन एक साथ करता है। इसलिए दोनों में से एक भी यदि असत्य कथन हो तो, पूरा कथन असत्य हो जाता है। इन्हीं बातों को ध्यान में रखकर '.' प्रतीक के प्रयोग के सम्बन्ध में उपर्युक्त नियम बनाया गया है। हम यह भी कह सकते हैं कि 'और' के अर्थ में साधारण भाषा में अलग-अलग अवसरों पर चाहे जो भी परिवर्तन होता रहे, हम 'डॉट' प्रतीक को उपर्युक्त निश्चित अर्थ देते हैं और इसी अर्थ में उसका व्यवहार आगे हमेशा करेंगे।

यहाँ एक बात ध्यान देने योग्य यह है कि हम प्रतीकात्मक तर्कशास्त्र में हिन्दी के 'एवं', 'तथा', 'लेकिन', 'यद्यपि', 'फिर भी' 'तो भी' आदि शब्दों का व्यवहार भी 'और' सम्बन्धक के अनुरूप अर्थ में ही करते हैं। उसी प्रकार अंग्रेजी में 'But', 'yet', 'still', 'also', 'although', 'however', 'moreover', 'nevertheless' आदि शब्दों का व्यवहार 'and' के अर्थ में करते हैं और इसलिए इनके द्वारा संयुक्त कथनों का प्रतीकीकरण एक संयोजक कथन के रूप में ही होगा।

(ख) निषेधात्मक कथन (निषेध)—हिन्दी का 'नहीं' अथवा अंग्रेजी का 'not' भी एक सत्यता-फलनक सम्बन्धक (truth-functional connective) है, चूँकि जिस कथन में यह होता है उसका सत्यता-मूल्य उसके एकमात्र घटक कथन पर निर्भर करता है। जैसे 'राम बीमार नहीं है' कथन का सत्यता-मूल्य 'राम बीमार है' कथन के सत्यता-मूल्य पर निर्भर करता है। जब भी 'राम बीमार है' सत्य होगा तो 'राम बीमार नहीं है' असत्य और जब 'राम बीमार है' असत्य होगा तो 'राम बीमार नहीं है' सत्य। 'नहीं' सम्बन्धक वाले कथन को 'निषेधात्मक कथन' (Negative statement) या सीधा 'निषेध' (Negation) कहते हैं। 'नहीं' (Not) का प्रतीक है '~', इसलिए यदि 'p' कोई कथन हो (जैसे, राम बीमार है) तो उसका निषेध होगा '~p'। निषेध से सम्बन्धित नियम निम्नलिखित रूप में रखा जा सकता है – ***एक सत्य कथन का निषेध असत्य तथा एक असत्य कथन का निषेध सत्य होता है।*** इसे बड़ी सुगमता से निम्नलिखित

सत्यता-सारणी के माध्यम से व्यक्त किया जा सकता है :—

p	~p
T	F
F	T

यह सत्यता-सारणी सचमुच '~' प्रतीक को परिभाषित करती है।

यह असत्य है कि 'It is false that', 'यह सत्य नहीं है कि (It is not true that), 'ऐसा नहीं है कि' (It is not the case that) आदि को भी 'नहीं' (Not) के अनुरूप ही समझना चाहिए तथा प्रत्येक के लिए '~' को प्रतीक रूप में लेना चाहिए। उदाहरण के लिए 'ऐसा नहीं है कि राम बीमार है' तथा 'राम बीमार नहीं है', दोनों एक ही कथन है और 'ऐसा नहीं है कि राम बीमार है' तथा 'राम बीमार नहीं है', दोनों एक ही कथन है और दोनों का ही प्रतीक होगा '~ p', यदि 'p' को 'राम बीमार है' का प्रतीक मान लिया जाए।

(ग) वियोजक कथन (वियोजन)— 'या' (or) सम्बन्धक से बना सत्यता-फलित कथन 'वियोजक कथन' या सीधा 'वियोजन' (Disjunction) कहलाता है तथा इसके घटक कथनों को 'वियुक्त' (Disjuncts) कहा जाता है। इस कथन को 'वैकल्पिक कथन' भी कहा जाता है तथा उसके घटकों को विकल्प (Alternatives)। यदि 'p' तथा 'q' को किन्हीं दो कथनों के प्रतीक मानें तो उनसे बना वियोजक कथन होगा 'pvq'। इसके सत्यतामूल्य के सम्बन्ध में निम्नलिखित नियम है— ***कोई भी वियोजक कथन तभी और सिर्फ तभी असत्य होता है जब इसके दोनों वियुतक असत्य हों, अन्यथा यह सत्य होता है।*** उदाहरणार्थ, 'pvq' तभी असत्य होगा, जब 'p' तथा 'q' दोनों असत्य हो, अन्य सभी स्थितियों में वह सत्य होगा। 'p' तथा 'q' के सभी सम्भव सत्यता-मूल्यों के आधार पर 'pvq' के सत्यतामूल्य का निर्धारण कैसे होता है, यह निम्नलिखित सत्यता-सारणी व्यक्त करती है :—

p	q	pvq
T	T	T
T	F	T
F	T	T
F	F	F

यहाँ भी हम कह सकते हैं कि यह सत्यता-सारणी 'v' प्रतीक को परिभाषित करती है।

प्राकृतिक भाषा में 'या' सम्बन्धक के दो प्रकार के प्रयोग देखने को मिलते हैं जिनमें से एक को हम समावेशी (Inclusive) तथा दूसरे को उसका व्यावर्तक (exclusive) प्रयोग कह सकते हैं। कभी-कभी वियोजक कथन से कुछ इस प्रकार का अर्थ निकलता है कि उसके दोनों वियुक्तों में से किसी एक को सत्य माना जा सकता है या एक ही साथ दोनों को भी सत्य माना जा सकता है। उदाहरण के लिए यदि कहा जाए कि 'किसी की बीमारी या आवश्यक कार्य की स्थिति में छुट्टी मिल सकती है', तो स्पष्टतः यहाँ अर्थ यह है कि घर में कोई बीमार हो या कोई आवश्यक कार्य हो या दोनों ही स्थितियाँ एक ही साथ मौजूद हो तो फिर छुट्टी मिलेगी। 'या' के इसी प्रकार के प्रयोग को, जिसमें वह दोनों विकल्पों के एक साथ भी सत्य होने की सम्भावना रखता है, उसका समावेशी प्रयोग कहते हैं। यहाँ 'p या q' का अर्थ है 'या तो p या q या p तथा q दोनों ('p or q' means 'either p or q or both p and q')। यहाँ पर इसलिए 'या' का अर्थ है कि **कम-से-कम** एक विकल्प सत्य है। परन्तु यदि कहा जाए कि 'प्रत्येक व्यक्ति को चाय या कॉफी मिलेगी' तो यहाँ अर्थ यह प्रतीत होता है कि प्रत्येक व्यक्ति को सिर्फ चाय या कॉफी मिलेगी, दोनों नहीं। 'या' के ऐसे ही प्रयोग को जिसमें वह दोनों विकल्पों के एक साथ होने की सम्भावना का बहिष्कार करता है, उसका व्यावर्तक प्रयोग कहा जाता है। इस प्रयोग में 'p या q' का अर्थ है 'या तो p या q तथा p और q दोनों नहीं ('p or q' means 'either p or q and not both p and q)। यहाँ पर 'या' का अर्थ है कि **अधिक-से-अधिक** एक विकल्प सत्य है जिसका दूसरा अर्थ इस रूप में भी लिया जा सकता है कि 'कम-से-कम एक विकल्प सत्य हो और कम-से-कम एक विकल्प असत्य है'। इस प्रकार हम देख सकते हैं कि 'या' के दोनों प्रकार के प्रयोगों में एक बात उभयनिष्ठ है और वह यह है कि 'कम-से-कम एक विकल्प सत्य है'। हम उसके इसी सामान्य या उभयनिष्ठ अर्थ को लेकर उसके प्रयोग के सम्बन्ध में उपर्युक्त निश्चित नियम निर्धारित करते हैं। इस प्रकार यहाँ 'v' प्रतीक 'या' सम्बन्धक के समावेशी प्रयोग का प्रतीक है, व्यावर्तक का नहीं। हम देख सकते हैं कि ऐसा निश्चित करने में हमने कुछ मनमानी की है, परन्तु ऐसा नहीं है कि 'या'के साधारण भाषा में प्रयोग से हमारा कोई मतलब नहीं है और हमारा प्रयोग बिल्कुल कृत्रिम है।

'या तो ......या' (either ...... or), 'अथवा' आदि सम्बन्धकों को भी 'या'के अनुरूप ही समझना चाहिए। अतः इसका भी प्रतीक 'v' ही होगा। अंग्रेजी के 'unless' शब्द को भी जिसका हिन्दी रूपान्तर 'जब तक कि नहीं, किया जा सकता है, 'या' की तरह ही समझने की सलाह दी जाती है, यद्यपि साधारण भाषा में इसका दूसरे प्रकार का प्रयोग भी होता है। हम यदि 'you cannot succeed unless you labour hard' कथन को लें तो हम देख सकते हैं कि यह इस वियोजक कथन के अनुरूप है— 'you labour hard or you cannot succeed'। इस प्रकार 'unless' को हम 'or' सम्बन्धक के रूप में ले सकते हैं तथा इसके लिए 'v' प्रतीक का प्रयोग कर सकते हैं।

(घ) सोपाधिक कथन— 'यदि ...... तो' (If ...... then) से बने सत्यता-फलित कथन को सोपाधिक (conditional) कथन कहते हैं। इसे 'हेत्वाश्रित' (Hypothetical) अथवा आपादनात्मक (Implicative) कथन की संज्ञा भी दी जाती है। फिर 'यदि' और 'तो' के बीच वाले घटक को 'पूर्ववर्ती' (Antecedent) या 'आपादक' (Implicans) कहते हैं तथा 'तो' के बाद वाले घटक को 'अनुवर्ती' (consequent) या 'आपाद्य' (Implicate) कहते हैं। उदाहरण के लिए, 'यदि सूर्य है, तो प्रकाश है' कथन में 'सूर्य है' पूर्ववर्ती है तथा 'प्रकाश है' अनुवर्ती। कभी-कभी सम्पूर्ण आपादनात्मक कथन को सिर्फ आपादन (implication) भी कहा जाता है। अब यदि 'p' को किसी भी पूर्ववर्ती का प्रतीक माने तथा 'q' को अनुवर्ती का तो '⊃' प्रतीक का प्रयोग करते हुए आपादन का जो सामान्य आकार हमारे सामने आयेगा वह होगा— 'p ⊃ q'। घटक कथनों के सत्यता-मूल्यों के हिसाब से आपादान के सत्यता-मूल्यों के सम्बन्ध मे निम्नलिखित नियम प्रतीकात्मक तर्कशास्त्र में मान्य है – *आपादान तभी और सिर्फ तभी असत्य होता है जब उसका पूर्ववर्ती सत्य हो तथा अनुवर्ती असत्य, अन्य सभी स्थितियों में वह सत्य होता है।* अर्थात् 'p ⊃ q' तभी और सिर्फ तभी असत्य होगा जब 'p' सत्य हो तथा 'q' असत्य, 'p' तथा 'q' की सत्यता-असत्यता की अन्य सभी स्थितियों में वह सत्य होगा। 'p' तथा 'q' के सभी सम्भावित सत्यता-मूल्यों के आधार पर 'p ⊃ q' के सत्यता-मूल्य किस-

किस प्रकार निर्धारित होते हैं, यह हमें नीचे की सारणी बतलाती है :—

p	q	$p \supset q$
T	T	T
T	F	F
F	T	T
F	F	T

हम कह सकते हैं कि ऊपर की सारणी '⊃' को परिभाषित करती है।

साधारण भाषा में 'यदि......तो' सम्बन्धक के कई प्रकार के प्रयोग होते हैं। उदाहरण के लिए कम-से-कम चार प्रकार के प्रयोगों को हम देखें–

(i) यदि राम कुंवारा है, तो वह अविवाहित है (If Ram is a bachelor, then he is unmarried.)

(ii) यदि सभी विद्वान मनुष्य हैं और राम एक विद्वान है, तो राम मनुष्य है (If all learned are men and Ram is learned, then Ram is a man.)

(iii) यदि किसी धातु को गर्म किया जाता है, तो वह फैलता है (If a metal is heated, it expands)

(iv) यदि दो और दो का योग चार है, तो राम पर विश्वास किया जा सकता है (If two and two make four, then Ram may be believed upon.)

हम देख सकते हैं कि 'यदि......तो' का पहला प्रयोग पूर्ववर्ती तथा अनुवर्ती के बीच एक पारिभाषिक सम्बन्ध व्यक्त करता है, जिसमें एक अनिवार्यता है। दूसरा प्रयोग पूर्ववर्ती तथा अनुवर्ती के बीच एक तार्किक सम्बन्ध बतलाता है, जिसमें एक-दूसरे प्रकार की अनिवार्यता है। इसमें अनुवर्ती पूर्ववर्ती से अनिवार्यतः निकलता है। तीसरा प्रयोग पूर्ववर्ती तथा अनुवर्ती के बीच एक आनुभविक (empirical) अथवा प्रायोगिक (experimental) सम्बन्ध बतलाता है, जिसमें कोई अनिवार्यता नहीं है। ऐसे सम्बन्ध को कारणात्मक सम्बन्ध (causal relation) भी कहा जा सकता है। परन्तु चौथा प्रयोग इन सबों से भिन्न है। यहाँ पूर्ववर्ती तथा अनुवर्ती के बीच न तो कोई पारिभाषिक (definitional) सम्बन्ध है, न ही तार्किक (logical) और न ही कारणात्मक (causal)। वास्तविकता तो यह है कि यहाँ पूर्ववर्ती या अनुवर्ती में प्रत्यक्ष या परोक्ष कोई लगाव ही नहीं मालूम पड़ता, दोनों के विषय बिल्कुल अलग-अलग है। फिर भी 'यदि.....तो' का प्रयोग यहाँ पूर्ववर्ती तथा अनुवर्ती के बीच यह सम्बन्ध तो बतलाता ही है कि पूर्ववर्ती के सत्य होने की स्थिति में अनुवर्ती भी सत्य है, यानी, ऐसा नहीं है कि पूर्ववर्ती सत्य है और अनुवर्ती असत्य। यदि पूर्ववर्ती के लिए 'p' तथा अनुवर्ती के लिए 'q' प्रतीक का व्यवहार किया जाए तो 'If p, then q' का इतना अर्थ तो है ही कि ऐसा नहीं है कि p सत्य है और q असत्य, यानी $\sim(p. \sim q)$। और 'यदि .....तो' के पहले तीनों प्रयोग इस चौथे प्रयोग से चाहे कितने भी भिन्न क्यों न हों, उनमें भी प्रत्येक में यह अर्थ तो निहित है ही कि 'ऐसा नहीं है कि पूर्ववर्ती सत्य है और अनुवर्ती असत्य' यानी $\sim(p. \sim q)$, यदि 'p' तथा 'q' उनमें भी क्रमशः पूर्ववर्ती तथा अनुवर्ती के प्रतीक हो। इस प्रकार 'यदि......तो' के विभिन्न प्रयोगों में एक अर्थ सामान्य रूप से निहित है और वह यह है कि 'ऐसा नहीं है कि पूर्ववर्ती सत्य है और अनुवर्ती असत्य', यानी $\sim(p. \sim q)$, यदि 'p' तथा 'q' को क्रमशः पूर्ववर्ती तथा अनुवर्ती का प्रतीक माना जाए। '⊃' प्रतीक 'यदि......तो' के सचमुच इसी

सामान्य अर्थ का प्रतीक है।

आपादन के उपर्युक्त चार उदाहरणों में से चौथा उदाहरण जिस प्रकार के आपादन का उदाहरण है उसे 'वस्तुगत आपादन' (Material Implication) की संज्ञा दी जाती है। इस प्रकार के आपादान में आपादक तथा आपाद्य में कोई प्रत्यक्ष या परोक्ष लगाव नहीं मालूम पड़ता। ऐसा आपादन सिर्फ इतना ही भर व्यक्त करता है कि वास्तविकता में ऐसा नहीं है कि (It is ot as a matter of fact the case that) आपादक सत्य है तथा आपाद्य असत्य। इस प्रकार स्पष्ट शब्दों में '⊃' वस्तुगत आपादान का प्रतीक है। हम 'p ⊃ q' को भले ही संक्षेप में इस रूप में पढ़ते हैं कि 'p' 'q' को आपादित करता है (p implies q), परन्तु इसका वास्तविक अर्थ है – 'p' 'q' को वस्तुगत रूप में आपादित करता है (p materially implies q)।

ऊपर का सारा विवरण यह बतलाता है कि 'यदि......तो' के प्रयोग को सिर्फ वस्तुगत आपादान के अर्थ में लेकर तथा तदनुसार '⊃' प्रतीक को उपर्युक्त रूप में परिभाषित कर हमने एक अर्थ मे कुछ मानमानी की है, परन्तु फिर भी 'यदि......तो' का वह प्रयोग बिल्कुल कृत्रिम नहीं कहा जा सकता चूँकि हमने देखा है कि साधारण भाषा में 'यदि......तो' के अन्य प्रकार के प्रयोगों में एक सामान्य रूप में वह अर्थ निहित है जिसमे हमने '⊃' प्रतीक को परिभाषित किया है।

अगर......तो', 'जब......तब', 'सिर्फ यदि' (only it), आदि को भी 'यदि...तो' के अनुरूप ही मानना चाहिए। अंग्रेजी के 'In case', 'on the condition that', 'provided that', 'given that', आदि को भी 'If......then' की ही तरह ही लेना चाहिए, हाँ इन शब्दो या शब्द-समूहों के साथ जो कथनों का निर्माण होता है, वह सीधे 'If......then' वाले कथनों से थोड़ा भिन्न हो सकता है। कथनों का प्रतीकीकरण करते वक्त इस बात का ध्यान रखना होगा तथा कथन को ठीक से 'If......then' वाले कथन के रूप में समझकर उसका प्रतीकीकरण '⊃' प्रतीक की सहायता से करना होगा। उदाहरण के लिए, 'He will pass only if he labours hard' कथन 'If......then' वाले कथन के रूप में वस्तुतः यह कथन है – 'If he labours hard, then he will pass.'। उसी प्रकार 'you will win the election provided that you spend money' कथन इस कथन के तुल्य समझा जाएगा — 'If you spend money, you will win the election.'।

आपादन के विरोधाभास *(Paradoxes of Implication)*

'p ⊃ q' की ऊपर दी गई सारणी को ठीक से देखने पर आपादन के सम्बन्ध में एक महत्त्वपूर्ण बात सामने आती है, जो प्रत्यक्षतः विरोधाभासी लगती है। इस महत्त्वपूर्ण बात के दो पहलू हैं :—

(i) किसी भी आपादन का यदि पूर्ववर्ती असत्य (false) हो तो वह आपादन अवश्य ही सत्य होगा, उसके अनुवर्ती का सत्यता-मूल्य चाहे कुछ भी क्यों न हो।

(ii) किसी भी आपादान का यदि अनुवर्त्ती सत्य हो तो वह अवश्य ही सत्य होता है, चाहे उसके पूर्ववर्ती का सत्यता-मूल्य कुछ भी हो।

इन दोनों बातों को एक-दूसरे प्रकार से भी व्यक्त किया जा सकता है :—

(i) *एक असत्य पूर्ववर्ती किसी भी अनुवर्ती को आपादित करता है तथा*

(ii) *एक सत्य अनुवर्ती किसी भी पूर्ववर्ती के द्वारा आपादित होता है।*

इन बातों को पूर्ववर्ती तथा अनुवर्ती का कोई जिक्र किए बिना भी इस प्रकार व्यक्त कर सकते हैं :—

(i) *एक असत्य कथन किसी भी कथन को आपादित करता है तथा*

(ii) *एक सत्य कथन किसी भी कथन के द्वारा आपादित होता है।*

ये दोनों बातें प्रत्यक्षतः विरोधाभासी अथवा पहेली की तरह इसलिए लगती है चूँकि 'If p, then q' का साधारणतः हम अर्थ यह लेते हैं कि यदि p (पूर्ववर्ती) सत्य है, तो q (अनुवर्ती) भी सत्य है, और यहाँ स्थिति यह है कि यदि p असत्य हो, तो फिर पूरा आपादन 'If p, then q' सत्य हो जाएगा, यानी $\sim p \supset (p \supset q)$। यह बात थोड़ी विचित्र सी अवश्य लगती है। उसी प्रकार इसे अभिव्यक्त करने का जो यह तरीका है कि 'एक असत्य कथन किसी भी कथन को आपादित करता है' कुछ और भी विचित्र और विरोधाभासी लगता है। इसके अनुसार उदाहरण के लिए, '2+2=5' कथन किसी भी कथन को आपादित करेगा, ऐसे कथन को भी जिसका विषय-वस्तु की दृष्टि से इसके साथ कोई भी मेल नहीं है – जैसे, ये कथन – 'राम मनुष्य है', 'हाथी के दो पैर हैं', आदि। वैसे ही यह कहना भी कि अनुवर्ती के सत्य होने से आपादन अवश्य सत्य होगा, यानी यदि 'q' सत्य होगा, तो 'If p, then q' जरूर सत्य होगा, यानी, $q \supset (p \supset q)$, भी विरोधाभासी लगता है चूँकि 'If p, then q' का स्वरूप तो कहता है कि q की सत्यता, p पर निर्भर करती है औ यहाँ कहा जा रहा है कि 'p' से कोई मतलब नहीं, वह चाहे कुछ भी हो, यदि 'q' सत्य है तो फिर '$p \supset q$' सत्य होगा। उसी तरह इसे अभिव्यक्त करने क। जो दूसरा तरीका है, यानी एक सत्य कथन किसी भी कथन के द्वारा आपादित हो जाएगा, और भी विचित्र लगता है, चूँकि इसका मतलब है कि एक सत्य कथन, जैरो '2+2=4', किसी भी कथन जैसे, 'हाथी ईमानदार है', 'घोड़ा विद्वान है' आदि के द्वारा आपादित कर लिया जाएगा।

परन्तु '$p \supset q$' के वास्तविक अर्थ को यदि हम ध्यान में रखें, जिसकी पूरी चर्चा हो चुकी है, तो फिर ये विरोधाभास समाप्त हो जाएँगे। हमने देखा है कि '$p \supset q$' का अर्थ है $\sim (p . \sim q)$, यानी 'ऐसा नहीं है कि p (पूर्ववर्ती) सत्य है और q (अनुवर्ती) असत्य'। अब इस पर हम उपर्युक्त दोनों विरोधाभासों को मिलाकर देखें। पहला विरोधाभास कहता है कि एक असत्य पूर्ववर्ती किसी अनुवर्ती को आपादित करता है और हम देख सकते हैं कि यदि '$p \supset q$' का अर्थ लिया जाता है $\sim (p . \sim q)$ तो ऐसा होन। बिलकुल स्वाभाविक है। हम इसे इस प्रकार देख सकते हैं :—

हम सिर्फ यह जानते हैं कि 'p' असत्य है, और 'q' के विषय मे कुछ नहीं जानते, अर्थात वह सत्य भी हो सकता ह और असत्य भी। मान लिया जाए 'q' सत्य है, तो स्थिति क्या होगी ? $\sim (p . \sim q)$ के आधार पर स्थिति यह होगी कि 'ऐसा नहीं है कि एक असत्य कथन 'p' सत्य है और एक सत्य कथन 'q' सत्य नहीं है। और यह बिल्कुल सही बात है। इसमें विरोधाभास कहाँ है ? उसी प्रकार मान लिया जाए 'q' असत्य है, तो स्थिति क्या होगी ? स्थिति होगी – ऐसा नहीं है कि एक असत्य कथन p सत्य है और दूसरा असत्य कथन 'q' सत्य नहीं है। और इसमें भी विरोधाभास कहाँ है ? जब एक असत्य कथन सत्य है, तो दूसरा असत्य कथन भी सत्य हो सकता है।

वैसे ही दूसरे विरोधाभास को हम लें। यानी यह कि 'एक सत्य अनुवर्ती (q) किसी भी पूर्ववर्ती (p) के द्वारा आपादित होती है। यहाँ पूर्ववर्ती के विषय में हम नहीं जानते। वह

सत्य भी हो सकता है और असत्य भी। पहले उसे, यानी, 'p' को सत्य माना जाए, तो स्थिति क्या होती है ? ध्यान रहे कि स्थिति $\sim(p.\sim q)$ के आधार पर ही समझना है। स्थिति हुई— ऐसा नहीं है कि एक सत्य कथन (p) सत्य है और एक सत्य कथन (q) असत्य है। और इसमें कहाँ कोई विरोधाभास है ? उसी प्रकार अब मानकर चलें कि पूर्ववर्ती 'p' असत्य है। तो स्थिति होती है– ऐसा नहीं है कि एक असत्य कथन (p) सत्य है और एक सत्य कथन (q) असत्य है। और इसमें भी स्पष्टतः कोई विरोधाभास नहीं, बल्कि एक सच्ची बात कही जा रही है।

इस प्रकार यदि एक बार हम ठीक से समझ लें कि '$\supset$' वस्तुगत आपादन का प्रतीक है जिसके अन्तर्गत $(p \supset q)$ का अर्थ है $\sim(p.\sim q)$, तो फिर किसी विरोधाभास का सामना हमें नहीं करना पड़ेगा।

(ङ) उभयोपाधिक कथन— 'यदि और सिर्फ यदि (If and only if) से बना सत्यता-फलित कथन उभयोपाधिक (Biconditional) कहलाता है, चूँकि इसके दोनों घटक एक-दूसरे को आपादित करते हैं। घटकों को एक-दूसरे के वस्तुगत रूप से तुल्य (materially equivalent) कहा जाता है, चूँकि '$\equiv$' प्रतीक वस्तुगत तुल्यता का प्रतीक है। यदि 'p' तथा 'q' दो घटक कथनों के प्रतीक हों तो उभयोपाधिक कथन का सामान्य रूप होगा–'$p \equiv q$'। इसके सम्बन्ध में सत्यता-असत्यता सम्बन्धी निम्नलिखित नियम है— ***उभयोपाधिक कथन तभी और सिर्फ तभी सत्य होता है जब इसके दोनों घटकों के सत्यता-मूल्य एक ही होते हैं*** (यानी, या तो दोनों सत्य या दोनों असत्य), अन्य स्थितियों में यह असत्य होता है। इसे सत्यता-सारणी द्वारा निम्नलिखित रूप में दर्शाया जा सकता है :—

p	q	$p \equiv q$
T	T	T
T	F	F
F	T	F
F	F	T

यह सत्यता-सारणी सचमुच '$\equiv$' प्रतीक को, जो वस्तुगत तुल्यता का प्रतीक है, परिभाषित करती है।

हमने ऊपर कहा है कि उभयोपाधिक कथन के दोनों घटक एक-दूसरे को आपादित करते हैं। यानी यदि एक घटक 'p' तथा दूसरा 'q' हो तो उभयोपाधिक कथन को इस रूप में भी व्यक्त किया जा सकता है – $(p \supset q)(q \supset p)$

हम नीचे देख सकते हैं कि उसकी भी सत्यता-सारणी में इसके उसी प्रकार के सत्यता-मूल्य निर्धारित होते हैं, जिस प्रकार '$p \equiv q$' के हुए हैं :—

p	q	$p \supset q$	$q \supset p$	$(p \supset q) \cdot (q \supset p)$
T	T	T	T	T
T	F	F	T	F
F	T	T	F	F
F	F	T	T	T

(3) कोष्ठकों का प्रयोग (*Use of Brackets*)

ऊपर हमने पाँच प्रकार के सत्यता-फलित कथनों के सत्यता-मूल्यों की विभिन्न स्थितियों का निरीक्षण किया। पर कोई आवश्यक नहीं कि जब युक्तियों के निर्माण में इन कथनों का हाथ हो, तो इनमें से प्रत्येक अपने अलग-अलग साधारण रूप में ही वहाँ आये। हो सकता है कि इन सत्यता-फलित कथनों में से कई का एक मिश्रित रूप युक्ति के आधार कथन या निष्कर्ष के रूप में हमारे समक्ष उपस्थित हो। ऐसी स्थिति में यदि हम प्रतिज्ञप्ति-परिवर्तियों के साथ सत्यता-फलनक सम्बन्धकों का प्रयोग उनके लागू होने की सीमा या क्षेत्र के निर्धारण के बिना यों ही सीधे रूप में करते चले जाएँ तो फिर उनके सत्यता-मूल्यों के निर्धारण में हमें एक अनिश्चितता का सामना करना पड़ेगा। उदाहरण के लिए यदि हमारे समक्ष एक सत्यता-फलित कथन A.BvC हो तो हमारे समक्ष एक समस्या होगी कि हम इसे 'A' तथा 'BvC' का संयोजन समझें या 'A.B' तथा 'C' का वियोजन। दोनों स्थितियों में A, BvC का सत्यता-मूल्य एक ही न होकर अलग-अलग हो जाएगा। तो फिर किसे हम इसका वास्तविक सत्यता-मूल्य समझें? ऐसी अनिश्चितता की स्थितियों से बचने के लिए गणित की तरह तर्कशास्त्र में भी कोष्ठकों का प्रयोग किया जाता है जो किसी भी सत्यता-फलनक सम्बन्धक के लागू होने के क्षेत्र का निर्धारण कर देते हैं। जैसे यदि कोष्ठकों का प्रयोग करते हुए हम ऊपर के कथन को इस प्रकार लिखें – A. (BvC) या इस प्रकार लिखें – (A.B) vC, तो दोनों ही स्थितियो में सत्यता-फलनक कथन का निश्चित स्वरूप निर्धारित हो जाता है और अब यदि 'A', 'B' तथा 'C' के सत्यता-मूल्य दिए हुए हों तो इनके सत्यता-मूल्य का निर्धारण आसानी से और एक निश्चित रूप में किया जा सकता है। पहले रूप गें कथन 'A' तथा 'BvC' का संयोजन है तथा दूसरे रूप में 'A.B' तथा 'C' का वियोजन।

गणित में तीन तरह के कोष्ठकों का प्रयोग होता है – '( )', '{ }' तथा '[ ]'। पहले को छोटा कोष्ठक, दूसरे को मध्यम कोष्ठक तथा तीसरे को बड़ा कोष्ठक कह सकते हैं। आवश्यकता पड़ने पर तर्कशास्त्र मे भी इन तीनों का व्यवहार किया जाता है। उदाहरण के लिए '~A ⊃ BvC. ~ B' जैसे एक अनिश्चित कथन को हम तीनों कोष्ठकों के प्रयोग द्वारा एक निश्चित रूप निम्नलिखित प्रकार से दे सकते हैं – ~ [A ⊃ { Bv (C.~B) }]। निषेध-प्रतीक '~' के प्रयोग के सम्बन्ध में मान्यता यह है कि जबतक कोष्ठकों के प्रयोग के द्वारा उसके लागू होने का क्षेत्र निश्चित न कर दिया जाए तब तक उसका क्षेत्र उसी कथन या कथन-परिवर्ती तक सीमित समझा जाएगा जो उसके तुरंत बाद आता है। जैसे–~ AvB में '~' का क्षेत्र सिर्फ 'A' तक सीमित है परन्तु ~ (AvB) में उसका क्षेत्र पूरा 'AvB' है, चूँकि उसका प्रयोग कोष्ठक के बाहर हुआ है और पूरा 'AvB' कोष्ठक के अंदर है। उसी प्रकार ~ Av (BvC) में '~' का क्षेत्र सिर्फ 'A' तक सीमित है, पर ~ [A ⊃ { Bv (C.D) }] में उसका क्षेत्र बड़े कोष्ठक के अन्दर जो कुछ है, वह सब है, यानी, पूरा [A ⊃ { Bv (C.D) }]'।

(4) जटिल सत्यता-फलित कथनों के सत्यता-मूल्य का निर्धारण (*Determination of the Truth-values of Complex Truth-functional Statements*)

ऊपर हमने सत्यता-सारणियों के द्वारा '.', 'v', '~' आदि सम्बन्धकों से बनी सत्यता-फलित प्रतिज्ञप्तियों के सत्यता-मूल्यों का निर्धारण किया है, पर हमारे सामने हमेशा ये ही प्रतिज्ञप्तियाँ नहीं आयेगी, बल्कि कोष्ठकों के प्रयोग के सहारे कुछ जटिल रूप की सत्यता-फलित प्रतिज्ञप्तियाँ भी आ सकती है, जिनमें कई सम्बन्धकों का प्रयोग हुआ हो। उदाहरण के लिए हमारे सामने

प्रश्न हो सकता है कि यदि 'A' सत्य हो और 'C' तथा 'D' असत्य, तो निम्नलिखित प्रतिज्ञप्ति के सत्यता-मूल्य का निर्धारण कीजिए :—

[Cv (A.D)] v ~ [(CvA) · (CvD)]

तो हम इसे कैसे करेंगे ? सबसे पहले तो सरल प्रतिज्ञप्तियों के जो सत्यता-मूल्य दिए हुए हैं, उन्हें इन प्रतिज्ञप्तियों की जगह रख देंगे। जैसे, ऊपर की जटिल प्रतिज्ञप्ति इस प्रकार की जाएगी :—

[Fv (T.F)] v ~ [(FvT) · (FvF)]

और अब हम ऊपर बतलाए '.', 'v' आदि सम्बन्धकों के नियमों के अनुसार धीरे-धीरे सरल कर लेंगे। सबसे पहले जिन कोष्ठकों का सबसे छोटा क्षेत्र है, वहाँ से प्रारम्भ करेंगे – और ऐसा करने से उपर्युक्त का रूप धीरे-धीरे नीचे जैसा होता जाएगा :—

[FvF] v ~ [T.F.]
= Fv ~ F
= F v T
= T

अतः जटिल सत्यता-फलित प्रतिज्ञप्ति का सत्यता-मूल्य हुआ 'सत्य'।

उसी प्रकार निम्नलिखित जटिल सत्यता-फलित प्रतिज्ञप्ति का भी सत्यता-मूल्य निकाला जा सकता है। यहाँ दिया हुआ यह है कि 'A' तथा 'B' सत्य है तथा 'C' असत्य।

$(B \supset A) \supset [A \supset \sim C) \supset (\sim C \supset B)]$
$= (T \supset T) \supset [(T \supset \sim F) \supset (\sim F \supset T)]$
$= T \supset [(T \supset T) \supset (T \supset T)]$
$= T \supset (T \supset T)$
$= T \supset T$
$= T$

अतः दिए हुए कथन का सत्यता-मूल्य सत्य हुआ।

फिर यह दिए रहने पर कि 'A' सत्य है तथा 'C' असत्य,

निम्नलिखित का सत्यता-मूल्य :—

~ [~ { ~ (A.~ C) . ~ A { . ~ C]

दिए हुए सत्यता-मूल्य प्रतिस्थापित करने पर —

~ [~ { ~ (T. ~ F) – ~ T }. ~ F]
= ~ [~ { ~ (T.T). F }. T]
= ~ [~ { ~ T.F } . T]
= ~ [~ { F.F } . T]
= ~ [~ F.T]
= ~ [T.T]
= ~ T
= F

इस प्रकार दिये हुए कथन का सत्यता-मूल्य 'असत्य' हुआ।

जटिल सत्यता-फलित कथनों के उदाहरण प्रतीक रूप में न होकर साधारण भाषा में भी

हो सकते हैं। उनके सत्यता-मूल्य के निर्धारण के लिए पहले कथनों का प्रतीकीकरण कर लेना होगा और फिर उपर्युक्त तरीके से उनके सत्यता-मूल्य का निर्धारण होगा। उदाहरण के लिए मान लिया जाए निम्नलिखित प्रतिज्ञप्ति हो :—

यदि राम का जन्म परशुराम के पहले हुआ था और सूरदास का जन्म तुलसीदास के पहले नहीं हुआ था, तो या तो तुलसीदास बहुत बड़े पत्नीभक्त नहीं थे या राम लक्ष्मण के भाई थे।

यहाँ प्रतीकीकरण के लिए प्रत्येक सरल कथन के लिए एक-एक प्रतीक मान लेना होगा और फिर यथास्थान दिए हुए सम्बन्धकों के प्रतीक को रखकर कथन का प्रतीकीकरण किया जाएगा। जैसे, मान लिया जाए :—

'राम का जन्म परशुराम के पहले हुआ था' का प्रतीक है 'A' सूरदास का जन्म तुलसीदास के पहले हुआ था' का प्रतीक है 'B' तुलसीदास बहुत बड़े पत्नीभक्त थे' का प्रतीक है 'C' 'राम लक्ष्मण के भाई थे' का प्रतीक है–'D' तो दिए हुए कथन का प्रतीकीकरण हुआ :—

$$(A. \sim B) \supset (\sim C \vee D)$$

और अब यदि यह दिया हुआ हो कि सरल कथनों में से कौन सत्य तथा कौन असत्य है, तो फिर ऊपर की विधि से दिए हुए कथन का सत्यता-मूल्य निकाला जा सकता है।

□

अध्याय – 6

भारतीय तर्कशास्त्र के कुछ महत्त्वपूर्ण पहलू
(SOME IMPORTANT ASPECTS OF INDIAN LOGIC)

(क) न्याय का ज्ञान सिद्धान्त
(Nyaya Theory of Knowledge)

(1) ज्ञान का स्वरूप तथा उनके भेद

ज्ञान को न्याय दर्शन में बुद्धि की भी संज्ञा दी जाती है तथा उसे 'उपलब्धि' या 'अनुभव' के रूप में परिभाषित किया जाता है। ज्ञान अपनी वस्तु (यानी ज्ञान की वस्तु) को प्रकाशित करता है, ठीक उसी प्रकार जिस प्रकार दीपक या अन्य कोई प्रकाश-श्रोत आस-पास की वस्तुओं को प्रकाशित करता है। इस तरह ज्ञान का स्वरूप प्रकाश का स्वरूप है, जो वस्तुओं को हमारी चेतना में प्रकाशित करता है (अर्थ प्रकाशोबुद्धिः)।

ज्ञान के दो भेद हैं – यथार्थ तथा अयथार्थ। यथार्थ ज्ञान को प्रमा तथा अयथार्थ ज्ञान को अप्रमा कहा जाता है। जो वस्तु जिस रूप में है उसे ठीक उसी रूप में जानना यथार्थ ज्ञान यानी प्रमा है (तद्वति तत्प्रकारक ज्ञानं यथार्थम्) तथा जो वस्तु जिस रूप में है उस रूप में उसे नहीं जानकर अन्य किसी रूप में जानना अयथार्थ ज्ञान यानी अप्रमा है। उदाहरण के लिए – यदि कहीं रस्सी लटकी हुई हो तो उसे रस्सी ही समझना या रस्सी के रूप में जानना प्रमा है, पर उसे साँप समझना या साँप के रूप में देखना अप्रमा है। प्रत्यक्ष, अनुमान, उपमान तथा शब्द (के द्वारा प्राप्त ज्ञान) प्रमा के अन्तर्गत आते हैं तथा स्मृति, संशय, भ्रम तथा तर्क अप्रमा के अन्तर्गत आते हैं। स्मृति को अप्रमा के अन्तर्गत इसलिए रखा जाता है चूँकि इसमें ज्ञान की वस्तु साक्षात् रूप में सामने नहीं होती, बल्कि इसमें तो भूतकाल के अनुभव की चेतना में पुनरावृत्ति होती है। वास्तव में भूत के अनुभव की पुनरावृत्ति (Recall or Recognition) को भारतीय परम्परा का कोई भी दर्शन प्रमा के अन्तर्गत सम्मिलित नहीं करता। संशयात्मक ज्ञान तो स्पष्टतः प्रमा के अन्तर्गत आने लायक नहीं है। उसी प्रकार भ्रम या विपर्यय (जैसे, रस्सी के सर्प के रूप में देखना) भी प्रमा नहीं हो सकता। 'तर्क' से यहाँ तात्पर्य सोपाधिक या हेत्वाश्रित (conditional or hypothetical) तर्क (reasoning) से है। जैसे – 'यदि सूर्य होता तो, प्रकाश होता'। इस प्रकार के तर्क या अनुमान को भारतीय परम्परा में कोई स्थान नहीं है।

(2) यथार्थ ज्ञान के साधन

यथार्थ ज्ञान या प्रमा के साधनों को प्रमाण कहा जाता है। न्याय दर्शन के प्रणेता गौतम के अनुसार प्रमा के चार साधन या प्रमाण हैं – (1) प्रत्यक्ष, (2) अनुमान, (3) उपमान तथा (4) शब्द। अब हम इन चारों प्रमाणों का एक-एक कर नीचे वर्णन करेंगे।

(1) प्रत्यक्ष — 'प्रत्यक्ष' शब्द का शाब्दिक अर्थ है 'आँख के सामने' (प्रति = सामने तथा अक्ष = आँख)। इस प्रकार शाब्दिक अर्थ के अनुसार जो आँख के सामने हैं उसका ज्ञान प्रत्यक्ष है। परन्तु 'अक्ष' या 'आँख' से यहाँ मतलब सभी ज्ञानेन्द्रियों से (आँख, नाक, कान, त्वचा तथा जिह्वा) है। इन पाँचों में से किसी के द्वारा या सब के द्वारा जो किसी वस्तु का

साक्षात् ज्ञान होता है उसे प्रत्यक्ष कहते हैं। *गौतम के न्याय-दर्शन मे प्रत्यक्ष की परिभाषा 'इन्द्रियार्थ सन्निकर्ष जन्यं ज्ञानं प्रत्यक्षम्' कहकर दी जाती है, जिसका अर्थ होता है इन्द्रियों और वस्तुओं के सन्निकर्ष (सम्पर्क – Contact) से जो ज्ञान पैदा होता है वह प्रत्यक्ष कहलाता है।* इस प्रकार प्रत्यक्ष के लिए तीन तत्वों का होना जरूरी है – (1) वस्तु, (2) इन्द्रिय तथा (3) दोनों के बीच संयोग या सम्पर्क। उदाहरण के लिए, जब गुलाब के साथ हमारी आँखों का सम्पर्क होता है तो उसके रंग का ज्ञान हमें होता है, नाक का जब उसके साथ सम्पर्क होता है, तो उसके गंध का ज्ञान होता है, त्वचा के साथ जब उसका सम्पर्क होता है तो उसकी कोमलता का ज्ञान हमें होता है और इस प्रकार सब मिलाकर गुलाब का ज्ञान होता है।

कुछ नैयायिक इन्द्रिय सम्पर्क को प्रत्यक्ष-ज्ञान के लिए आवश्यक नहीं मानते। उनके अनुसार किसी भी प्रकार का साक्षात् ज्ञान (immediate knowledge) जो इन्द्रियों के सम्पर्क द्वारा हो या अनेन्द्रिय रूप में हो प्रत्यक्ष ज्ञान कहलाएगा। वस्तु का सीधा साक्षात्कार प्रत्यक्ष कहलाता है (प्रत्यक्षस्य साक्षात्कारित्व लक्ष्णम्)।

प्रत्यक्ष ज्ञान में चूँकि वस्तु का सीधा साक्षात्कार होता है, इसलिए यह ज्ञान असंदिग्ध होता है। इसमें वस्तु का निश्चित, निस्सन्देह रूप में हमें ज्ञान होता है।

प्रत्यक्ष ज्ञान के दो भेद होते हैं – (1) लौकिक तथा (2) अलौकिक। *जब इन्द्रियों का वस्तुओं के साथ साधारण ढंग से सम्पर्क होता है; तो वैसे प्रत्यक्ष को लौकिक प्रत्यक्ष कहते हैं और जब यह सम्पर्क असाधारण ढंग का होता है, तो उसे अलौकिक प्रत्यक्ष कहते हैं।* लौकिक प्रत्यक्ष के फिर तीन भेद हैं – (i) निर्विकल्पक, (ii) सविकल्पक तथा (iii) प्रत्यभिज्ञा। उसी प्रकार अलौकिक प्रत्यक्ष के भी तीन भेद होते हैं – (i) सामान्यलक्षण, (ii) ज्ञानलक्षण तथा (iii) योगज। अब हम इन भेदों को एक-एक कर देखें।

लौकिक प्रत्यक्ष के तीन भेद :—

(i) निविर्कल्पक प्रत्यक्ष — वस्तुओं के अस्पष्ट ज्ञान को निर्विकल्पक प्रत्यक्ष कहते हैं। कभी-कभी हम किसी वस्तु की ओर देखते रहते हैं या कहीं से आती हुई कोईं आवाज हमारे कानों में प्रवेश करती रहती है, परन्तु फिर भी ध्यान को किसी दूसरी ओर लगाए रहने के कारण हमें न तो वस्तु का कोई स्पष्ट और निश्चित ज्ञान होता है और न आवाज के सम्बन्ध में ही कोई निश्चित जानकारी होती है कि वह किस चीज की आवाज है, कहाँ से आ रही है, इत्यादि। सिर्फ एक धुंधला-सा आभास-मात्र हमें वस्तु या आवाज के सम्बन्ध में होता है। ऐसे ही अस्पष्ट, धुंधले प्रत्यक्ष को निर्विकल्पक प्रत्यक्ष कहते हैं।

(ii) सविकल्पक प्रत्यक्ष — वस्तुओं के निश्चित और स्पष्ट ज्ञान को सविकल्पक प्रत्यक्ष कहते हैं। जब किसी वस्तु पर ध्यान केन्द्रित कर हम देखते हैं और स्पष्ट रूप से हमें इस बात का ज्ञान हो जाता है कि वह कौन-सी वस्तु है, उसका क्या स्वरूप है आदि, तो यह प्रत्यक्ष सविकल्पक प्रत्यक्ष कहलाता है। या आती हुई अवाज के सम्भन्ध में ही जब हमें निश्चित और स्पष्ट रूप से यह ज्ञान हो जाए कि वह किस चीज की आवाज है, कहाँ से आ रही है, उसका क्या अर्थ है, आदि तो ऐसे ज्ञान को सविकल्पक प्रत्यक्ष कहेंगे।

(iii) प्रत्यभिज्ञा — पहले देखी हुई वस्तु को पुनः देखने पर पहचान जाना प्रत्यभिज्ञा कहलाता है। किसी व्यक्ति को यदि पहले कभी हमने देखा हो तो फिर बाद में कभी उसे देखकर यह पहचान लेना कि यह वही व्यक्ति है जिसे हमने इतने दिनों पहले अमुक स्थान पर देखा था, प्रत्यभिज्ञा कहलाएगा।

अलौकिक प्रत्यक्ष के तीन भेद :—

(i) सामान्यलक्षण प्रत्यक्ष—जैसा नाम से ही स्पष्ट है, सामान्यलक्षण प्रत्यक्ष एक ही जाति की वस्तुओं के अन्दर मौजूद सामान्य लक्षण या सामान्य गुण (universal or general character) का प्रत्यक्ष है। एक-एक मनुष्य का तो ज्ञान हमें साधारण लौकिक प्रत्यक्ष के द्वारा होता है, परन्तु सभी मनुष्यों के अन्दर सामान्य रूप से मौजूद गुण 'मनुष्यत्व' का ज्ञान हमें कैसे होता है ? यह किसी साधारण लौकिक प्रत्यक्ष के द्वारा नहीं हो सकता। इसका ज्ञान हमें अलौकिक ढ़ंग से होता है और इसी ज्ञान को सामान्यलक्षण प्रत्यक्ष कहते है। ऐसा ज्ञान हमें होता है, यह इस बात से सिद्ध हो जाता है कि किसी को भी देखकर हम यह कैसे पहचान जाते हैं कि वह मनुष्य है–अवश्य ही उसके अन्दर मौजूद सामान्य गुण 'मनुष्यत्व' को देखकर। आग के एक ही उदाहरण में यह अनुभव कर कि वह जलाती है हम कैसे जान जाते हैं कि कोई भी आग जलाएगी ? अवश्य ही आग के सभी उदाहरणों में मौजूद सामान्य लक्षण 'जलाने की शक्ति' का अलौकिक प्रत्यक्ष कर।

(ii) ज्ञानलक्षण प्रत्यक्ष—प्रत्येक इन्द्रिय के द्वारा हमें वस्तु के अलग-अलग गुण का प्रत्यक्ष होता है, जैसे आँख के द्वारा रंग का, कान के द्वारा आवाज का त्वचा के द्वारा कोमलता या कड़ापन का आदि। परन्तु रूई को सिर्फ आँख से देखकर ही हम यह कैसे जान जाते हैं कि वह मुलायम भी है अथवा बर्फ को देखकर ही हमें इस बात का ज्ञान कैसे हो जाता है कि वह ठंढ़ा है ? अवश्य ही एक अलौकिक प्रत्यक्ष के द्वारा जिसे ज्ञानलक्षण प्रत्यक्ष कहते हैं। जब किसी एक इन्द्रिय के द्वारा अपने निश्चित विषय के अलावा किसी दूसरी इन्द्रिय के विषय का भी ज्ञान हमें हो जाए तो ऐसे असाधारण प्रत्यक्ष को ज्ञानलक्षण प्रत्यक्ष कहा जाता है।

(iii) योगज—योग के द्वारा उत्पन्न शक्ति से जो अलौकिक प्रत्यक्ष होता है उसे योगज कहते हैं। 'योगज' का शाब्दिक अर्थ ही 'योग के द्वारा उत्पन्न'। साधारणतः हमें वर्तमान की निकटस्थ वस्तुओं का ही प्रत्यक्ष होता है, परन्तु योगियों को ऐसी दूरस्थ वस्तुओं का भी प्रत्यक्ष हो जाता है जो साधारण दृष्टि से बिलकुल ओझल है तथा फिर वर्तमान के अलावे भूत तथा भविष्य की वस्तुओं का भी उन्हें प्रत्यक्ष होता है। यह प्रत्यक्ष योगाभ्यास के कारण उनके अन्दर उत्पन्न अलौकिक शक्ति के कारण उन्हें होता है। ऐसे ही अलौकिक प्रत्यक्ष को योगज कहते हैं।

(2) अनुमान— 'अनुमान' का शाब्दिक अर्थ है 'बाद में आने वाला ज्ञान' (अनु = बाद में, तथा मान = ज्ञान)। अतः अनुमान वह ज्ञान है जो किसी अन्य ज्ञान के बाद आता है। साधारणतः इस अन्य ज्ञान को प्रत्यक्ष माना जाता है और इसीलिए अनुमान को प्रत्यक्ष के बाद आने वाला या प्रत्यक्ष पर आधारित ज्ञान माना जाता है। प्रत्यक्ष के आधार पर अप्रत्यक्ष का ज्ञान प्राप्त करना अनुमान है। उदाहरण के लिए कहीं से निकलते हुए धुंआँ का जब हमें प्रत्यक्ष होता है तो इस प्रत्यक्ष के आधार पर हमें यह ज्ञान होता है कि वहाँ आग है। यहाँ आग का हमें प्रत्यक्ष नहीं हो रहा है, वह अप्रत्यक्ष है और इसलिए धुएँ के प्रत्यक्ष के आधार पर अप्रत्यक्ष आग का ज्ञान प्राप्त करना अनुमान या अनुमान के द्वारा प्राप्त ज्ञान है।

जिसके प्रत्यक्ष के आधार पर ज्ञान होता है, उसे चिह्न या हेतु या लिंग कहते हैं। यहाँ पर धुआँ चिह्न या हेतु या लिंग है। अब किसी चिह्न के आधार पर किसी अप्रत्यक्ष वस्तु का ज्ञान इसलिए होता है चूँकि उन दोनों के बीच एक सर्वव्यापी सम्बन्ध (universal relation) होता है, यानी, एक ऐसा सम्बन्ध होता है कि एक जहाँ होता है, दूसरा भी वहाँ अवश्य ही होता है। दो वस्तुओं के बीच ऐसे सर्वव्यापी सम्बन्ध को व्याप्ति-सम्बन्ध कहा जाता है। धुएँ

तथा आग के बीच इसी व्याप्ति-सम्बन्ध के कारण धुंआँ को देखकर हमें आग का ज्ञान होता है। इसीलिए हम कह सकते हैं कि व्याप्ति-सम्बन्ध के आधार पर किसी लिंग या हेतु के प्रत्यक्ष के द्वारा जो ज्ञान हमें प्राप्त होता है उसे अनुमान कहते हैं।

अनुमान के अंग—अनुमान का यदि विश्लेषण किया जाए तो उसमें हमें तीन पद (Terms) तथा तीन वाक्य (propositions) मिलेंगे। तीन पदो को पक्ष, साध्य तथा हेतु कहा जाता है और तीन वाक्यों को हेतु-वाक्य, व्याप्ति-वाक्य तथा निगमन। जिसके विषय में अनुमान में कुछ सिद्ध किया जाता है उसे पक्ष, जो सिद्ध किया जाता है उसे साध्य तथा जिसके बल पर या जिसके माध्यम से सिद्ध किया जाता है उसे हेतु या लिंग कहते हैं। उदाहरण के लिए निम्नलिखित अनुमान को हम लें :—

पर्वत पर आग है,
चूँकि वहाँ धुआँ है,

और जहाँ-जहाँ धुआँ होता है वहाँ-वहाँ आग होती है। इसमें पर्वत के विषय में कुछ सिद्ध किया जाता है, इसलिए 'पर्वत' पक्ष है। पर्वत के विषय में जो सिद्ध किया जाता है वह यह है कि उसपर आग है, इसलिए 'आग'साध्य है और जिस माध्यम से यह सिद्ध किया जाता है वह धुआँहै, चूँकि धुआँ को ही देखकर यह अनुमान किया जाता है कि वहाँ आग है। इसलिए 'धुआँ' हेतु या लिंग है। *हम देख सकते है कि जो यहाँ पक्ष है, वही पाश्चात्य न्याय में Minor term कहलाता है, जो यहाँ साध्य है, वही पाश्चात्य न्याय में Major term कहलाता है, तथा जो यहाँ लिंग है वही पाश्चात्य न्याय में Middle term कहलाता है।*

हेतु-वाक्य, व्याप्ति वाक्य तथा निगमन—*जिस वाक्य में पक्ष और हेतु के बीच सम्बन्ध बतलाया जाता है, उसे हेतु-वाक्य कहते हैं, फिर जिस वाक्य में हेतु तथा साध्य के बीच सम्बन्ध बतलाया जाता है उसे व्याप्ति-वाक्य कहते हैं तथा जिसमें पक्ष एवं साध्य के बीच सम्बन्ध सिद्ध किया जाता है उसे निगमन कहते हैं।* हम देख सकते हैं कि जिसे यहाँ हेतु-वाक्य कहा जाता है उसे पाश्चात्य न्याय में Minor premise कहा जाता है, जिसे यहाँ व्याप्ति-वाक्य कहा जाता है, उसे पाश्चात्य न्याय में Major premise कहा जाता है तथा जिसे यहाँ निगमन कहा जाता है उसे पाश्चात्य न्याय में Conclusion कहा जाता है। नामों की तुलनात्मक यादगारी के लिए निम्नलिखित सूची ध्यान में रखनी चाहिए :—

पक्ष—Minor Term
साध्य—Major Term
हेतु या लिंग—Middle term
हेतु वाक्य—Minor Premise
व्याप्ति वाक्य—Major Premise
निगमन—Conclusion

वाक्यों का क्रम—गौतम का न्याय दर्शन अनुमान की क्रिया का विश्लेषण करते हुए हमें बतलाता है कि जिस क्रम में हम सचमुच अनुमान करते हैं और जिस क्रम में उसे भाषा में व्यक्त करते हैं, दोनों में भिन्नता होती है। हम जिस क्रम में सचमुच अनुमान करते हैं वह निम्नलिखित है :—

पहले हेतु-वाक्य तब व्याप्ति-वाक्य और तब निगमन, जैसे उपर्युक्त अनुमान में है। सबसे

पहले जब धुंआँ का हमें प्रत्यक्ष होता है तो हम सोचते हैं कि 'पर्वत पर धुंआँ है' (हेतु-वाक्य)। फिर उसके बाद सोचते हैं कि 'जहाँ-जहाँ धुंआँ होता है, वहाँ-वहाँ आग होती है' (व्याप्ति-वाक्य) और तब सोचते हैं कि 'इसलिए पर्वत पर आग है' (निगमन)। परन्तु जब भाषा में हम अपनी इस अनुमान-क्रिया को व्यक्त करते हैं तो इसका क्रम बदल कर निम्नलिखित हो जाता है – पहले निगमन तब हेतु-वाक्य और तब व्याप्ति-वाक्य। यानी पहले हम कहते हैं 'पर्वत पर आग है' (निगमन), फिर इसका कारण यह कहते हुए बतलाते हैं कि 'चूँकि पर्वत पर धुंआँ है' (हेतु-वाक्य) और तब अन्त में व्याप्ति-वाक्य के उदाहरणस्वरूप पर कहते हुए रखते हैं कि 'जहाँ-जहाँ धुंआँ होता है, वहाँ-वहाँ आग होती है'। इस प्रकार पाश्चात्य न्यायिक अनुमान में जहाँ वाक्यों का क्रम होता है :—

पहले Major premise, तब Minor premise और तब Conlcusion

वहाँ भारतीय अव्यक्त अनुमान में यह क्रम होता है :—

पहले हेतु वाक्य (Minor premise) तब व्याप्ति वाक्य (Major premise) और तब निगमन (Conclusion)

और भारतीय व्यक्त अनुमान में यह क्रम होता है :—

पहले निगमन (Conclusion), तब हेतु-वाक्य (Minor premise) और तब व्याप्ति-वाक्य (Major premise)।

पंचावयव न्याय—फिर भारतीय तर्कशास्त्र में दो प्रकार के अनुमानों की चर्चा की गई है – एक वह अनुमान जो अपने लिए किया जाता है (स्वार्थानुमान) तथा एक वह अनुमान जो दूसरों को समझाने के लिए किया जाता है (परार्थानुमान)। जो अनुमान अपने लिए किया जाता है उसमें तो ऊपर की तरह तीन ही वाक्य होते हैं, परन्तु जो अनुमान दूसरों के लिए होता है उसमें दूसरों के समक्ष बातों को स्पष्ट करने के लिए पाँच वाक्यों का सहारा लिया जाता है जिसे पंचावयव अनुमान या पंचावयव न्याय (Five-membered syllogism) की संज्ञा दी जाती है। इस पंचावयव अनुमान में जो वाक्य होते हैं उन्हें क्रमशें 'प्रतिज्ञा' 'हेतु', 'उदाहरण', 'उपनय' तथा 'निगमन' कहा जाता है। धुंआँ तथा आग सम्बन्धी उपर्युक्त अनुमान जब परार्थानुमान होगा तो पंचावयव अनुमान के रूप में उसका निम्नलिखित रूप होगा :—

(1) पर्वत पर आग है (प्रतिज्ञा)।

(2) चूँकि पर्वत पर धुंआँ है (हेतु)।

(3) जहाँ-जहाँ धुंआँ होता है, वहाँ-वहाँ आग होती है–जैसे रसोईघर में (उदाहरण)।

(4) पर्वत पर धुंआँ है (उपनय)।

(5) इसलिए पर्वत पर आग है (निगमन)।

जिस वाक्य के द्वारा यह व्यक्त किया जाता है कि क्या सिद्ध करना है उसे प्रतिज्ञा कहते हैं। सिद्ध किए जाने वाले तथ्य का कारण जिस वाक्य के द्वारा व्यक्त किया जाता है, उसे हेतु कहते हैं। हेतु तथा साध्य के बीच का व्याप्ति-सम्बन्ध जिस वाक्य के द्वारा व्यक्त होता है – कुछ उदाहरणों के साथ, उसे उदाहरण कहते हैं। उपनय यह व्यक्त करता है कि व्याप्ति-सम्बन्ध का दृष्टान्त वर्तमान अवस्था में मौजूद है। जो वाक्य प्रतिज्ञा-सम्बन्धी तथ्य की सिद्धि अन्तिम रूप से व्यक्त करता है, उसे निगमन कहते हैं।

पाश्चात्य न्याय तथा भारतीय अनुमान में तुल

गौतम के न्याय-दर्शन में वर्णित भारतीय अनुमान के उपर्युक्त विश्लेषण के आधार पर

भारतीय अनुमान तथा पाश्चात्य न्याय में निम्नलिखित तुलना उपस्थित की जा सकती है : —

समताएँ

(1) दोनों में तीन पद होते हैं – पक्ष (Minor term), साध्य (Major term) तथा हेतु (Middle term)।

(2) पाश्चात्य न्याय तथा भारतीय स्वार्थानुमान दोनों मे तीन वाक्य होते हैं – हेतु वाक्य (Minor premise), व्याप्ति-वाक्य (Major premise) तथा निगमन (Conclusion)।

विषमताएँ

(1) पाश्चात्य न्याय के अन्तर्गत अपने लिए किया गया अनुमान तथा दूसरों के लिए किया गया अनुमान के बीच कोई भेद नहीं किया जाता जब कि भारतीय अनुमान में यह भेद किया जाता है और जहाँ स्वार्थानुमान में तीन ही वाक्य होते हैं, वहाँ परार्थानुमान में पाँच वाक्य होते हैं।

(2) स्वार्थानुमान में जहाँ भारतीय अनुमान में भी पाश्चात्य न्याय की तरह तीन ही वाक्य होते हैं वहाँ भी वाक्यों के क्रम में दोनों में भिन्नता होती है। जहाँ पाश्चात्य न्याय में पहले Major premise, तब Minor premise और तब निष्कर्ष आता है, वहाँ भारतीय स्वार्थानुमान में पहले निष्कर्ष ही चला आता है, तब हेतु-वाक्य (Minor premise) और अन्त में व्याप्ति-वाक्य (Major premise)। पंचावयव न्याय में भी एक प्रकार से प्रतिज्ञा के रूप में निष्कर्ष-वाक्य ही पहले चला आता है।

(3) पाश्चात्य न्याय में शुद्ध (pure) तथा मिश्रित (mixed) न्याय का भेद किया जाता है, परन्तु भारतीय अनुमान में ऐसा कोई भेद नहीं है।

(4) एक महत्त्वपूर्ण भेद पाश्चात्य न्याय तथा भारतीय अनुमान में यह है कि जहाँ पाश्चात्य न्याय को सिर्फ आकारिक सत्यता (formal truth) से मतलब रहता है, वहाँ भारतीय अनुमान में आकारिक तथा वास्तविक सत्यता (formal and material truth) का कोई भेद ही नहीं किया जाता, और इसका सम्बन्ध दोनों से होता है।

अनुमान के भेद

प्रत्यक्ष की तरह ही न्याय-दर्शन में अनुमान के भी कई भेद किए जाते हैं। एक दृष्टि से अनुमान को (1) स्वार्थानुमान तथा (2) परार्थानुमान में विभक्त किया जाता है, दूसरी दृष्टि से इसका विभाजन (1) पूर्ववत् (2) शेषवत् तथा (3) सामान्यतोदृष्ट में किया जाता है तथा एक तीसरी दृष्टि से इसका विभाजन (1) केवलान्वयी, (2) केवलव्यतिरेकी तथा (3) अन्वय-व्यतिरेकी में किया जाता है। इनमें से पहले वर्गीकरण की चर्चा तो पहले ही हो चुकी है। शेष दो की संक्षिप्त व्याख्या हम नीचे करते हैं।

खुद गौतम ने अनुमान का भेद पूर्ववत्, शेषवत् तथा सामान्यतोदृष्ट में ही किया है। अब इन भेदों को एक-एक कर देखें –

(1) पूर्ववत् अनुमान — कारण की उपस्थिति देखकर कार्य (effect) की भी उपस्थिति का अनुमान करना पूर्ववत् अनुमान कहलाता है। कारण पूर्ववर्ती होता है तथा कार्य अनुवर्ती और दोनों में न्याय-दर्शन के अनुसार एक नियत सम्बन्ध होता है। इसलिए पूर्ववर्ती की उपस्थिति से अनुवर्ती की उपस्थिति का अनुमान लगाया जा सकता है। जैसे घने बादल को देखकर वर्षा का अनुमान लगाना पूर्ववत् अनुमान का उदाहरण है।

(2) शेषवत् अनुमान — कार्य की उपस्थिति में कारण की भी उपस्थिति का अनुमान लगाना शेषवत् अनुमान कहलाता है। उदाहरण के लिए नदी में बाढ़ देखकर उसके उद्‌गम-स्थान की तरफ कहीं वर्षा होने का अनुमान लगाना शेषवत् अनुमान का उदाहरण है।

(3) सामान्यतोदृष्ट अनुमान — यह अनुमान कारण-कार्य सम्बन्ध पर आधारित न होकर ऐसे अनुभव पर आधारित होता है जिसका विरोधी उदाहरण अब तक नहीं पाया गया हो। अब तक हमने ऐसा ही पाया है, इसलिए वर्तमान उदाहरण में तथा आगे भी ऐसा ही होगा, इसी प्रकार का अनुमान करना सामान्यतोदृष्ट अनुमान कहलाता है। उदाहरण के लिए अब तक हमने पाया है कि जिन जानवरों के सींग होते हैं उनके खुर फटे होते हैं। तो इस आधार पर यदि किसी जानवर के सर पर सींग देखकर हम अनुमान लगाते हैं कि इसका भी खुर फटा होगा, तो यह सामान्यतोदृष्ट अनुमान है।

अनुमानों का केवलान्वयी, केवलव्यतिरेकी तथा अन्वय-व्यतिरेकी में भेद नव्य-नैयायिकों के द्वारा किया गया है। अब हम इन भेदों को संक्षेप में देखें :—

(i) केवलान्वयी — हमने देखा है कि अनुमान व्याप्ति-सम्बन्ध पर आधारित होते हैं। इस व्याप्ति-सम्बन्ध की स्थापना कई प्रकार से होती है। जब कोई अनुमान एक ऐसे व्याप्ति-सम्बन्ध के आधार पर होता है जिसकी स्थापना सिर्फ अन्वय विधि (method of agreement) के द्वारा की गई हो, तो वैसे अनुमान को केवलान्वेयी अनुमान कहा जाता है। अन्वय के आधार पर व्याप्ति-सम्बन्ध स्थापित करने का अर्थ है दो वस्तुओं में सिर्फ उपस्थिति (presence) में एकता देखकर, यानी, यह देखकर कि एक जहाँ है, दूसरी भी वहाँ है, व्याप्ति-सम्बन्ध स्थापित कर देना, यह नहीं देखना कि दोनों की अनुपस्थिति (absence) में भी एकता है या नहीं, यानी, एक जब नहीं है, तो दूसरा भी अनुपस्थित हो जाता है या नहीं। उदाहरण के लिए ज्ञेय वस्तु होने और नामधारी होने में उपस्थिति की बराबर एकता पायी जाती है यानी, यह सदैव पाया जाता है कि जो वस्तु ज्ञेय (जानने योग्य) है उसका कोई न कोई नाम भी है। परन्तु इसका निषेधात्मक उदाहरण हमने नहीं देखा है, यानी यह नहीं देखा है कि जो ज्ञेय नहीं है वह नामधारी भी नहीं है। तो यदि सिर्फ उपस्थिति की एकता के आधार पर निम्नलिखित प्रकार का अनुमान हम कर लें तो वह केवलान्वयी अनुमान का उदाहरण होगा।

सभी ज्ञेय वस्तुएँ नामधारी हैं;
यह एक ज्ञेय वस्तु है,
∴ यह नामधारी है।

(ii) केवलव्यतिरेकी अनुमान — सिर्फ अनुपस्थिति में एकता देखकर किया गया अनुमान केवल-व्यतिरेकी अनुमान कहलाता है। उदाहरण के लिए :—

आत्माविहीन वस्तुएँ जीवविहीन हैं;
प्राणी सजीव हैं
∴ प्राणियों में आत्मा है।

अनुमान केवलव्यतिरेकी अनुमान है, चँकि 'आत्मा' और 'जीव' दोनों की साथ-साथ अनुपस्थिति के आधार पर यहाँ अनुमान निकाला गया है, यह नहीं देखा गया है कि दोनों की उपस्थिति में भी एकता है या नहीं, यानी, जहाँ आत्मा है, वहाँ आवश्यक रूप से जीव भी है या नहीं। यह अनुमान सिर्फ व्यतिरेक विधि (methods of difference) पर आधारित होता है।

(iii) अन्वय-व्यतिरेकी अनुमान — जो अनुमान उपस्थिति तथा अनुपस्थिति दोनों में एकता के अनुभव पर आधारित होता है, यानी जो अन्वय तथा व्यतिरेक दोनों विधियो पर आधारित होता है, उसे अन्वय-व्यतिरेकी अनुमान कहते हैं। उदाहरण के लिए यदि हम निम्नलिखित ढंग का अनुमान करें :—

जहाँ-जहाँ घने बादल होते हैं, वहाँ-वहाँ वर्षा होती है और जहाँ-जहाँ घने बादल नहींहोते हैं वहाँ-वहाँ वर्षा नहीं होती है,

यहाँ घने बादल है,

∴ यहाँ वर्षा होगी।

तो यह अनुमान अन्वय-व्यतिरेकी अनुमान कहलाएगा।

(3) उपमान — तुलना (comparison) या सादृश्य के आधार पर प्राप्त ज्ञान उपमान कहलाता है (उपमान सारूप्य ज्ञानम्)। उदाहरण के लिए मान लिया जाए हमने नीलगाय नहीं देखी है। कोई आदमी हमें बतला देात है कि वह आमतौर पर गाय के समान ही होती है और अक्सर जंगल में दिखलाई पड़ जाती है। अब हम यदि जंगल की ओर जाते हैं और वहाँ गाय के समान ही कोई जानवर हम देखते हैं तो तुलना के आधार पर यह जान जाते हैं कि वही नीलगाय है। तो तुलना या सादृश्य के आधार पर प्राप्त हमारा यही ज्ञान उपमान कहलाता है।

उपमान सम्बन्धी ज्ञान में इस प्रकार दो तत्त्व शामिल रहते हैं (1) अज्ञात वस्तु (नीलगाय) के किसी ज्ञात वस्तु (गाय) के साथ सादृश्य होने के सम्बन्ध में पूर्व जानकारी तथा (2) सादृश्य का प्रत्यक्षीकरण। इसीलिए प्रोफेसर हिरियाना ने उपमान के सम्बन्ध में कहा है– *"Upmana is a cognition which arises through the previous knowledge of resemblence between two things."* अर्थात् उपमान वह ज्ञान है जो दो वस्तुओं के बीच सादृश्य के हमारे पूर्व ज्ञान से उत्पन्न होता है।

उपमान ज्ञान को संज्ञा-संज्ञि सम्बन्ध का ज्ञान भी कहते हैं (संज्ञा-संज्ञि सम्बन्ध ज्ञानम् उपमितिः)। 'नीलगाय' नाम या संज्ञा से हम पहले से परिचित रहते हैं और अब नीलगाय वस्तु या संज्ञि से परिचित होकर हम नाम तथा वस्तु के सम्बन्ध (संज्ञा-संज्ञि सम्बन्ध) का ज्ञान प्राप्त कर लेते हैं तो यही ज्ञान उपमान कहलाता है। इसीलिए एक दृष्टि से उपमान ज्ञान संज्ञा-संज्ञि सम्बन्ध अथवा नाम-नामी सम्बन्ध का ज्ञान है।

(4) शब्द — किसी के द्वारा बोले गए शब्दों को सुनकर या कहीं लिखे हुए शब्दों को पढ़कर जो ज्ञान हम प्राप्त करते हैं वही शब्द-ज्ञान कहलाता है। परन्तु शब्द-ज्ञान के ज्ञान होने की एक आवश्यक शर्त्त यह है कि इसे आप्तवचन होना चाहिए यानी इसे किसी योग्य और विश्वसनीय व्यक्ति के द्वारा बोला गया या लिखा हुआ वचन होना चाहिए। इसीलिए गौतम के न्याय सूत्र में शब्द की परिभाषा देते हुए कहा गया है कि आप्त पुरुष का वचन ही शब्द है (आप्तोपदेशः शब्दः)। ऐसे व्यक्ति जो सत्य को जानते हैं आप्त-पुरुष कहे जाते हैं। इन आप्त-पुरुषों के वचन शास्त्रों में (वेद, पुराण आदि में) संग्रहित हैं। इसीलिए इन्हीं में निहित ज्ञान सचमुच शब्द-ज्ञान के अन्तर्गत आता है। वैसे साधारण व्यक्ति भी यदि योग्य तथा विश्वसनीय हों तो उनके वचन को भी ज्ञान के साधन के रूप में लिया जा सकता है तथा उसे शब्द प्रमाण के अन्तर्गत रखा जा सकता है।

लौकिक तथा वैदिक शब्द—एक दृष्टि से शब्द के दो भेद किए जाते हैं—(1) लौकिक तथा (2) वैदिक। साधारण सांसारिक मनुष्यों के वचन लौकिक शब्द कहे जाते हैं। ये सत्य तथा असत्य दोनों हो सकते हैं। वेद, शास्त्र आदि के जो वचन हैं वे वैदिक शब्द कहे जाते हैं। ये बिलकुल प्रमाणिक होते हैं तथा इनमें असत्यता की सम्भावना नहीं रहती।

दृष्टार्थ तथा अदृष्टार्थ शब्द—एक दूसरी दृष्टि से शब्दों का विभाजन (1) दृष्टार्थ तथा (2) अदृष्टार्थ में किया जाता है। वैसे शब्द दृष्टार्थ शब्द कहे जाते हैं जिनसे जिन वस्तुओं का हमें ज्ञान होता है उनका साधारण जगत में हमें अनुभव हो सकता है। जैसे यदि कोई कहता है कि गुलाब लाल होता है तो उसका हम इन्द्रिय-अनुभव कर सकते हैं कि सचमुच ऐसा होता है या नहीं। अदृष्टार्थ शब्द वैसे शब्द हैं जिनके द्वारा ज्ञात वस्तुओं का साधारण अनुभव के द्वारा प्रत्यक्ष सम्भव नहीं है। उदाहरण के लिए ईश्वर आत्मा आदि से सम्बन्धित वचन अदृष्टार्थ शब्द है।

(ख) बौद्ध तर्कशास्त्र
(Buddhist Logic)

भारतीय परम्परा में तर्कशास्त्र विषय को बहुत ही व्यापक अर्थ में लिया गया है और इसके अन्तर्गत अनुमान के अलावा ज्ञान के अन्य साधनों का भी अध्ययन होता है। बौद्ध दर्शन भी इस परिपाटी से अलग नहीं है और इसके अन्तर्गत भी ज्ञान के सभी साधनों का अध्ययन तर्कशास्त्र का विषय है। वैसे बौद्ध परम्परा में ज्ञान के दो ही साधन स्वीकार किये जाते हैं – प्रत्यक्ष तथा अनुमान और इसलिए इन दोनों का अध्ययन तर्कशास्त्र के अन्तर्गत किया जाता है। यह बात बौद्ध तर्कशास्त्र के विद्वान लेखक *स्चरवास्की (T.H. Stcherbatsky)* के निम्नलिखित कथन से भी स्पष्ट होती है— *"Under buddhist logic we understand a system of logic and epistemology created by two great lustres of Buddhist science, the Master Dignaga and Dharmakirti……. It contains, first of all, a doctrine on the forms of syllogism and for that reason alone deserves the name of logic ……. But the logic of the Buddhist contains more. It contains also a theory of sense-perception ……."*[1]

परन्तु हम यहाँ बौद्ध तर्कशात्र के अन्तर्गत बौद्धों के सिर्फ अनुमान सम्बन्धी सिद्धान्त का अध्ययन करेंगे क्योंकि आधुनिक परिप्रेक्ष्य में सिर्फ अनुमान को ही तर्कशास्त्र का उचित विषय माना जाता है। पर चूँकि अनुमान सम्बन्धी बौद्ध अवधारणा उनकी निर्णय (Judgement) सम्बन्धी अवधारणा के साथ बहुत निकट रूप में सम्बद्ध है, इसलिए कुछ दूर निर्णय सम्बन्धी बौद्ध अवधारणा की भी हम चर्चा करेंगे। और फिर न्याय (syllogism) तो प्रतिज्ञप्तियों (propositions) में ढला अनुमान का ही आकार है, इसलिए उसकी चर्चा तो होगी ही।

(1) निर्णय *(Judgement)*

अरस्तू ने निर्णय की परिभाषा दो प्रत्ययों (ideas) के सम्बन्ध के रूप में की थी। पर ब्रैडले ने निर्णय की परिभाषा यह कहकर दी कि वह एक प्रत्यय का वास्तविकता (reality) पर प्रत्यारोपण है। यानी, किसी भी निर्णय का उद्देश्य सदैव वास्तविकता या तथ्य होता है, प्रत्यय नहीं। निर्णय की बौद्धो की अवधारणा ब्रैडले की उपर्युक्त अवधारणा के बहुत निकट

1. *Buddhist logic, Vol. I. (Motial Banarsidass, Delhi, 1914), पृ० सं० ।*

है। यह प्रायः उसी तरह की है। जैसा स्चरवास्की के निम्नलिखित शब्दो से स्पष्ट होता है – *"From all European theories of judgeent Bradley's and Bosanquet's analysis of the perceptual judgement comes perhaps nearest to Buddhist view."*[1] किसी भी निर्णय का उद्देश्य अपने ढंग का एकमात्र (unique) होता है और उसे सिर्फ 'यह' (This) सर्वनाम के द्वारा सर्वाधिक उपयुक्त रूप में व्यक्त किया जा सकता है। निर्णय का विधेय एक प्रत्यय या अवधारणा या कोई प्रतीक होता है। स्चरवास्की के शब्दों में – *"The subject represents something 'unique', the same with us other, nor yet with itself, but alone in the world of fleeting moment, something that can merely he expressed by the pronoun 'this'. The predicate is 'an ideal content, a symbol or a conception."* 'यह नीला है' (This is blue), 'यह धूम है' (This is smoke) आदि निर्णय के उदाहरण हैं। ऐसे निर्णयों को बौद्ध तर्कशास्त्र में 'प्रत्यक्ष सम्बन्धी निर्णय' (perceptual judgement) कहा जाता है, चूँकि ये सीधे प्रत्यक्षीकरण से प्राप्त होते हैं।

(2) अनुमान *(Inference)*

बौद्ध मतानुसार अनुमान भी एक निर्णय है जिसे अनुमानात्मक निर्णय (inferential judgement) कहा जा सकता है। यह अप्रत्यक्ष निर्णय है। प्रत्यक्ष निर्णय मे (यानी प्रत्यक्ष से सीधे प्राप्त निर्णय में) दो पद होते हैं, इस अप्रत्यक्ष या अनुमानात्मक निर्णय में तीन पद होते है। 'वहाँ आग है, चूँकि वहाँ धुंआँ है' (There is some fire, because there is smoke) अनुमानात्मक निर्णय, यानी, अनुमान का उदाहरण है। इसमें धुंआँ का प्रत्यक्ष ज्ञान हो रहा है और आग का उसके द्वारा अप्रत्यक्ष ज्ञान। इस प्रकार प्रत्यक्ष के आधार पर अप्रत्यक्ष का ज्ञान अनुमान है। ऊपर वाले अनुमान में तीन पद हैं – 'वहाँ', (यानी किसी स्थान का नाम, जैसे 'पर्वत' आदि), 'धुंआँ'तथा 'आग'। इन सारी बातों को स्चरवास्की निम्नलिखित शब्दों के माध्यम से व्यक्त करते हैं :— *"From the perceptual judgement or judgement proper, we must distinguish another variety of judgement, the inferential one. Since all real cognition can be distinguished as a direct and indirect one, the judgement can also be divided as a direct and indirect one. The direct one is perception, the indirect one is inference. The direct one is a synthesis between a sensation and a conception, the indirect one is a synthesis between a sensation and two concepts. The direct one has two issues, the indirect one had three issues. The direct one is reduced to the form 'This is blue' or 'This is smoke'. The indirect one reduces to the form 'There is some fire, because there is smoke'. The smoke is perceived, the fire is hidden. All things may be divided in preceived and unperceived. The cognition of a non-perceived through a perceived is called inference. It is an indirect cognition ...... a cognition of an object through its 'mark'."*[2]

प्रत्येक अनुमानात्मक निर्णय (यानी अनुमान) में तीन पद होते हैं–एक तो उद्देश्य, जो प्रत्यक्ष निर्णय का भी उद्देश्य होता है तथा दो प्रत्यय या अवधारणाएँ जिनके साथ इसका सम्बन्ध होता है। दूसरे शब्दों में अनुमान के तीनों पदों को क्रमशः तार्किक उद्देश्य, तार्किक विधेय तथा

1. वही, पृ० सं० 230
2. वही, पृ० सं० 231

दोनों के बीच की एक कड़ी के रूप में आए हेतु (reason) या चिह्न (mark) कहा जा सकता है। इन्हें भारतीय तर्कशास्त्र की भाषा में पक्ष, साध्य तथा हेतु कहा जाता है। अरस्तू के अनुमान से तुलना करते हुए पक्ष को लघु पद (minor term), साध्य को वृहत् पद (major term) तथा हेतु को मध्यवर्ती पद (middle term) के रूप में समझा जा सकता है। किसी भी अनुमान का तार्किक उद्देश्य 'यह' (this) होता है, पर इसका कोई प्रतिनिधि भी उद्देश्य का स्थान ले सकता है। 'यह अग्निमय है, चूंकि यह धूममय है' (This possesses fire, because this possesses smoke) अनुमान में 'यह' वास्तविक तार्किक उद्देश्य है, पर 'यह' के स्थान पर यदि 'पर्वत' रख दें तो अनुमान का रूप हो जाएगा 'पर्वत अग्निमय है, चूँकि पर्वत धूममय है'। जैसा ऊपर कहा गया है, अनुमान का तार्किक उद्देश्य अरस्तू के लघु पद के समान है।

अनुमान का दूसरा पद इसका तार्किक विधेय यानी साध्य है। यह पक्ष यानी तार्किक उद्देश्य का वैसा गुण है जिसका ज्ञान अनुमान के द्वारा होता है। उपर्युक्त अनुमान में 'अग्नि' तार्किक विधेय यानी साध्य है जो अरस्तू के वृहत पद के अनुरूप है। पर्वत में इसके होने का ज्ञान हमें अनुमान के द्वारा होता है।

तीसरा पद हेतु (logical mark or reason) कहलाता है। यह भी पक्ष के गुण को व्यक्त करता है जिसका ज्ञान प्रत्यक्ष के द्वारा होता है। उपर्युक्त अनुमान में 'धूम' हेतु है, जिसके आधार पर ही अग्नि का ज्ञान होता है। यह हेतु बहुत महत्त्वपूर्ण है, चूंकि यही पक्ष तथा साध्य के बीच एक कड़ी (link) बनकर दोनों के बीच सम्बन्ध स्थापित करता है। यह अरस्तू के तर्कशास्त्र का मध्यवर्ती पद (middle term) है जो लघु पद तथा वृहत पद मे सम्बन्ध स्थापित करने के लिए मध्यस्थ का काम करता है। भारतीय तर्कशास्त्र की भाषा में यह हेतु (reason) है तथा साध्य परिणाम (consquence)। हेतु भारतीय अनुमान का सबसे महत्त्वपूर्ण अंग है।

इस प्रकार बौद्ध अनुमान का प्रारूप है — 'S is P', because 'S is M', जहाँ 'S' पक्ष यानी लघु पद है, 'P' साध्य यानी वृहत् पद है तथा 'M' हेतु अथवा मध्यवर्ती पद है। वास्तविक उदाहरणों के रूप में निम्नलिखित को लिया जा सकता है – 'यहाँ आग है, चूँकि यहाँ धूम है' (Here there is fire, because there is smoke), 'यहाँ वृक्ष हैं, चूँकि यहाँ शिंशपा हैं' (Here there are trees, because there are simsapas)। इस प्रकार के अनुमान को बौद्ध मत में स्वार्थानुमान के रूप में लिया जाता है। इस अनुमान को प्रतिज्ञप्तियों के माध्यम से व्यक्त नहीं किया जाता, बल्कि मन ही मन निर्णयों के माध्यम से यह अनुमान किया जाता है। प्रतिज्ञप्तियों के रूप में जब अनुमान को व्यक्त किया जाता है तो वह परार्थानुमान, यानी, दूसरों (को समझाने) के लिए अनुमान हो जाता है जो न्याय (syllogism) कहलाता है। इसे हम थोड़ा आगे चलकर देखेंगे। यहाँ पहले हेतु के कुछ प्रमुख लक्षणों को देखना जरूरी है, चूँकि हमने पहले ही कहा है कि हेतु अनुमान का सबसे प्रमुख अंग है। हेतु के लक्षणों के हिसाब से अनुमान का रूप या आकार भी बदल जाता है। इसलिए पहले उसे देखना आवश्यक है।

हेतु के लक्षण — हेतु के लक्षणों से यहाँ तात्पर्य हेतु के उन गुणों से है जो किसी अनुमान के यथार्थ या सद् हेतु होने के लिए उसमें होना जरूरी है। वैसे तो किसी अनुमान में हेतु के स्थान पर कोई भी पद बैठा दिया जा सकता है, पर यदि उसमें नीचे लिखे गुण मौजूद नहीं हों तो वह सद् हेतु नहीं हो सकता और उसके चलते अनुमान में दोष आ जाएगा, जिसे हेत्वाभास कहते हैं। बौद्ध मतानुसार हेतु (सद्हेतु) के तीन लक्षण हैं, जिसे त्रैरुप्यवाद की

संज्ञा दी जाती है :—

(1) हेतु को पूर्ण रूप से पक्ष में उपस्थित होना चाहिए।

(2) हेतु को सदैव साध्य के साथ होना चाहिए, तथा साध्य के समान गुणवाली सभी वस्तुओं में अवश्य होना चाहिए।

(3) हेतु को साध्य से असमान गुणवाली वस्तुओं में कभी भी नहीं होना चाहिए।

सांकेतिक रूप में इन लक्षणों को क्रमशः निम्नलिखित आकारों में रखा जा सकता है :—

(1) All S is M
(2) All M is P
(3) No M is Non P

इनमें 'S' पक्ष यानी लघु पद का प्रतीक है, 'M' हेतु यानी मध्यवर्ती पद का प्रतीक है तथा 'P' साध्य यानी वृहत पद का प्रतीक है।

इनमें से दूसरा तथा तीसरा यद्यपि हेतु तथा साध्य के बीच व्याप्ति-सम्बन्ध को बौद्ध 'अविनाभाव' के रूप में व्यक्त करने के लिए है, तथापि तीसरा दूसरे की सत्यता को और अधिक संपुष्ट करता है, और इसलिए सारतः उससे भिन्न नहीं है। इसी मान्यता पर आगे बढ़ते हुए सतीशचन्द्र विद्याभूषण ने प्रथम दो को ही लेकर यह बतलाया है कि प्रत्येक के सम्बन्ध में दो-दो संभावनाएँ हैं :—

(A) (1) All S is all M
(2) All S is some M

(B) (1) All M is all P
(2) All M is some P

अब यदि दोनों को एक साथ मिला दिया जाए तो अनुमान के निम्नलिखित आकार सामने आएँगे :—

(1) All S is all P (निष्कर्ष)
चूँकि All S is all M
तथा All M is all P.

(2) All S is some P (निष्कर्ष)
चूँकि All S is all M
तथा All M is some P

(3) All S is some P (निष्कर्ष)
चूँकि All S is some M
तथा All M is all P

(4) All S is some P (निष्कर्ष)
चूँकि All S is some M
तथा All M is some P

इस तरह दिङ्नाग के अनुसार अनुमान के द्वारा सिर्फ दो ही प्रकार के निष्कर्ष निकाले जा सकते हैं :—

(1) All S is all P
(2) All S is some P

तथा मध्यवर्ती पद (हेतु) तथा वृहत् पद (साध्य) के बीच निम्नलिखित दो ही प्रकार के सम्बन्ध हो सकते है :—

(1) All M is all P
(2) All M is some P

(3) न्याय (*Syllogism*)

बौद्ध मत में न्याय की बात परार्थानुमान के सम्बन्ध में आती है, स्वार्थानुमान के साथ नहीं। उसके अनुसार स्वार्थानुमान ही सही अनुमान है जो ज्ञान का साधन भी है। परार्थानुमान, यानी, न्याय, अनुमान नहीं है बल्कि दूसरों को समझाने के लिए अनुमान की प्रतिज्ञप्तियों में अभिव्यक्ति है। इसीलिए बौद्ध न्याय को ज्ञान का साधन नहीं मानते। इसके द्वारा जो प्राप्त होता है वह ज्ञान (cognition) नहीं है, बल्कि ज्ञान की पुनरावृत्ति (recognition) है और ज्ञान की पुनरावृत्ति यथार्थ ज्ञान नहीं है। अनुमान में एक विशेष बात के आधार पर दूसरी विशेष बात का ज्ञान प्राप्त किया जाता है (जैसे, पर्वत में धूम के आधार पर पर्वत में आग होने का ज्ञान), पर न्याय में उदाहरण के द्वारा समर्थित (supported) एक सामान्य वाक्य के आधार पर एक विशेष बात का निगमन होता है (जैसे, 'जहाँ-जहाँ धूम होता है, वहाँ-वहाँ आग होती है, जैसे रसोईघर आदि में' के आधार पर पर्वत में धूम देखकर वहाँ आग होना निगमित करना)। इस पूरे सन्दर्भ में स्चरवास्की के शब्द इस प्रकार हैं – *"The aim of Buddhist logic is an investigation of the 'sources of our knowledge' ...... Syllogism is not a source of knowledge. It consists of propositions which are resorted to for communicating ready knowledge to others. It is therefore called by Dignaga an 'inference fo others'."* [1] अनुमान तथा न्याय (यानी, स्वार्थानुमान तथा परार्थानुमान) में भेद करते हुए वे कहते हैं – *"An inference is essentially a process of inferring one particular case by its similarity to another particular case. A syllogism, on the contrary starts by proclaining the general rule and quoting the examples which support it, and then proceeds to a deduction of the particular from the general."* [2] न्याय में प्रतिज्ञप्तियों का क्रम वही होता है जो अरस्तू की प्रथम आकृति (first figure) वाले न्याय में – पहले एक सामान्य रूप का (universal) वृहत् वाक्य (major premise), फिर लघु वाक्य तथा निष्कर्ष। वास्तव में तो बौद्ध न्याय में दो ही वाक्य होते हैं – एक सामान्य वाक्य, उदाहरण सहित तथा दूसरा इसे विशेष उदाहरण पर लागू करने वाला वाक्य (लघु वाक्य या उपनय)। निष्कर्ष स्पष्ट रूप में दिया नहीं रहता, उसे दोनों आधार वाक्यों में आपादित माना जाता है और इसलिए न्याय में उसे अभिव्यक्त रूप में रखने की आवश्यकता नहीं समझी जाती। जैसा हम जानते हैं, भारतीय न्याय दर्शन में तो परार्थानुमान सम्बन्धी न्याय में पाँच वाक्य रखे गए हैं–प्रतिज्ञा, हेतु, उदाहरण, उपनय तथा निगमन, पर बौद्ध मत में प्रतिज्ञा, हेतु तथा निगमन को अनावश्यक माना गया है और सिर्फ उदाहरण (सामान्य वाक्य जो उदाहरण या उदाहरणों से समर्थित होता है) तथा उपनय को न्याय के आवश्यक अवयव के रूप में लिया जाता है।

भारतीय तर्कशास्त्र में अनुमान का मूल आधार है व्याप्ति जिसे बौद्ध मत में विशेष रूप से अविनाभाव की संज्ञा दी जाती है। व्याप्ति या अविनाभाव हेतु तथा साध्य के बीच वह सार्वभौम तथा व्यापक सम्बन्ध है जिसके तहत जहाँ भी हेतु होगा वहाँ साध्य अवश्य होगा, बिना साध्य के हेतु हो ही नहीं सकता, यानी, जहाँ भी साध्य का अभाव होगा, वहाँ हेतु का भी अभाव होगा। ऊपर हेतु के जो तीन लक्षण बतलाए गए हैं उनमें से पिछले दो वस्तुतः इसी

---

1. *वही, पृ० स० 276*
2. *वही, पृ० स० 276*

अविनाभाव सम्बन्ध के द्योतक हैं – दूसरा उसके भावात्मक पक्ष का (यानी हेतु की उपस्थिति में साध्य की अनिवार्य रूप से उपस्थिति) तथा तीसरा उसके अभावात्मक पक्ष का (यानी, साध्य के अभाव में हेतु का अनिवार्य रूप से अभाव)। बौद्ध मतानुसार हेतु तथा साध्य के बीच भावात्मक रूप का अविनाभाव सम्बन्ध दो ही स्थितियों में हो सकता है – (1) हेतु तथा साध्य में तादात्म्य सम्बन्ध हो अथवा (2) हेतु तथा साध्य के बीच कार्य (परिणाम) तथा कारण का सम्बन्ध हो। शिंशपा तथा वृक्ष का सम्बन्ध पहले का उदाहरण है तथा धूम एवं अग्नि का सम्बन्ध दूसरे का उदाहरण है। इन सम्बन्धों के आधार पर निम्नलिखित दो तरह के अनुमान हो सकते है :—

(1) यह वृक्ष है, चूँकि यह शिंशपा है।

(2) वहाँ पर्वत पर अग्नि है, चूँकि वहाँ धूम है। पर अभावात्मक अविनाभाव के आधार पर एक और भी अनुमान का रूप हो सकता है :—

(3) पर्वत पर अग्नि का अभाव नहीं है, चूँकि वहाँ धूम का अभाव नहीं है।

इनके अनुरूप न्याय (परार्थानुमान) निम्नलिखित होंगे :—

(1) जो भी शिंशपा है, वह वृक्ष है
यह शिंशपा है
(∴ यह वृक्ष है)

(2) जहाँ-जहाँ धूम है, वहाँ-वहाँ अग्नि है
पर्वत पर धूम है।
(∴ वहाँ अग्नि है)

(3) जहाँ-जहाँ धूम का अभाव नहीं है, वहाँ-वहाँ अग्नि का अभाव नहीं है
पर्वत पर धूम का अभाव नहीं है।
(∴ पर्वत पर अग्निका अभाव नहीं है)

जैसा ऊपर कहा गया है, बौद्ध न्याय में सिर्फ दो ही वाक्य होते हैं, उनमें निष्कर्ष स्पष्ट रूप में वाक्य में दिया नहीं होता। हमने अपनी तरफ से स्पष्ट करने के लिए कोष्ठक में निष्कर्ष दे दिया है।

इन अनुमानों को हम आकार दे सकते हैं, पर इन्हें शुद्ध आकारिक अनुमानों के अन्तर्गत नहीं रखा जा सका। भारतीय परम्परा के अनुमान के उदाहरणों में हम आकार को वस्तु से बिलकुल अलग नहीं कर सकते। ऊपर के अनुमान सं० (1) तथा (2) को हम निम्नलिखित आकार दे सकते हैं :—

S is P
because, S is M

जहाँ 'S' पक्ष (लघु पद), 'P' साध्य (वृहत् पद) तथा 'M' हेतु (मध्यवर्ती पद) है।

पर इस आकार में ढला कोई भी अनुमान बौद्ध-दृष्टि से वैध नहीं हो सकता चूँकि उसके अनुसार अनुमान को हेतु तथा साध्य के बीच दो ही प्रकार के सम्बन्धों पर आधारित होना चाहिए – तादात्म्य अथवा कारणता। और यह देखने के लिए कि दोनों के बीच इन दोनों में से कोई एक सम्बन्ध है या नहीं, अनुमान की विषय-वस्तु को देखना ही होगा।

यदि बौद्ध सन्दर्भ में आकृति (figure) तथा विन्यास (mood) की बात हम करें, तो हम देख सकते हैं (और पहले हमने देखा भी है) कि यहाँ न्याय सिर्फ एक ही आकृति का

हो सकता है और वह है प्रथम आकृति (first figure)। हम देख सकते हैं कि यहाँ न्याय पूर्णतः हेतु तथा साध्य के बीच अविनाभाव (व्याप्ति) सम्बन्ध पर आधारित है और वह दो ही आधारों के द्वारा व्यक्त हो सकता है :—

(1) All M is P

(2) No M is non – P

वैसे तो हमने देखा है कि दूसरा भी पहले से अलग नहीं है, पर यदि दोनों को अलग रूप में भी रखा जाए तो पहले के अनुरूप न्याय होगा :—

All M is P
S is M
(∴ S is P)

जो स्पष्टतः अरस्तू की प्रथम आकृति का Barbara विन्यास या योग है। दूसरे के अनुरूप न्याय का आकार निम्नलिखित होगा :—

No M is non – P
S is M
(∴ S is not non – P)

यह न्याय प्रथम आकृति के ही 'celarent' विन्यास (mood) में है। पर वास्तव में यह ऊपर 'Barbara' वाले न्याय से बिलकुल अलग नहीं है, सिर्फ शब्दावली में अन्तर है। 'No M is non – P' का अर्थ वही है जो 'All M is P' का है तथा 'S is not non – P' का ठीक वही अर्थ है जो 'S is P' का अर्थ है।

यदि प्रथम आकृति से भिन्न किसी आकृति की सम्भावना बौद्ध न्याय के सम्बन्ध में ढूंढ़ें, तो उपर्युक्त न्याय के वृहत् वाक्य (major preise) में नियमानुसार थोड़ा-सा परिवर्तन करके ऐसा किया जा सकता है। *स्चरवास्की* के अनुसार बौद्ध तर्कशास्त्र में परिवर्तन (conversion), प्रतिवर्तन (obversion), प्रतिपरिवर्तन (contraposition) आदि साक्षात् अनुमानों का स्थान है। यदि यह सत्य है तो फिर वृहत् वाक्य 'No M is non – P' को साधारण परिवर्तन (conversion) द्वारा 'No non – P is M' कर दे सकते हैं और इस प्रकार उपर्युक्त न्याय का निम्नलिखित रूप हो जाएगा :—

No non – P is M
S is M
(∴ S is not non – P)

और यह स्पष्टतः द्वितीय आकृति का 'Cesare' विन्यास है।इस प्रकार यों तो बौद्ध न्याय में प्रथम आकृति के 'Barbara' विन्यास का ही स्पष्ट रूप से स्थान है, पर अविनाभाव के अभावात्मक पक्ष को ध्यान में रखकर प्रथम आकृति के 'Celarent' तथा द्वितीय आकृति के 'Cesare' विन्यास के लिए भी स्थान बन सकता है। पर यहाँ भी एक कठिनाई यह है कि भारतीय तर्कशास्त्र में साधारणतः निषेधात्मक निष्कर्षों को सही निष्कर्ष के रूप में स्वीकार नहीं किया जाता।

(4) हेत्वाभास

भारतीय परम्परा में अनुमान के दोष को हेत्वाभास कहते हैं। यह अवैध अनुमान का सूचक है। हम जानते हैं कि अनुमान में सबसे महत्त्वपूर्ण घटक हेतु होता है। अनुमान का निष्कर्ष

सचमुच उसी पर आधारित होता है। इसलिए यदि हेतु ही दोषपूर्ण हो तो अनुमान दोषपूर्ण हो जाएगा। बौद्ध मत के सन्दर्भ में हेतु के दोषपूर्ण होने का अर्थ है उसमें ऊपर बतलाए गए सद्हेतु के तीन लक्षणों का अभाव। यदि किसी अनुमान में हेतु के स्थान पर कुछ तो हो, पर उसमें ये तीन लक्षण मौजूद नहीं हो, तो फिर वह हेतु का सिर्फ आभास दे रहा है, यथार्थ रूप में हेतु है नहीं। ऐसी ही स्थिति में अनुमान में जो दोष आ जाता है उसे हेत्वाभास की संज्ञा दी जाती है। बौद्ध विचारक धर्मकीर्ति ने हेत्वाभास की व्याख्या करते हुए बतलाया है कि जो हेतु हेतु के लक्षणों से रहित हो, पर हेतु की तरह लगता हो, उसे हेत्वाभास कहते हैं। जो हेतु अविनाभाव का पालन न करता हो, वह सद्हेतु नहीं हो सकता। तादात्म्य तथा तदुत्पत्ति (identity and causity) के द्वारा अविनाभाव की शर्तों की सिद्धि होती है, इसलिए जिस हेतु में इनका अभाव हो वह हेत्वाभास को जन्म देता है। अविनाभावीय हेतु के तीन लक्षण हैं – पक्षधर्मत्व, सपक्षसत्व तथा विपक्षासत्व। इन तीनों के अभाव में हेत्वाभास होता है। पहले के अभाव में 'असिद्ध', दूसरे के अभाव मे 'विरुद्ध' तथा तीसरे के अभाव में 'अनैकान्तिक', हेत्वाभास होता है। आचार्य दिङनाग ने भी इन्हीं हेत्वाभासों को माना है। अतः हम एक-एक कर संक्षेप में इन्हें देखें।

(i) असिद्ध — जहाँ हेतु का पक्ष में होना असम्भव हो या कम-से-कम संदिग्ध हो, और ऐसे ही हेतु के आधार पर अनुमान किया गया हो वहाँ असिद्ध हेत्वाभास होता है। पाश्चात्य तर्कशास्त्रीय न्याय के आलोक में इस हेत्वाभास को लघु आधार-वाक्य-दोष (fallacy of the minor premise) कहा जा सकता है। उदाहरण के लिए यदि अनुमान निम्नलिखित प्रकार का हो –

जहाँ कहीं भी मोर की आवाज सुनाई पड़े, वहाँ मोर उपस्थित है

मोर की आवाज अमुक (अनेकों में से एक) गुफा से आ रही है

इसलिए मोर उसी गुफा में उपस्थित है।

यहाँ असिद्ध हेत्वाभास है, चूँकि अनेकों मौजूद गुफाओं में से किसी एक से अवाज आती मालूम पड़ रही है जो निश्चित नहीं, बल्कि संदेहास्पद है। अतः चूँकि हेतु (मोर की आवाज) का पक्ष (अमुक गुफा) में होना संदेहास्पद है, इसलिए निष्कर्ष (यानी साध्य का पक्ष में होना) भी संदेहास्पद होगा।

यहाँ यह ध्यान देने की बात होगी कि असिद्ध की शर्तों में सिर्फ यही नहीं है कि हेतु का पक्ष में होना (यानी लघु आधारवाक्य) संदेहास्पद है, बल्कि यह भी है कि हेतु तथा साध्य के बीच व्याप्ति-सम्बन्ध निश्चित रूप से है। यानी, कुल मिलाकर असिद्ध हेत्वाभास वहाँ होता है जहाँ हेतु तथा साध्य के बीच व्याप्ति-सम्बन्ध हो, पर हेतु के पक्ष में होने में संदेह हो। Th. Stcherbatsky ने अपनी पुस्तक *Buddhist Logic* (Vol. I) में इसे इस प्रकार व्यक्त किया है— "*When the presence of the reason upon the minor term is either impossible or doubtful, the conclusion will be a fallacy. The simplest example of such a fallacy will appear, when there is not the slightest doubt of the invariable connection between two facts, but the place to which it must be applied in a given instance is uncertain.*

Supposing we hear the cry of a peacock. There is no doubt that this cry is the mark of its presence. And there are several caves before us among which the peacock is hidden but we cannot decide in which. The conclusion, which requires certainty is impossible." [1]

दिङ्नाग ने चार प्रकार के असिद्धों की चर्चा की है – (i) उभयासिद्ध, (ii) अन्यतरासिद्ध, (iii) संदिग्धासिद्ध तथा (iv) आश्रयासिद्ध। धर्मकीर्ति ने दो प्रकार के अन्यतरासिद्ध तथा दो प्रकार के आश्रयासिद्ध बतलाकर असिद्ध हेत्वाभास के छः भेद कर दिए हैं।

(ii) विरुद्ध — जहाँ हेतु सपक्ष में न रहकर विपक्ष में रहे तथा जो निष्कर्ष अनुमान में सिद्ध किया जाता है, वस्तुतः उसके विपरीत निष्कर्ष सिद्ध करता हो, वैसे अनुमान में विरुद्ध हेत्वाभास होता है। उदाहरण के लिए 'शब्द नित्य है, चूँकि उसकी उत्पत्ति का कारण है' अनुमान में हेतु (उत्पत्ति-कारणता) शब्द की नित्यता नहीं बल्कि अनित्यता सिद्ध करता है। यहाँ पर हेतु का निवास नित्यता के सपक्ष उदाहरणों में नहीं, बल्कि विपक्षी उदाहरणों में होता है। उसी प्रकार 'शब्द नित्य है, चूँकि उसकी इच्छानुसार उत्पत्ति होती है' अनुमान में भी वही दोष है। पर दोनों उदाहरणों में अन्तर यह है कि जहाँ पहले का हेतु (कारण से उत्पत्ति) सभी विपक्षी उदाहरणों में रहता है, वहाँ दूसरे के हेतु (इच्छानुसार उत्पत्ति) का निवास कुछ ही विपक्षी उदाहरणों में है। सभी अनित्य वस्तुएँ किसी कारण से उत्पन्न होती हैं, पर कुछ ही इच्छानुसार उत्पन्न होती है। दूसरे प्रकार के उदाहरण के बाद दोनों के भेद को स्पष्ट करते हुए *Stcherbatsky* लिखते हैं — *"This reason is likewise absent in all similar (सपक्ष), i.e., eteral objects. But it differs from the former one in that it is present not in the whole forbidden domain of the dissimilar instances (विपक्ष), it is present only in some non-eternal things, like jars etc. It is absent in another part of the dissimilar objects, like lightening etc."* [2]

इस प्रकार उदाहरणों की दृष्टि से विरुद्ध हेत्वाभास को दो प्रकार का माना जा सकता है। बल्कि कुछ बौद्ध विचारक एक तीसरा प्रकार भी मानते हैं जहाँ विपक्षासत्त्व हेतु स्पष्ट रूप में नहीं दिया होता, बल्कि छद्म (hidden) रूप में अनुमान में मौजूद रहता है। पर धर्मकीर्ति इसे अलग भेद नहीं मानते हैं।

(iii) अनैकान्तिक या अनिश्चित — इस हेत्वाभास को बौद्ध मत में जिस रूप में समझा गया है उसके हिसाब से इसे अनिश्चित हेत्वाभास (Fallacy of uncertain reason) कहना ही अधिक उपयुक्त प्रतीत होता है। वसुबन्धु ने इसे अनिश्चित ही कहा था। जिस हेतु का स्वरूप ऐसा हो कि वह सिर्फ पक्ष में ही विद्यमान हो, सपक्ष में या विपक्ष में अन्यत्र कहीं नहीं हो, तो उसके चलते जो अनुमान में दोष उत्पन्न होता है, उसे अनिश्चित हेत्वाभास कहते हैं। उदाहरण के लिए यदि हमारा अनुमान हो – "ध्वनि नित्य है, चूँकि वह श्राव्य है", तो यहाँ श्राव्यता सिर्फ ध्वनि का गुण है, अन्यत्र कहीं उसका निवास है ही नहीं ताकि 'जहाँ-जहाँ श्राव्यता है, वहाँ-वहाँ नित्यता है' जैसा कोई व्याप्ति-सम्बन्ध स्थापित किया जा सके। ऐसे ही हेतु को अनिश्चित कहते हैं और अनुमान के दोष को अनिश्चित हेत्वाभास। जहाँ व्याप्ति-सम्बन्ध की स्थापना ही सम्भव नहीं, वहाँ अनुमान में अनिश्चितता तो स्वाभाविक है।

इसी दोष को न्याय में अनुपसंहारी सव्यभिचार के अन्तर्गत रखा गया है। सव्यभिचार को वहाँ अनैकान्तिक भी कहा गया है। उस हिसाब से अनिश्चित को अनैकान्तिक भी कहा

---

1. बनारसीदास, दिल्ली, 1994, पृ० 327

2. वही, पृ० 327

जा सकता है। वैसे हम जानते हैं कि अनैकान्तिक हेत्वाभास वहाँ होता है जहाँ हेतु का साध्य के साथ एकान्तिक सम्बन्ध न हो। यहाँ भी वह स्थिति इस रूप में देखी जा सकती है कि हेतु श्राव्यता का साध्य नित्यता के साथ ही एकान्तिक सम्बन्ध है यह देखने के कोई निश्चित आधार हमारे पास नहीं है, चूँकि श्राव्यता ध्वनि के अलावा और कहीं उपलब्ध ही नहीं है। इसलिए इसमें अनैकान्तिकता की सम्भावना है, यह अनिश्चित सव्यभिचार की स्थिति है। इसलिए इसे अनैकान्तिक के अन्तर्गत भी रखा जा सकता है।

दिङ्नाग तथा धर्मकीर्ति के पूर्व नागार्जुन ने आठ प्रकार के हेत्वाभासों की चर्चा की है पर वस्तुतः इनमें से सिर्फ पाँच ही हेत्वाभास माने जा सकते हैं – (1) कालातीत, (2) प्रकरणसम, (3) सव्यभिचार, (4) साध्यसम एवं (5) विरुद्ध। शेष तीन भी दोषों (fallacies) के अन्तर्गत आते हैं, पर उन्हें शायद हेत्वाभास नहीं कहा जा सकता। ये है – (1) वाक्छल, (2) संशयसम, (3) व्याघात प्रदर्शन। *डॉ० विद्याभूषण* ने इनकी संक्षिप्त व्याख्या निम्नलिखित रूप में की है[1] :—

(1) वाक्छल — जहाँ किसी पद के व्यवहार में छल या धोखा हो। जैसे कोई आदमी 'नव-कम्बल' शब्द का व्यवहार नौ (nine) कम्बलों के लिए करता है जबकि उसका असली तात्पर्य (इस शब्द से) नये (नव – New) कम्बल का है। यानी यहाँ 'नव' पद का व्यवहार छलपूर्ण है। इसलिए यहाँ दोष है।

(2) संशयसम — यदि किसी लम्बी ऊँचाई वाली वस्तु के सम्बन्ध में यह संशय हो कि वह खम्भा है या कोई आदमी और हम वहाँ यह मानकर व्यवहार करने लगे कि वह आदमी है, तो यहाँ दोष उत्पन्न होता है जिसे संशयसम (fallcy of false assumption) कहते हैं।

(3) व्याघात-प्रदर्शन — जहाँ कुछ ऐसी बातें कही जाती हैं जो निरर्थक सी लगें या जिनमें परस्पर एक व्याघात मालूम पड़े या जो बेतुकी (absurd) हों, वहाँ यह दोष होता है। जैसे कोई कहे कि पंच तत्त्व अस्थायी है, चूँकि उनका ज्ञानेन्द्रियों के द्वारा ज्ञान होता है, या फिर यह कहे कि कछुआ के शरीर पर बाल है, नमक में गंध है, चूँकि इनका ज्ञान मन के द्वारा होता है, तो ये बातें बेतुकी (absurd) हैं, जिनका कोई अर्थ सामान्य दृष्टि से नहीं लगता। ऐसे ही दोष को व्याघात प्रदर्शन करते हैं।

(4) कालातीत — यदि हम कहें कि 'वेद शाश्वत है, चूँकि शब्द शाश्वत हैं' तो यहाँ हेत्वाभास है, चूँकि हेतु 'शब्द की शाश्वतता' खुद अप्रमाणित है। ऐसे हेत्वाभास को कालातीत हेत्वाभास कहते हैं। न्याय दर्शन में भी कालातीत हेत्वाभास है, जिसे बाधित हेत्वाभास भी कहते हैं।

(5) प्रकरणसम — जिस आधार पर किसी निष्कर्ष को प्रमाणित किया जाए वह खुद ही यदि विवादास्पद या संदेहास्पद हो, तो अनुमान में उत्पन्न दोष को प्रकरणसम कहते हैं। जैसे यह कहना कि 'आत्मा शाश्वत है, चूँकि वह शरीर से भिन्न है' दोषपूर्ण है, चूँकि यही विवादास्पद है कि जो भी शरीर से भिन्न होता है वह शाश्वत है या नहीं। न्याय में भी प्रकरणसम हेत्वाभास है जिसे बाद में सत्प्रतिपक्ष कहा गया।

(6) सव्यभिचार — किसी साध्य की सिद्धि के लिए मनमाने (erratic) हेतु का व्यवहार करना व्यभिचार कहलाता है। उदाहरण के लिए यदि कहा जाए 'यह अनित्य है, चूँकि यह

1. *डॉ. सतीश चन्द्र विद्याभूषण : A History of India Logic, पृ० 260*

एक वाह्य पदार्थ है' तो यहाँ 'अनित्यता' सिद्ध करने के लिए जो 'वाह्यय पदार्थत्व' हेतु का व्यवहार किया गया है वह मनमाना है, चूँकि हम देख सकते हैं कि आकाश भी एक वाह्य पदार्थ है और वह नित्य है।

(7) साध्यसम—किसी साध्य की सिद्धि के लिए एक ऐसे हेतु को लाना जिसके विषय में निश्चित रूप से इस सम्बन्ध में कुछ भी नहीं कहा जा सके कि उसका साध्य के साथ कोई सीधा या निश्चित सम्बन्ध है या नहीं। जैसे – 'आकाश नित्य है, चूँकि वह स्पर्शनीय नहीं है' में अस्पर्शनीयता के आकाश के साथ सम्बन्ध का स्वरूप स्पष्ट नहीं है।

(8) विरुद्ध—जहाँ ऐसे हेतु का प्रयोग हो जिसके द्वारा जिसे सिद्ध करना है (साध्य) उसके ठीक विरुद्ध सिद्ध हो जाए। जैसे – शब्द नित्य है, चूँकि उसका कोई कारण है में कारण होने से शब्द की नित्यता सिद्ध न होकर उसकी अनित्यता सिद्ध होती है।

□

भाग – II

(Part – II)

वैज्ञानिक पद्धति
(SCIENTIFIC METHOD)

अध्याय – 7

प्रकृति विज्ञान तथा समाज विज्ञान की पद्धति
(METHOD OF NATURAL AND SOCIAL SCIENCES)

(1) विज्ञान का महत्त्व

वैज्ञानिक विकास के वर्तमान स्तर पर पहुँचकर यह पूछने और चर्चा करने की कोई बात ही नहीं रह गई है कि विज्ञान का महत्त्व क्या है। विज्ञान ने अपनी चमत्कारी उपलब्धियों के द्वारा संसार के रूप-रंग को ही बदल डाला है और हमारी सुख-सुविधा के लिए अनगिनत वस्तुओं की भरमार कर हमारे जीवन-यापन के ढंग को ही एक बिलकुल नई दिशा प्रदान की है। अठारहवीं सदी से आधुनिक विज्ञान का उदय हुआ और इन दो सौ वर्षों में उसने संसार के सभी विभागों तथा पहलुओं में इतने परिवर्तन लाये हैं जितने शायद हजारों-हजार वर्षों के संसार के इतिहास में पहले कभी नहीं आये। विज्ञान की इन उपलब्धियों तथा उनके द्वारा लाए गए हर क्षेत्र के परिवर्तनों को गिनाने की शायद जरूरत नहीं है और इनके आलोक में यह भी शायद शब्दों के द्वारा वर्णन करने की जरूरत नहीं कि विज्ञान का हमारे आधुनिक जीवन के लिए क्या महत्त्व है। यह तो महसूस करने की चीज है।

पर ध्यान देने योग्य बात यह है कि बाह्य उपलब्धियों तथा स्थूल स्तर पर लाए गए अनेकों परिवर्तनों के रूप में विज्ञान के जिस मूल्य अथवा महत्त्व को स्वीकार करने के लिए हम अपने-आप को बाध्य अनुभव करते हैं, उससे कहीं अधिक विज्ञान का महत्त्व उसकी उन सूक्ष्म या अप्रत्यक्ष उपलब्धियों में है जिनकी ओर हमारा ध्यान बहुत कम जाता है। हम यहाँ विशेष तौर पर विज्ञान की इन्हीं उपलब्धियों के द्वारा उसके महत्त्व को प्रकाशित करने तथा आंकने की चेष्टा करेंगे। पर उसके पहले बहुत ही संक्षेप में हम यह जानने की चेष्टा करेंगे कि विज्ञान सचमुच है क्या।

व्यवस्थित (systematised or organised) ज्ञान का ही दूसरा नाम विज्ञान है। विषय कुछ भी हो सकता है, पर विज्ञान की एक विशेष पद्धति है जिसके द्वारा ही वह किसी विषय का अध्ययन करता है। इस पद्धति को वैज्ञानिक पद्धति कहते हैं जिसके स्पष्ट स्वरूप पर तो हम थोड़ा आगे चलकर प्रकाश डालेंगे पर यहाँ इतना बतलाना आवश्यक है कि वैज्ञानिक ज्ञान को एक व्यवस्थित ज्ञान का स्वरूप देने में इसी पद्धति का हाथ है। साधारण अनुभव पर आधारित यह पद्धति एक पूर्णतः बौद्धिक-तार्किक पद्धति है जिसके द्वारा विज्ञान अपनी विषय-वस्तु से सम्बन्धित कुछ सामान्य नियमों (general laws) की स्थापना करता है तथा उन्हीं के आधार पर विश्व की विशिष्ट घटनाओं की व्याख्या करता है। फिर इन नियमों को कुछ सिद्धान्तों (theories) के अन्तर्गत लाया जाता है जो अपने अन्दर के नियमों की व्याख्या करते है।

आम तौर पर भौतिक शास्त्र, रसायन शास्त्र, वनस्पति शास्त्र आदि विज्ञानों के अन्तर्गत रखे जाते हैं जिनमें से प्रत्येक प्रकृति के एक-एक विशिष्ट विभाग का व्यवस्थित अध्ययन करता है। इससे संसार को बेहतर ढंग से समझने में मदद मिलती है। इन विज्ञानों को प्रकृति-विज्ञान कहा जाता है। इन्हीं के आधार पर और इनकी पद्धति अपनाते हुए समाज-विज्ञान का भी

निर्माण किया गया है, जिसके अन्तर्गत समाजशास्त्र, राजनीतिशास्त्र, अर्थशास्त्र आदि विषय आते हैं। इनमें मानव जीवन के एक-एक सामाजिक पहलू का अध्ययन व्यवस्थित ढंग से किया जाता है। इनके द्वारा सामाजिक जीवन के विभिन्न पहलुओं को अधिक बेहतर ढंग से समझने में सहायता मिली है।

इस प्रकार विज्ञान का महत्त्व इस बात में है कि उसने भौतिक संसार तथा हमारे सामाजिक जीवन दोनों के स्वरूप की एक बेहतर समझदारी हमें प्रदान की है। फिर विज्ञान चूँकि तथ्यों पर आधारित होता है तथा कठोरता के साथ तार्किक पद्धति को अपनाता है, इसलिए इसके निष्कर्षों में वस्तुनिष्ठ सत्यता होती है। दूसरे शब्दो में विज्ञान के निष्कर्ष सर्वमान्य रूप में सत्य होते हैं। कोई भी व्यक्ति जिसे किसी विशिष्ट विज्ञान की अनुसंधान-पद्धति का थोड़ा ज्ञान है अपने से भी किसी निष्कर्ष की सत्यता की जाँच कर सकता है। विज्ञान में कुछ भी रहस्यात्मक अथवा आन्तरिक सूझ आदि पर आधारित मानकर छोड़ नहीं दिया जाता। हर बात की तार्किक स्तर पर जाँच होती है और उसपर जो खरा उतरता है उसे ही सत्य माना जाता है। इससे अन्धविश्वासों, रूढ़ियों आदि को बहुत दूर तक समाप्त करने में सहायता मिली है। यह विज्ञान की बहुत बड़ी उपलब्धि है।

उपर्युक्त तथ्यों के आलोक में हम देख सकते हैं कि विज्ञान ने लोगों के अन्दर एक प्रवृत्ति को जन्म दिया है जिसे वैज्ञानिक प्रवृत्ति कह सकते हैं और जिसके अन्तर्गत लोग स्वतंत्र और निष्पक्ष खोज की ओर प्रवृत्त हुए हैं। विज्ञान किसी भी बात को इस आधार पर सत्य नहीं मान लेता कि वह आत्म-प्रत्यक्ष (self-evident) है, या वैसा अधिकांश लोग बहुत दिनों से मानते आ रहे हैं या फिर वैसी हमारे धर्मगुरुओं या धर्मग्रन्थों की मान्यता है। उसे हर बात के लिए प्रत्यक्ष अथवा तर्क पर आधारित प्रमाण चाहिए। आज विज्ञान के ही प्रभाव में अधिकांश लोगों में यह प्रवृत्ति उत्पन्न हुई है कि बिना प्रमाण के वे किसी बात को सत्य नहीं मानते। यह वैज्ञानिक प्रवृत्ति है।

तर्क तथा प्रमाण के आधार पर सत्य की खोज करने की प्रवृत्ति ने लोगों के अन्दर आत्मसम्मान या स्वाभिमान की भावना उत्पन्न की है। विज्ञान के उदय से पहले लोग प्रायः आप्त पुरुषों के गुलाम थे और वे जो कहते थे उसे ही वे बिना किसी तर्क-वितर्क के मान लेते थे। पर आज विज्ञान के प्रभाव में लोगों में स्वतंत्र तथा तार्किक चिंतन की भावना उत्पन्न हुई है। लोग खुद सत्य तथा वस्तुस्थिति की खोज करना अधिक पसंद करते हैं।

इसके अलावा विज्ञान का महत्त्व इस बात में भी है कि उसने लोगों के अन्दर से संकीर्णता का भाव हटाकर उनके दृष्टिकोण को अधिक व्यापक (broad) बनाया है। वैज्ञानिक अथवा तार्किक प्रवृत्ति को प्रश्रय मिलने से लोग बहुत सारी सामाजिक कुरीतियों (जैसे, अस्पृश्यता आदि) से छुटकारा पा लेते हैं चूँकि इनमें कोई तार्किकता या विवेकशीलता उन्हें नहीं प्रतीत होती।

विज्ञान की एक बहुत ही महत्त्वपूर्ण देन यह है कि वह हमें निष्पक्ष (unprejudiced or unbiased) तथा तटस्थ (neutral) भाव से चिंतन करना सिखलाता है। वैज्ञानिक चिंतन का वह प्रमुख लक्षण है कि उसमें लगा चिंतक (यानी वैज्ञानिक) किसी भी संकीर्ण या पक्षपातपूर्ण भाव से अपने चिंतन या खोज का कार्य सम्पन्न नहीं करता, चूँकि उसका एकमात्र लक्ष्य होता है वस्तुनिष्ठ सत्य की खोज। वैज्ञानिक चिंतन के इस आदर्श को अपनाकर ही निष्पक्ष तथा तटस्थ चिंतन किया जा सकता है। विज्ञान ने बहुत सारे लोगों में तटस्थ और निष्पक्ष चिंतन की यह प्रवत्ति पैदा की है।

इस प्रकार अपनी अनेकों स्थूल तथा सूक्ष्म उपलब्धियों के चलते विज्ञान ने लोगों के मन में अपनी ऐसी साख जमा ली है कि किसी भी व्यक्ति के लिए वैज्ञानिक प्रवृत्ति का होना एक महत्त्व की बात है। जो शास्त्र या अध्ययन-क्षेत्र पहले विज्ञान की श्रेणी में नहीं आते थे उनमें विज्ञान बनने अथवा कहे जाने की होड़ लगी हुई है। ये शास्त्र विज्ञान की पद्धति अपनाकर तथा अपने क्षेत्र में सामान्य नियमों की स्थापना कर उन्हीं के आधार पर सामाजिक घटनाओं की व्याख्या करते हैं तथा सामाजिक जीवन के भविष्य के सम्बन्ध में कुछ भविष्यवाणी भी करते हैं। तथाकथित समाज विज्ञान (मनोविज्ञान, राजनीतिविज्ञान, अर्थशास्त्र आदि) इसी श्रेणी में आते हैं।

ऊपर के विवरण से यह स्पष्ट होना चाहिए कि विज्ञान स्थूल से कहीं अधिक एक सूक्ष्म अथवा अप्रत्यक्ष स्तर पर हमारे जीवन में कितना महत्त्वपूर्ण सिद्ध हुआ है। उसने हमारे जीवन की पूरी शैली ही बदल डाली है – सिर्फ बाहय रहन-सहन के स्तर पर ही नहीं, बल्कि वैचारिक स्तर पर भी। उसने हमारे जीवन के सभी पक्षों – साहित्यिक, दार्शनिक, सांस्कृतिक यहाँ तक कि धार्मिक तथा नैतिक को भी प्रभावित किया है और जीवन के सभी स्तरों पर जाने-अनजाने अपना प्रभाव डाला है।

विज्ञान को जिस रूप में ऊपर हमने समझा है (यानी, व्यवस्थित ज्ञान के रूप में) उस रूप में तो इसका एकमात्र लक्ष्य है विश्व के रहस्यों का उदघाटन कर सत्य के सम्बन्ध में निष्पक्ष तथा वस्तुनिष्ठ ज्ञान प्राप्त करना। इसी लक्ष्य और इसी स्वरूप के परिणाम स्वरूप विज्ञान ने अनेकों अप्रत्यक्ष रूपों में हमारे जीवन को प्रभावित किया है। विज्ञान की स्थूल उपलब्धियाँ विज्ञान के इस रूप के सीधे परिणाम नहीं हैं, बल्कि वे वैज्ञानिक ज्ञान को व्यावहारिक रूप में लागू किए जाने के परिणाम हैं। विज्ञान के इस व्यावहारिक पक्ष को प्रौद्योगिकी (techno-logy) नाम दिया जाता है। इस शास्त्र ने व्यावहारिक उपयोग की इतनी वस्तुएँ हमें प्रदान की हैं जितनी (और जिनकी) कभी कल्पना भी हमने नहीं की थी। लगता है प्रकृति को विज्ञान ने पूरी तरह अपने वश में कर लिया है और इसकी सहायता से मनुष्य जो चाहे कर सकता है। इससे विज्ञान के हमारे जीवन में महत्त्व का अंदाजा लगाने में किसी प्रकार का संदेह नहीं रह जाता। पर यहाँ हमें यह नहीं भूलना चाहिए कि विज्ञान के इस पक्ष ने हमें कुछ ऐसे भी साधन प्रदान किए हैं जो हमारे लिए विनाशकारी सिद्ध हो सकते हैं और सचमुच हो रहे हैं। पर यहाँ इतना तो हमें ध्यान रखना ही होगा कि इसमें विज्ञान का कोई दोष नहीं और इसलिए इस कारण उसका महत्त्व कुछ कम नहीं हो जाता। यह तो हमारा दोष है कि विज्ञान की उपलब्धियों का हम गलत तरीके से उपयोग कर रहे हैं।

(2) वैज्ञानिक पद्धति

जैसा शब्दार्थ से स्पष्ट होता है, वैज्ञानिक पद्धति वह पद्धति या विधि है जिसका प्रयोग विज्ञानों में होता है। वस्तुतः किसी भी अध्ययन-क्षेत्र के विज्ञान कहे जाने के पीछे उस विषय-वस्तु का जिसका उसके अन्दर अध्ययन होता है उतना हाथ नहीं होता जितना उस विधि का जिसके द्वारा विषय-वस्तु का अध्ययन किया जाता है। अतः किसी भी वैज्ञानिक अध्ययन या खोज में उस पद्धति का बहुत ही महत्त्व है जिसे अपनाकर वैज्ञानिक अपने विषय का अध्ययन करता है। पर यहाँ एक बात पर ध्यान देना चाहिए और वह यह कि यद्यपि वैज्ञानिक पद्धति वह पद्धति है जिसका प्रयोग विज्ञानों में होता है, पर इसका प्रयोग वैज्ञानिक क्षेत्र से बाहर भी साधारण बोलचाल में या सामान्य रूप से कुछ आधारों से निष्कर्ष तक पहुँचने में

या विचार-व्यवहार के किसी सन्दर्भ में किया जा सकता है, बशर्ते हमारा लक्ष्य हो निष्कर्ष रूप में ऐसे वस्तुनिष्ठ सत्यों पर पहुँचना जिनके पीछे अनुभव में जाँचने योग्य पर्याप्त साक्ष्य हों। वैज्ञानिक पद्धति के इस महत्त्व को देखते हुए हमें कुछ दूर तक इसके स्वरूप का विश्लेषण करना चाहिए।

(क) स्वरूप *(Nature)*— वैज्ञानिक पद्धति एक तार्किक-बौद्धिक (logical or rasoned) पद्धति है जिसका आधार प्रत्यक्ष अनुभव होता है। साक्षात् अनुभव के साक्ष्य पर जो विषय-वस्तु हमें प्राप्त हो उसपर कठोरता से तार्किक नियमों को लागू करते हुए जो निष्कर्ष हमें प्राप्त हों उन्हीं को और सिर्फ उन्हीं को सत्य रूप में स्वीकार करना वैज्ञानिक पद्धति को अपनाना है। इस पद्धति में व्यक्तिगत भावनाओं, संवेगों या इच्छाओं आदि का कोई स्थान नहीं है। वैज्ञानिक पद्धति के स्वरूप को अधिक स्पष्ट रूप में समझने के लिए पहले कुछ दूर तक हमारे लिए यह देख लेना अच्छा होगा कि सत्य को स्थापित करने के लिए सामान्य रूप से अपनाई गई कुछ विधियाँ क्यों वैज्ञानिक विधि नहीं कही जा सकती।

ऐसी विधियों में सबसे पहले हम उस विधि को ले सकते हैं जिसे 'किसी व्यक्ति या ग्रंथ की अधिकारिकता (Authority) पर आधारित' पद्धति कह सकते हैं। कुछ लोगों को कुछ विशेष ग्रंथों या व्यक्तियों के प्रति इतनी श्रद्धा होती है कि उनकी बातों को वे बिना किसी छान-बीन या तर्क-वितर्क के या तो सत्य मान लेते हैं या सत्यता का निर्द्वन्द्व आधार मान लेते हैं। इस प्रकार की प्रवृत्ति को अपनाना वैज्ञानिक पद्धति को अपनाना नहीं है। यह बात सही है कि आप्त वचन या वाक्य (शब्द) हमारे ज्ञान का एक आधार है पर वैसे ही व्यक्ति के कथन को हमें सत्य मानना चाहिए जिसे सम्बन्धित विषय का बहुत ही अच्छा या गहरा ज्ञान हो। जैसे भौतिकशास्त्र से सम्बन्धित किसी बात को तभी सत्य मानना चाहिए जब वह किसी प्रख्यात भौतिकशास्त्री द्वारा कही या लिखी गई बात हो। और वह भी बिना किसी बौद्धिक छान-बीन के या यदि जाँच सम्भव हो तो फिर बिना जाँच किए हम किसी बात को सत्य स्वीकार कर लेते हैं तो हम वैज्ञानिक पद्धति को नहीं अपनाते। किसी भी बात को, चाहे वह किसी विषय से सम्बन्धित हो, सिर्फ इसलिए सत्य मान लेना कि (उदाहरणार्थ) बुद्ध या गांधी जैसे किसी महान व्यक्ति ने वह बात कही है, अन्धविश्वास को प्रश्रय देना है, वैज्ञानिक वृत्ति को नहीं।

उसी प्रकार कुछ लोग परम्पराओं या रूढ़ियों में इतना जकड़े होते हैं कि जो बात परम्परा से सत्य मानी जाती रही हो उसके प्रति एक दृढ़वादिता (tenacity) का रुख अपना कर उसे ही सत्य मानेंगे चाहे उसके विरुद्ध प्रत्यक्ष या बौद्धिक कितने भी साक्ष्य क्यों न हों। वे साक्षात अनुभव या अपनी तर्कबुद्धि से कहीं अधिक स्थान उन रूढ़ियों या परम्पराओं को देते हैं जो अनेकों दिनों से उनके समाज या उनकी वंशपरम्परा में चली आती हो। ऐसा रुख रखना भी वैज्ञानिक पद्धति को अपनाना नहीं है।

फिर अपनी आन्तरिक सूझ (intuition) या अन्तरात्मा की आवाज (conscience) आदि की दुहाई देकर किसी बात को सत्य स्वीकार कर लेना भी वैज्ञानिक विधि से दूर भागना है। ऐसे ही कुछ लोग कभी-कभी यह कहकर किसी वाक्य की सत्यता को स्वीकार कर लेते हैं कि वह आत्म-प्रत्यक्ष (self-evident) है। ऐसे ज्ञान में आत्मनिष्ठता का गंध है जो वैज्ञानिक विधि का लक्षण नहीं है। वैज्ञानिक विधि का लक्ष्य होता है वस्तुनिष्ठ ज्ञान जो सबों के लिए एक समान सत्य हो। वस्तुतः उपर्युक्त तीनों ही विधियाँ आत्मनिष्ठता, व्यक्तिगत संतोष आदि की भावना से ग्रसित हैं, जो वैज्ञानिक प्रवृत्ति का लक्षण नहीं है। वैज्ञानिक प्रवृत्ति वह है जो

अपनी भावनाओं, इच्छाओं या अपने व्यक्तिगत संतोष वाली बात से ऊपर उठकर ऐसे वस्तुनिष्ठ सत्य की खोज को अपना लक्ष्य बनाती है जो सबों को समान रूप से स्वीकार्य हो तथा सबों को बौद्धिक स्तर पर (भावनात्मक स्तर पर नहीं) संतोष प्रदान करे।

इस प्रकार सत्य की खोज की कोई भी वैसी पद्धति जिसमें आप्तता के प्रति अनावश्यक तथा अनुचित निष्ठा हो, जो किसी रूढ़िवादी या हठवादी प्रवृत्ति पर आधारित हो या फिर जो आन्तरिक सूझ या आत्म-प्रत्यक्षता आदि जैसे आत्मनिष्ठ तत्त्वों की दुहाई देती हो, वैज्ञानिक पद्धति नहीं कही जा सकती। ऐसी पद्धति तथ्यों के बीच वस्तुनिष्ठ सम्बन्धो पर आधारित होती है, तार्किक तथा बौद्धिक तरीकों को अपनाकर विचार की प्रक्रिया को आगे बढ़ाती है तथा इस बात पर ध्यान रखने के बजाय कि प्राप्त निष्कर्ष से व्यक्ति विशेष को या कुछ व्यक्तियों को संतोष होता है या नहीं, इस बात पर ध्यान रखती हैं कि उसके द्वारा सभी को समान रूप से बौद्धिक संतोष हो तथा यदि वे चाहें और अपने अन्दर उस प्रकार की क्षमता विकसित करें तो उनमें से प्रत्येक प्राप्त सत्यता की सच्चाई को जाँच भी सकता है। जैसा *कोहेन* तथा *नागेल* इस सम्बन्ध में कहते हैं – *"Such a method (i.e. the scientific method), which takes advantage of the objective connections in the world around us, should be found reasonable not because of its appeal to the idiosycrasies of a selected few individuals, but because it can be tested repeatedly by all men."*[1]

वैज्ञानिक पद्धति के कुछ और विशिष्ट लक्षण हैं जो उपर्युक्त अवैज्ञानिक पद्धतियों में बिलकुल नहीं पाए जाते। सबसे पहला महत्त्वपूर्ण लक्षण यह है कि वैज्ञानिक विधि एक अर्थ में सन्देह-विधि है। इसका तात्पर्य यह नहीं कि वैज्ञानिक अपनी खोज के सिलसिले में हर चीज पर संदेह करता है, बल्कि यह है कि वैज्ञानिक पद्धति के द्वारा वैज्ञानिक जिस किसी निष्कर्ष पर पहुँचता है उसे सदैव के लिए निश्चित रूप से सत्य नहीं मान लेता, बल्कि उसकी सत्यता को हमेशा संदेह की दृष्टि से देखता है और आगे की खोजों में ज्योंही उसे कुछ ऐसे साक्ष्य मिलते हैं जो स्थापित सत्य के स्वरूप को थोड़ा परिवर्तित करने या फिर उसे त्याग ही देने के लिए उसे बाध्य करते हैं तो उसमें उसे जरा भी हिचक नहीं होती। वह वैसा करने को सदैव तैयार रहता है। अतः वैज्ञानिक पद्धति का एक यह भी लक्षण है कि उससे प्राप्त निष्कर्ष में सुधार या परिवर्तन (revision) की गुंजाइश हमेशा रहती है। वैज्ञानिक पद्धति के अन्दर निहित ये बातें विज्ञान को उन्नतिशील तथा प्रगतिशील (progressive) बनाती है। विज्ञान के सतत विकास का इतिहास इस तथ्य की पुष्टि करता है। यही कारण है कि वैज्ञानिक पद्धति के द्वारा जिन सामान्य नियमों की स्थापना होती है वे वैज्ञानिक की नजर में सदैव प्राक्कल्पना के स्तर पर ही रहते हैं जिनका आगे की जाँच के बाद कभी भी त्याग कर दिया जा सकता है। इस प्रकार वैज्ञानिक पद्धति को अपनाने के चलते विज्ञान आत्म-शुद्धि (self-correction) के लिए हमेशा तैयार रहता है।

उपर्युक्त विश्लेषण के आधार पर वैज्ञानिक पद्धति के निम्नलिखित कुछ लक्षण निर्धारित किए जा सकते हैं :—

(1) वैज्ञानिक पद्धति साक्षात् अनुभव पर आधारित एक बौद्धिक तार्किक पद्धति है।

---

1. *Cohen & Nagel, An Introduction to Logic & Scientific Method (Allied pub. 1972), पृ० सं० 195*

(2) इसमें आप्तता (authority), दृढ़वादिता, रूढ़िवादिता आदि के लिए कोई स्थान नहीं है तथा इसमें कोई भी सत्य आत्म-प्रत्यक्ष नहीं होता, उसके सत्य होने के लिए उपयुक्त साक्ष्य अनिवार्य हैं।

(3) इसका लक्ष्य किसी को व्यक्तिगत संतोष प्रदान करना या फिर उसकी इच्छा या भावना की पूर्ति करना नहीं होता, बल्कि वस्तुनिष्ठ सत्य की खोज करना होता है।

(4) वैज्ञानिक विधि संदेह की विधि है जो किसी भी निष्कर्ष को अन्तिम और निश्चित रूप से सत्य नहीं मानती।

(5) वैज्ञानिक पद्धति अपने निष्कर्षों में सुधार या परिवर्तन के अवसर को सदैव खुला रखती है।

(6) वैज्ञानिक पद्धति वैज्ञानिक खोजों को प्रगतिशील बनाती है।

परन्तु वैज्ञानिक पद्धति का उपर्युक्त स्वरूप तथा उसके उपर्युक्त लक्षण उसके एक सामान्य स्वरूप का वर्णन करते हैं जिसे विज्ञान या विज्ञान के बाहर कहीं भी लागू किया जा सकता है। पर उपर्युक्त लक्षणों वाली विशेष पद्धति जो खास तौर पर वैज्ञानिक खोजों के सिलसिले में वैज्ञानिकों द्वारा प्रयुक्त होती है उसे प्राक्कल्पनात्मक-निगमनात्मक विधि (Hypothetico-Deductive Method) कहते हैं, जिसके स्वरूप पर भी कुछ दूर तक गौर करना आवश्यक है। हम जानते हैं कि प्रत्येक वैज्ञानिक खोज का प्रारम्भ किसी-न-किसी समस्या से होता है। एक छोटी-से-छोटी घटना भी वैज्ञानिक के लिए समस्या हो सकती है जिसका समाधान वह चाहता है। वर्षा क्यों होती है, भूकम्प क्यों होता है, बाढ़ क्यों आती है, भौतिक वस्तुएँ ऊपर से नीचे क्यों गिरती है? आदि सभी वैज्ञानिक समस्याएँ हैं जिनका समाधान वैज्ञानिक चाहता है। दूसरे शब्दों में कह सकते हैं कि वैज्ञानिक वर्षा होने, बाढ़ आने, भूकम्प होने आदि जैसी घटनाओं की व्याख्या चाहता है। बेकन तथा मिल जैसे विचारक मानते थे कि ऐसी समस्याओं के समाधान के लिए वैज्ञानिक आगमनात्मक पद्धति (inductive method) को अपनाता है जिसमें क्रम से निम्नलिखित स्तर होते हैं – (1) निरीक्षण तथा निरीक्षित तथ्यों के विश्लेषण के बाद अप्रासंगिक तथ्यों का बहिष्करण, (2) प्राक्कल्पना का निर्माण, (3) सामान्यीकरण, (4) सत्यापन। अर्थात् जब भी वैज्ञानिक के सामने कोई समस्या उत्पन्न होती है, तो सबसे पहले वह सम्बन्धित तथ्यों का निरीक्षण करता है, फिर निरीक्षित तथ्यों का विश्लेषण करता है और उसके उपरान्त अप्रासंगिक तत्त्वों की छंटनी कर देता है। इसके बाद बचे तथ्यों के आधार पर समस्या के समाधान के लिए इस तरह की कोई प्राक्कल्पना कर लेता है कि हो न हो अमुक तथ्य या तथ्यों का समूह ही समस्यागत घटना का कारण हो। फिर वह इस प्राक्कल्पना का सामान्यीकरण कर देता है कि सभी स्थितियों में अमुक तथ्य या तथ्य-समूह ही घटना का कारण है। और अन्त में निरीक्षण तथा प्रयोग द्वारा प्रत्यक्ष या अप्रत्यक्ष रूप में सामान्यीकृत प्राक्कल्पना का सत्यापन कर देखता है कि वह सत्य है या नहीं।

परन्तु आधुनिक तार्किक या विज्ञान-दार्शनिक चिंतन वैज्ञानिक खोज की पद्धति के रूप में उपर्युक्त आगमनात्मक पद्धति को स्वीकार नहीं करता, बल्कि एक दूसरी ही पद्धति को प्रश्रय देता है जिसे सामान्य तौर पर वैज्ञानिक पद्धति तथा विशिष्ट तौर पर प्राक्कल्पनात्मक-निगमनात्मक पद्धति की संज्ञा दी जाती है। इस पद्धति में वैज्ञानिक खोज में सबसे प्राथमिक तथा सबसे प्रमुख भूमिका प्राक्कल्पना की होती है। इस चिंतनधारा के अनुसार समस्या उठने के साथ ही उसके तबतक के समाधान (provisional solution) के लिए जबतक एक

प्राक्कल्पना का निर्माण नहीं कर लेते, तबतक तथ्यों का निरीक्षण भी सम्भव नहीं है। घटना से सम्बन्धित भी अनेकों तथ्य होते हैं, उनमें से हम किनका निरीक्षण करेंगे और किनका नहीं, इसके लिए भी एक दिशा निर्देशक चाहिए अन्यथा हम जीवन भर निरीक्षण ही करते रह जाएँगे। फिर आगमनात्मक पद्धति में कहा जाता है कि निरीक्षण के बाद हम अप्रासंगिक तथ्यों का बहिष्करण कर देते हैं पर यहाँ प्रश्न उठता है कि किस आधार पर हम यह तय करेंगे कि कौन से तथ्य प्रासंगिक है और कौन अप्रासंगिक। इसके लिए भी एक आधार अथवा दिशा निर्देशक चाहिए। ये सारे कार्य प्राक्कल्पना द्वारा किए जाते हैं। एक बार समस्या के समाधान हेतु जब हम एक प्राक्कल्पना कर लेते हैं तो फिर उस प्राक्कल्पना के आलोक में ही हम तथ्यों का निरीक्षण करते हैं। वही हमें यह भी बतलाता है कि कौन से तथ्य हमारे लिए प्रासंगिक हैं और कौन अप्रासंगिक। इसलिए प्राक्कल्पना के आलोक में हम सिर्फ प्रासंगिक तथ्यों का ही निरीक्षण करते हैं, अप्रासंगिक को छूते ही नहीं। अतः प्राक्कल्पना ही वह दिशानिर्देशिका है जो निरीक्षण को भी सही दिशा में संचालित करती है।

प्राक्कल्पना कर लेने के बाद दूसरे स्तर में उसके सत्यापन (verification) की समस्या आती है। सत्यापन के दो तरीके हैं–प्रत्यक्ष (direct) तथा अप्रत्यक्ष (indirect)। परवैज्ञानिक खोज के क्रम में प्रायः घटनाएँ इस जटिल प्रकार की होती है कि प्रत्यक्ष जाँच शायद ही सम्भव हो पाता है। इसलिए वैज्ञानिक को अधिकांश स्थितियों में अप्रत्यक्ष जाँच का ही सहारा लेना पड़ता है। इसमें होता यह है कि की गई प्राक्कल्पना से हम निगमनात्मक निष्कर्ष (deductive conclusion) निकालते हैं और इन निष्कर्षों की जाँच निरीक्षण और प्रयोग के अनेको उदाहरणों में करते हैं। जाँच के बाद यदि निष्कर्ष सत्य सिद्ध होते हैं तो प्राक्कल्पना को सत्य रूप में स्वीकार कर लिया जाता है,और यदि वे असत्य सिद्ध होते हैं तो प्राक्कल्पना असतग सिद्ध मानी जाती है। सत्य सिद्ध हो जाने पर प्राक्कल्पना को एक सामान्य नियम का दर्जा दे दिया जाता है, जिसमें सुधार या परिवर्तन की गुंजाईश सदैव रहती है, और असत्य सिद्ध होने पर उसका परित्याग कर एक दूसरी प्राक्कल्पना का निर्माण किया जाता है और फिर उसके सत्यापन की क्रिया चलती है।

यही पद्धति विज्ञानों में प्रयुक्त होने वाली पद्धति है जिसे विशिष्ट अर्थ में वैज्ञानिक पद्धति कह सकते हैं। इस पद्धति में वे सारे लक्षण मौजूद हैं जिनकी चर्चा हमने वैज्ञानिक पद्धति के सामान्य स्वरूप के विश्लेषण के सिलसिले में ऊपर की है। इसमें चूँकि हम पहले प्राक्कल्पना (hypothesis) का निर्माण करते हैं और फिर उसका निगमनात्मक विकास (deductive development) कर यानी उससे निगमनात्मक निष्कर्ष निकाल कर उसकी सत्यता की जाँच करते हैं, इसीलिए इस पद्धति को विशिष्ट तौर पर प्राक्कल्पनात्मक-निगमनात्मक पद्धति (Hypothetico-deductive method) की संज्ञा दी जाती है।

विज्ञानों में प्रयुक्त होने वाली उपर्युक्त वैज्ञानिक विधि स्पष्टतः विज्ञान में सामान्य नियमों की स्थापना करती है जिनके आधार पर विशिष्ट समस्यारूप घटनाओं की व्याख्या की जाती है। पहले, जैसा हमने ऊपर बतलाया है, सामान्य नियमों की स्थापना में आगमनात्मक पद्धति का पूरा हाथ माना जाता था, परन्तु अब जिस रूप में, यानी प्राक्कल्पनात्मक निगमनात्मक रूप में, वैज्ञानिक पद्धति को समझा गया है उसमें लगता है आगमन का कोई हाथ ही नहीं है। पर वास्तव में ऐसा नहीं है। आगमन की भूमिका उपर्युक्त वैज्ञानिक पद्धति में भी है, पर थोड़ा दूसरे रूप में। प्राक्कल्पना से निकालने गये निष्कर्षों की सत्यता की जाँच के सिलसिले

में जब हम निरीक्षण तथा प्रयोग की अनेकों क्रियाएँ सम्पन्न करते हैं और उनमें पाते हैं कि निष्कर्ष सत्य है तो उनके आधार पर ऐसा मान लेते है कि वे सार्वभौम रूप में सत्य हैं। तो निरीक्षण या प्रयोग के कुछ उदाहरणों के माध्यम से निगमनात्मक निष्कर्ष की सत्यता की जाँच के आधार पर जब हम यह मान लेते हैं कि ये निष्कर्ष सार्वभौम रूप में सत्य हैं, तो यह आगमन की क्रिया ही तो है। इसलिए यद्यपि उपर्युक्त वैज्ञानिक पद्धति के नाम में आगमन का कहीं जिक्र नहीं है, तथापि ऐसा नहीं है कि इसमें आगमन की कोई भूमिका ही नहीं है।

(ख) लक्ष्य *(Aim)*— वैज्ञानिक पद्धति के स्वरूप का उपर्युक्त विश्लेषण यह स्पष्ट करता है कि इस पद्धति का प्राथमिक लक्ष्य है वैसी वस्तुनिष्ठ सत्यता (objective truth) को प्राप्त करना जो सर्वमान्य हो, यानी जिसके द्वारा सिर्फ कुछेक व्यक्तियों की भावनात्मक तुष्टि न हो, बल्कि एक बौद्धिक-तार्किक स्तर पर सबों को इससे संतोष मिलता हो, और चाहने पर सभी अपने-अपने लिए निष्कर्ष की सत्यता की जाँच कर सकते हैं।

फिर इससे सम्बद्ध वैज्ञानिक पद्धति का दूसरा लक्ष्य है मनमानी राय तथा रूढ़ियों, अन्तरानुभूतियों आदि पर आधारित विश्वासों की जगह समाज में ऐसे सत्यो को अधिक से अधिक संख्या में स्थापित करना जिनकी सत्यता साक्षात् अनुभव या तर्कशास्त्र के मान्य नियमों के साक्ष्य के आधार पर प्रमाणित हो। इससे अंधविश्वास मिटते हैं तथा लोगों के अन्दर वैज्ञानिक प्रवृत्ति पनपती है।

फिर विज्ञानों में (प्रकृति-विज्ञान तथा समाज-विज्ञान दोनों में) सामान्य नियमों की स्थापना कर प्रकृति तथा समाज में निहित अनेकों तथ्यों के सम्बन्ध में हमारी समझदारी बढाना भी वैज्ञानिक पद्धति का लक्ष्य है। नियमों के सहारे प्राकृतिक तथा सामाजिक समस्याओं के समाधान के द्वारा हमें प्रकृति तथा समाज को और अच्छी तरह समझने में तथा जीवन को और बेहतर ढंग से जीने में सहायता मिलती है।

वैज्ञानिक पद्धति का एक महत्त्वपूर्ण लक्ष्य किसी समस्या के समाधान के सिलसिले में अनेकों वैकल्पिक प्राक्कल्पनाओं का निर्माण करना है ताकि उनमें से प्रत्येक का निगमनात्मक विकास कर और उसके द्वारा उसका सत्यापन कर हम यह देख सकें कि समस्या का कौन सा समाधान हमें वास्तविक तथ्यों के सर्वाधिक निकट ले जाता है। वास्तव में वैज्ञानिक पद्धति का लक्ष्य जैसे-तैसे किसी निष्कर्ष पर पहुँच जाना नहीं होता, बल्कि यह देखना होता है कि कौन-सा निष्कर्ष तथ्यों के सर्वाधिक अनुरूप है और किसके पक्ष में अधिकाधिक अनुभवजन्य तथा तार्किक साक्ष्य हैं। इसके लिए वैज्ञानिक को अत्यन्त धैर्य की आवश्यकता होती है। वह चाहे किसी निष्कर्ष पर जल्दी पहुँच या न पहुँचे, पर अपनी बौद्धिक-तार्किक पद्धति को जिसका आधार वास्तविक अनुभव होता है, वह कभी नहीं छोड़ता।

(3) वैज्ञानिक आगमन तथा केवलगणनाश्रित आगमन *(Scientific Induction and Induction by Simple Enumeration)*

कुछ विशेष उदाहरणों के निरीक्षण के आधार पर एक सामान्य वाक्य की स्थापना करना साधारणतः (कम-से-कम पारम्परिक रूप में) आगमन कहलाता है। उदाहरण के लिए कुछ ही मनुष्यों को मरते देखकर यह अनुमान करना कि 'सभी मनुष्य मरणशील हैं' आगमन है। उसी प्रकार कुछ ही भौतिक वस्तुओं को ऊपर से नीचे गिरते देखकर इस वाक्य की स्थापना करना कि 'सभी भौतिक वस्तुएँ ऊपर से नीचे की ओर गिरती हैं' आगमन या आगमनात्मक

अनुमान का उदाहरण है। *मिल* ने आगमन के दो भेद किये :—

(1) यथार्थ (Induction proper) तथा (2) अयथार्थ (Induction improperly so called)। फिर यथार्थ आगमन के उन्होंने तीन भेद किये – (1) वैज्ञानिक आगमन (Scientific induction), (2) अवैज्ञानिक अथवा केवलगणनाश्रित आगमन (Unscientific induction or Induction by simple enumeration) तथा (3) सादृश्यानुमान (Inference from analogy)। उसी प्रकार अयथार्थ आगमन के भी उन्होंने तीन भेद किये —(1) पूर्ण आगमन (Perfect induction, (2) तर्क की एकरूपता पर आधारित आगमन (Induction by parity of reasoning) तथा (3) तथ्यों के संयोग पर आधारित आगमन (Induction by colligation of facts)। पर इन सभी भेदों की यहाँ विस्तृत चर्चा करने के बजाय हम अपने को वैज्ञानिक आगमन तथा केवलगणनाश्रित आगमन के भेद तक ही सीमित रखेंगे।

ऊपर के भेदों के आधार पर यह तो हम स्पष्ट रूप से देख सकते हैं कि वैज्ञानिक तथा केवलगणनाश्रित आगमन दोनों ही यथार्थ आगमन के ही भेद हैं। वस्तुतः मिल ने तथाकथित 'आगमनात्मक छलांग' (Inductive leap) को यथार्थ आगमन का आधार माना है जो यथार्थ आगमन के उपर्युक्त तीनों भेदों में मौजूद है। आगमन में जो 'कुछ' से 'सब' पर हम जाते हैं वह एक प्रकार का छलांग लगाना है। हम निरीक्षण कुछ ही उदाहरणों का करते हैं और उसके आधार पर एक सार्वभौम (universal) वाक्य की स्थापना करते हैं यानी, एक जाति के सभी उदाहरणों के विषय में कुछ कहते हैं, जैसा कि ऊपर दिए गए आगमन के दो उदाहरणों से स्पष्ट है। यही आगमनात्मक छलांग लगाना है। चूँकि यह लक्षण यथार्थ आगमन के तीनों भेदों में मौजूद है, इसीलिए मिल उन्हें यथार्थ आगमन के अन्तर्गत रखते हैं। यहाँ चूँकि हमें सिर्फ वैज्ञानिक आगमन तथा केवलगणनाश्रित आगमन के भेद को स्पष्ट करना है इसलिए हम अपना सम्बन्ध उन्हीं एक सीमित रखेंगे। इसके लिए हमें कुछ दूर तक इन दोनों के स्वरूप को देखना होगा।

वैज्ञानिक आगमन — *मिल* के अनुसार *कुछ विशेष-विशेष उदाहरणों के निरीक्षण के आधार पर तथा प्राकृतिक समरूपता नियम एवं कारण-कार्य नियमों का सहारा लेते हुए एक सामान्य वास्तविक (general real) वाक्य की स्थापना करना वैज्ञानिक आगमन कहलाता है (Scientific induction is the establishment of a general real proposition based on the observation of particular instances and in reliance on the law of uniformity of nature and the law of causation)*। इस परिभाषा में पहली बात यह है कि वैज्ञानिक आगमन सामान्य एवं वास्तविक वाक्य की स्थापना करता है। सामान्य वाक्य सार्वभौम वाक्य है जिसके विधेय में उद्देश्य के अन्दर भूत, वर्तमान तथा भविष्य से सम्बान्धित सभी उदाहरणों के सम्बन्ध में कुछ कहा जाता है। जैसे, 'सभी मनुष्य मरणशील हैं' एक सामान्य या सार्वभौम वाक्य है। उसी प्रकार 'सभी भौतिक वस्तुएँ ऊपर से नीचे की ओर गिरती है' एक सामान्य या सार्वभौम वाक्य है। ऐसे वाक्य किसी एक स्थान या एक समय के लिए सत्य नहीं होते, बल्कि सभी स्थानों तथा सभी समय के लिए सत्य होते हैं। फिर जिन सामान्य वाक्यों की स्थापना वैज्ञानिक आगमन करता है वे वास्तविक होते हैं, यानी वे सिर्फ आकारिक नहीं होते, उनका वास्तविक जगत से सम्बन्ध है। ऊपर के दोनों सामान्य वाक्य या विज्ञान के सभी सार्वभौम नियम (universal laws) ऐसे ही होते हैं। ऐसे वाक्यों की स्थापना वास्तविक अनुभव में एक-एक विशेष उदाहरण को देखकर किया जाता है। जैसे – कुछ मनुष्यों को वास्तविक अनुभव में मरते देखकर इस सामान्य वाक्य की स्थापना होती है कि सभी मनुष्य

मरणशील है। पर सामान्य वाक्यों की स्थापना के पीछे सिर्फ कुछ उदाहरणों के निरीक्षण का ही आधार नहीं होता है। जैसे – हम सभी मनुष्यों को तो मरते देखते नहीं, सिर्फ कुछ को मरते देख यह निष्कर्ष निकाल लेते हैं कि सभी मनुष्य मरणशील हैं। अब यदि कुछ मनुष्यों को मरते देखना ही इस निष्कर्ष का पूर्ण आधार हो कि सभी मनुष्य मरणशील हैं तो स्वाभाविक रूप से यह प्रश्न उठेगा कि ऐसा हम कैसे कर सकते हैं। और यदि हम करते भी हैं तो ऐसे निष्कर्ष की सत्यता की क्या गारंटी होगी? उत्तर यह है कि कुछ उदाहरणों का निरीक्षण ही सामान्य वाक्यों की हमारी स्थापना का एकमात्र आधार नहीं होता, बल्कि उसके पीछे प्रकृति-समरूपता नियम तथा फारण कार्य नियम जैसे दो महत्त्वपूर्ण नियमों का सम्बल होता है। ये नियम सचमुच क्या हैं, यह हम नीचे देखेंगे।

कारण-कार्य नियम हमें यह बतलाता है कि प्रत्येक कार्य या घटना का कोई न कोई कारण अवश्य होता है और उसी निश्चित कारण के उपस्थित होने पर बार-बार वही निश्चित कार्य उत्पन्न होता है। इस प्रकार कारण तथा उससे उत्पन्न कार्य के बीच एक अटूट सम्बन्ध होता है जिसे कारण-कार्य सम्बन्ध या कारणता सम्बन्ध (causal relation) कहते हैं। उदाहरण के लिए हाइड्रोजन तथा ऑक्सीजन गैसों को 2 : 1 के अनुपात में मिलाने से (H_2O) पानी बनता है, तो जब भी हम उक्त अनुपात में हाइड्रोजन तथा ऑक्सीजन को मिलाएँगे तो पानी बनेगा। इस तरह H_2O पानी का कारण है तथा H_2O और पानी के बीच कारण-कार्य सम्बन्ध है। आगमनात्मक अनुमान के द्वारा सचमुच हम कारण-कार्य सम्बन्ध वाले ही सामान्य वाक्यों की स्थापना करते हैं और इसीलिए यह कारण-कार्य सम्बन्ध आगमन का मूलाधार है।

प्रकृति समरूपता नियम हमें यह बतलाता है कि प्रकृति के व्यवहार में कहीं उच्छृंखलता या अनियमितता नहीं है, बल्कि इसके व्यवहार में एक समरूपता है। आज जिन परिस्थितियो में कोई खास घटना घटती है, उन परिस्थितियों के फिर दुहराये जाने पर वही खास घटना फिर घटेगी। इस तरह एक प्रकार से कारण-कार्य नियम तथा प्रकृति समरूपता नियम अपने सार रूप में एक ही है, अन्तर यह है कि प्रकृति समरूपता नियम कारण-कार्य नियम को एक सामान्यता या सार्वभौमिकता प्रदान करता है। कारण-कार्य सम्बन्ध हमें यह बतलाता है कि दो घटनाओं में यदि कारण-कार्य सम्बन्ध है तो एक की उपस्थिति के तत्काल बाद दूसरी भी उपस्थित होगी। परन्तु ऐसा सदैव होगा यानी भविष्य में भी होता रहेगा इसकी गारंटी प्रकृति समरूपता नियम देती है। इस तरह दोनों सिद्धान्त मिलकर आगमन के सामान्य निष्कर्ष को एक मजबूत आधार देकर उसे निश्चित सत्यता प्रदान करते हैं। 'वस्तुएँ ऊपर से नीचे गिरती हैं' 'H_2O से पानी बनता है' आदि सामान्य नियम इसलिए सार्वभौम तथा निश्चित रूप से सत्य हैं चूँकि इनके पीछे कारण-कार्य नियम तथा प्रकृति समरूपता नियम द्वारा प्रदत्त मजबूत आधार है।

केवल गणनाश्रित आगमन — जैसा नाम से ही स्पष्ट है, केवलगणनाश्रित आगमन कुछ उदाहरणो की सिर्फ गणना या गिनती पर आधारित होता है। हम कुछ कौवों को काला देखकर इस सामान्य वाक्य की स्थापना कर लेते हैं कि 'सभी कौवे काले हैं'। इस सामान्य वाक्य को स्थापित करने के पीछे कौवों के कुछ उदाहरणों की गिनती के अलावा और कोई आधार हमारे पास नहीं है। यदि और कोई आधार हम ढूँढ़े तो कह सकते हैं कि अब तक का हमारा अनुभव जिसमें एक भी ऐसा कौवा हमने नहीं देखा जो काला नहीं हो, केवलगणनाश्रित आगमन का आधार हो सकता है। दूसरे शब्दों मे अब तक हमारे अनुभव में किसी विरोधी

उदाहरण का नहीं मिलना (uncontradicted experience) सिर्फ गणना के अलावा केवलगणनाश्रित आगमन के एक आधार के रूप में लिया जा सकता है। पर कारण-कार्य नियम तथा प्रकृति समरूपता नियम जैसे महत्त्वपूर्ण नियमों का संबल इस आगमन को प्राप्त नहीं है। इसीलिए इसके निष्कर्ष में निश्चितता का अभाव है। स्थापित सामान्य वाक्य का एक भी विरोधी उदाहरण भविष्य में मिल जाने से उसकी सत्यता खंडित हो जाती है। जैस – कौवे वाले उफर्युक्त उदाहरण के सम्बन्ध में यह कहा जाता है कि वह सामान्यीकरण खंडित हो चुका है चूँकि आस्ट्रेलिया में उजले कौवे भी पाए गए हैं। इस प्रकार केवलगणनाश्रित आगमन एक बहुत ही कमजोर आधार पर आधारित सामान्यीकरण है जिसकी सत्यता कभी भी खंडित हो सकती है। *मिल* ने इसीलिए इसे अवैज्ञानिक आगमन की संज्ञा दी है तथा बेकन ने इस प्रकार के आगमनात्मक निष्कर्ष की स्थापना को बचकानी वृत्ति (childish affair) कहा है।

ऊपर किये गये वैज्ञानिक आगमन तथा केवलगणनाश्रित आगमन के संक्षिप्त स्वरूप-विश्लेषण के आधार पर हम देख सकते हैं कि मिल की दृष्टि में वैज्ञानिक आगमन का निष्कर्ष निश्चित रूप में सत्य होता है, पर केवलगणनाश्रित आगमन एक बहुत ही कमजोर आगमन है जिसके निष्कर्ष की सत्यता हमेशा सन्देह से घिरी हुई है। पहले के आधार हैं प्रकृति समरूपता नियम तथा कारण-कार्य नियम जैसे दो मजबूत नियम, जब कि दूसरे का आधार है अब तक किसी विरोधी उदाहरण का नहीं मिलना। पर *मिल* के बाद का चिंतन दोनों के बीच इस प्रकार का भेद करने को तैयार नहीं। उसके अनुसार न तो वैज्ञानिक आगमन उतना मजबूत है और न ही केवलगणनाश्रित आगमन उतना कमजोर, जितना मिल समझते हैं। ह्यूम द्वारा कारण-कार्य नियम के विश्लेषण के बाद जिसमें वे यह सिद्ध करते हैं कि कारण तथा कार्य के बीच का सम्बन्ध कोई अनिवार्य सम्बन्ध नहीं ताकि जहाँ भी कारण की उपस्थिति होगी वहाँ कार्य की भी उपस्थिति होगी, तथाकथित वैज्ञानिक आगमन के सामान्यीकरण को बहुत ही कमजोर कर देता है और उसकी निश्चित सत्यता का दावा खतरे में पड़ता हुआ दिखता है। इस मत को अनुसार कोई भी ऐसा सामान्य वाक्य जिसे वास्तविकता से यानी वस्तुस्थिति से सम्बन्ध हो निश्चित रूप से सत्य हो ही नहीं सकता, वह सिर्फ सम्भावित रूप में ही सत्य हो सकता है। सामान्य नियमों के बारे में यह निश्चित रूप से नहीं कहा जा सकता कि चूँकि अब तक वे सत्य सिद्ध होते आये हैं, इसलिए भविष्य में भी सत्य सिद्ध होंगे। ऐसा मानने का जो मूल आधार है कारण-कार्य नियम वह तो ह्यूम के विश्लेषण के आधार पर सन्देह के घेरे में है ही, प्रकृति समरूपता नियम भी सन्देह के घेरे के बाहर नहीं है। अब तक प्रकृति में समरूपता देखने को मिली है, यानी अब तक यह सदैव हुआ है कि समान परिस्थितियों में प्रकृति में समान परिणाम ही देखने को मिले हैं, पर आगे भी ऐसा ही होगा, इसकी क्या गारंटी है ? प्रकृति समरूपता नियम आगमन का आधार होने का दावा करता है, पर विश्लेषण करने पर यह स्पष्ट होता है कि वह तो खुद ही आगमन पर आधारित है। अनेकों उदाहरणों में यह देखकर ही कि प्रकृति समान परिस्थितियों में समान रूप से व्यवहार करती है, हम इस निष्कर्ष पर आते हैं कि आगे भी प्रकृति का व्यवहार ऐसा ही रहेगा। और यही तो प्रकृति समरूपता नियम है जो स्पष्टतः आगमन पर आधारित है। इस प्रकार तथाकथित वैज्ञानिक आगमन के मजबूत माने जाने वाले आधार ही इतने निर्बल सिद्ध हो जाते हैं तो फिर उसके द्वारा स्थापित सामान्य वाक्य की सत्यता कहाँ तक निश्चित हो सकती है, इसका अनुमान हम खुद ही लगा सकते हैं। वैज्ञानिक आगमन सरलगणनाश्रित आगमन में ही परिवर्तित होता प्रतीत होता है

और दोनों के बीच भेद की जो एक बहुत ही तीक्ष्ण रेखा थी वह क्षीण होती मालूम पड़ने लगती है। प्रकृति समरूपता नियम तथा कारण-कार्य नियम की गरिमा समाप्त हो जाने के बाद अब वैज्ञानिक आगमन कहे जाने वाले आगमन का भी आधार कुछ उदाहरणों की गणना ही रह जाता है।

पर यहाँ देखने और समझने की बात यह है कि जिस केवलगणनाश्रित आगमन को हम सिर्फ साधारण गिनती पर आधारित मानकर इतना कमजोर और बचकानी वृत्ति वाला समझते हैं वह उतना कमजोर है नहीं। उसका आधार भी कुछ उदाहरणों की सिर्फ गणना से कहीं मजबूत और गहरा है, जिसे गहराई में जाकर समझने की जरूरत है। यहाँ इस बात पर ध्यान देना चाहिए कि सामान्यीकरण के लिए जब हम कुछ उदाहरणों की गिनती करते हैं तो वे ऐसे ही उदाहरण होते हैं जिनमें आपस में बहुत सारे गुणों में समानता होती है और सभी साथ मिलकर एक विशेष वर्ग या जाति (class) का निर्माण करते हैं। वे जाति का निर्माण इसलिए करते हैं, चूँकि उनमें कुछ सारपूर्ण गुणों में आपस में समानता (resemblance) होती है। और यह बात सामान्यीकरण के सम्बंन्ध में बहुत महत्त्वपूर्ण है। हमारा सामान्यीकरण सिर्फ कुछ उदाहरणों की गिनती पर आधारित नहीं होता, बल्कि इस महत्त्वपूर्ण बात पर आधारित होता है कि जिन उदाहरणों की हम गिनती करते हैं उनमें आपस में सारगुणों में समानता है। सारगुणों में यह समानता ही हमें यह स्थापित करने का आधार प्रदान करती है कि जो बात कुछ उदाहरणों (गिनती किये गये उदाहरणों) के विषय में सत्य है वह उस जाति के सभी उदाहरणों के विषय में सत्य होगी। कुछ मनुष्यों को मरते देखकर हम सबों की मरणशीलता का निष्कर्ष इसलिए निकालते हैं चूँकि जिन उदाहरणों की हम गिनती करते हैं उनमें तो सार गुणों की परस्पर समानता है ही, उनकी उन मनुष्यों के साथ भी सार गुणों में समानता है जो अब तक जीवित हैं। इन्हीं सारगुणों में समानता के आधार पर कुछ मनुष्यों को मरते देखकर हम अब तक जीवित मनुष्यों के सम्बन्ध में भी यह निष्कर्ष निकाल लेते हैं कि वे भी एक न एक दिन मरेंगे, यानी सभी मनुष्य मरणशील हैं। चूँकि उदाहरणों के बीच सारगुणों में समानता या सादृश्य के आधार पर किया गया अनुमान सादृश्यानुमान कहलाता है इसलिए कह सकते हैं कि तथाकथित केवल गणनाश्रित आगमन सिर्फ उदाहरणों की गिनती पर आधारित नहीं होता, बल्कि सादृश्यानुमान पर भी आधारित होता है। सारी बात को बड़े ही साफ शब्दों में *स्टेबिंग (L. S. Stebbing)* ने निम्नलिखित रूप में रखा है – *"Simple enumeration is not, then, to be regarded as a process simply of counting, it is a counting of instances recognised as having certain property in common. The inference is dependent upon recognition of resemblances. An inference from resemblance is an inference from analogy."* [1] इसी सत्य के आधार पर स्टेबिंग और आगे चलकर कहती है कि प्रत्येक सामान्यीकरण में उदाहरणों की गणना तथा उनके बीच का सादृश्य दोनों ही बातें सम्मिलित होती हैं (Every generalisation ivolves both analogy and enumeration.) [2]।

ऊपर का विश्लेषण यह स्पष्ट करता है कि वैज्ञानिक आगमन तथा अवैज्ञानिक (केवल

---

1. *L. S. Stebbing, A Modern Introduction to Logic (Harper & Brothers, New York, 1961), पृ० सं० 249*
2. *वही, पृ० सं० 250*

गणनाश्रित) आगमन का जो भेद मिल ने अपने आगमनात्मक चिंतन के द्वारा किया था, वह आधुनिक विचारकों को मान्य नहीं है। प्रत्येक सामान्यीकरण के दो ही आधार होते हैं— (1) कुछ उदाहरणों की गणना तथा (2) गणना किए गए (एवं जिनके सम्बन्ध में निष्कर्ष निकालना है) उदाहरणों के बीच सार गुणों की समानता। (आधुनिक वैज्ञानिक पद्धति के आलोक में तो सामान्यीकरण का यह तरीका भी मान्य नहीं है, पर आगमन की दृष्टि से निष्कर्ष रूप में उपर्युक्त बात कही जा सकती है।) एक और बात यहाँ समझने लायक यह है कि मिल ने कारण-कार्य सम्बन्ध को वैज्ञानिक आगमन के आधार के रूप में लिया था, पर आगमन या सामान्यीकरण को उपर्युक्त रूप में समझना यह स्पष्ट करता है कि सामान्यीकरण दो घटनाओं के बीच कारण-कार्य सम्बन्ध होने का एक संकेत हमें प्रदान करता है जिसकी संपुष्टि में मिल की पाँच प्रायोगिक विधियाँ, जिनकी चर्चा हम आगे करेंगे, महत्त्वपूर्ण रूप में सहायक हो सकती है।

(4) प्रकृति-विज्ञान तथा समाज-विज्ञान की पद्धति में भेद

पीछे खंड 2 में वैज्ञानिक पद्धति कें स्वरूप का विश्लेषण किया गया है और हमनें देखा है कि आमतौर पर यह पद्धति अनुभव पर आधारित एक तार्किक पद्धति है तथा विशिष्ट तौर पर (यानी, उस रूप में जिस रूप में इसका प्रयोग सचमुच विज्ञानों में होता है) यह प्राक्कल्पनात्मक-निगमनात्मक पद्धति है। चूँकि विज्ञानों में प्रकृति-विज्ञान का उदय पहले हुआ इसलिए विज्ञान-दार्शनिकों नें इसी विज्ञान की खोजों में अपनायी गई पद्धति को ध्यान में रखकर वैज्ञानिक पद्धति के स्वरूप का उपर्युक्त चित्र खींचा है। खुद वैज्ञानिक तो शायद इस सम्बन्ध में कभी न तो चिन्ता करता है और न वाकिफ होता है कि अपनी खोजों के सिलसिले में वह सचमुच किस पद्धति का अनुसरण कर रहा है। ये तो विज्ञान-दार्शनिक हैं जो अनेकों वैज्ञानिक खोजों में सामान्य रूप से अपनाई गई पद्धति को देखकर वैज्ञानिक पद्धति का एक स्वरूप विकसित करते हैं। अब जब प्रकृति-विज्ञानों के साथ-साथ समाज-विज्ञानों का भी विकास हो रहा है तो एक प्रश्न स्वाभाविक रूप से सामने आता है कि क्या समाज-विज्ञानों में अपनाई जाने वाली पद्धति भी बिलकुल वही है जो प्रकृति विज्ञानों में अपनाई जाने वाली पद्धति है या फिर इन दोनों ही प्रकार के विज्ञानों में अपनाई जाने वाली पद्धतियों में भेद है। दूसरे हाब्दों में प्रश्न को इस रूप में भी रखा जाता है कि क्या प्रकृति-विज्ञानों में अपनाई जाने वाली पद्धति समाज-विज्ञानों के लिए भी उपयुक्त है। इस प्रकार का प्रश्न इसलिए उठता है चूँकि यह महसूस किया जाता है कि समाज-विज्ञानों के विषय का जो स्वरूप है वह प्रकृति-पिज्ञानों के विषय के स्वरूप से बिलकुल भिन्न है। प्रकृति-विज्ञान या तो निर्जीव या फिर जीवधारियों के सिर्फ शारीरिफ तथा जैविक पक्ष से सम्बन्ध रखते हैं, जब कि समाज-विज्ञान मनुष्यों और उनके कार्यकलापों से सम्बन्ध रखते हैं जिनमें स्वतंत्र इच्छा तथा विकल्पों में से चुनाव की क्षमता (choice) की महती भूमिका होती है। निर्जीब पदार्थों तथा जीवधारियों के सम्बन्ध में सामान्य नियम बनाना, उनके आधार पर भविष्यवाणी करना आदि आसान काम है, पर मनुष्यों के सामाजिक, राजनैतिक, आर्थिक आदि व्यवहारों के सम्बन्ध में ऐसा करना आसान नहीं है। विषय की इस स्वरूप-भिन्नता के कारण दोनों की पद्धति भी स्वभावतः भिन्न-भिन्न हो जाएगी। प्रकृति-विज्ञानों में अपनाई जाने वाली पद्धति ज्यों के त्यों रूप में शायद समाज-विज्ञानों के लिए उपयुक्त नहीं होगी। वस्तुतः इस प्रश्न पर कि क्या समाज-विज्ञानों की भी पद्धति वैसी ही होगी जैसी प्रकृति-विज्ञानों की, विचारकों में मतभेद है। प्रत्यक्षवादी या अनुभववादी

(positivistic) दृष्टिकोण रखनेवाले विचारकों का मत है कि प्रकृति-विज्ञानों तथा समाज-विज्ञानों की पद्धति मूलतः एक ही है, उनमें कोई भेद नहीं, पर दूसरे प्रकार के विचार रखने वालों का मत है कि समाज-विज्ञानों की पद्धति प्रकृति-विज्ञानों की पद्धति की तरह हो ही नहीं सकती, दोनों की पद्धति आवश्यक रूप से एक दूसरे से भिन्न होगी। पहले प्रकार का मत रखने वालों को प्रकृतिवादी (naturalists) तथा दूसरे प्रकार का मत रखने वालों को अप्रकृतिवादी (anti-naturalists) की संज्ञा दी जाती है।

परन्तु इसके पहले कि हम दोनों प्रकार के विज्ञानों के बीच पद्धति सम्बन्धी भेद की और आगे चर्चा करें, हम वैज्ञानिक पद्धति के स्वरूप के सम्बन्ध में ही कुछ और आगे चर्चा करेंगे। वैज्ञानिक पद्धति के स्वरूप के सम्बन्ध में जो चित्र हमने ऊपर खींचा है वह मुख्य रूप से विज्ञानों के सामान्य नियमो के निर्माण की पद्धति है। पर इसका एक दूसरा पक्ष भी है और वह है इन नियमों को विशेष उदाहरणों या परिस्थितियों के सम्बन्ध में लागू करना। विज्ञान का मुख्य लक्ष्य होता है घटनाओं की व्याख्या करना और उसी लक्ष्य की पूर्ति के लिए वह सामान्य नियमों की स्थापना करता है। सामान्य नियमों को आधार बनाकर विशेष उदाहरणों में घटने वाली घटना की वह व्याख्या प्रस्तुत करता है। उदाहरण के लिए मान लिया जाए कि हमें इस विशेष घटना की व्याख्या करनी है कि पेड़ से फल टूटकर नीचे जमीन पर क्यों गिरा। इसके लिए हम इस सामान्य नियम की सहायता लेते हैं कि 'सभी भौतिक वस्तुएँ ऊपर से नीचे की ओर गिरती है' और इस प्रकार उपर्युक्त घटना की व्याख्या करते हैं :—

सभी भौतिक वस्तुएँ ऊपर से नीचे की ओर गिरती हैं,
पेड़ का फल एक भौतिक वस्तु है,
∴ पेड़ का फल टूटकर नीचे की ओर जमीन पर गिरा।

इस प्रकार की व्याख्या को भी प्राक्कल्पनात्मक-निगमनात्मक व्याख्या (hypothetico-deductive form of explanation) का नाम दिया जाता है। यह नामकरण इस रूप में सार्थक है कि विज्ञान में सामान्य नियमों को सदैव एक प्राक्कल्पना का ही दर्जा दिया जाता है चूँकि भविष्य में कभी भी उसके असत्य सिद्ध हो जाने की संभावना है। सामान्य नियम सदैव सत्यापन के ही स्तर पर रहते हैं। और चूँकि प्राक्कल्पना-स्वरूप सामान्य नियम के निगमनात्मक निष्कर्ष के रूप में घटना की व्याख्या हुई है, इसीलिए इसे प्राक्कल्पनात्मक-निगमनात्मक व्याख्या कहते हैं। वैसे, इस प्रकार की व्याख्या को Deductive-Nomological व्याख्या (निगमनात्मक-नियमपरक व्याख्या) की संज्ञा भी दी जाती है ('Nomos' का अर्थ है नियम)।

यह सम्पूर्ण प्रक्रिया – सामान्य नियम बनाने से लेकर व्याख्या तक – वैज्ञानिक पद्धति के अन्तर्गत ही आती है। एक बात और यहाँ ध्यान देने की यह है कि जिसे हमने व्याख्या का नाम दिया है, वही दूसरी दृष्टि से देखने पर भविष्यवाणी भी है। यदि घटना हमारे सामने हो और सामान्य नियम को लाकर हम उसके निष्कर्ष के रूप में घटना को प्राप्त करते हैं तो वह व्याख्या (explanation) है और यदि सामान्य नियम ही हमारे सामने दिया हुआ हो तथा हम देखते हैं कि उससे क्या निगमनात्मक निष्कर्ष निकलता है तो वह भविष्यवाणी (predication) हो जाती है। जैसे यदि हमें यह सामान्य नियम ज्ञात हो कि 'यदि किसी रस्सी पर आवश्यकता से अधिक वजन की वस्तु लटकी हुई हो तो वह टूट जाएगी', तो फिर किसी विशेष रस्सी पर बहुत अधिक वजन लटका देखकर हम यह भविष्यवाणी कर सकते हैं कि

वह रस्सी टूटेगी। इस अनुमान का भी स्वरूप बिलकुल वही है जो व्याख्या वाले अनुमान का है, अन्तर सिर्फ इस बात में है कि पहले में विशेष घटना हमारे सामने दी हुई थी और दूसरे में सामान्य नियम ही हमारे सामने दिया हुआ था। और फिर हमने पहले देखा है कि प्राक्कल्पना की जाँच की भी यही प्रक्रिया होती है–पहले उससे निगमनात्मक निष्कर्ष निकालना और फिर विशेष उदाहरणों में यह देखना की वह सत्य है या असत्य। इसीलिए *पॉपर (Popper)* कहते है कि व्याख्या, भविष्यवाणी तथा सत्यापन की क्रिया तीनों के बीच कोई बहुत बड़ा भेद नहीं है। उन्हीं के शब्दों में – "*......there is no great difference between explanation, prediction and testing. The differenece is not one of logical structure, but rather one of emphasis; it depends on what we consider to be our problem and what we do not so consider.*"[1] यानी, तीनों के बीच तार्किक प्रारूप का कोई भेद नहीं है, भेद है सिर्फ इस बात का कि हमारा जोर किस बात पर है – इस बात पर कि कोई घटना क्यों घटी, या फिर इस बात पर कि जो कुछ भी हमारे प्राकृतिक नियम हैं उनसे भविष्य के सम्बन्ध में क्या निष्कर्ष निकलते हैं, या फिर इस बात पर कि किसी दी हुई प्राक्कल्पना का सत्यापन कैसे होगा। दूसरे शब्दों में भेद इस बात का है कि तत्काल हमारी समस्या क्या है।

अब जहाँ तक प्रकृति विज्ञान तथा समाज विज्ञान की पद्धति में भेद का प्रश्न है तो शायद पहले पक्ष में, यानी सामान्य नियम बनाने वाले पक्ष में, दोनों की पद्धति में सैद्धान्तिक स्तर पर शायद ही कोई भेद है, भेद है तो पूरी पद्धति के कार्यान्वयन के सिलसिले में। और यह भी शायद भेद नहीं, बल्कि कठिनाई है। साफ शब्दों में, प्रकृति विज्ञान तथा समाज विज्ञान की पद्धति तो सारतः एक ही है, पर पद्धति के कार्यान्वयन के सिलसिले में कुछ स्तरों पर समाज विज्ञान में कुछ विशेष कठिनाइयाँ पैदा हो जाती है, जिनके निराकरण की आवश्यकता है। विशेषकर ये कठिनाइयाँ दो बातों को लेकर हैं – एक तो प्राक्कल्पना की जाँच के सिलसिले में आदर्श स्थितियों में प्रयोग करने की तथा दूसरे जाँच के सिलसिले में जहाँ परिमाणात्मक या गणितिक हिसाब-किताब (calculation) की नौबत आती है उससे निबटने की। मनुष्यों पर प्रयोग करने के लिए भौतिकशास्त्रीय वस्तुओं की तरह सटीक तथा आदर्श प्रयोगशाला का निर्माण तो कठिन है ही, इससे बड़ी कठिनाई यह है कि क्या मनुष्य कृत्रिम परिस्थितियों में सामान्य रूप से व्यवहार करेंगे और यदि नहीं तो जो परिणाम सामने आयेगा, उसपर कैसे भरोसा किया जा सकेगा। गणितिक हिसाब-किताब वाली बात में कठिनाई विशेष रूप में तब दिक्कत वाली होती है जब संख्या बहुत बड़ी हो। फिर भी इन कठिनाइयों से धीरे-धीरे निबटा जा सकता है। अभी समाज-विज्ञान बहुत परिपक्वता की स्थिति में नहीं पहुँचे हैं, इसलिए व्यावहारिक कठिनाइयाँ स्वाभाविक है। पर धीरे-धीरे सही दिशा में काम हो रहा है और सम्भव है कि एक दिन ये कठिनाइयाँ दूर हो जाएँ। मनुष्यों पर प्रयोग के लिए संसार के अनेकों विश्वविद्यालयों में आदर्श प्रयोगशालाओं का निर्माण हुआ है तथा गणितिक हिसाब-किताब की दिशा में भी फलन (calculus) के विकास के साथ-साथ बहुत सहायता मिली है। इसलिए कठिनाइयों के रूप में पाए जाने वाले पद्धति सम्बन्धी इन भेदों को पॉपर सिर्फ मात्रा के भेद (difference in degree) के रूप में लेते हैं, प्रकार भेद (difference in kind) के रूप में नहीं। यानी प्रकृति विज्ञान तथा समाज विज्ञान में जो जाँच के स्तर पर उपर्युक्त भेद हैं

1. *Karl Popper, The Poverty of Historicism (ARK Paperbacks, 1986) पृ० सं० 133*

वे मात्रा के भेद हैं, प्रकार के नहीं। सारतः दोनों की पद्धति एक ही है। जैसा *पॉपर* बड़े ही स्पष्ट शब्दों में कहते हैं – *"I do not intend to assert that there are no differences whatever between the methods of the theoretical sciences of nature and of society; such differences clearly exist, even between the various natural sciences themselves, as well as between the arious social sciences. But I agree with Comte and Mill — and with many others, such as G. Menger — that the methods in the two fields are fundamentally the same."* [1]

वैज्ञानिक पद्धति के दूसरे पक्ष में जहाँ व्याख्या, भविष्यवाणी वगैरह की बात आती है, विज्ञान-दार्शनिक प्रकृति विज्ञान तथा समाज विज्ञान की पद्धति में स्पष्ट भेद करते हैं। जहाँ प्रकृतिवादी यह मानते हैं कि दोनों ही प्रकार के विज्ञानों में व्याख्या का एक ही प्रारूप होता है–उपर्युक्त प्राक्कल्पनात्मक-निगमनात्मक प्रारूप – वहाँ अप्रकृतिवादी विचारक समाजविज्ञान की विषय-वस्तु (मनुष्यों के सामाजिक व्यवहार) के विशिष्ट स्वरूप को आधार बनाकर यह कहते हैं कि व्याख्या का उपर्युक्त प्रारूप उसके लिए उपयुक्त नहीं है। समाजविज्ञानों में जिस प्रकार की व्याख्या का उपयोग अधिक होता है और जो सचमुच मनुष्यों के क्षेत्र के लिए उपयुक्त हैं वह है प्रयोजनात्मक व्याख्या (teleological explanation)। इसके अलावा भी कई अन्य प्रकार की व्याख्याओं का प्रयोग समाज विज्ञानों में होता है जिनमे प्रकार्यात्मक व्याख्या (functional explanation) प्रमुख है। इन व्याख्याओं के क्या स्वरूप हैं इनकी संक्षिप्त चर्चा हम नीचे करेंगे। यहाँ हम कुछ दूर तक यह स्पष्ट करने की चेष्टा करेंगे कि आखिर किन दलीलों के आधार पर अप्रकृतिवादी प्राक्कल्पनात्मक-निगमनात्यक व्याख्या को समाज विज्ञानों के लिए अनुपयुक्त मानते हैं। उनका मानना है कि चूँकि मनुष्यों का एक आन्तरिक पक्ष (Inside) भी होता है (जो भौतिकशास्त्र, रसायनशास्त्र आदि की विषय-वस्तु में नहीं होता) जिसके तहत उनके व्यवहार उनकी भावनाओं, संवेगों आदि के आधार पर भी निर्धारित होते हैं, इसलिए उनके व्यवहारों के सम्बन्ध में प्रकृति-विज्ञानों की तरह वैसे सामान्य नियम बनाना जो बिना किसी अपवाद के सभी उदाहरणों में लागू हो सम्भव नहीं है। और जब सामान्य नियम ही सही अर्थ में सामान्य नहीं हो तो फिर उसके आधार पर निगमनात्मक निष्कर्ष निकालकर विशिष्ट व्यवहारों की व्याख्या करना कहाँ तक उपयुक्त होगा? भविष्यवाणी तो और भी सम्भव नहीं चूँकि मनुष्यों में स्वतंत्र इच्छा होती है तथा कई विकल्पों में से किसी एक को चुनने का सदैव उनका अपना मन होता है। इस स्थिति में मनुष्यों के व्यवहार के सम्बन्ध में कोई भी भविष्यवाणी करना सन्देहों से ऊपर नहीं हो सकता।

अब हम संक्षेप में यह देखें कि समाज विज्ञान के लिए उपयुक्त माने जाने वाले प्रयोजनात्मक, प्रकार्यात्मक आदि व्याख्याओं का स्वरूप क्या होता है ताकि हम प्रकृति-विज्ञानों में प्रयुक्त प्राक्कल्पनात्मक-निगमनात्मक व्याख्या की विधि से इनका भेद कर सकें। यहाँ हम उपर्युक्त सिर्फ दो ही व्याख्याओं के स्वरूप का विवरण प्रस्तुत करेंगे।

(क) प्रयोजनात्मक व्याख्या — मनुष्य चेतन प्राणी हैं, इसलिए अक्सर वे किसी लक्ष्य को ध्यान में रखकर कार्य करते हैं। इसलिए जब कभी किसी मानव-कार्य की व्याख्या का प्रश्न आता है, यानी किसी विशिष्ट मनुष्य या मुनष्यों के किसी समूह के कार्य के बारे में यह प्रश्न उठता है कि उन्होंने वैसा क्यों किया, तो इस क्यों प्रश्न का एक बहुत ही यथेष्ट उत्तर उस

---

1. वही, पृ० सं० 130–131

लक्ष्य के रूप में दिया जा सकता है जिसे ध्यान मे रखकर कार्य सम्पन्न किया गया था। ऐसी ही व्याख्या को प्रयोजनात्मक व्याख्या का नाम दिया जाता है। जैसे कोई व्यक्ति यदि व्यायाम करता है और उसके सम्बन्ध में यह पूछा जाता है कि वह वैसा क्यों करता है तो इसका उत्तर यह कहकर दिया जा सकता है कि अच्छे स्वास्थ्य की प्राप्ति के लक्ष्य से वह वैसा कर रहा है। वैसे ही मनुष्यों का कोई वर्ग या समूह यदि किसी खास व्यक्ति को वोट देता है और उसके सम्बन्ध में यह पूछा जाता है कि उस वर्ग के लोगों ने ऐसा क्यों किया, तो इसका एक उत्तर यह कहकर दिया जा सकता है कि वर्तमान सरकार को बदलने के लक्ष्य से उन्होंने ऐसा किया। ऐसी ही व्याख्या को लक्ष्यात्मक या प्रयोजनात्मक व्याख्या कहा जाता है। स्पष्टतः इस प्रकार की व्याख्या कार्यों के हेतु (reason) पर आधारित है, कारण (cause) पर नहीं। अतः इस प्रकार की व्याख्यायें प्राक्कल्पनात्मक-निगमनात्मक व्याख्याओं से भिन्न हैं, चूँकि ऐसी व्याख्याओं का सामान्य नियम कारण-कार्य नियम का ही उदाहरण होता है। फिर उपर्युक्त प्रकार की व्याख्याओं में सामान्य नियमों के आधार पर कुछ निगमित करने की भी बात नहीं है। सामाजिक क्षेत्रों की घनटाओं का यानी, समाज विज्ञाना में, विशेषकर इतिहास में, व्याख्या का ऐसा ही स्वरूप होता है, जो प्रकृति-विज्ञानों में दी जाने वाली व्याख्या से स्पष्टतः भिन्न है।

(ख) **प्रकार्यात्मक व्याख्या** — समाज विज्ञानों में, खासकर समाजशास्त्र (sociology) में, जो दूसरे प्रकार की व्याख्या प्रायः दी जाती है, वह है प्रकार्यात्मक व्याख्या। इस प्रकार की व्याख्या में किसी कार्य या घटना की व्याख्या उसके द्वारा सम्पन्न कार्य के रूप में दी जाती है। उदाहरण के लिए यदि यह पूछा जाए कि शरीर में दिल की धड़कन क्यों होती है, तो इसका उत्तर यह कहकर दिया जाता है कि इसके द्वारा रक्त-संचालन की क्रिया सम्पन्न होती है। यहाँ दिल की धड़कन की व्याख्या उसके द्वारा संपादित कार्य रक्त-संचालन – के रूप में दी गई है, इसलिए यह प्रकार्यात्मक व्याख्या हुई। उसी प्रकार यदि किसी खास समाज या जाति के लोग साल के एक निश्चित दिन पर कहीं एकत्र होकर आपस में विचार-विमर्श करते हैं अथवा एक-दूसरे के सुख-दुःख शरीक होते हैं और इनके सम्बन्ध में यह पूछा जाता है कि वे ऐसा क्यों करते हैं, तो एक यथेष्ट उत्तर यह कहकर दिया जा सकता है कि ऐसा कर वे अपने समाज की एकता तथा भाईचारे को बनाये रखना चाहते हैं। यह व्याख्या भी प्राकार्यात्मक व्याख्या है चूँकि व्याख्या किए जाने वाले कार्य की व्याख्या यहाँ उसके द्वारा सम्पादित कार्य के रूप में की गई है।

कुछ अर्थों में प्रकार्यात्मक व्याख्या प्रयोजनात्मक व्याख्या की तरह ही लगती है, और ऐसा बहुत लोग मानते भी हैं, पर ठीक से देखने पर यह स्पष्ट होगा कि दोनों के बीच भेद है। प्रयोजन चेतन प्राणियों का ही हो सकता है, पर कोई कार्य बिना चेतन रूप से मन में कोई प्रयोजन या लक्ष्य रखे भी सम्पन्न हो सकता है। प्रकार्यात्मक व्याख्या में चेतन या इच्छित रूप में कोई लक्ष्य सामने रखकर कार्य नहीं किया जाता, भले ही अचेतन रूप में या यों ही किसी लक्ष्य की पूर्ति हो जाती हो। उदाहरण के लिए हृदय की धड़कन का कोई इच्छित लक्ष्य नहीं है रक्त-संचालन, पर धड़कन के द्वारा यह कार्य स्वतः सम्पन्न हो जाता है।

और भी कई प्रकार की व्याख्याएँ समाज-विज्ञानों में होती हैं जो प्राक्कल्पनात्मक-निगमनात्मक व्याख्या से भिन्न होती है। इससे स्पष्ट है कि वैज्ञानिक व्याख्या की पद्धति समाज विज्ञानों में वही नहीं है जो प्रकृति विज्ञानों में है, यद्यपि सिद्धान्त रूप में सामान्य नियमों की स्थापना की पद्धति दोनों मे प्रायः एक ही है। यह बात अलग है कि समाज-विज्ञानों में उस

पद्धति के पालन में कुछ व्यावहारिक कठिनाइयाँ हैं। फिर चूँकि समाज-विज्ञानों का सम्बन्ध ऐसे प्राणियों से है जिनमें स्वतंत्र इच्छा है तथा विकल्पों में चुनने की क्षमता है, इसलिए यहाँ भविष्य-वाणी भी सम्भव नहीं है और यदि भविष्यवाणी की जाए तो उसके सफल होने की सम्भावना कम है। व्याख्या तथा भविष्यवाणी एक ही सिक्के के दो पहलुओं की तरह प्राक्कल्पनात्मक-निगमनात्मक व्याख्या के आलोक में लगते हैं, पर जब समाज विज्ञानों में व्याख्या की पद्धति ही अलग है तो फिर उनमें भविष्यवाणियों की सत्यता की कोई गारंटी नहीं है।

प्रकृति विज्ञानों तथा समाज विज्ञानों की पद्धति में एक भेद प्रतिमानों (Models) के निर्माण को लेकर है। कार्ल पॉपर इस भेद को सर्वाधिक महत्त्व देते हैं। अन्य भेदों को तो वे यह कहकर महत्त्व नहीं देते कि ये भेद सिर्फ मात्रा-भेद के उदाहरण हैं, पर प्रतिमानों के निर्माण सम्बन्धी भेद को वे खासा महत्त्व देते हैं। उनके निम्नलिखित कथन से यह बात स्पष्ट रूप में देखी जा सकती है – *"The last point (the point regarding the formation of models in social sciences) seems to me, indeed, to indicate a considerable difference between the natural and the social sciences—perhaps the most important difference in their methods, since the other important differences, i.e., specific difficulties in conducting experiments and in applying quantitative methods, are differences of degree rather than of kind. I refer to the possibility of adopting, in the social sciences, what may be called the method of logical or rational construction. By this I mean the method of constructing a model on the assumption of the possession of complete ratinality on the part of all individuals concerned, and of estimating the deviation for the actual behaviour of people from the model behaviour."*[1]

ऊपर के उद्धरण की अन्तिम कुछ पंक्तियों से स्पष्ट होता है कि समाज विज्ञानों में प्रतिमानों का निर्माण इस मान्यता के आधार पर होता है कि जिन व्यक्तियों के व्यवहार से सम्बन्धित प्रतिमान होंगे वे सभी पूर्णरूपेण बुद्धि तथा विवेक से परिचालित होने वाले (rational) होंगे। अर्थात् उनके व्यवहार में एक बौद्धिकता, विवेकशीलता अथवा तर्कशीलता इस अर्थ में होगी कि वे जो भी करेंगे पागलों की तरह नहीं, बल्कि उनके पीछे एक यथोचित तार्किक औचित्य होगा। कुछ अन्य मान्यताएँ भी ऐसे प्रतिमानों के निर्माण के पीछे होती है। ऐसे प्रतिमानों का सर्वाधिक उपयोग अर्थशास्त्र में होने लगा है, यद्यपि राजनीतिविज्ञान में भी इसका उपयोग किया जा रहा है। एक उदाहरण अर्थशास्त्र से ही लें। मान लिया जाए हम यह मान कर चलते हैं कि आर्थिक क्षेत्र में परिस्थितियाँ बिलकुल समान रहेंगी, उनमें अभी की तुलना में कोई परिवर्तन नहीं होगा, तो आगे चलकर मूल्यों की स्थिति क्या होगी, इस सम्बन्ध में हम क्या सिद्धान्त दे सकते हैं। अब यहाँ कठिनाई और खतरा (risk) दोनों है। न तो मनुष्य सदैव एक विवेकपूर्ण (rational) ढंग से व्यवहार करते हैं और न ही आर्थिक परिस्थितियाँ बिलकुल समान रहने वाली है। इस लिए मूल्यों के सम्बन्ध में जो भी सिद्धान्त बनेगा, वह बिल्कुल कृत्रिम होगा, वास्तविकता के साथ शायद ही उसका सम्बन्ध होगा। पर फिर भी उसका एक महत्व है। हम यहाँ सिर्फ यह एक सामान्य रूप में रखना चाहते हैं कि कुछ विशिष्ट प्रकार की आदर्श स्थिति में मूल्य बाजार में किस तरह से व्यवहार करेंगे, यानी, घटेंगे-बढ़ेंगे। यह हमारे सामने

1. *वही, पृ० सं० 141*

एक प्रतिमान रखता है, जिसे सामने रखकर वास्तविक स्थिति के हिसाब से मूल्यों की आगे की स्थिति के विषय में कुछ अनुमान कर सकते हैं। खतरा तब है जब हम एक आदर्श स्थिति में बनाए इस प्रतिमान को वास्तविक समझ लें और उसी के हिसाब से काम करने लगे। मनुष्यों में स्वतंत्र इच्छा आदि के कारण जो उनके व्यवहार में कोई यांत्रिक रूप की नियमितता नहीं है, इसलिए बहुत पक्के ढंग के सामान्य नियमों या सिद्धान्तों का निर्माण तो समाज विज्ञानों में सम्भव नहीं है। वैसी स्थिति में ये प्रतिमान सहायक सिद्ध हो सकते हैं, बशर्ते हम उनके वास्तविक स्वरूप को न भूलें, यानी, यह न भूलें कि वे वास्तविक स्थितियों पर आधारित न होकर कुछ आदर्श या काल्पनिक स्थितियों पर आधारित हैं। ऐसे प्रतिमानों का व्यवहार देश की राजनीतिक-आर्थिक स्थितियों के सम्बन्ध में या फिर कम्पनियों में आर्थिक-नीति के निर्धारण में धड़ल्ले से हो रहा है और उनके अच्छे परिणाम भी मिल रहे हैं।

वैसे इन प्रतिमानों का बिलकुल अभाव प्रकृति विज्ञानों में भी नहीं है। एक उदाहरण के रूप में न्यूटन के नियम (law of inertia) को लिया जा सकता है, जिसमें यह बतलाया जाता है एक आदर्श थिति में कोई भौतिक वस्तु कैसे व्यवहार करती है और वह आदर्श स्थिति यह है कि उस भौतिक वस्तु पर कोई भी बाहरी बल (force) काम नहीं कर रहा है यानी किसी प्रकार का कोई दबाव नहीं डाल रहा। वास्तविकता में ऐसा सम्भव ही नहीं है। और कोई बल यदि नहीं भी काम करेगा तो भी गुरुत्वाकर्षण (gravitation) सम्बन्धी बल तो काम करेगा ही। फिर भी न्यूटन के इस नियम का विज्ञान में महत्त्व है। वैसे ही समाज विज्ञान के प्रतिमानों का भी महत्त्व है, बशर्ते उनके असली स्वरूप के सम्बन्ध में किसी को कोई भ्रम नहीं हो।

□

अध्याय – 8

निरीक्षण तथा प्रयोग
(OBSERVATION AND EXPERIMENT)

वैज्ञानिक खोज के सिलसिले में किसी घटना के वास्तविक कारण या उसके परिणामों का पता लगाने के क्रम में किसी-न-किसी स्तर पर वास्तविक तथ्यों या घटनाओं का अवलोकन आवश्यक हो जाता है ताकि देखा जा सके कि आखिर सम्बन्धित घटनाएँ किस प्रकार काम कर रही हैं। कभी-कभी यह कार्य प्रकृति में घटित घटनाओं के साधारण अथवा सामान्य (normal) क्रम को ज्ञानेन्द्रियों की सहायता से देखने-सुनने से सम्पन्न हो जाता है और कभी कृत्रिम प्रयोगशालाओं का निर्माण कर उनमें विशेष परिस्थितियाँ उत्पन्न कर विशेष तथ्यों या घटनाओं की गतिविधियों का अवलोकन किया जाता है। पर दोनों ही वैज्ञानिक खोज के क्रम में आवश्यक तथा महत्त्वपूर्ण सिद्ध होते हैं। इनमें से पहले को निरीक्षण तथा दूसरे को प्रयोग कहते हैं। अब तक एक बहुत ही सामान्य रूप में हमने इनकी चर्चा की है पर इनके वैज्ञानिक महत्त्व को देखते हुए इनके ठीक-ठीक स्वरूप को समझना तथा उनके परस्पर भेद को भी स्पष्ट करना आवश्यक हो जाता है। इसलिए नीचे हम कुछ विस्तार से निरीक्षण तथा प्रयोग दोनों के स्वरूप को समझने की चेष्टा करेंगे।

आगमनात्मक विधि (inductive method) में तो समस्या के उत्पन्न होते ही सम्बन्धित तथ्यों को एकत्र करने के लिए निरीक्षण तथा प्रयोग की आवश्यकता मानी जाती थी, और इसीलिए इन्हें सामान्यीकरण (genralisation) के वास्तविक आधार (material ground) के रूप में लिया जाता था। पर वैज्ञानिक पद्धति में इनका स्थान प्राक्कल्पना के बाद आता है – सम्बन्धित अथवा प्रासंगिक तथ्यों को एकत्र करने के लिए तथा प्राक्कल्पना की सत्यता की जाँच के लिए भी। पर इनका स्थान चाहे जिस स्तर पर भी आये, वैज्ञानिक खोज में इनकी महत्ता को नजरअन्दाज नहीं किया जा सकता। इसीलिए नीचे एक-एक कर उनके स्वरूप को हम देखें।

(1) निरीक्षण *(Observation)*

साधारणतः किसी वस्तु का प्रत्यक्षीकरण (perception) निरीक्षण कहलाता है, अर्थात् ज्ञानेन्द्रियों द्वारा जिन वस्तुओं को हमें प्रत्यक्ष होता है उसे ही हम निरीक्षण या प्रत्यक्षीकरण कहते हैं। परन्तु वैज्ञानिक दृष्टिकोण से हर प्रकार का प्रत्यक्षीकरण – देखना, सुनना, सूँघना इत्यादि – निरीक्षण नहीं है। यों तो हमेशा संसार की अनेक वस्तुएँ हमारे ज्ञानेन्द्रियों को प्रभावित करती रहती हैं और, उनका प्रत्यक्ष हमें होता रहता है, परन्तु उन सबकों हम निरीक्षण नहीं कह सकते, क्योंकि उन प्रत्यक्षीकरणों के पीछे हमारा कोई निश्चित उद्देश्य नहीं होता है। उद्देश्यहीन प्रत्यक्षीकरण निरीक्षण नहीं कहलाता। निरीक्षण प्रत्यक्षीकरण से एकदम भिन्न भी नहीं है, बल्कि निरीक्षण में प्रत्यक्षीकरण शामिल है। 'प्रत्यक्षीकरण' को ही निरीक्षण कहा जाता है, परन्तु हर प्रकार के प्रत्यक्षीकरण को नहीं, बल्कि कुछ खास प्रकार के प्रप्यक्षीकरण को ही। जो प्रत्यक्षीकरण नियमित, व्यवस्थित तथा लक्ष्यपूर्ण होता है वही निरीक्षण कहलाता है। दूसरे शब्दों में, जब हम किसी खास लक्ष्य को ध्यान में रखकर उसकी पूर्ति की इच्छा से एक व्यवस्थित

रूप से प्रकृति में घटनाओं प्रत्यक्षीकरण करते हैं, तो ऐसे ही प्रत्यक्षीकरण को निरीक्षण कहा जाता है। इस तरह संक्षेप में, निरीक्षण ओर कुछ नहीं, बल्कि पूर्ण व्यवस्थित प्रत्यक्षीकरण (well regulated perception) है। उदाहरण के लिए सूर्य, चन्द्रमा, तारे इत्यादि का हमें नित्यप्रति प्रत्यक्षीकरण होता है, हम रोज उन्हें देखते हैं, परन्तु हमारे इस देखने के पीछे कोई लक्ष्य नहीं होता और न कोई नियम और व्यवस्था इसमें होती है। परन्तु, यदि एक ज्योतिषी (Astronomer) बड़े ध्यान से और नियम पूर्वक इन ग्रह-उपग्रहों के कुछ गुणों (properties) का पता लगाने के विचार से या उनकी गतिविधि के अध्ययन के विचार से उनका प्रत्यक्षीकरण करता हो तो उसके प्रत्यक्षीकरण को हमलोग निरीक्षण कहेंगे।

हमलोग ऊपर देख चुके हैं कि निरीक्षण की क्रिया एक निश्चित लक्ष्य से निर्धारित होती है। इसलिए, निरीक्षण सिर्फ उन्हीं घटनाओं और परिस्थितियों का होता है जिनसे हमारे लक्ष्य का सम्बन्ध हो अथवा जो हमारी लक्ष्यपूर्ति में सहायक हो। वैसी सारी बातें छोड़ दी जाती है जो हमारे लक्ष्य से सम्बन्धित नहीं रहती हैं, अर्थात् अनावश्यक पहलुओं से ध्यान हटाकर निरीक्षण में सिर्फ उन आवश्यक पहलुओं पर ही ध्यान केन्द्रित किया जाता है जो हमारी लक्ष्यपूर्ति के लिए उपयुक्त होते हैं। परन्तु, ऐसा करने में हमें चुनाव करना पड़ता है। प्रकृति की घटनाएँ हमारे समक्ष जटिल रूप में उपस्थित होती हैं, इसलिए निरीक्षण में उनमें से प्रासंगिक पहलुओं को चुनकर अप्रासंगिक को छोड़ देना पड़ता है। इसलिए निरीक्षण को एक चयनात्मक क्रिया (selective process) कहा जाता है।

परन्तु यहाँ एक बात ध्यान देने लायक यह है कि यद्यपि निरीक्षण में हम प्रकृति की स्वाभाविक रूप से घटित होने वाली जटिल घटनाओं में सिर्फ प्रासंगिक को चुनकर बाकी को छोड़ देते हैं, तथापि ऐसा करने में स्वाभाविक रूप से घटित होनेवाली प्राकृतिक घटनाओं में हम किसी प्रकार का परिवर्तन नहीं लाते। हम घटनाओं को उन्हीं दशाओं में होने देते हैं जिस रूप में प्रकृति उन्हें हमारे सामने उपस्थित करती है। घनटाओं के स्वाभाविक प्रवाह में से ही अपने लक्ष्य के अनुसार कुछ पर अपना ध्यान केन्द्रित करते हैं तथा बाकी को छोड़ देते हैं। इस तरह निरीक्षण में घटनाएँ अपनी स्वाभाविक प्राकृतिक दशा में ही रहती है, उनमें किसी प्रकार का हेर-फेर निरीक्षण के द्वारा नहीं लाया जाता।

ऊपर के वर्णन से हम ऐसा समझ सकते हैं कि निरीक्षण सिर्फ बाह्य वस्तुओं का ही होता है, परन्तु ऐसी बात नहीं है। आन्तरिक मनोदशाओं का भी उनकी अपनी स्वाभाविक स्थिति में निरीक्षण सम्भव हैं, जैसे – भय, प्रेम, क्रोध इत्यादि संवेगों का हम अपने-आप निरीक्षण कर सकते हैं। ऐसे ही निरीक्षण को मनोविज्ञान में अन्तर्निरीक्षण (introspection) कहा जाता है।

फिर, यद्यपि साधारणतः निरीक्षण की क्रिया हमारी नंगी ज्ञानेन्द्रियों (आँख, काम, नाक इत्यादि) के द्वारा ही सम्पादित होती हैं, तथापि निरीक्षण को और अधिक स्पष्ट तथा कुशल बनाने के लिए ज्ञानेन्द्रियों को कुछ वैज्ञानिक यंत्रों का सहयोग दिया जाता है; जैसे – आँख से और भी अच्छी तरह देखने के लिए, खासकर ग्रहों, नक्षत्रों आदि की गतिविधि देखने के लिए, तरह-तरह के दूरबीन का प्रयोग किया जाता है। यन्त्रों के इस प्रयोग से निरीक्षण की स्वाभाविक प्रकृति में कोई भेद नहीं पड़ जाता। कुछ लोग समझते हैं कि ऐसा करने से निरीक्षण प्रयोग में बदल जाता है, परन्तु ऐसी बात नहीं है। प्रयोग के लिए सबसे आवश्यक बात है कि घटनाओं और उनकी परिस्थितियों पर प्रयोगकर्त्ता का पूरा वश (control) रहता है और वह इच्छानुसार उनमें परिवर्तन लाता रहता है, परन्तु यन्त्र के उपयोग के बावजूद निरीक्षण

में घटनाएँ हमारे वश में नहीं आती, वे ज्यों-की-त्यों अपने-आप ही घटित होती है और उनकी प्राकृतिक दशा में ही हमें उन्हें देखना पड़ता है।

ऊपर के विवरण से हमारे सामने निरीक्षण के ये लक्षण स्पष्ट हो जाते हैं :—

(1) निरीक्षण एक व्यवस्थित प्रत्यक्षीकरण (regulated perception) है।

(2) निरीक्षण किसी निश्चित लक्ष्य से निर्धारित तथा निर्मित होता है (observation is regulated by some definite purpose or goal)।

(3) निरीक्षण एक चयनात्मक क्रिया है (Observation is a selective process)।

(4) घटनाओं का निरीक्षण उनकी स्वाभाविक अवस्था में होता है, उनमें किसी प्रकार के हेर-फेर नहीं किए जाते।

(5) निरीक्षण केवल बाह्य वस्तुओं का ही नहीं, बल्कि आन्तरिक मनोदशाओं का भी होता है।

(6) निरीक्षण में यन्त्रों का भी प्रयोग होता है और उनके प्रयोग से निरीक्षण के स्वरूप में कोई अन्तर नहीं आता।

निरीक्षण की कुछ आवश्यक शर्त *(Conditions of Observation)*— हमने ऊपर देखा है कि निरीक्षण प्रत्यक्षीकरण होते हुए भी साधारण प्रत्यक्षीकरण से भिन्न हैं। निरीक्षण की क्रिया अपने सही रूप में एक कला है, जिसे सम्भावित करने के लिए निरीक्षक की ओर से काफी नियम एवं सावधानी बरतने की जरूरत है तथा एक निश्चित लक्ष्य से बँधकर एक खास दिशा की ओर उसे अपना ध्यान केन्द्रीभूत करना है। इन सबों के लिए कुछ आवश्यक शर्तें हैं जिन्हें पूरी किए बिना निरीक्षण की क्रिया यथार्थ रूप में सम्भावित नहीं हो सकती। *जॉयस (Joyce)* ने ऐसी तीन प्रकार की शर्तें बतलायी हैं :—

(1) बौद्धिक शर्त *(Intellectual condition)*— निरीक्षण की क्रिया के लिए सबसे पहले यह आवश्यक है कि निरीक्षक की बुद्धि जिज्ञासु हो और उसके अन्दर ज्ञान प्राप्त करने की उत्कट इच्छा हो, तभी वह अपना ध्यान सब चीजों से हटाकर किसी एक दिशा में केन्द्रित कर सकता है।

(2) शारीरिक शर्त *(Physical condition)*— निरीक्षण की क्रिया में एक नियमित और स्थिर ध्यान की आवश्यकता होती है जिसके लिए स्वस्थ और शीघ्र विचलित न होनेवाली ज्ञानेन्द्रियों की आवश्यकता है। ज्ञानेन्द्रियों का स्वस्थ दशा में होना ही निरीक्षण की शारीरिक शर्त है।

(3) नैतिक शर्त *(Moral condition)*— निरीक्षण के यथार्थ और वैज्ञानिक होने के लिए सबसे आवश्यक नैतिक शर्त है, अर्थात् निरीक्षक का ईमानदारी के साथ निष्पक्ष होना। निरीक्षण तभी यथार्थ हो सकता है जब निरीक्षक हर प्रकार की पूर्वधारणाओं तथा पूर्वाग्रहों (prejudices and bias) को त्यागकर निष्पक्ष भाव से निरीक्षण करे।

(2) प्रयोग *(Experiment)*

प्रकृति में घटनाएँ इतनी जटिल होती हैं कि कभी-कभी सिर्फ निरीक्षण से काम नहीं चलता क्योंकि निरीक्षण में तो प्रकृति के द्वारा उपस्थित घटनाओं का ज्यों-का-त्यों उनके स्वाभाविक प्रवाह में अध्ययन किया जाता है और घटनाओं की जटिलता के कारण कभी-कभी उन्हें सिर्फ ज्यों-का-त्यों अलग से देखने से कुछ भी सामग्री निश्चित रूप में प्राप्त नहीं होती। केवल निरीक्षण

से अक्सर कुछ आवश्यक और कुछ अनावश्यक बातें भी नजर में आ जाती हैं इसलिए यथार्थ रूप में कभी-कभी किसी घटना का कारण या कार्य पता लगाना मुश्किल हो जाता है। इसलिए घटनाओं के यथार्थ अध्ययन के लिए कभी-कभी उन्हें तथा उनको उत्पन्न करनेवाली परिस्थितियों को अपने वश में कर तथा घटनाओं में अपने मनोनुकूल हेर-फेर कर उनका निरीक्षण करना आवश्यक हो जाता है ताकि एक विश्वासपूर्ण ढंग से हम अपने उद्देश्यों की पूर्ति कर सकें। इसी तरह, स्वयं अपने द्वारा चुनी गयी और व्यवस्थित की गयी परिस्थितियों में घटनाओं को कृत्रिम रूप से पैदा कर तथा उनमें मनोनुकूल हेर-फेर कर उसका निरीक्षण करना ही प्रयोग (experiment) है; जैसे – कोई वैज्ञानिक यदि अपनी प्रयोगशाला में बैठकर अपनी इच्छानुसार अलग-अलग प्रकार से और अलग-अलग अनुपातों में हाइड्रोजन और ऑक्सीजन को मिलाकर यह देखता है कि किस परिस्थिति में और किस अनुपात में दोनों को मिलाने से पानी बनता है तो वह प्रयोग की क्रिया सम्पन्न कर रहा है और इस तरह करते-करते यदि अन्त में वह इस निष्कर्ष पर पहुँचता है कि 'सात और चार के अनुपात में हाइड्रोजन और ऑक्सीजन एक साथ मिलाने पर हर परिस्थिति में पानी बनता है' तो यह आगमनात्मक अनुमान उसने 'प्रयोग' के आधार पर निकाला।

ऊपर के विवरण से यह स्पष्ट है कि प्रयोग भी एक प्रकार का निरीक्षण ही है, पर वह साधारण निरीक्षण से इस अर्थ में भिन्न है कि इसमें घटनाओं को उपस्थित करनेवाली परिस्थितियाँ तथा खुद घटनाएँ दोनों हमारे वश में रहती हैं। परिस्थितियाँ स्वयं व्यवस्थित की जाती है, उनमें घटनाएँ कृत्रिम रूप से पैदा की जाती है तथा मनोनुकूल परिवर्तित की जाती है और तब उनका निरीक्षण किया जाता है। इस प्रकार, प्रयोग के निम्नलिखित लक्षण निश्चित किए जा सकते हैं :—

(1) प्रयोग एक प्रकार का निरीक्षण ही है, क्योंकि इसमें भी एक निश्चित लक्ष्य या उद्देश्य रहता है और उसी की पूर्ति के लिए नियमित रूप से किसी वस्तु पर ध्यान दिया जाता है।

(2) प्रयोग में निरीक्षण की परिस्थितियाँ नहीं रहती, बल्कि उन पर प्रयोगकर्त्ता का पूरा नियंत्रण रहता है तथा उनकी व्यवस्था उसके हाथ में रहती है।

(3) घटनाएँ भी प्राकृतिक नहीं रहती, उन्हें कृत्रिम परिस्थितियों के बीच कृत्रिम ढंग से उपस्थित किया जाता है तथा मनोनुकूल उनमें परिवर्तन किया जाता है।

(3) निरीक्षण और प्रयोग का सम्बन्ध *(Relation between Observation and Experiment)*

निरीक्षण और प्रयोग के उपर्युक्त विवरण से दोनों के सम्बन्ध स्पष्ट हैं :—

(1) दोनों ही आगमन के वास्तविक आधार है, यानी दोनों के आधार पर आगनात्मक अनुमान की सामग्री प्राप्त होती है।

(2) फिर, दोनों ही में कुछ उद्देश्य को सामने रखकर नियमित रूप से घटनाओं का प्रत्यक्षीकरण किया जाता है।

(3) दोनों ही में आवश्यकतानुसार यन्त्रों का भी प्रयोग होता है, यद्यपि निरीक्षण की अपेक्षा प्रयोग में यन्त्रों का उपयोग अधिक आवश्यक है।

(4) दोनों का लक्ष्य एक ही है, अर्थात् वैज्ञानिक आगमन को सामग्री प्रदान करना। प्रयोग तो वस्तुतः एक प्रकार का निरीक्षण ही है, उसकी कुछ खास शर्तें उसे निरीक्षण से भिन्न करती है।

इन समानताओं के बावजूद निरीक्षण और प्रयोग के स्वरूप और लक्षणों पर अलग-अलग ध्यान देने से उनके भेद भी स्पष्ट हो जाते हैं। हमने देखा है कि प्राकृतिक परिस्थितियों में उत्पन्न घटनाओं का उनके स्वाभाविक रूप में नियमित प्रत्यक्षीकरण निरीक्षण कहलाता है।

(1) पहले तो निरीक्षण नियमित प्रत्यक्षीकरण है। इधर-उधर की अनेक चीजों को देखने को निरीक्षण नहीं कहा जाता।

(2) फिर, निरीक्षण में जो घटनाएँ हमारे सामने आती हैं वे अपने प्राकृतिक रूप में रहती हैं। वे जिस रूप में हमारे सामने आती हैं, उसी रूप में उनका निरीक्षण करना हमारे लिए आवश्यक होता है। हम उनमें किसी प्रकार का हेर-फेर अपने मन के अनुसार नहीं कर सकते।

(3) निरीक्षण में हमें पूर्णतः प्रकृति पर निर्भर रहना पड़ता है। हम यहाँ प्रकृति के दास (slave of nature) बने रहते हैं। हम जब चाहें, किसी घटना का निरीक्षण नहीं कर सकते। जब प्रकृति उसे हमारे सामने उपस्थित करेगी, तभी उसे देख सकते हैं और जिस रूप में उपस्थित करेगी, उसी रूप में देख सकते हैं। फिर अपने मन के अनुसार हम जब चाहें, घटना को दुहराकर कई बार नहीं देख सकते; जैसे – यदि किसी ज्योतिषी को 'ग्रहण' का निरीक्षण करना है तो जिस हालत में प्रकृति 'ग्रहण' की घटना का उपस्थित करेगी, उसी हालत में उसे ग्रहण का निरीक्षण करना पड़ेगा और जब उपस्थित करेगी तभी देखना पड़ेगा। यदि एक बार वह 'ग्रहण' के विषय में सारी बातों का ठीक से निरीक्षण न कर सका तो उसे तब तक के लिए अपेक्षा करनी होगी जब तक फिर 'ग्रहण' न लगे। इस तरह 'निरीक्षण' में हम पूर्णतः प्रकृति के गुलाम रहते हैं।

(4) निरीक्षण में घटनाओं के अलावा वे परिस्थितियाँ भी हमारे वश के बारह रहती हैं जो घटनाएँ उत्पन्न करती हैं। उनका प्रबन्ध प्रकृति के हाथ में रहता है, हमारे हाथों में नहीं। हम न तो परिस्थितियों को पैदा कर सकते हैं और न उनका अपने मन के अनुसार प्रबन्ध ही कर सकते हैं; जैसे – वे परिस्थितियाँ जो 'ग्रहण' पैदा करती हैं, प्रकृति के द्वारा की जाती है और उनकी व्यवस्था भी प्रकृति के हाथ में ही रहती है। हम न तो अपने इच्छानुसार उस परिस्थितियो को पैदा कर सकते हैं और न उन परिस्थितियों को मनोनुकूल व्यवस्थित ही कर सकते हैं; जैसे – यदि ग्रहण के निरीक्षण के वक्त ग्रह के सामने बादल छा जाए तो उस परिस्थिति पर हमारा कोई वश नहीं। हमें निरीक्षण बन्द कर देना पड़ेगा।

(5) निरीक्षण में यन्त्रों का प्रयोग हमेशा आवश्यक नहीं, बल्कि उपयोगी है। हम बिना दूरबीन के भी ग्रहण का निरीक्षण कर सकते हैं, परन्तु दूरबीन के प्रयोग से हमारी आँखों की शक्ति बढ़ती है तथा हम और स्पष्ट रूप से निरीक्षण कर सकेंगे।

हमने देखा है कि प्रयोग (experiment) अपने ही द्वारा चुनी तथा व्यवस्थित की गयी परिस्थितियो के अन्दर कृत्रिम रूप से उत्पन्न घटनाओ का निरीक्षण है, जिसमें हम इच्छानुसार हेर-फेर भी कर सकते हैं। अर्थात् (1) प्रयोग भी नियमित और व्यवस्थित प्रत्यक्षीकरण है परन्तु, (2) प्रयोग में घटनाएँ प्रकृति के द्वारा नहीं, बल्कि स्वयं उत्पन्न की जाती है और अपने इच्छानुसार हम उनमें हेर-फेर भी कर सकते हैं। (3) यहाँ पर हम प्रकृति के गुलाम (slave) नहीं बल्कि मालिक (Master) रहते हैं। हमें घटनाओं की पैदाइश के लिए प्रकृति का इन्तजार नहीं करना पड़ता। हम प्रकृति की मर्जी पर नहीं जीते, बल्कि हम डटकर प्रकृति से सवाल पूछते हैं *("In experiment we interrogate nature" — Bacon)*।

प्रकृति से सवाल पूछने का अर्थ यह है कि अपने उद्देश्य से सम्बन्ध रनेवाली परिस्थितियों

को पूरा वश में कर, घटनाओं को अपने इच्छानुसार पैदा कर हम जैसे चाहते हैं, वैसे घटना की जाँच करते हैं और अपने उद्देश्य की पूर्ति के लिए प्रकृति से जवाब हासिल करते हैं; जैसे – एक वैज्ञानिक हाइड्रोजन और ऑक्सीजन मिलाकर पानी बनाने के लिए प्रकृति का इन्तजार नहीं करता, वह जब चाहता है अपनी प्रयोगशाला में बैठकर भिन्न-भिन्न तरीकों से दोनों गैसों को मिला-मिलाकर देखता है कि उसका नतीजा क्या होता हैं। (4) फिर, प्रयोग में उन परिस्थितियों की भी पूरी व्यवस्था अपने हाथ में रहती है, जिनमें घटनाएँ उपस्थित की जाती हैं, इसलिए जब चाहें, उस परिस्थिति को फिर से पैदा किया जा सकता है तथा बाधक परिस्थितियों को हटाया भी जा सकता है। (5) प्रयोग में यंत्रों का व्यवहार आवश्यक है।

इस प्रकार, निरीक्षण और प्रयोग में निम्नलिखित अन्तर हैं :—

(1) जहाँ निरीक्षण में घटनाएँ प्रकृति के द्वारा पैदा की जाती है और उसको उसी रूप में देखकर उनके बारे में कुछ तथ्यों का पता लगाना ही हमारा काम है, वहाँ प्रयोग में घटनाओं को हम खुद कृत्रिम रूप से पैदा करते हैं और तब अपने इच्छानुसार उनमें हेर-फेर कर उनके गुणों को हमलोग देखते हैं। इसलिए *बेन (Bain)* ने कहा है – "Observation is finding a fact, whereas experiment is making one." अर्थात् निरीक्षण किसी तथ्य को पाना है और प्रयोग उसे पैदा करना।

(2) निरीक्षण में हम प्रकृति के गुलाम बने रहते हैं क्योंकि घटनाओं के लिए प्रकृति पर निर्भर रहना पड़ता है, परन्तु प्रयोग में हम प्रकृति के मालिक रहते हैं, उससे प्रश्न पूछते हैं।

(3) निरीक्षण में घटनाओं को उत्पन्न करने वाली परिस्थितियों की भी व्यवस्था प्रकृति के हाथ में रहती है, परन्तु प्रयोग में परिस्थितियाँ भी हमारे वश में रहती हैं और उनकी व्यवस्था हमारे हाथ में रहती है।

(4) निरीक्षण में यन्त्रों का प्रयोग आवश्यक नहीं, पर प्रयोग में आवश्यक है।

ऊपर निरीक्षण और प्रयोग में जो भेद दिखलए गए हैं वे यथार्थ हैं। परन्तु, कुछ लेखकों ने उन यथार्थ भेदों के आधार पर निरीक्षण और प्रयोग के बीच कुछ भ्रान्तिमूलक भेद भी उपस्थित किए हैं; जैसे – कुछ लोगों ने दोनों के भेद के विषय में कहा है कि (1) निरीक्षण में हम निष्क्रिय रहते हैं और प्रयोग में सक्रिय (Observation is passive process whereas experiment is an active one)। (2) फिर, कुछ लोगों ने कहा है कि निरीक्षण एक प्राकृतिक क्रिया है और प्रयोग कृत्रिम (Observation is a natural process whereas experiment is an artificial one)। परन्तु, वास्तव में निरीक्षण और प्रयोग के सम्बन्ध में ऐसी धारणाएँ, भ्रान्तिमूलक हैं और ये व्यर्थ उन दोनों के भेद को गहरा बनाने की कोशिश करती हैं। चूँकि निरीक्षण में घटनाओं के स्वाभाविक प्रवाह में हम कोई अन्तर या हेर-फेर पैदा नहीं करते इसलिए उसमें मनुष्य को निष्क्रिय कह देना और चूँकि प्रयोग में प्राकृतिक घटनाओं में छेड़-छाड़ सम्भव है, इसलिए उसमें मनुष्य को सक्रिय कह देना यथार्ता नहीं प्रतीत होता। ऐसी धारण गलत है कि हम निरीक्षण में निष्क्रिय रहते हैं। हाँ, यह यथार्थ है कि निरीक्षण की अपेक्षा प्रयोग में हम अधिक क्रियाशील रहते हैं, परन्तु इसका मतलब यह नहीं कि निरीक्षण में हम बिल्कुल निष्क्रिय रहते हैं। इसके विपरीत, निरीक्षण में भी हमारी ज्ञानेन्द्रियाँ पूर्णतः क्रियाशील रहती हैं। फिर, चूँकि निरीक्षण एक नियमित और व्यवस्थित प्रत्यक्षीकरण है इसलिए इसमें काफी कोशिश के साथ अपनी बुद्धि, मन तथा इन्द्रियों को स्थिर और ध्यानस्थ रखना पड़ता है। निरीक्षण में चुनाव भी करना पड़ता इसलिए यहाँ भी हमें क्रियाशील रहना पड़ता है। इस प्रकार,

निष्क्रियता और सक्रियता के आधार पर निरीक्षण और प्रयोग में कोई भेद पैदा करना पूर्णतः भ्रममूलक है। दोनों मे यदि इस तरह का कोई भेद है भी तो वह केवल मात्रा (degree) का है, प्रकार (kind) का नहीं – सिर्फ इतना कि निरीक्षण में हम कुछ कम तथा प्रयोग में कुछ अधिक क्रियाशील रहते हैं।

उसी प्रकार, यह भी कहना कि निरीक्षण प्राकृतिक है तथा प्रयोग कृत्रिम, उतना ही भ्रममूलक है। यद्यपि यह ठीक है कि निरीक्षण में प्रकृति पर हम अधिक निर्भर करते हैं और प्रयोग में घटनाओं का कृत्रिम पैदाईश होती है, परन्तु इसी के आधार पर दोनों में ऐसा प्रकार-भेद स्थापित नहीं किया जा सकता। एक अर्थ में निरीक्षण भी कृत्रिम है क्योंकि अपनी प्राकृतिक शक्तियों को बढ़ाने के लिए इसमें हम कृत्रिम यन्त्रों का प्रयोग करते हैं। उसी प्रकार, एक अर्थ में प्रयोग भी प्राकृतिक है क्योंकि यहाँ भी घनटाओं के निरीक्षण में तो आखिर हमें अपनी प्राकृतिक शक्तियों (आँख, कान, नाक, हाथ, पैर इत्यादि) का इस्तेमाल करना ही पड़ता है। इसलिए यहाँ भी यही कहा जा सकता है कि निरीक्षण और प्रयोग में यदि कोई इस तरह का भेद है तो वह मात्रा (degree) का, प्रकार (kind) का नहीं – अर्थात् निरीक्षण कुछ अधिक प्राकृतिक है और प्रयोग कुछ अधिक कृत्रिम।

ऊपर के विवरण से यह स्पष्ट है कि निरीक्षण और प्रयोग में कोई मौलिक भेद यानी प्रकार का भेद नहीं है। वस्तुतः दोनों में ही घटनाओं के स्वरूप का अध्ययन करते हैं और आगमन को उसकी सामग्री प्रदान करते हैं। सच तो यह है कि निरीक्षण ही दो प्रकार का होता है – (1) साधारण, जिसे हमने निरीक्षण के अन्दर रखा है और (2) प्रायोगिक (experimental observation) जिसे हमने प्रयोग कहा है। दोनों में ही प्राकृतिक शक्तियों का हाथ रहता है तथा दोनों में हमारी शारीरिक तथा मानसिक सक्रियता आवश्यक है। इस तरह, जैसा ऊपर कहा गया है, यदि दोनों मे कोई अन्तर है तो वह सिर्फ मात्रा का, प्रकार का नहीं (Observation and experiment differ not in kind but in degree)।

(4) निरीक्षण ओर प्रयोग का तुलनात्मक महत्त्व *(Relative Importance of Observation and Experiment)*

यद्यपि निरीक्षण और प्रयोग दोनों ही आगमन के वास्तविक आधार है, दोनों ही आगमन अनुमान की वस्तु प्रदान करते हैं, तथापि अपनी-अपनी विशेषताओं तथा सुविधा-असुविधाओं के अनुरूप कुछ अर्थ में प्रत्येक दूसरे से अधिक महत्त्वपूर्ण और कारगर सिद्ध होता है। किसी मामले में प्रयोग निरीक्षण की अपेक्षा अधिक महत्त्वपूर्ण और लाभदायक सिद्ध होता है तो किसी मामले में निरीक्षण प्रयोग की अपेक्षा अधिक लाभदायक और सुविधाजनक सिद्ध होता है। यहाँ हम एक-एक कर एक दूसरे की तुलना में सुविधा-असुविधा का वर्णन करेंगे।

(क) निरीक्षण की तुलना में प्रयोग के महत्त्व *(Advantages of experiment over observation)*—निरीक्षण की तुलना में प्रयोग के महत्त्व मुख्यतः इसी बात में निहित हैं कि चूँकि प्रयोग में घटनाएँ और उनकी उत्पन्न करनेवाली परिस्थितियाँ प्रयोगकर्त्ता के पूर्ण अधिकार में रहती हैं इसलिए वह बड़े धैर्य और स्थिरता के साथ घटनाओं की क्रियावाही, उनके फल तथा उनमें निहित तथ्यों का अवलोकन कर सकता है और उनके बारे में असंदिग्ध तथा निश्चित निष्कर्ष पर पहुँच सकता है। यही कारण है कि जिन विज्ञानों में प्रयोग सम्भव है उनमें निरीक्षण की अपेक्षा प्रयोग से ही अधिक काम लिया जाता है तथा वैसे ही विज्ञानों की प्रगति भी अधिक हुई है। उदाहरणस्वरूप, भौतिकशास्त्र, रसायनशास्त्र आदि विज्ञानों को

उपस्थित किया जा सकता है। विज्ञानों के क्षेत्र में मनोविज्ञान (psychology) अभी उतना आगे नहीं बढ़ सका है। इसका कारण यही है कि उसमें प्रयोग अभी उतने सम्भव नहीं हो पाये हैं जितने अन्य विज्ञानों में। खास तौर से निरीक्षण की तुलना में प्रयोग के निम्नलिखित महत्त्व हैं :—

(1) प्रयोग में किसी तथ्य या घटना की छान-बीन अन्य सभी घटनाओं से उसे पूर्णतः पृथक कर परिस्पष्टता (distinctness) के साथ हो सकती है।

हम जानते हैं कि प्रकृति में घटनाएँ बड़े ही जटिल रूप में उपस्थित होती है और जिस घटना की वास्तव में छान-बीन करनी होती है वह अन्य घटनाओं और परिस्थितियों के साथ इस प्रकार उलझी रहती है कि उसका स्फुट और स्पष्ट अध्ययन तब तक सम्भव नहीं है जब तक कि उसे अन्य सभी घटनाओं से पृथक न कर लिया जाए। निरीक्षण में यह सम्भव नहीं है क्योंकि निरीक्षण में घटनाएँ और उन्हें उत्पन्न करनेवाली परिस्थितियाँ दोनों हमारे वश के बाहर रहती हैं, इसलिए किसी तरह ध्यान देकर उसी उलझे हुए रूप में ही हमें किसी घटना का निरीक्षण करना पड़ता है। परन्तु प्रयोग में घटनाओं तथा उनकी परिस्थितियो पर हमारा अधिकार रहता है, इसलिए अपने सुविधानुसार किसी घटना को हम पूरी परिस्थितियों से अलग कर देख सकते हैं। विज्ञान के एक उदाहरण से यह बात स्पष्ट हो जाएगी। हम जानते हैं कि हवा में ऑक्सीजन, नाइट्रोजन आदि कई गैस हैं और हम यह भी जानते हैं कि कोई बत्ती खुली हवा में जलती है और किसी एक बरतन से ढक देने पर जिससे हवा नहीं जा सकती, कुछ देर के बाद बुझ जाती है। यदि यहाँ हम सिर्फ निरीक्षण पर निर्भर करें तो चूँकि यहाँ हवा के विभिन्न तथ्यों को पृथक् नहीं कर सकते, इसलिए हम यह स्पष्ट रूप से नहीं जान सकते कि आखिर हवा में वर्तमान कौन-सी गैस बत्ती के जलने में मदद करती है। परन्तु, प्रयोग के द्वारा हवा के विभिन्न तत्त्वों को अलग किया जा सकता है। ऐसा कर बारी-बारी से ऑक्सीजन, नाइट्रोजन आदि गैसों से भरे बरतन में बत्ती को ले जाते हैं तो देखते हैं कि नाइट्रोजन आदि में बत्ती बुझ जाती है, परन्तु ऑक्सीजन में और भी तेजी के साथ जल उठती है। इससे यह स्पष्ट हो जाता है कि हवा में जलाने वाली गैस ऑक्सीजन ही है और यह प्रयोग से ही सम्भव हो पाता है।

(2) प्रयोग में हम इच्छानुसार घटना-सम्बन्धित उदाहरणों की संख्या जितनी चाहें, बढ़ा सकते हैं (Instances can be multiplied)।

इससे लाभ यह होता है कि प्रयोग द्वारा प्राप्त निष्कर्ष मे कोई सन्देह नहीं रह जाता। चूँकि प्रयोग में घटनाएँ कृत्रिम रूप से अपने-आप पैदा की जाती है, इसीलिए जितना चाहे उदाहरण ले सकते हैं और जितनी बार चाहें, घटना की छान-बीन कर सकते हैं ताकि निश्चित, निस्सन्देह और ठोस रूप से किसी निष्कर्ष पर हम पहुँच सकें। यदि हमें इसका प्रयोग करना है कि हाइड्रोजन और ऑक्सीजन से पानी कैसे बनता है तो अनेक बार हम अपने इच्छानुसार प्रयोगशाला में दोनों गैसों को मिला-मिलाकर देख सकते हैं। परन्तु, निरीक्षण मे यह सम्भव नहीं है। जैसे यदि किसी पुच्छल तारे (comet) के सम्बन्ध में हमें कुछ जानकारी प्राप्त करनी है और उसके लिए हम निरीक्षण प्रारम्भ करें तो शायद अभी हम सन्तोषजनक रूप में निरीक्षण कर भी नहीं पाए हों कि वह तारा ओझल हो जाएगा और फिर शायद लौटकर हमारी जिन्दगी में आएगा भी या नहीं, यह नहीं कहा जा सकता है।

(3) प्रयोग में परिस्थितियों को बदल-बदल कर घटना की छान-बीन करने का अवसर अधिक प्राप्त होता है।

घटनाओं में कारण-कार्य सम्बन्ध ढूँढ़ने या स्थापित करने के लिए उन्हें भिन्न-भिन्न परिस्थितियो में बदल-बदलकर देखना बहुत ही जरूरी है, क्योंकि यदि कुछ ही परिस्थितियों में घटना का निरीक्षण किया जाए तो शायद कुछ आवश्यक पहलू छूट जाएँ और जितनी ही अधिक परिस्थितियों में घटना को रख-रखकर देखा जाए, आगमन का निष्कर्ष उतना ही अधिक सार्वभौम (universal) और आवश्यक होगा। परिस्थितियों को अधिक-से-अधिक बदलना प्रयोग में ही सम्भव है क्योंकि यहाँ परिस्थितियों की व्यवस्था भी हमारे अधिकार में रहती है। निरीक्षण मे यह सम्भव नहीं है, क्योंकि वहाँ परिस्थितियाँ प्राकृतिक होती है और उनपर हमारा कोई अधिकार नहीं होता।

(4) प्रयोग में वस्तुओं और घटनाओं की जॉच धैर्य, स्थिरता और बिना किसी घबड़ाहट के होती है।

चूँकि प्रयोग में सारी परिस्थितियाँ हमारे अधिकार में रहती है इसलिए हमें घटनाओं की जाँच में कोई घबड़ाहट नहीं रहती; क्योंकि हम जानते हैं कि घटनाओं को हम जब चाहेंगे, पैदा कर लेंगे तथा अपने इच्छानुसार उन्हें बनाए भी रखेंगे। इसके विपरीत, निरीक्षण में चूँकि घटनाएँ प्राकृतिक परिस्थितियों के अधिकार में रहती है, इसलिए उनकी जाँच में हमें काफी शीघ्रता से काम लेना पड़ता है क्योंकि हमारे तैयार होते-होते ही यदि एक बार की घटना किसी प्रकार गायब हो गयी तो फिर उसके लिए इन्तजार करना होगा।

(ख) प्रयोग की तुलना में निरीक्षण का महत्त्व *(Advantages of observation over experiment)*—यद्यपि प्रयोग की अपनी अनेक खूबियाँ है तथापि प्रयोग कुछ ऐसी खास प्रकार की क्रिया है कि हर क्षेत्र में और हर परिस्थिति में वह सम्भव नहीं है। यह कुछ खास व्यक्तियों, कुछ खास परिस्थितियों और कुछ खास क्षेत्रों तक ही सीमित है, इसलिए

(1) प्रयोग की तुलना में निरीक्षण का क्षेत्र विस्तृत है।

निरीक्षण हर क्षेत्र में और हर परिस्थिति में सम्भव है और थोड़ी सावधानी बरतने में हर व्यक्ति निरीक्षण कर सकता है। प्रयोग सिर्फ वहीं सम्भव है जहाँ परिस्थितियाँ वश में की जा सकती हैं और घटनाओं पर भी पूरा अधिकार किया जा सकता है। परन्तु, प्रकृति की हर घटना पर हमारा अधिकार अब तक सम्भव नहीं हो सका है। यदि कोई ग्रहण, भूकम्प आदि प्राकृतिक घटनाओं पर प्रयोग करना चाहे तो यह सम्भव नहीं क्योंकि इन घटनाओं को अपने वश मे कर जब चाहें, हम पैदा नहीं कर सकते। उनके लिए हमें प्रकृति की अपेक्षा करनी ही होगी। इस तरह प्रकृति की अनेक घटनाएँ हैं जिनपर प्रयोग हो ही नहीं सकता और हमें निरीक्षण का ही सहारा लेना पड़ता है।

इस अर्थ में भी निरीक्षण का क्षेत्र विस्तृत है कि यह एक बिना कोई खास खर्च की और बिना कोई तकनीकी (technical) ज्ञान की आवश्यकता रखें सम्पन्न हो जानेवाली क्रिया है। साधारण आदमी भी थोड़ा-बहुत प्रशिक्षण (trianing) पाकर तथ्यों का निरीक्षण कर सकता है तथा चूँकि इसके लिए कुछ खास यन्त्रों की आवश्यकता नहीं, इसलिए खर्च भी कम हैं। परन्तु, इसके विपरीत, प्रयोग में एक ऐसे सुव्यवस्थित और सुसज्जित या सुसम्पन्न (well-equipped) प्रयोगशाला की आवश्यकता होती है जो साधारण व्यक्ति के लिए सम्भव नहीं। इसके लिए एक ऐसी खास प्रकार की शिक्षा की भी आवश्यकता पड़ती है जो कुछ खास लोगों तक ही सीमित रहती है। हर व्यक्ति वैसी शिक्षा हासिल करने की न तो क्षमता रखता है और न उसकी आर्थिक या अन्य परिस्थितियाँ उसे वैसा करने के लिए समथ ही रहती है।

(2) निरीक्षण मे घटनाओं का अध्ययन उनकी स्वाभाविक अवस्था में होता है।

हमने देखा है कि निरीक्षण में हम घटनाओं का अध्ययन उनके ज्यों-के-त्यों रूप में करते हैं, उनमे अपनी ओर से किसी प्रकार का परिवर्तन हम नहीं लाते। उसका फल यह होता है कि निरीक्षण के परिणाम (result) बिल्कुल स्वाभाविक होते हैं, यानी उनमें कृत्रिमता बिलकुल नहीं होती। प्रकृति में ठीक जिस रूप में घटनाएँ घटती हैं उनका अध्ययन उसी रूप में निरीक्षण के माध्यम से होता है। परन्तु प्रयोग में ऐसी बात नहीं है। हमने देखा है कि प्रयोग के क्रम में हम घटनाओं को अपने ढंग से नियंत्रित करते हैं। इसका परिणाम यह होता है कि घटनाओं का स्वाभाविक प्रवाह बाधित हो जाता है और उनमें एक प्रकार की कृत्रिमता चली आती है। फलतः प्रयोग के परिणाम में भी सदैव कृत्रिम होने का भय बना रहता है कि प्रयोग के फलस्वरूप जो कुछ भी परिणाम हमने प्राप्त किया वह हमारे कृत्रिम परिवर्तनों का फल हो, घटनाओं के उनके स्वाभाविक रूप में घटित होने का परिणाम नहीं हो। इस अर्थ में निरीक्षण प्रयोग की तुलना में कुछ अधिक महत्त्वपूर्ण प्रतीत होता है।

(3) निरीक्षण प्रयोग का पूर्वगामी होता है तथा खुद प्रयोग की क्रिया में भी निरीक्षण सम्मिलित रहता है। निरीक्षण के बिनां प्रयोग सम्भव ही नहीं है।

यह साधारण बात है कि कोई भी प्रयोग प्रारम्भ करने के पूर्व सम्पूर्ण स्थिति का सावधानीपूर्ण एक निरीक्षण आवश्यक है। जब तक समस्या तथा उसकी पूरी परिस्थिति का सावधानीपूर्वक निरीक्षण न कर लिया जाए तब तक प्रयोग की क्रिया प्रारम्भ करने तथा उसे सुचारु रूपसे आगे बढ़ाने की एक निश्चित दिशा हमें नहीं मिल सकती। अतः इतना स्पष्ट मालूम पड़ता है कि किसी भी प्रयोग के प्रारम्भ में निरीक्षण की एक क्रिया आवश्यक है।

इतना ही नहीं, खुद प्रयोग की क्रिया के सिलसिले में भी निरीक्षण हमेशा उसका सहायक सिद्ध होता है। हमने देखा है कि प्रयोग मूलतः एक नियंत्रित निरीक्षण ही है और इसलिए प्रयोग की क्रिया में सदैव निरीक्षण की क्रिया का सम्पन्न होना बिलकुल स्वाभाविक है। प्रत्येक प्रयोग की क्रिया में निरीक्षण सम्मिलित होता ही है, भले निरीक्षण की क्रिया में प्रयोग सम्मिलित नहीं रहता। इसलिए बिना निरीक्षण की सहायता के प्रयोग सम्भव ही नहीं।

(4) निरीक्षण में हमारा विचार-क्रम जितनी आसानी से कारण से कार्य की ओर जाता है उतनी ही आसानी से कार्य से कारण की ओर भी जा सकता है, परन्तु प्रयोग में जितनी आसानी से हमारा प्रयास किसी कारण से कार्य पर जाता है, कार्य से कारण की ओर उतनी आसानी से नहीं। इस प्रकार निरीक्षण की क्रिया द्विमुखी है, परन्तु प्रयोग की एकमुखी।

प्रयोग में हम किसी कारण को लेकर यह देख सकते हैं कि उससे क्या कार्य पैदा होता है परन्तु किसी कार्य का कारण पता लगाने में हमें निरीक्षण का ही सहारा लेना पड़ेगा।

उदाहरण से यह बात स्पष्ट होगी। मान लिया जाए कि हमें किसी खास विष का प्रभाव देखना है। यह काम प्रयोग के द्वारा आसानी से किया जा सकता है, चूँकि यहाँ कारण को लागू कर यह देखना है कि उसका फल क्या होता है, यानी यहाँ कारण से कार्य की ओर जाना है। किसी जानवर के शरीर में इंजेक्शन (injection) के द्वारा विष प्रविष्ट कराकर उसका फल आसानी से देखा जा सकता है। परन्तु मान लिया जाए कि उसी विष के खा लेने के कारण किसी की मृत्यु हो गयी और अब यह पता लगाना है कि उक्त जानवर या मनुष्य की मृत्यु का क्या कारण है। इसका पता सिर्फ प्रयोग से नहीं लग सकता। इसमें अप्रत्यक्ष रूप में निरीक्षण का सहारा लेना पड़ेगा। यों साधारण रूप से तो ऐसा लगता है कि प्रयोग के द्वारा मृत्यु का कारण पता लगाना बहुत ही आसान है चूँकि ऐसा तो हर रोज हजारों शव

परीक्षाओं (post-mortem) में डाक्टर किया करते हैं। परन्तु इस क्रिया के अन्तर में प्रवेश करने पर यह स्पष्ट होगा कि मृत्यु का कारण सीधे प्रयोग के द्वारा यानी शव के चीर-खड़ द्वारा डाक्टर को नहीं लगता। कारण पता लगाने के लिए डाक्टर पहले मन-ही-मन कुछ सम्भव कारणों की कल्पना (hypothesis) कर लेता है और तब उस कल्पना की जाँच (verification) के लिए प्रयोग करता है। वह किसी विष के कारण स्वरूप कल्पना कर उससे कुछ मन-ही-मन अनुमान निकाल लेता है कि यदि वह जानवर या व्यक्ति अमुक विष से मरा होगा तो उसके आन्तरिक शरीर में अमुक-अमुक प्रभाव होना चाहिए और यदि जाँच के द्वारा उसे वे प्रभाव दीख पड़ते हैं तो उसके कारण-स्वरूप कल्पना सत्य सिद्ध हो जाती है। इस प्रकार हम देख सकते हैं कि प्रयोग में हमें कार्य से कारण की ओर ले जाने की क्षमता नहीं है। निरीक्षण में इसके विपरीत यह क्षमता है कि उसके द्वारा हम कारण से कार्य और कार्य से कारण दोनों पर जा सकते हैं। जहाँ सिर्फ घटनाओं के निरीक्षण के द्वारा कारण-कार्य सम्बन्ध जानना सम्भव हो वहाँ हम किसी घटना को कारण-स्वरूप मानकर उसकी अनुवर्त्तियों (consequents) यानी बाद में आने वाली घटनाओं में उसके कार्य का निरीक्षण कर सकते हैं तथा उसे कार्य-रूप में मानकर उसकी पूर्ववर्त्तियों (antecedents) यानी पहले आने वाली घटनाओं में उसके कारण का भी निरीक्षण कर सकते हैं। वर्षा के कारण स्वरूप घने बादलतथा घने बादल के फलस्वरूप वर्षा दोनों का ही निरीक्षण किया जा सकता है।

परन्तु उपर्युक्त बातों को अक्षरशः और हमेशा सत्य मानने में एक सावधानी रखना आवश्यक है। आधुनिक वैज्ञानिक युग में जहाँ प्रयोग के साधन बहुत ही विकसित हो चुके हैं, यह कहना हमेशा सत्य नहीं है कि प्रयोग के द्वारा हम कार्य से कारण की ओर जा ही नहीं सकते। पानी को एक कार्य रूप में यदि लिया जाए तो प्रयोग के द्वारा उसका विश्लेषण कर यह आसानी से पता लगाया जा सकता है और सचमुच लगाया जाता है कि उसका कारण सात भाग हाइड्रोजन में चार भाग ऑक्सीजन का मिला रहना है। इस प्रकार प्रयोग के द्वारा भी कार्य से कारण की ओर जाया जा सकता है।

(5) निरीक्षण के दोष *(Fallacies of Observation)*

हमने देखा कि निरीक्षण की क्रिया एक लक्ष्यपूर्ण तथा व्यवस्थित क्रिया है तथा इसे सम्पन्न करने में काफी सावधानी तथा आत्मनियन्त्रण की आवश्यकता है। फिर भी, कभी-कभी थोड़ा असावधान होने से यहाँ किसी अन्य प्रकार से उपस्थित किसी व्यवधान के चलते निरीक्षण की क्रिया में दोष उत्पन्न हो जाते हैं। निरीक्षण के ये दोष मुख्यतः दो तरह से उत्पन्न होते हैं – (1) कभी-कभी तो इसलिए कि जिन घटनाओं या परिस्थितियों का निरीक्षण आवश्यक था वे किसी कारणवश छूट जाती है और उनका निरीक्षण हो ही नहीं पाता तथा (2) कभी-कभी इसलिए की जिस घटना को जिस रूप में देखना चाहिए, उसे उस रूप में न देखकर हम उसे दूसरे ही रूप में देख लेते हैं, यानी उसका दूसरा ही अर्थ लगा लेते हैं। इस तरह निरीक्षण के दोष दो प्रकार के होते हैं – (1) अनिरीक्षण का दोष (Fallacy of non-observation) तथा (2) गलत निरीक्षण का दोष (Fallacy of mal-observation)।

(1) अनिरीक्षण का दोष — जब किसी घटना की खोज के सिलसिले में कुछ ऐसे उदाहरणों या परिस्थितियो का निरीक्षण कुछ कारणवश नहीं हो पाता जिनका निरीक्षण आवश्यक रहता है और जिनके निरीक्षण के बिना हम घटना के विषय में गलत निष्कर्ष निकाल ले सकते हैं तो इन्हीं आवश्यक बातों को छोड़ देने यानी नहीं देखने के दोष को अनिरीक्षण का दोष (Non-observation) कहा जाता है। अब यह अनिरीक्षण भी दो प्रकार से सम्भव हैं :—

(क) यदि कुछ ऐसे उदाहरणों (Instances) का ही निरीक्षण छूट जाए तो घटना की खोज के लिए आवश्यक थे, तो ऐसे अनिरीक्षण को उदाहरणों का अनिरीक्षण (Non-observation of instances) कहा जाता है। उदाहरणों का अनिरीक्षण, यानी कुछ जरूरी उदाहरणों को न देखने के भी दो कारण हो सकते हैं – (1) या तो हमारे अन्दर पहले से ही कुछ ऐसे निश्चित और पक्षपातपूर्ण (biased) विचार जड़ जमाए हों कि उनके विरुद्ध जानेवाले उदाहरणों का निरीक्षण हम करें ही नहीं अथवा (2) उपस्थित उदाहरणों में कुछेक ऐसे स्पष्ट और प्रभावशाली हो कि उन पर हमारी नजर जाए और शेष जो उतने स्पष्ट नहीं हो, उन्हें हम छोड़ दें। इन्हें स्पष्ट करने के लिए नीचे क्रमशः उदाहरण दिए जाते है :—

(i) यदि किसी ने किसी कारणवश यह पूर्वधारणा बना ली हो कि भूरी आँखों वाले लोग धूर्त्त होते हैं, तो हमेशा ऐसे ही उदाहरणों का निरीक्षण करेगा जिसमें उसकी इस धारणा को समर्थन प्राप्त होगा और वैसे उदाहरणों की ओर ध्यान ही न देगा जिनसे उसके सिद्धान्त का समर्थन नहीं प्राप्त होता हो। अर्थात् वह वैसे मनुष्यों की ओर ध्यान न देगा जो भूरी आँखों वाले होते हुए भी धूर्त्त नहीं हों। ऐसी पूर्वधारणाओं के चलते अक्सर लोग उनके समर्थक सिर्फ भावात्मक उदाहरणों का ही निरीक्षण करते हैं और उन अभावात्मक उदाहरणों का निरीक्षण छोड़ देते हैं जिनमें उनकी पूर्वधारणा को समर्थन नहीं प्राप्त होता। उदाहरणों के अनिरीक्षण का एक यह उदाहरण है जिसमें अक्सर अभावात्मक उदाहरणों का निरीक्षण नहीं किया जाता।

(ii) यदि किसी परीक्षक के पास किसी खास केन्द्र की उत्तर-पुस्तिकाएँ दे दी जाएँ और उनके आधार पर पहाँ विद्यार्थियों के बौद्धिक स्तर के विषय में उनसे एक सामान्य निष्कर्ष निकालने को कहा जाए तो शायद उन उत्तर-पुस्तिकाओं में से जो कुछ स्पष्ट हो उन्हीं का निरीक्षण कर वे अपनी एक राय दे देंगे और उन उत्तर-पुस्तिकाओं का निरीक्षण वे छोड़ देंगे जो उतने स्पष्ट न हों। परन्तु ऐसा कर वे ''उदाहरणों के अनिरीक्षण का दोष'' सम्पन्न करते हैं। सिर्फ स्पष्ट उदाहरणों का निरीक्षण करना और अस्पष्ट को छोड़ देना वास्तव में 'उदाहरणों के अनिरीक्षण का दोष' (Fallacy of the non-observation of instances) सम्पादित करना है।

(ख) फिर, अनिरीक्षण का दोष इसलिए भी होता है कि कुछ वैसी परिस्थितियों को ही देखना हम छोड़ दें जिनकी घटना के साथ आवश्यक सम्बन्ध हो। अनिरीक्षण के दोष को 'आवश्यक परिस्थितियों का अनिरीक्षण' (Non-observation of essential circumstances) कहा जाता है। इसमें आधा ही परिस्थिति को देखकर हम कोई निष्कर्ष निकाल लेते हैं; जैसे – मान लिया जाए कि आजकल चोरी-डकैती बहुत बढ़ गयी है तो इसका कारण हम तुरन्त बतला देते हैं – शासन की कमजोरी। परन्तु हो कसता है कि इससे बड़ा कारण हो हमारा नैतिक पतन, जिसपर हम ध्यान ही नहीं देते।

(2) गलत निरीक्षण का दोष (*Mal-observation*)—निरीक्षण का यह दोष किसी चीज को नहीं देखने के कारण नहीं, बल्कि उसे गलत ढंग से देखने से, यानी देखकर गलत अर्थ लगाने से उत्पन्न होता है। वस्तुओं का निरीक्षण हमें अपनी ज्ञानेन्द्रियों द्वारा प्राप्त संवेदनाओं के माध्यम से होता है। कभी-कभी अपने समक्ष वर्तमान किसी वस्तु से प्राप्त संवेदना का हम गलत अर्थ लगा लेते हैं। संवेदना किसी वस्तु से आती है। जैसे – रस्सी से, और हम कभी-कभी उसे आती हुई समझ लेते हैं किसी और वस्तु से, जैसे साँप से। और इसलिए वहाँ पर

वास्तविक वस्तु की जगह हमें किसी अन्य वस्तु का निरीक्षण हो जाता है। जैसे रस्सी के स्थान पर हम साँप देख लेते हैं, या साँप के स्थान पर हमें रस्सी का निरीक्षण हो जाता है। ऐसे ही कभी-कभी किसी ठूँठ पेड़ को देखकर उसे हम कोई व्यक्ति या भूत आदि समझ लेते हैं। ऐसे ही निरीक्षण को तर्कशास्त्र में गलत निरीक्षण (Mal-observation) कहते हैं और मनोविज्ञान में भ्रम (Illution) कहा जाता है।

ऊपर के विवरण से यह स्पष्ट है कि जहाँ अनिरीक्षण (Non-observation) का दोष इसलिए होता है कि कुछ उदाहरणों या परिस्थितियों का हम बिल्कुल निरीक्षण ही नहीं करते वहाँ गलत निरीक्षण (Mal-observation) का दोष इसलिए होता है कि हम निरीक्षण तो करते हैं, परन्तु गलत ढंग से यानी जिस वस्तु को जो समझना चाहिए उसे वह नहीं समझकर उसे कोई अन्य ही वस्तु समझ लेते हैं। इस तरह हम कह सकते हैं कि जहाँ अनिरीक्षण एक अभावात्मक दोष (negative fallacy) है वहाँ गलत निरीक्षण एक भावात्मक दोष (positive fallacy) है। पहले में निरीक्षण का अभाव, परन्तु दूसरे में सही निरीक्षण का अभाव रहता है।

□

अध्याय – 9

प्राक्कल्पना
(HYPOTHESIS)

(1) वैज्ञानिक पद्धति एवं प्राक्कल्पना

वैज्ञानिक पद्धति में प्राक्कल्पना का सचमुच क्या महत्त्व है अथवा उसकी क्या भूमिका है, यह हम पिछले अध्याय में देख चुके हैं। हमने देखा है कि वैज्ञानिक पद्धति का प्रारम्भ ही प्राक्कल्पना के निर्माण से होता है और उसका अन्त प्राक्कल्पना के सत्यापन से। अतः वैज्ञानिक पद्धति में प्रारम्भ से अन्त तक प्राक्कल्पना ही छाई रहती है। परन्तु यहाँ हमारे लिए कुछ दूर तक यह देख लेना आवश्यक है कि प्राक्कल्पना सचमुच है क्या।

कह सकते हैं कि यह किसी समस्या के समाधान के लिए कुछ समय के लिए मान ली गई कोई बात है (A provisional supposition) या किसी घटना की तब तक के लिए स्वीकार की गई कोई व्याख्या (tentative explanation) है। समस्या के अन्तिम समाधान के लिए इसे ही आधार बनाकर इसके आलोक में घटना से सम्बन्धित तथ्यों का निरीक्षण किया जाता है। प्राक्कल्पना ही हमारे निरीक्षण के क्षेत्र को नियंत्रित करती है तथा उसे एक निश्चित दिशा मे संचालित करती है। हो सकता है तथ्यों के निरीक्षण के आलोक में मूल प्राक्कल्पना में थोड़ा-बहुत परिवर्तन भी करना पड़े ताकि उसे एक अधिक निश्चित तथा स्पष्ट रूप में उपस्थित किया जा सके। पर वैज्ञानिक खोज की प्रक्रिया को एक नियंत्रित निश्चित, सार्थक तथा लक्ष्यपूर्ण दिशा देने के लिए सबसे महत्त्वपूर्ण और आवश्यक बात यह है कि समस्या के सामने आते ही उसके तात्कालिक समाधान के रूप में एक प्राक्कल्पना का निर्माण किया जाए। उदाहरणार्थ, किसी अस्पताल में यदि एक निश्चित वार्ड में एक ही साथ बहुत मरीज एक विशेष प्रकार के ज्वर के शिकार हो जाते हैं, तो इसके कारण का पता लगाने वालो के लिए सीधे अनेकों तथ्यों के निरीक्षण के स्थान पर पहले एक अस्थाई कारण या कारण-समूह को ज्वर के लिए उत्तरदायी मानकर उसके आलोक में आगे की खोज की क्रिया चलानी होगी। वस्तुतः कोई भी वैज्ञानिक खोज की क्रिया इसी रूप में सार्थक ढंग से अग्रसर होती है।

पर कोई भी प्राक्कल्पना वैज्ञानिक नहीं कही जा सकती। यों तो प्राक्कल्पना का निर्माण बहुत हद तक वैज्ञानिक की मेधा शक्ति तथा सम्बन्धित विषय के प्रति उसके ज्ञान और अनुभव पर निर्भर करता है, पर फिर भी कुछ शर्तों की चर्चा की जाती है जिनका पालन वैसे किसी भी प्राक्कल्पना के लिए आवश्यक है, जो वैज्ञानिक होने का दावा करती है। इन शर्तों की चर्चा हम आगे करेंगे। यहाँ हम संक्षेप में यह बतलाना चाहेंगे कि प्राक्कल्पना के निर्माण के बाद वैज्ञानिक पद्धति के क्रम में अगला कदम होता है प्राक्कल्पना की सत्यता की जाँच।

जाँच या सत्यापन के दो तरीके होते हैं – प्रत्यक्ष (Direct) तथा अप्रत्यक्ष (Indirect)। प्रत्यक्ष सत्यापन में प्राक्कल्पना में जो बात तब तक के लिए मान ली गई होती है उसके सम्बन्ध में प्रत्यक्ष अनुभव में जाकर देखने की चेष्टा की जाती है कि वैसा वास्तविकता में सचमुच होता है या नहीं। यदि होता है, तब तो प्राक्कल्पना को सत्य मानकर स्वीकार कर लिया जाता है, अन्यथा उसे असत्य घोषित कर दिया जाता है। परन्तु वैज्ञानिक प्राक्कल्पनाओं की प्रत्यक्ष

जाँच शायद ही सम्भव हो पाती है। जैसे यदि 'मलेरिया क्यों होता है ?' के उत्तरस्वरूप कोई यह प्राक्कल्पना करे कि यह मादा एनोफिल मच्छड़ के काटने से होता है, तो इसकी सत्यता की प्रत्यक्ष जाँच के लिए करना यह होगा कि सचमुच किसी को एक मच्छड़ से कटवाया जाए और देखा जाए कि उसे मलेरिया होता है या नहीं। पर यह तरीका शायद एक असभ्य और अवांछनीय तरीका होगा और इसलिए यहाँ तथा अन्य अनेकों उदाहरणों में अप्रत्यक्ष जाँच की आवश्यकता है।

अप्रत्यक्ष जाँच में होता यह है कि प्राक्कल्पना से निगमनात्मक विधि से कुछ निष्कर्ष निकाले जाते हैं और अनुभव में अनेकों उदाहरणों द्वारा (चाहे निरीक्षण या प्रयोग द्वारा लिए गए उदाहरणों द्वारा) यह देखने की चेष्टा की जाती है कि निकाला गया निष्कर्ष सत्य है या नहीं। यदि निष्कर्ष सत्य सिद्ध होता है तो यह माना जाता है कि प्राक्कल्पना भी सत्य है, और यदि निष्कर्ष असत्य सिद्ध होता है तो समझा जाता है कि प्राक्कल्पना असत्य है और फिर दूसरी अधिक उपयुक्त एवं प्रासंगिक प्राक्कल्पना निर्मित करने की चेष्टा की जाती है, जिससे फिर निगमनात्मक विधि से निष्कर्ष निकालकर उसकी सत्यता-असत्यता की जाँच की जा सके। प्राक्कल्पना के निगमनात्मक विकास (Deductive development) तथा निगमित निष्कर्षों के सत्यापन के आधार पर प्राक्कल्पना के सत्यापन के सम्बन्ध में हम आगे और प्रकाश डालेंगे। फिलहाल, प्राक्कल्पना के स्वरूप से सम्बन्धित एक-दो और बातों पर ध्यान देना आवश्यक है।

पहली बात तो यह है कि असत्य या गलत प्राक्कल्पनाओं को वैज्ञानिक दृष्टि से अनुत्पादक तथा निरर्थक अथवा बेकार नहीं समझना चाहिए। गलत प्राक्कल्पनाएँ वैज्ञानिक खोज की प्रक्रिया को आगे बढ़ाने में सहायता करती है तथा वैज्ञानिक को अपनी समस्या को और अधिक यथेष्ट रूप में समझने में मदद करती है।

दूसरी महत्वपूर्ण बात यह है कि प्राक्कल्पना जब सत्यापन के बाद सत्य सिद्ध होती है तो वह एक वैज्ञानिक नियम का रूप ले लेती है, पर वैज्ञानिक नियम होने का यह अर्थ नहीं समझ लेना चाहिए कि प्राक्कल्पना हमेशा के लिए और एक निश्चित रूप में सत्य सिद्ध हो गई ताकि भविष्य में उसके असत्य सिद्ध होने की कोई संभावना ही नहीं रह जाती। वास्तविकता तो यह है कि विज्ञान में स्थायी रूप से सत्य कोई भी नियम नहीं होता। प्रत्येक वैज्ञानिक नियम सदैव एक प्राक्कल्पना के स्तर में ही रहता है जिसके किसी भी क्षण नवीन खोज़ों के आलोक में असत्य सिद्ध हो जाने की संभावना है।

(2) प्रासंगिक प्राक्कल्पना का निर्माण (*Formation of Releveant Hypothesis*)

वैज्ञानिक पद्धति में प्राक्कल्पना का क्या महत्त्व है, यह हमने ऊपर देखा। पर किसी प्रकार की प्राक्कल्पना विज्ञान के लिए उपयोगी अथवा वैज्ञानिक खोज में सहायक सिद्ध नहीं होती। प्राक्कल्पना को वैज्ञानिक रूप से महत्त्वपूर्ण होने के लिए यह आवश्यक है कि वह व्याख्या की जाने वाली समस्या (जिसके लिए उसका निर्माण हुआ है) के प्रति प्रासंगिक हो। अप्रासंगिक कल्पनाएँ किसी काम की नहीं होती। पर यहाँ मुख्य प्रश्न यह है कि प्रासंगिक प्राक्कल्पना से आखिर तात्पर्य क्या है। हम कैसे यह निर्धारित करेंगे कि अमुक प्राक्कल्पना प्रासंगिक है तथा अमुक अप्रासंगिक ? हम आगे भी देखेंगे कि प्राक्कल्पना के सन्दर्भ में प्रासंगिकता का क्या तात्पर्य है, चूँकि सचमुच प्रासंगिकता किसी प्राक्कल्पना के वैज्ञानिक होने की एक शर्त है। साधारण रूप में हम कह सकते हैं कि वही प्राक्कल्पना किसी समस्या के

प्रति प्रासंगिक है जिसे आधार रूप में ले लेने से समस्या या तो एक निगमनात्मक निष्कर्ष के रूप में हमारे सामने आ जाती है या फिर कम-से-कम ऐसा हो कि प्राक्कल्पना को आधाररूप में लेने पर बौद्धिक स्तर पर यह विवेकपूर्ण तथा विश्वसनीय लगे कि व्याख्या की जाने वाली समस्या का एक उत्तर वह प्रस्तुत करती है। दूसरे शब्दों में कह सकते हैं कि व्याख्या की जाने वाली घटना के साथ यदि किसी प्राक्कल्पना का सीधा निगमनात्मक सम्बन्ध हो या उसके साथ कम-से-कम एक आगमनात्मक सम्बन्ध हो, तभी उसे घटना के प्रति प्रासंगिक माना जाएगा। उदाहरण के लिए मान लिया जाए कि किसी अस्पताल के किसी एक विशिष्ट वार्ड मे भर्त्ती रोगियों का मृत्यु दर एकाएक बढ़ जाता है और डाक्टर इस घटना की व्याख्या में लग जाते हैं कि आखिर ऐसा क्यों हो रहा है। वे तरह-तरह की प्राक्कल्पनाएँ करने लग जाते हैं, जिनमें एक यह है कि एक पंडित नित्यप्रति उसी वार्ड में आकर घंटी बजाकर चला जाता है और दूसरे किसी वार्ड में ऐसा वह नहीं करता, इसलिए हो सकता है कि उसका आकर घंटी बजाना ही मृत्यु-दर में अचानक वृद्धि का कारण हो। पर डाक्टर तुरंत ही इस प्राक्कल्पना को यह कहकर खारिज कर देते हैं कि यह अप्रासंगिक है चूँकि पंडित द्वारा घंटी बजाए जाने वाली बात को मृत्यु दर बढ़ने वाली घटना या समस्या के साथ कोई प्रत्यक्ष या अप्रत्यक्ष सम्बन्ध नहीं मालूम पड़ता। न तो घंटी बजाने वाली बात से मृत्युदर का बढ़ना निगमनात्मक रूप से निकलता है, न ही बौद्धिक या तार्किक स्तर पर किसी प्रकार यह विश्वसनीय प्रतीत होता है कि घंटी बजने वाली बात तथा मृत्यु दर में वृद्धि वाली बात में कोई सम्बन्ध हो सकता है।

ऐसे ही एक के बाद एक कई कल्पनाएँ करते डाक्टर एक प्राक्कल्पना यह करते हैं कि उसी बार्ड के बगल से एक बड़ी नाली बहती है जिसमें पहले सी ही गंदगी थी और इधर कई दिनों से कटिनाशक दवाओं का छिड़काव करने वाला भी कोई नहीं आया है। इसीलिए हो सकता है कि नाली में कुछ ऐसे मच्छड़ पैदा हो गये हों जो घातक हों और उन्हीं के काटने से उक्त बार्ड में मरीजों की स्थिति बिगड़ रही है और वे मर रहे हैं। जाँच के बाद हो सकता है कि यह प्राक्कल्पना भी असत्य सिद्ध हो जाय, पर समस्या के प्रति यह प्रासंगिक अवश्य है। प्राक्कल्पना तथा समस्या के बीच एक सीधा संबंध अवश्य प्रतीत होता है — निगमनात्मक नहीं भी तो आगमनात्मक अवश्य। कम से कम ऐसा बौद्धिक स्तर पर विश्वसनीय अवश्य लगता है कि घातक कीटाणुओं का या मच्छड़ों का नाली में उत्पन्न हो जाना मृत्यु दर बढ़ने का कारण है।

एक दूसरे प्रकार से भी प्रासंगिक प्राक्कल्पना वाली बात को समझ सकते हैं। किसी घटना या समस्या की व्याख्या हो जाने का क्या मतलब होता है ? एक दृष्टि से प्रकृति की अन्य घटनाओं से कुछ अलग-अलग (isolated) रूप में हमें दिखाई पड़ रही थी, जिसका अन्य घटनाओं के साथ कोई तार्किक सम्बन्ध (connection) नहीं मालूम पड़ता था, वह सम्बन्ध हमने ढूँढ़ निकाला है और हम समझ गए हैं कि जो हो रहा था वह क्यों और कैसे हो रहा था, किन अन्य घटनाओं के साथ उसका क्या सम्बन्ध था। इस रूप में कह सकते हैं कि जो प्राक्कल्पना समस्या वाली घटना का अन्य घटनाओं के साथ एक सीधा तार्किक सम्बन्ध बतलाने में समर्थ हो पाती है, वह प्रासंगिक है और जो ऐसा नहीं कर पाती वह प्रासंगिक नहीं है। इसी बात को *कोहने* तथा *नागेल* (*Cohen* and *Nagel*) अपने ढंग से इस प्रकार रखते हैं :— "*A hypothesis is believed to be relevant to a problem if it expresses deter-*

minate modes of connections between a set of facts, including the fact investigated; it is irrelevant otherwise."[1]

जहाँ तक यह प्रश्न है कि प्रासंगिक प्राक्कल्पना का निर्माण कैसे होता है, तो इसका कोई निश्चित उत्तर नहीं दिया जा सकता है। दूसरे शब्दों में, प्रासंगिक प्राक्कल्पना के निर्माण के लिए कुछ निश्चित साधन या तरीके नहीं बतलाये जा सकते। इसके लिए सबसे आवश्यक है कि प्राक्कल्पना करने वाले व्यक्ति को उस विषय का पूरा ज्ञान हो, उससे संबंधित पूरा अनुभव हो, जिस विषय से सम्बन्धित प्राक्कल्पना का निर्माण उसे करना है। संक्षेप में प्रासंगिक प्राक्कल्पनाओं के निर्माण में व्यक्ति की अपनी मेधा-शक्ति (merit), विषय से सम्बन्धित उसका ज्ञान तथा अनुभव आदि ही सहायक होते हैं; इस सम्बन्ध में किसी निश्चित विधि का हवाला नहीं दिया जा सकता। इस सम्बन्ध में *कोहेन* तथा *नागेल* का स्पष्ट कथन है – *"No rules can be stated for 'hitting upon' relevant hypotheses .... In the absence of knowledge concerning a subject-matter, we can make no well-founded judgements of relevance."*[2] उदाहरण के लिए यदि किसी को इस सम्बन्ध में प्राक्कल्पना का निर्माण करना हो कि किसी नदी में एक निश्चित काल में ही बाढ़ क्यों आती है, तो उसे इन बातों का ज्ञान अथवा अनुभव होना आवश्यक है कि इस अवधि में नदी की तराई में खूब वर्षा होती है और अधिक वर्षा को नदी में बाढ़ आने से सीधा सम्बन्ध है। अतः प्रासंगिक प्राक्कल्पना के निर्माण के लिए कोई निश्चित विधि नहीं है जिसका विवरण दे दिया जा सकता है, उसके लिए आवश्यक है सम्बन्धित तथ्यों के विषय में उस प्रकार के सम्बन्ध का ज्ञान जिसके द्वारा घटना की व्याख्या हो सकती है। जैसा *कोहेन* तथा *नागेल* कहते हैं – *"......the valuable suggestions for solving a problem can be made only by those who are familiar with the kinds of connections which the subject-matter under investigation is capable of exhibiting. The hypotheses which occur to an investigator are therefore a function, in part at least, of his previous knowledge."*[3] वैसे, वैज्ञानिक प्राक्कल्पना की कुछ शर्तों की चर्चा आगे की जाएगी जिनके द्वारा भी प्रासंगिक प्राक्कल्पना के निर्माण में कुछ सहायता मिल सकती है। परन्तु मूल रूप से खोज करने वाले व्यक्ति की अपनी मेधा तथा सम्बन्धित विषय के सम्बन्ध में उसकी जानकारी तथा अनुभव ही प्रासंगिक प्राक्कल्पना के निर्माण में काम आते हैं।

(3) वैज्ञानिक प्राक्कल्पना की शर्तें (*Conditions of Scientific Hypothesis*)

ऊपर हमने यह कहा है कि यद्यपि उपयुक्त प्राक्कल्पना का निर्माण वैज्ञानिक की अपनी निजी सम्पत्ति है जो उसकी मेधा शक्ति तथा अनुभव पर निर्भर करती है, फिर भी वैज्ञानिक दृष्टि से किसी भी प्राक्कल्पना के उपयुक्त होने के लिए कुछ शर्तों का उल्लेख प्रायः किया जाता है, जो निम्नलिखित हैं :—

(1) प्रासंगिकता (Relevance)

(2) सत्यापनीयता (Verifiability)

---

1. *कोहेन तथा नागेल (Cohen and Nagel), An Introduction to Logic and Scientific Method (Allied Publishers, 1972), पृ० सं० 202*
2. *वही।*
3. *वही।*

(3) मान्यता प्राप्त प्राक्कल्पनाओं के साथ संगति (Consistencey with well-established scientific hypotheses)

(4) भविष्यवक्तव्यता (Predictability)

(5) सरलता (Simplicity)

अब हम नीचे एक-एक कर उनका संक्षिप्त विवरण प्रस्तुत करेंगे।

(1) प्रासंगिकता — उपयुक्त वैज्ञानिक प्राक्कल्पना की पहली शर्त यह है कि जिस घटना की व्याख्या के लिए उसका निर्माण हुआ हो, उसके प्रति वह प्रासंगिक हो। घटना के प्रति प्रासंगिक होने का ठीक-ठीक क्या अर्थ है, यह हम पहले भी देख चुके हैं। इसलिए यहाँ फिर से उसे दुहराना आवश्यक नहीं है। सामान्य तौर पर ऐसा कहा जा सकता है कि प्राक्कल्पना को ऐसा होना चाहिए कि जिस घटना की व्याख्या के लिए उसका निर्माण हुआ हो उसकी सचमुच उससे व्याख्या हो जाती है। और व्याख्या हो जाने का सामान्य तात्पर्य यह होगा कि उसे आधार मान लेने पर या तो व्याख्या की जाने वाली घटना अनिवार्यतः उससे निगमित होती हो या कम-से-कम ऐसा हो कि उसे आधार रूप में स्वीकार करने से बौद्धिक स्तर पर यह विवेकपूर्ण (reasonable) लगे कि वह घटना के सम्बन्ध में 'क्यों' ? प्रश्न का एक उत्तर प्रस्तुत करती है, यानी, घटना के साथ उसका एक बौद्धिक अथवा तार्किक सम्बन्ध है।

(2) सत्यापनीयता — एक वैज्ञानिक प्राक्कल्पना की शायद सबसे अधिक आवश्यक शर्त यह है कि उसे सत्यापन के योग्य होना चाहिए, यानी उसे ऐसा होना चाहिए कि वास्तविक अनुभव में निरीक्षण या प्रयोग द्वारा उसकी सत्यता-असत्यता की जाँच हो सके। जैसा हमने ऊपर देखा है, वैज्ञानिक प्राक्कल्पना की प्रत्यक्ष जाँच शायद ही सम्भव हो पाती है। इसलिए इसका निर्माण इस रूप में और ऐसी शब्दावली में किया जाना चाहिए कि उससे कुछ स्पष्ट निगमनात्मक निष्कर्ष प्राप्त किए जा सकें जिनका सत्यापन निरीक्षण या प्रयोग के माध्यम से हो सके। यदि प्राक्कल्पना कुछ आलौकिक तत्त्वों से सम्बन्धित हो या फिर उसे कुछ ऐसे अस्पष्ट तथा अनिश्चित शब्दों में सूत्रबद्ध किया जाए कि उससे कुछ इस प्रकार के निष्कर्ष ही निकालना सम्भव नहीं हो जिनकी सत्यता-असत्यता की जाँच वास्तविक अनुभव के सहारे किया जा सके, तो फिर वैसी प्राक्कल्पना वैज्ञानिक दृष्टि से बेकार है। उदाहरण के लिए, यदि किसी गाँव में अचानक एक नये प्रकार की बीमारी फैल जाती है और हम उसके कारण स्वरूप यह प्राक्कल्पना करते हैं कि ऐसा किसी दैवी प्रकोप के चलते हुआ है, तो प्रत्यक्ष रूप में तो हम इसकी जाँच नहीं कर सकते कि ऐसा किसी दैवी प्रकोप के चलते हुआ है या नहीं, चूँकि वास्तविकता में हम समझते ही नहीं कि इस प्रकार की प्रत्यक्ष जाँच सचमुच किस प्रकार के निरीक्षण या प्रयोग के द्वारा सम्भव है। अप्रत्यक्ष जाँच भी इस प्राक्कल्पना की सम्भव नहीं है, चूँकि यह स्पष्ट नहीं है कि इस प्राक्कल्पना को सत्य मान लेने पर सचमुच कौन से गिनमनात्मक निष्कर्ष निकाले जा सकेंगे जिनकी जाँच साधारण अनुभव में निरीक्षण या प्रयोग के द्वारा हो सकेगी। पर यदि हम यह प्राक्कल्पना करें कि गाँव में जो पीने का पानी उपलब्ध है उसमें एक विशिष्ट प्रकार के कीड़े का प्रवेश हो गया है, तो हम विशेष निरीक्षण-यंत्रों द्वारा या पानी के नमूनों पर विशेष प्रयोग द्वारा इस प्राक्कल्पना की प्रत्यक्ष जाँच भी कर सकते हैं, या फिर इससे कुछ ऐसे निष्कर्ष निकालते हैं (जैसे, यदि पानी को खूब उबाल कर पीया जाए या फिर उसे पीना ही छोड़ दिया जाए और सुदूर किसी स्थान से लाकर पानी पीया जाए, तो बीमारी से छुटकारा मिल सकती है) जिनकी जाँच वास्तविक अनुभव में निरीक्षण या प्रयोग द्वारा हो सकती है।

उसी प्रकार कभी-कभी अस्पष्ट, अनिश्चित तथा उलझी हुई भाषा में प्राक्कल्पना का निर्माण करने के चलते भी यह समझना कठिन हो जाता है कि आखिर उससे क्या निगमनात्मक निष्कर्ष निकालने जा सकेंगे और उनकी जाँच के लिए आखिर क्या करना होगा। फलतः प्राक्कल्पना असत्यापनीय अथवा बेकार हो जाती है। उदाहरण के लिए, मान लिया जाए कि हम किसी सन्दर्भ में कुछ इस प्रकार की प्राक्कल्पना करते हैं कि संसार सभी तरफ से समान अनुपात में सिकुड़ रहा है, तो इसका सचमुच अर्थ भी क्या है, हम यह ठीक से नहीं समझ पा रहे और इसलिए इससे निगमनात्मक निष्कर्ष निकालने और उसकी जाँच करने का सार्थक ढंग से कोई प्रश्न ही शायद नहीं उठता।

(3) मान्यता प्राप्त प्राक्कल्पनाओं के साथ संगति—विज्ञान का विकास स्थापित नियमों या प्राक्कल्पनाओं के एक व्यवस्थित तंत्र के रूप में होता रहा है। ऐसा नहीं है कि विशेष क्षेत्र में जो नियम स्थापित हैं उनमें आपस में ही असंगति है, वे परस्पर संगत होते हैं। इसलिए किसी भी नई प्राक्कल्पना की उपयुक्तता की एक कसौटी यह है कि उसे सुस्थापित तथा मान्यता-प्राप्त पूर्व प्राक्कल्पनाओं के साथ संगत होना चाहिए। यदि कोई प्राक्कल्पना सुनिश्चित रूप से स्थापित प्राक्कल्पनाओं के तंत्र का विरोध करती है तो सरसरी तौर पर तो निश्चित ही ऐसा समझा जाएगा कि उसमें कोई दोष है। इसलिए किसी भी नवीन प्राक्कल्पना को उन समस्त प्राक्कल्पनाओं के साथ संगत होना चाहिए जिनकी सत्यता अनेकों सफल वैज्ञानिक अनुसंधानों के क्रम में स्थापित हो चुकी है।

पर इस शर्त को बहुत ही कठोरता से नहीं लेना चाहिए, चूँकि यदि हम ऐसा करेंगे तब तो किसी भी सुस्थापित प्राक्कल्पना में कभी किसी संशोधन की गुंजाइश ही नहीं रह जाएगी अथवा किसी पुरानी प्राक्कल्पना के स्थान पर किसी अधिक विकसित या अधिक उपयुक्त प्राक्कल्पना का आगमन सम्भव ही नहीं हो पाएगा। विज्ञान का इतिहास इस बात का साक्षी है कि कभी-कभी प्राचीन प्राक्कल्पनाओं में नवीन तथ्यों और समस्याओं के आलोक में क्रान्तिकारी परिवर्तन हो जाते हैं और प्राचीन प्राक्कल्पना को या तो बिलकुल त्याग ही देना पड़ता है या फिर उसमें महत्त्वपूर्ण संशोधन करना पड़ता है। यदि उपर्युक्त शर्त का पालन कठोरता के साथ किया जाता है तो फिर न्यूटन के कई महत्त्वपूर्ण भौतिकशास्त्री सिद्धान्तों को बहुत हद तक संशोधित कर या उन्हें बिलकुल ही त्याग कर उनके स्थान पर आइन्सटाइन के सापेक्षतापरक सिद्धान्त (relativity theory) को भौतिकशास्त्र में स्थान देना ही सम्भव नहीं था।

इसलिए इस शर्त का सिर्फ इतना सामान्य तात्पर्य है कि यदि कभी हमारे समक्ष दो ऐसी वैकल्पिक प्राक्कल्पनाएँ उपस्थित हों, जिनमें से एक की पूर्व सुस्थापित प्राक्कल्पनाओं के साथ पूर्ण संगति हो और दूसरी का उनसे विरोध हो, तो पहले सत्यापन के लिए हमे पहली प्राक्कल्पना को ही चुनना चाहिए।

(4) भविष्यवक्तव्यता—किसी भी अच्छी वैज्ञानिक प्राक्कल्पना का एक गुण यह भी है कि उसमे भविष्यवाणी की क्षमता होनी चाहिए। इसी बात को दूसरे शब्दों में यह कहकर व्यक्त कर सकते हैं कि प्राक्कल्पना जिस समस्या की व्याख्या के लिए बनी हो उसकी तो व्याख्या करे ही, साथ-ही-साथ यदि वह अन्य भी कई समस्याओं की व्याख्या कर देती हो, तो उसकी विश्वसनीयता बढ़ती है और एक सफल वैज्ञानिक प्राक्कल्पना सिद्ध होने के उसके आसार बढ़ जाते हैं। ऊपर की बात को इस रूप में भी रखा जा सकता है कि जिस घटना की व्याख्या

के लिए प्राक्कल्पना का निर्माण हुआ है वह तो उससे निगमनात्मक रूप से निकले ही, कुछ अन्य घटनाओं की भविष्यवाणी भी यदि उससे निगमित हो सके, तो उस प्राक्कल्पना को वैज्ञानिक दृष्टि से बहुत महत्त्वपूर्ण माना जाता है। उदाहरण के लिए गैलेलियो ने जिस समस्या के समाधान के लिए (इस समस्या के समाधान के लिए एक ऊपर से जमीन पर बिना किसी प्रतिरोध के गिरती वस्तु की गति जमीन के निकट बहुत तेज क्यों हो जाती है ?) यह प्राक्कल्पना की कि किसी भी बिना प्रतिरोध के गिरती वस्तु (freely falling body) की एक निश्चित समय मे गति वृद्धि उस समय की अनुपाती होती है (यानी, V = AT, जहाँ 'V' गति का बोधक है, 'A' उस गति का जो वस्तु एक सेकेंड में प्राप्त करती है, यानी, गति-वृद्धि और 'T' द्योतक है उस समय का जितने समय तक वस्तु गिरती रही है), उस समस्यां की तो व्याख्या हुई ही, साथ-ही-साथ उससे एक महत्त्वपूर्ण निष्कर्ष यह भी निकाला कि यदि उपर्युक्त प्राक्कल्पना सत्य है, तो क्षितिज के हिसाब से झुके बन्दूक की नली से दागा गया प्रक्षेपान्तक (projectile) पैराबोला (parabola) के आकार के मार्ग से होता हुआ जाएगा। और जाँच से पाया गया कि यह सत्य है। इस प्रकार यदि किसी भी प्राक्कल्पना में भविष्यवाणी की क्षमता हो, यानी वह अन्य घटनाओं की भी सफलतापूर्वक व्याख्या कर ले, तो वैज्ञानिक दृष्टि से उसका महत्त्व बहुत बढ़ जाता है।

(5) सरलता— किसी भी वैज्ञानिक प्राक्कल्पना की उपयुक्तता की एक बहुत ही महत्त्वपूर्ण शर्त है उसकी सरलता, यानी, उसका सरल होना। यह बात खास तौर पर महत्त्वपूर्ण तब होती है जब हमारे सामने दो ऐसी वैकल्पिक प्राक्कल्पनाएँ हों, जिनमें से प्रत्येक उपर्युक्त सारी शर्तों की बखूबी पूर्ति करती हों और जिस खूबी के साथ उनमें एक किसी घटना और उससे सम्बन्धित सारे पहलुओं की व्याख्या करती हो, दूसरी भी उसी खूबी के साथ समस्त पहलुओं की व्याख्या करती हो। ऐसी स्थिति में हमारे सामने यह प्रश्न होता है कि दोनों में से हम किसे अधिक उपयुक्त मानें और आगे की खोज के लिए किसे चुनें। यहीं पर सरलता की कसौटी आती है–दोनों में से जो अधिक सरल हो, वैज्ञानिक उसे ही चुनता है। सचमुच इसी आधार पर सूर्य, चन्द्रमा, पृथ्वी आदि ग्रहों की परस्पर गति के स्थिति के सम्बन्ध में वैज्ञानिकों के सामने मौजूद दो समान रूप से उपयोगी तथा सक्षम प्राक्कल्पनाओं – एक टौलेमी (ptolemy) की तथा दूसरी कोपरनीकस (copernicus) की – में से दूसरी को यानी कोपरनीकस की प्राक्कल्पना को वैज्ञानिक दृष्टि से अधिक उपयुक्त प्राक्कल्पना के रूप में चुना गया। सीधे शब्दों में सारी समान क्षमताओं के बावजूद टौलेमी के सिद्धान्त की तुलना मे कोपरनीकस के सिद्धान्त के अधिक सरल होने के कारण उसे ही एक सर्वमान्य सिद्धान्त के रूप में चुना गया।

परन्तु यहाँ सबसे कठिन प्रश्न है कि 'सरलता' आखिर है क्या। सचमुच 'सरलता' की अवधारणा इतना सरल नहीं है कि उसे कुछ निश्चित शब्दों के माध्यम से परिभाषित किया जा सके। सरलता सुपरिचितता (familiarity) नहीं है। यदि ऐसा होता तब तो कोपरनीकस के सिद्धान्त की तुलना में टौलेमी के विचारों को ही अधिक मान्यता प्राप्त होती, चूँकि उसकी जो मान्यताएँ हैं, जैसे – पृथ्वी स्थिर है और सूर्य चलता है आदि, वह हमारे साधारण अनुभव के अधिक निकट हैं तथा उससे हम पूरी तरह से परिचित हैं। कोपरनिकस का सिद्धान्त तो हमारे साधारण अनुभव के विरुद्ध जाता है तथा जिस बात से हम बचपन से ही परिचित होते हैं उसका विरोध करता है। इस प्रकार सरलता हमारे साधारण अनुभव के साथ मेल या पूर्व

परिचितता आदि नहीं है। सरलता की अवधारणा को कुछ हद तक यह कहकर स्पष्ट किया जा सकता है कि जिस किसी भी प्राक्कल्पना के साथ सम्बन्धित घटना या घटनाओं की व्याख्या के लिए स्वतन्त्र मान्यताओं (independent assumptions) की संख्या जितना कम रहती है उसे सापेक्षतः उतना ही अधिक सरल माना जाता है। वस्तुतः होता यह है कि शायद ही कोई प्राक्कल्पना (H) स्वयं अकेले वांछित समस्या या घटना की व्याख्या करने में सक्षम होती है, उसके साथ कुछ मान्यताएँ (A) छिपी रहती है जिनके साथ मिलकर ही प्राक्कल्पना घटनाओं की व्याख्या कर पाती है। इस प्रकार सिर्फ 'H' नहीं बल्कि 'H + A' घटना की व्याख्या में सक्षम होती है।

अब जिस प्राक्कल्पना के साथ इन स्वतन्त्र मान्यताओं की संख्या जितना कम रहती है, उसे उतना ही सरलमाना जाता है। टौलमी की प्राक्कल्पना की तुलना में कोपरनीकस की प्राक्कल्पना इसी अर्थ में सरल है। हम जानते हैं कि टौलेमी के अनुसार पृथ्वी सौर-मंडल का केन्द्र है जिसके चारों ओर सूर्य समेत अन्य ग्रह-उपग्रह घूमते हैं। इन ग्रह-उपग्रहों के घूमने के मार्गों की व्याख्या के लिए एक बहुत ही जटिल रेखागणित की आवश्यकता पड़ती थी। आमतौर पर तो सभी के मार्ग वृत्तात्मक (circular) हैं, पर कई मार्गों मे कुछ व्यतिक्रमों की व्याख्या के लिए इन वृत्तों के अलावा कई अनुवृत्तों (epicycles) की भी आवश्यकता पड़ती थी। ग्रहों के मार्गों की ठीक व्याख्या के लिए ऐसे अनुवृत्तों की आवश्यकता कोपरनीकस को भी पड़ी, पर उनकी व्याख्या में ऐसे अनुवृत्तों की संख्या तुलनात्मक दृष्टि से टौलेमी के व्याख्यात्मक तंत्र की अपेक्षा कम है। इसीलिए कोपरनीकस के सिद्धान्त को सापेक्षतः सरल माना जाता है और उसकी स्वीकार्यता का यही प्रमुख कारण है।

इसी से सम्बद्ध सरलता की अवधारणा में एक और तत्त्व सम्मिलित है। प्राक्कल्पना के साथ सम्बन्ध स्वतन्त्र मान्यताओं की संख्या के अलावा एक और बात यह महत्त्वपूर्ण है कि ये मान्यताएँ परस्पर एक ऐसे तार्किक सम्बन्ध के रूप में सम्बन्धित हों कि वे एक ही तन्त्र के अंगों की तरह लगें। इसके विपरीत यदि स्वतन्त्र मान्यताएँ अनेकों तदर्थ मान्यताओं की तरह हों जिन्हें समय-समय पर आवश्यकतानुसार व्याख्या के लिए जोड़ते जाया जाए तथा जिनमें परस्पर कोई सम्बन्ध न दीखे, यानी, जो एक दूसरे से अलग-अलग रूप में बिखरे पड़े मालूम हों, तो पहले की तुलना में दूसरी प्राक्कल्पना अधिक जटिल मानी जाएगी। यानी, पहली अधिक सरल मानी जाएगी। इस अर्थ में भी शायद कोपरनीकस का सिद्धान्त टौलेमी के सिद्धान्त की अपेक्षा सरल है।

(4) प्राक्कल्पना का निगमनात्मक विकास तथा उसका सत्यापन (*Deductive Development of Hypothesis and its Verification*)

हमने पहले ही कहा है कि यद्यपि प्राक्कल्पनाओं के सत्यापन की दो विधियाँ हैं, फिर भी अधिकांश वैज्ञानिक प्राक्कल्पनाओं का अप्रत्यक्ष सत्यापन ही सम्भव हो पाता है। हमने यह भी देखा है कि अप्रत्यक्ष सत्यापन के लिए आवश्यक है कि प्राप्त प्राक्कल्पना से निगमनात्मक निष्कर्ष निकाले जाएँ और इन निष्कर्षों की सत्यता-असत्यता की जाँच वास्तविक अनुभव में निरीक्षण या प्रयोग के सहारे निश्चित किया जाए। यदि निगमनात्मक निष्कर्ष सत्य सिद्ध होते हैं तो यह समझा जाता है कि प्राक्कल्पना सत्य है, और यदि निष्कर्ष असत्य सिद्ध होते हैं तो माना जाता है कि प्राक्कल्पना असत्य है। यदि प्राक्कल्पना को सांकेतिक रूप में 'H' कहा जाए, तथा निगमनात्मक निष्कर्ष या निष्कर्षों को 'P' तो प्राक्कल्पना के सत्यापन की

उपर्युक्त सारी प्रक्रिया को सांकेतिक रूप में निम्नलिखित प्रकार से दर्शाया जा सकता है :—

$H \supset P$ (यदि H सत्य है, तो P सत्य है)

P (सत्य है)

$\therefore$ H (इसलिए H सत्य है)

फिर— $H \supset P$ (यदि H सत्य है, तो P सत्य है)

$\sim P$ (Not P) (P सत्य नहीं है)

$\therefore$ $\sim H$ (Not H) (इसलिए, H सत्य नहीं है)

यहाँ पर पहले में प्राक्कल्पना की सत्यता सिद्ध होती है तथा दूसरे में असत्यता। एक बात यहाँ यह देखी जा सकती है कि निगमनात्मक अनुमान के नियमों के अनुसार पहले प्रकार का अनुमान अवैध है चूँकि उसमें अनुवर्त्ती को स्वीकार करने का दोष (Fallacy of affirming the consequent) है। दूसरे शब्दों में, इसमें अनुवर्ती की सत्यता के आधार पर पूर्ववर्ती की सत्यता का अनुमान किया गया है, जो तार्किक दृष्टि से अवैध है। पर इस दोष के बावजूद 'P' की सत्यता प्रमाणित होने की एक सम्भावता तो बनती ही है कि 'H' भी सत्य है, चूँकि 'P', 'H' का ही निष्कर्ष है। यहाँ, यह अवश्य है कि 'P' की सत्यता सिद्ध होने से 'H' की निश्चित सत्यता सिद्ध नहीं होती। यही कारण है कि इस विधि से सत्य सिद्ध होने पर भी कोई भी प्राक्कल्पना एक निश्चित रूप से स्थापित सत्य के रूप में कभी स्वीकार नहीं की जाती, वह एक सम्भावित सत्यता वाली प्राक्कल्पना ही बनी रह जाती है। पर दूसरे उदाहरण में हम देख सकते हैं कि प्राक्कल्पना की असत्यता इस विधि के द्वारा निश्चित रूप से सिद्ध हो जाती है। दूसरा अनुमान एक वैध निगमनात्मक अनुमान है जिसमें निष्कर्ष की यानी, '~H' की सत्यता निश्चित रूप से सिद्ध होती है जिसका अर्थ होता है कि 'H' (यानी प्राक्कल्पना) निश्चित रूप से असत्य है। इस प्रकार अप्रत्यक्ष सत्यापन की विधि द्वारा प्राक्कल्पना की सत्यता निश्चित रूप से सिद्ध नहीं होती, पर उसकी असत्यता निश्चित रूप से सिद्ध हो जाती है।

इस प्रकार किसी भी प्राक्कल्पना का निगमनात्मक विकास इस रूप में होता है कि यदि प्राक्कल्पना सत्य है तो उससे अमुक-अमुक निष्कर्ष निकाले जा सकते हैं। ये निष्कर्ष ऐसे होते हैं जिनका सम्बन्ध कुछ निरीक्षण करने योग्य या प्रयोग के योग्य परिणामों से होता है। इसीलिए निष्कर्षों के आधार पर तर्क किया जाता है कि यदि ये सत्य होंगे तो अमुक-अमुक परिणाम सामने आएँगे। यदि वास्तविकता में ये परिणाम निरीक्षण या प्रयोग के बाद सामने आते हैं तब तो प्राक्कल्पना की सत्यता सिद्ध मानी जाती है और यदि नहीं, तो फिर उनकी असत्यता सिद्ध मानी जाती है। वस्तुतः किसी प्राक्कल्पना की सत्यता-असत्यता की जाँच के लिए उससे निगमनात्मक निष्कर्ष निकालना बहुत आवश्यक है। ऐसा करने से, यानी यह देखने से, कि कोई भी प्राक्कल्पना किन निष्कर्षों को आपादित करती है हम यह देख पाते हैं कि प्राक्कल्पना प्रासंगिक है या नहीं तथा इससे समस्या की समुचित व्याख्या हो पाती है या नहीं। इन सारी बातों को समझने के लिए तथा यह समझने के लिए कि किसी भी प्राक्कल्पना के निगमनात्मक विकास की क्रिया सचमुच किस प्रकार चलती है, कुछ उदाहरण लेना आवश्यक है।

मान लिया जाए किसी अस्पताल में एक ही बीमारी के रोगियों के लिए तीन वार्ड हैं – पहली श्रेणी, दूसरी श्रेणी तथा तीसरी श्रेणी के। अब किसी खास समय में देखा यह जाता है कि

पहली श्रेणी के मरीज अपनी मूल बीमारी के अलावा एक अन्य प्रकार की विशिष्ट बीमारी के शिकार हो जाते हैं, जब कि अन्य वार्डों के मरीजों में यह बीमारी नहीं फैलती। अब डाक्टरों के सामने यह समस्या है कि ऐसा क्यों हो रहा है जब कि पहली श्रेणी का वार्ड सापेक्षतः साफ-सुथरा है, उसमें मरीजों की संख्या भी कम है, आदि। व्याख्या के लिए तरह-तरह की प्राक्कल्पनाएँ की जाती है, जिनमें से एक यह है कि एक पुजारी प्रतिदिन एक निश्चित मार्ग से प्रथम श्रेणी वाले वार्ड में आता है और कुछ पूजा कर और घंटी बजाकर चला जाता है। हो सकता है कि नई बीमारी का कारण पुजारी का निश्चित मार्ग से आना, पूजा करना, घटी बज़ाना ही हो। इसकी जाँच के लिए इससे यह निष्कर्ष निकाला जाता है कि यदि पुजारी का मार्ग बदल दिया जाए, तो शायद बीमारी समाप्त हो जाएगी। प्रयोग के तौर पर ऐसा करके देखा जाता है, पर बीमारी में कोई अन्तर नहीं होता। फिर निष्कर्ष निकाला जाता है कि यदि उसका पूजा करना, घंटी बजाना आदि बंद कर दिया जाए, तो शायद बीमारी में अन्तर आए। पर ऐसा करने पर भी कोई अन्तर नहीं आता। फिर यह निकाला जाता है कि यदि पुजारी का आना किसी भी रूप में बीमारी का कारण है, तो उसका आना ही बन्द कर दिया जाए, तब बीमारी समाप्त हो जाएगी। ऐसा करके भी देखा जाता है, पर बीमारी फिर भी बरकरार रहती है। अतः पुजारी का वार्ड में आना किसी भी प्रकार बीमारी का कारण सिद्ध नहीं होता। इसलिए इस प्राक्कल्पना को अस्वीकार कर दिया जाता है कि प्रथम श्रेणी वार्ड में पुजारी का नित्य आना किसी भी रूप में नई बीमारी के लिए उत्तरदायी है।

फिर एक दूसरी प्राक्कल्पना की जाती है, जो प्रत्यक्षतः उपर्युक्त प्राक्कल्पना की अपेक्षा अधिक वैज्ञानिक लगती है। प्राक्कल्पना यह की जाती है कि हो सकता है कि जो डाक्टर या उनके सहयोगी प्रथम श्रेणी के मरीजों के इलाज के सिलसिले में उनके सम्पर्क में आते हैं वे अपने हाथों या औजारों की उपयुक्त रसायनों द्वारा सफाई का उचित ध्यान नहीं रखते और इसलिए इन चीजों के माध्यम से वार्ड में किसी संक्रामक प्रदूषण या कीटाणु का प्रवेश हो जाता है जिसके चलते बीमारी फैलती है। इससे यह स्पष्ट निष्कर्ष निकलता है कि यदि प्रथम श्रेणी वार्ड में इलाज के लिए जाने वाले सभी डाक्टरों आदि को यह निर्देश कड़ाई से दे दिया जाय कि वे अपने हाथों तथा औजारों को एक विशिष्ट रसायन से धोने के बाद ही वार्ड में प्रवेश करें और रोगियो के सम्पर्क में आयें, तो शायद नई बीमारी धीरे-धीरे समाप्त हो जाएगी। ऐसा करके देखा जाता है और पाया जाता है कि तात्कालिक प्रभाव से वार्ड में नये रोग के रोगियों की संख्या घटने लगती है और धीरे-धीरे बीमारी समाप्त हो जाती है। इससे प्राक्कल्पना सत्य सिद्ध होती है और उसे बीमारी के कारण के रूप में स्वीकार कर लिया जाता है।

हम एक अन्य अधिक वैज्ञानिक उदाहरण लें और उसके माध्यम से देखें कि किस प्रकार प्राक्कल्पना का निगमनात्मक विकास कर हम उसकी प्रासंगिकता को अच्छी तरह समझते हैं तथा उसका सत्यापन करने में समर्थ हो पाते हैं। प्रसिद्ध वैज्ञानिक गैलेलियों के समक्ष एक समस्या थी कि एक पानी खींचने वाला पम्प किसी कुआँ से पिस्टन (piston) द्वारा जो पानी ऊपर की ओर खींचता है वह क्यों कुएँ की सतह से लगभग 34 फीट के ऊपर नहीं जा पाता। गैलेलियों इस समस्या का कोई सन्तोषजनक उत्तर नहीं दे सके, पर उनके एक शिष्य टौरीसेली (Torriceli) ने इस सम्बन्ध में यह प्राक्कल्पना की कि चूँकि पृथ्वी वायुमंडल से घिरी हुई है, इसलिए इसका वजन कुएँ की सतह पर नीचे दबाव डालता है जिसके चलते पिस्टन के

द्वारा पाइप में पानी ऊपर चढ़ता है और यह पानी 34 फीट के ऊपर इसलिए नहीं चढ़ पाता चूँकि हवा का वजन जितना दबाव कुएँ के सतह पर डालता है उससे पानी इतना ही ऊपर चढ़ पाता है। इस प्राक्कल्पना की प्रत्यक्ष जाँच तो सम्भव नहीं प्रतीत होता था, इसलिए टौरीसेली ने इससे यह निष्कर्ष निकाला कि जब हवा के दबाव का असर जल के ऊपर चढ़ने पर पड़ सकता है, तो फिर यही दबाव किसी नली के पारा पर भी पड़ेगा और यदि पारा को ऊपर की ओर खींचा जाय तो वह पारा भी ऊपर चढ़ेगा और उसके ऊपर चढ़ने की सीमा पारा के आनुपातिक भार या वजन के हिसाब से होगा। पारा का आनुपातिक भार जल की तुलना में 14 गुणा अधिक है, इसलिए पारा $\frac{34}{14}$ यानी $2\frac{1}{2}$ फीट के करीब ऊपर चढ़ेगा। टौरीसेली ने इस निष्कर्ष की जाँच एक साधारण पारा से भरा बैरोमीटर के द्वारा किया और पाया कि उनका अंदाज सही निकला। इससे उनकी प्राक्कल्पना सत्य सिद्ध हुई।

फिर इस प्राक्कल्पना से पैस्कल (Pascal) ने एक और निष्कर्ष निकाला और वह यह कि यदि पारा या जल के एक निश्चित ऊँचाई तक ऊपर चढ़ने में हवा के दबाव का हाथ है, तब तो चूँकि ऊँचाई पर हवा का दबाव कम हो जाता है, इसलिए हम जैसे-जैसे ऊँचाई पर जाएँगे बैरोमीटर का पारा नीचे गिरता जाएगा। जाँच करने पर सचमुच ऐसा ही पाया गया, और इससे उपर्युक्त प्राक्कल्पना के सत्य होने की सम्भावना और बढ़ गई।

इस प्रकार हम देख सकते हैं कि वैज्ञानिक खोजों में कैसे किसी समस्या के समाधान के लिए पहले प्राक्कल्पना का निर्माण किया जाता है और फिर उसे निगमनात्मक निष्कर्ष निकालकर उन निष्कर्षों के सत्यापन के माध्यम से प्राक्कल्पना को सत्य या असत्य सिद्ध किया जाता है।

(5) प्राक्कल्पना की और अधिक संपुष्टि के लिए कुछ अन्य शर्तें *(Some other conditions for better confirmation of a Hypothesis)*

हमने प्राक्कल्पनाओं के सत्यापन की विधि देखी है और पाया है कि इसमें निगमनात्मक अनुमान का बहुत महत्त्वपूर्ण स्थान है। इससे इस आस्था को ठेस पहुँचती है कि प्राक्कल्पनाओं के सत्यापन की विधि विशुद्धरूप से आगमनात्मक होती है। पर इसका यह मतलब भी नहीं है कि प्राक्कल्पनाओं के सत्यापन में आगमन का कोई स्थान ही नहीं है। पारम्परिक रूप से सत्यापन की विधि को सिर्फ आगमनात्मक इसलिए समझा जाता था चूँकि ऐसा माना जाता था कि प्राक्कल्पना गें जिस बात को तब तक के लिए हम माने हुए हैं उसकी यदि अनेकों वास्तविक उदाहरणों के माध्यम से पुष्टि हो जाती है तो हम प्राक्कल्पना को सत्य मानते हैं, अन्यथा असत्य। पर वैज्ञानिक खोजों के विकास के क्रम में यह उत्तरोत्तर महसूस किया गया कि प्राक्कल्पना की सत्यता-असत्यता को प्रत्यक्ष रूप से अनेकों उदाहरणों के माध्यम से देखना शायद ही सम्भव हो पाता है, इसलिए एक आगमनात्मक विधि से सीधे उसकी जाँच के बजाय यह कहना अधिक उचित है कि हम पहले प्राक्कल्पना से कुछ वैसे निष्कर्ष निकालें जो उससे वैध रूप में निगमित किए जा सकें और तब फिर निरीक्षण के अनेकों उदाहरणों अथवा कई प्रयोगों के द्वारा यह निर्धारित करें कि निगमित निष्कर्ष वास्तविकता के सन्दर्भ में सत्य सिद्ध होते हैं या असत्य। पर हम देख सकते हैं कि निगमित निष्कर्षों की सत्यता-असत्यता की जाँच के क्रम में तो हमें आगमन का ही सहारा लेना पड़ता है – निरीक्षण अथवा प्रयोग के कई उदाहरणों में यह देखकर कि निगमित निष्कर्ष सत्य सिद्ध होता है, हम यह तय करते हैं कि प्राक्कल्पना सत्य है।

परन्तु हम यह देख सकते हैं कि इस विधि द्वारा सत्यापन (verification) के बावजूद किसी प्राक्कल्पना की सत्यता-असत्यता प्रमाणित (proved) नहीं होती, उसकी सत्यता-असत्यता एक सम्भावित स्तर पर ही रह जाती है। हमने पहले एक स्तर में यह बतलाने की चेष्टा की थी कि प्राक्कल्पना की सत्यता भले ही निर्णायक रूप से प्रमाणित नहीं हो सकती, पर उसकी असत्यता निर्णायक रूप से प्रमाणित हो जाती है। पर और आगे चलकर जब हमने प्रत्येक प्राक्कल्पना के साथ लगे कुछ स्वतंत्र सहायक मान्यताओं (independent auxiliary assumptions) के सम्बद्ध होने की बात कही तो वहाँ स्पष्ट हुआ कि प्राक्कल्पनाओं की निश्चित या निर्णायक असत्यता की भी बात करना गलत है। यह बात और भी स्पष्ट रूप में हम आगे निर्णायक प्रयोग की चर्चा में देखेंगे। इन सारी बातों का निचोड़ यही है कि हम प्राक्कल्पनाओं की सिर्फ सम्भावित सत्यता-असत्यता ही सिद्ध कर सकते हैं, उनकी निश्चित सत्यता-असत्यता नहीं। अधिक तार्किक शब्दावली में हम कह सकते हैं कि हम प्राक्कल्पनाओं को सिर्फ सत्यापित (verified) कर सकते हैं, प्रमाणित (proved) नहीं।

परन्तु किसी प्राक्कल्पना के सत्यापन के निष्कर्ष को और अधिक सम्पुष्ट करने के लिए हम कुछ अन्य तरीकों का सहारा ले सकते हैं जो निम्नलिखित हैं :—

(1) सत्यापन करनेवाले उदाहरणों की संख्या अधिक-से-अधिक बढ़ाकर तथा भिन्न-भिन्न परिस्थितियों में सत्यापन का कार्य सम्पन्न कर— जिन उदाहरणों के माध्यम से–चाहे वे उदाहरण निरीक्षण के हों या प्रयोग के–हम किसी प्राक्कल्पना से निकले निष्कर्ष का सत्यापन करते हैं, उनकी संख्या यदि सिर्फ एक-दो नहीं होकर काफी हो और हर बार एक ही परिणाम आता हो तो सत्यापन के परिणाम की भरपूर संपुष्टि हो जाती है और प्राक्कल्पना की सत्यता की सम्भावना बहुत अधिक बढ़ जाती है। फिर यदि सत्यापन की क्रिया एक निश्चित परिस्थिति में ही सम्पन्न न कर अलग-अलग परिस्थितियों में की जाती हो और फिर भी परिणाम वही आता हो, तो सत्यापन का निष्कर्ष संपुष्ट हो जाता है और प्राक्कल्पना की सत्यता की सम्भावना बहुत अधिक बढ़ जाती है। उदाहरण के लिए – जब पैस्केल के बैरोमीटर के पारा की ऊँचाई से सम्बन्धित इस निष्कर्ष की जाँच के लिए कि चूँकि ऊँचाई पर हवा का दबाव कम रहता है, इसलिए पारा गिरेगा, प्रयोग किया गया तो उसमें हर बार बदली परिस्थिति में ऐसा किया गया – जैसे, पर्वत की उसी ऊँचाई की कभी एक जगह कभी दूरी जगह पर, कभी छाया में कभी धूप में, कभी वर्षा मे कभी साफ मौसम में, कभी तेज हवा में, कभी शांत मौसम में आदि – और हर स्थिति में पाया गया कि एक ही परिणाम मिलता है। इससे प्राप्त परिणाम की संपुष्टि हो गई और प्राक्कल्पना की सत्यता की सम्भावना बढ़ती गई।

(2) अप्रत्याशित अथवा नवीन निष्कर्षों के माध्यम से प्राक्कल्पना का सत्यापन— वर्तमान अध्याय के खंड 2 में वैज्ञानिक प्राक्कल्पना की कुछ शर्तों की चर्चा करते हुए हमने कहा है कि एक अच्छी प्राक्कल्पना में यह गुण होता है कि जिस घटना की व्याख्या के लिए उसका निर्माण हुआ हो, उसकी व्याख्या तो वह करे ही, साथ ही साथ उससे कुछ अन्य स्थितियों या घटनाओं की भी व्याख्या हो जाए, जिनके विषय में प्राक्कल्पना का निर्माण करते वक्त सोचा भी नहीं गया था। यही तथ्य किसी प्राक्कल्पना के सत्यापन की और अधिक संपुष्टि की एक शर्त के रूप में भी देखा जा सकता है। अर्थात् यदि कोई प्राक्कल्पना ऐसी हो कि उससे प्रत्याशित निष्कर्ष निकालकर हम उसका सत्यापन कर लें और वह सत्य सिद्ध हो जाए, तो हम उसे एक मान्य प्राक्कल्पना के रूप में स्वीकार कर लें। पर यदि ऐसा करते हुए हम

प्राक्कल्पना से कुछ ऐसे निष्कर्ष भी निकालने में सक्षम हो जाते हैं जिनकी हमें प्रत्याशा नहीं थी और जाँच करने पर ये निष्कर्ष भी सत्य सिद्ध होते हैं तो फिर इन अप्रत्याशित अथवा नवीन निष्कर्षों के सत्यापन से प्राक्कल्पना की सत्यता के आसार और बढ़ जाते हैं, उसकी और अधिक संपुष्टि हो जाती है।

(3) किसी मान्य सिद्धान्त (*Theory*) के निष्कर्ष के रूप में निगमित होकर— यदि कोई प्राक्कल्पना ऐसी हो कि सामान्य पद्धति के द्वारा सत्यापित होकर वह सत्य सिद्ध हो और साथ-ही-साथ किसी मान्य वैज्ञानिक सिद्धान्त के एक निष्कर्ष के रूप में भी वह निगमित की जा सकती हो, तो उसके सत्य होने की सम्भावना और अधिक हो जाती है। हम जानते हैं कि प्राक्कल्पनाएँ ही सत्यापित होकर वैज्ञानिक नियमों (laws) का रूप लेती हैं, पर वैज्ञानिक सिद्धान्त (theories) इन नियमों से कहीं अधिक व्यापक होते हैं, चूँकि उनके अन्दर बहुत सारे नियमों का समावेश रहता है, अथवा यों कहे, कि बहुत सारे नियम उनमें आपादित रहते हैं। अब यदि हमारी कोई नवीन प्राक्कल्पना किसी स्थापित सिद्धान्त के अन्दर तार्किक रूप से आपादित सिद्ध होती है, तो उसकी विश्वसनीयता बहुत अधिक बढ़ जाती है, यानी उसकी सत्यता की और अधिक संपुष्टि हो जाती है।

(6) निर्णायक प्रयोग तथा प्राक्कल्पना (*Crucial experiments and Hypotheses*)

वैज्ञानिकों द्वारा सम्पन्न किसी-किसी प्रयोग के सम्बन्ध में ऐसा लगता है कि उसने दो समान रूप से उपयोगी तथा विश्वसनीय प्राक्कल्पनाओं में से एक को निर्णायक रूप से सत्य तथा दूसरे को असत्य सिद्ध कर दिया है। ऐसे ही प्रयोग को निर्णायक प्रयोग की संज्ञा दी जाती है। मान लिया जाए एक ही विषय से सम्बन्धित H_1 तथा H_2 दो ऐसी वैकल्पिक प्राक्कल्पनाएँ हैं जो उस विषय से सम्बन्धित अनेकों तथ्यों की व्याख्या समान क्षमता एवं विश्वसनीयता के साथ कर देती है और ऐसा कोई भी निश्चित प्रायोगिक प्रमाण नहीं मिलता जिसके आधार पर किसी एक को सत्य तथा दूसरे को असत्य घोषित किया जा सके। ऐसे में एक ऐसी स्थिति आती है जब H_1 से कोई निष्कर्ष C_1 निकलता है तथा H_1 से C_2 और C_1 तथा C_2 एक-दूसरे के ठीक विरोधी सिद्ध होते हैं। अब हमारे सामने यह तय करने की समस्या आती है कि C_1 तथा C_2 में से आखिर कौन-सा निष्कर्ष वास्तविकता के सन्दर्भ में सत्य है। चूँकि दोनों तो एक साथ सत्य हो नहीं सकते। ऐसे में यदि कोई प्रयोग हमें यह तय करने में निश्चित या निर्णायक रूप से सक्षम बनाता है कि C_1 तथा C_2 में से कौन सत्य है तो ऐसे ही प्रयोग को निर्णायक प्रयोग कहते हैं। ऐसा इसलिए कि इस प्रयोग ने C_1 तथा C_2 में से एक की सत्यता सिद्ध कर H_1 तथा H_2 में से एक की सत्यता निर्णायक रूप में सिद्ध कर दी है।

एक वास्तविक उदाहरण लिया जाए। प्रकाश के सम्बन्ध में दो सिद्धान्त हैं – एक यह कि प्रकाश भीषण गति से गतिशील बहुत ही सूक्ष्म कणों का पुंज है और दूसरा यह कि प्रकाश गतिशील तिरछी लहरों (transverse waves) का पुंज है। दोनों ही सिद्धान्त पूर्ण सक्षमता के साथ प्रकाश के सीधी रेखा में गमन, प्रतिबिम्बन (reflection) परावर्तन (refraction) आदि की व्याख्या कर डालते हैं, पर पहले से एक निष्कर्ष यह निकलता है कि हवा की तुलना में जल में प्रकाश की गति अधिक तेज होती है, जबकि दूसरे से इसके ठीक विपरीत यह निष्कर्ष निकलता है कि हवा की तुलना में जल में प्रकाश की गति धीमी होती है। अब चूँकि दोनों निष्कर्ष एक साथ तो सत्य हो नहीं सकते, इसलिए किसी ऐसे प्रयोग की आवश्यकता है जिसके

द्वारा दोनों में से एक सत्य तथा दूसरा असत्य सिद्ध हो जाए। यदि ऐसा कोई प्रयोग सम्भव हो पाता है तो उसे ही निर्णायक प्रयोग कहेंगे। वैज्ञानिक फौकोल्ट (Foucault) ने ऐसा एक प्रयोग सफलता से किया जिससे यह सिद्ध हो गया कि जल की तुलना में वायु में प्रकाश अधिक तेजी से चलता है। इस प्रकार निर्णायक रूप में यह सिद्ध हो गया कि प्रकाश के सम्बन्ध में दूसरी ही प्राक्कल्पना सत्य है।

पर प्रश्न है, क्या सचमुच ऐसा हुआ? दूसरे शब्दों में, क्या सचमुच विज्ञान में निर्णायक प्रयोग होते हैं ? और इसका प्रायः सर्वमान्य उत्तर है – 'नहीं'। जैसा प्रसिद्ध विज्ञान-दार्शनिक हेम्पेल *(Hempel)* बड़े ही स्पष्ट शब्दों में कहते हैं – *"In sum, even the most careful and extensive test can neither disprove one of two hypotheses nor prove the other. Thus, strictly construed, a crucial experiment is impossible in science."* [1] उनके अनुसार फ्रांसीसी भौतिकशास्त्री तथा विज्ञान के इतिहासकार *पियरे डुहेम (Pierrer Duhem)* का यह मशहूर मत है कि विज्ञान में निर्णायक प्रयोग नहीं हो सकता। पर प्रश्न उठता है, ऐसा क्यों? हमें तो ऊपर के उदाहरण में बिलकुल साफ लगता है कि फौकोल्ट द्वारा किया गया प्रयोग निर्णायक प्रयोग है, चूँकि उसने दो में से एक प्राक्कल्पना को निर्णायक रूप में सत्य सिद्ध कर दिया। पर हमें देखना होगा कि वास्तव में ऐसा है नहीं, और जो बात इस तथाकथित निणायक प्रयोग के सम्बन्ध में सत्य है वही सभी निर्णायक प्रयोगों के सम्बन्ध में सत्य है। इसके लिए हमें वैज्ञानिक खोज की प्रक्रिया को कुछ गहराई में जाकर समझना होगा।

हमने पहले भी कहा है और एक बार फिर इस बात पर गौर करने की आवश्यकता है कि यद्यपि देखने में लगता है कि हम किसी प्राक्कल्पना से सीधे किसी निष्कर्ष को निकालते हैं और उसकी जाँच करते हैं, पर वास्तविकता यह है कि प्रत्येक प्राक्कल्पना के साथ कुछ सहायक मान्यताएँ (auxiliary assumptions), जिन्हें हम सहायक प्राक्कल्पनाओं की भी संज्ञा दे सकते हैं, सम्बद्ध होती है और निष्कर्ष निकालने में उनका भी सहयोग होता है। इसलिए यदि प्राक्कल्पना को 'H' तथा मान्यताओं को 'A' के द्वारा बोधित किया जाए तो जब कभी भी हम कोई निष्कर्ष 'H' से निकालते हुए प्रतीत होते हैं, तो वास्तव में हम वह निष्कर्ष 'H+A' से निकालते हैं और इसलिए जब निष्कर्ष सत्य या असत्य सिद्ध होता है तो उसके आधार पर निश्चित रूप से 'H' सत्य या असत्य सिद्ध नहीं होता, बल्कि H + A सत्य या असत्य सिद्ध होताँ है, जिसका तात्पर्य यह है कि हो सकता है कि A में से कोई एक (या अधिक) मान्यता सत्य (या असत्य) सिद्ध हुई हो। इसलिए किसी भी प्रयोग से H निर्णायक रूप में सत्य या असत्य सिद्ध नहीं होता। अतः किसी प्रयोग के भी इस अर्थ में निर्णायक होने का कोई सवाल नहीं है कि उसने किसी प्राक्कल्पना को निर्णायक रूप से सत्य या असत्य सिद्ध कर दिया। किसी भी प्राक्कल्पना को निर्णायक रूप में किसी प्रयोग के द्वारा सत्य (या असत्य) सिद्ध हुआ तभी माना जा सकता है जब सहायक मान्यताओं की सत्यता के सम्बन्ध में हम बिलकुल आश्वस्त हों, पर ऐसा भी शायद ही सम्भव हो पाता है। जैसा कि *कोहेन* तथा *नागेल* इस सम्बन्ध में कहते हैं— *"Every experiment, therefore, tests not an isolated hypothesis, but the whole body of relevant knowledge logically involved. If*

---

1. *कार्ल जी० हेम्पेल (Carl G. Hempel), Philosophy of Natural Science (Prentice Hall, N. J., 1966), पृ० सं० 28*

the experiment is claimed to refute an isolated hypothesis, this is because the rest of the assumptions we have made are believed to be well founded. But this belief may be mistaken." [1] और ऊपर दिए गए प्रकाश सम्बन्धी उदाहरण में सचमुच ऐसा ही हुआ भी। उपर्युक्त तथाकथित निर्णायक प्रयोग के बावजूद समसामयिक भौतिकी में कुछ तथ्यों की व्याख्या के लिए आइंस्टाइन जैसे वैज्ञानिकों ने एक बार फिर से पहली प्राक्कल्पना (जिसके अनुसार प्रकाश सूक्ष्म कणों का पुंज है) को स्थान दिया है। पर साथ-ही-साथ उन्होंने प्रकाश सम्बन्धी लहर-सिद्धान्त(wave theory) को भी बिलकुल निराधार सिद्ध नहीं किया है, बल्कि उसमें सिर्फ थोड़ा-बहुत संशोधन लाकर छोड़ दिया है।

इन सारी बातों से यही सिद्ध होता है कि कोई भी प्राक्कल्पना कभी भी बिलकुल निर्णायक रूप में सत्य या असत्य सिद्ध नहीं होती। अतः विज्ञानों में निर्णायक प्रयोग की अवधारणा वास्तविक तथ्यों के अनुरूप नहीं है।

□

1. कोहेन तथा नागेल (*Cohen and Nagel*), *An Introduction to Logic and Scientific Method* (*Allied Publishers, 1972*), पृ० सं० 220

अध्याय – 10

मिल की प्रायोगिक विधियाँ
(MILL'S EXPERIMENTAL METHODS)

हमने देखा कि आगमन सामान्य एवं वास्तविक वाक्यों कि स्थापना करता है और ऐसा करने के लिए वह प्रकृति की घटनाओं के बीच नियमित तथा निश्चित कारण-कार्य सम्बन्ध की खोज करता है। अब यहाँ प्रश्न यह उठता है कि किन विधियों को अपनाकर प्रकृति की घटनाओं में कारण-कार्य सम्बन्ध की खोज की जाती है तथा उसे निश्चित रूप से स्थापित की जाती है। तर्कशास्त्रियों ने वास्तव में कुछ ऐसी विधियाँ निश्चित की है जिनके सहारे ऐसे कारण-कार्य नियमों की खोज ओर स्थापना की जाती है। कारण-कार्य सम्बन्ध स्थापित करने की इन विधियों को ही प्रायोगिक विधियों (The experimental methods) के नाम से पुकारा जाता है। इन प्रायोगिक विधियों के और भी कई नाम दिए गए हैं; जैसे – आगमनात्मक विधियाँ (Inductive methods), प्रायोगिक अनुसंधान की विधियाँ (Methods of experimental inquiry), कारण-कार्य सम्बन्ध के निश्चय करने की पद्धति (Canons of direct induction) इत्यादि। *मिल* ने ऐसी पाँच प्रायोगिक विधियाँ बतलायी हैं :—

(1) अन्वय-विधि (The Method of Agreement),
(2) व्यतिरेक विधि (The Method of Difference),
(3) अन्वय-व्यतिरेक-विधि (The Joint Method of Agreement and Difference),
(4) सहचारी परिवर्तन-विधि (The Method of Concomitant variations),
(5) अवशिष्ट-विधि (The Method of Residues)।

इन विधियों द्वारा कारण-कार्य सम्बन्ध की स्थापना में होता यह है कि घटना से सम्बन्धित जितनी भी बातें रहती हैं, उनमें से इन विधियों की सहायता से अनावश्यक या आकस्मिक बातों को छाँट दिया जाता है, बहिष्कृत कर दिया जाता है तथा आवश्यक बातों को घटना से सम्बन्ध कर उनमें से उस घटना के कारण या कार्य का अनुसंधान तथा उसकी स्थापना होती है। चूँकि इन विधियों के द्वारा अनावश्यक बातों का बहिष्करण होता है, इसलिए मिल ने इस विधियों को बहिष्करण की विधि (Method of Elimination) कहा है। परन्तु वास्तव में इन विधियों को ऐसी संज्ञा देना भ्रममूलक है। इन विधियों का सिर्फ अभावात्मक कार्य ही नहीं है कि ये सिर्फ अनावश्यक बातों का बहिष्करण करती हैं बल्कि इनका एक भावात्मक कार्य भी है और वह यह है कि इनके द्वारा आवश्यक बातों में से कारण-कार्य सम्बन्ध की स्थापना भी होती है। बहिष्करण (Elimination) इन विधियों का लक्ष्य नहीं है, यह तो एक साधनमात्र है, जिसके द्वारा कारण-कार्य सम्बन्ध का अनुसन्धान (discovery) तथा उसकी स्थापना (proof) होती है *("Induction seeks not the mere elimination of a non-cause, but the establishment of a cause.")*।

यहाँ पर एक बात ध्यान देने योग्य है। इन विधियों के नामकरण से एक भ्रम पैदा हो सकता है चूँकि इन विधियों को 'प्रायोगिक'(experimental) कहा गया है, इसलिए उनके सम्बन्ध में ऐसा सोचा जा सकता है कि कारण-कार्य सम्बन्ध के अनुसन्धान में ये विधियाँ सिर्फ प्रयोग (experiment) से ही काम लेती हैं, निरीक्षण (observation) से नहीं। परन्तु

बात ऐसी नहीं है। ये विधियाँ निरीक्षण तथा प्रयोग दोनों का उपायोग करती हैं तथा उनके सहारे अनावश्यक बातों को छाँटकर किसी घटना का निश्चित कारण या कार्य ढूँढ़ निकालती हैं। इन विधियों को प्रायोगिक कहने का तात्पर्य सिर्फ इतना ही है कि ये विधियाँ व्यावहारिक अनुभव (practical experience) पर आधारित होती हैं। इन्हें प्रायोगिक (experimental) कहने का अर्थ है आनुभविक (experimental)। हम वस्तुतः देखेंगे कि पाँच प्रकार की प्रायोगिक विधियो में से कोई निरीक्षण से काम लेती है तो कोई प्रयोग से तथा कोई निरीक्षण और प्रयोग दोनों से।

हमने ऊपर देखा है कि इन विधियों के प्रयोग में मुख्यतः बहिष्करण की क्रिया शामिल है जिसके द्वारा अप्रासंगिक एवं अनावश्यक बातो का बहिष्कार कर हम कारण-कार्य सम्बन्ध की स्थापना करते हैं। अब यह बहिष्करण की क्रिया कुछ नियमों (principles) द्वारा अनुशासित होती है, जो निम्नलिखित हैं :—

(1) जिस पूर्ववर्ती के अभाव में भी कोई घटना घटे, वह उस घटना का किसी भी प्रकार न तो कारण और न कारण का कोई अंग हो सकती है *("What ever antecedent can be left out without prejudice to the effect, can be no part of the cause")*। यह नियम अन्वय-विधि (The method of agreement) का आधार है।

(2) जब किसी पूर्ववर्ती के अभाव में घटना का भी अभाव हो जाता है तो वैसी पूर्ववर्ती अवश्य घटना का या तो कारण या कारणांश होगी *("When an antecedent cannot be left out, without the consequent disappearing, such antecedent must be the cause or a part of the cause.")*। यह नियम व्यतिरेक-विधि (The method of difference) का आधार है।

(3) यदि कोई पूर्ववर्ती और कोई अनुवर्त्ती साथ-साथ किसी खास अनुपात में बढ़े या घटे, तो उनमें कारण कार्य का सम्बन्ध हो सकता है *("An antecedent and a consequent rising and falling together in numerical concommitance are to be held as cause and effect.")* यह नियम सहचारी परिवर्तन-विधि (the method of concommitent variation) का आधार है।

(4) *Joseph* के अनुसार यदि कोई घटना किसी खास घटना के कारण के रूप में ज्ञात है तो वह किसी अन्य घटना का कारण नहीं हो सकती *("Nothing is the cause of a phenomenon which is known to be the cause of a different phenomenon.")*। यह नियम अवशिष्ट-विधि (The method of residuoes) का आधार है।

अब नीचे इन नियमों पर आधारित एक-एक प्रायोगिक विधि की चर्चा हम करेंगे :—

(1) अन्वय विधि *(The Method of Agreement)*

हमने ऊपर कहा है कि प्रायोगिक विधियाँ घटनाओं के बीच कारण-कार्य सम्बन्ध (causal relation) स्थापित और सिद्ध करने की विधियाँ हैं। अन्वय-विधि के द्वारा घटनाओं के बीच ऐसे कारण-कार्य सम्बन्ध को ढूँढ़ने के लिए किया यह जाता है कि जिस घटना के विषय में खोज करनी होती है, यानि जिसका कारण या कार्य ढूँढ़ना रहता है, उस घटना से सम्बन्धित अनेक ऐसे उदाहरण निरीक्षण के द्वारा जमा किए जाते हैं जिनमें से सभी में वह खोज की जानेवाली घटना वर्तमान हो, परन्तु अन्य बातों में वे उदाहरण एक-दूसरे से भिन्न हों। फिर, यदि वह खोज की जानेवाली घटना कार्य (effect) हो और उसका कारण (cause) पता

लगाना हो तो उस घटना के उपस्थित होने के ठीक पहले आनेवाली (antecedent) घटनाओं का निरीक्षण कर उनके भी अनेक उदाहरण जमा किए जाते हैं। इन उदाहरणों में पाया यह जाता है कि सिर्फ एक बात उन सबों में सामान्य रूप से मौजूद रहती है तथा अन्य बातों में उनमें भिन्नता रहती है। इस तरह हम इस निष्कर्ष पर आते हैं कि यही 'नियत और सामान्य' रूप में हर उदाहरण में आनेवाला पूर्ववर्त्ती खोज की जानेवाली घटना का कारण है क्योंकि खोज की जानेवाली घटना के भी जो अनेक उदाहरण लिए गए हैं, उनमें से हर उदाहरण में नियत और सामान्य रूप में सिर्फ वह घटना ही वर्तमान है, शेष सभी बातों में वे उदाहरण भिन्न हैं। इसी प्रकार खोज की जानेवाली घटना यदि कारण हो और उसका कार्य पता लगाना हो तो निरीक्षण के द्वारा उस घटना के उपस्थित होने के ठीक बाद में आनेवाली घटनाओं (consequents) के अनेक उदाहरण जमा किए जाते हैं और उनमें भी पाया यह जाता है कि 'सिर्फ एक बात' नियत और सामान्य रूप से उन सभी उदाहरणों में मौजूद है, शेष सभी बातों में वे भिन्न हैं। इससे यह निष्कर्ष निकलता है कि यही नियत और सामान्य (consequent) खोज की जानेवाली घटना का कार्य है। इस तरह अन्वय-विधि के द्वारा कारण या कार्य ढूँढ़ने में मूल बात यही है कि चूँकि खोज की जानेवाली घटना के लिए गये अनेक उदाहरण सिर्फ एक ही बात में मिलते हैं कि उन सबों में खोज की जानेवाली घटना मौजूद हैं, अन्य सभी बातों में उनमें भिन्नता रहती है, फिर पूर्ववर्त्ती या अनुवर्त्ती के भी लिए गए अनेक उदाहरण सिर्फ एक खास बात' में ही आपस में मिलते हैं, अन्य सभी बातों में उनमें भिन्नता है इसलिए यह निष्कर्ष निकाला जाता है कि 'वह खास बात ही' जो नियत और सामान्य रूप में सभी पूर्ववर्त्ती उदाहरण में पायी जाती है, खोज की जानेवाली घटना का कारण या कार्य होगी। अतः विभिन्न उदाहरण का आपस में 'सिर्फ एक बात में मिलना' (agreement in one single point of singleness of agreement) ही इस विधि का मूलाधार है। इसलिए इस विधि को 'agreement' की विधि या *मेलौन (Mellone), काफे (Coffey)* आदि तर्कशास्त्रियों के शब्दों में 'single agreement' की विधि कहते हैं।

एक-दो उदाहरण के द्वारा यह विधि और स्पष्ट होगी :—

मान लिया जाए कि 'A' कोई घटना है जिसका कारण या कार्य पता लगाना है। तो, 'A' के अलग-अलग उदाहरण तथा उससे पूर्ववर्ती और अनुवर्ती के अलग-अलग उदाहरण नीचे लिखे रूप में मिलते हैं :—

पूर्ववर्ती	**खोज की जानेवाली घटना/जिन उदाहरणों में खुद मौजूद है**	**अनुवर्त्ती**
x b c	A B C	a b c
x d e	A D E	a d e
x f g	A F G	a f g
x h i	A H I	a h i

ऊपर का उदाहरण यह स्पष्टत करता है कि 'A' यदि कारण है और उसका कार्य पता लगाना है तो पहले ABC, ADE, AFG, AHI कुछ ऐसे उदाहरण लिए गए जिनमें से सबों में 'A' घटना वर्तमान हैं तथा अन्य बातों में वे भिन्न हैं। फिर, निरीक्षण के द्वारा abc, ade, afg, ahi इत्यादि अनुवर्त्ती जमा किए गए और (चूँकि कार्य अनुवर्त्ती में ही मिलेगा) देखा गया कि उनमें सिर्फ एक चीज 'a' ही नियत और सामान्य रूप से मिलता है, और बातों में

वे भिन्न हैं। इसलिए 'A' का कार्य (effect) हुआ 'a'। उसी तरह यदि 'A' कार्य हो और उसका कारण पता लगाना हो तो वह उसके पूर्ववर्त्ती में मिलेगा उसके पूर्ववर्त्ती के उदाहरण xbd, xde, xfg, xhi जमा किए गए हैं जिनमें सिर्फ एक ही बात 'x' में मिलान (agreement) है, और सभी बातों में वे भिन्न है। इसलिए 'A' का कारण है 'x'। b या c, d या e इत्यादि कारण नहीं हो सकते क्योंकि उनके अभाव में भी 'A' मौजूद रहता है। जो किसी घटना का वास्तविक कारण होगा उसके अभाव में भी घटना कभी नहीं घट सकती। बहिष्करण का पहला नियम (The first principle of elimination) जिस पर यह अन्वय विधि (the method of agreement) आधारित है, कहता है, कि 'किसी पूर्ववर्ती के अभाव में यदि कोई घटना घटे तो वह पूर्ववर्त्ती कभी भी उस घटना का कारण नहीं हो सकती।[1]

एक वास्तविक उदाहरण के रूप में मान लिया जाए, बरसात मे बहुत लोगों को बुखार आता है, उसका कारण पता लगाना है। तो बरसात के बुखार के अनेक उदाहरण जमा किए गए – अलग-अलग परिस्थितियों में उनके पूर्ववर्त्तियों को जमा किया गया। और पूर्ववर्त्तियों के इन अनेक उदाहरणों में पाया गया कि सिर्फ सर्दी लगना, नियत और सामान्य रूप से सभी उदाहरणों में वर्तमान है, यानी यह पाया गया कि बुखार लगने के पहले सभी लोगों को सर्दी अवश्य लगी थी, यद्यपि अन्य बातों में उनमें भिन्नता थी – वे अलग-अलग जगह के थे, अलग-अलग कपड़े पहन रखे थे, अलग-अलग खाना खाया था, अलग-अलग सोये थे, इत्यादि। इस तरह यह निष्कर्ष निकला कि 'सर्दी लगना, ही बरसात में बुखार, का कारण है'।

ऊपर हमने देखा कि अन्वय-विधि में खोज की जानेवाली घटना के अनेक उदाहरण लिए जाते हैं और ये उदाहरण किसी विशेष प्रकार के उदाहरण नहीं होते जिनको जमा करने के लिए किसी विशेष विधि की आवश्यकता हो। साधारण निरीक्षण के द्वारा खोज की जानेवाली घटना तथा उसके साथ आनेवाली घटनाओं के कुछ उदाहरण जमा कर लिए जाते हैं। फिर, वैसे ही उसके पूर्ववर्त्तियों या अनुवर्त्तियों के भी उदाहरण निरीक्षण के द्वारा ही जमा कर लिए जाते हैं। इस तरह चूँकि अन्वय-विधि में उदाहरणों को जमा करने के लिए सिर्फ निरीक्षण (observation) ही काफी है, इसलिए इसे मुख्यतः निरीक्षण की विधि (the method of observation) ही कहते हैं। इसमें प्रयोग (experiment) की आवश्यकता नहीं पड़ती, क्योंकि किसी खास प्रकार के उदाहरण लेने की आवश्यकता तो यहाँ पड़ती नहीं। किसी प्रकार का उदाहरण जिसमें घटना मौजूद हो, लिया जा सकता है।

यों तो घटनाओं में कारण-कार्य सम्बन्ध लगाने की एक से अधिक विधि है, फिर भी ऐसा करने में अन्वय-विधि की कुछ अपनी खास विशेषताएँ (merits) हैं जो निम्नलिखित हैं :—

(1) निरीक्षण-प्रधान विधि होने के कारण इस विधि के लागू होने का क्षेत्र विस्तृत है। हम जानते हैं कि प्रयोग की अपेक्षा निरीक्षण का क्षेत्र विस्तृत है इसलिए अन्वय-विधि आसानी से अनेक जगह कारण-कार्य सम्बन्ध ढूँढ़ने के लिए लागू की जा सकती है।

(2) फिर साधारण लोग भी इस विधि का प्रयोग आसानी से कर सकते हैं क्योंकि इसमें तो साधारण निरीक्षण के द्वारा उदाहरण जमा कर उनमें कारण-कार्य सम्बन्ध ढूँढ़ लेना है और

---

1. *"If two or more instances of the phenomenon under investigation have only one circumstance in common, the circumstance in which alone all the instances agree, is the cause (or effect) of the given phenomenon."*

— Mill, *A System of Logic*, Vol I, p. 451

कारण-कार्य सम्बन्ध ढूँढ़ने का आधार भी आसान ही है। जिस सिर्फ एक बात में सभी उदाहरणों में मेल (agreement) हो वही कारण होगा।

(3) हम जानते हैं कि निरीक्षण की क्रिया दोनों प्रकार से लागू की जा सकती है – किसी कारण का कार्य पता लगाने के लिए अथवा किसी कार्य का कारण पता लगाने के लिए। चूँकि अन्वय-विधि निरीक्षण प्रधान विधि है इसलिए इसका भी प्रयोग दोनों तरफ से होता है।

परन्तु, इन विशेषताओं के बावजूद इस विधि में कुछ भारी दोष (dimeritis) भी हैं जो निम्नलिखित हैं :—

(1) बहुरकाणवाद (plurality of causes) के सिद्धान्त को यदि सत्य मान लिया जाए तो अन्वय-विधि के द्वारा किसी घटना का कारण पता लगाना मुश्किल है। बहुकारणवाद का सिद्धान्त बतलाता है कि एक ही घटना के अलग-अलग समय में अलग-अलग कारण होते हैं और आमतौर से यह बात ठीक भी मालूम पड़ती है। यदि एक घटना के एक से अधिक कारण हों तो हम कैसे कह सकते हैं कि अन्वय-विधि के द्वारा प्राप्त नियत और सामान्य रूप से आनेवाला पूर्ववर्ती ही उस घटना का कारण है ? हो सकता है कि उस पूर्ववर्ती का घटना के कारण के साथ कोई सम्बन्ध भी न हो; सभी उदाहरणों में नियत रूप से उसका मौजूद रहना आकस्मिक ही हो। उदाहरण के लिए, यदि तीन अलग-अलग प्रकार की दवाएँ एक ही रोग के तीन अलग-अलग रोगियों को जल के साथ मिलाकर दे दी जाएँ और तीनों रोगी अच्छे हो जाएँ तो अन्वय-विधि के अनुसार तो रोग के अच्छा होने का कारण 'जल' को ही होना चाहिए; क्योंकि तीनों उदाहरणों में नियत और सामान्य पूर्ववर्ती यही है, लेकिन वास्तव में ऐसा है नहीं। तीनों दवाएँ ही उस रोग के अच्छा होने का कारण है। एक रोग में एक से अधिक दवाएँ भी कामयाब होती है। जल का नियत रूप से तीनों उदाहरणों में होना, यानी, एक ही बात में मेल (agreement) आकस्मिक है।

इस कठिनाई से बचने के लिए अर्थात् अन्वयविधि के इस दोष को दूर करने के लिए एक उपाय यह हो सकता है कि उदाहरण इतने अधिक लिए जाएँ कि ऐसी गलती की कोई सम्भावना ही न रह जाए। यदि अनेक उदाहरण लिए जाएँ और सबमें नियत रूप से (Invariably) एक ही बात पायी जाए तो हमें उसे घटना के कारण या कार्य के रूप में ग्रहण करना ही पड़ेगा। इस तरह उदाहरणों की संख्या काफी बढ़ाकर (By multiplication of instances) इस कठिनाई को दूर किया जा सकता है।

फिर अन्वय-व्यतिरेक-विधि (The joint method of agreement and difference), जिसकी चर्चा हम नीचे करेंगे, के द्वारा भी इस कठिनाई को बहुत हद तक दूर किया जा सकता है। इस विधि में भावात्मक और अभावात्मक दोनों प्रकार के उदाहरण लिए जाते हैं और उसके आधार पर क्रमशः यह देखा जाता है कि एक खास पूर्ववर्ती के मौजूद रहने से घटना भी रहती है तथा उसके अभाव में घटना का भी अभाव हो जाता है, इसलिए अवश्य ही वह खास पूर्ववर्ती घटना का कारण है।

(2) इस विधि में दूसरी कठिनाई यह है कि यदि कभी एक बहुत ही अप्रासंगिक और गौण बात पूर्ववर्ती या अनुवर्त्ती उदाहरणों में हर बात नियत रूप से आ जाए तो उसे ही कारण या कार्य के रूप में ले लिया जा सकता है। परन्तु उदाहरणों की संख्या बढ़ाकर इस कठिनाई को भी दूर किया जा सकता है। इस कठिनाई के उदाहरणस्वरूप हम देख सकते हैं कि सम्भवतः यदि कई बार ऐसा हो जाय कि मेरे बीमार पड़ने के पहले नियत रूप से मेरा कोई मित्र आये

तो नियत पूर्ववर्ती के रूप में मित्र का आना ही मेरी बीमारी का कारण समझा जा कता है। परन्तु यदि अनेक उदाहरण देखकर निष्कर्ष निकाला जाय तो शायद ऐसी गलती की सम्भावना नहीं रहेगी।

(3) फिर इस विधि में तीसरी कठिनाई यह है कि इसमें अनिरीक्षण के दोष (Fallacy of non-observation) की सम्भावना बराबर बनी रहती है। यह हमारे लिए असम्भव है कि सभी पूर्ववर्तियों या सभी अनुवर्त्तियों का निरीक्षण कर सकें और ऐसा नहीं कर सकने के चलते यह हमेशा सम्भव है कि घटना का असल कारण या कार्य अनिरीक्षित ही छूट जाए और कोई आकस्मिक बात ही संयोगवश बार-बार नियत रूप से पूर्ववर्त्ती या अनुवर्त्ती में उपस्थित होती रहे। इस कठिनाई को भी बहुत हद तक उदाहरणों की अनेकता (multiplication of instances) के द्वारा दूर किया जा सकता है।

(4) अन्वय-विधि के द्वारा कारण-कार्य तथा एक ही कारण के दो सह-परिणामो के बीच भेद करना कठिन है। इस विधि के अनुसार एक ही कारण के सह-परिणामों (co-effects) को कारण-कार्य के रूप में लिया जा सकता है। अनवय-विधि के अनुसार साधारणतः जब दो घटनाएँ बराबर साथ-साथ आयें यानी हर पूर्ववर्ती और अनुवर्त्ती उदाहरण में एक के उपस्थित रहने पर दूसरा भी उपस्थित रहे, तो उनमें कारण-कार्य का सम्बन्ध होता है। परन्तु एक ही कारण के सह-परिणाम जैसे दिन-रात, बिजली का चमकना और गर्जन बराबर साथ-साथ आते हैं, इसलिए उन्हें कारण-कार्य के रूप में समझ लिया जा सकता है। इस दोष का परिहार मुश्किल है।

(5) इस विधि में अधिकतर निरीक्षण से ही काम लिया जाता है, परन्तु प्रकृति की घटनाओं की जटिलता के कारण कभी-कभी किसी घटना का कारण अन्य बातों के साथ इस प्रकार मिश्रित रहता है कि साधारण तौर से सिर्फ निरीक्षण के द्वारा उसे अन्य बातों से अलग करना मुश्किल है और इसलिए वास्तविक कारण का पता लगाना मुश्किल है। प्रयोग की विधि लागू करके इस कठिनाई को दूर किया जा सकता है। वास्तव में यद्यपि अन्वय-विधि निरीक्षण-प्रधान विधि है, तथापि 'प्रयोग' का व्यवहार करना इसमें कोई पाप नहीं है।

(6) कभी-कभी कारण की सूक्ष्मता के चलते भी इस विधि में साधारण निरीक्षण से काम चलना मुश्किल हो जाता है और असल कारण का पता नहीं चल पाता। कुछ बीमारियों के कीड़े इतने सूक्ष्म होते हैं कि निरीक्षण के द्वारा वे नजर में आ ही नहीं सकते और अन्वय-विधि के द्वारा किसी दूसरी ही चीज को कारण मान लिया जा सकता है। परन्तु इस दोष को भी प्रयोग का सहारा लेकर या वैज्ञानिक यंत्रों का प्रयोग कर के दूर किया जा सकता है।

(7) फिर पूर्ववर्ती और अनुवर्त्ती के स्पष्ट अलग-अलग उदाहरण भी कठिन हैं। प्रकृति की घटनाएँ इतनी जटिलता तथा इस तारतम्य के साथ प्रवाहित होती रहती है कि उनमें निश्चित रूप से पूर्ववर्ती और अनुवर्ती का पता लगाना मुश्किल है। सांकेतिक रूप में A, B, C आदि रखकर विधि को समझ लेना आसान है, पर वास्तव में उसी प्रकार उसे लागू करना कठिन है।

परन्तु यहाँ यह स्पष्ट है कि यह कठिनाई इस विधि में कोई दोष नहीं सिद्ध करती, बल्कि इस विधि के प्रयोग करने में हमारी कठिनाई सिद्ध करती है। यह कठिनाई तो हर विधि के साथ उपस्थित हो सकती है, इसलिए यह अन्वय-विधि का ही कोई खास दोष नहीं है।

उपर्युक्त सभी कठिनाइओं और दोषों के आधार पर यही कहा जा सकता है कि इस विधि के द्वारा कारण का या कार्य का सिर्फ संकेत मिलता है, उसे निश्चित रूप से सिद्ध नहीं किया

जा सकता। इसीलिए इस विधि को 'अनुसंधान की विधि' (The method of discovery) कहा गया है, 'प्रमाण की विधि' (The method of proof) नहीं। कारण-कार्य सम्बन्ध की इस विधि के द्वारा स्थापना नहीं होती, बल्कि उसका एक अन्दाज-मात्र इसके द्वारा प्राप्त हो जाता है।

(2) व्यतिरेक-विधि *(The Method of Difference)*

अन्वय-विधि की तरह व्यतिरेक-विधि भी घटनाओं के बीच कारण-कार्य सम्बन्ध ढूँढ़ने और स्थापित करने की एक विधि है। अन्वय-विधि के द्वारा तो कारण-कार्य सम्बन्ध का सिर्फ संकेत मिलता है, परन्तु व्यतिरेक विधि उसे निश्चित रूप से सिद्ध कर उसकी सत्यता स्थापित करती है। इसीलिए इस विधि को प्रमाण की विधि (The method of proof) कहा गया है।

कारण-कार्य सम्बन्ध ढूँढ़ने और स्थापित करने में इस विधि को लागू करते हुए यह किया जाता है कि दो और सिर्फ दो ऐसे उदाहरण लिए जाते हैं जिनमें से एक में कोई घटना वर्तमान हो और दूसरे में नहीं हो तथा अन्य सभी बातों में दोनों उदाहरण बिलकुल एक समान हों। फिर, इस घटना में दोनों उदाहरणों के अनुरूप ही उनके दो अनुवर्त्ती (consequents) उदाहरण लिए जाते हैं और यह पाया जाता है कि कोई एक खास बात इन अनुवर्त्तियों में से एक में मौजूद है और दूसरे उदाहरण में वह गायब हैं तथा अन्य सभी बातों में ये अनुवर्ती बिलकुल समान हैं।[1] इससे निष्कर्ष यही निकलता है कि खोज की जानेवाली घटना उस खास बात के साथ (जिसका एक अनुवर्त्ती में भाव है तथा दूसरे में अभाव) कारण-कार्य सम्बन्ध के द्वारा सम्बन्धित (causally connected) है। ऐसा निष्कर्ष बहिष्करण के इस नियम (principle of elimination) पर आधारित है कि जब किसी पूर्ववर्त्ती के गायब होते ही अनुवर्त्ती में भी किसी घटना का अभाव हो जाता हैं तो वैसा पूर्ववर्ती अवश्य ही उस घटना का कारण या कारणांश होता है *(When an antecedent can not be left out without the consequent disappearing, such antecedent must be the cause or part of the cause)*" इस तरह इस विधि में सार बात यही है कि जिस एक ही बात में पूर्ववर्ती और अनुवर्ती के दोनों उदाहरणों में अन्तर (difference) होता है, वही पूर्ववर्ती और अनुवर्त्ती आपस में कारण-कार्य सम्बन्ध से आबद्ध रहते हैं। चूँकि पूर्ववर्त्ती और अनुवर्त्ती के दोनों उदाहरणों को 'सिर्फ एक ही बात में अन्तर' के आधार पर यहाँ कारण-कार्य सम्बन्ध स्थापित किया जाता है, इसलिए इस विधि को 'Difference' की विधि या कॉफे (Coffey) और मेलन (Mellone) के शब्दों में, 'Single Difference' की विधि (The method of single difference) कहते हैं। ये सारी बातें उदाहरण के द्वारा स्पष्ट की जा सकती है।

मान लिया 'A' कोई घटना है जिसके विषय में खोज करनी है, यानी जिसका अन्य किसी घटना के साथ कारण-कार्य सम्बन्ध ढूंढ़ना है। दो ऐसे उदाहरण लिए जाएँ जो अन्य सभी बातों में समान हो और सिर्फ इसी बात में अन्तर हो कि उनमें से एक में खोज की जानेवाली घटना मौजूद हों और दूसरे में नहीं। उन उदाहरणों के अनुवर्त्ती उदाहरणों में भी

---

1. *"If an instance in which the phenomenon under investigation occurs, and an instance which it does not cocur, have every circumstance in common save one, that one occuring in the former and absent in the latter, the circumstances in which alone the two instances differ, is the ffect, or the cause, or an indispensable part of the cause of the pehnomenon."* — Mill : *A System of Logic,* Vol. I, P. 452

यही देखा जाएगा कि कोई एक खास घटना 'a' उनमें से एक में मौजूद है और दूसरे में नहीं तथा अन्य बातों में वे उदाहरण बिल्कुल समान हैं। इससे यह पता चलता है कि 'A' का 'a' के साथ कारण-कार्य सम्बन्ध है।

पूर्ववर्त्ती		अनुवर्त्ती
A B C	....	a b c
B C	....	b c

ऊपर के उदाहरण में स्पष्टतः 'A', 'a' का कारण है। हम देख रहे हैं पूर्ववर्त्ती के दोनों उदाहरण बिलकुल समान हैं उनमें एकमात्र अन्तर यही है कि पहले में 'A' है, दूसरे में नहीं। फिर अनुवर्त्ती भी बिलकुल समान हैं, अन्तर सिर्फ यही है कि पहले में 'a' है, दूसरे में नहीं। इस तरह चूँकि 'A' के पूर्ववर्त्ती में मौजूद रहने से अनुवर्त्ती में 'a' मौजूद रहता है तथा पूर्ववर्त्ती से 'A' के गायब ही जाने से अनुवर्त्ती से भी 'a' गायब हो जाता है, इसलिए 'A' और 'a' अवश्य ही कारण-कार्य के सम्बन्ध द्वारा आबद्ध हैं।

व्यतिरेक विधि को एक अन्य प्रकार से भी लागू किया जा सकता है। उपर्युक्त उदाहरण में पहले पूर्ववर्त्ती में घटना 'A' वर्तमान है और उसके साथ-साथ अनुवर्त्ती में कोई भी खास घटना 'a' वर्तमान हैं। दूसरे पूर्ववर्त्ती में 'A' को घटा दिया गया है और अनुवर्त्ती में भी 'a' घट गया है। दूसरे प्रकार से इस विधि को लागू करते हुए ऐसा भी किया जा सकता है कि पहला ही पूर्ववर्त्ती ऐसा लिया जाए कि उसमें घटना वर्तमान नहीं हो, दूसरे पूर्ववर्त्ती हों और सब बातों की सामान रखकर घटना को जोड़ दिया जाए तो हम देखेंगे कि अनुवर्त्ती में भी एक नयी घटना जुट जाती है। इसका सांकेतिक उदाहरण इस रूप में होगा :—

पूर्ववर्त्ती		अनुवर्त्ती
B C	....	b c
A B C	....	a b c

पहले पूर्ववर्त्ती में घटना 'A' नहीं है। दूसरे पूर्ववर्त्ती में और सब चीज समान रखकर घटना 'A' को जोड़ दिया गया है, तो हम देखते हैं कि उसके अनुवर्त्ती में भी एक घटना 'a' जुट गयी है और शेष बातें समान है। अतः 'A' और 'a' में कारण-कार्य सम्बन्ध है। इस तरह व्यतिरेक-विधि दो रूप धारण करती है। कभी तो जब पूर्ववर्त्ती में कुछ जोड़ दिया जाता है, तो फल होता है कि अनुवर्त्ती में भी कुछ नयी चीज जुट जाती है और कभी जब पूर्ववर्त्ती से घटा लिया जाता है तो अनुवर्त्ती से भी उसके अनुरूप कुछ गायब हो जाता है। इन्हीं दो रूपों को ध्यान में रखते हुए *मेलन (Mellone)* ने व्यतिरेक-विधि की परिभाषा इस प्रकार की है – *"When the addition of an agent is followed by the appearance or its subtraction by the disappearance of a certain event, other circumstances remaining the same, that agent is causally connected with the event."*

कुछ वास्तविक उदाहरणों के द्वारा भी व्यतिरेक-विधि को समझा जा सकता है। मान लिया जाए कि हवा से भरे एक बरतन में हम एक घण्टी बजाते हैं और उसकी आवाज सुनाई पड़ती है। फिर उस बरतन से हवा को निकाल दिया जाता है तथा शेष परिस्थितियाँ ठीक वैसी ही रखी जाती हैं, तो देखा जाता है कि घण्टी की आवाज अब नहीं सुनाई पड़ती है। इससे यह निष्कर्ष निकलता है कि हवा ही आवाज सुनाई पड़ने का कारण है। यह निष्कर्ष

हमें व्यतिरेक-विधि को पहले प्रकार से लागू करने से मिला अर्थात् पूर्ववर्त्ती से जब एक चीज को हटा दिया गया (यानी हवा) तो अनुवर्त्ती से भी एक चीज (यानी घण्टी की आवाज) गायब हो गयी। इस तरह इन दोनों में अवश्य ही कारण-कार्य सम्बन्ध है। इसी तरह किसी उदाहरण में पूर्ववर्त्ती में कुछ जोड़कर और यह देखकर कि उसके अनुरूप अनुवर्त्ती में भी कुछ जुट जाता है, इस विधि को लागू किया जा सकता है। खासकर व्यावहारिक जीवन में तो ऐसे अनेक उदाहरण मिलते हैं। हमें प्यास लगी हुई है। शेष सभी परिस्थितियाँ समान ही रहती है सिर्फ हम पानी पी लेते हैं और प्यास बुझ जाती है। इससे निष्कर्ष निकलता है कि पानी पीना ही प्यास बुझने का कारण है। उसी प्रकार सभी परिस्थितियाँ समान ही रहती हैं, सूर्योदय होता है और रोशनी हो जाती है। इसलिए सूर्य ही रोशनी का कारण होता है। ऊपर हमने देखा कि दैनिक जीवन में हम अक्सर व्यतिरेक-विधि का प्रयोग करते हैं। सभी चीजें समान रहती हैं तथा एक नयी चीज के उपस्थित होते ही जब हम किसी घटना को उत्पन्न होते हुए देखते हैं तो उस चीज और उस घटना में हमलोग कारण-कार्य सम्बन्ध स्थापित कर देते हैं। परन्तु व्यतिरेक-विधि के इसी साधारण और दैनिक प्रयोग में अनेक दोषों की भी सम्भावना रहती है।

जब इसी प्रकार असावधान, अनियन्त्रित तथा स्वच्छन्द रूप में इस विधि का प्रयोग हम जहाँ-तहाँ करने लग जाते हैं तब उससे एक गम्भीर दोष उत्पन्न होता है जिसे 'Post hoc ergo propter hoc' का दोष कहते हैं। जैसे–किसी मित्र के आते ही हमारा बच्चा किसी प्रकार बेहोश हो जाता है, तो मित्र के आने को ही हम बच्चे की बेहोशी का कारण समझ बैठते हैं। उसी तरह आकाश में किसी पुच्छल तारे के उदय होते ही यदि किसी राजा की मृत्यु हो जाती है तो तारे का निकलना ही राजा की मृत्यु का कारण समझा जाने लगता है। व्यतिरेक-विधि के ऐसे प्रयोग इस विधि को दूषित कर देते हैं। असल बात यह है कि दैनिक जीवन में साधारण-निरीक्षण (observation) के आधार पर हम इस विधि का प्रयोग करते रहते हैं, परन्तु इस विधि मे लिए गए उदाहरणों की शर्त्त साधारण निरीक्षण के द्वारा नहीं, बल्कि प्रयोग (experiment) के द्वारा पूरी की जा सकती है। उदाहरणों के सम्बन्ध में यह जरूरी है कि दोनों उदाहरण सभी बातों में बिलकुल समान (exactly similar) हों, सिर्फ एक बात में उनमें अन्तर हो कि एक उदाहरण में कोई खास घटना वर्तमान हो और दूसरे में नहीं हों। ऐसे खास प्रकार के उदाहरण हमें प्रयोग के द्वारा ही मिल सकते हैं, क्योंकि प्रयोग में ही घटनाओं और उनकी परिस्थितियों पर हमारा ऐसा नियंत्रण रहता है कि हम जैसे चाहें वैसे उनका निरीक्षण कर सकते हैं। इसी कारण व्यतिरेक-विधि को 'प्रयोग की विधि' (The method of experiment) कहा जाता है जहाँ अन्वय-विधि को 'निरीक्षण की विधि' (the method of observation) कहा जाता है। प्रयोग के द्वारा जब व्यतिरेक-विधि के उदाहरण प्राप्त किए जाएँ तभी इस विधि से प्राप्त निष्कर्ष के बारे में हम निश्चित हो सकते हैं।

प्रयोग-प्रधान विधि होने के कारण व्यतिरेक-विधि की भी अपनी कुछ विशेषताएँ (merits) हैं :—

(1) कारण-कार्य सम्बन्ध को इस विधि के द्वारा निश्चित रूप से सिद्ध किया जा सकता है। यदि इस विधि का ठीक तौर से उपयोग किया जाए, यानी, ठोस प्रयोग के द्वारा यदि इसके उदाहरण लिए जाएँ तो इस विधि के द्वारा निश्चित रूप से कारण-कार्य सम्बन्ध स्थापित किया जा सकता है। अन्वय-विधि की तरह यह सिर्फ कारण-कार्य सम्बन्ध का संकेतमात्र प्रदान

नहीं करती, बल्कि उसे प्रमाणित करती है। इसीलिए इसे प्रमाण की विधि (the method of proof) कहा जाता है।

(2) चूँकि यह प्रयोग की विधि है और कारण-कार्य सम्बन्ध को निश्चित रूप से प्रमाणित करती है, इसलिए अन्वय-विधि के द्वारा जो कारण-कार्य सम्बन्ध का संकेतमात्र प्राप्त होता है, उस संकेत की जाँच इस विधि के द्वारा की जा सकती है और अन्वय-विधि के संदेहात्मक निष्कर्ष को निश्चित रूप दिया जा सकता है।

(3) इस विधि में दो और सिर्फ दो ही उदाहरणों की आवश्यकता पड़ती है, इसलिए अनेक उदाहरण जमा करने के झंझट से इसमें हम बच जाते हैं।

(4) दैनिक जीवन में इस विधि का प्रयोग बहुत होता है तथा हमारे व्यावहारिक जीवन को इससे सहायता मिलती है।

परन्तु इन विशेषताओं के बावजूद इस विधि में अनेक कठिनाइयाँ, अनेक दोष भी हैं :—

(1) हम जानते हैं कि प्रयोग का क्षेत्र बहुत ही सीमित है; हर जगह प्रयोग सम्भव नहीं है और यह मुख्यतः प्रयोग की ही विधि है, इसलिए इसके लागू होने का क्षेत्र भी बहुत ही सीमित है। हर जगह कारण-कार्य सम्बन्ध ढूँढ़ने के लिए इसे लागू नहीं किया जा सकता है।

(2) इस विधि में वैसे देखने के लिए तो दो ही उदाहरण लेने पड़ते हैं, परन्तु वे दो ही उदाहरण ऐसे खास प्रकार के उदाहरण हैं, जिन्हें आसानी से प्राप्त करना बहुत ही मुश्किल है। और सभी आदमी के लिए ऐसा करना सम्भव है भी नहीं। एक खास प्रकार का ज्ञान रखनेवाला व्यक्ति ही प्रयोग के द्वारा ऐसे उदाहरण जमा कर सकता है।

(3) बहुकारणवाद के द्वारा उपस्थित कठिनाई इस विधि के साथ भी रह ही जाती है। यद्यपि यह विधि कारण-कार्य सम्बन्ध को निश्चित रूप से सिद्ध करती है, तथापि यह निश्चित रूप से इतना ही कर सकती है कि अमुक घटना का अमुक कारण है; परन्तु उस घटना का वही एक कारण है, यह इस विधि के द्वारा भी सिद्ध नहीं होता।

(4) इस विधि के साथ सबसे बड़ी कठिनाई यह है कि यह कारण (cause) और शर्त्त (condition) में भेद नहीं कर सकती। इसके प्रयोग से कभी-कभी कारण के एक अंश को यानी, सिर्फ एक शर्त (condition) को ही, किसी घटना का पूर्ण कारण समझ लिया जा सकता है। उदाहरण के लिए, मान लिया जाय कि किसी खाद्य पदार्थ में स्वाद नहीं हो और यदि नमक जोड़ दिया जाए और स्वाद मिलने लगे तो इस विधि के अनुसार तो सिर्फ नमक ही खाद्य-पदार्थ के स्वाद का पूरा कारण सिद्ध हो जाएगा। परन्तु वास्तव में नमक तो पूरे कारण की एक शर्त्त (condition) मात्र है। खाद्य-पदार्थ में और भी अनेक चीजे हैं, जिन सबके मौजूद रहने के कारण उसमें स्वाद है, सिर्फ नमक के चलते नहीं।

(5) एक और कठिनाई इस विधि के साथ यह है कि यदि सावधानी के साथ इसका प्रयोग हम न करें तो हमेशा ही Post hoc ergo propter hoc के दोष की सम्भावना बनी रहती है। हम जानते हैं कि उपर्युक्त दोष तब होता है जब किसी घटना के किसी घटना के बाद आने के कारण पहले आने वाली को हम अनुगामी का कारण मान लेते हैं। जैसे, किसी के छींक देने के बाद यदि कोई दुर्घटना हो गयी हो तो उसके छींकने को ही उस दुर्घटना का हम कारण मान बैठते हैं। इस दोष का यही अर्थ ही होता है कि 'उसके बाद इसलिए उसी के कारण' (after this, therefore, because of this)। अब व्यतिरेक-विधि में हम पाते हैं कि अन्य परिस्थितियों के समान रहने पर किसी एक घटना की उपस्थिति में यदि

कोई दूसरी घटना भी उपस्थित हो जाती है और उसके अनुपस्थित हो जाने से वह दूसरी घटना भी अनुपस्थित, तो उन दोनों में कारण-कार्य सम्बन्ध मान लिया जाता है। परन्तु ऐसे दो उदाहरण हमें मिल जा सकते हैं जिनमें से एक में अन्य परिस्थितियों के समान रहते किसी के छींक देने से कोई दुर्घटना घटी और दूसरे में अन्य परिस्थितियों के समान रहते ही यदि किसी ने नहीं छींका तो दुर्घटना नहीं हुई। तो इस स्थिति में व्यतिरेक विधि के आधार पर हम किसी के छींकने तथा दुर्घटना होने में एक कारण-कार्य सम्बन्ध स्थापित कर देंगे, परन्तु ऐसा करना नितान्त रूप से गलत होगा। छींकना दुर्घटना का नियत पूर्ववर्त्ती नहीं है, यद्यपि कुछ उदाहरणों में ऐसा देखने को मिल सकता है। इसलिए व्यतिरेक विधि के प्रमाण-विधि होते हुए भी यदि इसका प्रयोग हम जैसे-जैसे करने लग जाएँ तो फिर बहुत ही अनर्गल परिणामों का शिकार हमें होना पड़ेगा।

(6) हम जानते हैं कि प्रयोग (experiment) के साथ एक कठिनाई यह है कि जितनी आसानी से इसमें हम कारण से कार्य पर जाते हैं उतनी ही आसानी से हम कार्य से कारण पर नहीं जा सकते। प्रत्यक्ष रीति से कार्य से कारण पर जाना कठिन है। कारण का एक संकेत किसी प्रकार पाकर ही या उसकी कल्पना कर ही प्रयोग के द्वारा किसी कार्य का कारण पता लगाया जा सकता है। चूँकि व्यतिरेक विधि प्रयोग-प्रधान विधि है इसलिए इसके साथ भी वही कठिनाई है जो प्रयोग के साथ है।

(3) सहचारी परिवर्तन-विधि (*The Method of Concomitant Variations*)

कारण-कार्य सम्बन्ध की खोज और स्थापना की यह विधि एक अर्थ में अन्वय-विधि का तथा एक अर्थ में व्यतिरेक-विधि का ही एक खास रूप है और कारण के परिमाणात्मक पहलू (quantititve aspect) पर आधारित है। चूँकि परिमाण की दृष्टि से कार्य कारण के बराबर होता है, इसलिए ऐसा समझा जाता है कि एक में यदि किसी खास प्रकार का परिवर्तन हो तो दूसरे में भी उसके अनुरूप कोई खास परिवर्तन अवश्य ही होगा, चाहे उस परिवर्तन की दिशा (direction) जो भी हो – सीधी (direct) या विपरीत (inverse)। कारण-कार्य की इसी परिमाणात्मक तुल्यता को ध्यान में रखते हुए, सामान्य रूप से यह विधि इसी तथ्य पर आधारित है कि जब दो घटनाएँ हमेशा साथ-साथ एक खास ढंग से परिवर्त्तित होती है तो अवश्य ही उनमें करण-कार्य का सम्बन्ध है। चूँकि यह विधि साथ-साथ परिवर्तन यानी, सहचारी परिवर्तन के आधार पर कारण-कार्य सम्बन्ध की स्थापना करती है, इसलिए इसे 'सहचारी परिवर्तन-विधि' कहते हैं। जैसा कि ऊपर कहा गया है, दो घटनाओं के बीच ऐसा सहचारी परिवर्तन दो प्रकार का होता है – (1) सीधा (direct) तथा (2) विपरीत (inverse)। जब दो घटनाओं का सहचारी परिवर्तन ऐसा होता है कि एक के बढ़ने से दूसरी भी उसी अनुपात में बढ़ती है तथा एक के घटने से दूसरी भी उसी अनुपात में घटती है तो ऐसे सहचारी परिवर्तन को सीधा परिवर्तन (direct variation) कहते हैं, तथा जब सहचारी परिवर्तन ऐसा होता है कि एक के बढ़ने से दूसरी घटना में ह्रास होता है तथा एक में ह्रास होने से दूसरी में उसी अनुपात में वृद्धि होती है तो ऐसे परिवर्तन को विपरीत परिवर्तन (inverse variation) कहते हैं। सहचरी परिवर्तन-विधि इन दोनों प्रकार के परिवर्तनों से सम्बन्धित घटनाओं में कारण-कार्य सम्बन्ध मानती है। संक्षेप में, इस विधि को निम्नलिखित शब्दों में रखा जा सकता है – "जब दो घटनाएँ आपस में इस प्रकार सम्बन्धित हों कि यदि एक में किसी खास विधि से कोई परिवर्तन होता हो तो दूसरी में भी उसके अनुरूप किसी खास विधि से कोई परिवर्तन

होने लगता हो, तो दोनों घटनाओं में कारण-कार्य का सम्बन्ध होता है''. या और भी संक्षेप में कह सकते हैं कि 'जब जब दो घटनाएँ साथ-साथ किसी विशेष नियम से घटती या बढ़ती हों तो उनमें कारण कार्य का सम्बन्ध समझा जाता है।' *मिल* ने इस विधि को निम्नलिखित रूप में रखा है– "*Whatever phenomenon varies in any manner whenever another phenomenon varies is some particular manner is either a cause or an effect of that phenomenon or is connected with it through some fact of causation.*"

इस विधि को कारण-कार्य सम्बन्ध की खोज में लागू करते हुए किया यह जाता है कि खोज की जानेवाली घटना के बढ़ने और घटने के कुछ उदाहरण लिए जाते हैं, जबकि अन्य सभी परिस्थितियाँ समान ही रखी जाती हैं। देखा यह जाता है कि सामान्य परिस्थितियों में ही उस घटना के बढ़ने और घटने के साथ-साथ किसी अन्य घटना में भी किसी खास रीति से वृद्धि या ह्रास होने लगता है। इससे निष्कर्ष यह निकाला जाता है कि दोनों घटनाओं में कारण-कार्य का सम्बन्ध हैं – पूर्ववर्त्ती कारण है तथा अनुवर्त्ती कार्य। उदाहरण के लिए, पूर्ववर्त्ती के रूप में 'A' यदि कोई घटना ली जाए तो क्रमशः A_1, A_2, A_3, इत्यादि के रूप में बढ़ती चली जाए जबकि साथ में आनेवाली अन्य परिस्थितियाँ समान ही हों और इसके अनुरूप अनुवर्त्ती रूप में कोई अन्य घटना 'a' हो जिसमें भी साथ में आनेवाली परिस्थितियों के समान रहते हुए भी a_1, a_2, a_3 के रूप में क्रमशः वृद्धि होती जाए, तो इससे स्पष्ट मालूम पड़ता है कि 'A', 'a' का कारण है। इस सांकेतिक उदाहरण को संक्षेप में निम्नलिखित रूप में देखा जा सकता है :—

गूर्तनर्त्ती		अनुवर्त्ती
A_1 xy	....	a_1 mn
A_2 xy	....	a_2 mn
A_3 xy	....	a_3 mn

ऊपर के उदाहरण में हम देखते हैं कि घटना के साथ आनेवाली परिस्थितियाँ हरेक उदाहरण में एक ही हैं अर्थात् 'xy' और उदाहरणों में सिर्फ इस बात में अन्तर है कि उनमें 'A' अर्थात् खोज की जानेवाली घटना एक खास रीति से परिवर्तित होती चली जा रही है। अनुवर्त्ती में भी वही बात है। इसलिए अपने इस रूप में सहचारी परिवर्तन-विधि व्यतिरेक-विधि का एक खास रूप है, क्योंकि यहाँ पर इसके उदाहरण भी व्यतिरेक-विधि के उदाहरण की तरह ही और सभी बातों में समान है और अन्तर है सिर्फ एक बात में। सहचारी परिवर्तन-विधि का उपयोग एक अन्य रूप में भी किया जाता है। उसे अन्वय-विधि (the method of agreement) का एक खास रूप कहा जा सकता है। यहाँ पूर्ववर्त्ती उदाहरणों में घटनाओं में एक खास रीति से परिवर्तन तो होता है, परन्तु उनके साथ आनेवाली परिस्थितियाँ हर उदाहरण में समान नहीं, बल्कि भिन्न-भिन्न होती हैं। उदाहरण–

पूर्ववर्त्ती		अनुवर्त्ती
A_1 B C	....	a_1 b c
A_2 X Y	....	a2 d e
A_2 M N	....	a_3 o p

यहाँ हम देखते हैं कि साथ में आनेवाली परिस्थितियाँ (BC, XY, MN) सभी उदाहरणों

में भिन्न-भिन्न हैं, उदाहरणों में मेल (agreement) सिर्फ एक में है कि पूर्ववर्त्ती में 'A' जैसे-जैसे बढ़ता है, वैसे-ही-वैसे अनुवर्त्ती में 'a' बढ़ता है। इस तरह अपने इस रूप में यह विधि अन्वय-विधि का खास रूप है, क्योंकि अन्वय विधि की तरह ही यहाँ इसके उदाहरण और सभी बातों में भिन्न हैं, उनमें मेल है सिर्फ एक बात में।

ऊपर सिर्फ ऐसे ही उदाहरण लिये गये हैं जिनमें पूर्ववर्ती में वृद्धि के साथ-साथ अनुवर्ती में भी वृद्धि होती है। पर सहचारी-परिवर्तन के ऐसे ही उदाहरण लिये जा सकते हैं जिनमें पूववर्ती में वृद्धि के साथ अनुवर्ती में एक निश्चित रीति से ह्रास हो, वृद्धि नहीं।

इस तरह सहचारी परिवर्तन-विधि कभी व्यतिरेक-विधि और कभी अन्वय-विधि का खास रूप है। जब यह व्यतिरेक-विधि के रूप में प्रयुक्त होती है तो इसके उदाहरण 'प्रयोग' के द्वारा प्राप्त होते हैं, इसलिए उस अर्थ में इसे 'प्रयोग की विधि' (the method of experiment) कहा जा सकता है और जब यह विधि अन्वय-विधि रूप में प्रयुक्त होती हैं, तो इसके उदाहरण निरीक्षण के द्वारा प्राप्त किए जाते हैं, इसलिए अपने उस रूप में इस विधि को 'निरीक्षण की विधि' (the method of observation) कहा जा सकता है। इसी प्रकार यों तो साधारणतः सहचारी परिवर्तन देखकर दो घटनाओं के बीच कारण-कार्य सम्बन्ध का संकेत ही मिलता है, फिर भी जब खास तौर से सावधानी के साथ इस विधि का प्रयोग व्यतिरेक-विधि (the method of difference) के एक खास भेद के रूप में होता है, वहाँ यह कारण-कार्य सम्बन्ध को सिद्ध करने में भी समर्थ हो पाती है और उस रूप में इसे 'प्रमाण की विधि' (the method of proof) कह सकते हैं, अन्यथा, इसे 'खोज की विधि' (the method of discovery) ही कहा जा सकता है। इस विधि के वास्तविक उदाहरण भी विज्ञान के क्षेत्र में अनेक मिलते हैं। एक साधारण अनुभव हमारा है कि जैसे-जैसे गर्मी बढ़ती है, वैसे-वैसे उसी अनुपात में थर्मामीटर का पारा भी बढ़ता चला जाता है और गर्मी के घटने के साथ-साथ पारा भी नीचे आने लगता है। यहाँ सहचारी परिवर्तन-विधि के अनुसार यह स्पष्ट मालूम पड़ता है कि गर्मी ही थर्मामीटर के पारे के बढ़ते-घटने का कारण है इसी प्रकार, हवा के दबाव में कमी-बेशी के अनुरूप बैरोमीटर के पारे में भी कमी-बेशी देखकर यह निष्कर्ष निकाला जाता है कि हवा का दबाव ही बैरोमीटर के पारे की ऊँचाई का कारण है।

अन्य विधियों की तरह इस विधि की भी अपनी कुछ खास विशेषताएँ हैं। वे निम्नलिखित हैं :—

(1) जहाँ घटनाओं के परिवर्तन का क्रम, उनका वेग या परिमाण मापा जा सकता है वहाँ इस विधि के द्वारा अन्वय और व्यतिरेक-विधियों से कहीं अधिक निश्चित रूप में कारण-कार्य सम्बन्ध की स्थापना की जा सकती है। यह विधि विज्ञानों के लिए कभी-कभी बहुत अधिक महत्त्वपूर्ण सिद्ध होती है, क्योंकि इसके द्वारा कारण-कार्य के विषय में निश्चित (exact) आँकड़े (statistics) प्राप्त होते हैं।

(2) इस विधि के लागू होने का भी अपना एक निश्चित क्षेत्र है, जिसमें व्यतिरेक-विधि या अन्य विधियो को लागू नहीं किया जा सकता है और इस तरह कारण-कार्य सम्बन्ध का पता नहीं लगाया जा सकता है। प्रकृति में अनेक ऐसे पदार्थ हैं जो स्थायी हैं और जिनका बिलकुल अभाव कहीं भी, किसी भी उदाहरण में असम्भव है। किसी-न-किसी मात्रा में वे हर जगह मौजूद रहते ही हैं, जैसे–वायु, ताप, गुरुत्वाकर्षण इत्यादि। ऐसे पदार्थों के सम्बन्ध में निश्चित रूप से कारण-कार्य सम्बन्ध जानने के लिए व्यतिरेक-विधि को लागू नहीं किया

जा सकता है क्योंकि इस विधि के दो उदाहरणों में यह आवश्यक है कि उनमें से एक में खोज की जानेवाली घटना वर्तमान हो और दूसरे में उसका बिलकुल अभाव हो और इन पदार्थों का बिलकुल अभाव कहीं भी असम्भव है। हाँ, इनकी मात्रा में परिवर्तन होता रहता है और उनके अनुरूप कुछ अन्य पदार्थों मे भी परिवर्तन होता रहता है। इन्हीं सहचारी परिवर्तनों के आधार पर इन पदार्थों के कारण-कार्य सम्बन्ध के विषय में कुछ कहा जा सकता है और यह काम सहचारी परिवर्तन विधि के द्वारा ही संभव है।

इन विशेषताओं के बावजूद इस विधि में कुछ कठिनाइयाँ हैं जो इसमें दोष उत्पन्न कर देती हैं –

(1) कभी-कभी सहचारी-परिवर्तनों के उदाहरण एक निश्चित सीमा के बाद गलत सिद्ध होने लगते हैं, इसीलिए इस विधि के अनुसार एक निश्चित सीमा के बाहर निष्कर्ष नहीं निकाल सकता है। उदाहरण के लिए, ताप जैसे-जैसे बढ़ता है, साधारण जल के घनफल का विस्तार होता है तथा ताप में कमी होने के साथ-साथ जल के घनफल में सिकुड़न होती जाती है। इस तरह ताप की मात्रा जल के खास घनफल का कारण समझी जा सकती है। परन्तु एक निश्चित सीमा के बाद यह नियम टूट जाता है। जाँच के द्वारा यह पाया जाता है कि 39.4 डिग्री से नीचे तापक्रम आने पर पानी क्रमशः सिकुड़ने के बदले फैलने लगता है और वहाँ सहचारी परिवर्तन-विधि ध्वस्त होती हुई मालूम पड़ती है।

(2) सहचारी परिवर्तन विधि की एक जबरदस्त सीमा यह है कि यह विधि सिर्फ वहीं लागू की जा सकती है जहाँ परिवर्तन की मात्रा स्पष्ट रूप मे नजर आती हो तथा इतनी सुनिश्चित हो कि उसे मापा जा सके। परन्तु परिवर्तन सदैव इसी प्रकार के नहीं होते। प्रकृति में अनेक घटनाएँ इस रूप में और इस क्रम में परिवर्तित होती है कि उनके परिवर्तन को एक निश्चित आनुपातिक रूप देना तथा एक निश्चित रूप में परिवर्तन के क्रम को मापना सम्भव नहीं भी हो सकता है। फिर परिवर्तन हमेशा परिमाणात्मक ही नहीं होते, गुणात्मक भी होते हैं। दूसरे शब्दों में, वस्तुओं का परिवर्तन सिर्फ इसी अर्थ में नहीं होता कि उनके परिमाण में वृद्धि या ह्रास हो, इस अर्थ में भी होता है कि उनके गुण में परिवर्तन होता जाय, यद्यपि परिमाण प्रायः एक ही रहे। ऐसे गुणात्मक परिवर्तनों को ठीक-ठीक मापना बहुत ही कठिन है और इसलिए इन परिवर्तनों से सम्बन्धित किसी निष्कर्ष पर हमें ले जाने में सहचारी परिवर्तन विधि बिल्कुल अक्षम प्रतीत होती है। यह तो सिर्फ परिमाणात्मक परिवर्तनों से सम्बन्धित कारण-कार्य सम्बन्ध स्थापित करने में सक्षम है।

(3) फिर बहुत बार ऐसा भी होता है कि किसी घटना या वस्तु में अकस्मात परिवर्तन हो जाता है। वस्तु बहुत अधिक समय तक प्रायः एक ही प्रकार की बनी रहती है और एकाएक कभी कोई परिवर्तन उसमें हो जाता है जिसके कुछ बाह्य या आन्तरिक परिणाम होते हैं। और ऐसे ही कभी-काल आकस्मिक रूप में वस्तु में कुछ परिवर्तन हो जाते हैं। तो इस स्थिति में भी सहचारी परिवर्तन विधि किसी प्रकार का कारण-कार्य सम्बन्ध स्थापित करने में समर्थ नहीं हो सकती। जब तक परिवर्तन क्रमिक तथा नियमित नहीं हो, तब तक इस विधि के द्वारा एक निश्चित कारण-कार्य सम्बन्ध के रूप में हमें कुछ भी प्राप्त नहीं हो सकता।

(4) इस विधि के प्रयोग से कभी-कभी गलतफहमी की भी सम्भावना है। कभी-कभी दो चीजों में एक साथ परिवर्तन होता है, फिर भी उनमें कारण-कार्य सम्बन्ध नहीं होता। हम देखते हैं कि जैसे-जैसे जाड़ा बढ़ता है, दिन छोटा होता चला जाता है। सहचारी परिवर्तन-

विधि के अनुसार, समझा जा सकता है कि जाड़े का बढ़ना ही दिन के छोटा होने का कारण है, परन्तु ऐसा समझना भूल हैं। वास्तव में दोनों बातें एक ही कारण के सहपरिणाम (coeffects) है – वह कारण है, पृथ्वी का सूर्य के चारों ओर घूमना।

(4) अन्वय-व्यतिरेक विधि ***(The Joint Method of Agreement and Difference)***

अन्वय-विधि बतलाती है कि किसी घटना के नियत और सामान्य रूप से पूर्ववर्त्ती में मौजूद रहने से यदि अनुवर्त्ती में भी कोई घटना नियत और सामान्य रूप से मौजूद रहे तो दोनों घटनाओं में कारण-कार्य का सम्बन्ध रहता है। परन्तु हमने देखा है कि यह नियम हमेशा सत्य नहीं सिद्ध होता, खासकर बहुकारणवाद के सिद्धान्त के चलते इसमें दोष आ जाता है। पानी के साथ अलग-अलग दवा दिए जाने के उदाहरण में हमने देखा कि नियत और सामान्य रूप से हर उदाहरण में मौजूद रहते हुए भी पानी को चंगापन का कारण नहीं कहा जा सकता। निश्चित रूप से कारण-कार्य सम्बन्ध सिद्ध करने के लिए भावात्मक उदाहरण (positive instances) के अलावा अभावात्मक उदाहरणों (negative instances) को भी लेना जरूरी है, यानी ऐसे उदाहरण लेने के अलावा कि किसी घटना के पूर्ववर्त्ती में मौजूद रहने से नियत रूप में अनुवर्त्ती में भी कोई घटना मौजूद हो, ऐसे उदाहरण भी लेना जरूरी है जहाँ यह देखा जाए कि पूर्ववर्त्ती में उस घटना के मौजूद नहीं रहने से अनुवर्त्ती से भी कोई खास घटना गायब हो जाती है। पहले प्रकार के उदाहरण को भावात्मक उदाहरण तथा दूसरे प्रकार के उदाहरण को अभावात्मक उदाहरण कहते हैं। दोनों प्रकार के उदाहरणों को मिलाकर देखने से निश्चित रूप से कारण-कार्य सम्बन्ध सिद्ध हो सकता है। सिद्धान्त यह है कि जब किसी घटना के भाव में किसी अन्य घटना का भाव तथा उसके अभाव में उस अन्य घटना का भी अभाव हो तो दोनों में कारण-कार्य सम्बन्ध रहता है। अन्वय-व्यतिरेक विधि (the joint method of agreement and difference) इसी सिद्धान्त पर आधारित है।[1] कारण-कार्य सम्बन्ध को सिद्ध करने के लिए इस विधि को लागू करते हुए किया यह जाता है कि जाँच की जाने वाली घटना के दो प्रकार के उदाहरण लिए जाते हैं। एक भावात्मक और दूसरा अभावात्मक, यानी, एक इस प्रकार का उदाहरण जिसमे घटना नियत रूप से मौजूद हो और दूसरा इस प्रकार का उदाहरण जिसमें घटना मौजूद नहीं हो तथा अन्य सभी बातों में दोनों प्रकार के उदाहरणों में भिन्नता हो। इस तरह पहले प्रकार के उदाहरणों में मेल (agreement) सिर्फ इस बात में है कि जाँच की जानेवाली घटना नियत और सामान्य रूप से मौजूद है (और सभी बातों में उदाहरणों में भिन्नता है) तथा दूसरे प्रकार के उदाहरणों में, यानी अभावात्मक उदाहरणों में मेल (agreement) इस बात में है कि जाँच की जानेवाली घटना उनमें से किसी में भी नहीं है। देखा यह जाता है कि जब घटना सभी उदाहरणों में मौजूद रहती है, तब उसके साथ-साथ अनुवर्त्ती में भी कोई खास घटना नियत रूप से मौजूद रहती है, और अभावात्मक उदाहरणों में जब घटना का अभाव रहता है तो अनुवर्त्ती में भी उस खास घटना का अभाव हो जाता है। इस तरह यह सिद्ध होता है कि उन दोनों घटनाओं में कारण-कार्य

1. *"If two or more instances in which the phenomenon under investigation occurs have only one circumstance in common, while two or more instance in which it does not occur have nothing in common, have the absence of that circumstance the circumstance in which alone the two sets of instances differ, is the effect or cause, or an indispensable part of the cause of the phenomenon."*

— Mill; *A System of Logic*, Vol. 1, P. 458

सम्बन्ध है। यहाँ एक बात का ध्यान रखने योग्य है कि यह विधि सफलतापूर्वक अन्वय-विधि के दोष को हटाकर कारण-कार्य सम्बन्ध को सिद्ध करने में तभी समर्थ होगी जब आभावात्मक उदाहरण में भी सिर्फ इस बात के अलावा कि जाँच की जानेवाली घटना उनमें से किसी मे मौजूद नहीं है और सभी बातें भावात्मक उदाहरण में आनेवाली बातों के समान (similar) हों। ये बातें उदाहरण के द्वारा अधिक स्पष्ट होंगी :—

भावात्मक उदाहरण	अभावात्मक उदाहरण
A B C .... a b c	B C D .... b c d
A D E .... a d e	D E F .... d e f
A F G .... a f g	E F G .... e f g

उपर्युक्त उदाहरणों में हम देखते हैं कि भावात्मक उदाहरणों में 'A' की हर उदाहरण में उपस्थिति में 'a' भी हर अनुवर्त्ती उदाहरण में मौजूद है तथा अभावात्मक उदाहरणों में 'A' के अभाव में हर अनुवर्त्ती उदाहरण में 'a' का भी अभाव है। अतः दोनों प्रकार के उदाहरणों को मिलाकर यह सिद्ध होता है कि 'A' 'a' का कारण है। यहाँ उदाहरणों के लेने में (1) पहले तो यह सावधानी बरती गयी है कि भावात्मक उदाहरणों एवं अभावात्मक उदाहरणों में सिर्फ एक बात में मेल (agreement) है कि पहले में, सभी मे 'A' वर्तमान है और दूसरे में सभी में उसका अभाव है। इसके अलावा अन्य सभी बातो में उदाहरणों में भिन्नता है। (2) फिर दूसरी सावधानी यह बरती गयी है कि B, C, D, E इत्यादि जो परिस्थितियाँ भावात्मक उदाहरण में (घटना के साथ) आयी हैं, उन्हें ही अभावात्मक उदाहरण मे भी लिया गया है। ऐसा करने से ही यह सिद्ध हो सकता है कि 'a' का कारण B, C, D, E इत्यादि नहीं, बल्कि 'A' है। यदि अभावात्मक उदाहरण में घटना के अभाव के अलावा और सभी बातों भावात्मक उदाहरणों के ही समान नहीं हो तो निश्चित रूप में यह सिद्ध नहीं हो सकेगा कि B, C, D, E इत्यादि 'a' का कारण नहीं बल्कि 'A' उसका कारण है।

अन्वय-व्यतिरेक विधि की अन्वय-विधि का ही रूपान्तर माना जाता है और यह बात ऊपर के वर्णन से स्पष्ट भी है। हमने देखा कि इस विधि में लिए गए भावात्मक उदाहरण ऐसे होते हैं कि उनमें सिर्फ एक बात में मेल (agreement) होता है कि जाँच की जानेवाली घटना नियत और सामान्य रूप से सभी उदाहरणों में वर्तमान रहती है तथा अभावात्मक उदाहरण ऐसे होते हैं कि उनमें भी सिर्फ एक बात में मेल (agreement) रहता है और वह यह कि जाँच की जानेवाली घटना सभी उदाहरणों में से नियत रूप से गायब रहती है। इस तरह यह विधि अन्वय-विधि का ही रूपान्तर है क्योंकि अन्वय-विधि भी इस बात पर आधारित रहती है कि उदाहरणों में 'सिर्फ एक बात' में मेल (agreement) होता है। इसीलिए *मिल (Mill)* ने अन्वय-व्यतिरेक-विधि को अन्वय-विधि का ही विस्तृत रूप कहा है जिसमें अन्वय-विधि के द्वारा खोज किए गए कारण-कार्य सम्बन्ध को निश्चित रूप से सिद्ध किया जाता है।

वास्तविक उदाहरणों द्वारा भी इस विधि को समझा जा सकता है। मान लिया जाए कि कोई व्यक्ति अन्य चीजों के साथ-साथ यदि दूध पीता है तो उसे अपच हो जाता है। अनेक उदाहरण उसने ऐसे देखे जिसमें वह अनेक चीज बदल-बदलकर खाता है, लेकिन साथ में हर बार दूध पी लेता है तो उसे अपच हो जाता है। फिर कुछ ऐसे उदाहरण वह लेता है, जिनमें उन्हीं चीजों को वह खाता ही जाता है, सिर्फ दूध पीना छोड़ देता है, तो देखता है

कि उसे अपच नहीं होता। इस तरह भावात्मक और अभावात्मक दोनों प्रकार के उदाहरणों से यह सिद्ध होता है कि दूध पीना ही उसके अपच का कारण है।

इस विधि के गुण (*Merits*)

(1) अन्वय-विधि का ही रूपान्तर होने के कारण उसी की तरह यह विधि भी निरीक्षण-प्रधान विधि (the method of observation) है, इसीलिए अन्वय-विधि की तरह ही इसका भी क्षेत्र बहुत विस्तृत है।

(2) भावात्मक और अभावात्मक दोनों प्रकार के उदाहरणों के उपयोग करने के कारण इस विधि के द्वारा कारण-कार्य सम्बन्ध करीब-करीब सिद्ध ही हो जाता है। अन्वय-विधि के द्वारा प्राप्त निष्कर्ष की जाँच इस विधि के द्वारा हो जाती है।

(3) बहुकारणवाद के दोष से यह विधि बहुत हद तक निवृत है और अन्वय-विधि को भी बहुकारणवाद के दोष से बचाने के लिए इसी विधि का प्रयोग किया जाता है। भावात्मक और अभावात्मक दोनों प्रकार के उदाहरण लेकर यह देख लेने के बाद कि किसी खास घटना के भाव (presence) में किसी अन्य घटना का भी भाव रहता है और उसके अभाव (absence) में वह अन्य घटना भी गायब हो जाती है तो यह करीब-करीब निश्चित रूप से ही सिद्ध हो जाता है कि उसे अन्य घटना का कारण वही घटना है अर्थात्, दोनों मे कारण-कार्य का सम्बन्ध है। यदि अभावात्मक उदाहरण संख्या में काफी लिए जाएँ तो शायद बहुकारणवाद के सिद्धान्त से दूषित होने की कोई आशंका नहीं रह जाएगी।

इस विधि के दोष (*Demerits*)

(1) हम देख सकते हैं कि अन्वय-व्यतिरेक विधि अन्वय विधि की कमजोरियों को दूर करने के लिए लाई गई है, परन्तु बहुत अंशों में यह उस विधि की कमजोरियों को दूर करने में असमर्थ रह जाती है। अन्वय-विधि के दोषों की चर्चा करते वक्त हमने पाया है कि उस विधि के प्रयोग के द्वारा हम कभी-कभी एक ही कारण के दो सह-परिणामों में कारण-कार्य सम्बन्ध स्थापित कर देने की भूल कर सकते हैं। अन्वय व्यतिरेक विधि से इस सिलसिले में यह आशा की जा सकती है कि चूँकि यह उपस्थिति (presence) तथा अनुपस्थिति (absence) दोनों में ही सहचार (agreement) के आधार पर कारण-कार्य सम्बन्ध स्थापित करती है, इसलिए उसमें इस प्रकार के दोष की गुंजाइश नहीं है। परन्तु वास्तविकता यह नहीं है। अन्वय-व्यतिरेक विधि में भी इस प्रकार के दोष के हो जाने की सम्भावना रह जाती है। कुछ उदाहरणों में एक ही कारण के दो सह-परिणामों में भी भाव तथा अभाव (उपस्थिति तथा अनुपस्थिति) दोनों में सहचार पाया जा सकता है। जैसे – गर्मी (heat) तथा ताप (temperature) एक ही कारण जैसे अग्नि या सूर्य के सह-परिणाम हैं, परन्तु दोनों में ऐसा सम्बन्ध है कि जहाँ गर्मी मौजूद रहेगी वहाँ ताप भी रहेगा और जहाँ गर्मी मौजूद नहीं रहेगी वहाँ ताप भी नहीं रहेगा। यानी, दोनों के बीच भाव तथा अभाव दोनों में सहचार है। इसलिए अन्वय-व्यतिरेक विधि के द्वारा इन दोनों के बीच कारण-कार्य सम्बन्ध माना जा सकता है, परन्तु वास्तविकता में ऐसा है नहीं। दोनों एक ही कारण के सह-परिणाम है।

(2) फिर हमने देखा है कि यह विधि अन्वय-विधि का ही एक विशिष्ट रूपान्तर है और इसलिए अन्वय विधि की ही तरह यह भी एक निरीक्षण-प्रधान विधि है। फिर चूँकि निरीक्षण का क्षेत्र बहुत सीमित है, यानी, बहुत ही कम प्राकृतिक घटनाएँ ऐसी हैं जिनके सम्बन्ध में

मात्र निरीक्षण के आधार पर कारण कार्य सम्बन्ध स्थापित किया जा सकता है, इसलिए इस विधि के लागू होने का क्षेत्र भी सीमित है।

(3) निरीक्षण-प्रधान विधि होने के नाते एक दूसरी बात इस विधि के सम्बन्ध में यह भी है कि मात्र निरीक्षण के द्वारा हम घटना से सम्बन्धित सभी परिस्थितियों पर पूर्ण नियंत्रण नहीं रख सकते। हम जानते हैं कि ऐसा नियंत्रण प्रयोग में ही सम्भव है। ऐसे नियंत्रण के अभाव में होता यह है कि कुछ ऐसे सूक्ष्म तत्त्वों का निरीक्षण छूट जा सकता है जिनका घटना के साथ बहुत आवश्यक सम्बन्ध हो। यानी, संक्षेप में, इस विधि में 'अनिरीक्षण का दोष' हो जाने की काफी सम्भावना है। किसी ख़ास घटना के साथ जिस दूसरी घटना की उपस्थिति तथा अनुपस्थिति दोनों में साहचर्य देखकर हम उसे उस घटना का कारण समझ लेते हैं और दोनों में कारण-कार्य का सम्बन्ध स्थापित कर देते हैं, हो सकता है कि दोनों का यह साहचर्य मात्र आकस्मिक हो और जिस घटना के साथ किसी खास घटना का वास्तव में कारण-कार्य सम्बन्ध है, उसका निरीक्षण सभी निरीक्षित उदाहरणों में छूट गया हो, वह हमारी निरीक्षण सीमा के अन्तर्गत आया ही नहीं हो। इसलिए इस विधि के साथ अनिरीक्षण के दोष की सम्भावना से निश्चित रूप से इनकार नहीं किया जा सकता।

(4) यद्यपि अन्वय-व्यतिरेक विधि की आवश्यकता अन्वय-विधि के निष्कर्ष की अनिश्चितता दूर करने के लिए महसूस की जाती है और इसी दृष्टि से इसे प्रायोगिक विधियों के बीच सम्मिलित किया जाता है, तथापि हम देख सकते हैं कि उपर्युक्त दोष के चलते इसके निष्कर्ष में भी वह निश्चितता नहीं आ सकती जिसकी अपेक्षा हम इससे रखते हैं। अन्वय विधि के निष्कर्ष की तुलना में इसके निष्कर्ष में अधिक निश्चितता का अनुभव हम जरूर कर सकते हैं, परन्तु पूर्ण रूपेण निश्चित इसके निष्कर्ष को भी नहीं समझा जा सकता। कारण-कार्य सम्बन्ध की निश्चित स्थापना इसके द्वारा भी सम्भव नहीं प्रतीत होती।

(5) अन्वय-व्यतिरेक विधि की एक उपादेपता इस बात के रूप में भी समझी जाती है कि अन्वय-विधि की यह विधि बहुकारणवाद की सम्भावना से रक्षा करती है, परन्तु यह देखा जा सकता है कि जबतक अभावात्मक उदाहरणों की संख्या अधिकतम न हो तबतक यह विधि भी बहुकारणवाद की सम्भावना को बिलकुल नहीं टाल सकती। अन्वय-विधि के सिर्फ भावात्मक उदाहरणों की जगह इस विधि में हम अभावात्मक उदाहरणों की भी आवश्यकता इसलिए समझते हैं चूँकि यह सम्भव है कि भावात्मक उदाहरणों मे पूर्ववर्तियों में 'A' की उपस्थिति में अनुवर्तियों में 'a' की बराबर उपस्थिति मात्र आकस्मिक हो। जब हम अभावात्मक उदाहरणों के द्वारा यह देख लेते हैं कि पूर्ववर्तियो में 'A' के अनुपस्थित रहने पर अनुवर्तियों में भी 'a' अनुपस्थित हो जाता है तो हम एक निश्चितता महसूस करते हैं कि जरूर ही 'A' तथा 'a' में कारण-कार्य सम्बन्ध है। परन्तु जब तक अभावात्मक उदाहरणों की संख्या काफी अधिक नहीं हो तबतक हम यह निश्चिन्त नहीं हो सकते कि सभी उादहरणों में 'A' की अनुपस्थिति में 'a' भी अनुपस्थिति रहेगा ही। हो सकता है कि जिन कुछ उदाहरणों को हमने देखा हो उनमें ऐसी स्थिति हैं, परन्तु जिनको हमने नहीं देखा है उनमें पूर्ववर्ती में 'A' के अनुपस्थित रहने पर भी अनुवर्त्ती में 'a' उपस्थित रहता है और ऐसा सम्भव मालूम पड़ता है कि 'A' के अलावा 'a' का अन्य भी कोई कारण है।

(5) अवशिष्ट विधि *(Method of Residues)*

प्रकृति की घटनाएँ जटिल होती हैं। प्रायः बहुत-से कारण एक साथ मिलकर किसी संयुक्त फल को पैदा करते हैं। ऐसी हालत में संयुक्त फल यानी जटिल घटना का पूर्ण कारण एक ही बार में प्राप्त करना कठिन हो जाता है, इसलिए उनमें से कुछ अंश का कारण जब किसी पूर्व आगमन की विधि के द्वारा मालूम कर लिया जाता है तो शेष अंश का कारण पता लगाने के लिए इस विधि से काम लिया जाता है। इसलिए इस विधि को शेषांश की विधि (अवशिष्ट विधि – The method of residues) कहा जाता है।

इस विधि को लागू करते हुए किया यह जाता है कि किसी जटिल घटना से सम्बन्धित पूर्ववर्त्ती और अनुवर्त्ती उदाहरण लिए जाते हैं। उनमें से किसी पूर्व-आगमन की विधि द्वारा या पूर्व-अनुभव द्वारा यह ज्ञात रहता है कि पूर्ववर्त्ती का कुछ अंश, अनुवर्त्ती के कुछ खास अंश का कारण है। अनुमान लगाया जाता है कि पूर्ववर्त्ती का शेषांश, यानी अवशिष्ट अंश अनुवर्त्ती के अवशिष्ट अंश का कारण होगा। इसीलिए *मिल (Mill)* ने इस विधि के मूल सिद्धान्त को स्पष्ट करते हुए कहा है – *"Subduct from any given phenomenon such part as is known by previous induction to be the effect of certain antecedents, and the residue of the phenomenon is the effect of remaining antecedents."*[1] एक सांकेतिक उदाहरण लिया जाए :—

पूर्ववर्ती अनुवर्ती

A B C ....a b c

पूर्व-अनुभव द्वारा यह ज्ञात है कि :—

B कारण है b का

C कारण है c का

∴ अवशिष्ट 'A' काण होगा अवशिष्ट 'a' का।

दैनिक जीवन में इस विधि का अक्सर प्रयोग होता है। किसी तरल पदार्थ के वजन को जानने के लिए किसी बरतन का वजन ले लिया जाता है, फिर उस बरतन में उस तरल पदार्थ को डालकर दोनों का संयुक्त माप ले लिया जाता है। फिर, संयुक्त माप में से बरतन का माप घटा देने से अवशिष्ट वजन तरल पदार्थ का बच जाता है।

वैज्ञानिक खोजों में भी कभी-कभी इस विधि से बहुत महत्त्वपूर्ण सहायता मिलती है। आर्गन (Argon) नामक गैस का पता लगाने में इसी विधि का उपयोग किया गया था। यह देखा गया कि हवा से प्राप्त नाइट्रोजन गैस वजन में अन्य स्रोतों से प्राप्त नाइट्रोजन से कुछ भारी है। इस तरह हवा से प्राप्त नाइट्रोजन में अन्य स्रोतों से प्राप्त नाइट्रोजन की अपेक्षा वजन में कुछ अवशेष (residue) बच जाता था। व्याख्या करने पर बाद में पता चला कि वजन में इस अन्तर या अवशेष का कारण हवा से प्राप्त नाइट्रोजन के साथ मिला हुआ एक और गैस था, जिसका नाम आर्गन दिया गया। कुछ इसी प्रकार की विधि का प्रयोग कर 'नेपचुन' ग्रह का भी पता चला।

यूरेनस (Urenus) नामक एक ग्रह के विषय में यह पाया गया कि इसके भ्रमण-मार्ग (orbit) के विषय में लगाए गए हिसाब से इसके वास्तविक भ्रमण-मार्ग में कुछ अन्तर पड़ रहा था। लगाए गए हिसाब से इसका मार्ग कुछ और होना चाहिए था, परन्तु वास्तव में वह कुछ और ही था। अब वैज्ञानिकों ने लगाए गए हिसाब तथा वास्तविक मार्ग के इस बीच

1. *J. S. Mill : A System of Logic, Vol. I, p. 460.*

इस अन्तर या अवशेष (residue) का कारण पता लगाना शुरू किया। उन लोगों ने सूर्य आदि सभी ज्ञात ग्रहों के प्रभाव का हिसाब लगाया, परन्तु किसी से भी इस अवशेष की व्याख्या न हो सकी। इसलिए उन्होंने यह अन्दाज लगाया कि अवशेष का कारण कोई नया ग्रह है जो अब तक अज्ञात है। और बाद में निरीक्षण से पता चला कि सचमुच ही एक ग्रह है जिसका नाम उन्होंने नेपचून (Neptune) दिया। इस तरह नेपचुन का अनुसंधान इस अवशिष्टि विधि के द्वारा हुआ।

ऊपर के उदाहरणों से स्पष्ट है कि अवशिष्ट-विधि 'अनुसंधान की विधि' (The method of discovery) है, प्रमाण की विधि (the method of proof) नहीं। इससे कारण का केवल संकेत मिलता है, वह सिद्ध नहीं होता। उसे सिद्ध करने के लिए अभी आगे जाँच या सत्पयापन (verification) की आवश्यकता रह जाती है। ऊपर उदाहरणों में हमने देखा कि अवशिष्ट विधि से सिर्फ संकेत मिला कि कोई नया गैस और हवा में है, परन्तु इसकी सिद्धि बाद की जाँच से हुई। उसी प्रकार अवशिष्ट-विधि ने इतना संकेत मात्र दिया कि यूरेनस के मार्ग में अन्तर लाने का कारण कोई नया ग्रह है परन्तु इस संकेत की सिद्धि बाद के निरीक्षण से हुई। यह विधि वास्तव में कारण से सम्बन्धित इस सिद्धान्त पर आधारित है कि यदि कोई घटना किसी घटना के कारण के रूप में पहले से ज्ञात है तो वह किसी अन्य घटना का कारण नहीं हो सकती *(Nothing is the cause of a phenomenon which is known to be the cause of a different phenomenon)*।

अवशिष्ट विधि का रूप निगमनात्मक (deductive) है। पहले के अनुभव या आगमन के द्वारा कुछ दिए गए ज्ञान के आधार पर यहाँ कुछ निष्कर्ष निकाला जाता है। यहाँ आगमन से कहीं अधिक निगमन की विधि काम में आती है। कुछ घटनाओं का कारण पहले से दिया हुआ रहता है और उसी के आधार पर शेष घटना के कारण का अनुमान शेष पूर्ववर्त्ती में से लगाया जाता है।

अवशिष्ट-विधि मौलिक विधि नहीं है और यह स्वतन्त्र रूप से किसी घटना के अनुसन्धान में लागू नहीं की जा सकती। यह विधि वास्तव में व्यतिरेक-विधि का ही एक विशिष्ट रूपान्तर है। दोनों विधियों को लागू करने के पीछे जो सिद्धान्त है वह एक ही है, जैसा कि दोनों में लिए गए सांकेतिक उदाहरण के स्वरूप से ही स्पष्ट होता है। दोनों में दो उदाहरण है जिनमें से पूर्ववर्त्ती में यदि एक में कोई खास घटना है और दूसरे में नहीं है तो उन घटनाओं में कारण-कार्य का सम्बन्ध माना जाता है; अन्तर यही है कि व्यतिरेक-विधि का दूसरा उदाहरण प्रयोग (experiment) से मिलता है परन्तु अवशिष्ट-विधि का वह उदाहरण किसी पूर्व आगमन से निगमनात्मक निष्कर्ष के रूप में प्राप्त किया जाता है।

इस विधि के गुण *(Merits)*

(1) कभी-कभी विज्ञान के अनुसंधानों में यह विधि बहुत ही महत्त्वपूर्ण सिद्ध होती है। जटिल समस्याओं में से कुछ अंश का कारण किसी विधि से ज्ञात कर लेने के बाद शेष के कारण के विषय में इस विधि से एक संकेत मिलता है, जिसके अनुसार आगे बढ़ने पर कभी-कभी बड़े-बड़े वैज्ञानिक अनुसन्धान सम्भव हो जाते हैं, जैसा कि हमने ऊपर आर्गन (Argon) के अनुसन्धान में देखा। हमने देखा कि हवा से प्राप्त नाइट्रोजन में अन्य श्रोतों से प्राप्त नाइट्रोजन की तुलना में एक अवशेष रह जाता था जिसके कारण वैज्ञानिकों को यह संकेत मिला कि इस अवशेष का जरूर ही कोई-न-कोई कारण होगा और अनुसंधान के बाद पाया गया कि

यह कारण आर्गन गैस था जो हवा से प्राप्त नाइट्रोजन के साथ सम्मिलित रहता है। इसी विधि ने नेपचुन ग्रह के भी अनुसंधान में सहायता की, जैसा हम ऊपर देख चुके हैं। इस प्रकार यह विधि अनुसंधान के लिए अवसर प्रदान करती है।

(2) यह विधि साधारण ज्ञान पर आधारित एक बहुत ही सरल विधि है, जिसका उपयोग दैनिक जीवन में भी किया जा सकता है और किया जाता है। यह अवश्य है कि इसी विधि ने कई बड़े-बड़े अनुसंधानों का मार्ग प्रशस्त किया परन्तु साधारण जीवन में भी इस विधि का प्रयोग सफलतापूर्वक किया जा सकता है और किया भी जाता है। ऐसे बहुत अवसर सामने आते हैं जब हम किसी संयुक्त परिणाम (Joint Effect) का एक संयुक्त कारण जानते हैं और फिर कारणों में से कुछ के अलग रूप में भी निश्चित परिणाम जानते हैं। तो फिर इस विधि के द्वारा शेष परिणाम का कारण जानने में सहायता मिलती है। हम जानते हैं कि किसी दवा में कई तत्त्व मिले रहते हैं जिनके चलते उसका यह परिणाम होता है कि एक ही दवा से कई तरह की तकलीफ से आराम मिलता है, जैसे, बुखार भी छूटता है, भूख बढ़ती है, ताकत होती है, आदि। ये अलग-अलग परिणाम दवा में मिले अलग-अलग तत्त्वों के कारण होते हैं। अब यदि कुछ तत्त्वों के गुण हम पहले से जानते रहें और किसी एक का न जानते हों तो फिर इस विधि के द्वारा उसका भी गुण हम जान सकते हैं। तरल पदार्थों का वजन लेने के लिए तो बराबर ही इस विधि का प्रयोग हमलोग दैनिक जीवन में करते हैं। बोतल और तरल पदार्थ को सम्मिलित रूप में माप लेते हैं, बोतल का वजन पहले से मालूम रहता है, इससे स्पष्ट हो जाता है कि शेष वजन का कारण तरल पदार्थ है, यानी शेष वजन तरल पदार्थ का है।

(3) हमने देखा कि अन्य सभी विधियों के समक्ष कार्यों के सम्मिश्रण (intermixture of effects) के चलते कठिनाई उत्पन्न होती है। होता यह है कि प्रकृति की घटनाएँ अपने-आप में तो जटिल होती है जिनमें एक ही साथ कितने परिणाम सम्मिलित रहते हैं। इनमें से प्रत्येक के सम्बन्ध में A-B-C आदि के रूप में कुछ सरल विश्लेषण करना और तब उसका निश्चित कारण या कार्य जानना हमेशा सम्भव नहीं है। अवशिष्ट विधि बहुत हद तक अन्य विधियों की इस समस्या का समाधान करती है। यह विधि चूँकि अंश-अंश रूप में अवशिष्ट घटनाओं के सम्भावित कारणों की ओर संकेत करती है, इसलिए अंशों के वास्तविक कारण जानने या ढूंढ़ने में यह विधि सहायक होती है। इस रूप में यह विधि अन्य विधियों के लिए सहायक सिद्ध हो सकती है।

इस विधि के दोष *(Demerits)*

(1) सबसे पहला अवगुण इस विधि का यह है कि यह एक स्वतंत्र विधि नहीं है चूँकि इसे पूर्व-आगमन पर आधारित रहना पड़ता है। हमने देखा है कि जब किसी संयुक्त घटना के कुछ अंशों के कारणों का ज्ञान हमें पहले से ही रहता है, तभी शेष के कारण का इस विधि से या तो ज्ञान मिलता है या संकेत मात्र मिलता है। इसलिए जब तक पहले से, यानी अन्य किसी विधि के द्वारा हमें कुछ अंशों का कारण ज्ञात नहीं हों तब तक इस विधि का सहारा लेकर स्वतंत्र रूप में हम किसी कार्य का कारण या किसी कारण का कार्य पता नहीं लगा सकते।

(2) हमनें देखा है कि यह विधि मुख्यतः अनुसंधान की विधि है जिससे कारण का एक संकेत मात्र मिलता है, कारण की सिद्धि इसके द्वारा नहीं होती है। *मेलौन (Mellone)* ने

इस विधि के सम्बन्ध में कहा है कि यह "finger-post to the unexplained" है, यानी, जिसकी व्याख्या अबतक नहीं हो पाई है उसके सम्बन्ध में एक संकेत प्रदान करती है, उसकी निश्चित व्याख्या उपस्थित नहीं कर पाती। आर्गन तथा नेपचून के अनुसंधान सम्बन्धी बातों से यह स्पष्ट है। हमने देखा है कि दोनों ही सिथतियों में इस विधि ने मात्र एक संकेत प्रदान किया कि अवशिष्ट घटनाओं का कुछ-न-कुछ कारण है, परन्तु वह कारण सचमुच क्या है, इसका निश्चित पता इस विधि के द्वारा नहीं मिल पाया, उसके लिए स्वतंत्र प्रयोग तथा निरीक्षण की आवश्यकता पड़ी। इस प्रकार अधिकांश स्थितियों में यह विधि कारण-कार्य सम्बन्ध का एक संकेत मात्र प्रदान करती है, उसके लिए प्रमाण नहीं।

(3) इस विधि का प्रयोग जितनी सरलता से सरल जोड़-घटाव के आधार पर हम कर देते हैं वह व्यावहारिक स्तर पर सदैव सत्य सिद्ध नहीं भी हो सकता है। इस विधि में हम करते यह हैं कि एक संयुक्त फल ABC का कारण हम जानते हैं कि XYZ है। फिर हम यह भी जानते हैं कि अलग रूप में X, A का तथा Y, B का कारण है। इससे यह सिद्ध हो जाता है कि Z, C का कारण है। परन्तु वास्तविक परिस्थिति इससे भिन्न भी हो सकती है। हो सकता है कि Z स्वतंत्र रूप से C का कारण नहीं हो, वह C को उत्पन्न करने में तभी समर्थ हो पाता हो जब वह X तथा Y के साथ संयुक्त रहता हो। यानी C सिर्फ Z का परिणाम न होकर X Y Z तीनों का सम्मिलित परिणाम भी हो सकता है। ऐसी स्थिति में अवशिष्ट-विधि हमें धोखा दे सकती है।

(4) सहचारी-परिवर्तन विधि की ही तरह अवशिष्ट विधि भी वहीं तक कारगर मालूम पड़ती है जहाँ तक परिमाणात्मक खोजों का सम्बन्ध है यानी वैसे खोजों का सम्बन्ध है जिन्हें स्थूल रूप में जोड़ा-घटाया तथा मापा जा सके। जहाँ गुणात्मक प्रश्न सम्बन्धित है, यानी जहाँ खोजों में वस्तुओं के गुणों से सम्बन्धित सूक्ष्म तत्त्व निहित हैं जिन्हें स्थूल रूप से मापना या जोड़ना-घटाना सम्भव नहीं है, वहाँ शायद यह विधि कारगर सिद्ध नहीं हो सकती है।

(5) इस विधि के साथ एक यह भी कठिनाई हो सकती है कि अवशिष्ट रूप में जिस कारण का संकेत यह हमें देती है (और खोज के बाद एक कारण का पता लग भी जाता है) वही उस अवशिष्ट का कारण नहीं भी हो। हो सकता है कि उसका कारण कुछ ऐसा तत्त्व हो जिसका निरीक्षण हम कर ही नहीं पाये हों। इस सन्देह के निराकारण के लिए इस विधि के पास कुछ नहीं है।

(6) प्रायोगिक विधियों की एक सामान्य समीक्षा

(1) ऊपर हमलोगों ने मिल के द्वारा बतलायी गई पाँच प्रायोगिक विधियों की अलग-अलग चर्चा की। इन विधियों को ठीक से देखने पर यह स्पष्ट हो जाता है कि इनमें से अन्वय-विधि तथा व्यतिरेक-विधि ये ही दो मौलिक विधियाँ हैं, शेष सभी इन्हीं दोनों के रूपान्तर हैं, जैसा कि इन विधियों के वर्णन के साथ उपयुक्त स्थान पर हम बतला भी आये हैं। हमने बतलाया है कि सहचारी परिवर्तन विधि कभी तो अन्वय-विधि का तथा कभी व्यतिरेक-विधि का रूपान्तर होती है। उसी प्रकार अन्वय-व्यतिरेक विधि (The Joint method of agreement and difference) अन्वय विधिका एक रूपान्तर है तथा अवशिष्ट विधि (The method of residues) व्यतिरेक-विधि का ही एक अनोखा रूपान्तर (*"a peculiar modfication of the method of difference"* —Mill) है।

अब अन्वय एवं व्यतिरेक-विधियों के सम्बन्ध में भी इस बात को लेकर मतभेद है कि इन दोनों में से कौन अधिक मौलिक है। खुद मिल ने भी इस तरह का सवाल खड़ा किया है चूँकि वे कहते हैं कि अन्वय और व्यतिरेक-विधियों में व्यतिरेक-विधि ही अधिक मौलिक है। उनके अनुसार व्यतिरेक-विधि अधिक मौलिक इसलिए है चूँकि वह कारण-कार्य सम्बन्ध को सिद्ध करती है जहाँ अन्वय-विधि कारण-कार्य सम्बन्ध का सिर्फ खोज या अनुसन्धान करती है, या यों कहा जाए कि उसकी ओर सिर्फ इशारा करती है *(While the method of agreement merely suggests a causal connection, the method of difference proves it)* कुछ लोगों के अनुसार तो अन्वय-विधि को व्यतिरेक-विधि के रूप में परिवर्तित भी किया जा सकता है और मूलतः उससे स्वतंत्र यह कोई विधि नहीं है। ऐसा कहने वालों में कार्वेथ रीड (Carveth read) भी है। परन्तु फिर कुछ ऐसे लोग भी हैं जो यह कहते हैं कि व्यतिरेक-विधि को ही अन्वय विधि के रूप में बदला जा सकता है और उससे स्वतंत्र यह कोई विधि ही नहीं है।

परन्तु वास्तविकता यह है कि एक अर्थ में दोनों को एक-दूसरे के रूप में परिवर्तित किया जा सकता है चूँकि मेल (agreement) और भेद (difference) के विचार सहगामी हैं। जहाँ कुछ उदाहरणों में कुछ बातों में आपस में मेल होगा तो यह निहित है कि कुछ दूसरी बातों में उनमें आपस में भेद भी है। और एकअर्थ में किसी के रूप में किसी को परिवर्तित नहीं किया जा सकता चूँकि दोनों अपनी-अपनी जगह एक ही विचार के दो पहलुओं की चर्चा अपने-अपने ढंग से करते हैं तथा उन्हें एक-दूसरे रूप में परिवर्तित करने की आवश्यकता नहीं। सचमुच मेल और भेद दोनों ही प्रकार के उदाहरणों को सामने रखने से हम किसी भी कारण-कार्य सम्बन्ध को अधिक निश्चित रूप में स्थापित कर सकते हैं। इस तरह अन्वय और व्यतिरेक-विधियों के बीच मौलिकता का द्वन्द्व खड़ा करना ही बेकार है। दोनों ही समान रूप से मौलिक है।

(2) मौलिकता के प्रश्न के बाद इन प्रायोगिक विधियों के सम्बन्ध में एक प्रश्न यह भी उपस्थित होता है कि इनमें से कौन 'निरीक्षण की विधि' (method of observation) और कौन 'प्रयोग की विधि' (method of experiments) हैं। हमने विधियों की चर्चा के सिलसिले में यथास्थान यह देखा है कि इनमें से कुछ अपने उदाहरणों को आवश्यकतानुसार निरीक्षण से ही प्राप्त करते हैं, परन्तु व्यतिरेक-विधि की समुचित आवश्यकता को पूरी करने के लिए प्रयोग आवश्यक है। तो इसी आधार पर कि चूँकि कोई विधि निरीक्षण का और चूँकि प्रयोग का उपयोग करती है यह प्रश्न उपस्थित होता है कि उनमें से कौन निरीक्षण की विधि है तथा कौन प्रयोग की।

परन्तु इस प्रकार का प्रश्न उपस्थित करना भ्रमपूर्ण है। कोई भी विधि न तो सिर्फ निरीक्षण की विधि है और न सिर्फ प्रयोग की। आवश्यकतानुसार निरीक्षण और प्रयोग दोनों का उपयोग सभी विधियों में हो सकता है, इसमें कोई हर्ज नहीं। हाँ, इतना सत्य है कि कुछ विधियो में लिए गए उदाहरणों की आवश्यकता चूँकि निरीक्षण से ही पूरी हो जाती है, इसीलिए उनमें मुख्यतः निरीक्षण का ही उपयोग होता है और कुछ की आवश्यकता चूँकि प्रयोग से भली प्रकार पूरी होती है, इसलिए उनमें मुख्यतः प्रयोग से ही काम लिया जाता है। इसलिए कुछ को 'निरीक्षण-प्रधान विधि' तथा कुछ को 'प्रयोग-प्रधान विधि' कहा जा सकता है, परन्तु 'निरीक्षण की विधि' और 'प्रयोग की विधि' नाम भ्रम-मूलक हैं।

अन्वय-विधि निरीक्षण-प्रधान विधि है, चूँकि, जैसा हम इसकी चर्चा के सिलसिले में देख चुके हैं, इसमें मुख्यतः निरीक्षण का ही उपयोग होता है।

व्यतिरेक-विधि प्रयोग-प्रधान विधि है चूँकि इसमें जिस प्रकार के उदाहरण की आवश्यकता होती है वह प्रयोग से ही पूरी हो सकती है।

सहचारी-परिवर्तन विधि परिस्थिति के अनुसार निरीक्षण प्रधान तथा प्रयोग-प्रधान दोनों प्रकार की विधि हो सकती है चूँकि यह कभी तो अन्वय-विधि के रूपान्तर के तौर पर देखी जा सकती है और कभी व्यतिरेक-विधि के।

अन्वय-व्यतिरेक विधि अन्वय-विधि का रूपान्तर होने के कारण निरीक्षण-प्रधान विधि है तथा अवशिष्ट-विधि व्यतिरेक-विधि का एक खास प्रकार का रूपान्तर होने के नाते प्रयोग-प्रधान विधि है।

(3) इन विधियों की सामान्य रूप से चर्चा करते वक्त एक बात यह भी हमारे सामने आती है कि इनमें से कौन 'अनुसंधान की विधि' (method of discovery) तथा कौन 'प्रमाण की विधि' (method of proof) है। इसकी भी चर्चा हम यथास्थान करते आये हैं। यहाँ एक बार फिर सामान्य रूप से हम यही कह सकते हैं कि पूर्णरूपेण प्रमाण की विधि के रूप में हम व्यतिरेक-विधि को ही ले सकते हैं, बशर्ते कि इसके उदाहरण प्रयोग के आधार पर प्राप्त किए गए हों। फिर अन्वय-व्यतिरेक विधि भी बहुत हद तक प्रमाण की विधि ही कही जा सकती है। शेष तीनों विधियाँ मुख्यतः अनुसंधान की ही विधियाँ हैं यद्यपि सहचारी परिवर्तन विधि को, जब वह व्यतिरेक-विधि का रूपान्तर होती है, हम प्रमाण की विधि भी मान सकते हैं।★

(4) प्रायोगिक विधियों की सामान्य समीक्षा के सिलसिले में ऊपर इनके सामान्य लक्षणों की चर्चा की गई। अब इनके सम्बन्ध में उपस्थित की गयी कुछ सामान्य समालोचनाओं का जिक्र करना भी आवश्यक है। यों तो प्रत्येक प्रायोगिक विधि की चर्चा के साथ-ही-साथ उसके गुण-दोषों के रूप में हमने उसकी आलोचना भी उपस्थित की है, परन्तु इन सभी विधियों के अध्ययन के बाद उनके प्रति एक सामूहिक दृष्टि अपनाने पर हमें उनके कुछ ऐसे गुण-दोष नजर आते हैं जो सभी विधियों में सामान्य रूप से पाए जाते हैं, यानी जो इन विधियों की सामूहिक महत्ता एवं सामूहिक कठिनाइयों के रूप में देखें जा सकते हैं।

जहाँ तक इन विधियों के सामान्य महत्त्व का प्रश्न है *मिल (Mill)* ने बड़े ऊँचे स्वर में उसकी चर्चा की है। उनके अनुसार ये प्रायोगिक विधियाँ आगमनात्मक खोज की रीढ़ है। ये हमें वैसे कुछ नियम एवं तरीके प्रदान करती हैं, जिनपर अमल कर हम आसानी से घटनाओं में कारण-कार्य सम्बन्ध स्थापित एवं सिद्ध कर सकते हैं, तथा उनके आधार पर सामान्य नियम (General laws) बना सकते हैं। प्रायोगिक खोज की ये विधियाँ एकमात्र विधियाँ हैं। (*"The only possible modes of experimental enquiry"* – Mill)

★ *आधुनिक विचारक तो मिल थी किसी भी विधि को प्रमाण की विधि मानते ही नहीं। प्रमाण की विधि तो दूर रहे, अधिकांश विचारक इन विधियों को अनुसंधान की भी विधि मानने से इनकार करते हैं। ऊपर की बातें सिर्फ मिल के दावे हैं, पर इन दावों (claims) को आधुनिक विचारक स्वीकार नहीं करते। इन सारी बातों का, यान्री, इन बातों का कि क्यों वे इन विधियों को अनुसंधान या प्रमाण की विधि नहीं मानते, स्पष्टीकरण यहाँ संभव नहीं है। यदि आप इनमें रुचि रखते हैं तो देखिए मेरी पुस्तक 'तर्कशास्त्र परिचय' का 'मिल की प्रायोगिक विधियाँ' वाला अध्याय।*

परन्तु इतना होते हुए भी तर्कशास्त्रियों ने मिल की इन विधियों के विरुद्ध कई आलोचनाएँ प्रस्तुत की है, जो सामान्य रूप से सभी विधियो के सम्बन्ध में कही जा सकती है। उनमें से मुख्य ये हैं :—

(क) सबसे घातक आलोचना तो इन विधियों के विरुद्ध यह है कि ये आगमनात्मक होने का दावा करती है परन्तु अपने वास्तविक स्वरूप में ये आगमनात्मक है ही नहीं, ये तो बिल्कुल निगमनात्मक हैं।

हमने देखा है कि प्रत्येक प्रायोगिक विधि एक-एक बहिष्करण की विधि (method of elimination) पर आधारित है और हर बहिष्करण-विधि कारण-कार्य के नियम (the law of causation) से निकलती है। अब हम एक-एक प्रायोगिक विधि को लेकर देख सकते हैं कि प्रत्येक की क्रिया अपने-अपने स्वरूप में निगमनात्मक है और इस निगमनात्मक क्रिया का वृहत् वाक्य कोई उपयुक्त बहिष्करण विधि का सिद्धान्त है यानी मूलतः करण-कार्य का सिद्धान्त है। अनुमान की जो क्रिया निगमन में सम्पन्न होती है, यानी सामान्य नियम से विशेष की ओर जाना, उसी प्रकार की क्रिया इन प्रायोगिक विधियों में भी सम्पादित होती है और यहाँ पर सामान्य नियम का काम बहिष्करण-विधियाँ करती हैं। उदाहरण के लिए, अन्वय-विधि की सम्पूर्ण क्रिया निम्नांकित निगमनात्मक अनुमान के रूप में रखी जाती है :—

जिस पूर्ववर्त्ती के अभाव में भी कोई घटना (A) घटे, वह उस घटना का कारण नहीं हो सकती है।

b, c, d, e के अभाव में कोई घटना (A) घटती है,

∴ b, c, d, e उस घटना का कारण नहीं है।

फिर कारण कार्य का नियम यह बतलाता है कि हर घटना का कोई-न-कोई कारण होगा। अतः इस घटना का (A) का भी कोई कारण अवश्य होगा और वह है 'a' (देखिए अन्वय-विधि में दिया गया सांकेतिक उदाहरण)। यहाँ हम स्पष्ट देखते हैं कि अन्वय-विधि की पूरी क्रिया जो साधारण रूप से आगमनात्मक मालूम पड़ती है, वह वस्तुतः निगमनात्मक है और उसके द्वारा अनुसंधानित कारण-कार्य सम्बन्ध एक निगमनात्मक न्याय (syllogism) का निष्कर्ष है जिसका वृहत् वाक्य है पहली बहिष्करण-विधि जो यह कहती है कि 'जिस पूर्ववर्त्ती के अभाव में भी कोई घटना घटे, वह उस घटना का न तो कारण और न कारण का कोई अंश ही हो सकती है, *("Whatever antecedent can be left out without prejudice to the effect, can be no part of the cause.")*।

उसी प्रकार व्यतिरेक-विधि की भी पूर्ण क्रिया को एक निगमनात्मक न्याय के रूप में रखा जा सकता है जिसका वृहत् वाक्य है बहिष्करण की दूसरी यानी यह विधि है कि 'जब किसी पूर्ववर्ती के अभाव में घटना का भी अभाव हो जाता है तो वैसी पूर्ववर्त्ती अवश्य घटना का या तो कारण या कारणांश होगी'(*"When an antecedent cannot be left out, without the consequent disappearing such antecedent must be the cause or part of the cause."*)। वह न्याय (syllogism) इस प्रकार का होगा :—

जिस पूर्ववर्त्ती के अभाव में घटना-का भी अभाव हो जाय तो
वह उस घटना (a) का कारण अवश्य होगी।

A के अभाव मे उस घटना (a) का भी अभाव हो जाता है

∴ A उस घटना (a) का कारण अवश्य है।

(देखिए व्यतिरेक-विधि में दिया हुआ सांकेतिक उदाहरण)

इसी प्रकार अन्य सभी विधियों को भी निगमनात्मक न्याय के रूप में रखा जा सकता है और इस तरह हम देख सकते हैं कि ये विधियाँ मूलतः निगमनात्मक है एवं सभी कारण-कार्य नियम (the law of causation) के उपफल (deductions) हैं।

परन्तु हमें अपने विचार से यहाँ यह बतलाना अभीष्ट मालूम पड़ता है कि इस प्रकार का आक्षेप खास तौर से इन प्रायोगिक विधियों के ही विरुद्ध लाना ठीक नहीं हैं। इस तरह का आक्षेप तो और भी पहले आगमन के स्वरूप के ही विषय में लाया जा सकता है। खुद आगमन ही अपने वैज्ञानिक रूप में प्रकृति समरूपता नियमों का उपफल माना जा सकता है। वस्तुतः आगमन की क्रिया अपने-आप एक निगमनात्मक न्याय के रूप में रखी जा सकती है। साधारणतः हमारा दावा है कि 'सभी मनुष्य मरणशील है' यह निष्कर्ष एक आगमनात्मक अनुमान है जिसके आधार-वाक्य अनुभव के द्वारा प्राप्त एक-एक मनुष्य की मरणशीलता से सम्बनिधत वाक्य है, जैसे–क मरणशील है, ख मरणशील है आदि। परन्तु वास्तव में सारे आगमनात्मक अनुमान की क्रिया निम्नलिखित न्याय के रूप में रखी जा सकती है :—

क, ख, ग आदि मनुष्यों के विषय में जो सत्य है, वह सभी मनुष्यों के विषय में सत्य होगा,

क, ख, ग आदि मरणशील हैं,

∴ सभी मनुष्य मरणशील हैं।

इस प्रकार हर आगमन अनुमान मूलतः निगमनात्मक है जिसका वृहत् वाक्य मानो छिपा रहता है और जो मूलतः प्रकृति-समरूपता नियम तथा कारण-कार्य नियम का ही एक सम्मिलित रूप है।

(ख) फिर दूसरी आलोचना इन विधियों के खिलाफ सामान्य रूप से यह है कि 'बहुकारणवाद' का सिद्धान्त इन सबों के समक्ष कठिनाइयाँ उपस्थित करता है तथा उसके सामने इन्हें अपने मुँह की खानी पड़ती है।

बात यह है कि ये विधियाँ किसी एक खास घटना का एक खास कारण बतला देती हैं। तो इससे यह तो सिद्ध हुआ माना जा सकता है कि अमुक घटना का अमुक कारण है परन्तु उस घटना का वही एकमात्र कारण यह कहाँ इन विधियों के द्वारा सिद्ध होता है ? और 'बहुकारणवाद' का सिद्धान्त यह कहता है कि एक ही घटना के अनेक कारण हो सकते हैं, एक ही घटना अलग-अलग समय में अलग-अलग कारणों के द्वारा उत्पन्न की जा सकती है। यह सच है कि अन्वय-व्यतिरेक विधि तथा व्यतिरेक-विधि भी इस कठिनाई को दूर करने की कोशिश करती है परन्तु इसमें वे पूर्णतः सफल नहीं होती, ऐसा हमने देखा है। इस तरह, प्रायोगिक विधियों का सारा प्रयास बहुकारणवाद की सम्भावना से बेकार हो जाता है।

परन्तु यहाँ भी हमारा कहना होगा कि प्रायोगिक विधियों के समक्ष इस प्रकार की आलोचना लाना उचित है ही नहीं। जब 'बहुकारणवाद' का सिद्धान्त वैज्ञानिक दृष्टिकोण से खुद मान्य नहीं है तो वह इन विधियों के समक्ष यथार्थ कठिनाइयाँ कैसे उत्पन्न कर सकेगा ?

(ग) फिर तीसरी आलोचना इन विधियों के विरुद्ध यह है कि कार्य-सम्मिश्रण (inter-mixture of effects) के द्वारा भी इनके समक्ष कठिनाई उपस्थित की जाती है जिसका सामना करने में ये असमर्थ है। और यह बात यथार्थ भी है। प्रकृति में साधारणतः सरल घटनाएँ नहीं मिलती। बहुत-से छोटे-छोटे कारण अलग-अलग काम करते हुए भी प्रकृति में एक साथ मिलकर एक बहुत ही जटिल घटना उपस्थित कर देते हैं जिसका कारण ढूँढ़ निकालना इन विधियो के मार्ग से बहुत ही कठिन काम है। ये विधियाँ तो कुछ इस प्रकार से काम करती

हैं, मानो प्रकृति में हर घटना बहुत ही सरल हो और प्रत्येक का कारण अलग-अलग रूप में पहले से दिया हुआ हो। मिल ने जिस तरह कारण और कार्य की व्याख्या x — y — z और A — B — C के रूप में करके इन विधियों की व्याख्या हमारे सामने की है उससे तो किसी घटना का कारण पता लगाना इन विधियों के द्वारा बड़ा आसान मालूम पड़ता है, परन्तु व्यावहारिक क्षेत्र में जब इन विधियों को लागू करने का प्रश्न आता है तो ये विधियाँ अनुत्तीर्ण सिद्ध होने लगती हैं। कुछ हद तक सहचारी-परिवर्तन विधि तथा अवशिष्ट विधि इस क्षेत्र में कामयाब होती है परन्तु उनसे भी काम नहीं हो पाता और इसीलिए इस कठिनाई को दूर करने के लिए निगमनात्मक विधियों (deductive methods) का सहारा लेना पड़ता है, जिसकी चर्चा हम षष्ठ अध्याय में करेंगे।

(घ) प्रकृति की जटिल घटनाओं का सरल रूप में विश्लेषण करने की कोई विधि ये प्रायोगिक विधियाँ नहीं बतलाती।

हमने देखा कि प्रकृति में घटनाएँ हमारे समक्ष बड़े ही जटिल रूप में उत्पन्न होती है और ये प्रायोगिक विधियाँ हमें कारण ढूँढ़ने की ऐसी विधि बतलाती है जिसमें घटनाएँ बड़े ही सरल रूप में (A — B — C आदि रूप में) रखी जाती हैं। इस प्रकार वास्तविकता को ध्यान में रखते हुए इन विधियो से यह अपेक्षित था कि ये प्रकृति की जटिल घटनाओं को उन A — B — C के सरल रूप में तोड़ने का कोई तरीका बतलाती, जो ये नहीं करती। यह इनका एक बहुत ही बड़ा दोष है।

□

परिशिष्ट

बौद्ध आकारिक (या आकारपरक) तर्कशास्त्र की अवधारणा
(The Concept of Buddhist Formal Logic)

(1) आकारपरक एवं वस्तुपरक तर्कशास्त्र

हमने निगमन तथा आगमन तर्कशास्त्र का भेद प्रथम अध्याय में किया है। पह वहाँ हम दोनों के बीच भेद के सिर्फ इसी पक्ष पर जोर देते रहे हैं कि निगमन का निष्कर्ष अपने आधार वाक्यों से अनिवार्यतः निकलता है, पर आगमन के निष्कर्ष में ऐसी कोई अनिवार्यता नहीं होती। पर दोनों के बीच भेद का एक अन्य महत्वपूर्ण पहलू भी है और वह यह है कि निगमन तर्कशास्त्र को युक्तियों के सिर्फ आकार से मतलब रहता है, विषय-वस्तु से नहीं, जबकि आगमन को उनकी विषय-वस्तु से मतलब होता है। इसीलिए निगमन तर्कशास्त्र को सामान्य तौर पर आकारिक या आकारपरक तर्कशास्त्र कहा जाता है जबकि आगमन को वस्तुपरक। परन्तु यहाँ संक्षेप में यह देख लेना आवश्यक है कि 'आकारपरक' तथा 'वस्तुपरक' से तात्पर्य क्या है और जब हम निगमन तर्कशास्त्र को आकारिक (या आकारपरक) तथा आगमन को वस्तुपरक कहते हैं तो उससे सचमुच क्या समझते हैं।

किसी भी चीज की विषय-वस्तु (या सिर्फ वस्तु) तथा उसके आकार के भेद की अवधारणा से प्रायः हम परिचित हैं। उदाहरण के लिए मेज की एक विषय-वस्तु है – कि वह लकड़ी का बना हुआ है – तथा उसका एक आकार (form) है – जैसे उसका आयताकार या गोल आदि होना। उसी प्रकार हमारे अनुमान या हमारी युक्तियों में से भी प्रत्येक की एक विषय-वस्तु होती है और उसका एक आकार भी होता है। जैसे हम युक्तियों के कुछ निम्नलिखित उदाहरण ले तथा उनके सहारे युक्तियों के आकार तथा विषय-वस्तु के भेद को समझने की चेष्टा करें :—

(1) यदि सूर्य है, तो प्रकाश है,
सूर्य है,
इसलिए, प्रकाश है।

(2) यदि बिजली की आपूर्त्ति होगी तो कल-कारखाने चलेंगे,
बिजली की आपूर्त्ति होगी,
इसलिए, कल-कारखाने चलेंगे।

(3) या तो वर्षा होगी या फसल बर्वाद होगी,
वर्षा नहीं होगी,
इसलिए, फसल बर्बाद होगी।

(4) या तो राम बीमार है, या वह बाहर गया है,
राम बीमार नहीं है,
इसलिए, वह बाहर गया है।

इन युक्तियों में हम देख सकते हैं कि सभी की विषय-वस्तु एक-दूसरे से भिन्न है, पर आकार की दृष्टि से (1) तथा (2) में समानता है तथा फिर (3) और (4) के बीच परस्पर

समानता है। इन युक्तियों में आकार को विषय-वस्तु से यदि हम अलग कर देखना चाहें तो प्रथम दो का निम्नलिखित आकार हमारे सामने आएगा :—

यदि 'क' तो 'ख',
'क'
∴ 'ख'।

जहाँ 'क' तथा 'ख' दोनों ही में विषय-वस्तु से सम्बन्ध रखने वाले वाक्यों के प्रतीक हैं। विषय-वस्तु के अन्तर को यदि हम ध्यान में न रखें और दोनों के सिर्फ आकार को सामने रखें तो वह उपर्युक्त रूप का ही होगा। दूसरे शब्दों में कह सकते हैं कि दोनों ही युक्तियाँ उपर्युक्त आकार में दी हुई हैं।

इसी प्रकार (3) तथा (4) का निम्नलिखित आकार हमारे सामने आएगा :—

या तो 'क' या 'ख'
नहीं — 'क'
∴ नहीं — 'ख'।

इन उदाहरणों से यह सिद्ध होता है कि युक्तियों में विषय-वस्तु तथा आकार दोन चीजें होती है, आकार को विषय-वस्तु से अलग कर दिया जा सकता है तथा अनेकों युक्तियों का आकार उनका बीच विषय-वस्तु की भिन्नता के बावजूद एक ही होता है। निगमन तर्कशास्त्र को आकारिक तर्कशास्त्र इसलिए कहा जाता है चूँकि युक्तियों की वैधता-अवैधता निधारित करते समय उसका लक्ष्य एक-एक युक्ति की अलग-अलग वैधता-अवैधता देखना नहीं होता, बल्कि उस आकार की वैधता-अवैधता देखना होता है जिसमें वह युक्ति बनी होती है। जिस समय एक कोई विशेष युक्ति भी उसके सामने वैधता-अवैधता निर्धारण के लिए उपस्थित की जाती है तो उसका सम्बन्ध उस विशेष युक्ति से ही नहीं होता बल्कि उस आकार से होता है जिसमें वह युक्ति ढली होती है। यदि उसका आकार वैध सिद्ध होता है तो वह युक्ति भी वैध सिद्ध होती है और यदि आकार-अवैध सिद्ध होता है तो वह युक्ति भी अवैध सिद्ध होती है, चाहे विषय-वस्तु की दृष्टि से युक्ति वैध ही क्यों न लगे। यही कारण है कि कहा जाता है कि निगमन तर्कशास्त्र का सम्बन्ध युक्ति-आकारों से होता है, युक्तियों से नहीं। यदि निगमनात्मक अनुमान के नियमों के अनुसार किसी एक विशिष्ट आकार में तर्क करना या युक्ति प्रस्तुत करना वैध है तो फिर उस आकार में निर्मित समस्त युक्तियाँ अपने-आप वैध सिद्ध हो जाती हैं, विषय-वस्तु की दृष्टि से उनमें परस्पर भिन्नता उनकी वैधता-अवैधता के प्रश्न से कोई मतलब नहीं रखती। निगमनात्मक युक्तियों में भी विषय-वस्तु हो सकती है, जसा कि ऊपर दिए गए उदाहरणों में है, पर जब उनकी वैधता-अवैधता जाँचने का प्रश्न आता है तो हम उनकी विषय-वस्तु पर जरा भी ध्यान नहीं देते, सिर्फ उनके आकार को देखते हैं और यह निर्धारित करने की चेष्टा करते हैं कि उन आकारों में तर्क करना वैध है या नहीं। कोई एक विशिष्ट आकार यदि निगमंनात्मक अनुमान की दृष्टि से वैध है तो फिर उस आकार में निर्मित सभी युक्तियाँ वैध होंगी और यदि वह अवैध है तो फिर उस आकार में ढली सारी युक्तियाँ अवैध होंगी। *सिर्फ आकारों (युक्ति-आकारों) की वैधता-अवैधता से जो तर्कशास्त्र सम्बन्ध रखता है, उसे आकारिक तर्कशास्त्र (formal logic) की संज्ञा दी जाती है। आकारिक तर्कशास्त्र की दृष्टि*

से (यानी उसके नियमों के अनुसार)

यदि क तो ख,
क,
∴ ख

आकार में तर्क करना वैध है। इसलिए इस आकार में ढली पहली दोनों ही युक्तियाँ वैध हैं, भले ही उनकी विषय-वस्तु अलग-अलग है। ये ही दोनों नहीं बल्कि उपर्युक्त आकार में ढली कोई भी अन्य युक्ति भी निश्चित रूप से वैध होगी। उसी प्रकार बाद में आने वाली दोनों युक्तियाँ (3 तथा 4) भी वैध हैं चूँकि वे भी जिस आकार में निर्मित हैं (यानी, या तो क या ख, नहीं – क, इसलिए ख) वह आकार निगमनात्मक अनुमान का वैध आकार है। उसी प्रकार अध्याय 4 में शुद्ध निरपेक्ष न्याय के जो 19 वैध योग (Mood) हमने निर्धारित किए हैं उसका तात्पर्य यह है कि ये ही 19 आकार तर्क करने के वैध आकार हैं और इसलिए इनमें ढली कोई भी शुद्ध निरपेक्ष न्याय सम्बन्धी युक्ति वैध होगी, चाहे उसकी विषय-वस्तु कुछ भी हो। इन 19 आकारों के अलावा जो अन्य अनेकों योग हैं वे अनुमान करने के अवैध आकार हैं, इसलिए उनमें ढली युक्तियाँ अवैध होंगी।

आगमन तर्कशास्त्र वस्तुपरक (Material) तर्कशास्त्र है चूँकि आगमनात्मक युक्तियों का मूल्य उनकी विषय-वस्तु को देखकर ही आँका जा सकता है। हमने पहले देखा है कि आगमनात्मक युक्तियाँ वैध-अवैध तो होतीं नहीं, उन्हें सिर्फ हम अच्छी-बुरी, सबल-निर्बल आदि के रूप में पहचान सकते हैं। आगमनात्मक युक्तियों के निष्कर्षों में सिर्फ संभावित सत्यता होती है और इसलिए जिस युक्ति के निष्कर्ष में सत्यता की संभावना बहुत अधिक रहती है उसे हम अच्छी या सबल युक्ति की संज्ञा देते हैं और जिसमें यह संभावना बहुत कम रहती है उसे बुरी या निर्बल युक्ति कहते हैं। पर इस प्रकार आगमनात्मक युक्तियों के मूल्य को आँकना सिर्फ उनके आकार के आधार पर संभव नहीं है, इसके लिए युक्ति की विषय-वस्तु को देखना और उसे समझना आवश्यक है। प्रत्येक दी हुई युक्ति की विषय-वस्तु को देखने के बाद ही हम यह तय कर सकते हैं कि दिए हुए आधार वाक्यों के सत्य होने पर उनके आधार पर निकाले गए अमुक निष्कर्ष के सत्य होने की संभावना कितनी है। उदाहरण के लिए :—

राम मनुष्य था और उसकी मृत्यु हो गई।
श्याम मनुष्य था और उसकी मृत्यु हो गई।
यदु मनुष्य था और उसकी मृत्यु हो गई।
....

और इसी प्रकार अन्य अनेकों मनुष्यों की मृत्यु हो गई इसलिए, यह संभव लगता है कि सभी मनुष्य मरणशील हैं जो एक-न-एक दिन मरेंगे।

यह अनुमान एक आगमनात्मक अनुमान है जिसके निष्कर्ष में सत्यता की बहुत अधिक संभावना है, चूँकि जिन उदाहरणों के बद पर निष्कर्ष निकाला गया है उनकी विषय-वस्तु को देखकर ऐसा लगता है कि निष्कर्ष में कही गई बात भी सत्य होगी, यद्यपि ऐसा होने की कोई अनिवार्यता नहीं है।

परन्तु यदि इसी रूप-आकार का एक दूसरा उदाहरण हम लें तो हम पाएँगे कि उसके निष्कर्ष के सत्य होने की संभावना बहुत कम है :—

राम मनुष्य है और वह गिर गया
श्याम मनुष्य है और वह गिर गया
यदु मनुष्य है और वह गिर गया
....

इसलिए यह संभव लगता है कि सभी मनुष्य एक-न-एक दिन गिरेंगे।

यहाँ निष्कर्ष की सत्यता की संभावना सापेक्षतः कम लगती है। पर ऐसा किस आधार पर? दोनों अनुमान के आकार को देखकर नहीं, (क्योंकि वह तो प्रायः एक ही है) बल्कि दोनों की विषय-वस्तु को देखकर। मरने वाली बात कुछ ऐसी है जो मनुष्यों के जैविक (Biological) स्वरूप में ही निहित मालूम पड़ती है। जिन तत्वों से मनुष्य-शरीर बना हुआ है उनका बिखराव (disintegration) तथा विनाश एक-न-एक दिन जैविक दृष्टि से प्रायः निश्चित मालूम पड़ता है। इसलिए जब हम अनेकों मनुष्यों को मरते पाते हैं तो उनमें और जो अभी जीवित हैं उनमें सार तत्वों की एक समानता देखकर तथा फिर उन सबों की जैविक स्थिति देखकर यह निष्कर्ष निकालना अधिकतम संभावना के साथ सत्य मालूम पड़ता है कि अब तक जीवित मनुष्य भी एक-न-एक दिन मरेंगे, जिसका तात्पर्य है कि 'सभी मनुष्य मरणशील हैं'। परन्तु कुछ मनुष्यों को गिरते देखकर सबों के गिरने सम्बन्धी निष्कर्ष निकालने में सत्यता की उतनी संभावना नहीं प्रतीत होती। हो सकता है कि कुछ मनुष्यों के सम्पूर्ण जीवन में ऐसी कोई परिस्थिति कभी आये ही नहीं कि वे गिरे। इसलिए दूसरे आगमनात्मक अनुमान के निष्कर्ष की सत्यता की संभावना सापेक्षतः कम मालूम पड़ती है।

हो सकता है कि कुछ लोगों को हमारे इस मत के साथ सहमति न हो कि उपर्युक्त पहले आगमनात्मक अनुमान के निष्कर्ष में सत्यता की संभावना अधिक है और दूसरे में सापेक्षतः कम। पर ऐसे लोगों से हमारा कोई विरोध या झगड़ा नहीं है। हो सकता है उनका ही विचर सही हो। पर हम जो यहाँ स्थापित करना चाहते हैं वह यह नहीं है कि दोनों के निष्कर्षों में से कौन अधिक सत्य होगा, बल्कि यह कि उनके कम या अधिक संभावित रूप में सत्य होने का फैसला उनकी विषय-वस्तु के आधार पर ही किया जा सकता है, सिर्फ उनके आकार को देखकर नहीं (यदि सचमुच उनका कोई निश्चित आकार हो भी तो)। ऐसे अनुमानों को हम वस्तुपरक अनुमान की संज्ञा दे सकते हैं और जो तर्कशास्त्र ऐसे अनुमानों से सम्बन्ध रखता है उसे वस्तुपरक तर्कशास्त्र की। आगमन तर्कशास्त्र को निश्चित रूप से यह संज्ञा दी जा सकती है।

(2) बौद्ध आकारिक (या आकारपरक) तर्कशास्त्र (Buddhist Formal Logic) की अवधारणा

ऊपर हमने आकारपरक तथा वस्तुपरक तर्कशास्त्र के भेद को देखा तथा अध्याय 6 में बौद्ध तर्कशास्त्र के कुछ महत्वपूर्ण पहलुओं को देखा है। अब हम इनके आधार पर यह निश्चित करने की कोशिश करें कि क्या कोई बौद्ध आकारिक तर्कशास्त्र संभव भी है। पूरे भारतीय तर्कशास्त्र में, जिसका अपवाद बौद्ध तर्कशास्त्र भी नहीं है, अनुमान हेतु तथा साध्य के बीच व्याप्ति-सम्बन्ध पर आधारित होता है और हेतु तथा साध्य के बीच ऐसा सम्बन्ध है या नहीं यह तबतक पता नहीं चलेगा जबतक किसी विशिष्ट अनुमान के हेतु तथा साध्य को स्पष्ट रूप से हम देख नहीं लें। फिर हेतु के कुछ लक्षण भी बतलाए गए हैं जो उसमें किसी अनुमान के वास्तविक हेतु बनने के लिए होना आवश्यक है। यदि कोई हेतु सिर्फ हेतु के स्थान पर बैठा हो पर उसमें सद्हेतु के लक्षण नहीं हैं, तो फिर अनुमान अवैध हो जाता है – उसमें हेत्वाभास सम्बन्धी दोष उत्पन्न हो जाता है। हमने देखा है कि बौद्ध तर्कशास्त्र में सद्हेतु के, यानी उस हेतु के जो किसी अनुमान का वैध रूप से हेतु बन सकता है, तीन लक्षण होते हैं। ये यदि उसमें नहीं हों तो फिर वह किसी अनुमान का वैध रूप से हेतु हो ही नहीं सकता,

या यों कहें कि वह जिस अनुमान में होगा वह अवैध हो जाएगा – उसमें हेत्वाभास सम्बन्धी दोष हो जाएगा। परन्तु यह सब देखा कैसे जाएगा – क्या सिर्फ अनुमान या युक्ति के आकार को देखकर ? दूसरे शब्दों में, अनुमान की वैधता यहाँ कैसे निर्धारित की जाएगी – क्या सिर्फ उसके आकार को देखकर ? नहीं, चूँकि इसके लिए हेतु तथा साध्य दोनों को वस्तु-रूप में हमें देखना होगा ताकि हम यह देख सके कि हेतु तथा साध्य में व्याप्ति-सम्बन्ध है या नहीं और जिस विशिष्ट हेतु का हेतु के रूप में विशिष्ट अनुमान में प्रयोग हुआ है उसमें सद्हेतु के लक्षण हैं या नहीं।

और फिर बौद्ध तर्कशास्त्र में तो विशेष रूप से यह बतलाया गया है कि हेतु तथा साध्य के बीच व्याप्ति-सम्बन्ध सिर्फ दो ही स्थितियों में हो सकता है – (1) जब हेतु तथा साध्य के बीच तादात्म्य सम्बन्ध हो (यद्यपि तादात्म्यता की बौद्धों की अपनी विशिष्ट अवधारणा है); (2) जब दोनों के बीच कार्य-कारण सम्बन्ध हो।★ तो किसी अनुमान की वैधता देखते वक्त जब यह देखना होगा कि हेतु तथा साध्य के बीच उपर्युक्त दोनों में से कोई सम्बन्ध है या नहीं तो इसके लिए अनुमान के आकार को देखने से काम नहीं चलेगा, बल्कि स्पष्ट रूप में यह देखना होगा कि विशिष्ट अनुमान में वास्तविकता में हेतु तथा साध्य क्या है और दोनों के बीच सचमुच उपर्युक्त दोनों सम्बन्धों में से कोई एक है या नहीं। तो यहाँ बौद्ध तर्कशास्त्र में स्पष्टतः शुद्ध आकारिक अनुमान के लिए कोई जगह ही नहीं है, अनुमान की वास्तविक विषय-वस्तु को देखना आवश्यक है। अतः बौद्ध तर्कशास्त्र में आकारों की वैधता-अवैधता जाँचने का कोई अवसर ही नहीं है, यहाँ तो हमें विशेष-विशेष युक्तियों की वैधता-अवैधता जाँचने का ही अवसर है और उसके लिए उसकी विषय-वस्तु पर ध्यान देना आवश्यक है। हम किसी विशेष युक्ति में हेतु, पक्ष तथा साध्य के लिए विशेष-विशेष प्रतीकों का व्यवहार कर उसे एक आकार दे सकते हैं, पर यह नहीं कह सकते कि किसी विशेष आकार में ढले सारे अनुमान वैध ही होंगे। उसके लिए हमें वास्तविक रूप में प्रयुक्त हेतु तथा साध्य को देखना होगा तथा यह देखना होगा कि हेतु में सद्हेतु के लक्षण हैं या नहीं और हेतु तथा साध्य में व्याप्ति या अविनाभाव सम्बन्ध है या नहीं। इस दृष्टि से तो बौद्ध आकारिक तर्कशास्त्र की पूरी अवधारणा ही भ्रामक प्रतीत होती है। हाँ, यदि किसी के मन में आकारिक तर्कशास्त्र की अपनी कोई विशिष्ट अवधारण हो तो अलग बात है और उस अवधारणा के आलोक में कोई बौद्ध आकारिक तर्कशास्त्र हो भी सकता है।

बौद्ध तर्कशास्त्र के सम्बन्ध में हमारे उपर्युक्त विचार की संपुष्टि पूरी भारतीय परम्परा में अनुमान के स्वरूपादि के सम्बन्ध में जो सामान्य दृष्टिकोण है उससे भी होती है। अनुमान को सत्य ज्ञान का एक साधन माना गया है और सत्य ज्ञान से तात्पर्य वास्तविकता या तथ्य सम्बन्धी उस ज्ञान से है जो अन्ततः हमारे लिए मोक्ष का मार्ग प्रशस्त करता है। इस अर्थ

★ बौद्ध मतानुसार जब दो वस्तुओं में एक ही सार लक्षण या धर्म मौजूद हो तो उनके बीच तादात्म्यता का सम्बन्ध माना जाता है। जैसे, शिंशया तथा वृक्ष दोनों का सार धर्म है 'वृक्षत्व' इसलिए दोनों में तादात्म्य है। अत्यन्त अभेद (जैसे, घट तथा कलश) तथा अत्यन्त भेद (जैसे गाय तथा अश्व) वाले पदार्थों में तादात्म्य नहीं होता। शिंशया तथा वृक्ष में तादात्म्य होने से दोनों के बीच व्याप्ति सम्बन्ध है और इसलिए 'यह वृक्ष है, चूँकि यह शिंशया है' अनुमान वैध है। धूम और अग्नि में कार्य-कारण सम्बन्ध है – अग्नि कारण है तथा धूम कार्य। इसलिए दोनों में व्याप्ति सम्बन्ध है और इसलिए 'वहाँ अग्नि है, चूँकि वहाँ धूम है' अनुमान वैध है। व्याप्ति की ये ही दो स्थितियाँ बौद्ध मत में मान्य हैं और इसीलिए ये दो प्रकार के अनुमान ही वहाँ संभव है।

में भारतीय तर्कशास्त्र, ज्ञानमीमांसा तथा तत्त्वमीमांसा सबों का लक्ष्य एक ही है और इसलिए सभी साथ-साथ चलते हैं। इससे यह स्पष्ट होता है कि तथ्यों की खोज को भारतीय तर्कशास्त्र से बिल्कुल अलग किया ही नहीं जा सकता। शायद यही कारण है कि भारतीय तर्कशास्त्र तत्त्वमीमांसा के इतना निकट है, जबकि पाश्चात्य तर्कशास्त्र गणित के निकट है। वस्तु से अलग सिर्फ आकारों का अध्ययन करना पाश्चात्य परम्परा का अभीष्ट हो सकता है, पर भारतीय परम्परा में ऐसा कभी नहीं किया गया है। यही कारण है कि यहाँ निगमन तथा आगमन में कोई स्पष्ट भेद कभी नहीं किया गया है, दोनों साथ-साथ चलते हैं। इस बात की पुष्टि तो भारतीय परम्परा में स्वीकार किये गये अनुमान के स्वरूप से ही हो जाता है, पर यहाँ कुछ बड़े विचारकों के मत को सामने रखना उपर्युक्त बातों को और भी संपुष्ट करता है। ब्रजेन्द्र *नाथ सील (B. N. Seal)* ने भारतीय अनुमान को "formal material, deductive-inductive process of reasoning" की संज्ञा दी है। मशहूर पाश्चात्य विचारक *वेन्डेटो क्रोचे (Bendetto Croce)* ने भारतीय अनुमान के सम्बन्ध में निम्नलिखित मत रखा है— *"In Indian Logic, deduction and induction do not represent two mutually exclusive types of inference but they should always be looked upon as inseparably connected parts of a complete process of thinking called* ***anumana*** *and the chief function of* ***anumana****, as a means of valid cognition, is to enable one to realise how certain facts are inseparably and necessarily connected with each other in accordance with a general principle. This view of inference influenced the development of Indian Logic for good and saved it from falling into the grip of formalism which, till very recently, dominated logic in the West. One of the chief advantages which have accrued to Indians Logic from this view is that it never makes the extranagent claim that formal validity may be viewed apart from and independent of material validity."*[1] और भी कई विचारक भारतीय तर्कशास्त्र अनुमान के सम्बन्ध में इस प्रकार का मत रखते हैं जिन सबों को यहाँ उद्धृत करना आवश्यक नहीं है। अनुमान के सामान्य स्वरूप तथा अनेकों विचारकों के मत के आलोक में यह स्पष्ट लगता है कि भारतीय विचारधारा में एक शुद्ध आकारिक तर्कशास्त्र के लिए शायद कोई स्थानं है ही नहीं। भारत में तर्कशास्त्र सदैव तत्त्वमीमांसीय खोज के एक साधन के रूप में कार्य करता रहा है। इसका मूल लक्ष्य है तथ्य अथवा सत्य की खोज और इसलिए भारतीय तर्कशास्त्र अपने को तथ्य से बिल्कुल अलग कभी रख ही नहीं पाया है। जैसा अपनी पुस्तक *A Modern Introduction to Indian Logic* में *एस० एस० बारलिंगे (S. S. Barlingay)* कहते हैं— "In India Logic was used essentially as a tool for metaphysical thinking. It was used for ascertaining the nature of reality. The conclusion of a syllogism in such a system of logic is bound to have some kind of existential import." (p. 144) और बौद्ध तर्कशास्त्र इस सामन्यि भारतीय दृष्टिकोण का अपवाद नहीं है।

□

1. *Logic as the Science of Pure Concept. pp. 584-85.*

अभ्यासार्थ प्रश्न

(वस्तुनिष्ठ प्रश्नों तथा उनके उत्तर सहित)

QUESTIONS FOR EXERICE

(ALONG WITH OBJECTIVE QUESTIONS AND THEIR ANSWERS)

अध्याय – 1

1. *What is Logic ? What is the utility of it study ? Explain.*
   तर्कशास्त्र क्या है ? इसके अध्ययन की क्या उपयोगिता है ? व्याख्या कीजिए।
2. *Define logic and discuss its subject-metter.*
   तर्कशास्त्र की परिभाषा दीजिए तथा इसकी विषय-वस्तु की विवेचना कीजिए।
3. *'People can reason without the study of Logic.' Is it a sufficient objection against the study of Logic ? Discuss.*
   'लोग बिना तर्कशास्त्र पढ़े भी तर्क कर सकते हैं।' क्या यह तर्कशास्त्र के अध्ययन के विरुद्ध पर्याप्त आक्षेप है ? विवेचना कीजिए।
4. *'The function of logic is corrective, not creative.' Discuss this statement.*
   'तर्कशास्त्र का कार्य शुद्धात्मक है, सृजनात्मक नहीं।' इस उक्ति की विवेचना कीजिए।
5. *Define logic and discuss whether it is science or an art.*
   तर्कशास्त्र की परिभाषा दीजिए तथा इस प्रश्न की विवेचना कीजिए कि क्या यह विज्ञान है या कला।
6. *'Logic is the science of all sciences and art of all arts.' Do you agree with this statement ? Give reasons for your answer.*
   'तर्कशास्त्र सभी विज्ञानों का विज्ञान है तथा सभी कलाओं की कला।' क्या आप इस कथन से सहमत हैं ? कारण सहित उत्तर दीजिए।
7. *Examine some of the definitions of logic given by different thinkers and give a suitable defnition of your own, explaining its main points in brief.*
   विभिन्न विचारकों द्वारा प्रस्तुत तर्कशास्त्र की कुछ परिभाषाओं की समीक्षा कीजिए तथा मुख्य बिन्दुओं की संक्षेप में व्याख्या करते हुए अपनी तरफ से एक उपयुक्त परिभाषा दीजिए।
8. *What is an argument ? How will you distinguish between the premise and the conclusion of an argument ?*
   युक्ति क्या है ? युक्ति के आधार वाक्य तथा निष्कर्ष में आप कैसे भेद करेंगे ?
9. *Distinguish between the form and matter of thought. With which of them is logic concerned ?*
   विचार के आकार तथा वस्तु में भेद कीजिए। तर्कशास्त्र को इनमें से किसके साथ सम्बन्ध होता है ?
10. *Distinguish between Deductive and Inductive Logic. Why is deductive logica called formal logic ?*
    निगमन तथा आगमन तर्कशास्त्र में भेद कीजिए। निगमन तर्कशास्त्र को आकारिक तर्कशास्त्र क्यों कहा जाता है ?

11. *Distinguish between Truth and Validity in the context of a logical argument. Can an argument be true-false ?*
तार्किक युक्ति के सन्दर्भ में सत्यता तथा वैधता में भेद कीजिए। क्या युक्ति सत्य-असत्य हो सकती है ?

वस्तुनिष्ठ प्रश्न (उत्तरसहित)

12. *Fill up the blanks in the following by selecting the appropriate alternative out of the alternatives given in the brackets :*
कोष्ठकों में दिए गए विकल्पों में से उपयुक्त विकल्प चुनकर निम्नलिखित में रिक्त स्थानों की पूर्ति कीजिए :

(a) प्रत्यक्ष के आधार पर अप्रत्यक्ष का ज्ञान प्राप्त करना ········ कहलाता है।
(उपमान, अनुमान, आन्तरिक ज्ञान)

(b) वह विज्ञान जो वैध अनुमान के नियमों तथा कुछ सहायक क्रियाओं का अध्ययन सत्य ज्ञान की प्राप्ति के लक्ष्य से करता है ········ कहलाता है।
(समाजशास्त्र, दर्शनशास्त्र, तर्कशास्त्र)

(c) तर्कशास्त्र की एक बहुत बड़ी उपयोगिता यह है कि वह ········ चिन्तन की क्षमता हमारे अन्दर पैदा करता है। (मूर्त, अमूर्त)

(d) निगमन तर्कशास्त्र का सम्बन्ध ········ सत्यता से रहता है।(आकारिक, वास्तविक)

उत्तर : (a) अनुमान, (b) तर्कशास्त्र, (c) अमूर्त, (d) आकारिक।

13. *Answer the following questions by selecting the correct alternative out of the given ones in the brackets :*
निम्नलिखित प्रश्नों के उत्तर कोष्ठकों में दिए गए विकल्पों में से सही विकल्प चुनकर दीजिए :

(a) किस शास्त्र के लिए सहायक क्रियाओं के रूप में परिभाषा, विभाजन, वर्गीकरण आदि का अध्ययन आवश्यक हो जाता है ? (तर्कशास्त्र, दर्शनशास्त्र, समाजशास्त्र)

(b) 'तर्कशास्त्र तर्क करने की कला है।' – यह किसका कथन है ?
(हैमल्टिन, ओल्डरिच, थॉमसन)

(c) 'तर्कशास्त्र तर्क करने का विज्ञान और कला दोनों है।' यह किसने कहा है ?
(मिल, ह्वाइटले, मैगनस)

उत्तर : (a) तर्कशास्त्र, (b) ओल्डरिच, (c) ह्वाइटले।

14. *Which of the following statements are true and which false ?*
निम्नलिखित कथनों में से कौन सत्य है तथा कौन असत्य है ?

(a) तर्कशास्त्र सभी विज्ञानों एवं कलाओं का आधार है।
(b) निगमन तर्कशास्त्र का सम्बन्ध विषय-वस्तु से है, आकार से नहीं।
(c) तर्कशास्त्र हमें तर्क करना सिखलाता है।
(d) तर्कशास्त्र का कार्य सृजनात्मक नहीं, बल्कि परिशोधात्मक है।
(e) तर्कशास्त्र हमें वैध तथा अवैध अनुमानों में भेद करने की विधियाँ बतलाता है।
(f) निगमन तर्कशात्र का सम्बन्ध वाक्यों की वास्तविक सत्यता से होता है।
(g) युक्तियाँ सत्य-असत्य होती है।

उत्तर : (a) सत्य, (b) असत्य, (c) असत्य, (d) सत्य, (e) सत्य, (f) असत्य, (g) असत्य।

अध्याय – 2

1. *What is a term ? How does it differ from a word ?*
पद किसे कहते हैं ? शब्द से यह किस प्रकार भिन्न है ?
2. *What do you understand by the denotation and connotation of a term ? How are they related together ?*
पद की वस्तुवाचकता तथा गुणवाचकता से आप क्या समझते हैं ? दोनों परस्पर किस प्रकार सम्बन्धित हैं ?
3. *How far is it true to say that the denotation and connotation of a term vary in inverse ratio ? Explain by means of examples.*
यह कहना कहाँ तक सत्य है कि किसी पद की वस्तुवाचकता एवं गुणवाचकता के बीच विपरीत वैषम्य अनुपात का सम्बन्ध होता है ? उदाहरणों के द्वारा व्याख्या कीजिए।
4. *What do you mean by the connotation of a term ? Has every term a connotation ?*
किसी पद की गुणवाचकता से आप क्या समझते हैं ? क्या प्रत्येक पद की गुणवाचकता होती है ?
5. *What are the various kinds of classifications of terms ? Explain in brief with the help of examples.*
पदों के विभिन्न प्रकार के वर्गीकरण क्या है ? उदाहरणों की सहायता से संक्षेप में व्याख्या कीजिए।
6. *Distinguish, with the help of examples, between the following :*
उदाहरणों की सहायता से निम्नलिखित में भेद कीजिए :
   (a) Univocal and Equivocal terms.
   एकार्थक तथा अनेकार्थक पद।
   (b) Absolute and Relative terms.
   निरपेक्ष तथा सापेक्ष पद।
   (c) Singular and General terms.
   व्यक्तिवाचक तथा जातिवाचक पद।
   (d) Negative and Privative terms.
   अभावात्मक तथा विरहात्मक पद।
   (e) Collective and Non-collective terms.
   समूहवाचक तथा असमूहवाचक पद।
   (f) Connotative and Non-connotative terms.
   गुणवाचक तथा अगुणवाचक पद।
   (g) Contrary and contradictory terms.
   विपरीत तथा व्याघाती पद।
7. *Distinguish between connotative and Non-connotative terms. Are proper names connotative ? Discuss.*
गुणवाचक तथा अगुणवाचक पदों में भेद कीजिए। क्या व्यक्तिबोधक नाम गुणवाचक होते हैं ? विवेचना कीजिए।

8. *Describe the logical character of the following terms :*
निम्नलिखित पदो के तार्किक लक्षण का वर्णन कीजिए :

(a) College, (b) The present vice-chancellor of Bhagalpur University, (c) The highest mountain in the world, (d) Blindness, (e) Blind, (f) Redness, (g) Religion (धर्म) तथा (h) The Vice-chancellor of Ranchi University.

उत्तर-संकेत : किसी पद के तार्किक लक्षण का वर्णन करना सचमुच यह बतलाना है कि अलग-अलग दृष्टियों से जो पदों के अलग-अलग प्रकार के वर्गीकरण किए जाते हैं, उनमें से प्रत्येक वर्गीकरण के अन्दर आने वाले दो या तीन वर्गों मे से दिया हुआ पद किस वर्ग के अन्तर्गत आता है। दूसरे शब्दों मे किसी पद के तार्किक लक्षण के वर्णन करने का अर्थ है यह बतलाना कि वह पद सरल है या जटिल, एकार्थक है या अनेकार्थक, व्यक्तिवाचक है या जातिवाचक आदि। जैसे – 'College' पद के तार्किक लक्षण का विवरण निम्नलिखित होगा :—

सरल (simple), एकार्थक (univocal), जातिवाचक (general), समूहवाचक (collective), भावात्मक (positive), अनिश्चित (indefinite), वस्तुवाचक (concerete), निरपेक्ष (absolute), गुणवाचक (connotative)।

वस्तुनिष्ठ प्रश्न (उत्तरसहित)

9. *Fill up the blanks in the following by suitable words :*
निम्नलिखित में उपयुक्त शब्दों द्वारा रिक्त स्थानों की पूर्ति कीजिए :

(a) वैसा शब्द या शब्द-समूह जिसका प्रयोग स्वतंत्र रूप से किसी तर्कवाक्य के उद्देश्य या विधेय के रूप में हो सकता है ……… कहलाता है।

(b) सभी ……… शब्द होते हैं, पर सभी शब्द ……… नहीं होते।

(c) किसी पद की ……… से वह वस्तु या वस्तु-समूह समझा जाता है जिसका उसके द्वारा बोध होता है।

(d) यदि किसी पद की गुणवाचकता बढ़ती है, तो उसकी वस्तुवाचकता ……… है।

(e) किसी भी पद की वस्तुवाचकता एवं गुणवाचकता में ……… सम्बन्ध होता है।

(f) विभिन्न दृष्टिकोणों से पदों का कम-से-कम …… प्रकार से वर्गीकरण किया जाता है।

(g) मिल के अनुसार भाववाचक पद ……… तथा ……… दोनों होते हैं।

उत्तर : (a) पद, (b) पद; शब्द, (c) वस्तुवाचकता, (d) घटती, (e) विपरीत-वैषम्य, (f) नौ, (g) व्यक्तिबोधक, जातिबोधक।

10. *Anser the following questions by selecting the correct alternative out of the given ones in the brackets :*
निम्नलिखित प्रश्नों के उत्तर उनके साथ कोष्ठकों में दिये गये विकल्पों में से सही विकल्प चुनकर दीजिए :

(a) जिस पद से किसी वस्तु या गुण के वर्तमान अभाव का बोध होता है उसे कौन-सा पद कहते हैं ? (अभावात्मक, विरहात्मक, भावात्मक)

(b) पद की वस्तुवाचकता में वृद्धि होने से उसकी गुणवाचकता में क्या होता है ? (वृद्धि, ह्रास, कुछ भी नहीं)

(c) पदो के बीच कितने प्रकार के विरोध होते हैं ? (दो, तीन, चार)

(d) 'कमजोर' कैसा पद है ? (भावात्मक, अभावात्मक, विरहात्मक)

(e) 'पदायोग्य' शब्द कैसा शब्द होता है ?

(जो कभी पद होने योग्य नहीं हो, जो पद होने के योग्य हो, जिसे इन बातों से कोई मतलब नहीं)

उत्तर : (a) विरहात्मक, (b) ह्रास, (c) दो, (d) विरहात्मक, (e) जो कभी पद होने योग्य नहीं हो।

11. *Match the expressions given below under 'A' and 'B' :*
नीचे 'A' तथा 'B' के अन्तर्गत दी गई अभिव्यक्तियों का मिलान कीजिए :

A	B
(a) पदायोग्य शब्द	(i) विपरीत-वैषम्य सम्बन्ध है।
(b) गुणवाचकता और वस्तुवाचकता में	(ii) व्यक्तिबोधक तथा जातिबोधक दोनों हो सकते हैं।
(c) भाववाचक पद	(iii) वे शब्द हैं जो कभी भी पद के रूप में प्रयुक्त नहीं हो सकते।
(d) व्यक्तिबोधक नाम	(iv) अगुणवाचक होते हैं।
(e) लाल तथा अलाल	(v) परस्पर विपरीत पद है।
(f) उजला तथा काला	(vi) परस्पर व्याघाती पद है।

उत्तर : (a) – (iii), (b) – (i), (c) – (ii), (d) – (iv), (e) – (vi), (f) – (v).

12. *Which of the following statements are true and which false ?*
निम्नलिखित कथनों में से कौन सत्य है तथा कौन असत्य ?

(a) पद वैसा शब्द या शब्द-समूह है जिसका प्रयोग किसी तर्क वाक्य में किसी रूप में हो सकता है।

(b) पदायोग्य शब्द कभी भी किसी भी प्रकार पद के रूप में प्रयुक्त नहीं हो सकते।

(c) सभी पदों की गुणवाचकता होती है।

(d) जब किसी पद की वस्तुवाचकता बढ़ती है, तो उसकी गुणवाचकता मे भी वृद्धि होती है।

(e) 'रंग' अगुणवाचक (Non-connotative) पद है।

(f) सभी जातिवाचक पद गुणवाचक (connotative) होते हैं।

उत्तर : (a) असत्य, (b) सत्य, (c) असत्य, (d) असत्य, (e) असत्य, (f) सत्य।

अध्याय – 3

1. *What is a Proposition ? How does it differ from a sentence ? Explain with examples.*

तर्कवाक्य क्या है ? साधारण वाक्य से यह किस प्रकार भिन्न है ? उदाहरण सहित व्याख्या कीजिए।

2. *Analyse the structure of a proposition and discuss the nature of copula in it.*

तर्कवाक्य की बनावट का विश्लेषण कीजिए तथा संयोजक के स्वरूप की विवेचना कीजिए।

3. *Classify propositions according to relation. Illustrate with examples.*
सम्बन्ध के आधार पर तर्कवाक्यों का वर्गीकरण कीजिए। उदाहरण देकर समझाइए।

4. *Classify propositions into categorical and conditional and explain their difference with the help of examples.*
तर्कवाक्यों का निरपेक्ष तथा सापेक्ष में वर्गीकरण कीजिए तथा उदाहरणों द्वारा उनके भेद को समझाइए।

5. *How are propositions classified according to quality and quantity ? Give examples to illustrate A, E, I and O propositions.*
गुण तथा परिमाण के आधार पर तर्कवाक्य किस प्रकार वर्गीकृत किए जाते हैं ? A, E, I तथा O तर्कवाक्यों के स्वरूप को स्पष्ट करने के लिए उदाहरण दीजिए।

6. *Reduce the following sentences to their logical forms and determine their quality and quantity.*
निम्नलिखित वाक्यों को उनके तार्किक रूपों में परिवर्तित कीजिए तथा उनके गुण एवं परिमाण को निर्धारित कीजिए।

(a) Every man is mortal.
(b) Not a single student will fail in logic.
(c) All mangoes are not sweet.
(d) Most men are selfish.
(e) All that glitters is not gold.
(f) Honest people alone are happy.
(g) Every Amercian is not rich.
(h) Almost all the students were obedient.

उत्तर :–

(a) All men are mortal—तार्किक रूप।
गुण (Quality)—भावात्मक (affirmative)
परिमाण (Quantity)—पूर्णव्यापी (universal)

(b) No student is such who will fail in logic—तार्किक रूप।
गुण—अभावात्मक (negative)
परिमाण—पूर्णवयापी (universal)

(c) Some mangoes are not sweet—तार्किक रूप।
गुण—अभावात्मक
परिमाण—अंशव्यापी (particular)

(d) Some men are selfish—तार्किक रूप।
गुण—भावात्मक
परिमाण—अंशव्यापी

(e) Some that glitters is not gold—तार्किक रूप।
गुण—अभावात्मक
परिमाण—अंशव्यापी

(f) All happy are honest people—तार्किक रूप।
गुण—भावात्मक
परिमाण—पूर्णव्यापी

(g) Some Americans are not rich—तार्किक रूप।
गुण—अभावात्मक
परिमाण—अंशव्यापी

(h) Some students are such who were obedient—तार्किक रूप।
गुण—भावात्मक
परिमाण—अंशव्यापी

7. *When is a term said to be distributed ? Point out the distributed and undistributed terms in 'A', 'E', 'I', and 'O' propositions.*
किसी पद को कब व्याप्त कहा जाता है ? 'A', 'E', 'I' तथा 'O' तर्कवाक्यों के व्याप्त तथा अव्याप्त पदों को बतलाइए।

8. *What do you mean by the distribution of terms ? Reduce the following sentences to their logical forms and point out the distributed and undistributed terms in them :*
पदों की व्याप्ति से आप क्या समझते हैं ? निम्नलिखित वाक्यों को तार्किक रूपों में बदलिए तथा उनमें व्याप्त एवं अव्याप्त पदों को बतलाइए :

(a) All persons are not fit to vote.
(b) Only virtuous are happy.
(c) Harldy any man is free from worries.
(d) Scholars alone love knowledge.
(e) Few people are religious.
(f) Men are always rational.

उत्तर :-

(a) तार्किक रूप—Some persons are not fit to vote—'O'
व्याप्त पद—'fit to vote'.
अव्याप्त पद—'persons'

(b) तार्किक रूप—All happy are virtuous—'A'
व्याप्त पद—'happy'
अव्याप्त पद—'virtuous'

(c) तार्किक रूप—Some men are not such who are free from worries—'O'
व्याप्त पद—'such who are free from worries'
अव्याप्त पद—'men'

(d) तार्किक रूप—All who love knowledge are scholars—'A'
व्याप्त पद—'who love knowledge'
अव्याप्त पद—'scholars'.

(e) तार्किक रूप—Some people are not religious—'O'
व्याप्त पद—'religious'
अव्याप्त पद—'people'

(f) तार्किक रूप—All men are rational—'A'
व्याप्त पद—'men'
अव्याप्त पद—'rational'

9. *Point out the undistributed terms in the following :—*

निम्नलिखित मे अव्याप्त पदो को बतलाइए :–

(a) Students are mostly laborious.

(b) Not a single student failed in logic.

उत्तर :

(a) Some students are laboirous — 'I' (तार्किक रूप)।

अव्याप्त पद — 'students' तथा 'laborious'

(b) No student is such who failed in logic — 'E' (तार्किक रूप)।

अव्याप्त पद — कोई नहीं।

10. *Name the quality and quantity of the following propositions and point out the distributed and undistributed terms in them :—*

निम्नलिखित तर्कवाक्यों के गुण तथा परिमाण बतलाइए तथा यह बतलाइए कि उनमें कौन पद व्याप्त तथा कौन अव्याप्त है :–

(a) All politicians are citizens.

(b) No female leader is uncivilized.

(c) Some rulings of the Supreme Court are politically motivated.

(d) Some lawyers are not intelligent.

उत्तर :–

(a) गुण — भावात्मक

परिमाण — पूर्णव्यापी

व्याप्त पद — 'politicians'

अव्याप्त पद — 'citizens'

(b) गुण — अभावात्मक

परिमाण — पूर्णव्यापी

व्याप्त पद — 'female leader' तथा 'uncivilized'

अव्याप्त पद — कोई नहीं

(c) गुण — भावात्मक

परिमाण — अंशव्यापी

व्याप्त पद — कोई नहीं

अव्याप्त पद — 'rulings of the supreme court' तथा 'politically motivated'

(d) गुण — अभावात्मक

परिमाण — अंशव्यापी

व्याप्त पद — 'intelligent'

अव्याप्त पद — 'lawyers'

11. *Explain, with examples, the relations between the four standard-form categorical propositions — A, E, I & O.*

चार मानक-आकार निरपेक्ष तर्कवाक्यों A, E, I तथा O के बीच के सम्बन्धों की उदाहरणों की सहायता से व्याख्या कीजिए।

12. *What is meant by 'Square of opposition' ? Explain with examples.*
'विरोध-वर्ग' से क्या तात्पर्य है ? उदाहरण सहित व्याख्या कीजिए।

13. *Explain the contrary, sub-contrary, contradictory and subaltern relations between propositions.*
तर्कवाक्यों के बीच विपरीत, अनुविपरीत, व्याघाती तथा उपाश्रित सम्बन्धो की व्याख्या कीजिए।

14. *Give the contrary, sub-contrary, contradictory and sub-altern of the following, wherever possible :*
निम्नलिखित के जहाँ कहीं भी सम्भव हो, विपरीत, अनुविपरीत, व्याघात तथा उपाश्रित कीजिए :–

(a) All professors are good teachers.
(b) No professor is a good teacher.
(c) Some professors are good teachers.
(d) Some professors are not good teachers.

उत्तर :–

(a) विपरीत (contrary)—No professor is a good teacher.
अनुविपरीत (sub-contrary)—सम्भव नहीं है।
व्याघाती (contradictory)—some professors are not good teachers.
उपाश्रित (sub-altern)—some professors are good teachers.

(b) विपरीत (contrary)—All professors are good teacher.s
अनुविपरीत (sub-contrary)—सम्भव नहीं है।
व्याघाती—Some professors are good teachers.
उपाश्रित—Some professors are not good teachers.

(c) विपरीत—सम्भव नहीं है।
अनुविपरीत—Some professors are not good techers.
व्याघाती—No professor is a good teacher.
उपाश्रित—All professors are good teachers.

(d) विपरीत—सम्भव नहीं है।
अनुविपरीत—Some professors are good teachers.
व्याघाती—All professors are good teachers.
उपाश्रित—No professor is a good teacher.

15. *If the proposition 'Some men are wise' is true, what can be said about the truth and falsity of the following propositions ? :—*
यदि 'Some men are wise' तर्कवाक्य सत्य हो, तो फिर नीचे दिए तर्कवाक्यों की सत्यता तथा असत्यता के बारे में क्या कहा जा सकता है ? :–

(a) All men are wise.
(b) No man is wise.
(c) Some men are not wise.

उत्तर :–

(a) दिए हुए तर्कवाक्य का उपाश्रित है, जो सत्य भी हो सकता है या असत्य भी (यानी, **अनिश्चित**)

(b) दिए हुए तर्कवाक्य का व्याघाती है, अतः निश्चित रूप से **असत्य** होगा।

(c) दिए हुए तर्कवाक्य का अनुविपरीत है, अतः **सत्य** होगा।

16. *If the proposition 'All women are modest' is false, what can you say about truth-falsily of its contrary, sub-contrary, contradictory and sub-altern ?*
यदि 'All women are modest' तर्कवाक्य असत्य हो तो इसके विपरीत, अनुविपरीत, व्याघाती तथा उपाश्रित की सत्यता-असत्यता के सम्बन्ध में आप क्या कह सकते हैं ?

उत्तर :

विपरीत—No woman is modest—अनिश्चित होगा यानी सत्य-असत्य कुछ भी हो सकता है।

अनुविपरीत—सम्भव नहीं है।

व्याघाती—Some women are not modest—सत्य।

उपाश्रित—Some women are modest—सत्य।

वस्तुनिष्ठ प्रश्न (उत्तरसहित)

17. *Fill up the blanks in the following by selecting the appropriate alternative out of the given ones in the brackets :*
कोष्ठकों में दिए विकल्पों में से उपयुक्त विकल्प चुनकर निम्नलिखित में रिक्त स्थानों की पूर्ति कीजिए :

(a) तर्कवाक्य ········ से बने होते हैं। (शब्दों, पदों, प्रतीकों)

(b) संयोजक (copula) का व्यवहार सिर्फ ········ काल में ही होता है। (भविष्य, भूत, वर्तमान)

(c) गुण तथा परिमाण के सम्मिलित दृष्टिकोण से तर्कवाक्य ········ प्रकार के होते हैं। (दो, तीन, चार)

(d) वाक्यों का तर्कवाक्यों में रूपान्तरण मुख्यतः उनके ········ के आधार पर होता है। (आकार, बनावट, अर्थ)

(e) किसी पद के व्याप्त होने का अर्थ है उसका किसी तर्कवाक्य में अपनी ········ में व्यवहृत होना। (पूर्ण गुणवाचकता, पूर्ण वस्तुवाचकता, आंशिक गुणवाचकता, आंशिक वस्तुवाचकता)

(f) अभावात्मक तर्कवाक्यों के ········ व्याप्त होते हैं। (उद्देश्य, विधेय, दोनों, कोई नहीं)

(g) पूर्णवयापी तर्कवाक्यों के ········ व्याप्त होते हैं। (उद्देश्य, विधेय, दोनों, कोई नहीं)

(h) पूर्णवयापी निषेधात्मक तर्कवाक्य में ········ अव्याप्त रहता है। (उद्देश्य, विधेय, दोनों, कोई पद नहीं)

(i) ········ वैसे दो तर्कवाक्यों के बीच का सम्बन्ध है जिनके उद्येश्य-विधेय एक ही होते हैं और जिनमें सिर्फ परिमाण का अन्तर होता है।

(j) वैसे दो पूर्णव्यापी तर्कवाक्यों के बीच का सम्बन्ध जिनके उद्येश्य-विधेय एक ही होते हैं और जिनमें सिर्फ गुण का अन्तर होता है ········ कहलाता है।

उत्तर : (a) पदों, (b) वर्तमान, (c) चार, (d) अर्थ, (e) पूर्ण वस्तुवाचकता, (f) विधेय, (g) उद्येश्य, (h) कोई पद नहीं, (i) उपाश्रय, (j) विपरीतता।

18. *Answer the following questions by selecting the correct alternative out of the given ones in the brackets :*
निम्नलिखित प्रश्नों के उत्तर कोष्ठकों में दिए गए विकल्पों में से सही विकल्प चुनकर दीजिए :

(a) हेत्वाश्रित तर्कवाक्य का वह अंश जिसमें शर्त निहित रहती है, क्या कहलाता है ? (पूर्ववर्ती, अनुवर्त्ती, सहवर्ती)

(b) एकव्यापी (singular) तर्कवाक्य का उद्देश्य पद कैसा होता है ? (जातिबोधक, व्यक्तिबोधक, दोनों में से कुछ भी नहीं)

(c) जिन वाक्यों में 'पूर्णतया' (absolutely), 'अनिवार्यतः' (necessily), 'सर्वदा' (always) आदि शब्द हों और वाक्य निषेधात्मक हों उनका तार्किक रूपान्तरण क्या होगा ? (E, O, A, I).

(d) 'Ram is not my servant' में कौन सा पद व्याप्त है ? ('Ram', 'my servant', दोनों, कोई नहीं)

(e) अंशव्यापी भावात्मक (particular affirmative) तर्कवाक्य अपने किस पद को व्याप्त करते हैं ? (उद्येश्य को, विधेय को, दोनों को, किसी को नहीं)

(f) 'A' का अनुविपरीत क्या होता है ? ('I', 'E', 'O', कुछ भी नहीं)

(g) 'I' का विपरीत क्या होता है ? ('A', 'E', 'O', कुछ भी नहीं)

(h) 'E' का व्याघाती क्या होता है ? ('A', 'I', 'O', कुछ भी नहीं)

उत्तर : (a) पूर्ववर्त्ती, (b) व्यक्तिबोधक, (c) 'O', (d) दोनों, (e) किसी को नहीं, (f) कुछ भी नहीं, (g) कुछ भी नहीं, (h) 'I'।

19. *Which of the following statements are true and which false ? :—*
निम्नलिखित कथनों में से कौन सत्य हैं और कौन असत्य ? :–

(a) All propositions are sentences, but all sentences are not propositions.
सभी तर्कवाक्य वाक्य है, पर सभी वाक्य तर्कवाक्य नहीं है।

(b) 'Ram is not wise' is a particular negative proposition.
'Ram is not wise' एक अंशव्यापी निषेधात्मक तर्कवाक्य है।

(c) When a term is used in its entire connotation, it is said to be distributed.
जब किसी पद का व्यवहार उसकी पूर्ण गुणवाचकता में होता है तो उसे व्याप्त कहते हैं।

(d) Both the terms of a particular affirmative proposition are undistributed.
किसी भी अंशव्यापी भावात्मक तर्कवाक्य के दोनों पद अव्याप्त रहते हैं।

(e) The sub-altern of 'O' is 'I'.
'I' का उपाश्रित 'O' होता है।

(f) The contrary of 'No Indian is honest' is 'All Indians are honest'.
'No Indian is honest' का विपरीत 'All Indians are honest' होता है।

उत्तर : (a) सत्य, (b) असत्य, (c) असत्य, (d) सत्य, (e) असत्य, (f) सत्य।

अध्याय – 4

1. *What is a syllogism ? Explain its structure with the help of example.*
न्याय क्या है ? उदाहरण की सहायता से इसकी बनावट की व्याख्या कीजिए।

2. *What do you mean by the figure and mood of a syllogismi ? Explain with examples.*
किसी भी न्याय के आकार (आकृति) तथा योग से आप क्या समझते हैं ? उदाहरणों द्वारा व्याख्या कीजिए।

3. *Prove the following :*
निम्नलिखित को सिद्ध कीजिए :

(a) If both the premises of a syllogism are particular, no conclusion can be drawn.
यदि किसी न्याय के दोनों ही आधारवाक्य अंशव्यापी हो, तो कोई भी निष्कर्ष सम्भव नहीं होगा।

(b) 'IE' is not valid in any figure.
'IE' से किसी भी आकार में निष्कर्ष सम्भव नहीं होगा।

(c) 'EI' is valid in every figure.
'EI' प्रत्येक आकार में वैध है।

(d) 'A' can be a conclusion only in the first figure.
'A' निष्कर्ष सिर्फ प्रथम आकार में ही सम्भव है।

(e) If the middle term is distributed in both the premises, the conclusion cannot be universal.
यदि मध्यवर्ती पद दोनों ही आधारवाक्यों में व्याप्त हो, तो निष्कर्ष पूर्णव्यापी नहीं हो सकता।

(f) If the conclusion is universal, the middle term can be distributed but once.
यदि निष्कर्ष पूर्णव्यापी हो तो मध्यवर्ती पद सिर्फ एक ही बार व्याप्त हो सकता है।

4. *Explain and illustrate the following :*
निम्नलिखित की सोदाहरण व्याख्या कीजिए :

(a) Fallacy of four terms (चतुष्पद दोष)

(b) Fallacy of undistributed middle (अव्याप्त मध्यवर्ती पद दोष)

(c) Fallacy of Illicit Major (अनुचित वृहत् पद दोष)

(d) Fallacy of Illicit Minor (अनुचित लघुपद दोष)

5. *Construct valid syllogisms in each figure (wherever possible) to prove the conclusion 'Some men are rich'. 'Some men are rich'.*
निष्कर्ष प्रमाणित करने के लिए प्रत्येक आकार में (जहाँ कहीं भी सम्भव हो) वैध न्यायों का निर्माण कीजिए।

6. *Determine the syllogism that distributes only one term and that twice.*
उस न्याय को निर्धारित कीजिए जिसमें एक ही पद व्याप्त हो और दो बार।

7. *Determine the figure and mood of the syllogism whose major term is distributed in the major premise but undistributed in the conclusion.*
उस न्याय के आकार एवं योग का निर्धारण कीजिए जिसका वृहत् पद वृहत् आधार वाक्य में व्याप्त है पर निष्कर्ष में अव्याप्त।

8. *Determine the syllogism which distributes two terms, each only once.*
वैसे न्याय को निर्धारित कीजिए जिसमें दो पद व्याप्त हो, पर दोनों एक-एक ही बार।

9. *Test the following :*
निम्नलिखित की जाँच कीजिए :
(a) My hand touches the table; the table touches the groud; therefore, my hand touches the ground.
(b) This syllogism must be valid, because like all valid syllogisms it has three terms.
(c) I must get the concession, because I am a student and only students get concession.
(d) All men are not laborious; John is laborious; therefore John is not a man.
(e) No minerals are plants, No plants are animals, Therefore, no minerals are animals.

उत्तर-संकेत : ऊपर जाँच के लिए जितने भी उदाहरण दिए गए हैं वे सभी शुद्ध निरपेक्ष न्याय (pure categorical syllogism) के उदाहरण हैं। इन उदाहरणों की जाँच करने का अर्थ है यह देखना कि इनमें से कौन वैध है और कौन अवैध। जो अवैध है उसगें न्याय के किसी-न-किसी नियग का उल्लंघन अवश्य हुआ होगा और इसलिए वह किसी-न-किसी तार्किक दोष से ग्रसित होगा – जैसे, चतुष्पद दोष, अव्याप्त मध्यवर्ती पद दोष आदि। अवैध न्याय क्यों अवैध है तथा किस दोष से ग्रसित है, यह बतलाना ही उसकी जाँच करना है। जो वैध है उसके बारे में यह बतला देना कि वह कैसे वैध है यानी, किसी दोष से ग्रसित नहीं है, उसकी जाँच करना है।

वस्तुनिष्ठ प्रश्न (उत्तरसहित)

10. *Fill up the blanks in the following by selecting the correct alternative out of the given ones in the brackets :—*
कोष्ठकों में दिए विकल्पों में से सही विकल्प चुनकर निम्नलिखित में रिक्त स्थानो की पूर्ति कीजिए :–
(a) प्रत्येक न्याय में सिर्फ ········ पद होते हैं। (दो, तीन, चार)
(b) न्याय में प्रत्येक पद ········ बार आता है। (एक, दो, तीन)
(c) यदि किसी न्याय में दोनों आधारवाक्य निषेधात्मक हो तो निष्कर्ष ········ होगा। (अंशव्यापी, निषेधात्मक, कुछ नहीं)
(d) जब किसी न्याय में मध्यवर्ती पद वृहत आधारवाक्य में विधेय के स्थान पर तथा लघु आधारवाक्य में उद्येश्य के स्थान पर हो तो न्याय ········ आकार में होगा। (प्रथम, द्वितीय, तृतीय, चतुर्थ)
(e) किसी न्याय का आकार उसके आधार वाक्यों में ········ पद के स्थान पर निर्भर करता है। (वृहत् पद, लघु पद, मध्यवर्ती पद)

(f) न्याय के ········ वैध योग होते हैं। (चौसठ, उन्नीस, सोलह)

(g) किसी न्याय में 'A' निष्कर्ष सिर्फ ········ आकार में होता है।
(प्रथम, द्वितीय, तृतीय, चतुर्थ)

(h) ········ तृतीय आकार का एक सही योग है।
(Darii, Disamis, Bramantip, Dimaris)

उत्तर : (a) तीन, (b) दो, (c) कुछ नहीं, (d) चतुर्थ, (e) मध्यवर्त्ती, (f) उन्नीस, (g) प्रथम, (h) Disamis।

11. ***Answer the following questions by choosing the correct alternative out of the given ones in the brackets :—***

कोष्ठकों में दिए विकल्पों में से सही विकल्प चुनकर निम्नलिखित प्रश्नों के उत्तर दीजिए :–

(a) किसी न्याय में कुल मिलाकर कितने तर्कवाक्य होते हैं ? (दो, तीन, चार)

(b) किसी न्याय में पदों की संख्या कितनी होती है ? (दो, तीन, चार)

(c) यदि किसी न्याय में दोनों ही आधारवाक्य अंशव्यापी हो तो निष्कर्ष क्या होगा ?
(अंशव्यापी, पूर्णवयापी, कुछ नहीं)

(d) CELARENT किस आकार का योग है ? (प्रथम, द्वितीय, तृतीय, चतुर्थ)

(e) मध्यवर्ती पद का स्थान न्याय के किन वाक्यों में होता है ?
(वृहत् आधारवाक्य तथा निष्कर्ष, लघु आधार वाक्य तथा निष्कर्ष, वृहत् आधार वाक्य तथा लघु आधारवाक्य)

उत्तर : (a) तीन, (b) तीन, (c) कुछ नहीं, (d) प्रथम, (e) वृहत तथा लघु आधारवाक्य।

12. ***Which of the following statements are true and which false ?***

निम्नलिखित कथनों में से कौन सत्य तथा कौन असत्य है ?

(a) यदि किसी न्याय का निष्कर्ष निषेधात्मक (negative) होगा तो वृहत् पद अपने आधारवाक्य में अवश्य व्याप्त होगा।

(b) दो निषेधात्मक आधारवाक्यों से निषेधात्मक निष्कर्ष निकलता है।

(c) 'Bramantip' तृतीय आकार का वैध योग है।

(d) किसी भी न्याय में मध्यवर्ती पद यदि दोनों ही आधार-वाक्यों में विधेय के स्थान पर रहता है तो न्याय द्वितीय आकार का होता है।

(e) यदि किसी न्याय का निष्कर्ष पूर्णव्यापी हो, तो मध्यवर्ती पद आधार-वाक्यों में दोनों ही बार व्याप्त होगा।

उत्तर : (a) सत्य, (b) असत्य, (c) असत्य, (d) सत्य, (e) असत्य।

13. ***Which conclusion out of the given set in each case is the correct conclusion drawn out of the given premises in that case ?***

प्रत्येक स्थिति में दिए हुए आधारवाक्यों से उसी स्थिति में दिए निष्कर्षों के समूह में से कौन-सा निष्कर्ष निकालना सही होगा ?

(a) आधारवाक्य (premises)—

All philosophers are wise.

All wise are happy.

निष्कर्ष-समूह (set of conclusions)—

(i) All happy are philosophers.
(ii) Some happy are philosophers.
(iii) Some happy are not philosophers.
(iv) इनमें से कोई नहीं।

(b) आधारवाक्य (premises)—
Some uneducated are not fools.
All uneducated are men.
निष्कर्ष-समूह (set of conclusions)—
(i) No man is fool.
(ii) Some men are fools.
(iii) Some men are not fools.
(iv) इनमें से कोई नहीं।

(c) आधारवाक्य (premises)—
Some Indians are rich.
No rich person is happy.
निष्कर्ष-समूह (set of conclusions)—
(i) No happy person is Indian.
(ii) Some happy persons are not Indians.
(iii) Some happy persons are Indians.
(iv) इनमें से कोई नहीं।

उत्तर : (a)—(ii), (b)—(iii), (c)—(iv)।

अध्याय – 5

1. *What is Symbolic Logic ? How does it differ from the traditional Deductive Logic ?*
प्रतीकात्मक तर्कशास्त्र क्या है ? परम्परागत निगमनात्मक तर्कशास्त्र से यह किस प्रकार भिन्न है ?
2. *Distinguish between a truth-functional and a non-truth-functional proposition and draw out the truth-tables for conjunction and implication.*
सत्यता-फलित तथा न-सत्यता-फलित प्रतिज्ञप्तियों (कथनों) में भेद कीजिए तथा संयोजन एवं आपादन के लिए सत्यता-सारणियाँ बनाइए।
3. *What is Implication ? Explain the paradox of implication.*
आपादान क्या है ? आपादान के विरोधाभास की व्याख्या कीजिए।
4. *If '$\wedge$' be the symbol of the exclusive use of the connective 'or', then construct the truth-table for 'p $\wedge$q'.*
यदि '$\wedge$' 'या' सम्बन्ध के व्यावर्तक प्रयोग का प्रतीक हो तो 'p$\wedge$q' के लिए सत्यत-सारणी का निर्माण कीजिए।
5. *If 'p v q' is true for any vlaue of 'q', what can be said about the truth-value of 'p' ?*
यदि 'q' का सत्यता-मूल्य कुछ भी होने से 'pvq' सत्य ही होता है, तो 'p' के सत्यता-मूल्य के सम्बन्ध में क्या कहा जा सकता है ?

उत्तर : यदि 'q' के सत्य या असत्य कुछ भी होने से 'pvq' सत्य ही होत है, तो इसका मतलब है कि 'p' सत्य है चूँकि यदि 'p' असत्य होगा, तो फिर उस स्थिति में जिसमें 'q' असत्य होता है, 'pvq' का सत्यता-मूल्य असत्य हो जाएगा। पर दिया हुआ है कि 'q' चाहे असत्य भी हो तो 'pvq' सत्य ही होता है, इसका स्पष्ट अर्थ है कि 'p' का सत्यता-मूल्य सत्य है।

6. *If 'p.q' is false for any vlaue of 'q' then what can be said about the truth-value of 'p' ?*

यदि 'q' का सत्यता-मूल्य कुछ भी होने से 'p.q' असत्य होता है, तो 'p' के सत्यता-मूल्य के सम्बन्ध में क्या कहा जा सकता है ?

7. *If 'p ≅ q' is true, what will be the true-value of 'p v ~ q' ?*

उत्तर : 'p ≅ q' कब सत्य होता है–जब p तथा q दोनों सत्य हों या p तथा q दोनों असत्य हों। अब जब p तथा q दोनों सत्य होंगे तो 'pv~q' में p तथा q के स्थान पर 'T' सत्यता-मूल्य रखने पर 'pv~q' = Tv~T = TvF = T हो जाएगा। फिर जब p तथा q दोनों असत्य होंगे तो 'pv~q' में p तथा q दोनों के स्थान पर 'F' सत्यता-मूल्य बैठा देने पर 'pv~q' = Fv~F = FvT = T। यानी यह स्पष्ट होता है कि 'p ≅ q' के सत्य होने से 'pv~q' सत्य होगा।

8. *If A and B are true stements, and C and D are false statements, find out the truth-values of the following compound statements :*

यदि A तथा B सत्य कथन हो तथा C तथा D असत्य, तो निम्नलिखित मिश्रकथनों के सत्यता-मूल्य निकालिए :

(a) ~ (A v B), (b) ~ A v ~ B, (c) ~ (A.B),
(d) ~ A. ~ B, (e) ~ (C v D) (f) ~ C v ~ D,
(g) ~ (C.D), (h) ~ C. ~ D. (i) (A.C) v (B.D)
(j) [Cv (A.D)] v ~ [(CvA). (CvD)]
(k) ~ (~ [~ (A.~C). ~ A). ~ C]

हल :– सत्यतामूल्य प्रतिस्थापित करने पर दिया हुआ मिश्रकथन :

~ [~ {~ (T. ~ F) . ~ T}. ~ F]
= ~ [~ {~ (T.T) . F}.T]
= ~ [~ {~ T.F}.T]
= ~ [~ (F. F). T⁊
= ~ [~ F. T]
= ~ [T. T]
= ~ T = F. यानी दिया हुआ मिश्र कथन असत्य है।

(1) [Cv (A.D)]. ~ [(F v T) v (F v F)]

हल :– = [F v (T. F)]. ~ (F v T) v (F v F)]
= [F v F]. ~ (T v F]
= F. ~ T
= F. F = F, यानी दिया हुआ मिश्र कथन असत्य है।

(m) (A ⊃ B) ⊃ (~ A ⊃ ~ B)
(n) (A ⊃ B) ⊃ (~ B ⊃ ~ A)

हल :– $(T \supset T) \supset (\sim T \supset \sim T)$
$= T \supset (F \supset F)$
$= T \supset T = T$, यानी दिया हुआ कथन सत्य है।

(o) $(C \supset D) \supset (\sim C \supset \sim D)$

(p) $(B \supset A) \supset [(A \supset \sim C) \supset (\sim C \supset B)]$

(q) $(B \equiv \sim A) \equiv (C \equiv D)$

9. *If A and B are true, X and Y are false, and the truth values of P and Q are not known, can you find out the truth-values of the following ? If yes, what ? If not, why not ?*

यदि A तथा B सत्य हों, X तथा Y असत्य तथा P और Q के सत्यता-मूल्य ज्ञात नहीं हो तो क्या आप निम्नलिखित के सत्यता-मूल्य निकाल सकते हैं ? यदि हाँ तो सत्यता-मूल्य क्या होगा और यदि नहीं तो क्यों ?

(a) $A \vee P$ (b) $P \vee \sim P$ (c) $Q . \sim Q$,

(d) $\sim (P . Q) \vee P$, (e) $\sim B.P$ (f) $P \vee \sim (\sim A \vee X)$

हल :– $P \vee \sim (\sim T \vee F)$
$= P \vee \sim (F \vee F)$
$= P \vee \sim F$
$= P \vee T = T$, चूँकि 'P' का सत्यता-मूल्य नहीं भी दिये होने के बावजूद यह स्पष्ट है कि वैकल्पिक कथन का एक विकल्प T (सत्य) होने से P चाहे कुछ भी हो–सत्य या असत्य–कथन $(P \vee T)$ सत्य ही होगा।

(g) $P. [\sim (P \vee Q) \vee \sim P]$

हल :– यहाँ स्पष्ट है कि P यदि असत्य होगा, तब तो पूरा कथन निश्चित रूप से असत्य हो जाएगा। अब यदि P सत्य हो तो Q चाहे कुछ भी हो स्थिति निम्नलिखित होगी :
$T. [\sim (T \vee Q) \sim T]$
$= T . [\sim T \vee \sim T]$
$= T . [F \vee F] = T. F = F$
इस तरह किसी भी हालत में दिया हुआ कथन असत्य होगा।

(h) $\sim [P \vee (B . Y)] \vee [(P \vee B)(. (P \vee Y)]$

(i) $\sim [\sim P \vee (\sim Q \vee X)] \vee \sim [\sim (P \vee Q) \vee (\sim P \vee X)]$

(j) $P \supset A$

(k) $X \supset Q$

(l) $(Q \supset Q) \supset (A \supset X)$

(m) $(P \supset X) \supset (X \supset P)$

(n) $X \supset (Q \supset X)$

(o) $(P \supset P) \supset X$

हल : ज्ञात है कि X असत्य है इसलिए यदि $(P \supset P)$ सत्य होगा तो कथन असत्य हो जाएगा और $P \supset P$ असत्य होगा तो कथन सत्य हो जाएगा। पर P का सत्यता-मूल्य दिया हुआ नहीं है। अतः यदि 'P' को सत्य माना जाए तो $P \supset P$ सत्य होगा और 'P' को असत्य माना जाए, तो भी $P \supset P$ सत्य होगा। अतः $P \supset P$ किसी हालत में सत्य ही होगा। इसलिए पूर्ण कथन–$T \supset F$, यानी 'F' (असत्य) होगा।

अध्याय – 6

(क) Nyaya Theory of Knowledge

1. *Distinguish between Prama and Aprama. What are the different sources of Prama according to Gautama ? Explain briefly.*

   प्रमा तथा अप्रमा में भेद कीजिए। गौतम के अनुसार प्रमा के विभिन्न साधन क्या हैं ? संक्षेप में व्याख्या कीजिए।

2. *What is Pratyaksha ? Explain and illustrate its different forms.*

   प्रत्यक्ष क्या है ? इसके विभिन्न भेदों की सोदाहरण व्याख्या कीजिए।

3. *What is Anumana ? Explain and illustrate its different forms ?*

   अनुमान क्या है ? इसके भेदों की सोदाहरण व्याख्या कीजिए।

4. *Analyse the constituents of Anumana and compare them with those of Western syllogism.*

   अनुमान के विभिन्न घटकों (अंगों) का विश्लेषण कीजिए तथा पाश्चात्य 'न्याय' के घटकों के साथ उनकी तुलना कीजिए।

5. *Bring out a comparison between the Western syllogism and Gautam's five-membered syllogism.*

   पाश्चात्य न्याय तथा गौतम के पंचावयव न्याय की तुलना कीजिए।

6. *What is Upamana ? Explain with example.*

   उपमा क्या है ? सोदाहरण व्याख्या कीजिए।

7. *What is Shabda ? Explain and illustrate its different forms.*

   शब्द क्या है ? इसके विभिन्न भेदों की सोदाहरण व्याख्या कीजिए।

(ख) Buddhist Logic

8. *What is inference (anumana) according to Buddhist Logic ? Is it a form of judgement ?*

   बौद्ध तर्कशास्त्र के अनुसार अनुमान क्या है ? क्या यह निर्णय का ही एक रूप है ?

9. *Explain the nature of inference according to Buddhist logic. What are its constituents ?*

   बौद्ध तर्कशास्त्र के अनुसार अनुमान के स्वरूप की व्याख्या कीजिए। इसमें कौन-कौन से घटक होते हैं ?

10. *How do Buddhists distinguish between Svarthanumana and Pararthanumana ? Explain with the help of example.*

    बौद्ध (विचारक) स्वार्थानुमान तथा परार्थानुमान में किस प्रकार भेद करते हैं ? उदाहरणों की सहायता से समझाइए।

11. *What is the nature and structure of a syllogism in Buddhist logic ? Compare the Bauddha syllogism with the Western syllogism as well as with the Panchavayava Nyaya of Gautam.*

    बौद्ध तर्कशास्त्र में न्याय का स्वरूप तथा उसकी बनावट क्या है ? बौद्ध न्याय की तुलना पाश्चात्य न्याय तथा गौतम के पंचावयव न्याय के साथ कीजिए।

12. *Explain the three characteristics of Hetu (Middle Term) according to Buddha logic. What forms of inference are possible in the light of these three characteristics ? Elucidate.*
बौद्ध तर्कशास्त्र के अनुसार हेतु के तीन लक्षणों की व्याख्या कीजिए। इन तीनों लक्षणों के आलोक में अनुमान के कौन-कौन से आकार सम्भव है ? स्पष्ट कीजिए।

13. *What do Buddhists mean by taking Vyapti as Avinabhava ? Explain and examine in this connection their conception of Vyapti as based on identity and causation.*
व्याप्ति को अविनाभाव के रूप में लेने का बौद्धों का क्या तात्पर्य है ? इस सिलसिले में तादात्म्य पर आधारित तथा कारणता पर आधारित व्याप्ति की जो उनकी अवधारणा है उसकी व्याख्या तथा परीक्षा कीजिए।

14. *For how many figures and moods (if any) of Aristotation conception is there scope in the Buddhist theory of infernece ? Explain.*
अरस्तू की अवधारणा वाले कितने आकारों तथा योगों के लिए बौद्ध अनुमान-सिद्धान्त में स्थान है (यदि किसी एक के लिए भी स्थान है तो) ? व्याख्या कर बतलाइए।

अध्याय – 7

1. *Explain the importance of science in the modern age.*
आधुनिक काल में विज्ञान के महत्त्व पर प्रकाश डालिए।
2. *What is the value of science for human life ? Explain.*
मनुष्य जीवन के लिए विज्ञान का क्या महत्त्व (मूल्य) है ? व्याख्या कीजिए।
3. *What is scientific method ? Explain it nature and importance.*
वैज्ञानिक पद्धति क्या है। इसके स्वरूप तथा महत्त्व की व्याख्या कीजिए।
4. *What are the chief characteristics of scientific method ? In what important respects does it differ from other methods of establishing true propositions ?*
वैज्ञानिक पद्धति की प्रमुख विशेषताएँ क्या है ? सत्य प्रतिज्ञप्ति स्थापित करने की अन्य पद्धतियों से किन महत्त्वपूर्ण रूपों में यह भिन्न है ?
5. *Distinguish between scientific induction and induction by simple enumeration. Does the latter depend simply on the enumeration of a few instances ? Discuss.*
वैज्ञानिक आगमन तथा केवलगणनाश्रित आगमन में भेद कीजिए। क्या केवलगणनाश्रित आगमन सिर्फ कुछ उदाहरणों की गिनती पर आधारित है ? विवेचन कीजिए।
6. *'Every generalisation involves both analogy and enumeration.' Explain the importance of this statement in respect of scientific generalisations.*
'प्रत्येक सामान्यीकरण में सादृश्यानुमान तथा परिगणना दोनों सम्मिलित होते हैं।' वैज्ञानिक सामान्यीकरणों के सन्दर्भ में इस कथन के महत्त्व पर प्रकाश डालिए।
7. *Do you think that what is called scientific induction differs sharply from induction by simple enumeration ? Give reasons for your answer.*
क्या आप समझते हैं कि तथाकथित वैज्ञानिक आगमन तथा केवलगणनाश्रित आगमन में बहुत तीक्ष्ण भेद है ? अपने उत्तर के लिए कारण दीजिए।

8. *Is there any basic difference between the method of natural science and that of social science ? Discuss.*
क्या प्रकृति विज्ञान तथा समाज विज्ञान की पद्धतियों में कोई मौलिक अन्तर है ? विवेचन कीजिए।

9. *What, if any, is the difference between the method of natural science and that of social science ? Explain and discuss.*
प्रकृतिविज्ञान की पद्धति तथा समाजविज्ञान की पद्धति में क्या भेद है, यदि कोई है तो ? व्याख्या तथा विवेचना कीजिए।

अध्याय – 8

1. *What is observation ? What is experiment ? Explain clearly the relation between the two.*
निरीक्षण क्या है ? प्रयोग क्या है ? दोनों के बीच सम्भन्ध की स्पष्ट व्याख्या कीजिए।

2. *Explain the nature of observation and experiment. What are the advantages of experiment over obsrvation ? Explain.*
निरीक्षण तथा प्रयोग के स्वरूप की व्याख्या कीजिए। निरीक्षण की अपेक्षा प्रयोग की कौन-कौन सी सुविधाएँ हैं ? व्याख्या कीजिए।

3. *Distinguish between observation and experiment and discuss the relative advantages of one over the other.*
निरीक्षण तथा प्रयोग में भेद कीजिए तथा एक की तुलना में दूसरे की सुविधाओं की विवेचना कीजिए।

4. *'Observation and experiment differ in degree, not in kind' ? Elucidate.*
'निरीक्षण तथा प्रयोग में मात्रा की भिन्नता है, प्रकार की नहीं।' स्पष्ट कीजिए।

5. *What is observation ? What are the advantages of observation over experiment ? Discuss.*
निरीक्षण क्या है ? प्रयोग की तुलना में निरीक्षण की क्या सुविधाएँ हैं ? विवेचना कीजिए।

6. *Explain with examples the fallacies connectd with observation.*
निरीक्षण सम्बन्धी दोषों की सोदाहरण व्याख्या कीजिए।

7. *What are the two kinds of non-observation ? Explain with examples.*
अनिरीक्षण के दो भेद कौन से हैं ? सोदाहरण व्याख्या कीजिए।

वस्तुनिष्ठ प्रश्न (उत्तरसहित)

8. *Answer th following questions by choosing the correct alternative out of the given ones in each case :*
प्रत्येक स्थिति में दिए हुए विकल्पों में से सही विकल्प चुनकर निम्नलिखित प्रश्नों के उत्तर दीजिए :

(a) *'In experiment we interrogate nature'. Who said this ?*
'प्रयोग में हम प्रकृति से सवाल पूछते हैं।' यह किसका कथन है ?

(i) Mill (ii) Bacon
(iii) Bain (v) None of the above

(b) *In which of the following conditions do we commit the fallacy of mal-observation ?*

निम्नलिखित में से किस स्थिति में हम गलत निरीक्षण का दोष करते हैं ?

(i) When we leave out observing some essential facts.
जब हम कुछ आवश्यक तथ्यों का निरीक्षण छोड़ देते हैं।

(ii) When we use instruments in observation.
जब हम निरीक्षण में यंत्रों का प्रयोग करते हैं।

(iii) When we interpret the data of our observation wrongly.
जब हम निरीक्षण में प्राप्त प्रदत्तों का गलत अर्थ लगाते हैं।

(iv) In none of the above conditions.
उपर्युक्त में से किसी स्थिति में नहीं।

(c) *In which of the following conditions do we commit the fallacy of non-observation ?*

निम्नलिखित में से किस स्थिति में हम अनिरीक्षण का दोष करते हैं ?

(i) When we leave out observing some essential facts.

(ii) When we use instruments in observation.

(iii) When we interpret our observation wrongly.

(iv) In none of the above conditions.

9. *Choose the correct alternative in each case out of the given ones to complete the incomplete sentence in that case :*

प्रत्येक स्थिति में दिए हुए विकल्पों में से सही विकल्प चुनकर अपूर्ण वाक्य को पूर्ण कीजिए :

(a) Observation is

(i) perception, (ii) regulated perception, (iii) random perception, (iv) none of the above

निरीक्षण :

(i) प्रत्यक्षीकरण है, (ii) व्यवस्थापित प्रत्यक्षीकरण है,
(iii) दिशाहीन प्रत्यक्षीकरण है, (iv) उपर्युक्त में से कुछ भी नहीं है।

(b) Experiment is :

(i) perception, (ii) regulated perception, (iii) observation with instruments, (iv) observation under artificial conditions.

प्रयोग :

(i) प्रत्यक्षीकरण है, (ii) व्यवस्थापित प्रत्यक्षीकरण है; (iii) यंत्रों की सहायता से निरीक्षण है, (iv) कृत्रिम परिस्थितियों के अन्तर्गत किया जाने वाला निरीक्षण है।

10. *Which statement in each of the following sets is true ?*

निम्नलिखित समूहों में से प्रत्येक में कौन-सा कथन सत्य है ?

(a) (i) Observation and Experiment differ is kind.
निरीक्षण तथा प्रयोग में प्रकार-भेद हैं।

(ii) Observation ane Experiment differ in degree.
निरीक्षण तथा प्रयोग में मात्रा-भेद हैं।

(iii) Observation and Experiment do not differ at all.
निरीक्षण तथा प्रयोग में कोई भेद नहीं है।

(iv) Observation and Experiment are opposed to each other.
निरीक्षण तथा प्रयोग एक दूसरे के विरोधी हैं।

(b) (i) Experiment is done in natural conditions.
प्रयोग प्राकृतिक परिस्थितियों में किया जाता है।

(ii) Experiment is done under artificial conditions.
प्रयोग कृत्रिम परिस्थितियों में किया जाता है।

(iii) Experiment is done under both natural and artificial conditions.
प्रयोग प्राकृतिक तथा कृत्रिम दोनों परिस्थितियों में किया जाता है।

(iv) None of the above statements is true.
उपर्युक्त में से कोई कथन सत्य नहीं है।

(c) (i) The use of instruments is never made in observation.
निरीक्षण में यंत्रों का प्रयोग कभी नहीं किया जाता।

(ii) The use of instruments is essential in experiment.
प्रयोग में यंत्रों का उपयोग अनिवार्य है।

(iii) The use of instruments is essential in observation.
निरीक्षण में यंत्रों का उपयोग अनिवार्य है।

(iv) None of the above statements is true.
उपर्युक्त कथनों में से कोई सत्य नहीं है।

(d) 'People with grey eyes are cunning.'
'भूरी आँखों वाले लोग धूर्त होते हैं।'

(i) The above statement suffers from the fallacy of mal-observation.
उपर्युक्त कथन में गलत निरीक्षण का दोष है।

(ii) The above statement suffers from the fallacy of non-observation of instances.
उपर्युक्त कथन में उदाहरणों के अनिरीक्षण का दोष है।

(iii) The above statement suffers from the fallacy of the non-observation of essential circumstances.
उपर्युक्त कथन में आवश्यक परिस्थितियों के अनिरीक्षण का दोष है।

(iv) None of the above statements is true.
उपर्युक्त में से कोई कथन सत्य नहीं है।

(e) 'The earth is static and the sun moves'.
'पृथ्वी स्थिर है तथा सूर्य चलता है।'

(i) The above statement suffers from the fallacy of mal-observation.
उपर्युक्त कथन में गलत निरीक्षण का दोष है।

(ii) The above statement suffers from the fallacy of non-observation.
उपर्युक्त कथन में अनिरीक्षण का दोष है।

प्राक्कल्पना के अप्रत्यक्ष सत्यापन में सम्मिलित हैं

(i) सिर्फ निगमन, (ii) सिर्फ आगमन,

(iii) निगमन तथा आगमन दोनों, (iv) न तो निगमन और न आगमन।

11. *What is essential for a hypothesis to become a scientific law ?*
किसी भी प्राक्कल्पना के वैज्ञानिक नियम होने के लिए क्या आवश्यक है ?

(i) its modification (इसमें सुधार),

(ii) its comparison with other scientific laws (अन्य वैज्ञानिक नियमों के साथ इसकी तुलना),

(iii) its verification (इसका सत्यापन), (iv) None of the above (उपर्युक्त में से कुछ भी नहीं)।

12. *Which of the following statements are true and which false ?*
निम्नलिखित कथनों में से कौन सत्य तथा कौन असत्य है ?

(a) Scientifically, a false hypothesis is of no value.
वैज्ञानिक दृष्टि से एक असत्य प्राक्कल्पना बिलकुल महत्त्वहीन है।

(b) A scientific hypothesis must be verifiable.
वैज्ञानिक प्राक्कल्पना को अवश्य ही सत्यापनीय होना चाहिए।

(c) A hypothesis can only be directly verified.
किसी प्राक्कल्पना को सिर्फ प्रत्यक्ष रीति से ही सत्यापित किया जा सकता है।

(d) A scientifically valuable hypothesis must go against the established truths.
वैज्ञानिक दृष्टि से महत्त्वपूर्ण प्राक्कल्पना को अवश्य ही स्थापित सत्यों के विरुद्ध जाना चाहिए।

उत्तर :–

10. (a)—(iii), (b)–(iii), (c)–(iv), (d)–(iii), (e)–(iii)
11. (iii)
12. (a) असत्य, (b) सत्य, (c) असत्य, (d) असत्य।

अध्याय – 10

1. *What are Mill's five experimental methods ? For what exact purpose Mill enunciated and explained them ?*
मिल की पाँच प्रायोगिक विधियाँ क्या हैं ? ठीक-ठीक किस उद्येश्य की पूर्ति के लिए मिल ने इनकी उद्घोषणा तथा व्याख्या की ?

2. *Explain and examine Mill's method of agreement. Why does he take it as a method of discovery only, and not of proof ?*
मिल की अन्वय-विधि की व्याख्या तथा परीक्षा कीजिए। मिल क्यों इस विधि को सिर्फ अनुसंधान की विधि के रूप में लेते हैं, प्रमाण की विधि के रूप में नहीं ?

3. *Explain Mill's method of difference and point out its merits and demerits. Why is it called the method of proof ?*

मिल की व्यतिरेक-विधि की व्याख्या कीजिए तथा इसके गुण-दोषों को बतलाइए। इसे प्रमाण-विधि क्यों कहा जाता है ?

4. *Explain Mill's Joint method of agreement and difference. Is it really a combination of the methods of agreement and difference ? Discuss.*
मिल की अन्वय-व्यतिरेक विधि की व्याख्या कीजिए। क्या यह सचमुच अन्वय तथा व्यतिरेक विधियों का संयुक्त रूप है ? विवेचन कीजिए।

5. *Explain and illustrate the method of residues.*
अवशिष्ट-विधि की सोदाहरण व्याख्या कीजिए।

6. *Explain and examine the method of concomitant variation. Is there anything special about this method ? Explain.*
सहचारी परिवर्तन-विधि की व्याख्या एवं परीक्षा कीजिए। क्या इस विधि की अपनी कुछ विशिष्टता है ? व्याख्या कीजिए।

वस्तुनिष्ठ प्रश्न (उत्तरसहित)

7. *Answer each of the following questions by choosing the correct alterantive out of the given ones in each case :*
प्रत्येक स्थिति में दिए हुए विकल्पों में से सही विकल्प चुनकर निम्नलिखित प्रश्नों के उत्तर दीजिए :

(a) How many methods are there according to Mill for establishing causal relation ?
मिल के अनुसार कारण – कार्य सम्बन्ध स्थापित करने की कितनी विधियाँ हैं ?
(i) Two (दो), (ii) Three (तीन), (iii) Four (चार), (iv) Five (पाँच)।

(b) Which of the following methods requires two and only two instances to establish a causal relation ? :
निम्नलिखित में से किस विधि को कारण-कार्य सम्बन्ध स्थापित करने के लिए दो और सिर्फ दो उदाहरणों की आवश्यकता पड़ती है :
(i) The method of concomitant variation,
(ii) The method of agreement,
(iii) The method of difference,
(iv) The joint method of agreement and difference

(c) Which of the following is true of the method of difference ?
निम्नलिखित में से कौन-सी बात व्यतिरेक विधि के लिए सत्य है ?
(i) It is a method of proof.
यह प्रमाण विधि है।
(ii) It is a method of discovery.
यह अनुसंधान विधि है।
(iii) It is both a method of proof and method of discovery.
यह प्रमाण तथा अनुसंधान विधि दोनों है।
(iv) It is neither a method of discovery nor a method of proof.
यह न तो अनुसंधान विधि है और न प्रमाण विधि।

8. *'This method can be used only there where the degree of variation is clearly visible and can be measured.' To what method this statement is applicable ?*

'यह विधि सिर्फ वहीं लागू हो सकती है जहाँ परिवर्तन की मात्रा स्पष्ट रूप से नजर आती है और जिसे मापा जा सकता है।' यह कथन किस विधि पर लागू है ?

(i) To the method of difference (व्यतिरेक विधि पर)

(ii) To the method of concomitent variation (सहारी परिवर्तन विधि पर)

(iii) To the method of agreement (अन्वय विधि पर)

(iv) To the method of residues (अवशिष्ट विधि पर)

9.

Antecedent	Consequent
पूर्ववर्ती	अनुवर्ती
A B C	a b c
B C	b c

अतः 'A' 'a' का कारण है।

'A' is the cause of 'a'.

Which of the Mill's methods it is an exmple of ?

मिल की किस विधि का यह उदाहरण है ?

(a) Methof of agreement (अन्वय विधि)

(b) Method of difference (व्यतिरेक विधि)

(c) Method of concomitant variation (सहचारी-परिवर्तन विधि)

(d) Method of residues (अवशिष्ट विधि)

10. *Choose the correct alternative out of the given ones in each case to complete the incomplete sentence in that case :*

प्रत्येक स्थिति में दिए हुए अपूर्ण वाक्य को पूर्ण करने के लिए दिए हुए विकल्पों में से सही विकल्प चुनिए :

(a) 'Whatever antecedent can be left out without prejudice to the effect can be no part of the cause or the portion of the cause.'

जिस पूर्ववर्ती के अभाव मे कोई घटना घटे वह उस घटना का न तो कारण और न कारणांश हो सकती है।'

The principle is the basis of :

यह सिद्धान्त आधार है :

(i) The method of agreement (अन्वय विधि का)

(ii) The method of difference (व्यतिरेक विधि का)

(iii) The method of concomitant variation (सहचारी परिवर्तन विधि का)

(iv) The method of residues (अवशिष्ट विधि का)

(b) 'Nothing is the cause of a phenomenon which is known to be the cause of a different phenomenon.'

यदि कोई घटना किसी अन्य घटना के कारण के रूप में ज्ञात है तो फिर वह (दी हुई) घटना का कारण नहीं हो सकती।

The principle is the basis of :
यह सिद्धान्त आधार है :

(i) The method of agreement (अन्वय विधि का)
(ii) The method of difference (व्यतिरेक विधि का)
(iii) The method of concomitant variation (सहचारी परिवर्तन विधि का)
(iv) The method of residues (अवशिष्ट विधि का)

11. *Which of the following statements are true and which false ?*
निम्नलिखित कथनों में कौन सत्य है तथा कौन असत्य ?

(a) The experimental methods are the methods of elimination only.
(प्रायोगिक विधियाँ सिर्फ बहिष्करण की विधियाँ हैं।)

(b) The method of concomitant variation is a method of observation, not of experiment.
सहचारी परिवर्तन विधि निरीक्षण विधि है, प्रयोग विधि नहीं।

(c) The method of residues is a method of proof.
अवशिष्ट विधि प्रमाण विधि है।

(d) The method of residues is a special modification of the method of difference.
अवशिष्ट विधि व्यतिरेक विधि का विशिष्ट रूपान्तरण है।

(e) The method of concomitant variation is a modification of the method of agreement only.
सहचारी परिवर्तन विधि सिर्फ अन्वय विधि का रूपान्तरण है।

(f) The experimental methods are the methods of both elimination and establishing causal relation.
प्रायोगिक विधियों बहिष्करण तथा कारण-कार्य स्थापित करने दोनों की विधियाँ हैं।

उत्तर :

7. (a)–(iv), (b)–(iii), (c)–(i)
8. (ii)
9. (ii)
10. (a)–(i), (b)–(iv)
11. (a) असत्य, (b) असत्य, (c) सत्य, (d) सत्य, (e) सत्य, (f) सत्य।

□